insel taschenbuch 3011

Gustave Flaubert

Madame Bovary

# Gustave Flaubert
# Madame Bovary

Roman

Aus dem Französischen
von Maria Dessauer

Insel Verlag

insel taschenbuch 3011
Erste Auflage 2004

Hinweise zu dieser Ausgabe am Schluß des Bandes
Vertrieb durch den Suhrkamp Taschenbuch Verlag
Umschlag: Michael Hagemann
Satz: Hümmer GmbH, Waldbüttelbrunn
Druck: Ebner & Spiegel, Ulm
Printed in Germany
ISBN 3-458-34711-9

1 2 3 4 5 6 – 09 08 07 06 05 04

# Erster Teil

# I

Wir waren beim Studium, als der Direktor eintrat, gefolgt von einem bürgerlich gekleideten *Neuen* und einem Schuldiener, der ein großes Pult trug. Die geschlafen hatten, wurden wach, und alle fuhren auf, als seien sie beim Arbeiten überrascht worden.

Der Direktor bedeutete uns mit einem Wink, wir sollten uns wieder hinsetzen, dann wandte er sich zum Aufsichtführenden:

»Monsieur Roger«, sagte er halblaut zu ihm, »diesen Schüler hier empfehle ich Ihrer besonderen Aufmerksamkeit, er tritt in die fünfte Klasse ein. Wenn seine Arbeit und sein Betragen es verdienen, wechselt er *zu den Großen* über, wo er dem Alter nach hingehört.«

Der *Neue*, der im Winkel hinter der Tür stehengeblieben war, so daß man ihn kaum sah, war ein Bursche vom Land, ungefähr fünfzehn Jahre alt und größer als wir alle. Er trug das Haar wie ein Dorfkantor über der Stirn gerade geschnitten, schien vernünftig und sehr verlegen zu sein. Obwohl er nicht breitschulterig war, beengte sein grüner Tuchrock mit den schwarzen Knöpfen ihn offenbar unter den Armen und ließ am Schlitz der Ärmelaufschläge rote Handgelenke sehen, die für gewöhnlich unbedeckt waren. Seine blau bestrumpften Beine traten aus einer von den Hosenträgern stark hochgezogenen gelblichen Hose hervor. Er trug derbe, schlecht gewichste Nagelschuhe.

Wir begannen, die Lektionen aufzusagen. Er ließ sich kein Wort entgehen, lauschte aufmerksam wie bei der Predigt, wagte nicht einmal, die Beine übereinanderzuschlagen oder die Ellbogen aufzustützen, und als um zwei Uhr die Glocke läutete, mußte ihn der Aufsichtführende auffordern, sich mit uns in Reih und Glied zu stellen.

Beim Eintritt ins Klassenzimmer pflegten wir die Mützen auf den Boden zu werfen, um sodann die Hände freier zu haben; die Mützen mußten von der Türschwelle aus so unter die Bank geschleudert werden, daß sie gegen die Wand klatschten und viel Staub aufwirbelten; das war *Mode*.

Doch sei es, weil er das Manöver nicht bemerkt oder weil er nicht an ihm teilzunehmen gewagt hatte, als das Gebet gesprochen war, hielt der *Neue* immer noch seine Mütze auf den Knien. Sie war eine jener Kopfbedeckungen im Kompositstil, in denen man Elemente der Bärenmütze, des Tschapka, des runden Filzhuts, der Otterkappe und der Baumwollmütze wiederentdeckt, kurz eines jener armseligen Dinge, deren stumme Häßlichkeit ähnliche Tiefen des Ausdrucks haben wie das Gesicht eines Schwachsinnigen. Eiförmig und mit Fischbeinstäbchen ausgebaucht, bestand sie zuunterst aus drei kreisförmigen Wülsten; dann folgten, durch einen roten Streifen getrennt, im Wechsel Rauten aus Samt und aus Kaninchenhaar, dann kam eine Art Sack, der in einem mit komplizierten Litzenbesatz bedeckten vieleckigen Pappkarton endete und von dem als Troddel an einer langen, zu dünnen Kordel ein kleines Andreaskreuz aus Goldfäden herabhing. Die Mütze war neu; das Schild glänzte.

»Stehen Sie auf«, sagte der Lehrer.

Er stand auf; seine Mütze fiel zu Boden. Die ganze Klasse fing an zu lachen.

Er bückte sich, um sie aufzuheben. Ein Nachbar stieß sie mit dem Ellenbogen wieder hinunter, er hob sie von neuem auf.

»Wollen Sie sich doch Ihres Helms entledigen«, sagte der Lehrer, der ein witziger Mann war.

Das schallende Gelächter der Schüler brachte den armen Jungen so sehr aus der Fassung, daß er nicht mehr wußte, ob er seine Mütze in der Hand behalten, auf dem Boden liegen lassen oder aufsetzen sollte. Er setzte sich wieder und legte sie sich auf die Knie.

»Stehen Sie auf«, wiederholte der Lehrer, »und nennen Sie mir Ihren Namen.«

Der *Neue* brachte stammelnd einen unverständlichen Namen hervor.

»Wiederholen Sie!«

Das gleiche Silbengestammel ließ sich, vom Hohngeschrei der Klasse übertönt, ein zweites Mal hören.

»Lauter!« rief der Schulmeister, »lauter!«

Daraufhin entschloß sich der *Neue* zum Äußersten, riß den Mund überweit auf und schrie, als wolle er jemanden herbeirufen, aus voller Lunge das Wort: *Charbovari.*

Der Heidenlärm, der sogleich losbrach, stieg, von schrillen Stimmen durchsetzt, im *Crescendo* auf (wir heulten, wir bellten, wir trampelten, wir brüllten: *Charbovari! Charbovari!*), schlingerte dann in einzelnen Tönen weiter, legte sich nur mit Mühe, flackerte manchmal wieder auf in einer Bankreihe, wo da und dort noch, wie schlecht gelöschtes Feuerwerk, ein ersticktes Lachen aufsprang.

Unter einem Hagel von Strafarbeiten jedoch kehrte in der Klasse wieder Ordnung ein, und der Lehrer, dem es gelungen war, den Namen Charles Bovary zu verstehen, nachdem er ihn sich diktieren, buchstabieren und wiederholen lassen hatte, verwies den armen Teufel unverzüglich auf die Eselsbank vor dem Katheder. Der Junge setzte sich in Bewegung, hielt aber dann zögernd inne.

»Was suchen Sie?« fragte der Lehrer.

»Meine Mü...«, antwortete der *Neue* schüchtern und schaute sich besorgt um.

»Fünfhundert Verse für die ganze Klasse!« in wütendem Ton ausgerufen, verhinderte wie das *Quos ego* einen neuen Sturm. »Ruhe gefälligst!« fuhr der empörte Lehrer fort und wischte sich mit dem Taschentuch, das er aus seinem Barett genommen hatte, den Schweiß ab. »Und Sie, *Neuer*, Sie schreiben mir zwanzigmal den Satz *ridiculus sum.*«

Dann setzte er in milderem Ton hinzu:

»Na, und Ihre Mütze wird sich schon wiederfinden, die hat Ihnen niemand gestohlen!«

Alles kam wieder zur Ruhe. Die Köpfe beugten sich über die Hefte, und der *Neue* bewahrte zwei Stunden lang eine musterhafte Haltung, obwohl ihm von Zeit zu Zeit ein von der Spitze einer Schreibfeder abgeschnelltes Papierkügelchen ins Gesicht spritzte. Aber er trocknete sich mit der Hand ab und blieb gesenkten Blicks bewegungslos sitzen.

Abends beim Studium nahm er seine Ärmelschoner aus seinem Pult, brachte seine Siebensachen in Ordnung, linierte sorgfältig sein Schreibpapier. Wir sahen, wie er gewissenhaft arbeitete, alle Wörter im Wörterbuch nachschlug und sich große Mühe gab. Dank dieses guten Willens, den er bewies, sicherlich, mußte er nicht in die untere Klasse absteigen; denn wenn er auch die Regeln einigermaßen wußte, vermochte er sich doch nicht gewandt auszudrücken. Der Pfarrer seines Heimatdorfs hatte ihm die Anfangsgründe in Latein beigebracht, und um zu sparen, hatten seine Eltern ihn erst zum spätestmöglichen Zeitpunkt aufs Gymnasium geschickt.

Sein Vater, Monsieur Charles-Denis-Bartholomé Bovary, der ursprünglich beigeordneter Offizier des Stabsarztes gewesen war, sich 1812 in Aushebungsangelegenheiten kompromittiert hatte und gezwungen wurde, den Dienst zu quittieren, hatte daraufhin die Vorzüge seiner Person dazu genutzt, sich sozusagen im Vorbeigehen eine Mitgift von sechzigtausend Francs zu schnappen, die sich ihm in der Tochter eines Wirkwarenfabrikanten bot. Sie hatte sich in ihn vergafft. Er war ein schöner Mann, ein Prahlhans, der mit den Sporen klirrte, dessen Favoris in den Schnurrbart übergingen, dessen Finger immer Ringe zierten, und der sich in auffallende Farben kleidete; er hatte das Auftreten eines Haudegens und die Gewandtheit eines Handelsvertreters. Einmal verheiratet, lebte er zwei oder drei Jahre vom Vermögen seiner Frau, aß gut, stand spät auf, rauchte lange Porzellanpfeifen, kehrte abends erst nach dem Theater nach Hause und saß in den Kaffeehäusern herum. Der Schwiegervater starb und hinterließ nur wenig; er war darüber erbost und versuchte sich nun selbst als *Fabrikant*, verlor dabei etliches Geld, zog sich sodann aufs Land zurück, gedachte dort einiges *herauszuwirtschaften*. Doch da er von der Landwirtschaft nicht mehr verstand als von der Kattunfabrikation, auf seinen Pferden ausritt, statt sie arbeiten zu lassen, seinen Apfelwein flaschenweise trank, statt ihn faßweise zu verkaufen, das schönste Geflügel seines Hühnerhofs aufaß und seine Jagdstiefel mit dem Speck seiner Schweine einfettete, gelangte er über kurzem zur Feststellung, daß es besser wäre, alle Spekulationen aufzugeben.

Für zweihundert Francs im Jahr mietete er deshalb in einem Dorf an der Grenze von Caux und der Picardie ein Gebäude, halb Bauernhof, halb Herrenhaus; und voller Mißmut, von Reue geplagt, mit dem Himmel hadernd, schloß sich der erst Fünfundvierzigjährige ab, von den Menschen enttäuscht, wie er sagte, und entschlossen, fortan in Frieden zu leben.

Seine Frau war seinerzeit in ihn vernarrt gewesen, sie hatte ihre Liebe mit tausend Unterwürfigkeiten bekundet und ihn sich dadurch nur noch mehr entfremdet. Einst heiter, mitteilsam und liebevoll, war sie mit zunehmendem Alter (wie abgestandener Wein, der zu Essig wird) schwierig, zänkisch, nervös geworden. Als sie ihn hinter allen Dorfliesen herrennen sah und zwanzig schlechte Kneipen ihn ihr abends stumpf und nach Alkohol stinkend zurückschickten, hatte sie zuerst klaglos sehr gelitten. Dann hatte sich ihr Stolz empört. Sie war verstummt, hatte ihre Wut mit schweigender Unerschütterlichkeit unterdrückt, die sie bis zum Tode beibehielt. Sie war ständig unterwegs und geschäftig. Sie lief zu den Anwälten, zum Gerichtsvorsitzenden, behielt im Auge, wann Wechsel fällig waren, erwirkte Zahlungsaufschub, und im Hause bügelte sie, nähte sie, besorgte die Wäsche, beaufsichtigte die Handwerker, bezahlte die Rechnungen, während Monsieur, der sich um nichts kümmerte und aus seinem griesgrämigen Dösen nur erwachte, um ihr Verletzendes zu sagen, am Feuer sitzenblieb, rauchte und in die Asche spuckte.

Als sie ein Kind bekam, mußte es einer Amme gegeben werden. Sobald er wieder bei den Eltern war, wurde der Knirps wie ein Prinz verwöhnt. Seine Mutter fütterte ihn mit Leckereien. Sein Vater ließ ihn barfuß laufen und behauptete, um sich aufgeklärt zu geben, sogar, er könne ohne weiteres auch ganz nackend gehen wie die Kinder der Tiere. Ihm schwebte im Gegensatz zu den mütterlichen Bestrebungen ein bestimmtes mannhaftes Kindheitsideal vor, nach dem er seinen Sohn zu bilden versuchte, der Wunsch, ihn mit Härte, spartanisch zu erziehen, um ihm eine gesunde Konstitution zu verschaffen. Er schickte ihn im ungeheizten Zimmer schlafen, brachte ihm bei, einen ordentlichen Stiefel Rum zu trinken und die kirchlichen Umzüge zu beschimpfen. Aber der Kleine war von friedfertigem Naturell und genügte den väterlichen Bemühungen nur wenig. Die Mutter schleppte ihn immer mit sich herum, sie schnitt ihm Pappfiguren aus, erzählte ihm Geschichten, unterhielt sich mit ihm in endlosen Selbstgesprächen, wehmütigen Späßen und zärtlichem Geplauder. In ihrer Lebenseinsamkeit versammelte sie auf dem Kopf des Kindes alle ihre wirren, eitlen Hoffnungen. Sie träumte von hohen Positionen, sie sah ihn schon vor sich, groß, schön, geistvoll, als Beamten in der Tiefbauverwaltung oder als Richter. Sie lehrte ihn lesen, brachte ihm auf einem alten Klavier, das sie besaß, sogar zwei oder drei kleine Romanzen bei. Das alles aber, sagte Monsieur Bovary, der von schöngeistigen Dingen nicht viel hielt, *sei der Mühe nicht wert*! Würden sie etwa je die Mittel haben, um ihn auf eine staatliche Schule schicken oder ihm ein Amt oder ein Geschäft kaufen zu können? Im übrigen, *mit Dreistigkeit setzt sich ein Mann in der Welt noch immer durch*. Madame Bovary biß sich auf die Lippen, und der Kleine trieb sich im Dorf herum.

Er zottelte hinter den Landarbeitern her und warf mit Erdklumpen nach den Raben, so daß sie aufflogen. Er aß Brombeeren an den Grabenrändern, hütete mit einem Stekken die Truthähne, half bei der Heuernte, streifte durch die Wälder, spielte, wenn es regnete, unter dem Vordach der Kirche Himmel und Hölle und bestürmte an Feiertagen den Küster, ihn die Glocken läuten zu lassen, um sich mit dem ganzen Gewicht an den Strang zu hängen und sich von seinem Schwung emporgezogen zu fühlen.

Wie eine Eiche wuchs er denn auch heran, bekam kräftige Hände, gesunde Farbe.

Als er zwölf Jahre alt war, setzte seine Mutter es durch,

daß er Unterricht erhielt. Der Pfarrer wurde damit beauftragt. Aber die Lektionen dauerten so kurz und fanden so unregelmäßig statt, daß sie nicht viel erbringen konnten. Sie wurden in der Sakristei, im Stehen, in aller Eile erteilt, in den toten Zeiten zwischen einer Taufe und einer Beerdigung; oder der Pfarrer ließ, wenn er nicht ausgehen mußte, seinen Schüler nach dem Angelus zu sich holen. Sie stiegen in sein Zimmer hinauf, richteten sich ein: die Mücken und die Nachtfalter kreisten um die Kerze. Es war heiß, das Kind schlief ein, und der gute Mann fing alsbald, die Hände auf dem Bauch gefaltet, mit offenem Mund zu schnarchen an. Es kam auch vor, daß der Herr Pfarrer von einem Versehgang zurückkehrte und Charles bemerkte, der sich auf dem Feld herumtrieb; dann rief er ihn, nahm ihn sich vor, las ihm eine Viertelstunde die Leviten und nutzte die Gelegenheit, ihn unter einem Baum das aufgegebene Verb konjugieren zu lassen. Der Regen oder ein vorübergehender Bekannter unterbrach sie. Im übrigen war er stets mit Charles zufrieden, erklärte sogar, der *junge Mann* habe ein vortreffliches Gedächtnis.

Dabei konnte man es nicht bewenden lassen. Madame wurde energisch. Beschämt oder wohl eher aus Überdruß, gab Monsieur widerstandslos nach. Doch es wurde noch ein Jahr gewartet; der Junge sollte zuvor noch seine Erstkommunion feiern.

Abermals verstrichen sechs Monate, und erst im Jahr darauf wurde Charles aufs Gymnasium in Rouen geschickt; Ende Oktober, zur Zeit des Saint-Romain-Jahrmarkts, brachte sein Vater ihn hin.

Heute wäre es keinem von uns mehr möglich, sich an eine Besonderheit von ihm zu erinnern. Er war ein ruhig veranlagter Junge, der in den Pausen spielte, während des Studiums fleißig lernte, im Unterricht zuhörte, im Schlafsaal gut schlief und im Speisesaal kräftig zulangte. Ein Eisengroßhändler aus der rue Ganterie nahm sich seiner an, einmal im Monat ging er sonntags, wenn er seinen Laden zugemacht hatte, mit ihm aus, schickte ihn zum Hafen, wo Charles sich die Schiffe ansehen konnte, und brachte ihn um sieben Uhr vor dem Abendessen ins Internat zurück. Jeden Donnerstag schrieb Charles seiner Mutter mit roter Tinte einen langen Brief und klebte ihn mit drei Oblaten zu; dann sah er seine Geschichtshefte nochmals durch oder las in einem alten Exemplar des *Anacharsis*, das im Studiersaal herumlag. Auf dem Spaziergang unterhielt er sich mit dem Schuldiener, der wie er vom Land stammte.

Aufgrund seines Fleißes hielt er sich immer in der Mitte der Klasse; einmal wurde ihm sogar eine Belobigung in Naturkunde zuteil. Am Ende des dritten Schuljahres aber nahmen ihn seine Eltern vom Gymnasium, um ihn Medizin studieren zu lassen, überzeugt davon, daß er sich allein bis zum Schlußexamen durchboxen könne.

Seine Mutter besorgte ihm in der Rue de Robec im Haus eines ihr bekannten Färbers ein Zimmer im vierten Stock. Sie traf die Vereinbarungen für Kost und Logis, beschaffte Möbel, einen Tisch und zwei Stühle, ließ von zu Hause ein altes Bett aus Kirschbaumholz kommen und kaufte außerdem einen kleinen gußeisernen Ofen mitsamt dem Holzvorrat, der ihr armes Kind wärmen sollte. Am Ende der Woche reiste sie wieder ab nach tausend Ermahnungen, er möge sich nun, da er sich selbst überlassen sein werde, gut aufführen.

Als er das auf dem schwarzen Brett angeschlagene Vorlesungsverzeichnis las, wurde ihm ganz schwindelig zumute: Vorlesungen über Anatomie, Pathologie, Physiologie, Pharmazeutik, Chemie, Botanik, klinische und therapeutische Kurse, obendrein Hygienik und Heilmittelkunde, lauter Namen, deren Bedeutung er nicht kannte und die wie ebenso viele Portale waren zu Heiligtümern voll erhabenem Dunkel.

Er verstand nicht das Geringste, so fleißig er auch zuhörte, begriff nichts. Gleichwohl arbeitete er, hatte er eingebundene Hefte, besuchte alle Vorlesungen, versäumte keine einzige Visite. Er erfüllte sein kleines Tagewerk wie der Gaul am Göpel, der sich mit verbundenen Augen im Kreise dreht, ohne zu wissen, was er verrichtet.

Um ihm Ausgaben zu ersparen, schickte ihm seine Mutter jede Woche durch einen Boten ein Stück Kalbsbraten, sein Mittagessen vormittags, wenn er aus dem Krankenhaus kam und vor Kälte mit den Füßen stampfte. Danach mußte er zu den Vorlesungen laufen, zum Hörsaal, zur Klinik und durch sämtliche Straßen wieder nach Hause zurück. Nach dem kargen Abendessen beim Hauswirt stieg er in sein Zimmer hinauf und machte sich in seinen feuchten Kleidern, die ihm vor dem rotglühenden Ofen am Leibe dampften, wieder an die Arbeit.

An schönen Sommerabenden öffnete er zur Stunde, da sich die warmen Straßen leeren und die Dienstmädchen vor den Haustüren Federball spielen, sein Fenster und stützte die Ellbogen aufs Sims. Der Fluß, der aus diesem Viertel Rouens so etwas wie ein verkommenes Klein-Venedig machte, floß gelb, violett oder blau zwischen seinen Brücken und Gittern unter ihm vorbei. Am Ufer hockende Arbeiter wuschen ihre Arme im Wasser. Auf Pfählen, die oben aus den Speichern ragten, trockneten Baumwollstränge in der Luft. Über den Dächern gegenüber erstreckte sich der weite klare Himmel mit der untergehenden roten Sonne. Wie schön mußte es dort jetzt sein! Wie kühl im Buchenwald! Und er blähte die Nasenflügel, um die guten ländlichen Gerüche einzuatmen, die nicht zu ihm drangen.

Er magerte ab, ging in die Länge, und sein Gesicht nahm einen leidenden Ausdruck an, der es beinahe interessant machte.

Natürlich begann er nachzulassen und allen seinen Vorsätzen untreu zu werden. Einmal versäumte er die Visite, tags darauf die Vorlesung, und als er allmählich Geschmack am Faulenzen fand, ging er gar nicht mehr hin.

Er wurde Stammgast in der Kneipe und verlegte sich leidenschaftlich aufs Dominospiel. Sich jeden Abend in ein schmutziges öffentliches Lokal einzusperren und mit kleinen schwarzgepunkteten Hammelknochen auf Marmortischen zu klappern, erschien ihm als ein wertvoller Freiheitsakt, durch den er in seiner Selbstachtung stieg. Es war wie die Einführung in die Welt der Erwachsenen, der Zugang zu verbotenen Freuden, und wenn er eintrat, legte er mit einer fast sinnlichen Freude die Hand auf den Türknopf. Viele in ihm unterdrückte Dinge entfalteten sich; er lernte Lieder auswendig, die er zur Bewillkommnung sang, begeisterte sich für Béranger, verstand einen Punch zu brauen und lernte endlich die Liebe kennen. Dank dieser Vorbereitungen fiel er im Wundarztexamen völlig durch. Am Abend desselben Tages wurde er zur Feier seines Erfolgs zu Hause erwartet!

Er machte sich zu Fuß auf und blieb am Dorfeingang stehen, ließ seine Mutter dorthin kommen und erzählte ihr alles. Sie entschuldigte ihn, legte den Mißerfolg den ungerechten Examinatoren zur Last und richtete ihn ein wenig auf, indem sie es übernahm, alles ins reine zu bringen. Fünf Jahre später erst erfuhr Monsieur Bovary die Wahrheit; sie war nicht mehr neu, er nahm sie hin, zumal er sich nicht vorstellen konnte, daß ein von ihm gezeugter Mensch ein Dummkopf sein sollte.

Charles begab sich also wieder an die Arbeit und bereitete sich ohne Unterlaß auf den Stoff für seine Prüfungen vor, deren sämtliche mögliche Fragen er im voraus auswendig konnte. Er bestand mit einer ziemlich guten Note. Welch schöner Tag für seine Mutter. Es wurde ein großes Festmahl veranstaltet.

Wo sollte er seine Kunst künftig ausüben? In Tostes. Dort gab es nur einen alten Arzt. Seit langem lauerte Madame Bovary auf sein Ableben, und der gute Mann hatte noch nicht sein Bündel geschnürt, als Charles sich schon im Haus gegenüber als sein Nachfolger niederließ.

Aber nicht genug, daß sie ihren Sohn aufgezogen, Medizin studieren ließ und Tostes ausfindig gemacht hatte: Nun brauchte er eine Frau. Sie fand ihm eine: die Witwe eines Gerichtsvollziehers aus Dieppe, die fünfundvierzig Jahre zählte und eine Rente von zwölfhundert Pfund hatte.

Obwohl sie häßlich, trocken wie ein Reisigbündel und im Gesicht so voller Finnen war wie ein Frühling voller Knospen, fehlte es Madame Dubuc durchaus nicht an Bewerbern. Um ans gewünschte Ziel zu gelangen, war die Mutter Bovary gezwungen, alle auszuschalten, und sie vereitelte sogar sehr geschickt die Pläne eines Schlachtermeisters, den die Geistlichkeit unterstützte.

Charles hatte erwartet, durch die Ehe seine Lebensumstände zu verbessern, sich vorgestellt, er werde künftig freier sein und über sich und sein Geld verfügen können. Aber seine Frau war Herr im Hause; er mußte jeden Freitag Fastenspeise essen, mußte sich kleiden, wie sie es verlangte, auf ihr Geheiß säumige Patienten zum Zahlen drängen. Sie öffnete seine Briefe, überwachte seine Gänge und horchte, wenn Frauen ihn konsultierten, an der Wand seines Sprechzimmers.

Jeden Morgen verlangte sie ihre Schokolade, Rücksichtnahmen ohne Ende. Unaufhörlich klagte sie über ihre Nerven, ihre Brustbeschwerden, ihre Zustände. Das Geräusch von Schritten war ihr eine Qual; entfernte man sich, dann wurde ihr die Einsamkeit zuwider; kam man zu ihr zurück, dann gewiß nur, um sie sterben zu sehen. Wenn Charles des Abends heimkehrte, streckte sie ihre langen, mageren Arme unter dem Deckbett hervor, schlang sie ihm um den Hals, zog ihn auf den Bettrand und erging sich in ihren Kümmernissen: er vergesse sie, er liebe eine andere! Man habe ihr ja vorausgesagt, daß sie unglücklich würde; und zum Abschluß bat sie ihn um einen Löffel Sirup und um ein wenig mehr Liebe.

## II

Eines Nachts gegen elf Uhr wurden sie vom Hufschlag eines Pferdes geweckt, der genau vor der Haustür anhielt. Das Dienstmädchen öffnete die Speicherluke und verhandelte eine Zeitlang mit einem Mann, der unten auf der Straße stand. Er kam, um den Arzt zu holen; er hatte einen Brief bei sich. Fröstelnd stieg *Nastasie* die Treppe hinunter und öffnete das Schloß und die Riegel einen nach dem anderen. Der Mann ließ sein Pferd stehen, folgte dem Mädchen und trat plötzlich hinter ihr ein. Er zog aus seiner grauwollenen Troddelmütze einen in einen Lappen eingeschlagenen Brief und überreichte ihn behutsam Charles, der sich, um ihn zu lesen, mit den Ellbogen auf das Kopfkissen stützte. Nastasie hielt neben dem Bett das Licht, Madame blieb schamhaft der

Straße zugewandt und zeigte den Rücken. – Der mit einem kleinen blauen Wachssiegel verschlossene Brief richtete an Monsieur Bovary die dringende Bitte, sich unverzüglich zum Hofgut Les Bertaux zu begeben und ein gebrochenes Bein einzurenken. Nun sind es aber von Tostes über Longueville und Saint-Victor bis Bertaux gute sechs Meilen. Die Nacht war finster, Madame Bovary die Jüngere fürchtete, ihrem Mann könnten Unfälle zustoßen. Darum wurde beschlossen, daß der Stallknecht vorausreiten, Charles drei Stunden später, bei Mondaufgang, nachkommen solle. Man wollte ihm einen Jungen entgegenschicken, der ihm den Weg zum Hof weisen und die Gatter vor ihm öffnen werde.

Fest in seinen Mantel gehüllt, machte sich Charles gegen vier Uhr morgens auf den Weg nach Les Bertaux. Noch ganz benommen von der Schlafwärme ließ er sich vom friedlichen Trott seines Tiers wiegen. Wenn es von selbst vor den mit Dornenranken umgebenen Gräben, die man am Rand der Furchen aushebt, stehenblieb, schreckte Charles auf, besann sich auf das gebrochene Bein und versuchte, alle ihm bekannten Frakturen sich zu vergegenwärtigen. Es regnete nicht mehr, es begann hell zu werden, und auf den entlaubten Zweigen der Apfelbäume saßen regungslos Vögel und plusterten im kalten Morgenwind ihre kleinen Federn auf. So weit der Blick reichte, dehnte sich flaches Land, und von dieser großen, grauen Oberfläche hoben sich in der Ferne hin und wieder die Baumgruppen rund um die Gehöfte als schwarzviolette Flecken ab, die sich am Horizont im matten Ton des Himmels verloren. Von Zeit zu Zeit öffnete Charles die Augen, dann geriet er, weil sein Geist ermüdete und Schläfrigkeit ihn ganz von selbst wieder übermannte, in eine Art Dösen, in dem sich frische Eindrücke mit Erinnerungen verquickten und er sich selbst doppelt wahrnahm, zugleich als Studenten und Ehemann, in seinem Bett liegend wie eben noch und wie dazumal einen Operationssaal durchquerend. Der warme Geruch der Breiumschläge vermischte sich in seinem Kopf mit dem herben Duft des Taus; er hörte die eisernen Ringe der Krankenhausbetten über ihre Schiene rollen und hörte seine schlafende Frau atmen ... Als er durch Vassonville ritt, sah er am Grabenrand einen kleinen Jungen im Gras sitzen.

»Sind Sie der Arzt?« fragte das Kind.

Und auf Charles' Antwort hin nahm es seine Holzpantinen in die Hände und rannte vor ihm her.

Unterwegs entnahm der Wundarzt den Reden seines Führers, daß Monsieur Rouault zu den wohlhabendsten Landwirten gehören mußte. Er hatte am gestrigen Abend das Bein gebrochen, als er vom Dreikönigsschmaus bei einem Nachbarn zurückgekehrt war. Seine Frau war seit zwei Jahren tot. Er hatte nur seine *Demoiselle* bei sich; sie half ihm den Haushalt führen.

Die Radspuren wurden tiefer. Man näherte sich Les Bertaux. Der kleine Knirps schlüpfte durch ein Loch in der Hecke und verschwand, erschien dann wieder am Ende eines Hofs, um dessen Gatter zu öffnen. Das Pferd rutschte über das nasse Gras; Charles zog den Kopf ein, um unter den Zweigen durchzukommen. Die Wachhunde in der Hütte bellten und zerrten an ihrer Kette. Als er in Les Bertaux eintritt, scheute sein Pferd und vollführte einen großen Satz zur Seite.

Der Hof machte einen guten Eindruck. Im Stall sah man durch den offenen oberen Teil der Türen dicke Ackergäule stehen, die geruhsam aus neuen Raufen fraßen. Längs der Gebäude zog sich ein breiter Misthaufen hin, aus dem es dampfte, und auf ihm herum pickten zwischen den Hühnern und Puten fünf oder sechs Pfauen – der Luxus der Geflügelhöfe im Pays de Caux. Der Schafstall war lang, die Scheune war hoch und hatte spiegelglatte Wände. Im Schuppen standen zwei große Wagen und vier Pflüge mit ihren Peitschen, ihren Kummeten und ihrem vollständigen Geschirr, dessen blauwollener Besatz vom feinen, aus den Speichern herabrieselnden Staub beschmutzt wurde. Das ansteigende Gelände war in gleichmäßigen Abständen mit Bäumen bepflanzt, und vom Tümpel her tönte der muntere Lärm einer Gänseherde.

Eine junge Frau in einem mit drei Volants verzierten blauen Merinokleid trat in die Haustür, um Monsieur Bovary zu begrüßen. Sie führte ihn in die Küche, wo ein großes Feuer brannte. Um es herum kochte in kleinen Töpfen von verschiedener Form das Frühstück der Leute. Im Kamin trockneten feuchte Kleidungsstücke. Die Kohlenschaufel, die Feuerzangen und der Schnabel des Blasebalgs, alle von riesigem Ausmaß, glänzten wie polierter Stahl; an den Wänden hing eine Unmenge Küchengerät, in dem sich die helle Herdflamme zusammen mit den ersten durch die Scheiben dringenden Sonnenstrahlen spiegelte.

Charles stieg ins Obergeschoß hinauf, um nach dem Kranken zu schauen. Er fand ihn im Bett, wo er unter seinen Decken schwitzte, die Nachtmütze hatte er weit von sich geworfen. Er war ein dicker kleiner Mann von fünfzig Jahren, hatte eine weiße Haut, blaue Augen, ein kahles Vorderhaupt und trug Ohrringe. Neben ihm stand auf einem Stuhl eine große Karaffe Branntwein, aus der er sich von Zeit zu Zeit einschenkte, um sich Mut anzutrinken; doch als er den Arzt sah, legte sich seine Erregung sofort, und statt wie seit zwölf Stunden zu fluchen, begann er schwach zu ächzen.

Es war ein einfacher Bruch ohne irgendwelche Komplikation. Charles hätte sich einen leichteren Fall nicht zu erhoffen gewagt. In Erinnerung an die Allüren seiner Lehrmeister am Bett der Verletzten tröstete er deshalb den Patienten mit allerlei guten Worten, chirurgischen Liebkosungen, die wie das Öl sind, mit dem man die Skalpelle einfettet. Für die Schienen wurde im Wagenschuppen ein Bündel Latten geholt. Charles wählte eine aus, schnitt sie in Stücke und glättete sie mit einer Glasscherbe, während die Magd Leintücher zerriß, um Binden daraus zu machen und Mademoiselle Emma kleine Polster zu nähen versuchte. Als sie ihr Nähzeug nicht sogleich fand, wurde ihr Vater ärgerlich; sie gab kein Widerwort, aber beim Nähen stach sie sich in die Finger, führte sie darauf an den Mund und lutschte an ihnen.

Ihre weißen Nägel überraschten Charles. Sie glänzten, endeten in feinen Spitzen, sie waren sorgfältiger gereinigt als Diepper Elfenbeinfiguren und mandelförmig geschnitten. Ihre Hand allerdings war nicht schön, nicht blaß genug vielleicht und an den Knöcheln ein wenig rauh, sie war auch zu lang und in den Konturen ohne weiche Biegung. Schön an ihr waren die Augen; obwohl braun, schienen sie im Schatten der Wimpern schwarz zu sein, und ihr Blick begegnete offen, mit naiver Kühnheit.

Nachdem der Verband angelegt war, wurde der Arzt von Monsieur Rouault persönlich aufgefordert, vor dem Aufbruch *einen Happen zu sich zu nehmen.*

Charles ging hinunter in das große Zimmer im Erdgeschoß. Vor einem breiten Bett, dessen Betthimmel mit einem gemusterten, türkische Gestalten darstellenden Baumwollstoff bezogen war, stand dort ein Tischchen, mit Geschirr und Silberbechern für zwei Personen gedeckt. Aus einem hohen, gegenüber dem Fenster stehenden Eichenschrank drang ein Geruch von Iris und feuchten Leintüchern. In den Ecken waren Getreidesäcke aufgestellt. Es war der Überschuß aus der nahen Kornkammer, zu der man über drei Steinstufen gelangte. Als Zimmerschmuck hing an einem Nagel mitten an der Wand, deren grüner Anstrich wegen des Salpeters abblätterte, die goldgerahmte Zeichnung eines Minervakopfes; unter ihr stand in gotischer Schrift: »Meinem lieben Papa«.

Sie sprachen zuerst über den Kranken, dann über das zur Zeit herrschende Wetter, die strenge Kälte, die Wölfe, die nachts über die Felder liefen. Mademoiselle Rouault gefiel es wenig auf dem Lande, zumal jetzt, da die Sorge um den Gutsbetrieb fast allein auf ihr lastete. Weil es im Zimmer kalt war, klapperte sie beim Essen mit den Zähnen, dadurch öffneten sich leicht ihre vollen Lippen, an denen sie, wenn sie schwieg, zu nagen pflegte.

Um ihren Hals lag ein weißer Kragen. Ihr durch einen auf dem Oberkopf feinen, sich der Schädelform folgend leicht vertiefenden Mittelscheitel in zwei Bahnen geteiltes schwarzes Haar war so glatt, daß es wie aus einem Stück erschien; es ließ kaum das Ohrläppchen sehen, war im Nacken zu einem üppigen Knoten zusammengefaßt und zeigte an den Schläfen eine Wellenbewegung, wie sie der Landarzt zum ersten Mal in seinem Leben sah. Ihre Wangen waren rosig. Zwischen zwei Knöpfe ihres Mieders gesteckt trug sie wie ein Mann ein in Schildpatt gefaßtes Lorgnon bei sich.

Als Charles sich oben vom Vater Rouault verabschiedet hatte und, bevor er ging, nochmals ins Zimmer trat, stand sie am Fenster, drückte die Stirn an die Scheibe und blickte auf den Garten, wo der Wind die Bohnenstangen umgeworfen hatte. Sie wandte sich um.

»Suchen Sie etwas?« fragte sie.

»Meine Reitpeitsche, mit Verlaub«, antwortete er.

Und er begann nach ihr zu stöbern, auf dem Bett, hinter den Türen, unter den Stühlen; sie war zwischen den Säcken und der Wand zu Boden gefallen. Mademoiselle Emma entdeckte sie und beugte sich über die Getreidesäcke. Charles eilte rücksichtsvoll hinzu, und da auch er mit der gleichen Bewegung den Arm ausstreckte, spürte er, wie seine Brust den Rücken des unter ihm gebückten jungen Mädchens berührte. Ganz rot im Gesicht richtete sie sich wieder auf und warf ihm, als sie ihm den Ochsenziemer reichte, über die Schulter hinweg einen Blick zu.

Statt, wie versprochen, nach drei Tagen wieder nach Les Bertaux zu kommen, kam er bereits tags darauf, dann regelmäßig jede Woche zweimal, ungerechnet die unerwarteten Besuche, die er manchmal gleichsam wie aus Versehen dort abstattete.

Übrigens ging alles gut; die Heilung nahm den normalen Verlauf, und als man nach sechsundvierzig Tagen sah, wie der alte Rouault in seinem *Gemäuer* sich darin versuchte, allein umherzustiefeln, begann man Monsieur Bovary für einen Mann von großem Fachkönnen zu halten. Der alte Rouault sagte, die ersten Ärzte von Yvetot oder sogar von Rouen hätten ihn nicht besser heilen können.

Charles stellte sich nie die Frage, warum er so gerne nach Les Bertaux ging. Hätte er darüber nachgedacht, so hätte er seinen Eifer wohl mit dem Ernst des Falls begründet und vielleicht mit dem Gewinn, den er sich von ihm erhoffte. War es deshalb jedoch, daß seine Besuche auf dem Gutshof im stumpfen Tun seines Lebens eine reizvolle Ausnahme darstellten? An solchen Tagen stand er früh auf, galoppierte davon, trieb sein Tier an, saß dann ab, um sich die Schuhe am Gras abzuwischen und zog seine schwarzen Handschuhe an, bevor er eintrat. Er liebte es, sich im Hof ankommen zu sehen, das Drehkreuz des Gatters an der Schulter, liebte es, wenn der Hahn auf der Mauer krähte und die Knechte ihm entgegenliefen. Er liebte den Schuppen und die Ställe; er liebte den Vater Rouault, der ihm auf die Hand klopfte und ihn seinen Retter nannte; er liebte Mademoiselle Emmas kleine Holzpantinen auf den frischgewaschenen Fliesen der Küche; ihre hohen Absätze ließen sie ein wenig größer erscheinen, und wenn sie vor ihm herschritt, hob sich das trockene Geräusch ihrer flinken Holzsohlen vom ledernen seiner Stiefel ab.

Sie begleitete ihn stets bis zur ersten Stufe der Freitreppe. Wenn man sein Pferd noch nicht vorgeführt hatte, blieb sie dort stehen. Sie hatten sich voneinander verabschiedet, redeten nichts mehr; die Luft umfing sie, brachte ihr flaumiges Nackenhaar durcheinander oder riß an ihren Schürzenbändern, die wie Wimpel um ihre Hüften flatterten. Einmal war Tauwetter, aus der Rinde der Bäume sickerte es in den Hof, auf den Dächern der Gebäude schmolz der Schnee. Sie trat in die Tür; sie ging ihren Sonnenschirm holen, sie spannte ihn auf. Die Sonne drang durch die taubenbrustgraue Seide des Schirms und verteilte wandelnde Reflexe über der weißen Haut ihres Gesichts. Sie lächelte darunter in die laue Wärme; und man hörte die Wassertropfen einen nach dem anderen auf die gespannte Seide fallen.

In der ersten Zeit von Charles' häufigen Besuchen in Les Bertaux hatte seine Frau es nie versäumt, sich nach dem Kranken zu erkundigen und hatte Monsieur Rouault in ihrer doppelten Buchführung sogar eine schöne unbeschriebene Seite vorbehalten. Als sie jedoch hörte, daß er eine Tochter hatte, zog sie Erkundigungen ein; und so erfuhr sie, daß Mademoiselle Rouault im Kloster, bei den Ursulinerinnen erzogen worden war, eine sogenannte *feine Bildung* erhalten hatte und infolgedessen Kenntnisse im Tanzen, in Geographie, im Zeichnen, Sticken und Klavierspiel besaß. Das war zuviel!

Darum also, sagte sie sich, hat er ein so heiteres Gesicht, wenn er zu ihr geht, darum zieht er seine neue Jacke an auf die Gefahr hin, sie im Regen zu verderben? Oh, dieses Weib, dieses Weib! ...

Und sie haßte sie instinktiv. Zuerst machte sie sich mit Anspielungen Luft. Charles verstand sie nicht; dann mit anzüglichen Bemerkungen, die er aus Angst vor einem Gewitter durchgehen ließ; schließlich mit unumwundenen Ausfällen, auf die er nicht zu antworten vermochte. Wieso ging er immer noch nach Les Bertaux, obwohl Monsieur Rouault geheilt war und diese Leute da noch nicht gezahlt hatten? Ja, weil es dort *eine Person* gab, jemanden, der zu plaudern verstand, eine am Stickrahmen, einen Schöngeist. Das gefiel ihm also: er brauchte Stadtfräuleins! Und sie fuhr fort:

»Die Tochter des alten Rouault, ein Stadtfräulein! Was nicht gar! deren Großvater war Schäfer, und sie haben einen Vetter, der wegen einer tätlichen Auseinandersetzung während eines Streits fast vors Schwurgericht gekommen wäre. Da nützt es nichts großzutun und auch nichts, sich sonntags in der Kirche in einem Seidenkleid zu zeigen wie eine Gräfin. Armer Kerl übrigens, ohne die Rapsernte vom letzten Jahr wäre er recht in Verlegenheit gewesen, wie seine rückständigen Schulden bezahlen!«

Um des lieben Friedens willen stellte Charles seine Besuche in Les Bertaux ein. In einem heftigen Liebesausbruch hatte Héloise ihn nach vielen Schluchzern und Küssen mit der Hand auf dem Meßbuch schwören lassen, daß er nicht mehr hingehen werde. Er gehorchte also, doch die Kühnheit seines Verlangens empörte sich gegen die Unterwürfigkeit seines Verhaltens, und in einer Art naiver Heuchelei urteilte er, aus dem Verbot, sie zu sehen, erwüchse für ihn das Recht, sie zu lieben. Und außerdem war die Witwe mager; sie hatte lange Zähne; sie trug in jeder Jahreszeit einen kleinen schwarzen Schal, dessen Spitze ihr zwischen den Schulterblättern hing; ihre harte Gestalt war in futteralenge Kleider gezwängt, die zu kurz waren, ihre Knöchel sehen ließen und die über grauen Strümpfen sich kreuzenden Bänder ihrer breiten Schuhe.

Charles' Mutter kam mitunter zu Besuch; doch nach einigen Tagen schien die Schwiegertochter sie gegen ihren Sohn aufzuhetzen, und gleich zwei Messern ritzten sie ihm dann die Haut mit ihren Bemerkungen und Feststellungen. Es war falsch von ihm, so viel zu essen! Warum immer dem Erstbesten gleich ein Schnäpschen anbieten? Welche Halsstarrigkeit, kein flanellenes Unterzeug tragen zu wollen!

Zu Beginn des Frühjahrs begab es sich, daß ein Notar von Ingouville, der das Kapitalvermögen der Witwe Dubuc verwaltete, sich auf und davon machte und alle Gelder seiner Kanzlei mitnahm. Héloise besaß zwar außer dem auf sechstausend Francs geschätzten Anteil an einem Schiff noch ihr Haus in der rue Saint-François; gleichwohl war von dem ganzen Reichtum, von dem man so viel Aufhebens gemacht hatte, nie etwas außer einigen Möbeln und Nippfiguren im Haushalt zum Vorschein gekommen. Die Sache mußte geklärt werden. Das Haus in Dieppe erwies sich als bis zu seinen Grundpfählen von Hypotheken zerfressen; was sie beim Notar hinterlegt haben mochte, wußte Gott allein, und der Bootsanteil belief sich auf nicht mehr als tausend Taler. Sie hatte also gelogen, die gute Dame! In seiner Entrüstung zertrümmerte der Vater Bovary einen Stuhl auf den Fliesen und beschuldigte seine Frau, ihrer beider Sohn ins Unglück gestoßen zu haben, indem sie ihn mit einer solchen Schindmähre verkuppelt habe, deren Geschirr das Fell nicht wert war. Sie fuhren nach Tostes. Die Aussprache fand statt. Es kam zu Szenen. In Tränen aufgelöst warf sich Héloise ihrem Mann in die Arme und beschwor ihn, sie vor seinen Eltern in Schutz zu nehmen. Charles wollte sich für sie einsetzen. Die Eltern erbosten sich und gingen.

Doch *der Hieb hatte getroffen.* Acht Tage danach, als sie in ihrem Hof Wäsche zum Trocknen ausbreitete, erlitt sie einen Blutsturz, und am nächsten Abend, als Charles ihr den Rücken zukehrte, um den Fenstervorhang zu schließen, sagte sie »Ah! mein Gott!«, stieß einen Seufzer aus und fiel in Ohnmacht. Sie war tot! Welche Überraschung!

Als auf dem Friedhof alles erledigt war, kehrte Charles nach Hause zurück. Unten fand er niemand; er ging hinauf ins Obergeschoß, ins Zimmer, sah ihr Kleid, das noch am Fußende des Alkovens hing; da lehnte er sich an den Schreibtisch und blieb bis zum Abend in schmerzlicher Träumerei verloren. Immerhin hatte sie ihn doch geliebt.

## III

Eines Morgens brachte der Vater Rouault das Honorar für die Behandlung des Beins: fünfundsiebzig Francs in Vierzig-sous-Stücken und eine Truthenne. Er hatte von seinem Unglück gehört und tröstete ihn, so gut er konnte.

»Ich weiß, was das heißt«, sagte er und schlug ihm auf die Schulter, »mir ist es wie Ihnen ergangen, mir auch! Als ich meine arme Verstorbene verloren hatte, ging ich durch die Felder, um ganz allein zu sein; ich warf mich unter einem

Baum hin; ich weinte, ich rief den lieben Gott an und sagte ihm törichtes Zeug; ich hätte wie die Maulwürfe sein wollen, die ich im Gezweig hängen sah und denen die Würmer im Bauch wimmelten, krepiert eben. Und wenn ich daran dachte, daß andere im gleichen Augenblick bei ihren lieben Frauchen waren und sie an sich drückten, schlug ich mit meinem Stock wild auf den Boden; ich war fast wahnsinnig, ich aß nicht mehr; allein die Vorstellung, ins Wirtshaus zu gehen, ekelte mich an, Sie werden es kaum für möglich halten. Nun, und dann, ganz langsam, als ein Tag den anderen vertrieb, ein Frühling auf einen Winter und ein Herbst auf einen Sommer folgte, ist das Stück für Stück versickert; es ist vergangen, es war verschwunden, es hat sich gesenkt, wollte ich sagen, denn im Innern bleibt einem immer etwas, wie ein ... ein Gewicht, da, auf der Brust! Aber weil das unser aller Los ist, darf man sich auch nicht dahinkümmern lassen und weil andere gestorben sind, sterben wollen ... Sie müssen sich aufraffen, Monsieur Bovary; es geht vorüber! Kommen Sie uns besuchen; meine Tochter, müssen Sie wissen, die denkt manchmal an Sie und behauptet sonst, Sie würden sie vergessen. Bald ist Frühling; wir werden Sie im Revier ein Kaninchen schießen lassen, um Sie ein wenig zu zerstreuen.«

Charles befolgte seinen Rat. Er ritt wieder nach Les Bertaux. Er fand dort alles noch wie vor kurzem, das heißt, wie vor fünf Monaten. Die Birnbäume standen schon in Blüte, und der gute Rouault, nun wieder auf den Beinen, kam und ging und sorgte für Betriebsamkeit auf dem Hof.

Da er es für seine Pflicht hielt, dem Arzt wegen dessen schmerzlicher Lage so viele Rücksichten wie nur möglich zu erweisen, bat er ihn, den Hut nicht abzunehmen, sprach mit leiser Stimme zu ihm, wie zu einem Kranken, und stellte sich sogar erzürnt, weil man ihm nicht etwas zurechtgemacht hatte, was leichter war als alles übrige, wie etwa kleine Sahnebecher oder gekochte Birnen. Er erzählte ihm Geschichten. Charles überraschte sich dabei, wie er lachte, aber die Erinnerung an seine Frau, die sich plötzlich einstellte, verdüsterte ihn wieder. Der Kaffee wurde gebracht; er dachte nicht mehr an sie.

Er dachte immer weniger an sie, je mehr er sich daran gewöhnte, allein zu leben. Die neue Annehmlichkeit, unabhängig zu sein, machte ihm die Einsamkeit erträglicher. Er konnte nunmehr die Essenszeiten ändern, kommen und gehen, ohne Gründe angeben zu müssen und, wenn er rechtschaffen müde war, sich in seinem Bett breit machen und alle viere ausstrecken. Er pflegte und hätschelte sich also und nahm die Tröstungen entgegen, die man ihm spendete. Zudem hatte ihm der Tod seiner Frau in seinem Beruf nicht wenig genützt, denn einen Monat lang hatte jedermann immer von neuem gesagt: »Der arme junge Mensch! So ein Unglück!« Sein Ruf hatte sich verbreitet, seine Kundschaft hatte zugenommen, und außerdem begab er sich nach Les Bertaux, wann es ihm beliebte. Ihn bewegte eine ziellose Hoffnung, ein undeutliches Glücksgefühl; wenn er vor dem Spiegel seinen Backenbart bürstete, schien ihm sein Gesicht gefälliger geworden zu sein.

Eines Tages traf er gegen drei Uhr ein; alle Welt war auf den Feldern; er trat in die Küche, bemerkte Emma aber zuerst nicht; die Wetterläden waren geschlossen. Durch die Ritzen des Holzes zog die Sonne über die Fliesen lange dünne Lichtbahnen, die sich an den Kanten der Möbel brachen und an der Zimmerdecke zitterten. Auf dem Tisch liefen Fliegen an benutzten Gläsern empor und summten, wenn sie am Grund im restlichen Apfelwein ertranken. Das durch den Kamin einfallende Licht verlieh dem Ruß auf den Herdplatten Samtglanz und färbte die kalte Asche bläulich. Zwischen Fenster und Herd saß Emma und nähte; sie hatte kein Tuch umgelegt, und auf ihren bloßen Schultern waren kleine Schweißtropfen zu sehen.

Nach ländlicher Sitte forderte sie ihn auf, etwas zu trinken. Er lehnte ab, sie bestand darauf und schlug ihm schließlich lachend vor, mit ihr ein Glas Likör zu trinken. Sie holte also eine Flasche Curaçao aus dem Schrank, langte nach zwei kleinen Gläsern, füllte das eine bis zum Rande, goß in das andere kaum etwas ein und führte es, nachdem sie mit ihm angestoßen hatte, zum Mund. Da es fast leer war, lehnte sie sich, um zu trinken, zurück, und so, mit zurückgelegtem Kopf, vorgeschobenen Lippen, gerecktem Hals lachte sie, weil sie nichts spürte und streckte die Zungenspitze zwischen den feinen Zähnen hervor, um mit kleinen Stößen den Boden des Glases auszulecken.

Sie setzte sich wieder, nahm ihre Arbeit wieder auf, einen weißen Baumwollstrumpf, den sie stopfte: sie arbeitete mit gesenkter Stirn, sie sprach nicht, Charles auch nicht. Der unter der Tür hereindringende Luftzug trieb ein wenig Staub auf die Fliesen; Charles sah zu, wie er sich verteilte und hörte nur das Hämmern in seinem Kopf und in der Ferne das Gackern eines Huhns, das im Hof ein Ei legte. Von Zeit zu Zeit erfrischte Emma sich die Wangen mit ihren Handflächen, die sie danach am Eisenknauf der großen Feuerböcke wieder kühlte.

Sie klagte, seit Beginn der Jahreszeit Schwindelanfälle zu haben; sie fragte, ob Seebäder nützen könnten, sie fing an, von der Klosterschule zu sprechen, Charles vom Gymnasium, die Sätze stellten sich ihnen ein. Sie gingen hinauf in ihr Zimmer. Sie ließ ihn ihre alten Musikalienhefte sehen, die kleinen Bücher, die sie als Preise erhalten hatte, und die am Boden eines Schranks welkenden Eichenlaubkränze. Sie erzählte ihm auch von ihrer Mutter, vom Friedhof, und zeigte ihm sogar das Gartenbeet, dessen Blumen sie an jedem ersten Freitag im Monat abpflückte, um sie auf ihr Grab zu legen. Aber der Gärtner, den sie hatten, verstehe nichts davon; man werde so schlecht bedient! Sie hätte gern, und wenn es auch nur für den Winter wäre, in der Stadt gewohnt, obgleich die Länge der Schönwettertage das Land im Sommer vielleicht noch langweiliger machte – und je nachdem, was sie sagte, klang ihre Stimme hell, scharf oder schleppte sich, plötzlich von Wehmut erfüllt, in Modulationen dahin, die, wenn sie mit sich selbst sprach, fast in einem Murmeln endeten – bald war sie heiter, und ihre Augen sahen unbefangen umher, bald waren ihre Lider halb geschlossen über einem verdrossenen Blick, und ihre Gedanken schweiften ab.

Als er abends zurückkehrte, nahm Charles sich die Sätze, die sie ihm gesagt hatte, einen nach dem anderen wieder vor, versuchte, sie sich ins Gedächtnis zu rufen, ihren Sinn zu ergänzen, um sich in die Teilstrecke ihres Lebens hineinzudenken, die sie zurückgelegt hatte, als er sie noch nicht kannte. Aber nie vermochte er sie im Geist anders zu sehen als so, wie er sie zum ersten Mal gesehen hatte oder so, wie er sie eben verlassen hatte. Dann fragte er sich, was wohl aus ihr werden mochte, wenn sie sich verheiratete und mit wem? ach! der Vater Rouault war recht begütert, und sie! ... so schön! Doch immer wieder trat Emmas Gesicht vor seine Augen, und etwas Monotones wie das Brummen eines Kreisels summte in seinen Ohren: »Wenn du aber nun heiraten würdest! Wenn du heiraten würdest!« Nachts schlief er nicht, die Kehle wurde ihm eng, er hatte Durst; er stand auf, trank aus seinem Wasserkrug und öffnete das Fenster; der Himmel war voller Sterne, ein warmer Wind strich vorüber, in der Ferne bellten Hunde. Er wandte den Kopf in die Richtung, in der Les Bertaux lag.

Da er dachte, daß er schlußendlich nichts dabei riskiere, nahm Charles sich vor, sobald die Gelegenheit sich böte, um Emma anzuhalten; doch jedesmal, wenn sie sich bot, verschloß die Angst, die richtigen Worte nicht zu finden, ihm die Lippen.

Der alte Rouault hätte nichts dagegen gehabt, daß man ihm seine Tochter vom Halse schaffte, die ihm im Haus kaum von Nutzen war. Er entschuldigte sie insgeheim, da er fand, sie sei zu gescheit für die Landwirtschaft, dieses vom Himmel verfluchte Gewerbe, bei dem nie ein Millionär anzutreffen war. Weit davon entfernt, ein Vermögen gemacht zu haben, setzte der gute Mann jedes Jahr zu; denn wenn er sich auch auf den Märkten hervortat und dabei mit Vergnügen die landläufigen Listen anwandte, verstand er sich doch weniger als wer auch immer auf den eigentlichen Anbau und die Gutsverwaltung. Er nahm die Hände nicht gern aus den Taschen und scheute in allem, was sein Leben betraf, keine Ausgaben, wollte gut essen, es gut warm haben, gut schlafen. Er liebte den Apfelwein, die nur halb durchgebratenen Keulen, die lange geschlagenen *Brändelchen*. Seine Mahlzeiten nahm er allein in der Küche vor dem Feuer ein, an einem kleinen Tisch, den man ihm, wie im Theater, fertig gedeckt brachte.

Als er bemerkte, daß Charles in Gegenwart seiner Tochter rote Backen bekam, was bedeutete, daß er demnächst um sie anhalten würde, ließ er sich die ganze Sache darum im voraus gründlich durch den Kopf gehen. Er fand ihn zwar ein bißchen *mickerig*, und es war das nicht ein Schwiegersohn, wie er ihn sich gewünscht hätte; aber es hieß von ihm, daß er anständig, sparsam und sehr gelehrt sei, und wegen der Mitgift würde er sicherlich mit sich reden lassen. Und da der alte Rouault vor der Notwendigkeit stand, zweiundzwanzig Acres *seines Besitzes* zu verkaufen, da er dem Maurer viel schuldete, dem Geschirrmacher viel schuldete, da der Wellbaum der Kelter erneuert werden mußte, sagte er sich:

»Wenn er um sie anhält, gebe ich sie ihm.«

Zu Michaelis hatte Charles drei Tage in Les Bertaux verbracht. Der letzte Tag war wie die beiden davor vergangen, von Viertelstunde zu Viertelstunde hatte er den Antrag hingeschoben. Der alte Rouault gab ihm noch das Geleit; sie schritten durch einen Hohlweg, gleich würden sie sich trennen; der Augenblick war gekommen. Charles nahm sich Zeit bis zum Ende der Hecke und erst, als sie sie hinter sich gelassen hatten, murmelte er:

»Meister Rouault, ich möchte Ihnen etwas sagen.«

Sie blieben stehen. Charles schwieg.

»Aber so reden Sie schon! weiß ich nicht ohnehin alles?« sagte der alte Rouault und lachte leise.

»Vater Rouault ... Vater Rouault«, stammelte Charles.

»Was mich betrifft, von Herzen gern«, fuhr der Landwirt fort. »Aber obwohl die Kleine gewiß denkt wie ich, muß man sie doch erst um ihre Meinung fragen. Gehen Sie also; ich mache mich auf nach Hause. Wenn sie ja sagt, verstehen Sie, brauchen Sie nicht zurückzukommen, wegen der Leute und weil es sie außerdem zu sehr aufregen würde. Damit Sie aber nicht Blut schwitzen müssen, werde ich den Fensterladen weit bis an die Mauer aufstoßen: Sie können es von dort hinten sehen, wenn Sie sich über die Hecke beugen.«

Und er ging davon.

Charles band sein Pferd an einen Baum. Er lief zu dem

Fußpfad, stellte sich hin und wartete. Eine halbe Stunde verstrich, dann zählte er weitere neunzehn Minuten auf seiner Uhr. Plötzlich gab es an der Hauswand ein Geräusch; der Wetterladen hatte sich aufgeklappt, der Sperrhaken zitterte noch.

Am nächsten Morgen war er schon um neun Uhr auf dem Hof. Emma errötete, als er eintrat, obwohl sie, um ihre Fassung zu bewahren, ein wenig zu lachen versuchte. Vater Rouault umarmte seinen künftigen Schwiegersohn. Die Besprechung der geschäftlichen Abmachungen wurde verschoben; dafür blieb noch Zeit genug, da die Hochzeit schicklicherweise nicht vor Ablauf von Charles' Trauerjahr, das heißt im nächsten Frühling, stattfinden konnte.

Der Winter verstrich in dieser Erwartung. Mademoiselle Rouault beschäftigte sich mit ihrer Aussteuer. Ein Teil davon wurde in Rouen bestellt, und sie nähte sich Hemden und Nachthemden nach Modezeichnungen, die sie sich auslieh. Bei Charles' Besuchen auf dem Gutshof sprachen sie über die Hochzeitsvorbereitungen, sie überlegten, in welchem Raum das Festmahl gegeben werden sollte, sie träumten von der notwendigen Zahl der Gerichte und von der Art der Vorspeisen.

Emma allerdings hätte um Mitternacht im Fackelschein heiraten wollen; aber Vater Rouault hatte für diese Idee kein Verständnis. Es gab also eine Hochzeitsfeier, zu der dreiundvierzig Personen kamen, bei der man sechzehn Stunden zu Tisch saß und die am nächsten Tag von neuem begann und an den folgenden Tagen noch ein wenig fortgesetzt wurde.

## IV

Die Gäste trafen frühzeitig in Wagen ein, Einspännern, zweiräderigen Kremsern, alten Kabrioletts ohne Verdeck, Möbelwagen mit Ledervorhängen, und die jungen Leute aus den nächsten Ortschaften in Leiterwagen, in denen sie aufrecht nebeneinander standen und die Hände auf die Rüstleitern stützten, um nicht umzufallen, denn sie fuhren im Trab und wurden hart durchgeschüttelt. Manche kamen aus dem Umkreis von zehn Meilen, aus Goderville, aus Normanville und aus Cany. Man hatte alle Verwandten beider Familien eingeladen, man hatte sich mit seinen zerstrittenen Freunden versöhnt, man hatte an Bekannte geschrieben, die man seit langem aus den Augen verloren hatte.

Von Zeit zu Zeit hörte man hinter der Hecke Peitschenknallen; kurz darauf öffnete sich das Gatter: ein Kremser fuhr ein. Im Galopp ging es bis zur ersten Stufe der Freitreppe, wo mit einem Ruck gehalten wurde und die Insassen von allen Seiten ausstiegen, sich die Knie rieben und die Arme streckten. Die Damen, in Haube, trugen Kleider von städtischem Schnitt, goldene Uhrketten, Pelerinen, deren Zipfel über Kreuz in den Gürtel gesteckt waren, oder kleine farbige Schultertücher, die im Rücken mit einer Nadel befestigt waren und den Nacken freiließen. Die gleich wie ihre Papas gekleideten Buben schienen sich in ihren neuen Anzügen nicht wohl zu fühlen (viele weihten an diesem Tag sogar ihr erstes Paar Stiefel ein), und neben ihnen sah man, stumm in seinem weißen Kommunionkleid, das zu diesem Anlaß verlängert worden war, irgendein großes Mädchen von vierzehn oder sechzehn Jahren, wahrscheinlich ihre Kusine oder ihre ältere Schwester, rotbäckig, verlegen, das Haar fett von

Rosenpomade und ängstlich bemüht, sich die Handschuhe nicht schmutzig zu machen. Da nicht genug Stallknechte da waren, um alle Wagen auszuspannen, krempelten die Herren die Ärmel hoch und legten selbst Hand an. Je nach gesellschaftlicher Stellung trugen sie Fräcke, Gehröcke, Jakken, Leibröcke – die von der Familie hoch in Ehren gehaltenen guten Kleider, die nur zu feierlichen Anlässen aus dem Schrank genommen wurden: Gehröcke mit langen, im Wind flatternden Schößen, mit zylindrischem Kragen, mit Taschen so weit wie Säcke; Jacken aus grobem Tuch, die sonst eine Mütze mit kupfereingefaßtem Schirm begleiteten; sehr kurze Röcke, die im Rücken zwei wie ein Augenpaar nahe beieinander sitzende Knöpfe hatten und deren Schöße von der Axt des Zimmermanns aus einem einzigen Block herausgehauen zu sein schienen. Einige weitere (aber die mußten selbstverständlich am unteren Ende der Tafel essen) trugen Festtagsblusen, das heißt solche mit Umlegekragen, gefälteltem Rücken, um deren Taille sich ein tiefsitzender genähter Gürtel schloß.

Und die Hemden wölbten sich wie Harnische über den Brüsten. Jedermann war frisch geschoren, die Ohren standen von den Köpfen ab, man war glatt rasiert; einige, die schon vor Tagesgrauen aufgestanden waren und, als sie sich rasierten, nicht genug sehen hatten können, hatten nun quer unter der Nase Schnitte oder längs der Kiefer Hautabschürfungen, groß wie Drei-Francs-Münzen, die der scharfe Wind auf der Fahrt gereizt hatte, was diese breiten, weißen, vergnügten Gesichter ein wenig mit rosa Flecken marmorierte.

Da das Standesamt eine halbe Meile vom Gutshof entfernt war, begab man sich zu Fuß hin und kehrte ebenso zurück, nachdem die kirchliche Zeremonie vorüber war. Der

Festzug, der sich zuerst gleichmäßig wie eine einzige, sich durch das Land wellende bunte Schärpe auf dem schmalen Weg zwischen den grünen Kornfeldern hindurchgeschlängelt hatte, wurde bald länger und löste sich in verschiedene Gruppen auf, die zurückblieben und plauderten. Der Spielmann mit seiner Violine, deren Schnecke Bänder schmückten, ging an der Spitze; dann folgten die Neuvermählten, die Verwandten, die Freunde, wie es sich zufällig ergab, und am Schluß die Kinder, die sich damit vergnügten, die Ährchen von den Haferrispen zu reißen oder sich gegenseitig zu nekken, ohne daß man sie sah. Emmas Kleid war zu lang, und der Saum schleifte ein wenig; dann und wann blieb sie stehen, um es hochzuraffen und mit ihren behandschuhten Händen vorsichtig die rauhen Gräser und kleinen Distelstacheln zu entfernen, während Charles mit leeren Händen wartete, bis sie fertig war. Vater Rouault, dem ein neuer Seidenhut auf dem Kopf saß und dem die Ärmelaufschläge seines Fracks die Hände bis zu den Nägeln bedeckten, reichte Mutter Bovary den Arm. Was den alten Monsieur Bovary betrifft, der im Grunde all diese Leute verachtete und nur in einem einreihigen Gehrock von militärischem Zuschnitt gekommen war, so verzapfte er einer jungen blonden Bäuerin Wirtshausschmeicheleien. Sie verneigte sich, errötete und wußte nicht, was sie antworten sollte. Die übrigen Hochzeitsgäste sprachen von ihren Geschäften oder trieben Possen, um sich im voraus in heitere Stimmung zu versetzen; und wenn man genau hinhörte, vernahm man noch immer die Fiedel des Spielmanns, der auf dem freien Feld weitergeigte. Als er bemerkte, daß die Gesellschaft weit hinter ihm zurückgeblieben war, blieb er stehen, um wieder zu Atem zu kommen, rieb seinen Bogen lange mit Kolophonium ein, damit die Saiten besser quietschen konnten, schritt dann wieder weiter, wobei er den Hals seiner Violine abwechselnd hob und senkte, um sich selbst den Takt anzugeben. Das Geräusch des Instruments scheuchte in weitem Umkreis die kleinen Vögel auf.

Unter dem Vordach der Remise war die Festtafel aufgestellt. Als Speisen gab es vier Lendenbraten, sechs Schüsseln mit Hühnerfrikassee, geschmortes Kalbfleisch, drei Hammelkeulen und in der Mitte, flankiert von vier Würsten mit Sauerampfer, ein hübsches gebratenes Spanferkel. An den Tischecken standen Karaffen mit Branntwein. Der süße, in Flaschen abgefüllte Apfelwein trieb seinen dichten Schaum um die Stopfen, und alle Gläser waren im voraus bis zum Rand mit Wein gefüllt worden. Große Schalen mit gelber Creme, die beim geringsten Ruck am Tisch erbebten, boten auf ihrer glatten Oberfläche in schnörkeliger Nonpareille die Initialen der Neuvermählten dar. Für die Torten und die Mandelkuchen hatte man einen Konditor aus Yvetot holen lassen. Da er in der Gegend erst anfing, hatte er sich Mühe gegeben; und beim Nachtisch trug er persönlich eine mehrstöckige Torte auf, die einen Ausruf der Bewunderung auslöste. Ihr Unterbau war ein blaues Pappdeckelquadrat, das einen allseits von Vorhallen, Säulengängen und von in Nischen stehenden Stuckfigürchen umgebenen, mit Sternen aus Goldpapier übersäten Tempel darstellte; im zweiten Stockwerk stand ein Bergfried, umgeben von kleinen Befestigungen aus kandierter Engelwurz, Mandeln, Rosinen und Orangenvierteln, und auf der oberen Plattform schließlich, einer grünen Wiese mit Felsen, Teichen aus Gelee und Schiffen aus Haselnußschalen, sah man einen kleinen Amor sich auf einer Schaukel aus Schokolade wiegen, deren beide Pfosten statt in Kugeln in natürlichen Rosenknospen endeten.

Gegessen wurde bis zum Abend. Wer des Sitzens müde war, ging auf den Höfen spazieren oder nahm am Korkenspiel in der Scheune teil und kehrte sodann wieder an den Tisch zurück. Gegen Ende schliefen einige ein und schnarchten. Beim Kaffee aber wurden alle wieder lebendig; man stimmte Lieder an, man machte Kraftproben, man stemmte Gewichte, man versuchte, sich gegenseitig über den Tisch zu ziehen, sich Karren auf die Schultern zu heben, man erzählte schlüpfrige Witze, man küßte die Damen. Beim Aufbruch am Abend machte es den bis zu den Nüstern mit Hafer vollgefressenen Pferden Mühe, zwischen die Deichselstangen zu treten; sie schlugen aus, bäumten sich auf, das Zaumzeug riß, ihre Besitzer fluchten oder lachten, und die ganze Nacht im Mondschein galoppierten durchgehende Pferde mit ihren Wagen über die Landstraßen, sprangen in die Abzuggräben, setzten über meterhohe Steinhaufen, verfingen sich in den Böschungen, und beugten sich Frauen aus dem Wagenschlag, um die Zügel zu packen.

Diejenigen, welche in Les Bertaux blieben, zechten die ganze Nacht in der Küche. Die Kinder waren unter den Bänken eingeschlafen.

Die Braut hatte ihren Vater angefleht, sie mit den herkömmlichen Späßen zu verschonen. Einer der Vettern jedoch, ein Seefischhändler (der als Hochzeitsgeschenk sogar ein Paar Seezungen mitgebracht hatte), fing an, mit dem Mund Wasser durch das Schlüsselloch zu prusten, als der Vater Rouault gerade noch rechtzeitig kam, um ihn daran zu hindern und ihm erklärte, daß der würdige Stand seines Schwiegersohns solche Unschicklichkeiten nicht zulasse. Der Vetter gab diesen Gründen indessen nur widerwillig nach. In seinem Innern beschuldigte er den alten Rouault, hochmütig zu sein, und er ging und schloß sich in einer Ecke vier oder fünf weiteren Gästen an, die durch Zufall bei Tisch mehrmals hintereinander die geringeren Fleischstücke bekommen hatten, ebenfalls der Ansicht waren, schlecht bewirtet worden zu sein, über ihren Gastgeber zischelten und zu verstehen gaben, daß sie ihm den Ruin wünschten.

Die Mutter Bovary hatte den ganzen Tag den Mund nicht aufgemacht. Man hatte weder wegen der Toilette der Schwiegertochter noch wegen der Festordnung um ihren Rat gefragt; sie zog sich frühzeitig zurück. Statt sich ihr anzuschließen, ließ sich ihr Gatte aus Saint-Victor Zigarren holen und rauchte bis zum Morgen, trank dazu Grog mit Kirschwasser, ein der Gesellschaft unbekanntes Gemisch, das für ihn wie die Quelle eines noch höheren Ansehens wurde.

Charles war durchaus nicht von scherzhaftem Naturell, er hatte während der Hochzeit nicht geglänzt. Auf die Anspielungen, Kalauer, zweideutigen Bemerkungen, Komplimente und lockeren Reden, die auf ihn abzuschießen man sich von der Suppe an verpflichtet fühlte, hatte er nur lahm geantwortet.

Tags darauf jedoch schien er ein anderer Mensch zu sein. Man hätte eher ihn für die Jungfrau vom Vorabend halten können, während die junge Frau nichts merken ließ, woraus man hätte Schlüsse ziehen können. Die größten Schlaumeier wußten nicht, was sie davon halten sollten, und sie betrachteten sie, wenn sie an ihnen vorbeikam, mit maßloser geistiger Anspannung. Charles dagegen verheimlichte nichts. Er nannte sie »meine Frau«, duzte sie, fragte jeden nach ihr, suchte sie überall und zog sie oft mit sich hinaus auf die Höfe, wo man ihn von weitem unter den Bäumen sah. Er legte ihr den Arm um die Hüfte, beugte sich im Weitergehen halb über sie und zerknitterte mit seinem Kopf den Rüschenbesatz ihres Mieders.

Zwei Tage nach der Hochzeit brachen die Eheleute auf: Charles konnte wegen seiner Kranken nicht länger fernbleiben. Der alte Rouault ließ sie in seinem Wagen zurückbringen und begleitete sie selbst bis nach Vassonville. Dort umarmte er seine Tochter ein letztes Mal, stieg aus und machte sich auf den Rückweg. Nach etwa hundert Schritten blieb er stehen, und als er sah, wie sich der Wagen, dessen Räder sich im Staub drehten, entfernte, stieß er einen tiefen Seufzer aus. Dann dachte er an seine eigene Hochzeit, die Zeit von einst, die erste Schwangerschaft seiner Frau; auch er war heiter gewesen am Tag, als er sie von ihrem Vater in sein Haus gebracht hatte, als sie hinter ihm auf dem Pferd saß und sie durch den Schnee trabten; denn es war kurz vor Weihnachten, und das Land war ganz weiß; sie hielt sich mit einem Arm an ihm, am anderen hing ihr Korb, die langen Spitzenbänder ihres im Pays de Caux herkömmlichen Kopfputzes wehten im Wind und fuhren ihm manchmal über den Mund, und wenn er sich umwandte, sah er neben sich, auf seiner Schulter, ihr kleines rosiges Gesicht, das unter dem Goldbesatz ihrer Haube schweigend lächelte. Um sich die Finger zu wärmen, steckte sie sie ihm von Zeit zu Zeit vorn unter die Jacke. Wie lange das alles her war! Ihr Sohn wäre nun dreißig Jahre alt. Dann blickte er sich um, auf der Straße war nichts mehr zu sehen. Er fühlte sich so traurig wie ein leergeräumtes Haus, und weil sich in seinem von der Schlemmerei umnebelten Hirn die zärtlichen Erinnerungen mit den trüben Gedanken vermischten, hatte er einen Augenblick große Lust, einen Umweg zur Kirche zu nehmen. Da er jedoch befürchtete, daß ihn dieser Anblick noch trauriger machen würde, kehrte er geradewegs nach Hause zurück.

Monsieur und Madame Charles trafen gegen sechs Uhr in

Tostes ein. Die Nachbarn traten an die Fenster, um die neue Frau ihres Arztes zu sehen.

Die alte Dienstmagd stellte sich vor, begrüßte sie, entschuldigte sich, weil das Abendessen noch nicht fertig war, und forderte Madame auf, unterdessen ihr Haus in Augenschein zu nehmen.

Haus wird beschrieben d Charles denkt an sein früheres Leben und wie glücklich er ist Emma zu haben doch Emma ist unglücklich

## V

Die Backsteinfassade stand gerade in der Fluchtlinie der Straße oder vielmehr der Landstraße. Hinter der Eingangstür hingen ein Mantel mit kleinem Kragen, ein Zügel und eine schwarze Ledermütze, und in einer Ecke lagen Gamaschen am Boden, die noch mit getrocknetem Schlamm bedeckt waren. Rechts war der Saal, das heißt der Raum, in dem man aß und sich aufhielt. Eine kanariengelbe, oben mit einer blassen Blumenborte abgesetzte Tapete wellte sich überall auf ihrer schlecht gespannten Leinwand; weiße, mit roter Litze eingefaßte Baumwollvorhänge hingen über Kreuz an den Fenstern, und auf dem schmalen Kaminaufsatz glänzte eine Stutzuhr mit Hippokrateskopf zwischen zwei versilberten Leuchtern, die unter ovalen Glasstürzen standen. Auf der anderen Seite des Gangs lag Charles' Sprechzimmer, ein kleiner Raum, etwa sechs Schritte breit, mit einem Tisch, drei Stühlen und einem Schreibtischsessel. Die nicht aufgeschnittenen Bände des *Dictionnaire des Sciences Médicales*, deren Broschur aber im Lauf der vielen Weiterverkäufe gelitten hatte, schmückten fast allein die sechs Regale eines Büchergestells aus Tannenholz. Der Geruch der Mehlschwitzen drang während der Sprechstunden durch die Wand, und von der Küche aus hörte man die

Kranken husten und ihre ganze Leidensgeschichte vorbringen. Daran schloß sich ein unmittelbar zum Hof, wo sich der Stall befand, führendes großes verwahrlostes Zimmer an, worin ein Bratofen stand und das jetzt als Holzschuppen, Speisekammer, Vorratslager diente und angefüllt war mit Alteisen, leeren Fässern, ausrangierten Ackergeräten und einer Unzahl anderer staubiger Dinge, deren Zweck unmöglich enträtselt werden konnte.

Der Garten, mehr lang als breit, zog sich zwischen zwei mit Aprikosenspalieren bewachsenen Strohlehmwänden hin bis zu einer Dornenhecke, die ihn von den Feldern trennte. In der Mitte stand auf einem gemauerten Sockel eine Sonnenuhr aus Schiefer; vier Beete mit mageren wilden Rosensträuchern umgaben symmetrisch das Viereck der Nutzpflanzen. Unter den Tannenbäumen ganz hinten las ein Gipspfarrer sein Brevier.

Emma ging hinauf in die oberen Zimmer. Das erste war unmöbliert; im zweiten aber, dem ehelichen Schlafgemach, stand in einem Alkoven mit roten Vorhängen ein Mahagonibett. Eine Muscheldose schmückte die Kommode, und auf dem Schreibtisch am Fenster steckte in einer Karaffe ein mit weißen Seidenbändern umwundener Orangenblütenstrauß. Ein Brautstrauß, der Strauß der anderen! Sie sah ihn an. Charles bemerkte es, er nahm ihn und trug ihn auf den Speicher, während Emma, in einem Sessel sitzend (und während man ihre persönliche Habe um sie herum aufstellte), an ihren Brautstrauß dachte, der in einer Schachtel verpackt war, und sich sinnend fragte, was man mit ihm machen würde, falls sie sterben sollte.

In den ersten Tagen beschäftigte sich Emma damit, Veränderungen für ihr Haus zu überlegen. Sie nahm die Glasstürze von den Leuchtern, ließ neue Tapeten anbringen, die

Treppe neu streichen und rings um die Sonnenuhr Gartenbänke aufstellen; sie erkundigte sich sogar, was sie unternehmen müsse, um ein Springbrunnenbecken mit Fischen zu bekommen. Und schließlich fand ihr Mann, der wußte, daß sie gern spazierenfuhr, einen Wagen aus zweiter Hand, der, nachdem er neue Laternen und gesteppte Spritzleder erhalten hatte, fast einem Tilbury glich.

Er war also glücklich und sorgte sich um nichts auf der Welt. Eine Mahlzeit zu zweit, ein Abendspaziergang auf der Straße, ein Streichen ihrer Hand über ihr glattes Haar, der Anblick ihres an einem Fensterriegel aufgehängten Strohhuts und viele andere Dinge mehr, von denen Charles nie erwartet hätte, daß sie ihm Freude bereiteten, taten sich nun zusammen zur Stetigkeit seines Glücks. Morgens im Bett, wenn sie Kopf an Kopf auf demselben Kissen lagen, sah er den Sonnenschein durch den Flaum ihrer hellen, halb von den breiten Patten ihres Nachthäubchens bedeckten Wangen scheinen. Aus der Nähe schienen ihm ihre Augen größer, besonders, wenn sie beim Erwachen mehrmals hintereinander die Lider aufschlug; im Schatten schwarz und dunkelblau im vollen Tageslicht, hatten sie gleichsam eine Folge von Farbschichten, die in der Tiefe dichter waren, zum Schmelz der Oberfläche hin lichter wurden. Sein Auge verlor sich in diesen Tiefen, und er erblickte sich in ihnen bis zu den Schultern hin, ganz klein, mit dem Kopftuch und dem oben offenen Hemd. Er stand auf. Sie trat ans Fenster, um ihn aufbrechen zu sehen und blieb so, zwischen zwei Geranientöpfen aufgestützt, stehen in ihrem Schlafrock, der lose um sie herabhing. Auf der Straße schnallte Charles sich auf dem Prellstein die Sporen an; und sie unterhielt sich von oben weiter mit ihm, riß mit dem Mund ein Blatt oder eine Blüte ab, die sie ihm zublies und die schwebend, sich in der

Luft haltend wie ein Vogel, Halbkreise beschrieb und sich, ehe sie zu Boden fiel, in der schlecht gekämmten Mähne der unbeweglich vor der Tür stehenden alten Schimmelstute verfing. Vom Pferd schickte Charles ihr einen Kuß hinauf, sie antwortete mit einer Handbewegung, schloß das Fenster, er ritt los. Und auf der Landstraße, deren Staubband sich ohne Ende aufrollte, auf den Hohlwegen, deren Bäume sich zu Laubdächern krümmten, auf den Feldwegen, deren Getreidehalme ihm bis an die Knie reichten, Sonnenwärme auf den Schultern, Morgenluft in der Nase, das Herz voll von den Freuden der Nacht, ruhigen Geistes, befriedigten Leibes bedachte er dann sein Glück wie solche, die nach dem Essen noch den Geschmack der Trüffel kosten, die sie verdauen.

Was hatte er im Leben bisher Gutes gehabt? Seine Zeit im Gymnasium etwa, wo er zwischen hohen Mauern eingesperrt war, allein unter seinen reicheren und in den Unterrichtsfächern besseren Kameraden, die über seine Aussprache lachten, über seine Kleidung spotteten und deren Mütter ins Sprechzimmer kamen und im Muff Leckereien mitbrachten? Oder später, als er Medizin studierte und nie genug in der Börse hatte, um eine kleine Arbeiterin zum Tanz zu führen, die seine Mätresse geworden wäre? Danach hatte er vierzehn Monate mit der Witwe zusammengelebt, deren Füße im Bett kalt wie Eiszapfen gewesen waren. Jetzt aber besaß er für das ganze Leben diese hübsche Frau, die er anbetete. Für ihn reichte die Welt nicht über das seidige Rund ihres Rocks hinaus; und er warf sich vor, es an Liebe fehlen zu lassen, er bekam Lust, sie wiederzusehen; er kehrte schnell um, stieg klopfenden Herzens die Treppe hinauf. In ihrem Zimmer kleidete Emma sich an; er näherte sich ihr lautlos, küßte sie auf den Rücken, sie stieß einen Schrei aus.

Er konnte es nicht lassen, ständig ihren Kamm, ihre Ringe, ihr Busentuch anzufassen; manchmal gab er ihr dicke Küsse auf die Wangen oder eine Reihe kleiner Küsse den ganzen bloßen Arm entlang von den Fingerspitzen bis zur Schulter, und halb lächelnd, halb ungehalten stieß sie ihn zurück wie ein Kind, das sich einem anhängt.

Vor ihrer Heirat hatte sie geglaubt, Liebe zu empfinden; aber da das Glück, das aus dieser Liebe hätte hervorgehen sollen, ausgeblieben war, dachte sie, daß sie sich wohl getäuscht haben müsse. Und Emma suchte zu erfahren, was man im Leben eigentlich unter den Worten *Seligkeit, Leidenschaft* und *Rausch* verstand, die ihr in den Büchern so schön vorgekommen waren.

## VI

Emma denkt an ihre Zeit in der Klosterschule das Bücher die von Liebes geschichten handelten denkt an Tod d. Mutter

Sie hatte *Paul et Virginie* gelesen und sich die Bambushütte, den Neger Domingo, den Hund Fidèle sehnlichst herbeigewünscht, vor allem aber die zärtliche Freundschaft eines lieben kleinen Bruders, der für sie auf Bäume, höher als Kirchtürme klettert und rote Früchte pflückt oder der auf bloßen Füßen durch den Sand läuft, um ihr ein Vogelnest zu bringen.

Als sie dreizehn Jahre alt war, begleitete ihr Vater selbst sie in die Stadt, um sie in die Klosterschule zu geben. Sie stiegen in einem Gasthof des Quartier Saint-Gervais ab, wo sie das Abendessen auf bemalten Tellern vorgesetzt bekamen, die die Geschichte der Louise de La Vallière darstellten. Die erläuternden Bildunterschriften, die da und dort von Messerschrammen unterbrochen waren, verherrlichten allesamt die Religion, die zarten Regungen des Herzens und den höfischen Prunk.

Zu Beginn war sie weit davon entfernt, sich im Kloster zu langweilen; es gefiel ihr in der Gesellschaft der guten Schwestern, die sie, um sie zu unterhalten, in die Kapelle führten, zu der man aus dem Speisesaal durch einen langen Gang gelangte. In den Pausen spielte sie kaum je, sie faßte den Katechismus rasch auf und war stets diejenige, die bei schwierigen Fragen dem Herrn Vikar Antwort gab. Da sie also die laue Atmosphäre der Schulzimmer nie verließ und unter diesen blassen Frauen lebte, die Rosenkränze und kupferne Kreuze trugen, wurde sie allmählich von der mystischen Entkräftung erfaßt, die von den Düften des Altars, der Kühle der Weihwasserbecken und dem Kerzenschimmer ausgeht. Statt dem Meßgeschehen zu folgen, betrachtete sie in ihrem Buch die himmelblau umrandeten frommen Vignetten; und sie liebte das kranke Lamm, das von spitzen Pfeilen durchbohrte Herz Jesu oder den armen Jesus, der auf seinem Kreuzweg stürzt. Um sich abzutöten, versuchte sie, einen ganzen Tag nichts zu essen. Sie zerbrach sich den Kopf nach einem Gelübde, das sie ablegen konnte.

Wenn sie zur Beichte ging, erfand sie kleine Sünden, um länger mit gefalteten Händen, unter dem Flüstern des Priesters das Gesicht ans Gitter pressend, dort im Dunkel knien zu können. Die in den Predigten immer wieder vorkommenden Gleichnisse vom himmlischen Bräutigam, Gemahl, Geliebten erweckten am Grund ihrer Seele unerwartet süße Empfindungen.

Abends wurde vor dem Nachtgebet im Studiumsaal eine religiöse Lesung abgehalten. Während der Wochentage war es die Zusammenfassung eines Kapitels aus der Heiligen Schrift oder waren es die *Conférences* des Abbé Frayssinous und am Sonntag, zur Erholung, Abschnitte aus dem *Génie du Christianisme*. Wie sie die ersten Male der klangvollen

Klage der romantischen Schwermut lauschte, die alle Echos der Erde und der Ewigkeit wiederholten! Hätte sie ihre Kindheit im Hinterzimmer eines Ladens in einem Handelsviertel zugebracht, so hätte sie sich damals vielleicht den lyrischen Naturschwärmereien geöffnet, zu denen es bei uns gewöhnlich nur durch die Vermittlung der Schriftsteller kommt. Aber sie kannte das Landleben zu gut, das Blöken der Herden, die Milchprodukte, die Pflüge. Da sie die ruhigen Bilder gewohnt war, wandte sie sich vielmehr den bewegten zu. Sie liebte das Meer nur wegen seiner Stürme und das Grün nur dann, wenn es zwischen Ruinen spärlich wuchs. Sie mußte eine Art persönlichen Gewinn aus den Dingen ziehen können; und als nutzlos verwarf sie alles, was nicht zur unmittelbaren Zehrung ihres Herzens beitrug – da sie mehr sentimental als künstlerisch veranlagt war, suchte sie Emotionen und nicht Landschaften.

Im Kloster gab es eine alte Jungfer, die jeden Monat kam und eine Woche lang in der Wäschekammer arbeitete. Weil sie einer durch die Revolution ruinierten alten Adelsfamilie angehörte, protegierte sie der Erzbischof; sie aß im Speisesaal am Tisch der Klosterfrauen und hielt mit ihnen, bevor sie wieder an ihre Arbeit ging, ein Schwätzchen. Oft schlichen sich die Schülerinnen aus dem Studiensaal und besuchten sie. Sie kannte galante Lieder des vorigen Jahrhunderts auswendig und sang sie halblaut vor, während sie eifrig stichelte. Sie erzählte Geschichten, berichtete Neuigkeiten, erledigte Besorgungen in der Stadt und lieh den älteren Schülerinnen heimlich einen der Romane, die sie immer in der Schürzentasche bei sich trug und von denen das gute Fräulein in den Arbeitspausen selbst sich lange Kapitel einverleibte. Sie handelten nur von Liebesabenteuern, Liebhabern, Geliebten, verfolgten Damen, die in einsamen Pavillons ohnmächtig, Postillionen, die auf allen Umspannstellen ermordet, auf jeder Seite von Pferden, die zuschanden geritten wurden, finsteren Wäldern, Seelenkämpfen, Schwüren, Schluchzen, Tränen und Küssen, Gondeln im Mondenschein, Nachtigallen in Gebüschen, *Herren*, die, tapfer wie Löwen, sanft wie Lämmer, tugendsam wie der gewöhnliche Sterbliche es nicht ist, stets wohlgekleidet, mit ihrem Weinen Tränenkrüge füllten. Sechs Monate lang beschmutzte sich die fünfzehnjährige Emma so die Hände mit diesem Staub alter Leihbibliotheken. Später begeisterte sie sich dank Walter Scott für historische Begebenheiten, träumte von Truhen, Waffensälen und fahrenden Sängern. Sie hätte gern in einer alten Burg gewohnt wie die Burgfrauen mit den langen Schnebbentaillen, die unter dem Dreipaß der Spitzbögen, den Ellbogen auf den Stein und das Kinn in die Hand gestützt, ihre Tage damit verbrachten, nach einem aus weiter Ferne sich nähernden, auf einem schwarzen Pferd heranaloppierenden Reiter mit weißer Feder Ausschau zu halten. Damals trieb sie einen Kult mit Maria Stuart und brachte berühmten oder unglücklichen Frauen schwärmerische Verehrung entgegen. Jeanne d'Arc, Héloise, Agnès Sorel, la belle Ferronnière und Clémence Isaure hoben sich für sie gleich Kometen vom unermeßlichen Dunkel der Geschichte ab, aus dem da und dort, doch mehr im Schatten verloren und ohne jedwelche Verbindung miteinander, noch der Heilige Ludwig mit seiner Eiche, der sterbende Bayard, einige Greueltaten Ludwig XI., ein wenig aus der Bartholomäusnacht, der Helmbusch des Bearnesers und immer wieder die Erinnerung an die gemalten Teller, auf denen Ludwig XIV. gepriesen wurde, hervortraten.

In den Romanzen, die sie in den Musikstunden sang, war von nichts anderem als Engeln mit goldenen Flügeln die Rede, Madonnen, Lagunen, Gondolieren, friedlichen Bildern, die aber trotz ihres albernen Textes und der ungeschickten Vertonung sie den Reiz sentimentaler Welten ahnen ließen. Einige ihrer Mitschülerinnen brachten die *keepsakes*, die sie zu Neujahr geschenkt bekommen hatten, ins Kloster mit. Sie mußten versteckt werden, das war aufregend; sie wurden im Schlafsaal gelesen. Sorgsam nahm Emma die in Atlas gebundenen Bücher in die Hand und starrte geblendet auf die Namen der unbekannten Verfasser, die ihre Beiträge am Ende meist als Grafen oder Vicomtes unterzeichneten.

Sie erzitterte, wenn sich das Seidenpapier der Stiche unter ihrem Atem hob, sich zur Hälfte faltete und sanft wieder auf die Seite zurückfiel. Darauf war ein hinter der Balustrade eines Balkons stehender junger Mann in kurzem Mantel zu sehen, der ein junges Mädchen in weißem Kleid und mit einem am Gürtel hängenden Täschchen in seinen Armen hielt. Oder es waren anonyme Porträts blondlockiger englischer Ladies, die einen unter ihrem runden Strohhut hervor aus großen hellen Augen anblickten. Man sah solche, die im Wagen hingestreckt durch Parks fuhren, während ein Windspiel vor dem Gefährt einhersprang, dessen trabende Pferde zwei kleine Postillione in weißen Kniehosen lenkten. Andere, die, neben sich ein entsiegeltes Briefchen, träumend auf dem Sofa saßen, betrachteten durch das halboffene, durch einen schwarzen Vorhang zur Hälfte verhüllte Fenster den Mond. Eine Träne auf der Wange turtelten die Naiven durch die Gitterstäbe eines gotischen Käfigs hindurch mit einer Taube, oder sie lächelten, den Kopf auf die Schulter gelegt, und zerpflückten mit ihren spitzen, wie Schnabelschuhe nach oben gekrümmten Fingern eine Margerite. Und auch ihr fehltet nicht, Sultane mit langen Pfeifen unter

Laubendächern in den Armen der Bajaderen hingelagert, Giaurs, Türkensäbel, Phrygenmützen, und ihr vor allem, blasse Landschaften dithyrambischer Gegenden, die ihr uns oft zugleich Palmen und Fichten, Tiger zur Rechten, zur Linken einen Löwen, am Horizont tatarische Minarette, im Vordergrund römische Ruinen, dann hingekauerte Kamele zeigt, das Ganze umrahmt von einem säuberlich gepflegten Urwald und mit einem großen senkrecht einfallenden Sonnenstrahl versehen, der im Wasser zittert, wo sich vor einem stahlgrauen Hintergrund wie weiße Schrammen der eine und andere schwimmende Schwan abhebt.

Und die abgeschirmte Lampe, die über Emmas Kopf an der Wand hing, beleuchtete alle diese Bilder der Welt, die, eines nach dem anderen, an ihr vorüberzogen in der Stille des Schlafsaals und beim fernen Geräusch eines verspäteten Wagens, der über die Boulevards rollte.

Als ihre Mutter starb, weinte sie viel in den ersten Tagen. Sie ließ sich eine Haarsträhne der Verstorbenen einrahmen und bat in einem Brief voll trauriger Betrachtungen über das Leben, den sie nach Les Bertaux schickte, man möge sie einst im selben Grab bestatten. Im Glauben, sie sei krank, kam der Vater sie besuchen. Emma empfand eine innere Genugtuung darüber, daß sie mit dem ersten Schritt sogleich das Ideal blasser Existenzen erreicht hatte, zu dem die mittelmäßigen Herzen nie vordringen. Sie ließ sich denn auch in Lamartinesche Gefühlswindungen gleiten, lauschte den Harfenklängen auf den Seen, den Gesängen sterbender Schwäne, dem Fallen der Blätter, den zum Himmel emporschwebenden reinen Jungfrauen und der Stimme des Ewigen, der in den Tälern zu ihr sprach. Dann wurde sie dessen überdrüssig, wollte es sich nicht eingestehen, fuhr aus Gewohnheit, danach aus Eitelkeit damit fort, und war schließlich überrascht, weil sie sich beruhigt fühlte und nicht mehr Trauer im Herzen als Runzeln auf der Stirn hatte.

Die guten Schwestern, die von ihrer Berufung eine so hohe Meinung gehegt hatten, merkten zu ihrem großen Erstaunen, daß Mademoiselle Rouault sich ihren Bemühungen zu entziehen schien. Sie hatten ihr in der Tat so viele Gottesdienste angedeihen lassen, so viele Exerzitien, neuntägige Andachten und Predigten, sie so oft zu Ehrerbietung vor den Heiligen und Märtyrern angehalten und im Hinblick auf die Sittsamkeit des Leibes und das Heil ihrer Seele so viele gute Ratschläge erteilt, daß sie es machte wie die Pferde, die man zu straff am Zügel hält: sie blieb plötzlich stehen, und die Kandare rutschte ihr aus den Zähnen. Ihr trotz aller Schwärmereien nüchtern gebliebener Geist, der die Kirche wegen ihrer Blumen geliebt hatte, die Musik wegen der Texte der Romanzen und die Literatur, weil sie ihr leidenschaftliche Erschütterungen verschaffte, lehnte sich gegen die Glaubensmysterien auf, wie sie sich auch immer mehr gegen die Disziplin empörte, die ihrer Veranlagung widerstrebte. Als ihr Vater sie aus dem Pensionat nahm, ließ man sie durchaus nicht ungern gehen. Die Oberin fand sogar, sie habe sich in letzter Zeit gegenüber der Schwesternschaft wenig respektvoll gezeigt.

Wieder daheim, gefiel sich Emma anfangs darin, dem Gesinde Befehle zu erteilen; dann wurde sie des Landlebens überdrüssig und sehnte sich nach ihrem Kloster zurück. Als Charles zum ersten Mal nach Les Bertaux kam, hielt sie sich für gänzlich ernüchtert, glaubte, nichts mehr lernen und nichts mehr empfinden zu müssen.

Doch die mit den neuen Verhältnissen verbundene Beklommenheit oder vielleicht die durch die Anwesenheit dieses Mannes in ihr entstandene Unruhe hatte genügt, in ihr

Emma hat sich im Verlauf ihrer Zeit in der KS verändert hatte keinen Respekt mehr Als Vater sie aus d. Schule nahm war die darüber fast erfreut den Eindruck zu wecken, sie empfinde nun endlich die wunderbare Leidenschaft, die bisher wie ein großer Vogel mit rosigem Gefieder in der Herrlichkeit poetischer Himmel geschwebt hatte – und jetzt konnte sie sich nicht vorstellen, daß die Ruhe, in der sie lebte, das erträumte Glück sei.

## VII

Manchmal dachte sie, daß dies immerhin die schönsten Tage ihres Lebens seien, die Flitterwochen, wie man sagte. Um ihre Wonne zu genießen, hätte man wahrscheinlich in jene Länder mit den klangvollen Namen reisen müssen, wo die Tage nach der Hochzeit einen süßeren Müßiggang kennen! In Postkutschen, unter blauseidenen Vorhängen, fährt man im Schritt steile Straßen hinan, lauscht dem Lied des Postillions, das zusammen mit den Glöckchen der Ziegen und dem dumpfen Lärm des Sturzbachs von den Bergen widerhallt. Wenn die Sonne sinkt, atmet man am Ufer der Meeresbuchten den Duft der Zitronenbäume ein; dann, am Abend auf der Villenterrasse allein, Hand in Hand, betrachtet man die Sterne und schmiedet Pläne. Es schien ihr, bestimmte Orte auf der Erde müßten das Glück hervorbringen, wie eine auf einen besonderen Boden angewiesene Pflanze, die nirgends sonst gedeiht. Warum konnte sie nicht auf dem Balkonsims eines Schweizer Chalets den Arm aufstützen oder ihre Traurigkeit in einem schottischen Cottage einschließen bei einem Ehemann, der in einen schwarzen Samtrock mit langen Schößen gekleidet war und weiche Stiefel, einen spitzen Hut und Manschetten trug!

Vielleicht hätte sie all diese Dinge jemandem anvertrauen wollen. Doch wie einem unfaßbaren Unbehagen Ausdruck verleihen, das sich wie Wetterwolken ständig veränderte und wie der Wind immerfort in Bewegung war? Die Worte fehlten ihr und darum die Gelegenheit, der Mut.

Wenn Charles es gewollt hätte, wenn er es geahnt hätte, wenn sein Blick ein einziges Mal ihren Gedanken begegnet wäre, dann jedoch, so schien es ihr, hätte sich eine jähe Überfülle von ihrem Herzen gelöst, wie die Früchte von einem Spalier herabfallen, wenn man mit der Hand daran rührt. Doch in gleichem Maß wie ihr Zusammenleben enger wurde, wuchs in ihr eine innere Gleichgültigkeit, die ihn ihr entfremdete.

Charles' Konversation war platt wie ein Gehsteig und von alltäglichen Gedanken in gewöhnlichem Kostüm durchzogen, ohne zu Gefühlen, Lachen oder Träumereien anzuregen. Als er in Rouen gelebt hatte, erzählte er, habe es ihn nie verlockt, im Theater die Schauspieler auftreten zu sehen. Er konnte weder schwimmen noch fechten, noch mit Pistolen schießen, und einmal vermochte er ihr einen die Reitkunst betreffenden Ausdruck, dem sie in einem Roman begegnet war, nicht zu erklären.

Sollte ein Mann aber nicht alles wissen, sich in Tätigkeiten vieler Art auszeichnen, sie in die Kräfte der Leidenschaft, die Raffinessen des Lebens, in alle Geheimnisse einweihen? Dieser da jedoch lehrte sie nichts, wußte nichts, wünschte nichts. Er wähnte sie glücklich; und sie verübelte ihm diese satte Ruhe, heitere Schwerfälligkeit und sogar das Glück, das sie ihm schenkte.

Manchmal zeichnete sie, und Charles bereitete es großes Vergnügen, hinter ihr zu stehen und zuzuschauen, wie sie sich über ihr Blatt neigte, die Augen zusammenkniff, um ihre Arbeit besser zu sehen oder auf ihrem Daumen Brotkügelchen rollte. Was das Klavierspiel anging, war sein Entzücken um so größer, je schneller die Finger liefen. Sie schlug mit Sicherheit in die Tasten und fuhr ohne abzusetzen von unten bis oben über die ganze Klaviatur. Derart behandelt war das alte Instrument mit den schlaffen Saiten bei offenem Fenster bis ans Ende des Dorfs zu hören, und oft blieb der Amtsschreiber, der barhäuptig und in Schlappen über die Landstraße daherkam, stehen, um, seinen Bogen Papier in der Hand, ihr zuzuhören.

Andererseits verstand es Emma, ihren Haushalt zu führen. Sie schickte den Patienten die Abrechnung über die Krankenbesuche in wohlgesetzten Briefen, die nicht das Aussehen von Rechnungen hatten. War sonntags ein Nachbar zu Gast, so fand sie eine Möglichkeit, eine hübsch angerichtete Platte aufzutragen, sie schichtete auf Weinblättern Pyramiden von Reineclauden auf, servierte in Töpfen Eingemachtes umgestürzt auf einen Teller und sprach sogar davon, für den Nachtisch Mundschalen anzuschaffen. Durch all dies stieg Bovarys Ansehen deutlich.

Daß er eine solche Frau besaß, erhöhte schließlich auch Charles' Selbstachtung. Voll Stolz zeigte er im Wohnzimmer zwei kleine Bleistiftzeichnungen von ihr, die er in sehr breite Rahmen hatte fassen lassen und an langen grünen Schnüren vor der Wandtapete aufgehängt hatte. Wenn die Messe zu Ende war, sah man ihn in schönen gestickten Pantoffeln in der Haustür stehen.

Er kam spät heim, um zehn Uhr, zuweilen um Mitternacht. Dann wollte er essen, und da die Dienstmagd zu Bett gegangen war, wurde er von Emma bedient. Er zog seinen Gehrock aus, um es sich bequemer munden zu lassen. Er zählte einen nach dem anderen sämtliche Leute auf, denen er begegnet, sämtliche Dörfer, wo er gewesen war, sämtliche Rezepte, die er verschrieben hatte, und mit sich selbst zufrieden aß er den Rest des Zwiebelfleischs, schälte seinen Käse, biß in einen Apfel, leerte seine Karaffe, begab sich sodann zu Bett, legte sich auf den Rücken und schnarchte.

Da er es lange Zeit gewohnt war, eine Nachtmütze zu tragen, rutschte ihm das Kopftuch über die Ohren; morgens hing ihm denn auch das Haar wirr ins Gesicht und war weiß von den Daunen seines Kopfkissens, dessen Bänder während der Nacht aufgingen. Er trug stets derbe Stiefel, die am Spann zwei schräg zu den Knöcheln verlaufende dicke Falten warfen, während sich das übrige Oberleder wie über einem hölzernen Spanner gerade fortsetzte. Er sagte, *für das Land seien sie lange gut genug*.

Seine Mutter bestärkte ihn in dieser Sparsamkeit; denn wie zuvor besuchte sie ihn, wenn es bei ihr zu Hause zu einem etwas heftigen Unwetter gekommen war; und dennoch schien sie gegen ihre Schwiegertochter eingenommen zu sein. Sie fand, Emma habe *für ihre Verhältnisse eine zu anspruchsvolle Art*; Holz, Zucker und Kerzen *schwänden dahin wie in einem großen Haus*, und die Kohlenmenge, die in der Küche verfeuert würde, hätte für fünfundzwanzig Gerichte gereicht! Sie brachte die Wäsche in den Schränken in Ordnung und lehrte Emma, dem Metzger auf die Finger zu schauen, wenn er das Fleisch brachte. Emma nahm diese Belehrungen hin; Madame geizte nicht mit ihnen; und den ganzen Tag wurden die Wörter *liebe Tochter* und *liebe Mutter* getauscht, begleitet von einem schwachen Zucken der Lippen, beide sagten mit zornbebender Stimme Freundlichkeiten.

Zu Madame Dubucs Lebzeiten hatte sich die alte Frau noch als die ihm Liebere gefühlt, doch nun erschien ihr Charles' Liebe zu Emma wie eine Fahnenflucht seiner Zuneigung, ein Einbruch in das, was ihr gehörte; und sie

Mme Bovary war eifersüchtig auf Emma
machte Charles auf die
Nachlässigkeiten seiner Frau aufmerksam
als Mutter weg war, machte Charles paar
Bemerkungen Emma widerlegte anschließend

betrachtete das Glück in stummer Trauer, wie ein Verarmter, der durch das Fenster die in seinem einstigen Haus um den Tisch versammelten Leute sieht. Sie erinnerte ihn mahnend an ihre Mühen und Opfer, verglich sie mit Emmas Nachlässigkeit und leitete daraus ab, daß es unvernünftig sei, sie so ausschließlich anzubeten.

Charles wußte nicht, was er darauf antworten solle; er verehrte seine Mutter, und er liebte seine Frau über alles; er hielt das Urteil der einen für unfehlbar und fand die andere doch untadelig. Als Madame Bovary abgereist war, wagte er schüchtern, eine oder zwei der harmlosesten Bemerkungen seiner Mutter mit den gleichen Worten anzubringen; Emma bewies ihm mit einem Satz, daß er sich irrte und verwies ihn an seine Kranken.

Immerhin versuchte sie nach Theorien, die sie für gut hielt, sich selbst in Liebesstimmung zu versetzen. Bei Mondschein im Garten deklamierte sie alles, was sie an leidenschaftlichen Reimen auswendig kannte, und sang ihm unter Seufzen langsame wehmütige Weisen vor; doch sie fühlte sich danach ebenso ruhig wie davor, und auch Charles schien daraufhin weder verliebter noch ergriffener.

Als sie solchermaßen an ihrem Herzen ein wenig Feuer zu schlagen gewollt hatte, ohne daß ein Funke sprühte, und da sie überdies ebenso unfähig war zu verstehen, was sie nicht empfand, wie an das zu glauben, was sich nicht in den herkömmlichen Formen zeigte, überzeugte sie sich mühelos davon, daß Charles' Leidenschaft für sie nichts Übermäßiges mehr habe; er umarmte sie zu bestimmten Stunden. Es war eine Gewohnheit unter anderen, wie ein nach dem eintönigen Abendessen vorgesehener Nachtisch.

Ein Jagdhüter, den Monsieur von einer Lungenentzündung geheilt hatte, schenkte Madame ein kleines italieni-

Bei Spaziergang. fragt sie sich wieso sie geheiratet hat
denkt das Schulkameraden es jetzt besser haben
Einladung von Marquis d'Andervilliers zum Essen

sches Windspiel; sie nahm es auf den Spaziergang mit, denn sie ging manchmal aus, um eine Weile allein zu sein und den ewigen Garten und die staubige Straße nicht mehr vor Augen zu haben.

Sie ging bis zum Buchenwald von Banneville, zum verlassenen Gartenhaus, das gegen die Felder hin in der Ecke der Mauer steht. Im breiten Graben dort wachsen mitten im Gras lange Schilfstauden mit messerscharfen Blättern.

Zuerst blickte sie umher, um zu sehen, ob sich seit ihrem letzten Hierherkommen nicht etwas geändert habe. Sie fand an denselben Stellen wie zuvor den Fingerhut und den Goldlack wieder, die Brennesselbüsche, die rings um die dicken Steine wucherten, und die Flecken von Moos längs der drei Fenster, deren stets geschlossene Läden an ihren rostigen Eisenstangen vor Moder zerfielen. Ihre Gedanken schweiften erst ziellos umher wie ihr Windspiel, das im Gelände Kreise zog, hinter gelben Schmetterlingen herkläffte, auf Spitzmäuse Jagd machte oder am Rand eines Kornfelds nach den Mohnblumen schnappte. Dann sammelten sich ihre Gedanken in einem bestimmten Punkt, und während sie im Grase saß und mit der Spitze ihres Sonnenschirms darin stocherte, wiederholte Emma:

»Mein Gott, warum habe ich denn nur geheiratet?«

Sie fragte sich, ob es nicht möglich gewesen wäre, aufgrund anderer Verflechtungen des Schicksals einem anderen Mann zu begegnen, und sie versuchte sich vorzustellen, wie diese Begebenheiten, die nicht stattgefunden hatten, wie dieses unterschiedliche Leben, dieser Ehemann, den sie nicht kannte, gewesen wären. Es waren ja nicht alle wie der ihre. Er hätte schön, geistvoll, vornehm, anziehend sein können, so wie zweifellos die Männer waren, die ihre einstigen Mitschülerinnen geheiratet hatten. Wie es ihnen wohl ging? In der Stadt, beim Treiben auf den Straßen, dem Stimmengewirr im Theater und dem Glanz der Bälle führten sie ein Leben, in dem das Herz aufgeht, die Sinne sich erschließen. Ihr Leben dagegen war kalt wie ein Speicher, dessen Fensterluke nach Norden blickt, und die Langeweile, die lautlose Spinne, webte im Dunkel ihr Netz in allen Winkeln ihres Herzens. Sie entsann sich der Tage der Preisverleihung, an denen sie auf das Podium gestiegen war, um ihre kleinen Auszeichnungen in Empfang zu nehmen. Mit ihren Haarflechten, ihrem weißen Kleid und ihren ausgeschnittenen Seidenschuhen sah sie nett aus, und wenn sie an ihren Platz zurückkehrte, beugten sich die Herren vor, um ihr Artigkeiten zu sagen; der Hof stand voller Kaleschen, über den Wagenschlag wünschte man ihr Aufwiedersehen, der Musiklehrer mit seinem Geigenkasten grüßte sie im Vorübergehen. Wie fern das alles lag, wie fern!

Sie rief Djali, nahm sie zwischen die Knie, fuhr ihr mit den Fingern über den langen feinen Kopf.

»Komm, küß Frauchen, du kennst keinen Kummer.«

Dann betrachtete sie die melancholische Miene des schlanken Tiers, das langsam gähnte, wurde weich gestimmt, verglich es mit sich selbst und redete laut zu ihm wie zu jemandem, der betrübt ist und den man tröstet.

Manchmal kamen Windstöße vom Meer her, die über das ganze Hochland von Caux hinwegfuhren und bis weit ins Land hinein salzige Frische trugen. Am Boden entlang pfiff es durch die Binsen, und die Buchenblätter raschelten in raschen Schauern, während die Wipfel sich immerfort wiegten und weiterhin rauschten. Emma zog den Schal enger um die Schultern und stand auf.

In der Allee fiel ein vom Laubwerk gedämpftes grünes Licht auf das flache Moos, das unter ihren Schritten leise knisterte. Die Sonne sank, zwischen den Zweigen war der Himmel rot, und die gleichmäßigen Stämme der in gerader Reihe gepflanzten Bäume schienen ein sich von einem goldenen Hintergrund abhebender brauner Säulengang zu sein; eine Bangigkeit erfaßte sie, sie rief Djali, kehrte über die Landstraße schnell nach Tostes zurück, sank in einen Lehnstuhl und sprach den ganzen Abend kein Wort.

Doch gegen Ende September ereignete sich etwas Außerordentliches in ihrem Leben; sie wurde nach La Vaubyessard zum Marquis d'Andervilliers eingeladen.

Der Marquis, der unter der Restauration Staatssekretär gewesen war, versuchte in das politische Leben zurückzukehren und bereitete von langer Hand seine Kandidatur für die Deputiertenkammer vor. Im Winter ließ er große Mengen Feuerholz verteilen, und auf dem Bezirkstag forderte er stets mit übertriebenem Nachdruck neue Straßen für seinen Unterbezirk. Während der großen Hitze hatte er einen Abszeß im Mund bekommen, von dem Charles ihn durch rechtzeitige Eröffnung mit der Lanzette wie durch ein Wunder befreit hatte. Der zur Begleichung der Rechnung nach Tostes geschickte Geschäftsführer des Marquis erzählte am Abend, er hätte im Gärtchen des Arztes prächtige Kirschen gesehen. Da die Kirschbäume in La Vaubyessard schlecht trugen, erbat der Marquis von Bovary einige Stecklinge, hielt es für seine Pflicht, sich persönlich bei ihm zu bedanken, gewahrte Emma, fand sie hübsch gewachsen und ihren Gruß nicht bäurisch, so daß man im Schloß die Grenzen der Herablassung nicht zu überschreiten und auch keine Unschicklichkeit zu begehen glaubte, wenn man das junge Paar einlud.

Eines Mittwochs um drei Uhr stiegen Monsieur und Madame Bovary in ihren *Boc* und fuhren nach La Vaubyessard ab. Hinten war ein großer Koffer aufgeschnallt, und vor dem Schutzleder stand eine Hutschachtel. Außerdem hielt Charles noch einen Pappkarton zwischen den Beinen.

In der Dämmerung trafen sie ein, als im Park die Papierlaternen angezündet wurden, die dem Wagen leuchten sollten.

## VIII

Das Schloß, ein moderner Bau in italienischem Stil mit zwei vorspringenden Flügeln und drei Freitreppen lag am unteren Ende einer unüberschaubar großen Rasenfläche, auf der zwischen lockeren Gruppen großer Bäume einige Kühe weideten; ein Flechtwerk von Büschen, Rhododendren, Flieder und Schneebällen wölbten ihr ungleiches Laubwerk über die Windungen des sandbestreuten Wegs. Unter einer Brücke floß ein Bach hindurch; im Dunst sah man vereinzelte Gebäude mit Strohdächern auf dem Wiesland, an das zwei sanft ansteigende waldige Hügel grenzten, und im Hintergrund standen zwischen den Bäumen in zwei gleichlaufenden Reihen die Wagenschuppen und Stallungen, Überreste des ehemaligen zerstörten Schlosses.

Charles' Wagen hielt vor der mittleren Freitreppe; die Dienerschaft erschien; der Marquis kam ihnen entgegen, bot der Frau des Arztes den Arm und führte sie in die Vorhalle.

Sie war sehr hoch mit Marmorfliesen ausgelegt, und das Geräusch der Schritte und Stimmen hallte darin wie in einer Kirche. Dem Eingang gegenüber stieg eine gerade Treppe empor, und links führte eine zur Gartenseite gelegene Galerie zum Billardzimmer, aus dem man schon bei der Tür die Elfenbeinkugeln zusammenprallen hörte. Als sie es durchquerte, um in den Salon zu gelangen, sah Emma um den Tisch ernst blickende Herren stehen, die das Kinn auf hohe Krawatten stützten, allesamt Orden trugen und ihr Queue unter lächelndem Schweigen bewegten. Auf der dunkel getäfelten Wand hingen große Gemälde in Goldrahmen, auf denen am unteren Rand in schwarzen Buchstaben Namen standen. Sie las: »Jean-Antoine d'Andervilliers d'Yverbonville, Graf de la Vaubyessard und Baron de la Fresnaye, gefallen in der Schlacht bei Contras, am 20. Oktober 1587«. Und auf einem anderen: »Jean-Antoine-Henry-Guy d'Andervilliers de la Vaubyessard, Admiral von Frankreich und Ritter des Ordens vom Heiligen Michael, verwundet im Kampf bei La Hougue-Saint-Vaast, am 29. Mai 1692, gestorben in La Vaubyessard, am 23. Januar 1693«. Die nächstfolgenden waren kaum zu entziffern, weil das auf das grüne Tuch des Billardtischs fallende Lampenlicht das Zimmer im Dunkeln ließ. Es färbte die Gemälde bräunlich, brach sich auf ihnen, den Rissen im Firnis folgend, in feinen Gräten, und aus all den großen goldgerahmten Quadraten trat da und dort ein helleres Teilstück der Malerei hervor, eine bleiche Stirn, zwei Augen, die einen anblickten, Perücken, die über die puderbestäubten Schultern der roten Fräcke herabwallten, oder die Schnalle eines Strumpfbandes über einer prallen Wade.

Der Marquis öffnete die Tür zum Salon; eine der Damen erhob sich (es war die Marquise selbst), ging Emma entgegen, bot ihr den Platz neben sich auf einer Causeuse an, und begann, in freundschaftlichem Ton wie mit einer alten Bekannten mit ihr zu plaudern. Sie war eine Frau von etwa vierzig Jahren, hatte schöne Schultern, eine Adlernase, sprach mit schleppender Stimme und trug an diesem Abend auf ihrem kastanienbraunen Haar ein einfaches Spitzenfichu, das rückwärts in Dreiecksform herabhing. Neben ihr, auf einem Sessel mit hoher Rückenlehne saß eine junge blonde Person, und am Kamin unterhielten sich Herren, die eine kleine Blume im Knopfloch ihres Fracks stecken hatten, mit den Damen.

Um sieben Uhr wurde serviert.

Die Herren, die in der Überzahl waren, setzten sich an die erste Tafel in der Vorhalle, die Damen, zusammen mit dem Marquis und der Marquise an die zweite im Eßzimmer.

Beim Eintreten fühlte sich Emma von einem warmen Lufthauch umhüllt, einer Mischung aus Blumenduft und dem Duft schöner Wäsche, den Düften von Braten und Trüffeln. Die Kerzen der Kandelaber spiegelten sich in langgezogenen Flammen in den Silberdeckeln; die geschliffenen, matt angelaufenen Kristalle schickten einander blasse Strahlen; auf ihrer ganzen Länge war die Tafel mit einer Reihe Blumenbuketts geschmückt, und auf den Tellern mit breiter Bordüre hielt jede der in Form von Bischofsmützen gefalteten Servietten zwischen ihren beiden Falten ein längliches Brötchen. Die roten Scheren der Hummer ragten über die Platten hinaus; in durchbrochenen Körben lagen auf Moos dicke Früchte aufgeschichtet; die Wachteln waren noch im Federkleid, Bratendämpfe stiegen auf; und gekleidet in Seidenstrümpfe, Kniehosen, weiße Binde, Jabot, feierlich wie ein Richter, reichte der Haushofmeister die Platten mit dem aufgeschnittenen Fleisch zwischen den Schultern der Gäste durch und ließ jedem das Stück, das er gewählt hatte, mit einem Ruck seines Löffels auf den Teller gleiten. Von dem großen Porzellanofen mit kupferner Zierleiste schaute eine bis zum Kinn verhüllte Frauenfigur unbeweglich auf den vollen Saal herab.

Madame Bovary bemerkte, daß mehrere Damen ihre Handschuhe nicht in ihr Glas gesteckt hatten.

Am oberen Ende der Tafel saß, allein unter all den Frauen, über seinen Teller gebeugt und die Serviette wie ein Kind im Rücken gebunden, ein alter Mann, dem beim Essen Sauce aus dem Mund tropfte. Er hatte blutunterlaufene Augen und trug einen mit schwarzem Band umwundenen kleinen Zopf. Es war der Schwiegervater des Marquis, der alte Herzog de Laverdière, der einstige Günstling des Comte d'Artois zu Zeiten der Jagdpartien in Vaudreuil beim Marquis de Conflans, und es hieß von ihm, daß er zwischen den Herren de Coigny und Lauzun der Geliebte der Königin Marie-Antoinette gewesen sei. Er hatte ein stürmisches, ausschweifendes Leben voller Duelle, Wetten, entführter Frauen hinter sich gebracht, hatte sein Vermögen verschleudert und war der Schrecken seiner ganzen Familie gewesen. Ein Diener, der hinter seinem Stuhl stand, rief ihm laut die Namen der Gerichte ins Ohr, auf die er lallend mit dem Finger wies; und unwillkürlich kehrten Emmas Augen wie zu etwas Außergewöhnlichem und Erhabenem immer wieder zu dem alten Mann mit den hängenden Lippen zurück. Er hatte am Hof gelebt und im Bett von Königinnen geschlafen!

Es wurde geeister Champagner eingeschenkt. Emma erschauerte am ganzen Körper, als sie die Kälte im Munde spürte. Nie zuvor hatte sie Granatäpfel gesehen oder Ananas gegessen. Selbst der Puderzucker schien ihr weißer und feiner zu sein als anderswo.

Danach gingen die Damen in ihre Zimmer hinauf, um sich für den Ball zu schmücken.

Emma kleidete sich mit der peinlichen Sorgfalt einer zum ersten Mal auftretenden Schauspielerin an. Sie ordnete ihr Haar so, wie es der Friseur ihr geraten hatte und schlüpfte dann in ihr Barègekleid, das auf dem Bett ausgebreitet lag. Charles' Hose saß ihm über dem Leib zu stramm.

»Die Stege werden mich beim Tanzen stören«, sagte er.

»Beim Tanzen?« wiederholte Emma.

»Ja!«

»Aber du bist wohl nicht recht gescheit. Man würde sich über dich lustig machen, bleib du nur an deinem Platz. Es ist auch schicklicher für einen Arzt«, fügte sie hinzu.

Charles schwieg. Er ging im Zimmer auf und ab und wartete, bis Emma fertig angezogen war.

Er sah sie von hinten im Spiegel zwischen zwei Leuchtern. Ihre schwarzen Augen schienen noch schwärzer. Ihr glattes, zu den Ohren hin leicht gebauschtes Haar schimmerte in bläulichem Glanz; in ihrem Knoten zitterte eine Rose mit künstlichen Wassertropfen auf den Blattspitzen an einem beweglichen Stiel. Sie trug ein Kleid von blassem Safrangelb, das mit drei Sträußen aus Teerosen und Grün geschmückt war.

Charles trat zu ihr und küßte sie auf die Schulter.

»Laß das!« sagte sie, »du zerdrückst mir alles.«

Man hörte das Ritornell einer Violine und die Klänge eines Horns. Sie stieg die Treppe hinab und mußte an sich halten, um nicht zu rennen.

Die Quadrillen hatten begonnen. Die Gäste strömten herbei. Es kam zu Gedränge. Sie setzte sich auf ein Bänkchen neben der Tür.

Als der Kontertanz zu Ende war, blieb das Parkett frei für die Herren, die in Gruppen beisammenstanden und plauderten, und die livrierten Diener, die große Tablette hereinbrachten. In der Reihe der sitzenden Damen bewegten sich die bemalten Fächer, die Sträußchen verbargen halb die lächelnden Gesichter, und Riechfläschchen mit goldenen Stöpseln drehten sich in halbgeöffneten Händen; unter den weißen Handschuhen, die das Gelenk eng umspannten, zeichnete sich die Form der Nägel ab. Die Spitzengarnituren, die Diamantbroschen, die medaillenbehangenen Armbänder kräuselten sich auf den Miedern, funkelten auf den Busen, klirrten an den bloßen Armen. Die an den Schläfen glatt anliegenden, im Nacken gewundenen Frisuren zeigten Kränze, Trauben oder Zweige von Vergißmeinnicht, Jasmin, Granatblüten, Ähren oder Kornblumen. Unbeachtet auf ihren Plätzen saßen verdrossen blickende Mütter, die rote Turbane trugen.

Emma hatte ein wenig Herzklopfen, als ihr Kavalier sie bei den Fingerspitzen führte, sie sich in die Reihe stellte und auf den ersten Bogenstrich wartete, um mit dem Tanz zu beginnen. Doch bald legte sich ihre Aufregung, sie bewegte sich im Takt des Orchesters, wiegte den Hals, glitt leicht dahin. Bei manchen zarten Stellen der Sologeige, wenn die übrigen Instrumente schwiegen, stieg ein Lächeln in ihre Lippen; man hörte den hellen Klang der Goldstücke, die nebenan auf das Tuch der Tische geworfen wurden; dann setzte das ganze Orchester zu gleicher Zeit wieder ein; das Kornett schmetterte, die Füße nahmen den Takt wieder auf, die Röcke bauschten sich und streiften aneinander, die Hände faßten sich, lösten sich; dieselben Augen, die sich gesenkt hatten, hefteten sich wieder auf ihr Gegenüber.

Einige Männer (fünfzehn etwa) im Alter von fünfundzwanzig bis vierzig Jahren, die unter den Tänzern verstreut waren oder im Eingang der Türen plauderten, stachen trotz der Verschiedenheit ihres Alters, ihrer Kleidung oder ihrer Gestalt durch eine Art Familienähnlichkeit von den anderen ab.

Ihre Fräcke, besser geschnitten, schienen von weicherem

Tuch zu sein, ihr in Locken in die Stirn gekämmtes Haar von feineren Pomaden zu glänzen. Sie hatten den Teint der Reichen, den weißen Teint, den die Blässe der Porzellane, die Moirierung der Seide, die Politur der schönen Möbel hervorheben und die schonende Kost erlesener Speisen gesund erhält. Ihr Hals bewegte sich frei über einer flachen Krawatte, ihre langen Backenbärte fielen auf Umlegekragen; sie wischten sich die Lippen mit Taschentüchern, die mit einem länglichen Monogramm bestickt waren und einen süßen Geruch ausströmten. Diejenigen, die zu altern begannen, zeigten ein jugendliches Verhalten, wohingegen sich auf den Gesichtern der Jungen eine Art Reife malte. Aus ihren gleichgültigen Blicken sprach die Ruhe täglich befriedigter Leidenschaften, und hinter ihren sanften Manieren wurde die besondere Brutalität deutlich, welche die Beherrschung halbwegs leicht zu erlangender, zur Übung der Kraft und Unterhaltung der Eitelkeit dienender Dinge verleiht, der Umgang mit Rassepferden und die Gesellschaft leichter Weiber.

Drei Schritte von Emma entfernt, plauderte ein Kavalier in blauem Frack mit einer blassen jungen Frau, die einen Perlenschmuck trug, über Italien. Sie schwärmten von den breiten Strebepfeilern des Petersdoms, Tivoli, dem Vesuv, von Castellammare und den Cascinen, den genuesischen Rosen, dem Kolosseum beim Mondschein. Mit dem anderen Ohr lauschte Emma einer Konversation, von der sie zahlreiche Wörter nicht verstand. Man drängte sich um einen blutjungen Menschen, der in der vergangenen Woche in England *Miss Arabella* und *Romulus* geschlagen und durch einen Sprung über einen Graben zweitausend Louis d'Or gewonnen hatte. Einer klagte über seine Rennpferde, die zu fett würden; ein anderer über die Druckfehler, die den Namen seines Pferdes entstellt hätten.

Die Luft im Ballsaal war drückend; die Lichter brannten matter. Man wich in den Billardsaal aus. Ein Diener stieg auf einen Stuhl und zerbrach zwei Scheiben; beim Geräusch des zersplitternden Glases wandte Madame Bovary den Kopf und gewahrte im Garten vor dem Fenster die Gesichter von Bauern, die zuschauten. Die Erinnerung an Les Bertaux überfiel sie. Sie sah den Hof vor sich, den schlammigen Teich, ihren Vater im Kittel unter den Apfelbäumen, und sie sah sich selbst, wie sie damals in der Milchkammer die Milch in den Schüsseln mit dem Finger abrahmte. Doch im Glanz der gegenwärtigen Stunde verlöschte das ihr bisher so deutliche frühere Leben gänzlich, und sie zweifelte fast daran, es jemals gelebt zu haben. Sie war hier; und über alles außerhalb des Balls legte sich Dunkel. Sie aß aus einer feuervergoldeten Silbermuschel, die sie in der linken Hand hielt, mit Maraschino parfümiertes Eis und schloß, den Löffel zwischen den Zähnen, halb die Augen.

Eine Dame neben ihr ließ ihren Fächer fallen. Ein Tänzer ging vorbei.

»Es wäre sehr gütig von Ihnen, mein Herr«, sagte die Dame, »wenn Sie mir meinen Fächer aufheben wollten. Er liegt hinter dem Kanapee.«

Der Herr bückte sich, und als er seinen Arm ausstreckte, sah Emma, wie die Hand der jungen Dame etwas Weißes, zum Dreieck Gefaltetes in seinen Hut warf. Der Herr brachte den Fächer, reichte ihn der Dame respektvoll; sie dankte ihm mit einem Neigen des Kopfes und roch dann an ihrem Bukett.

Nach dem Souper, an dem es vielerlei spanische und Rheinweine gab, Krebssuppe und Mandelmilchsuppe, Puddings à la Trafalgar und verschiedene Sorten kalten Fleischs, umringt von Sülzen, die auf den Schüsseln zitterten, begannen die Wagen einer nach dem anderen abzufahren. Wenn man eine Ecke des Musselinvorhangs lüftete, sah man die Lichter ihrer Laternen durch die Dunkelheit gleiten. Die Sitzbänke leerten sich; einige Spieler blieben noch; die Musiker kühlten sich ihre Fingerkuppen auf der Zunge; Charles lehnte sich mit dem Rücken an eine Wand und war fast am Einschlafen.

Um drei Uhr morgens begann der Kotillon. Emma konnte nicht Walzer tanzen. Alle Welt tanzte, selbst Mademoiselle d'Andervilliers und die Marquise; nur die Logiergäste im Schloß, etwa ein Dutzend Personen, waren noch da.

Einer der Tänzer jedoch, der einfach *Vicomte* genannt wurde, und dem seine tief ausgeschnittene Weste wie angegossen saß, forderte Madame Bovary ein zweites Mal auf und versicherte ihr, daß er sie führen und daß sie sich gut dabei anstellen werde.

Sie begannen langsam, tanzten dann schneller. Sie drehten sich; alles drehte sich um sie wie eine Scheibe auf einem Zapfen, die Lampen, die Möbel, die Deckentäfelung, das Parkett. Als sie an den Türen vorbeikamen, verfing sich der Saum von Emmas Kleid an seiner Hose; ihre Beine berührten sich; er senkte den Blick zu ihr, sie hob den ihren zu ihm; ein Schwindel erfaßte sie; sie blieb stehen. Sie tanzten von neuem, und in rascher Bewegung riß der Vicomte sie mit sich fort und verschwand mit ihr am Ende der Galerie, wo sie schwer atmend, dem Umsinken nahe, den Kopf einen Augenblick an seine Brust lehnte. Dann, immer noch tanzend, doch nun langsamer, brachte er sie zu ihrem Platz zurück; sie lehnte sich mit dem Rücken an die Wand und bedeckte mit der Hand die Augen.

Als sie sie wieder aufschlug, knieten drei Tänzer vor einer Dame, die mitten im Salon auf einem Taburett saß. Sie erkor den Vicomte, und die Violine setzte wieder ein.

Alle sahen ihnen zu. Die beiden kamen und gingen, sie mit unbewegtem Oberkörper und gesenktem Kinn, er immer in der gleichen Haltung, die Taille gebogen, den Ellenbogen gerundet, den Mund vorgeschoben. Die konnte Walzer tanzen! Sie tanzten lange und ermüdeten die anderen.

Man plauderte noch ein paar Minuten, wünschte einander gute Nacht oder vielmehr guten Morgen, und dann gingen die Gäste schlafen.

Charles schleppte sich am Treppengeländer hinauf, er *hatte sich die Beine in den Leib gestanden.* Fünf Stunden nacheinander hatte er an den Tischen gestanden und dem Whistspiel zugesehen, ohne das geringste zu begreifen. Als er die Stiefel ausgezogen hatte, stieß er denn auch einen Seufzer der Erleichterung aus.

Emma nahm einen Schal um die Schultern, öffnete das Fenster und stützte die Ellenbogen auf das Sims.

Die Nacht war schwarz. Vereinzelte Regentropfen fielen. Sie atmete den feuchten Wind ein, der ihr die Lider kühlte. Die Ballmusik summte noch in ihren Ohren, und sie bemühte sich, wach zu bleiben, um noch länger an der Illusion dieses glanzvollen Lebens festzuhalten, das sie bald schon wieder verlassen müßte.

Das erste Morgenlicht erschien. Lange blickte sie auf die Fenster des Schlosses, versuchte zu erraten, welche der Zimmer die all derer waren, die sie am Abend zuvor gesehen hatte. Sie hätte ihr Leben kennenlernen, in es eindringen, in ihm aufgehen wollen.

Doch sie erschauerte vor Kälte. Sie kleidete sich aus und schlüpfte zwischen die Leintücher, schmiegte sich an den schlafenden Charles.

Zum Frühstück fanden sich eine Menge Leute ein. Es dauerte zehn Minuten; zur Verwunderung des Arztes wurde keinerlei Likör serviert. Darauf sammelte Mademoiselle d'Andervilliers in einem Weidenkorb die Reste der Brioches ein, um sie den Schwänen im Bassin zu bringen, und man promenierte durch das warme Gewächshaus, in dem von Haaren starrende bizarre Pflanzen pyramidenartig aufgebaut waren. Über ihnen hingen Vasen, über deren Ränder wie aus übervollen Schlangennestern lange grüne verschlungene Schnüre herabfielen. Die am Ende gelegene Orangerie führte durch einen überdachten Gang zu den Wirtschaftsgebäuden. Um der jungen Frau ein Vergnügen zu bereiten, zeigte der Marquis ihr die Stallungen. Über den korbförmigen Raufen angebrachte Porzellanschilder zeigten in schwarzen Buchstaben die Namen der Pferde an. Jedes Tier wurde unruhig in seiner Box, wenn man im Vorübergehen mit der Zunge schnalzte. Der Fußboden der Sattelkammer glänzte wie das Parkett eines Salons. Die Wagengeschirre hingen in der Mitte an zwei drehbaren Säulen, die Peitschen, Gebisse, Steigbügel, Kinnketten in einer Reihe längs der Wand.

Charles ging indessen und bat einen Diener, seinen *Boc* anzuspannen. Er wurde vor die Freitreppe gefahren, und nachdem alle Gepäckstücke verstaut waren, verabschiedete sich das Ehepaar Bovary von dem Marquis und der Marquise und kehrte nach Tostes zurück.

Schweigend blickte Emma auf die sich drehenden Räder. Charles saß auf der äußersten Kante der Bank und spreizte die Ellenbogen beim Kutschieren, und das kleine Pferd trottete im Paßgang zwischen den zu weiten Deichseln dahin. Die schlaffen Zügel klatschten ihm auf die Kruppe und tränkten sich mit Schaum, und der hinten festgeschnallte Koffer schlug regelmäßig laut gegen den Wagenkasten.

Sie waren auf den Anhöhen bei Thibourville angelangt,

als plötzlich zwei Reiter vor ihnen auftauchten und lachend, Zigarren im Mund, an ihnen vorbeiritten. Emma glaubte den Vicomte zu erkennen; sie drehte sich um, gewahrte am Horizont aber nur noch Köpfe, die sich im ungleichen Rhythmus des Trabs oder Galopps auf und nieder bewegten.

Eine Viertelmeile weiter mußten sie halten, um die zerbrochene Hemmkette mit Schnur zu flicken.

Als Charles aber das Wagengeschirr mit einem letzten Blick noch einmal überprüfte, sah er zwischen den Beinen seines Pferdes etwas am Boden liegen; und er hob eine Zigarrentasche aus grüner Seide auf, die in der Mitte, wie der Wagenschlag einer Karosse, ein Wappen zeigte.

»Es sind sogar noch zwei Zigarren darin«, sagte er, »die sind für heute abend nach dem Essen.«

»Rauchst du denn?« fragte sie.

»Manchmal, wenn sich eine Gelegenheit bietet.«

Er steckte den Fund in seine Tasche und zog dem Pferdchen eins mit der Peitsche über.

Als sie zu Hause ankamen, war das Essen noch nicht fertig. Madame brauste auf, Nastasie gab eine freche Antwort.

»Gehen Sie!« sagte Emma. »Sie machen sich über mich lustig, ich werfe Sie hinaus.«

Zum Abendessen gab es Zwiebelsuppe mit einem Stück Kalbfleisch und Sauerampfer. Charles, der Emma gegenübersaß, rieb sich die Hände und meinte froh:

»Wie schön, wieder daheim zu sein.«

Man hörte Nastasie weinen. Er mochte das arme Mädchen gut leiden. Sie hatte ihm früher, in der Einsamkeit seiner Witwerschaft, an manchem Abend Gesellschaft geleistet, war seine erste Patientin gewesen, seine älteste Bekannte in der Gegend.

Zuhaus angekommen feuerte sie Dienstmädchen
Sie sehnte sich nach dem Schloss, dem Ball
(kein Alltag)

»Hast du sie im Ernst entlassen?« sagte er schließlich.

»Ja. Wer hindert mich daran?« antwortete sie.

Während ihr Zimmer gerichtet wurde, wärmten sie sich in der Küche. Charles fing an zu rauchen. Dabei stülpte er die Lippen vor, spuckte jede Minute aus, lehnte sich bei jedem Zug zurück.

»Dir wird noch übel werden«, sagte sie verachtungsvoll.

Er legte die Zigarre hin und lief zur Pumpe, um ein Glas Wasser hinunterzustürzen.

Emma packte die Zigarrentasche und warf sie schnell hinten in den Schrank.

Der Tag darauf wurde ihr lang! Sie ging in ihrem kleinen Garten auf den immer gleichen Wegen hin und her, blieb vor den Rabatten stehen, vor dem Spalier, vor dem gipsernen Pfarrer und betrachtete alle diese alten Dinge, die sie so gut kannte, voll Verwunderung. Wie fern schien der Ballabend schon zu liegen. Was trennte den vorgestrigen Morgen so weit vom heutigen Abend? Ihre Reise nach La Vaubyessard hatte einen Riß hinterlassen, ähnlich den tiefen Spalten, die ein Unwetter im Gebirge manchmal in einer einzigen Nacht aufreißt. Doch sie schickte sich in die Verhältnisse, legte sorgsam ihr schönes Kleid in die Kommode und sogar die Seidenschuhe, deren Sohlen auf dem glatten Wachs des Parketts gelb geworden waren. Ihr Herz war wie sie: bei der Berührung mit dem Reichtum hatte sich etwas an es geheftet, was sich nicht mehr entfernen ließ.

Die Erinnerung an den Ball wurde für Emma also zu einer Beschäftigung. An jedem Mittwoch sagte sie sich beim Aufwachen: »Ach, heute vor acht Tagen ... heute vor vierzehn Tagen ... heute vor drei Wochen war ich dort!« Und nach und nach verwischten sich in ihrem Gedächtnis die Gesichtszüge, sie vergaß die Melodie der Kontertänze, sie sah die Livreen und die Gemächer nicht mehr so deutlich vor sich; einige Einzelheiten entschwanden ihr, aber ihre Sehnsucht blieb.

## IX

Wenn Charles das Haus verlassen hatte, ging sie oft zum Schrank und nahm die zwischen der gefalteten Wäsche aufbewahrte grünseidene Zigarrentasche hervor.

Sie betrachtete sie, machte sie auf und roch sogar am Futter, das nach Verbenen und Tabak duftete. Wem gehörte die Tasche? … Dem Vicomte. Vielleicht war sie ein Geschenk seiner Geliebten. Sie war auf einem Palisanderrahmen gestickt worden, einem winzigen, vor allen Blicken versteckten Gerät, das viele Stunden ausgefüllt hatte und über das die weichen Locken der sinnenden Stickerin gefallen waren. Durch die Gitter des Stramins hatte ein Liebeshauch geweht; jeder Stich hatte darauf eine Hoffnung oder eine Erinnerung festgehalten, und alle die verschlungenen Seidenfäden waren nichts anderes als die Fortsetzung derselben stummen Leidenschaft. Und dann eines Morgens hatte der Vicomte sie mitgenommen. Worüber war gesprochen worden, wenn sie zwischen Blumenvasen und Pompadour-Stutzuhren auf breiten Kaminsimsen ruhte? Sie war in Tostes. Er dagegen war jetzt in Paris; in weiter Ferne. Wie dieses Paris wohl war? Welch ungeheurer Name! Zu ihrem Vergnügen sagte sie ihn mehrmals vor sich hin; er klang ihr wie die große Glocke einer Kathedrale in den Ohren; sogar noch auf dem Etikett ihrer Salbentöpfe flammte er vor ihren Augen.

Wenn nachts die Seefischhändler in ihren Karren unter ihren Fenstern vorbeifuhren und *La Marjolaine* sangen, wachte sie auf, lauschte dem Lärm der eisenbeschlagenen

Dachte oft an Paris besorgte sich Stadtpläne

Räder, der, sobald das freie Feld begann, auf dem Erdboden schwächer wurde, und sagte sich:

»Morgen werden sie dort sein!« Und sie folgte ihnen in Gedanken über Berg und Tal, durch die Dörfer, im Schein der Sterne über die Landstraße. Am Ende einer unbestimmten Strecke befand sich immer ein undeutlicher Ort, an dem ihr Traum erlosch.

Sie kaufte sich einen Plan von Paris und machte mit dem Finger auf der Karte Streifzüge durch die Hauptstadt. Sie ging über die Boulevards, blieb an jeder Ecke zwischen den Straßenzeilen stehen vor den weißen Quadraten, die angaben, wo Häuser standen. Wenn ihr endlich die Augen müde wurden, schloß sie die Lider, und dann sah sie die Gaslaternen im Wind flackern und die Wagentritte der Kutschen, die unter Getöse vor der Eingangshalle der Theater herabgelassen wurden.

Sie abonnierte *La Corbeille*, eine Frauenzeitschrift, und den *Sylphe des Salons*. Sie verschlang, ohne irgend etwas auszulassen, die Berichte über Premieren, Pferderennen und Abendveranstaltungen, nahm am Debüt einer Sängerin, an der Eröffnung eines Geschäfts Anteil. Sie wußte über die neuen Moden Bescheid, kannte die Adressen guter Schneider, die Tage, an denen man in den Bois oder in die Oper ging. Sie studierte bei Eugène Sue die Beschreibungen von Zimmereinrichtungen; sie las Balzac und Georges Sand auf der Suche nach erdachten Befriedigungen ihrer persönlichen Wünsche. Selbst zu den Mahlzeiten brachte sie ihr Buch mit und drehte die Seiten um, während Charles aß und mit ihr sprach. Bei allen Lektüren kehrte die Erinnerung an den Vicomte zurück. Zwischen ihm und den erfundenen Figuren stellte sie Zusammenhänge her. Doch der Kreis, dessen Mittelpunkt er war, erweiterte sich allmählich, und der Strahlenkranz, in dem er stand, wich von seiner Gestalt, um in weiterer Ferne über anderen Träumen zu leuchten.

Weiter als der Ozean schillerte also Paris vor Emmas Augen in purpurnem Licht. Das vielfältige Leben, das sich in diesem Trubel regte, war jedoch in Sparten eingeteilt, in unterschiedlichen Bildern geordnet. Davon gewahrte Emma nur zwei oder drei, die ihr alle anderen verdeckten und für sich allein die gesamte Menschheit darstellten. Die Welt der Gesandten bewegte sich auf glänzendem Parkett, zwischen Spiegelwänden, um ovale Tische mit goldgesäumten Samtdecken. Dort gab es Schleppenkleider, tiefe Geheimnisse, unter Lächeln verborgene Ängste. Dann kam die Gesellschaft der Herzoginnen; dort war man bleich, stand um vier Uhr auf; die Frauen, diese armen Engel, trugen englische Spitzen an ihren Unterröcken, und die Männer, wegen ihres oberflächlichen Gehabes verkannte Kapazitäten, ritten auf jeder Lustpartie ihre Pferde zuschanden, verbrachten die Sommersaison in Baden-Baden und heirateten schließlich, wenn sie um die Vierzig waren, reiche Erbinnen. In den Nebenzimmern der Restaurants, wo man nach Mitternacht soupiert, lachte beim Kerzenschein die buntscheckige Menge der Literaten und Schauspielerinnen. Sie waren verschwenderisch wie die Könige, erfüllt von idealen Bestrebungen und phantastischen Träumen. Es war dies ein Dasein, das sie über die anderen erhob, Dasein zwischen Himmel und Erde, in Gewittern, etwas Erhabenes. Der Rest der Welt war verloren, ohne genauen Platz und gleichsam nicht wirklich. Je näher die Dinge ihr standen, desto mehr wandte sich ihr Denken von ihnen ab. Alles, was sie unmittelbar umgab, langweilige Dorflandschaft, beschränkte Kleinbürger, dürftige Verhältnisse, schien ihr eine Ausnahme in der Welt darzustellen, ein besonderer Zufall zu sein, in dem sie sich gefangen fand, während sich dahinter, so weit das Auge reichte, das unermeßliche Land der Glückseligkeiten und Leidenschaften erstreckte. In ihrer Sehnsucht verwechselte sie die Sinnenreize des Luxus mit den Freuden des Herzens, die Eleganz der Manieren mit den Feinheiten des Gefühls. Bedurfte die Liebe nicht, ähnlich den irdischen Pflanzen, eigens bereiteter Böden, einer besonderen Temperatur? Die Seufzer im Mondschein, die langen Umarmungen, die Tränen auf den Händen, von denen man sich löst, alles Fieberschauern des Fleisches und alles Schmachten der Zärtlichkeit war also nicht zu trennen von den Balkonen der großen Schlösser und ihrer Muße, vom Boudoir mit Seidenvorhängen und Teppichen, von den vollen Blumenständern, einem auf einer Estrade stehenden Bett oder vom Funkeln der Edelsteine und von den Achselschnüren der Livreen.

Der Postjunge, der jeden Morgen kam, um die Stute zu striegeln, ging mit seinen groben Holzschuhen durch den Gang; sein Kittel hatte Löcher, seine Füße steckten in Socken. Das war der Groom in Kniehosen, mit dem man sich zufriedengeben mußte! Wenn er seine Arbeit getan hatte, ließ er sich den ganzen Tag nicht mehr blicken; denn wenn Charles zurückkam, führte er sein Pferd selbst in den Stall, nahm ihm den Sattel ab und legte ihm den Halfter um, während die Magd ein Bündel Stroh brachte und es, so gut sie vermochte, in die Raufe warf.

Zum Ersatz für Nastasie (die, als sie Tostes schließlich verließ, Tränenbäche vergoß) stellte Emma ein Mädchen von vierzehn Jahren ein, eine Waise von sanftem Wesen. Sie verbot ihr, Baumwollmützen zu tragen, brachte ihr bei, die Herrschaft in der dritten Person anzureden, ein Glas Wasser auf einem Teller zu bringen, anzuklopfen, bevor sie eintrat, zu bügeln, zu stärken, ihr beim Ankleiden zu helfen; sie wollte aus ihr eine Kammerzofe machen. Das neue Dienstmädchen gehorchte ohne Widerrede, um ja nicht wieder fortgeschickt zu werden, und da Madame gewöhnlich den Schlüssel am Schrank stecken ließ, nahm sich Félicité jeden Abend einen kleinen Zuckervorrat mit, den sie im Bett ganz allein aufaß, nachdem sie ihr Nachtgebet verrichtet hatte.

Nachmittags ging sie manchmal hinaus und schwatzte mit den Postillionen gegenüber. Madame hielt sich oben in ihrem Zimmer auf.

Sie trug einen weit ausgeschnittenen Schlafrock, der zwischen den Revers des Schalkragens ein plissiertes Vorhemdchen mit drei Goldknöpfen sehen ließ. Der Gürtel war eine Kordel mit dicken Quasten, und auf ihren granatroten kleinen Pantoffeln saß ein den Spann bedeckender Tuff aus breiten Bändern. Sie hatte sich eine Schreibunterlage, Briefpapier, einen Federhalter und Umschläge gekauft, obwohl sie niemanden hatte, dem sie schreiben konnte; sie staubte ihr Büchergestell ab, betrachtete sich im Spiegel, nahm ein Buch, begann dann aber zu träumen, ließ es auf die Knie sinken. Sie hätte Reisen machen oder wieder in ihrem Kloster leben wollen. Sie wollte sterben und gleichzeitig in Paris leben.

Charles ritt bei Regen und Schnee über Land. Er aß am Tisch der Bauernhöfe Eierkuchen, fuhr mit dem Arm in feuchte Betten, empfing bei Aderlässen den lauwarmen Strahl im Gesicht, hörte Todesröcheln, untersuchte Nachtgeschirre, schob viel schmutzige Wäsche beiseite; jeden Abend aber fand er ein loderndes Feuer vor, den gedeckten Tisch, bequeme Möbel und eine hübsch gekleidete, reizvolle Frau, die so frisch duftete, daß man nicht zu sagen wußte,

Neues Dienstmädchen

woher dieser Wohlgeruch kam oder ob nicht vielmehr ihre Haut ihn ihrem Hemd mitteilte.

Sie bezauberte ihn mit zahlreichen Aufmerksamkeiten; einer neuen Art, Papiermanschetten für die Kerzen zu verfertigen, einem Volant, den sie an ihrem Kleid änderte, oder dem außergewöhnlichen Namen für ein ganz einfaches Gericht, das der Magd überdies mißlungen war, das Charles aber mit Genuß aufaß. In Rouen hatte sie Damen gesehen, die an ihrer Uhr ein Gehänge von Berlocken trugen; sie kaufte sich Berlocken. Für ihren Kamin wünschte sie zwei Vasen aus blauem Glas zu haben und kurze Zeit darauf ein Nécessaire aus Elfenbein mit einem Fingerhut aus vergoldetem Silber. Je weniger Charles diese Feinheiten verstand, um so mehr empfand er ihre Verführungskraft. Sie erhöhten seine Sinnenfreude und die Annehmlichkeit seines Heims. Sie legten sich wie Goldstaub über seinen bescheidenen Lebenspfad.

Er war wohlauf, sah gesund aus; sein Ansehen war gefestigt. Die Landleute liebten ihn, weil er nicht hochmütig war. Er streichelte die Kinder, ging nie ins Wirtshaus, flößte durch seinen Lebenswandel überhaupt Vertrauen ein. Besonders erfolgreich behandelte er Hals- und Brustleiden. Da er große Furcht hatte, seine Patienten ins Jenseits zu befördern, verordnete Charles kaum mehr als lindernde Arzneien, von Zeit zu Zeit ein Brechmittel, ein Fußbad oder Blutegel. Nicht, daß die Chirurgie ihm Angst gemacht hätte; er ließ die Leute wie Pferde großzügig zur Ader, und beim Zähneziehen bewies er eine *eiserne Kraft*.

*Um sich auf dem laufenden zu halten*, abonnierte er zudem *La Ruche médicale*, eine neue Zeitschrift, deren Prospekt er erhalten hatte. Nach dem Abendessen las er ein wenig darin, aber die Zimmerwärme und die einsetzende

Verdauung bewirkten, daß er nach fünf Minuten einschlief, und so blieb er da sitzen, das Kinn in den Händen und das Haar wie eine Mähne bis zum Fuß der Lampe fallend. Emma betrachtete ihn und zuckte die Achseln. Warum hatte sie zum Ehemann nicht wenigstens einen jener von Feuereifer beseelten schweigsamen Männer, die nachts in Bücher vertieft sind und endlich, mit sechzig Jahren, wenn das Rheumatismusalter kommt, auf ihrem schlechtsitzenden schwarzen Frack ein Ordenskreuz tragen! Sie hätte gewünscht, daß dieser ihr Name Bovary berühmt würde, sie ihn in den Buchläden ausgestellt, in den Zeitungen oft erwähnt sähe, in ganz Frankreich bekannt wüßte. Doch Charles besaß überhaupt keinen Ehrgeiz! Ein Arzt aus Yvetot, mit dem zusammen er kürzlich konsultiert worden war, hatte ihn direkt am Krankenbett, vor den versammelten Angehörigen gedemütigt. Als Charles ihr abends von der Begebenheit erzählte, ereiferte sich Emma heftig gegen den Kollegen. Charles war darüber gerührt. Eine Träne im Auge küßte er sie auf die Stirn. Aber die Scham brachte sie außer sich, sie hätte ihn am liebsten geschlagen, sie trat auf den Gang, öffnete ein Fenster und atmete die kalte Luft ein, um sich zu beruhigen.

»Was für ein jämmerlicher Mann! was für ein jämmerlicher Mann!« sagte sie ganz leise und biß sich auf die Lippen.

Es gab nun auch mehr, was sie an ihm ärgerte. Er nahm mit zunehmendem Alter dumme Gewohnheiten an; er zerschnitzelte beim Nachtisch die Korken der leeren Flaschen; er fuhr sich nach dem Essen mit der Zunge über die Zähne; er gluckste bei jedem Löffel Suppe, den er schluckte, und da er dick zu werden begann, schienen seine ohnehin kleinen Augen durch die aufgedunsenen Backen zu den Schläfen hinaufgedrückt zu werden.

wollte berühmt sein Name sollte hohes Ansehen genießen
sie selbst wollte/konnte dies nicht erreichen Charles
wollte es nicht
Jede kleine Macke an ihm fing an sie zu stören

Emma schob ihm manchmal den roten Rand seines wollenen Unterzeugs unter die Weste, ordnete seine Krawatte oder warf die verfleckten Handschuhe fort, die er anziehen wollte, und dies tat sie nicht für ihn, wie er glaubte; sie tat es in erweitertem Egoismus, nervöser Gereiztheit für sich selbst. Manchmal unterhielt sie sich mit ihm über die Dinge, die sie gelesen hatte, über eine Stelle in einem Roman, ein neues Theaterstück oder die Geschichte aus der *Großen Welt*, die im Feuilleton gestanden hatte, denn immerhin war Charles ein Gegenüber, ein für sie immer offenes Ohr, eine stets bereitwillige Zustimmung. Sie vertraute sich schließlich auch ihrem Windspiel an! Sie hätte sich sogar den Holzscheiten im Kamin und dem Pendel der Wanduhr anvertraut.

Insgeheim aber wartete sie auf ein Ereignis. Wie Matrosen in Seenot ließ sie den verzweifelten Blick über die Öde ihres Lebens schweifen und suchte fern am nebligen Horizont ein weißes Segel. Sie wußte nicht, welcher Zufall, welcher Wind es ihr zutreiben, zu welchen Ufern es sie fahren, ob es eine Schaluppe oder ein dreistöckiges Schiff, ob es mit Ängsten oder bis zu den Stückpforten mit Glückseligkeit beladen sein würde. Doch jeden Morgen beim Erwachen erwartete ihre Hoffnung es im Lauf des Tages, und sie horchte auf alle Geräusche, sprang bei allen auf, wunderte sich, daß es nicht kam. Dann, wenn die Sonne sank, war sie noch trauriger und wünschte sich den nächsten Tag herbei.

Es wurde wieder Frühling. Als die ersten heißen Tage kamen, die Birnbäume blühten, litt sie unter Atembeklemmungen.

Von Anfang Juli an zählte sie die Wochen bis zum Monat Oktober an den Fingern ab, da sie dachte, der Marquis d'Andervilliers werde auf La Vaubyessard vielleicht wieder einen Ball geben. Doch der ganze September verstrich ohne Briefe, ohne Besuche.

Nach dem Verdruß dieser Enttäuschung war ihr Herz wieder leer, und das tägliche Einerlei begann von neuem.

Die Tage würden nun also einer dem anderen folgen, immer gleich, zahllos, keine Abwechslung bringen! Die Leben anderer, so schal sie auch waren, hatten wenigstens Aussicht auf ein Ereignis. Ein unvorhergesehenes Erlebnis brachte manchmal unendliche Wendungen herbei, und die Szenerie änderte sich. Ihr aber wurde nichts zuteil, Gott hatte es so gewollt! Die Zukunft war ein pechschwarzer Gang, an dessen Ende eine fest versperrte Tür war.

Sie gab die Musik auf. Wozu spielen? Wer würde sie hören? Da sie niemals in einem kurzärmeligen Samtkleid in einem Konzert auf einem Erard-Flügel mit ihren leichten Fingern in die Elfenbeintasten schlagen und um sich her, gleich einem Windhauch, ein entzücktes Murmeln wahrnehmen würde, lohnte es nicht die Mühe, sich mit langweiligem Üben abzugeben. Sie ließ ihre Zeichenmappen und ihren Stickrahmen im Schrank. Wozu auch? Wozu? Die Näherei ärgerte sie.

»Gelesen habe ich auch schon alles«, sagte sie sich.

Und so ließ sie nur die Feuerzangen im Kamin rotglühend werden, oder sie schaute in den Regen.

Wie traurig war sie, wenn sonntags zur Vesper geläutet wurde! Mit dumpfer Aufmerksamkeit lauschte sie einem nach dem anderen der unrein tönenden Glockenschläge. Im bleichen Sonnenlicht wanderte eine Katze langsam über die Dächer und machte einen Buckel. Der Wind blies Staubfahnen über die Landstraße. In der Ferne heulte bisweilen ein Hund; und die Glocke setzte in gleichmäßigem Takt ihr eintöniges Geläut fort, das sich über den Feldern verlor.

Inzwischen kamen die Leute aus der Kirche. Die Frauen in frischgewachsten Holzschuhen, die Bauern in neuen Kitteln, die kleinen Kinder, die barhäuptig vor ihnen herhüpften, alle gingen sie nach Hause. Und bis zum Einbruch der Dunkelheit blieben fünf oder sechs Männer da, immer dieselben, und spielten das Stöpselspiel vor dem Tor zur Wirtschaft.

Der Winter war kalt. Jeden Morgen waren die Fensterscheiben mit Reif bedeckt, und das wie durch Mattglas weißlich einfallende Licht blieb manchmal den ganzen Tag unverändert. Nachmittags mußte um vier Uhr die Lampe angezündet werden.

An schönen Tagen ging sie in den Garten hinunter. Der Tau hatte auf den Kohlköpfen silbrige Spitzen hinterlassen, die ihre langen hellen Fäden von einem zum anderen spannten. Kein Vogel war zu hören, alles schien zu schlafen, das mit Stroh geschützte Spalier und der einer großen kranken Schlange gleichende Weinstock unter der Mauerkappe; wenn man näher kam, sah man dort vielfüßige Asseln kriechen. Unter den Zwergfichten bei der Hecke hatte der brevierlesende Pfarrer mit Dreispitz den rechten Fuß verloren, und der im Frost abgeblätterte Gips hatte in seinem Gesicht weiße Flecken hinterlassen.

Dann ging sie wieder hinauf, schloß die Tür, schürte die Kohlen und empfand, durch die Ofenwärme erschlafft, die Langeweile noch schwerer auf sich lasten. Sie wäre gern hinuntergegangen, um mit dem Dienstmädchen zu plaudern, aber eine Scham hielt sie davon ab.

Der Lehrer mit schwarzem Seidenkäppchen öffnete jeden Tag zur gleichen Zeit die Wetterläden seines Hauses, und der Feldhüter schritt vorbei und trug seinen Säbel über seinem Kittel. Abends und morgens trotteten zu je dreien die Postpferde über die Straße, um im Tümpel zu trinken. Dann und wann klingelte die Glocke an der Tür einer Schenke, und wenn der Wind wehte, hörte man an ihren beiden Stangen die kleinen Kupferbecken klirren, die dem Perückenmacher als Aushängeschild dienten. Die Auslage bestand aus einer an eine Scheibe geklebten alten Modegravüre und einer wächsernen Frauenbüste mit gelbem Haar. Auch er, der Perückenmacher, klagte über seine berufliche Stagnation, seine verlorenen Zukunftsaussichten, und von einem Laden in einer großen Stadt, Rouen zum Beispiel, am Hafen, in der Nähe des Theaters träumend, spazierte er den ganzen Tag trübsinnig zwischen Rathaus und Kirche hin und her und wartete auf Kundschaft. Wenn Madame Bovary die Augen hob, sah sie ihn dort stets, die griechische Mütze auf dem Ohr, in seiner Lastingjacke wie eine Schildwache Posten schieben.

Nachmittags erschien mitunter hinter den Scheiben des Eßzimmers der Kopf eines Mannes, ein braungebranntes Gesicht mit schwarzem Backenbart, über das langsam ein breites, sanftes, weiße Zähne zeigendes Lächeln zog. Alsbald ertönte ein Walzer, und auf dem Leierkasten drehten sich in einem kleinen Salon fingerlange Tänzer, Frauen mit rosa Turbanen, Tiroler in Jacken, Affen in Fräcken, Herren in Kniehosen zwischen den Sesseln, Kanapees und Konsolen und wiederholten sich in den Spiegelscherben, deren Kanten ein Netz aus Goldpapier miteinander verband. Der Mann drehte seine Kurbel und ließ den Blick nach links und rechts und zu den Fenstern hinauf schweifen. Dann und wann spie er einen Strahl braunen Speichels gegen den Prellstein, stemmte mit dem Knie sein Instrument in die Höhe, dessen harte Traggurte ihm die Schulter ermüdete; und bald klagend und zögernd, bald munter und stürmisch entwich die Musik dumpf dröhnend dem Kasten durch einen Vorhang

Emma ließ sich immer mehr gehen vernachlässigte
ihren Haushalt und sich selbst
Doch als Mutter v. Charles da war sagte sie
Sie müssen sparen und das sonst alles in Ordnung
sei

aus rosa Taft hindurch und unter einem verschnörkelten Kupfergitter hervor. Es waren Weisen, die man andernorts spielte, in den Theatern, in den Salons sang, zu denen man abends unter brennenden Kronleuchtern tanzte, Echos aus der großen Welt, die bis zu Emma drangen. Endlose Sarabanden ertönten in ihrem Kopf, und gleich einer Bajadere auf blumendurchwirktem Teppich hüpfte ihr Denken im Rhythmus der Klänge, wiegte sich von Traum zu Traum, von Traurigkeit zu Traurigkeit. Wenn der Mann sein Almosen in der Mütze eingesammelt hatte, schlug er eine alte blaue Wolldecke um seinen Leierkasten, hob ihn sich auf den Rücken und entfernte sich schweren Schrittes. Emma sah ihm nach.

Unerträglich wurden ihr jedoch vor allem die Mahlzeiten im Erdgeschoß im kleinen Eßzimmer mit dem rauchenden Ofen, der knarrenden Tür, den schwitzenden Wänden, den feuchten Fliesen; ihr war, als würde ihr die ganze Bitternis ihres Daseins auf dem Teller aufgetragen und als stiegen angesichts des dampfenden Rindfleischs vom Grund ihrer Seele noch mehr Schwaden der Langeweile auf. Charles nahm sich Zeit zum Essen; sie knabberte ein paar Haselnüsse oder unterhielt sich damit, über das Wachstuch mit der Spitze ihres Messers Linien zu ziehen.

In ihrem Haushalt vernachlässigte sie nun alles, und als die Mutter Bovary kam und einen Teil der Fastenzeit in Tostes verbrachte, staunte sie nicht wenig über die Veränderung. Denn die früher so gepflegte, heikle Emma kleidete sich nun an manchen Tagen nicht ordentlich, trug graue Baumwollstrümpfe, zündete nur Kerzen an. Sie behauptete wiederholt, daß gespart werden müsse, weil sie nicht reich seien, und setzte hinzu, sie sei es ganz zufrieden und sehr glücklich, Tostes gefalle ihr ausnehmend und dergleichen neue Sprüche, die der Schwiegermutter den Mund schlossen. Im übrigen schien Emma nicht mehr geneigt, ihre Ratschläge zu befolgen; einmal sogar, als Madame Bovary darauf verfallen war zu behaupten, die Herrschaft müsse den frommen Lebenswandel ihrer Diener überwachen, hatte Emma ihr mit so zornigem Blick und so kaltem Lächeln geantwortet, daß die gute Frau vom Thema abließ.

Emma wurde eigensinnig und launenhaft. Sie bestellte sich besondere Gerichte, rührte sie nicht an, trank an einem Tag nur Milch und am nächsten ein Dutzend Tassen Tee. Oft bestand sie darauf, nicht aus dem Haus gehen zu wollen, dann wieder meinte sie zu ersticken, riß die Fenster auf, zog ein dünnes Kleid an. Wenn sie ihr Dienstmädchen grob angefahren hatte, machte sie ihm Geschenke oder schickte es auf einen Spaziergang zu den Nachbarinnen, wie sie auch manchmal das ganze Kleingeld aus ihrer Börse den Armen hinwarf, obwohl sie deshalb, wie die Mehrzahl der Menschen bäuerlicher Abstammung, die in ihrer Seele immer etwas von der schwieligen Härte der Vaterhände bewahren, doch nicht weichherzig war, und die Gefühle anderer sie nicht leicht erreichten.

Ende Februar brachte der alte Rouault dem Schwiegersohn eine prächtige Pute zum Andenken an seine Heilung und blieb drei Tage in Tostes. Da Charles mit seinen Kranken beschäftigt war, leistete Emma dem Vater Gesellschaft. Er rauchte im Schlafzimmer, spuckte auf die Feuerböcke, redete über Anbau, Kälber, Kühe, Geflügel und Gemeinderat, so daß sie, als er wieder abgereist war, die Tür mit einem Gefühl der Befriedigung hinter sich schloß, das sie selbst überraschte. Überhaupt verbarg sie ihre Verachtung für alles und jeden nicht mehr und begann manchmal befremdliche Meinungen zu äußern, tadelte, was man billigte und

Emma: zu der Zeit egoistisch und launisch
nervöses Leiden – Emma krank Charles dachte es liegt an Wohnort
dachte an Umzug
Mme Bovary wurde schwanger

billigte verwerfliche und unmoralische Dinge: worüber ihr Mann nur staunen konnte.

Sollte dies Elend ewig dauern? Würde sie sich nie von ihm befreien können? Obwohl sie mindestens ebensoviel wert war wie all die Frauen, die im Glück lebten! In La Vaubyessard hatte sie Herzoginnen gesehen, deren Gestalt plumper und deren Manieren unfeiner waren, und sie verwünschte Gottes Ungerechtigkeit: sie lehnte den Kopf an die Wand und weinte. Sie beneidete die anderen, die ein stürmisches Leben führten, um die nächtlichen Maskeraden, die übermütigen Lustbarkeiten mit all den leidenschaftlichen Erregungen, die sie nicht kannte, die aber wohl von ihnen bewirkt wurden.

Sie wurde bleich und litt unter Herzklopfen: Charles verordnete ihr Baldrian und Kampferbäder. Alles, was man versuchte, schien sie noch reizbarer zu machen.

An manchen Tagen schwatzte sie ohne Unterlaß wie im Fieber; dem Überschwang folgte unvermittelt eine Erstarrung, sie sprach nicht, bewegte sich nicht. Was sie dann wieder zu sich brachte, war ein Guß Eau de Cologne über ihre Arme.

Da sie ständig über Tostes klagte, kam Charles auf den Gedanken, die Ursache ihrer Krankheit sei wahrscheinlich irgendein örtlicher Einfluß. An diesem Gedanken hielt er fest, und er überlegte ernstlich, ob er sich anderswo niederlassen solle.

Seither trank Emma Essig, um abzumagern, gewöhnte sich ein trockenes Hüsteln an und verlor allen Appetit.

Nach einem Aufenthalt von vier Jahren und in dem Augenblick, *da er sich eine vorteilhafte Stellung zu schaffen begann*, kam es Charles hart an, Tostes zu verlassen. Doch wenn es nun einmal sein mußte! Er fuhr mit Emma nach

Rouen und suchte seinen einstigen Lehrer auf. Es sei ein nervöses Leiden, sie brauche Luftveränderung.

Nachdem er sich hierhin und dorthin gewandt hatte, erfuhr Charles, daß im Arrondissement Neufchâtel in einer größeren Ortschaft namens Yonville-l'Abbaye der Arzt, ein polnischer Emigrant, sich in der Woche zuvor auf und davon gemacht hatte. Daraufhin schrieb er an den dortigen Apotheker, um zu erfahren, wie hoch die Einwohnerzahl, wie weit die Entfernung bis zum nächsten Kollegen, wie der Jahresverdienst seines Vorgängers gewesen war und so weiter. Und als die Antworten befriedigend lauteten, beschloß er, falls in Emmas Befinden keine Besserung eintrat, in der Vorfrühlingszeit umzuziehen.

Eines Tages, als sie wegen der bevorstehenden Abreise eine Schublade aufräumte, stach sie sich mit etwas in die Finger. Es war ein Eisendraht von ihrem Brautbukett. Die Orangenblüten waren vor Staub gelb geworden, und die mit Silberborte eingefaßten Seidenbänder fransten an den Rändern aus: Sie warf den Strauß ins Feuer. Er flammte rascher auf als trockenes Stroh. Dann lag er auf der Asche wie ein roter Busch, der langsam verzehrt wurde. Sie sah zu, wie er verbrannte. Die kleinen Beeren aus Karton zerplatzten, die Messingdrähte krümmten sich, die Litze zerschmolz, und die zerschrumpften Papierblumen, die wie schwarze Schmetterlinge die Kaminplatte entlang gaukelten, stoben endlich durch den Rauchfang davon.

Als sie Tostes im März verließen, war Madame Bovary schwanger.

# Zweiter Teil

# I

Yonville-l'Abbaye (so genannt nach einer einstigen Kapuzinerabtei, von der nicht einmal mehr die Ruinen übrig sind) ist eine Ortschaft, die acht Meilen von Rouen entfernt zwischen der Straße nach Abbeville und der nach Beauvais liegt, am Ende eines von der Rieule bewässerten Tals. Die Rieule ist ein kleiner Nebenfluß der Andelle, in Mündungsnähe treibt sie drei Mühlen, und ein Sonntagsvergnügen der Dorfbuben ist es, ihre wenigen Forellen zu angeln.

Man verläßt die Landstraße bei La Boissière und geht dann in der Ebene bis zur Anhöhe von Les Leux, von wo aus man das Tal vor sich liegen sieht. Der Fluß, der es durchzieht, teilt es gleichsam in zwei Gegenden verschiedenen Charakters: zur Linken ist alles Grasland, zur Rechten alles Ackerland. Die Wiesen ziehen sich unter einem Streifen niedriger Hügel hin und schließen sich dahinter an die Weiden des Pays de Bray an, während auf östlicher Seite die Ebene sanft ansteigt, breiter wird und, so weit das Auge reicht, ihre gelben Kornfelder ausstellt. Das am Wiesenrand fließende Wasser trennt als weiße Scheitellinie die Farbe der Wiesen und die der Ackerfurchen, und so gleicht das Land einem großen auseinandergefalteten Mantel, der einen grünsamtenen, von silberner Litze eingefaßten Kragen hat.

Wenn man ankommt, hat man fern am Horizont vor sich den Eichenwald von Argueil mit den Steilhängen der Höhen von Saint-Jean, die von oben bis unten von ungleichmäßigen langen roten Streifen durchzogen sind: den vom Regen hinterlassenen Spuren, und diese ziegelroten Schattierungen, die sich in dünnen Strichen von der grauen Farbe des

Bergs abheben, rühren von den vielen eisenhaltigen Quellen, die in das umliegende Land fließen.

Man ist hier an den Grenzen zur Normandie, zur Picardie und zur Ile-de-France, in einer Mischlingsgegend, deren Sprache und Landschaft ohne eigenen Charakter sind. Hier macht man die schlechtesten Neufchâteller Käse des ganzen Arrondissements, der Ackerbau andererseits ist hier kostspielig, da der steinhaltige, krümelige Sandboden viel Mist braucht, um fetter zu werden.

Bis 1835 gab es keine befahrbare Straße nach Yonville; doch dann wurde ein *Gemeindeweg* angelegt, der die Straße nach Abbeville mit der nach Amiens führenden verbindet und mitunter von den von Rouen nach Flandern fahrenden Frachtfuhrleuten benutzt wird. Trotz dieser neuen *Absatzmärkte* hat Yonville-l'Abbaye keinen Aufschwung genommen. Statt den Anbau zu verbessern, versteift man sich, so wenig sie auch abwirft, auf die Viehwirtschaft, und der verschlafene Marktflecken zieht sich von der Ebene zurück und vergrößert sich zum Fluß hin. Von weitem erblickt man ihn, der sich längs des Ufers hinstreckt wie ein Kuhhirte, der am Rand des Wassers sein Schläfchen macht.

Am Fuß des Hügels, hinter der Brücke, beginnt eine mit jungen Espen bepflanzte Chaussee, die in gerader Linie zu den ersten Häusern des Orts führt. Von Hecken umzäunt stehen sie auf ihren Höfen inmitten verschiedener Gebäude, Keltereien, Kärnereien und Schnapsbrennereien unter buschigen Bäumen, in deren Geäst Leitern, Angelstöcke oder Sensen aufgehängt sind. Wie in die Augen gezogene Pelzmützen reichen die Strohdächer über das obere Drittel der niedrigen Fenster, deren dicke gewölbte Scheiben ähnlich den Flaschenböden in der Mitte einen Wulst haben. An die von schwarzen Schutzbalken schräg durchzogenen weißgetünchten Wände klammert sich manchmal ein magerer Birnbaum, und im Erdgeschoß sind an den Türen kleine drehbare Barrieren, um die Küken draußen zu halten, die auf der Schwelle mit Apfelwein versetzte Brotbrocken pikken. Dann werden die Höfe schmaler, stehen die Wohnhäuser näher beieinander, verschwinden die Hecken; unter einem Fenster schaukelt ein Bündel Farnkraut am Ende eines Besenstiels; nach der Werkstatt eines Hufschmieds folgt die eines Stellmachers mit zwei, drei neuen Karren, die im Freien stehen und die Straße versperren. Dann wird hinter einer Gittertür und einem Rasenrondell mit einem den Finger auf die Lippen legenden Amor ein weißes Haus sichtbar; zwei gußeiserne Vasen flankieren die Freitreppe; an der Tür glänzen Schilder; es ist das Haus des Notars und das schönste der Gegend.

Die Kirche steht zwanzig Schritte weiter auf der anderen Seite der Straße am Anfang des Platzes. Der kleine Friedhof, der sie mit einer Mauer in Ellbogenhöhe umgibt, ist so voll, daß die alten, in den Boden gesunkenen Grabsteine einen ununterbrochenen Plattenbelag bilden, in den das Gras von selbst regelmäßig grüne Rechtecke eingezeichnet hat. In den letzten Jahren der Regierungszeit Karls X. ist die Kirche neu aufgebaut worden. Das hölzerne Gewölbe beginnt oben zu faulen und hat in seinem blauen Anstrich an manchen Stellen schwarze Löcher. Über der Tür, wo die Orgel sein sollte, ist ein Lettner für die Männer, mit einer Wendeltreppe, die unter den Holzschuhen dröhnt.

Das Tageslicht fällt schräg auf die quer zur Mauer stehenden Bänke; da und dort ist an die Wand eine Bastmatte genagelt, unter der in großen Buchstaben steht: »Bank des Herrn Soundso«. Ein wenig weiter, wo das Schiff sich verengt, steht der Beichtstuhl gegenüber einer Marienstatue, die ein Atlasgewand und einen mit silbernen Sternen besäten Tüllschleier trägt und knallrote Backen hat wie ein Götzenbild von den Sandwich-Inseln; eine Kopie der *Heiligen Familie, Gabe des Innenministeriums*, die zwischen vier Leuchtern über dem Hauptaltar hängt, schließt das Blickfeld ab. Das Chorgestühl aus Tannenholz ist ungestrichen geblieben.

Die Markthalle, das heißt ein von etwa zwanzig Pfosten getragenes Ziegeldach, nimmt allein ungefähr die Hälfte des Dorfplatzes von Yonville ein. Das *nach den Plänen eines Pariser Architekten* gebaute Rathaus ist eine Art griechischer Tempel und steht an der Ecke neben dem Haus des Apothekers. Im Erdgeschoß hat es drei ionische Säulen und im ersten Stock eine Galerie mit Rundbogen; das Giebelfeld füllt ein gallischer Hahn aus, der den einen Fuß auf die Verfassung stützt und mit dem anderen die Waage der Gerechtigkeit hält.

Was aber vor allem den Blick auf sich zieht, ist, gegenüber dem Gasthaus zum *Lion d'Or*, die Apotheke des Monsieur Homais! Abends hauptsächlich, wenn ihre Lampe angezündet ist und die roten und grünen Glasbehälter, die ihre Auslage verschönern, ihre beiden farbigen Lichtbahnen weit hinaus über den Boden ziehen, erblickt man durch sie hindurch wie in bengalischer Beleuchtung den Schattenriß des über sein Pult gebeugten Apothekers. An seinem Haus sind von oben bis unten Plakate angeschlagen mit Kursivschrift, Rundschrift und Druckschrift: »Mineralwasser von Vichy, Seltz und Barèges, blutreinigende Fruchtsäfte, Aqua sedativa von Raspail, arabisches Kraftmehl, Darcet-Pastillen, Regnault-Salbe, Binden, Bäder, Gesundheitsschokolade« und so weiter. Und auf dem Firmenschild, das die ganze Breite des Ladens einnimmt, steht in goldenen Lettern die

Aufschrift: *Homais, Apotheker*. Hinten im Laden, hinter den auf der Theke festgeschraubten großen Waagen steht das Wort *Laboratorium* über einer Glastür, auf der in halber Höhe der Name *Homais* in Goldschrift auf schwarzem Fond noch einmal zu lesen ist.

Ansonsten gibt es in Yonville nichts zu sehen. Die Straße (die einzige) reicht einen Flintenschuß weit, ist von ein paar Läden gesäumt und endet abrupt an der Biegung zur Landstraße. Wenn man sie zur Rechten läßt und am Fuß der Anhöhen von Saint-Jean weitergeht, kommt man bald zum Friedhof.

Als die Cholera herrschte, wurde eine Seite der Mauer umgelegt und drei Acres des angrenzenden Landes hinzugekauft. Aber dieser Teil ist fast leer geblieben; wie zuvor sammeln sich die Gräber in der Nähe des Tors an. Der Friedhofswärter, der zugleich auch Totengräber und Küster ist (aus den Verstorbenen der Pfarrei also doppelten Gewinn zieht), hat das leere Terrain dazu benutzt, Kartoffeln anzubauen. Doch schrumpft sein kleiner Acker von Jahr zu Jahr, und wenn es zu einer Epidemie kommt, weiß er nicht recht, soll er sich über die Sterbefälle freuen oder über die Grabstätten grämen.

»Sie nähren sich von den Toten, Lestiboudois!« sagte ihm der Pfarrer endlich eines Tages.

Der düstere Ausspruch gab ihm zu denken, hemmte ihn eine Zeitlang; doch bis zum heutigen Tag pflanzt er seine Knollen an und behauptet sogar steif und fest, daß sie von selber wachsen.

Seit den Ereignissen, von denen hier berichtet wird, hat sich in Yonville tatsächlich nichts verändert. Noch immer dreht sich oben auf dem Kirchturm die Trikolore aus Weißblech; noch immer flattern die zwei Kattunwimpel am Laden des Modewarenhändlers im Wind; gleich Klumpen weißen Zunders zerfallen die Feten des Apothekers in ihrem trüben Alkohol, und über dem großen Gasthaustor zeigt der vom Regen entfärbte goldene Löwe den Vorübergehenden noch immer seine Pudellocken.

Am Abend, als das Ehepaar Bovary in Yonville eintreffen sollte, war die verwitwete Madame Lefrançois, die Gasthauswirtin, so geschäftig, daß ihr beim Rühren in ihren Pfannen der Schweiß in dicken Tropfen auf der Stirn stand. Am nächsten Tag fand im Ort der Markt statt. Im voraus mußte das Fleich zerlegt, das Geflügel ausgenommen, Suppe gekocht und Kaffee gemahlen werden. Außerdem hatte sie das Essen für ihre Kostgänger, das für den Arzt, seine Frau und deren Dienstmädchen vorzubereiten. Aus dem Billardzimmer drangen Lachsalven; in der kleinen Wirtsstube riefen drei Müllerburschen nach Branntwein; das Holz flammte, die Glut knisterte, und auf dem langen Küchentisch wackelten zwischen den rohen Hammelvierteln hohe Tellerstapel bei jeder Erschütterung des Holzklotzes, auf dem Spinat gehackt wurde.

Ein Mann in grünen Lederpantoffeln, der ein wenig pockennarbig war und eine Samtmütze mit goldener Quaste trug, wärmte sich am Ofen den Rücken. Sein Gesicht drückte nichts als Selbstzufriedenheit aus, er schien das Leben mit der gleichen Ruhe zu nehmen wie der Stieglitz im über ihm hängenden Weidenkäfig: dies war der Apotheker.

»Artémise!« rief die Wirtin, »mach Reisig klein, füll die Karaffen, bring Branntwein, beeile dich! Wüßt ich doch nur, welchen Nachtisch ich der von Ihnen erwarteten Gesellschaft vorsetzen soll! Grundgütiger Herrgott! da fangen die Möbelpacker im Billardzimmer von neuem zu lärmen an!

Beschreibung d. neuen Wohnorts der Bovarys Stadtbewohner

Und ihr Wagen steht immer noch vor der Einfahrt! Die *Schwalbe* ist imstande und drückt ihn ein, wenn sie kommt. Ruf Polyte, er soll ihn in den Schuppen stellen! ... Wenn ich denke, Monsieur Homais, daß die seit dem Morgen an die fünfzehn Partien gespielt und acht Krüge Apfelwein getrunken haben! ... Aber sie werden mir noch den Teppich zerreißen«, fügte sie hinzu und beobachtete sie, den Schaumlöffel in der Hand, von weitem.

»Der Schaden wäre nicht groß«, antwortete Monsieur Homais. »Sie würden eben ein neues kaufen.«

»Ein neues Billard!« schrie die Wirtin.

»Das da taugt nicht mehr viel, Madame Lefrançois, ich sage es Ihnen immer wieder, Sie schaden sich nur selber! Sie schaden sich gewaltig! Und außerdem wollen die Billardspieler heutzutage enge Löcher und schwere Queues haben. Man spielt nicht mehr mit Klickern; es hat sich alles geändert! Man muß mit der Zeit gehen. Schauen Sie sich lieber Tellier an ...«

Die Wirtin wurde vor Ärger ganz rot.

»Sie mögen sagen, was Sie wollen«, fügte der Apotheker hinzu, »aber sein Billard ist hübscher als Ihres, und dann sein Einfall beispielsweise, zugunsten Polens oder der in Lyon von der Überschwemmung Geschädigten ein patriotisches Wettspielen zu veranstalten ...«

»Solches Bettelpack wie der macht uns keine Angst!« unterbrach ihn die Wirtin und hob ihre dicken Schultern. »Ach was, Monsieur Homais, solange der *Lion d'Or* besteht, wird man dort einkehren. Wir haben Heu in der Scheuer! Wohingegen Sie eines Tags erleben werden, daß das *Café Français* geschlossen und am Vordach einen feinen Anschlag kleben hat! Mein Billard austauschen«, fuhr sie zu sich selbst gewandt fort, »auf dem ich so bequem meine Wäsche falten kann und, wenn Jagdzeit ist, bis zu sechs Angereiste übernachten lassen habe! … Aber dieser Bummelant von Hivert, der nicht kommt!«

»Warten Sie mit dem Abendessen Ihrer Herren auf ihn?« fragte der Apotheker.

»Auf ihn warten? Und das trotz Monsieur Binet! Schlag sechs Uhr werden Sie ihn eintreten sehen, denn was Pünktlichkeit anbelangt, gibt es auf Erden nichts seinesgleichen. Er muß immer seinen Platz in der kleinen Wirtsstube haben! Er ließe sich eher totschlagen als anderswo auftragen! und heikel ist der! und so kritisch beim Apfelwein! Nicht wie Monsieur Léon; der kommt manchmal erst um sieben, halb acht sogar; der achtet gar nicht auf das, was er ißt. So ein netter junger Mensch. Nie ein lautes Wort.«

»Da ist eben doch ein ziemlicher Unterschied, sehen Sie, zwischen einem, der eine Erziehung genossen hat und einem ehemaligen Karabinier, der jetzt Steuereinnehmer ist.«

Es schlug sechs Uhr. Binet trat ein.

Er war in einen blauen Gehrock gekleidet, der an seiner mageren Gestalt gerade herabfiel. Seine Ledermütze, deren Ohrenklappen mit Schnüren auf dem Kopf zusammengebunden waren, ließ unter dem hochgeschlagenen Schild eine vom Tragen des Helms eingedrückte Stirn sehen. Er trug eine schwarze Tuchweste, einen Roßhaarkragen, eine graue Hose und zu jeder Jahreszeit sorgfältig gewichste Stiefel, die wegen des Vortretens seiner Zehen zwei parallele Ausbuchtungen aufwiesen. Kein Härchen wuchs über den Rand in seinem blonden Bart, der sein Kinn umrundete und sein langes trübes Gesicht mit den kleinen Augen und der Adlernase wie die Einfassung eines Beets einrahmte. Er verstand sich auf alle Kartenspiele, war ein guter Jäger und besaß eine schöne Handschrift. Zu Hause hatte er eine Drehbank, auf

Apotheker Wirtin Mittelbuschen
Binet Pfarrer

der er zu seinem Vergnügen Serviettenringe drechselte. Mit der Eifersucht eines Künstlers und der Selbstsucht eines Spießers füllte er sein ganzes Haus mit ihnen.

Er ging zur kleinen Wirtsstube, aus der aber erst die drei Müllerburschen entfernt werden mußten, und während der ganzen Zeit, in der für ihn gedeckt wurde, verharrte Binet schweigend an seinem Platz neben dem Ofen; dann schloß er die Tür und nahm wie gewöhnlich die Mütze ab.

»Mit Höflichkeiten wird der sich nicht die Zunge abnutzen!« sagte der Apotheker, als er mit der Wirtin wieder allein war.

»Mehr redet er nie«, antwortete sie. »Vergangene Woche waren zwei Tuchreisende hier, witzige Burschen, die am Abend eine Menge Schnurren erzählten, so daß mir vor Lachen die Tränen kamen; na, und er, er saß da wie ein Stockfisch und sprach kein Wort.«

»Ja«, sagte der Apotheker, »keine Phantasie, kein Geistesblitz, nichts von dem, was den geselligen Mann ausmacht!«

»Man sagt aber, daß er Talente hat«, wandte die Wirtin ein.

»Talente?« entgegnete Monsieur Homais, »der! Talente? In seinem Fach, mag ja sein«, setzte er in ruhigerem Ton hinzu.

Und er fuhr fort:

»Ja! daß ein Kaufmann, der wichtige Beziehungen unterhält, daß ein Rechtsberater, ein Arzt, ein Apotheker so in Anspruch genommen sind, daß sie schrullig und sogar unwirsch werden, verstehe ich, darüber kursieren viele Geschichten! Doch sie sind wenigstens mit ihren Gedanken beschäftigt. Ich zum Beispiel, wie oft ist es mir passiert, daß ich auf meinem Schreibtisch nach meiner Feder gesucht habe, um ein Etikett zu schreiben, und daß ich schließlich merkte, ich hatte sie mir hinters Ohr gesteckt.«

Madame Lefrançois ging jedoch zur Tür, um nach der *Schwalbe* Ausschau zu halten. Sie schrak zusammen. Ein schwarzgekleideter Mann trat plötzlich in die Küche. Im letzten Dämmerschein war zu erkennen, daß er ein rundes Gesicht und einen kräftigen Körperbau hatte.

»Was steht zu Diensten, Herr Pfarrer?« fragte die Gastwirtin und griff nach einem der kupfernen Leuchter, die mit ihren Kerzen in einer Reihe auf dem Kamin standen. »Wollen Sie etwas trinken? ein Schlückchen Cassis, ein Glas Wein?«

Der Geistliche lehnte sehr höflich ab. Er kam wegen seines Schirms, den er vor ein paar Tagen im Kloster von Ernemont stehengelassen hatte, und nachdem er Madame Lefrançois gebeten hatte, den Schirm im Laufe des Abends ins Pfarrhaus bringen zu lassen, ging er hinaus und begab sich zur Kirche, wo das Angelusläuten ertönte.

Als der Apotheker die Schritte des Pfarrers auf dem Platz nicht mehr vernahm, nannte er dessen Benehmen höchst ungehörig. Daß der Pfarrer eine Erfrischung ausschlug, sei eine denkbar widerwärtige Heuchelei; die Priester süffelten alle, wenn man es nicht sah und versuchten, die Zeiten des Zehent wieder rückkehren zu lassen.

Die Wirtin verteidigte ihren Pfarrer:

»Und außerdem könnte er vier wie Sie übers Knie legen. Voriges Jahr hat er unseren Leuten geholfen, das Stroh einzubringen; er hat bis zu sechs Bündel auf einmal getragen, so stark ist er!«

»Bravo!« sagte der Apotheker. »Schickt also ruhig weiter Eure Töchter Kerlen von solcher Konstitution zur Beichte. Wenn ich die Regierung wäre, würde ich verlangen, daß man die Priester einmal im Monat zur Ader läßt. Jawohl, Madame Lefrançois, jeden Monat eine ordentliche Phlebotomie im Interesse von Ordnung und Sitte!«

»Schweigen Sie doch, Monsieur Homais! Sie sind ein Gottloser! Sie haben keine Religion!«

»Ich habe eine Religion«, antwortete der Apotheker, »meine Religion, und ich habe sogar mehr Religion als die alle mit ihrem Affentheater und ihren faulen Tricks! Ich dagegen bete Gott an! Ich glaube an das höchste Wesen, an einen Schöpfer, welcher Art ist mir gleich, der uns hinieden auf unseren Platz gestellt hat, auf daß wir unsere Pflichten als Bürger und Familienväter erfüllen; aber ich habe es nicht nötig, in eine Kirche zu gehen, silbernes Gerät zu küssen, und mit meinem Geld einen Haufen Witzbolde zu mästen, die sich besser ernähren als wir! Denn man kann Gott ebensowohl in einem Wald, auf einem Acker oder, wie die Alten, bei der Betrachtung des Himmelsgewölbes verehren! Mein Gott ist der Gott des Sokrates, der Gott Franklins, Voltaires und Bérangers! Ich bin für das *Glaubensbekenntnis des savoyardischen Vikars* und die unsterblichen Grundsätze von Neunundachtzig! Auch erkenne ich einen Biedermann von lieben Gott nicht an, der, den Stock in der Hand, in seinem Gartenstück spazierengeht, seine Freunde im Bauch von Walfischen einquartiert, mit einem Schrei stirbt und nach drei Tagen wieder aufersteht; das ist an und für sich bereits Unsinn und widerspricht außerdem allen Gesetzen der Physik; was uns nebenbei beweist, daß die Priester allzeit in schändlicher Unwissenheit verharren, in die sie die Massen hineinzuziehen versuchen.«

Er schwieg und suchte mit den Augen ein ihn umgebendes Publikum, denn in seiner Erregung hatte der Apotheker einen Augenblick mitten im Stadtrat zu sein geglaubt. Aber die Wirtin hörte ihm nicht mehr zu; sie horchte auf ein fernes Rollen. Das mit dem Klappern von lockeren Hufeisen vermischte Geräusch eines Wagens war zu vernehmen, und die *Schwalbe* hielt endlich vor dem Tor.

Es war ein gelber Kasten auf zwei großen Rädern, die bis zum Verdeck emporreichten, den Reisenden die Sicht auf den Weg nahmen und sie an den Schultern mit Schmutz bespritzten. Wenn der Wagen geschlossen war, schepperten die schmalen Fensterscheiben in ihren Rahmen; in ihrer alten Staubschicht, die selbst die Gewitterregen nicht völlig abwuschen, waren da und dort Schlammspuren. Die *Schwalbe* war mit drei Pferden bespannt, von denen eines als Vorspann ging, und wenn man bergabwärts fuhr, schlug sie hinten rumpelnd auf.

Einige Einwohner von Yonville kamen auf den Platz; sie redeten alle zu gleicher Zeit, fragten nach Neuigkeiten, nach Auskünften und nach Körben; Hivert wußte nicht, wem zuerst antworten. Er erledigte die Besorgungen für die Landbewohner. Er ging in die Läden, brachte dem Schuster Rollen mit, holte Hauben von der Hutmacherin, Perücken vom Friseur ab, und teilte auf dem ganzen Rückweg seine Pakete aus, indem er sie, auf dem Kutschbock stehend, aus Leibeskräften rufend über die Zäune warf, während seine Pferde ganz von allein weitertrabten.

Ein Zwischenfall hatte ihn aufgehalten; Madame Bovarys Windspiel war über die Felder davongelaufen. Eine gute Viertelstunde hatte man nach ihm gepfiffen. Hivert war sogar eine halbe Meile zurückgefahren, weil er es jeden Augenblick zu sehen wähnte, doch dann hatten sie den Weg fortsetzen müssen. Emma hatte geweint und sich aufgeregt; sie hatte Charles die Schuld an dem Unglück gegeben. Monsieur Lheureux, ein Tuchhändler, der sich ebenfalls im Wagen befand, hatte sie mit zahlreichen Beispielen von verlorenen Hunden, die ihren Herrn nach langen Jahren wiedererkannten, zu trösten versucht. Man erzähle von einem, sagte er, der aus Konstantinopel nach Paris zurückgefunden hatte. Ein anderer war fünfzig Meilen geradeaus gelaufen und hatte vier Flüsse schwimmend durchquert; und sein eigener Vater hatte einen Pudel besessen, der nach zwölf Jahren Abwesenheit ihm eines Abends auf der Straße, als er in die Stadt zum Abendessen ging, plötzlich auf den Rücken gesprungen war.

## II

Emma stieg als erste aus, nach ihr Félicité, Monsieur Lheureux, eine Amme, und Charles in seiner Ecke mußte erst geweckt werden; er war, als es dunkel wurde, fest eingeschlafen.

Homais stellte sich vor; er entbot Madame seine Hochachtung, Monsieur seine Höflichkeitsbezeugungen, sagte, er sei entzückt, ihnen ein wenig hilfreich gewesen zu sein und fügte in herzlichem Ton hinzu, er habe sich erkühnt, sich selbst einzuladen, zumal seine Frau abwesend sei.

Als sie in die Küche getreten war, ging Madame Bovary zum Kamin. Mit zwei Fingerspitzen faßte sie ihr Kleid in Kniehöhe, zog es bis zu den Knöcheln hoch und hielt über die sich am Bratspieß drehende Hammelkeule hinweg ihren mit einem schwarzen Halbstiefel bekleideten Fuß der Flamme entgegen. Das Feuer beleuchtete ihre ganze Gestalt, mit grellem Licht durchdrang es das Gewebe ihres Kleides, die gleichmäßigen Poren ihrer weißen Haut und sogar ihre Augenlider, die bisweilen zuckten. Wenn ein Windstoß durch die halboffene Tür fuhr, wurde sie von einem starken Rot übergossen.

Auf der anderen Seite des Kamins stand ein blondhaariger junger Mann, der sie schweigend betrachtete.

Da er sich in Yonville, wo er bei dem Notar Guillaumin Kanzlist war, sehr langweilte, schob Monsieur Léon Dupuis (er war der zweite Stammgast des *Lion d'Or*) den Beginn seiner Mahlzeit oft hinaus in der Hoffnung, es möchte ein Reisender ins Gasthaus kommen, mit dem er den Abend verplaudern könnte. Sonst wußte er werktags nach getaner Arbeit nicht, was anfangen, und es blieb ihm nichts anderes übrig, als pünktlich einzutreffen und von der Suppe bis zum Käse die Gesellschaft Binets zu ertragen. Mit Freuden nahm er daher den Vorschlag der Wirtin an, zusammen mit den Neuangekommenen das Abendessen einzunehmen, und man begab sich in die große Wirtsstube, wo Madame Lefrançois zur Feier des Tages die vier Gedecke aufgelegt hatte.

Homais bat um Erlaubnis, seine Jakobinermütze aufbehalten zu dürfen; er fürchtete einen Schnupfen.

Dann wandte er sich zu seiner Nachbarin: »Madame sind gewiß ein wenig müde? Man wird in unserer *Schwalbe* arg durchgerüttelt.«

»Das ist wahr«, antwortete Emma, »aber solche Reisen machen mir immer Spaß; ich liebe Ortsveränderungen.«

»Es ist so verdrießlich«, seufzte der Kanzlist, »an einem Ort festzusitzen!«

»Wenn Sie wie ich«, sagte Charles, »ständig zu Pferd sein müßten ...«

»Aber im Gegenteil«, behauptete Léon, zu Madame Bovary gewandt, »nichts scheint mir angenehmer zu sein; wenn man es kann«, fügte er hinzu.

»Übrigens«, sagte der Apotheker, »ist in unserer Gegend die Ausübung des Arztberufs nicht sehr beschwerlich; denn der Straßenzustand erlaubt es, den Einspänner zu nehmen, und im allgemeinen wird recht gut bezahlt, da die Landwirte wohlhabend sind. Wir haben laut amtlichem Bericht hier außer den gewöhnlichen Fällen von Darmentzündung, Bronchitis, Gallenleiden und so weiter während der Erntezeit das eine und andere Wechselfieber, im großen und ganzen aber wenig ernste Krankheiten, nichts Besonderes zu verzeichnen, abgesehen von den vielen Skrofeln, die zweifellos von den erbärmlichen Verhältnissen in unseren Bauernhäusern herrühren. Ah! Sie werden gegen viele Vorurteile kämpfen müssen, Monsieur Bovary, sture Gewohnheiten, auf die Ihre Wissenschaft tagtäglich stößt; denn man nimmt seine Zuflucht immer noch lieber zu neuntägigen Andachten, zu Reliquien, geht zum Pfarrer, statt sachgemäß zum Arzt oder Apotheker zu gehen. Dabei ist, die Wahrheit zu sagen, das Klima keineswegs übel; wir zählen in unserer Gemeinde sogar einige Neunzigjährige. Das Thermometer (ich habe diese Beobachtungen angestellt) fällt im Winter auf vier Grad und erreicht in der warmen Jahreszeit fünfundzwanzig, höchstens dreißig Grad Celsius, was bedeutet, maximal vierundzwanzig Grad Réaumur oder aber vierundfünfzig Grad Fahrenheit (nach englischem Maß), nicht mehr! – und wir werden in der Tat einerseits durch den Wald von Argueil vor den Nordwinden, andererseits durch die Anhöhen von Saint-Jean vor den Westwinden geschützt; und diese Wärme, die jedoch wegen des vom Fluß aufsteigenden Wasserdampfs und des beträchtlichen Vorhandenseins von Weidetieren – wie Sie wissen, dünsten solche viel Ammoniak, das heißt Stickstoff, Wasserstoff und Sauerstoff (nein, nur Stickstoff und Wasserstoff) aus –, die den Humus des Bodens aufsaugt, alle die verschiedenen Emanationen mischt, sie sozusagen bündelt und sich selbst mit der in der

Apotheker

Schildert Witterungsbedingungen und Art der Krankheiten die d. Doc in Zukunft meist zu behandeln hat

Atmosphäre verbreiteten Elektrizität, wenn eine solche vorhanden ist, verbindet, auf die Dauer, wie in den tropischen Ländern, gesundheitsschädliche Miasmen erzeugen könnte – diese Wärme, sage ich, wird just auf der Seite, woher sie kommt, oder eigentlich, woher sie kommen würde, nämlich aus Süden, von den Südostwinden gemildert, die sich über der Seine von selbst abkühlen und manchmal wie eine Brise aus Rußland plötzlich zu uns gelangen.«

»Gibt es hier wenigstens einige Spazierwege in der näheren Umgebung?« fuhr Madame Bovary zum jungen Mann gewandt fort.

»Oh, sehr wenige«, antwortete er. »Oben auf der Anhöhe, am Waldsaum ist ein Ort, den man die Weide nennt. Dorthin gehe ich sonntags manchmal mit einem Buch und bleibe, um den Sonnenuntergang zu betrachten.«

»Ich finde nichts so wunderbar wie die Sonnenuntergänge«, sagte sie, »aber vor allem die am Meeresgestade.«

»Oh, ich schwärme für das Meer«, sagte Monsieur Léon.

»Und meinen Sie nicht auch«, fragte Madame Bovary, »daß der Geist sich freier entfaltet über dieser grenzenlosen Fläche, deren Betrachtung die Seele erhebt und uns eine Ahnung des Unendlichen, des Idealen verleiht?«

»Mit den Gebirgslandschaften ist es ebenso«, erwiderte Léon. »Einer meiner Vettern hat im vergangenen Jahr die Schweiz bereist und mir gesagt, man vermöge sich keine Vorstellung zu machen von der Poesie der Seen, vom Zauber der Wasserfälle und von dem gewaltigen Eindruck der Gletscher. Man sieht dort Fichten von unglaublicher Größe über Sturzbächen, Hütten über Abgründen hängen, und, wenn die Wolkendecke sich öffnet, tausend Fuß weiter unten ganze Täler. Solche Schauspiele müssen begeistern, zum Ge-

Bovaries Wirtin Apotheker Leon Stallknecht
Leon Mme Bovary Gespräch über Bücher

bet, zur Verzückung bewegen! Auch wundere ich mich nicht mehr über den berühmten Musiker, der die Gewohnheit hatte, vor einer imposanten Landschaft Klavier zu spielen, um seine Phantasie anzuregen.«

»Treiben Sie Musik?« fragte sie.

»Nein, aber ich liebe sie sehr«, antwortete er.

»Ah, glauben Sie ihm nicht, Madame Bovary«, unterbrach der Apotheker und beugte sich über seinen Teller zu ihr hin, »das ist pure Bescheidenheit. – Ja doch, mein Lieber! Ei, erst letzthin haben Sie in Ihrem Zimmer den *Schutzengel* hinreißend gesungen. Ich hörte Sie vom Laboratorium aus. Wie ein Opernsänger haben Sie das hingelegt.«

Léon bewohnte nämlich im zweiten Stock des Apothekerhauses ein kleines Zimmer mit Blick auf den Platz. Er errötete beim Lob seines Hauswirts, der sich schon wieder dem Arzt zugewendet hatte und ihm der Reihe nach die wichtigsten Einwohner Yonvilles nannte. Er gab Anekdoten zum besten, erteilte Auskünfte. Das Vermögen des Notars war nicht genau bekannt, und *dann war da das Haus Tuvache*, das viel Scherereien verursachte.

Emma nahm das Gespräch wieder auf.

»Und welche Art Musik ist Ihnen die liebste?«

»Oh, die deutsche, die Musik, die zum Träumen verführt.«

»Kennen Sie die Italiener?«

»Noch nicht, aber ich werde sie im nächsten Jahr sehen, wenn ich nach Paris gehe, um mein Rechtsstudium abzuschließen.«

»Wie ich bereits die Ehre hatte, Ihrem Herrn Gemahl mitzuteilen«, sagte der Apotheker, »werden Sie dank der Dummheiten des armen Yanoda, der sich davongemacht hat, eines der komfortabelsten Häuser Yonvilles bewohnen können. Bequem vor allem für einen Arzt ist eine direkt auf die *Allee* führende Tür, so daß man ungesehen aus und ein gehen kann. Zudem ist es mit allen Annehmlichkeiten für den Haushalt ausgerüstet: Waschküche, Küche mit Vorratskammer, Familienwohnzimmer, Obstkeller und so weiter. Yanoda war ein Kerl, der sich nichts versagte! Am Ende des Gartens, dicht am Wasser, hatte er sich eine Laube bauen lassen, um dort im Sommer sein Bier zu trinken, und wenn Madame die Gartenarbeit liebt, kann sie ...«

»Meine Frau gibt sich kaum damit ab«, sagte Charles. »Obgleich ihr körperliche Betätigung verordnet ist, bleibt sie doch stets lieber im Zimmer und liest.«

»Mir geht es ebenso«, sagte Léon, »was gibt es aber auch Besseres als abends, wenn der Wind an den Scheiben rüttelt, im Schein der Lampe mit einem Buch am Feuer zu sitzen! ...«

»Nicht wahr«, sagte sie und richtete ihre weit geöffneten schwarzen Augen auf ihn.

»Man denkt an nichts«, fuhr er fort, »die Stunden verrinnen. Ohne sich von der Stelle zu rühren, ergeht man sich in Ländern, die man zu sehen glaubt, und der das Erdachte umrankende Geist meistert spielend die Einzelheiten oder verfolgt die großen Umrisse der Handlung. Er verbindet sich so sehr mit den Personen, als ob wir selbst in ihren Gewändern bangten.«

»Wie wahr! wie wahr!« sagte sie.

»Haben Sie nicht zuweilen erlebt«, fuhr Léon fort, »daß Sie in einem Buch einem Gedanken begegnen, den Sie undeutlich selbst gehabt haben, einem Bild, das verblaßt von weit zurückkehrt und gleichsam der völligen Klärung Ihres zartesten Gefühls.«

»Ich habe dies empfunden«, sagte sie.

»Deshalb liebe ich vor allem die Poeten«, sagte er. »Ich finde Verse feinfühlender als Prosa, und sie rühren einen viel besser zu Tränen.«

»Doch auf die Dauer ermüden sie«, entgegnete Emma, »und jetzt liebe ich viel mehr die spannenden Geschichten, bei denen man Angst hat. Ich verabscheue Alltagshelden und laue Gefühle, wie sie in der Natur vorkommen.«

»In der Tat«, bemerkte der Kanzlist, »Werke, die das Herz nicht bewegen, scheinen mir sich vom wahren Ziel der Kunst zu entfernen. Es ist so wohltuend, sich in Gedanken aus den Enttäuschungen des Lebens in edle Charaktere zu versetzen, auf reine Empfindungen und Bilder des Glücks zu besinnen! Für mich, der ich hier weltabgeschieden lebe, bedeutet es die einzige Ablenkung; doch Yonville bietet so wenig Möglichkeiten!«

»Wie Tostes wahrscheinlich«, sagte Emma, »dort war ich auch immer in einer Leihbücherei abonniert.«

»Wenn Madame mir die Ehre erweisen, sich ihrer zu bedienen«, sagte der Apotheker, der die letzten Worte gehört hatte, »kann ich selbst Ihnen eine Bibliothek zur Verfügung stellen, welche die besten Autoren enthält: Voltaire, Rousseau, Delille, Walter Scott, *L'Écho des feuilletons* und so weiter. Zudem erhalte ich verschiedene Zeitungen, darunter täglich *Le Fanal de Rouen*, da ich den Vorzug genieße, sein Korrespondent für die Bezirke Buchy, Forges, Neufchâtel, Yonville und Umgebung zu sein.«

Seit zweieinhalb Stunden saß man bereits bei Tisch; denn die Wirtsmagd Artémise, die in ihren Schlappen träge über die Fliesen schlurfte, brachte jeweils nur einen Teller herein, vergaß alles, begriff nichts und ließ die Tür zum Billardzimmer halb offen, so daß die Klinke gegen die Wand schlug.

Ohne sich dessen bewußt zu werden, hatte Léon unterm Reden seinen Fuß auf eine der Querleisten des Stuhls gestellt, auf dem Madame Bovary saß. Sie trug ein kleines blauseidenes Halstuch, das einen Batistkragen mit Tollfalten wie eine Halskrause fest umschloß, und wenn sie den Kopf bewegte, versank der untere Teil ihres Gesichts in dem Wäschestück oder tauchte sanft aus ihm hervor. So gerieten sie, während Charles und der Apotheker miteinander plauderten, in eines jener vagen Gespräche, deren zufällige Sätze immer wieder zum Fixpunkt der beiderseitigen Sympathie zurückführen. Pariser Aufführungen, Romantitel, neue Quadrillen, und die ihm unbekannte große Welt, Tostes, wo sie gewohnt hatte, Yonville, wo sie sich befanden, alles nahmen sie durch, besprachen sie bis zum Ende des Abendessens.

Als der Kaffee aufgetragen wurde, ging Félicité, um das Schlafzimmer im neuen Haus vorzubereiten, und bald danach brachen die Gäste auf. Madame Lefrançois schlief am Herd; der Stallknecht wartete, eine Laterne in der Hand, auf Monsieur und Madame Bovery, um sie nach Hause zu geleiten. In seinem roten Haar hingen Strohhalme, und er hinkte auf dem linken Bein. Nachdem er den Schirm des Herrn Pfarrers in die andere Hand genommen hatte, machte man sich auf den Weg.

Das Dorf schlief schon. Die Pfosten der Markthalle warfen lange Schatten. Der Boden war ganz grau, wie in einer Sommernacht.

Da aber das Arzthaus nur fünfzig Schritt vom Gasthaus entfernt lag, mußte man fast gleich darauf einander guten Abend wünschen, und die Gesellschaft trennte sich.

Als sie in den Flur trat, fühlte Emma die Kälte der getünchten Wände wie ein feuchtes Tuch auf ihre Schultern fallen. Die Mauern waren neu verputzt, und die hölzernen Stiegen knarrten. Im Zimmer im ersten Stock drang ein weißliches Licht durch die vorhanglosen Fenster. Baumwipfel waren zu sehen und weiter draußen die Wiesen halb in Nebel getaucht, der, dem Flußlauf folgend, im Mondlicht dampfte. Mitten im Raum lagen Schubladen, Flaschen, Leisten, vergoldete Stangen in buntem Durcheinander neben über Stühle geworfenen Matratzen und auf dem Parkett stehenden Waschschüsseln; die beiden Möbelpacker hatten unbekümmert einfach alles so verlassen.

Zum vierten Mal schlief sie an einem unbekannten Ort. Das erste Mal war es am Tag ihres Eintritts in die Klosterschule gewesen. Das zweite Mal nach ihrer Ankunft in Tostes, das dritte Mal in La Vaubyessard, dies hier war das vierte Mal; und jedes Mal hatte sich sozusagen als der Beginn eines neuen Lebensabschnitts erwiesen. Sie glaubte nicht, daß die Dinge sich an verschiedenen Orten als die gleichen herausstellen konnten, und da der bisher gelebte Abschnitt voller Ungunst gewesen war, würde was noch zu vollenden war zweifellos besser sein.

## III

Als sie am nächsten Morgen aufwachte, sah sie den Kanzlisten auf dem Platz stehen. Sie war im Morgenmantel. Er hob den Kopf und grüßte. Sie nickte hastig und schloß das Fenster.

Léon konnte es den ganzen Tag nicht erwarten, daß es sechs Uhr schlug; als er das Gasthaus betrat aber traf er dort niemanden an außer Monsieur Binet, der bereits bei Tische saß.

VII Kap. S. 62

Das gestrige Abendessen war für ihn ein bedeutsames Ereignis; nie zuvor hatte er zwei Stunden hintereinander mit einer *Dame* gesprochen. Wie hatte er es vermocht, zudem in solchen Ausdrücken, ihr zahlreiche Dinge darzulegen, die er früher nie so gut hätte in Worte fassen können? Für gewöhnlich war er schüchtern und zeigte die Zurückhaltung, die sowohl etwas von Scham als auch von Verstellung hat. In Yonville fand man, daß er vorbildliche Manieren habe. Er hörte den Leuten reifen Alters zu, wenn sie ihm gut zuredeten, und schien ganz und gar nicht zu politischen Phantastereien zu neigen, was für einen jungen Mann bemerkenswert war. Außerdem besaß er einige Talente, er malte Aquarelle, konnte Noten lesen und befaßte sich nach dem Abendessen, wenn er nicht Karten spielte, gern mit Literatur. Monsieur Homais schätzte ihn wegen seiner Bildung; Madame Homais hegte eine Vorliebe für ihn, weil er so gefällig war. Denn oft begleitete er die kleinen Homais, eine stets schmutzige, sehr schlecht erzogene und, wie ihre Mutter, etwas phlegmatische Brut, in den Garten. Zu ihrer Betreuung war außer dem Dienstmädchen noch Justin da, der Apothekerlehrling, ein Großneffe von Monsieur Homais, den man aus Barmherzigkeit ins Haus aufgenommen hatte und der zugleich als Dienstbote angestellt wurde.

Der Apotheker erwies sich als der denkbar beste Nachbar. Er informierte Madame Bovary über die Lieferfirmen, ließ eigens seinen Apfelweinhändler kommen, kostete das Getränk selbst und achtete darauf, daß das Faß im Keller den richtigen Platz erhielt; er zeigte ihr auch, wie sie es anstellen mußte, um auf billige Weise zu Buttervorräten zu gelangen und traf ein Abkommen mit Lestiboudois, dem Küster, der zu seinen Pflichten als Kirchendiener und Totengräber die Pflege der besseren Gärten von Yonville, je nach Belieben der Leute für Stundenlohn oder Jahreslohn, übernahm.

Mme Bovary Leon Apotheker Justin
Apotheker musste Doc auf seine Seite bringe
Eltern

Nicht allein das Bedürfnis, sich um andere zu kümmern, bewog den Apotheker zu solch diensteifriger Herzlichkeit; er verfolgte dabei einen Plan.

Homais hatte gegen das Gesetz vom 19. Ventôse des Jahres XI verstoßen, dessen Artikel 1 jeder Person ohne Diplom die Ausübung des ärztlichen Berufs verbietet; mit dem Ergebnis, daß er auf dunkle Anzeigen hin nach Rouen, vor den Königlichen Staatsanwalt in dessen Privatkabinett zitiert worden war. In seiner Robe mit dem Hermelinkragen, das Barett auf dem Kopf, hatte ihn der Beamte stehend empfangen. Es war morgens, vor der Gerichtssitzung, gewesen. Man hörte die derben Stiefel der Gendarmen auf dem Korridor und etwas wie ein fernes Geräusch zuschnappender schwerer Schlösser. Dem Apotheker dröhnte es in die Ohren, daß er glaubte, er erleide einen Schlaganfall; er sah sich schon in einem tiefen Verlies, seine Familie in Tränen, die Apotheke verkauft, alle Arzneigläser hierhin und dahin gegeben, und um sich wieder zu fassen, hatte er in ein Café gehen und ein Glas Rum mit Mineralwasser zu sich nehmen müssen.

Nach und nach jedoch verblaßte die Erinnerung an den Verweis, und er begann von neuem wie vorher in seiner Hinterstube harmlose Konsultationen abzuhalten. Aber der Bürgermeister verübelte es ihm, einige Kollegen waren neidisch, Schlimmstes stand zu befürchten. Indem er sich Monsieur Bovary durch Gefälligkeiten verpflichtete, erwarb er dessen Dankbarkeit und verhütete, daß der Arzt, sofern er etwas merken sollte, darüber reden würde. Allmorgendlich brachte Homais ihm denn auch *die Zeitung*, und oft verließ er nachmittags für eine Weile die Apotheke, um mit dem Wundarzt zu plaudern.

Charles war niedergeschlagen: die Patienten blieben aus.

Er saß stundenlang schweigend da, schlief in seinem Sprechzimmer ein oder sah seiner Frau beim Nähen zu. Um sich auf andere Gedanken zu bringen, verrichtete er allerlei grobe Arbeiten, versuchte sogar mit einem Rest Farbe, den die Maler zurückgelassen hatten, den Speicher neu zu streichen. Doch die Geldsorgen machten ihm zu schaffen. Er hatte für die Reparaturen in Tostes, die Kleider seiner Frau und den Umzug so viel ausgegeben, daß die ganze Mitgift, mehr als dreitausend Taler, in zwei Jahren aufgebraucht war. Und wie viele Dinge waren beim Transport von Tostes nach Yonville beschädigt worden oder verlorengegangen, abgesehen von dem Pfarrherrn aus Gips, der bei einem zu scharfen Ruck vom Wagen gefallen und auf dem Pflaster von Quincampoix in tausend Stücke zersprungen war!

Eine angenehmere Sorge lenkte ihn ab: die Schwangerschaft seiner Frau. Je näher der Zeitpunkt der Entbindung rückte, um so inniger liebte er sie. Ein neues körperliches Band entstand hier und etwas wie das ständige Bewußtsein tieferer Zusammengehörigkeit. Wenn er von weitem ihren schwerfälligen Gang beobachtete und sah, wie ihr Leib sich ohne Mieder weich über den Hüften drehte, wenn sie einander gegenübersaßen und er sie nach Herzenslust betrachtete, die in ihrem Lehnstuhl müde Haltungen einnahm, konnte er sich vor Glück nicht mehr halten; er sprang auf, umarmte sie, strich ihr über das Gesicht, nannte sie kleine Mama, wollte mit ihr tanzen und gab halb lachend, halb weinend allerlei zärtliche Scherze zum besten, die ihm gerade einfielen. Der Gedanke, ein Kind gezeugt zu haben, machte ihn selig. Nun mangelte ihm nichts mehr. Er kannte das menschliche Dasein zur Gänze und richtete sich heiter, mit aufgestützten Ellenbogen darin ein.

Emma empfand zunächst ein großes Staunen und wünsch-

finanziell angeschlagen Bovary
Geburt der Tochter Emma wollte Sohn

te dann die Entbindung bald hinter sich zu bringen, um zu erfahren, was es ist, Mutter zu sein. Da sie sich aber die gewünschten Anschaffungen, eine Korbwiege mit rosaseidenen Vorhängen und gestickte Häubchen, nicht leisten konnte, verzichtete sie in einer Anwandlung von Bitterkeit darauf, sich um die Säuglingsausstattung zu kümmern, und bestellte die ganze bei einer Näherin im Dorf, ohne etwas auszusuchen oder zu besprechen. Sie unterhielt sich also nicht mit solchen Vorbereitungen, die die mütterliche Zärtlichkeit wecken, und vielleicht wurde ihre Liebe dadurch von Anfang an um ein Teil geschmälert.

Da Charles jedoch bei jeder Mahlzeit von dem Kleinen sprach, begann sie beständiger an es zu denken.

Sie wünschte sich einen Sohn; er würde stark und braunhaarig sein; sie würde ihn Georges nennen; und der Gedanke, ein männliches Wesen zum Kinde zu haben, war ihr wie der zu erhoffende Ausgleich für alle ihre bisherigen vergeblichen Bemühungen. Ein Mann ist zum mindesten frei; er kann Leidenschaften und Länder durcheilen, Hindernisse überwinden, nach den fernsten Glücksgütern greifen. Eine Frau dagegen wird immerfort daran gehindert. Passiv und beweglich zugleich, hat sie die Schwäche des Fleisches und die vom Gesetz bestimmten Abhängigkeiten gegen sich. Wie der Schleier ihres Huts, den ein Band festhält, flattert ihr Wille in alle Winde; immer ist da ein Verlangen, das lockt, eine Konvention, die zurückhält.

An einem Sonntag gegen sechs Uhr, bei Sonnenaufgang, kam sie nieder.

»Es ist ein Mädchen!« sagte Charles.

Sie wandte den Kopf zur Seite und wurde ohnmächtig.

Fast sofort kam Madame Homais herbeigeeilt und küßte sie, desgleichen die Mutter Lefrançois vom *Lion d'Or*. Als

Mann von Takt richtete der Apotheker durch die halboffene Tür nur einige vorläufige Glückwünsche an sie. Er wollte das Kind sehen und fand es wohlgebildet.

Während ihrer Erholungszeit dachte Emma viel darüber nach, welchen Namen sie ihrer Tochter geben wolle. Zuerst ging sie der Reihe nach alle durch, die italienische Endungen hatten, wie Clara, Louisa, Amanda, Atala; Galsuinde gefiel ihr recht gut, Yseult und Léocadie noch besser. Charles wünschte, daß das Kind den Namen der Mutter erhalte; aber Emma lehnte dies ab. Der Kalender wurde von vorne bis hinten durchgeblättert, und sie fragten Außenstehende um Rat.

»Monsieur Léon, mit dem ich dieser Tage darüber sprach«, sagte der Apotheker, »wundert sich, warum Sie eigentlich nicht Madeleine wählen, welcher Name jetzt hoch in Mode ist.«

Aber die Mutter Bovary verwahrte sich strikt gegen diesen Namen einer Sünderin. Monsieur Homais seinerseits hegte eine Vorliebe für solche, die an einen großen Mann, eine berühmte Tat oder eine hehre Idee erinnerten und hatte seine vier Kinder nach diesem Prinzip getauft. So verkörperten Napoléon den Ruhm und Franklin die Freiheit; Irma war vielleicht ein Zugeständnis an die Romantik; Athalie aber eine Verneigung vor dem unsterblichsten Meisterwerk des französischen Theaters. Denn seine philosophischen Überzeugungen standen seiner Bewunderung für die Kunst nicht im Wege, der Denker in ihm erstickte nicht den fühlenden Menschen; er wußte sehr wohl zu unterscheiden und sowohl der Phantasie als auch dem Fanatismus Rechnung zu tragen. So mißbilligte er beispielsweise die Idee in dieser Tragödie, aber bewunderte ihren Stil; er verwünschte ihren Gesamtentwurf, zollte aber den Einzelheiten Beifall, erboste

Name der Tochter ?

sich über die Personen des Dramas und begeisterte sich an ihren Reden. Wenn er die großen Texte las, war er hingerissen, dachte er aber daran, daß die Pfaffen aus ihnen Vorteil schlugen für ihr Geschäft, dann war er untröstlich, und in dieser Gefühlsverwirrung, in die er sich verstrickte, hätte er Racine mit beiden Händen krönen und zugleich eine gute Viertelstunde mit ihm streiten wollen.

Schließlich fiel Emma ein, daß auf Schloß Vaubyessard die Marquise eine junge Frau Berthe angeredet hatte; von dem Augenblick an war dieser Name beschlossene Sache, und da der Vater Rouault nicht kommen konnte, bat man Monsieur Homais Pate zu sein. Als Geschenke überreichte er lauter Artikel seines Geschäfts, nämlich: sechs Dosen Brustbeeren, ein ganzes Glas Kraftmehl, drei Behälter mit Eibischschleim und überdies noch sechs Stangen Kandiszukker, die er in einem Wandschrank entdeckt hatte. Am Abend der Tauffeier fand ein großes Essen statt; der Pfarrer nahm daran teil; die Gemüter erhitzten sich. Als die Liköre gereicht wurden, stimmte Monsieur Homais *Le Dieu des bonnes gens* an. Monsieur Léon trug eine Barcarole und die alte Madame Bovary, welche die Patin war, eine Romanze aus dem Kaiserreich vor. Zuletzt verlangte Monsieur Bovary senior, daß das Kind heruntergebracht werden solle und schickte sich an, es mit einem Glas Champagner, den er ihm von oben herab über den Kopf goß, zu taufen. Diese Verspottung des ersten Sakraments entrüstete Pfarrer Bournisien; der Vater Bovary konterte mit einem Zitat aus *La Guerre des dieux*; daraufhin wollte der Pfarrer gehen; die Damen flehten ihn an zu bleiben; Homais legte sich ins Mittel, und man brachte den Geistlichen dazu, sich wieder hinzusetzen, der denn auch ruhig seine halbgeleerte Mokkatasse von der Untertasse nahm.

Bovary senior blieb noch einen Monat in Yonville und beeindruckte die Bewohner mit einer prächtigen Feldmütze mit silbernen Borten, die er aufsetzte, wenn er morgens auf dem Platz seine Pfeife rauchte. Da er auch die Gewohnheit hatte, viel Branntwein zu trinken, mußte die Dienstmagd ihm oft aus dem *Lion d'Or* eine Flasche holen, die man seinem Sohn auf Rechnung setzte, und um seine Halstücher zu parfümieren, brauchte er den ganzen Kölnisch-Wasser-Vorrat seiner Schwiegertochter auf.

Ihr war seine Gesellschaft nicht unlieb. Er war in der Welt herumgekommen: erzählte von Berlin, Wien, Strasbourg, von seiner Offizierszeit, Maitressen, die er gehabt, den großen Essen, die er mitgemacht hatte, zudem gab er sich liebenswürdig, faßte sie sogar manchmal auf der Treppe oder im Garten um die Taille und rief:

»Charles, nimm dich in acht!«

Dann sorgte sich die Mutter Bovary um das Glück ihres Sohnes, und da sie fürchtete, ihr Mann könnte auf die Dauer einen unsittlichen Einfluß auf die Gedanken der jungen Frau ausüben, drängte sie eilends zur Abreise. Vielleicht hegte sie auch ernstere Besorgnisse. Monsieur Bovary war ein Mann, der vor nichts Ehrfurcht hatte.

Eines Tages empfand Emma plötzlich das Bedürfnis, ihre kleine Tochter zu sehen, die der Frau des Tischlers in Pflege gegeben worden war, und ohne im Kalender nachzuschauen, ob die sechs Wochen bis zum Tempelgang der Heiligen Jungfrau nicht noch andauerten, machte sie sich auf den Weg zur Behausung der Rollets, die am Ende des Dorfs, am Fuß des Hügels zwischen der Landstraße und den Wiesen lag.

Es war Mittagszeit; die Fensterläden der Häuser waren geschlossen, und die Schieferdächer, die im grellen Licht des

will ihr Kind besuchen Leon begleitet sie was kurz darauf in d. ganzen Stadt bekannt war blauen Himmels glänzten, schienen an ihren Giebelfirsten Funken zu sprühen. Ein schwüler Wind wehte. Emma fühlte beim Gehen ihre Schwäche; die Pflastersteine schmerzten sie; sie zauderte, ob sie nach Hause umkehren oder irgendwo eintreten und sich setzen solle.

In diesem Augenblick kam Monsieur Léon, einen Stoß Papiere unter dem Arm, aus der Tür eines nahen Hauses. Er trat zu ihr, begrüßte sie und stellte sich unter die graue Markise vor Lheureuxs Laden in den Schatten.

Madame Bovary sagte, sie gehe ihr Kind besuchen, aber fange an, müde zu werden.

»Falls ...«, begann Léon und wagte nicht weiterzusprechen.

»Haben Sie irgendwo zu tun?« fragte sie.

Und der Antwort des Kanzlisten gewiß, forderte sie ihn auf, sie zu begleiten. Am Abend war dies in ganz Yonville bekanntgeworden, und Madame Tuvache, die Frau des Bürgermeisters, erklärte in Gegenwart ihres Dienstmädchens, *Madame Bovary kompromittiere sich*.

Um zur Amme zu gelangen, mußte man sich am Ende der Straße nach links wenden, als wolle man zum Friedhof gehen, und zwischen Häuschen und Höfen einem schmalen Pfad folgen, den Ligustersträuche säumten. Sie standen in Blüte, und auch der Ehrenpreis und die Heckenrosen blühten, die Brennesseln und die leichten Brombeerranken, die aus den Büschen hervorschauten. Durch die Lücken zwischen den Hecken sah man in den Gehöften ein Schwein auf einem Mistbeet oder angebundene Kühe, die ihre Hörner an Baumstämmen rieben. Seite an Seite gingen die beiden langsam dahin, sie stützte sich auf ihn, und er zügelte seinen Schritt, glich ihn dem ihren an; vor ihnen her flog ein Fliegenschwarm und summte in der heißen Luft.

Sie erkannten das Haus an einem alten Nußbaum, der ihm Schatten spendete. Es war niedrig, mit braunen Ziegeln gedeckt; unter seiner Speicherluke hing ein Kranz Zwiebeln. An die Dornenhecke gelehnte Reisigbündel umgaben ein Salatbeet, einige Fußbreit Lavendel und blühende Erbsenstauden, die sich an Stangen emporrankten. Schmutziges Wasser sickerte durch das Gras und verlief sich, überall waren undefinierbare Lumpen verstreut, gestrickte Strümpfe, eine rote Baumwollunterjacke, und über die Hecke war ein Laken aus derbem Leinen gebreitet. Beim Knarren des Gatters erschien die Amme mit einem Säugling im Arm, den sie stillte. An der anderen Hand zog sie einen verschüchterten armen Buben mit sich, dessen Gesicht mit Skrofeln bedeckt war, den Sohn eines Mützenmachers aus Rouen, den seine, durch ihr Gewerbe zu sehr in Anspruch genommenen Eltern, auf dem Land ließen.

»Treten Sie ein«, sagte sie, »Ihre Kleine ist drinnen und schläft.«

Im einzigen Zimmer der ebenerdigen Behausung stand hinten an der Wand ein vorhangloses Bett; die Fensterseite nahm der Backtrog ein; eine Scheibe war mit einem sonnenförmig geschnittenen Stück blauen Papiers geflickt. In der Ecke hinter der Tür waren unter der Platte des Waschtrogs Schnürstiefel mit glänzenden Nägeln neben einer vollen Ölflasche verstaut, in deren Hals eine Feder steckte. Auf dem staubigen Kamin lag ein *Mathieu Laensberg* zwischen Flintsteinen, Kerzenstümpfen und Zunderbrocken. Den Gipfel des Überflusses in der Wohnung schließlich bildete eine trompetenblasende Fama, ein wahrscheinlich aus einem Parfümerieprospekt ausgeschnittenes, mit sechs Holzschuhstiften an die Wand genageltes Bild.

Emmas Kind schlief am Boden in einer Wiege aus Weidengeflecht. Sie nahm es mit der Decke, in die es gewickelt war, auf und begann sich leise singend hin und her zu bewegen.

Léon ging im Zimmer umher; es berührte ihn sonderbar, diese schöne Dame im Nankingkleid inmitten dieser Armut zu sehen. Madame Bovary errötete, er wandte sich ab, da er glaubte, sein Blick sei vielleicht zudringlich gewesen. Dann legte sie die Kleine, die sich auf ihren Halskragen erbrochen hatte, wieder in die Wiege zurück. Die Amme lief sofort herbei, trocknete das Kind ab und beteuerte, daß man nichts sehen werde.

»Das war noch gar nichts«, sagte sie, »ich hab die ganze Zeit nichts anderes zu tun, als sie sauber zu machen! Wenn Sie die Güte hätten, beim Krämer Camus zu bestellen, daß er mich ein wenig Seife mitnehmen läßt, wenn ich welche brauche? Es wär auch bequemer für Sie, ich müßte Sie dann nicht damit belästigen.«

»Schon gut, schon gut«, sagte Emma. »Auf Wiedersehen, Mutter Rollet.«

Und im Hinausgehen putzte sie sich auf der Schwelle die Füße ab.

Die gute Frau begleitete sie bis ans Ende des Hofs und erzählte dabei, wie schwer es ihr falle, nachts aufzustehen.

»Ich bin manchmal so zerschlagen davon, daß ich auf meinem Stuhl einschlafe. Darum sollten Sie mir wenigstens auch ein Pfündchen gemahlenen Kaffee geben. Der würde mir einen Monat reichen, und ich könnte ihn morgens mit Milch trinken.«

Nachdem sie den Dank der Amme über sich hatte ergehen lassen, machte Madame Bovary sich auf, und sie war auf dem Feldweg schon ein Stück vorangekommen, als sie sich bei einem Geräusch von Holzschuhen umdrehte: es war die Amme.

»Was ist denn noch?«

Daraufhin zog die Bäuerin sie beiseite hinter eine Ulme und fing von ihrem Mann zu reden an, der mit seinem Beruf und den sechs Francs jährlich, die ihm der Hauptmann ...

»Fassen Sie sich kurz«, sagte Emma.

»Also!« fuhr die Amme fort und stieß nach jedem Wort einen Seufzer aus, »ich hab Angst, daß er mir einen Ärger macht, wenn er sieht, daß ich ganz allein Kaffee trinke; Sie wissen ja, die Männer ...«

»Sie erhalten ja doch welchen«, wiederholte Emma. »Ich werde Ihnen welchen geben! ... Sie fallen mir auf die Nerven.«

»Ach, meine liebe gute Dame, es ist ja nur wegen der schrecklichen Krämpfe in der Brust, die er von seiner Verwundung her hat. Er sagt sogar, der Apfelwein schwächt ihn.«

»Nun aber rasch, Mutter Rollet!«

»Also«, fuhr diese fort und machte einen Knicks, »wenn es nicht zuviel verlangt ist ...«, sie knickste wieder – »wenn es Ihnen recht wäre« – und ihr Blick bettelte – »ein Krügchen Branntwein«, sagte sie endlich, »ich würde damit die Füße ihrer Kleinen einreiben, die so zart sind wie ihre Zunge.«

Als sie die Amme losgeworden war, nahm Emma wieder Monsieur Léons Arm. Eine Zeitlang schritt sie rasch aus; dann ging sie langsamer, und ihr Blick, den sie vor sich herschweifen ließ, traf die Schulter des jungen Mannes, dessen Gehrock einen schwarzen Samtkragen hatte. Sein kastanienbraunes Haar hing glatt und wohlgekämmt darauf hinab. Sie bemerkte, daß seine Fingernägel länger waren, als man sie in Yonville für gewöhnlich wachsen ließ. Ihre Pflege war eine der Hauptbeschäftigungen des Kanzlisten; er bewahrte zu diesem Zweck ein besonderes Messer in seiner Federschale.

Über den Uferweg kehrten sie nach Yonville zurück. In der heißen Jahreszeit war die Böschung breiter, und die Gartenmauern, die eine in ein paar Stufen zum Fluß hinabführende Treppe hatten, waren bis zum Sockel zu sehen. Das Wasser floß geräuschlos und schnell dahin und schien kalt zu sein, hohe, dünne Gräser krümmten sich in der Strömung und breiteten sich wie gelöstes grünes Haar in seiner Klarheit aus. Da und dort bewegte auf den Spitzen der Schilfrohre und auf dem Blatt einer Wasserrose ein Insekt seine feinen Beine, oder es ließ sich nieder. Die Sonne durchbohrte mit einem Strahl die kleinen blauen Wellenkugeln, die sich eine nach der anderen brachen; die alten beschnittenen Weiden spiegelten ihre graue Rinde im Wasser, das jenseitige Weideland schien völlig menschenleer zu sein. Auf den Gehöften war Essenszeit, und die junge Frau und ihr Begleiter hörten, als sie dahingingen, nur den Takt ihrer Schritte auf dem Pfad, die Worte, die sie einander sagten und das Rascheln von Emmas um sie her schwingenden Rock.

Die auf ihren Kappen mit Flaschenscherben verzierten Gartenmauern waren so heiß wie die Scheiben eines Gewächshauses. In den Backsteinen war Hederich gewachsen, und im Vorübergehen streifte Madame Bovary mit dem Rand ihres aufgespannten Schirms die welken Blüten und löste sie in gelben Staub auf, oder eine überhängende Ranke des Geißblatts und der Klematis verfing sich in den Fransen und strich einen Augenblick über die Seide.

Sie sprachen über eine spanische Tänzertruppe, die bald im Theater von Rouen auftreten sollte.

»Werden Sie hingehen?« fragte sie.

»Wenn ich kann«, antwortete er.

Hatten sie einander nichts anderes zu sagen? Ihre Augen waren jedenfalls erfüllt von einer ernsteren Sprache; und während sie sich mit banalen Redensarten abmühten, fühlten beide sich von einer gleichen Sehnsucht durchdrungen, es war ein tiefes, unaufhörliches Murmeln der Seele, das die Stimmen übertönte. Vor dieser neuen süßen Empfindung überrascht, dachten sie nicht daran, sich ihrer in Worten bewußt zu werden oder sich ihre Ursache zu erklären. Wie ein tropisches Gestade wirft das künftige Glück über die vor ihm liegenden Weiten seine Lockung voraus, einen duftenden Hauch, und man überläßt sich diesem Rausch, ohne sich wegen des Horizontes, den man nicht sieht, zu beunruhigen.

An einer Stelle war der Boden von den Hufen des Viehs aufgewühlt, man mußte über im Schlamm verstreut liegende, große grüne Steine weitergehen. Oft blieb Emma kurz stehen und schaute, wo sie den Stiefel aufsetzen sollte – und schwankend auf dem wackeligen Stein, die Ellenbogen emporgehoben, vornüber geneigt, unsicher umherblickend, lachte sie vor Angst, in die Pfützen zu fallen.

Als sie an ihrem Garten angelangt waren, stieß Madame Bovary das kleine Gatter auf, rannte die Stufen hinauf und verschwand.

Léon kehrte in seine Kanzlei zurück. Der Notar war abwesend; er warf einen Blick in die Akten, schnitt sich sodann eine Feder zurecht, nahm schließlich seinen Hut und ging.

Er stieg hinauf zur Weide am Waldrand, oben auf der Anhöhe von Argueil, legte sich unter den Tannen auf den Boden und betrachtete zwischen den Fingern hindurch den Himmel.

»Wie ich mich langweile!« sagte er sich, »wie ich mich langweile!«

Er fand sich bemitleidenswert, weil er in diesem Dorf leben mußte, mit Homais als Freund und Monsieur Guillaumin als Chef. Der trug eine Brille mit goldenen Bügeln und einen roten Backenbart über der weißen Halsbinde, befaßte sich nur mit seinen Geschäften, hatte keinen Sinn für die Feinheiten des Geistes, obwohl er ein steifes englisches Gehabe zur Schau trug, das den Kanzlisten in der ersten Zeit geblendet hatte. Die Frau des Apothekers war die beste Ehefrau der ganzen Normandie, sanft wie ein Schaf, zärtlich zu ihren Kindern, ihrem Vater, ihrer Mutter, ihren Anverwandten, sie weinte über fremdes Unglück, sorgte für alles im Haushalt und mochte kein Korsett tragen –, aber sie bewegte sich so langsam, redete so langweilig daher, sah so gewöhnlich aus und war so beschränkt in ihrem Gesprächsstoff, daß er, obwohl sie dreißig, er zwanzig Jahre zählte, obwohl sie Tür an Tür schliefen und er täglich mit ihr sprach, nie gedacht hatte, daß jemand in ihr eine Frau sehen könnte oder daß sie außer ihrem Kleid etwas von ihrem Geschlecht an sich hätte.

Und wen gab es sonst noch? Binet, einige Ladenbesitzer, zwei oder drei Kneipenwirte, den Pfarrer und schließlich Monsieur Tuvache, den Bürgermeister mit seinen zwei Söhnen, wohlhabenden, mürrischen, stumpfsinnigen Leuten, die ihre Äcker selbst bestellten und im Umgang unausstehlich waren.

Aber vor dem banalen Hintergrund all dieser Gesichter hob sich Emmas Antlitz ab, ganz für sich allein und doch in größerer Ferne, denn er ahnte zwischen ihr und sich etwas wie unbestimmte Abgründe.

Anfänglich war er mehrere Male in Gesellschaft des Apothekers in ihr Haus gekommen. Charles hatte keineswegs den Eindruck erweckt, auf seinen Besuch begierig zu sein. Und Léon wußte nicht, wie sich verhalten, und schwankte zwischen der Befürchtung aufdringlich zu sein und dem

Wunsch nach einem vertrauten Umgang, den er für fast unmöglich hielt.

## IV

Nach den ersten Frösten verließ Emma das Schlafzimmer und siedelte in das Wohnzimmer über, einen langen Raum mit niedriger Decke. Auf dem Kamin breitete ein buschiger Korallenstock seine Äste vor dem Spiegel aus. Sie saß in ihrem Lehnstuhl am Fenster und sah die Leute aus dem Dorf auf dem Trottoir vorbeigehen.

Zweimal am Tag begab sich Léon von seiner Kanzlei in den *Lion d'Or*; Emma hörte ihn schon von weitem kommen; sie beugte sich vor und lauschte, und der junge Mann glitt hinter der Gardine vorüber, immer gleich angezogen und ohne den Kopf zu wenden. In der Abenddämmerung aber, wenn sie, das Kinn in die linke Hand gestützt, die angefangene Stickerei auf die Knie hatte sinken lassen, erbebte sie oft beim Auftauchen des plötzlich vorübergleitenden Schattens. Dann erhob sie sich und befahl, den Tisch zu dek-ken.

Monsieur Homais kam, während sie zu Abend aßen. Die Jakobinermütze in der Hand trat er, um niemanden zu stören, leisen Schrittes ein und sagte stets den gleichen Satz: »Guten Abend allerseits!« Dann, wenn er seinen Platz am Tisch zwischen den Eheleuten eingenommen hatte, fragte er den Arzt nach seinen Kranken, und dieser erkundigte sich bei ihm nach der Wahrscheinlichkeit, sein Honorar zu erhalten. Darauf plauderte man über das, was in *der Zeitung* stand. Homais kannte es mittlerweile fast auswendig und gab es in vollem Umfang wieder, mitsamt den Kommentaren des Journalisten und allen Berichten über individuelle

Alltagsgespräche bei Tisch

Unglücksfälle, die sich in Frankreich oder im Ausland ereignet hatten. Wenn das Thema erschöpft war, zögerte er jedoch nicht, einige Bemerkungen über die Gerichte anzubringen, die er vor sich sah. Manchmal erhob er sich sogar halb und wies Madame auf das zarteste Stück hin oder drehte sich zum Dienstmädchen um und gab ihr Ratschläge über die Zubereitung von Ragoûts und bekömmliches Würzen; von Aromastoffen, Fleischextrakten, Brühen und Sülzen redete er auf eine Weise, daß man nur staunen konnte. Übrigens hatte er mehr Rezepte im Kopf als Arzneigläser in seiner Apotheke und verstand sich vortrefflich darauf, vielerlei Konfitüren, Weinessigsorten und süße Liköre herzustellen, auch kannte er alle Neuerungen auf dem Gebiet der Sparherde sowie die Kunst, Käse frisch zu erhalten und verdorbene Weine zu behandeln.

Um acht Uhr kam Justin ihn holen, damit er die Apotheke schließen ging. Besonders wenn Félicité zugegen war, beobachtete Monsieur Homais ihn dann schalkhaft, da er bemerkt hatte, daß sein Lehrling das Arzthaus gern aufsuchte.

»Mein Bursche da fängt an, auf allerlei Gedanken zu kommen«, sagte er, »und ich glaube, zum Teufel, er ist in Ihr Dienstmädchen verliebt.«

Ein schwererer Fehler, den er ihm vorhielt, war jedoch, daß er ständig bei den Unterhaltungen zuhören wollte. So ließ er sich sonntags kaum dazu bewegen, den Salon zu verlassen, wenn Madame Homais ihn gerufen hatte, damit er die Kinder mit hinausnahm, die auf den Sesseln einschliefen und mit ihren Rücken die zu weiten Kalikoüberzüge verzogen.

Zu den Abendeinladungen des Apothekers kamen nicht viele Leute, seine Schmähsucht und seine politischen Ansichten hatten nach und nach verschiedene achtbare Personen vertrieben. Der Kanzlist versäumte es nie sich einzufinden. Sobald er die Türglocke hörte, eilte er Madame Bovary entgegen, nahm ihr den Schal ab und stellte die dicken Überschuhe, die sie bei Schneewetter trug, beiseite unter den Ladentisch der Apotheke.

Zuerst wurden einige Partien Trente-et-un gemacht, dann spielte Monsieur Homais mit Emma Ekarté; Léon stand hinter ihr und gab ihr Ratschläge. Er hatte die Hände auf ihre Stuhllehne gelegt und betrachtete die Zähne des in ihrem Haarknoten steckenden Kamms. Bei jeder Bewegung, die sie machte, um eine Karte auszuspielen, hob sich ihr Kleid auf der rechten Seite. Von ihrem hochfrisierten Haar aus zog sich ein bräunlicher Ton ihren Nacken hinab, wurde allmählich blasser und verlor sich im Schatten. Ihr bauschiges Kleid fiel zu beiden Seiten in vielen Falten über den Sitz und breitete sich bis zum Boden aus. Wenn Léon bisweilen merkte, daß er mit der Stiefelspitze darauf stand, wich er zurück, als wäre er auf jemanden getreten.

Nach beendeter Kartenpartie spielten der Apotheker und der Arzt zusammen Domino, und Emma wechselte den Platz, stützte die Ellenbogen auf den Tisch und blätterte in der *Illustration*. Sie hatte ihr Modejournal mitgebracht. Léon setzte sich neben sie, gemeinsam schauten sie sich die Gravüren an und warteten mit dem Umblättern aufeinander.

Oft bat sie ihn, Verse vorzulesen; Léon trug sie mit gedehnter Stimme vor, die er, wenn von Liebe die Rede war, mit Sorgfalt zum Ersterben brachte. Aber das Geräusch der Dominosteine störte ihn. Monsieur Homais spielte sehr gut und schlug Charles um einen ganzen Sechserpasch. Wenn dann die dreihundert Punkte erreicht waren, machten es

Bovarys, Apotheker Leon
Geschenk v. Emma an Leon

sich beide vor dem Kamin bequem und schliefen alsbald ein. Das Feuer verglomm in der Asche; die Teekanne war leer; Léon las weiter, Emma lauschte und drehte mechanisch den Lampenschirm, auf dessen Gaze Pierrots in Kutschen und Seiltänzerinnen mit ihren Balancierstangen gemalt waren. Léon hielt inne, deutete auf sein eingeschlafenes Auditorium; darauf unterhielten sie sich mit leiser Stimme, und ihr Zwiegespräch dünkte sie um so süßer, als es von niemandem gehört wurde.

So entstand zwischen ihnen eine Art Bündnis, ein ständiger Austausch von Büchern und Romanzen. Monsieur Bovary, der nicht zur Eifersucht neigte, verwunderte sich nicht darüber.

Zu einem Geburtstag erhielt er einen schönen phrenologischen Kopf, der bis zum Thorax mit Chiffren versehen und blau angemalt war. Es war dies eine Aufmerksamkeit des Kanzlisten. Er wartete mit weit mehreren auf, machte sogar in Rouen Besorgungen für ihn, und da das Buch eines Romanschriftstellers die Sukkulentenmanie in Mode gebracht hatte, kaufte Léon solche für Madame, hielt sie in der *Schwalbe* auf seinen Knien und zerstach sich an ihren harten Stacheln die Finger.

Emma ließ am Fensterkreuz ein kleines Brett mit Geländer für ihre Blumentöpfe anbringen. Der Kanzlist bekam ebenfalls sein hängendes Gärtchen; sie sahen einander, wenn sie ihre Fensterpflanzen pflegten.

Ein Fenster im Dorf war noch häufiger besetzt, denn an jedem Sonntag von morgens bis abends und an jedem Schönwetternachmittag sah man in einem Dachbodenfenster das magere Profil Monsieur Binets über seine Drehbank gebeugt, deren eintöniges Surren bis zum *Lion d'Or* zu hören war.

Als Léon eines Abends nach Hause kam, fand er in seinem Zimmer einen Läufer aus Samt und Wolle mit Rankenmuster auf blassem Grund; er rief Madame Homais herbei, Monsieur Homais, Justin, die Kinder, die Köchin; er erzählte seinem Chef davon; alle Welt wollte den Läufer ansehen; warum erwies sich die Frau des Arztes dem Kanzlist gegenüber so *freigebig*? Das erschien doch sonderbar, und man glaubte nun endgültig, daß sie *seine gute Freundin* sei.

Er selbst leistete dem Glauben Vorschub, indem er sich in einem fort über ihre Reize und ihren Geist äußerte, bis daß Binet ihm einmal grob entgegnete: »Was schert mich das alles; ich gehörte nicht zu ihren Kreisen!«

Er quälte sich mit Überlegungen, wie er es anstellen sollte, *sich ihr zu erklären*, und immer schwankend zwischen der Furcht, ihr zu mißfallen, und der Beschämung, so schwachherzig zu sein, weinte er vor Mutlosigkeit und vor Sehnsucht. Dann faßte er energische Entschlüsse, schrieb Briefe, die er wieder zerriß, setzte sich ein Datum, das er ungenutzt verstreichen ließ. Oft machte er sich auf den Weg mit der Absicht, alles zu wagen, doch in Emmas Gegenwart verließ ihn diese Entschlossenheit sehr bald, und wenn Charles plötzlich dazukam und ihn einlud, in den Wagen zu steigen und gemeinsam einige Kranke in der Umgebung zu besuchen, nahm er sofort an, verabschiedete sich von Madame und ging. War ihr Mann nicht auch etwas von ihr?

Emma dagegen befragte sich nicht, ob sie liebe. Die Liebe, glaubte sie, müsse plötzlich kommen, unter Donner und Blitz – als ein Sturm aus Himmelshöhen, der über die Erde herfällt, sie umwühlt, die Kräfte des Willens wie Blätter losreißt und das ganze Herz zum Abgrund hinwegträgt. Sie wußte nicht, daß der Regen auf den Terrassen der Häuser

Pfützen bildet, wenn die Dachrinnen verstopft sind, und wäre daher in ihrer Sicherheit verblieben, hätte sie nicht jäh einen Riß in der Mauer entdeckt.

## V

Es war an einem Sonntag im Februar, am Nachmittag, es schneite.

Alle, Monsieur und Madame Bovary, Homais und Monsieur Léon waren zusammen fortgegangen, um eine Flachsspinnerei zu besichtigen, die ein halbe Meile von Yonville entfernt im Tal errichtet wurde. Der Apotheker hatte Napoléon und Athalie mitgenommen, damit sie sich Bewegung machten, und Justin, der die Schirme geschultert trug, begleitete sie.

Nichts war jedoch weniger sehenswürdig als diese Sehenswürdigkeit. Ein großes ödes Gelände, auf dem zwischen Haufen von Sand und Kies einige schon rostige Triebräder verstreut lagen, umgab einen langgestreckten, rechteckigen, von vielen kleinen Fenstern durchbrochenen Bau. Er war noch nicht fertiggestellt, und zwischen den Dachsparren sah man den Himmel. Ein am Giebelbalken befestigter Strauß aus mit Ähren untermischtem Stroh ließ seine dreifarbigen Bänder im Wind knattern.

Homais führte das große Wort. Er legte der *Gesellschaft* die künftige Bedeutung des Unternehmens dar, schätzte die Stärke der Fußböden, die Dicke der Mauern ab und bedauerte sehr, keinen Zollstock dabeizuhaben, wie Binet einen zu seinem besonderen Gebrauch besaß.

Emma, die ihm den Arm reichte, lehnte sich ein wenig an seine Schulter und betrachtete die Sonnenscheibe, die

Besuch in einer Flachsspinnerei

in nebliger Ferne fahl und blendend erstrahlte. Doch sie wandte den Kopf: da war Charles. Er hatte seine Mütze bis zu den Augenbrauen herabgezogen, und seine beiden dicken Lippen bebten, was seinem Gesicht einen Ausdruck von Dummheit verlieh; selbst sein Rücken, sein behäbiger Rükken bot einen irritierenden Anblick; sie fand dort auf dem Überrock die ganze Flachheit seiner Person ausgebreitet.

Während sie ihn musterte und in ihrer Verärgerung dabei eine Art abwegiger Wollust auskostete, trat Léon einen Schritt näher. Die Kälte machte seine Wangen bleicher und schien seinem Gesicht eine weichere Sehnsucht aufzudrükken; zwischen seiner Halsbinde und seinem Hals ließ der etwas lasche Kragen die Haut sehen; ein Teil seines Ohrs schaute unter einer Haarsträhne hervor, und seine zu den Wolken erhobenen großen blauen Augen dünkten Emma klarer und schöner als jene Bergseen, in denen der Himmel sich spiegelt.

»Verflixter Racker!« rief plötzlich der Apotheker.

Und er rannte zu seinem Sohn, der gerade in einen Haufen gelöschten Kalks gesprungen war, um sich die Schuhe weiß zu färben. Auf die Vorwürfe hin, mit denen man ihn überhäufte, begann Napoléon ein Geheul anzustimmen, während Justin ihm die Schuhe mit einem Strohwisch abputzte. Aber man hätte ein Messer haben sollen; Charles bot seines an.

»Ah, er trägt ein Messer in der Tasche wie ein Bauer!« sagte sie sich.

Rauhreif fiel, und sie machten sich auf den Rückweg nach Yonville.

Am Abend ging Madame Bovary nicht zu den Nachbarn hinüber, und als Charles das Haus verlassen hatte und sie sich allein wußte, setzte das Vergleichen wieder ein mit

Bovarys Leon Apotheker Lehrling Kinder
(Mon Lheureux (Modewarenhändler)
Beschreibung)

der Deutlichkeit einer nahezu unmittelbaren Wahrnehmung und der verlängerten Perspektive, in die die Erinnerung die Dinge rückt. Sie blickte von ihrem Bett aus in das hell brennende Kaminfeuer und sah Léon wie dort wieder vor sich stehen. Mit einer Hand bog er sein Spazierstöckchen, mit der anderen hatte er Athalie gefaßt, die ruhig an einem Eisstück lutschte. Sie fand ihn bezaubernd; sie konnte sich nicht von ihm losreißen; sie rief sich ins Gedächtnis zurück, wie er an anderen Tagen dagestanden, welche Sätze er gesprochen hatte, den Klang seiner Stimme, seine ganze Person, und die Lippen wie zu einem Kuß wölbend, sagte sie immer wieder: »Ja, bezaubernd, bezaubernd! ... Ob er verliebt ist?« fragte sie sich. »In wen denn? ... aber in mich doch!«

Alle Beweise dafür breiteten sich auf einmal vor ihr aus, und das Herz klopfte ihr. Die Flamme im Kamin warf eine munter zuckende Helle an die Zimmerdecke; sie legte sich auf den Rücken und streckte die Arme aus.

Dann begann das ewige Lamento: »Ach, wenn der Himmel es doch gewollt hätte! Warum ist es nicht so gekommen? Wer hat es verhindert? ...«

Als Charles um Mitternacht heimkehrte, tat sie, als wachte sie auf, und als er beim Auskleiden geräuschvoll war, klagte sie über Migräne, fragte dann so nebenher, was am Abend vorgefallen sei.

»Monsieur Léon«, sagte Charles, »ist früh nach oben gegangen.«

Sie lächelte unwillkürlich, und die Seele erfüllt von einem nie gekannten Zauber, schlief sie ein.

Tags darauf erhielt sie, als es dunkelte, den Besuch des Herrn Lheureux, Modewarenhändler seines Zeichens. Er war ein gewitzter Mann, dieser Krämer.

Gebürtiger Gascogner, aber zum Normannen geworden,

verband er südlichen Redeschwall mit der Durchtriebenheit der Bewohner des Pays de Caux. Sein fettes, schlaffes, bartloses Gesicht sah aus, als sei es mit einem Absud aus heller Lakritze gefärbt worden, und sein weißes Haar ließ den harten Glanz seiner kleinen schwarzen Augen noch lebhafter erscheinen. Man wußte nicht, was er früher gewesen war: Hausierer, sagten die einen, Bankier in Routot nach Ansicht der anderen. Sicher war, daß er die kompliziertesten Kopfrechnungen anstellte, die selbst Binet erschreckten. Er war höflich bis zur Unterwürfigkeit, ging immer halb vorgebückt, in der Haltung eines Menschen, der grüßt oder einlädt.

Nachdem er seinen mit einem Trauerflor garnierten Hut bei der Tür abgelegt hatte, stellte er einen grünen Kasten auf den Tisch und begann sich bei Madame in aller Höflichkeit darüber zu beklagen, daß er bis zum heutigen Tag ihr Vertrauen noch nicht habe gewinnen können. Ein armseliger Laden wie der seine sei nicht dazu angetan, eine *elegante Dame* anzulocken; er betonte den Ausdruck. Sie brauche jedoch nur zu befehlen, und er übernähme es, ihr das Gewünschte zu liefern, an Kurzwaren sowohl wie an Wäsche, an Hüten oder Modeneuheiten, da er regelmäßig viermal im Monat in die Stadt fahre. Er stehe mit den vier bedeutendsten Häusern in Verbindung. Man könne sich bei den *Trois Frères*, bei der *Barbe d'Or* und beim *Grand Sauvage* nach ihm erkundigen; alle diese Herren kannten ihn wie ihre eigenen Taschen! Heute wolle er Madame nur im Vorbeigehen verschiedene Artikel zeigen, die er aufgrund eines selten günstigen Gelegenheitskaufs anzubieten habe. Und er nahm aus dem Kasten ein halbes Dutzend gestickter Kragen.

Madame Bovary musterte sie.

»Ich brauche nichts«, sagte sie.

Lheureux versuchte mit Mme Bovary ein Geschäft einzugehen

Daraufhin brachte Monsieur Lheureux sorgsam drei algerische Schärpen zum Vorschein, mehrere Päckchen englische Nähnadeln, ein Paar Strohpantoffeln und schließlich vier Eierbecher aus Kokosnußschale, die von Sträflingen mit Durchbrucharbeiten versehen worden waren. Dann legte er beide Hände auf den Tisch und folgte mit gerecktem Hals, den Rumpf vorbeugend, mit offenem Mund Emmas Blikken, die unentschlossen über die Waren hinwanderten. So als wolle er Staub entfernen, fuhr er dann und wann mit dem Nagel über die Seide der zu ihrer ganzen Länge aufgefalteten Schärpen, so daß sie unter leisem Knistern zitterten, und ihre Goldpailletten im grünlichen Dämmerlicht wie kleine Sterne funkelten.

»Wieviel kosten sie?«

»Eine Kleinigkeit, eine lächerliche Kleinigkeit«, antwortete er, »aber das hat keine Eile, wann es Ihnen beliebt, man ist doch kein Jude.«

Sie überlegte ein paar Augenblicke und lehnte dann noch einmal dankend ab, woraufhin Monsieur Lheureux gelassen erwiderte:

»Nun, so werden wir uns später einig werden; mit den Damen bin ich noch immer ins reine gekommen, außer mit der meinigen allerdings!«

Emma lächelte.

»Dies um Ihnen zu sagen«, fuhr er, als er den Scherz angebracht hatte, mit biedermännischer Miene fort, »daß es mir nicht um das Geld zu tun ist ... Notfalls würde ich Ihnen welches geben.«

Sie machte eine überraschte Bewegung.

»Ah!« sagte er rasch und mit leiser Stimme, »ich bräuchte nicht weit zu gehen, um Ihnen welches zu beschaffen, darauf können Sie sich verlassen!«

Emma veränderte sich wurde abwend Leon gegenüber und beachtete ihren Mann wieder
Das Kind wohnte nun bei den Eltern
Emma magerte ab

Und dann fing er an, sich nach dem alten Tellier zu erkundigen, dem Wirt des *Café Français*, den Monsieur Bovary gerade behandelte.

»Was fehlt ihm denn, dem Vater Tellier? ... Er hustet, daß das ganze Haus wackelt, und ich fürchte sehr, daß er nächstens eher einen Mantel aus Tannenholz brauchen wird als ein Flanellunterhemd! Er hat so wild gezecht, als er jung war! Solche Leute wie er, Madame, haben nie ein ordentliches Leben geführt. Er hat sich mit Schnaps innerlich verbrannt. Aber es ist trotzdem bedauerlich mitanzusehen, wie ein Bekannter dahingeht.«

Und während er seinen Kasten wieder packte, ließ er sich über die Patienten des Arztes aus.

»Ohne Zweifel ist es das Wetter«, sagte er und blickte mißmutig zum Fenster, »das an all den Krankheiten schuld ist. Ich fühle mich nicht recht auf dem Posten, werde wohl sogar an einem dieser Tage Monsieur konsultieren müssen wegen Schmerzen im Rücken. Nun dann, auf Wiedersehen, Madame Bovary, stets zu Ihrer Verfügung; Ihr ergebener Diener!«

Und er schloß leise die Tür hinter sich.

Emma ließ sich das Essen auf einem Tablett in ihr Schlafzimmer in die Kaminecke bringen; sie aß langsam; alles schmeckte ihr gut.

»Wie vernünftig ich gewesen bin!« sagte sie sich in Gedanken an die Schärpen.

Sie hörte Schritte auf der Treppe: es war Léon. Sie stand auf und nahm von der Kommode von einem Stoß Lappen, die gesäumt werden mußten, den obersten. Als Léon eintrat, schien sie eifrig beschäftigt zu sein.

Die Unterhaltung schleppte sich dahin, Madame Bovary brachte sie immer wieder zum Stocken, er selbst blieb befan-

Gespräch zwischen Leon und Emma

gen. Er saß auf einem niedrigen Stuhl am Kamin und drehte das Elfenbein-Necessaire zwischen den Fingern; sie stichelte emsig oder glättete bisweilen mit dem Nagel die Falten der Leinwand. Sie sprach nicht; von ihrem Schweigen ebenso gefesselt, wie er es von ihren Worten gewesen wäre, verstummte er.

Armer Junge! dachte sie.

Wodurch mißfalle ich ihr? fragte er sich.

Schließlich aber sagte Léon, er müsse sich in einer Angelegenheit des Notariats dieser Tage nach Rouen begeben.

»Ihr Musikalienabonnement ist abgelaufen, soll ich es erneuern lassen?«

»Nein«, antwortete sie.

»Warum?«

»Weil ...«

Sie preßte die Lippen zusammen und zog langsam einen langen grauen Faden durch den Stoff.

Diese Näherei ärgerte Léon. Sie schien sich die Fingerspitzen dabei wund zu scheuern; ein galanter Satz kam ihm in den Sinn, den er aber nicht auszusprechen wagte.

»Sie geben sie also auf?« fing er wieder an.

»Was?« sagte sie lebhaft, »die Musik? Lieber Gott, ja! Habe ich nicht meinen Haushalt zu führen, für meinen Mann zu sorgen, kurz, tausend Dinge, viele vordringliche Pflichten zu erfüllen!«

Sie blickte auf die Pendeluhr. Charles hatte sich verspätet. Sie spielte die Besorgte. Zwei oder drei Mal wiederholte sie:

»Er ist so gut!«

Der Kanzlist hatte Monsieur Bovary gern. Doch diese ihm gewidmete zärtliche Äußerung überraschte ihn unangenehm; nichtsdestoweniger stimmte er in ihr Lob ein, das er von allen Seiten bestätigt höre, sagte er, besonders vom Apotheker.

»Ah, das ist ein wackerer Mann«, sagte Emma.

»Gewiß«, sagte der Kanzlist.

Und er fing an, von Madame Homais zu reden, über deren sehr nachlässige Kleidung sie sonst gewöhnlich lachten.

»Was macht das schon?« unterbrach ihn Emma. »Eine gute Familienmutter kümmert sich nicht um ihre Toilette.«

Dann versank sie wieder in Schweigen.

An den folgenden Tagen war es nicht anders; ihr Reden, ihr Verhalten, alles war verändert. Sie ging mit Ernst an ihre Hausarbeit, besuchte wieder regelmäßig die Kirche und hielt ihr Dienstmädchen strenger.

Sie holte Berthe von der Amme zurück. Wenn Besuch kam, brachte Félicité das Kind herein, und Madame Bovary kleidete es aus, um seine Arme und Beine zu zeigen. Sie erklärte, sie bete Kinder an, Kinder seien ihr Trost, ihre Freude, ihre ganze Wonne, und sie begleitete ihre Liebkosungen mit überschwenglichen Ergüssen, die andere Leute als die in Yonville an die Sachette in *Notre Dame de Paris* gemahnt hätten.

Wenn Charles nach Hause kam, fand er seine Pantoffeln zum Wärmen neben der Asche stehen. Seinen Westen fehlte nun nicht mehr das Futter, seinen Hemden fehlten keine Knöpfe mehr, und es war sogar ein Vergnügen zu sehen, wie seine Nachtmützen in gleichen Stapeln im Schrank geordnet lagen. Sie zeigte nicht mehr den früheren Widerwillen, im Garten spazierenzugehen; was er vorschlug, wurde stets angenommen, obwohl sie nicht voraussah, welchen Wünschen sie sich wortlos fügte – und wenn Léon ihn nach dem Abendessen am Feuer sitzen sah, die Hände auf dem Bauch gefaltet, die Füße auf dem Feuerbock, die Wangen von der Verdauung gerötet, die Augen feucht vor Glück, mit dem Kind, das auf dem Teppich krabbelte und dieser schlanken Frau, die sich über die Sessellehne beugte und ihn auf die Stirn küßte, sagte er sich:

»Welcher Wahnsinn! Wie könnte ich denn je an sie herankommen?«

Sie dünkte ihn so tugendhaft und unnahbar, daß jede, auch die unbestimmteste Hoffnung ihn verließ.

Durch diese Entsagung jedoch erteilte er ihr einen außergewöhnlichen Rang. Für ihn befreite sie sich von fleischlichen Eigenschaften, von denen er nichts zu erhoffen hatte, stieg in seinem Herzen immer höher und löste sich davon, auf die herrliche Art einer entschwebenden Lichtgestalt. Es war eines jener reinen Gefühle, die unseren Alltag nicht behindern, die wir pflegen, weil sie selten sind und deren Verlust schmerzlicher wäre, als Besitz genußreich ist.

Emma magerte ab, ihre Wangen verloren die Farbe, ihr Gesicht wurde schmal und lang. Mit ihrem glatten schwarzen Haar, ihren großen Augen, ihrer geraden Nase, ihrem vogelleichten Gang und in ihrem nun steten Schweigen schien sie kaum von ihm berührt durch das Dasein zu gehen und auf der Stirn schwach wahrnehmbar das Zeichen einer hehren Vorbestimmung zu tragen. Sie war so traurig und so ruhig, so freundlich und dabei so zurückhaltend, daß man sich in ihrer Gegenwart von einem eisigen Zauber erfaßt fühlte, wie man in den Kirchen unter dem mit der Kälte des Marmors vermischten Blumenduft erschauert. Auch die anderen vermochten sich dieser Verführung nicht zu entziehen. Der Apotheker sagte:

»Sie ist eine Frau von großen Fähigkeiten und wäre in einer Unterpräfektur nicht fehl am Platze.«

Die Mitbürger bewunderten ihre Sparsamkeit, die Patienten ihre Höflichkeit, die Armen ihre Mildtätigkeit.

Aber sie war von Begierden, Wut und Haß erfüllt. Das Kleid mit den geraden Falten barg ein verstörtes Herz, und die so sittsamen Lippen gaben seine Qual nicht preis. Sie war in Léon verliebt und suchte die Einsamkeit, um sich ungestört an seinem Traumbild zu laben. Sein leibhaftiger Anblick trübte die Wollust dieser Betrachtung. Beim Klang seiner Schritte erbebte Emma, in seiner Gegenwart dann aber legte sich die Erregung, und hinterher blieb ihr nichts als ein unermeßliches Staunen, das in Traurigkeit endete.

Wenn Léon sie in Verzweiflung verließ, wußte er nicht, daß sie sich dann erhob, um ihm nachzusehen. Seine Ausgänge beunruhigten sie; sie suchte in seinem Gesicht zu lesen, erfand eine ganze Geschichte, um einen Vorwand zu haben, sein Zimmer zu besichtigen. Die Frau des Apothekers schien ihr vom Glück begünstigt, weil sie unter demselben Dach wie er schlief, und ihre Gedanken ließen sich fortwährend auf diesem Hause nieder, wie die Tauben des *Lion d'Or*, die in den Dachrinnen ihre rosigen Füße und ihre weißen Flügel badeten. Doch je stärker Emma sich ihrer Liebe bewußt wurde, desto mehr drängte sie sie zurück, um sich nicht zu verraten und um sie zu dämpfen. Sie hätte gewünscht, daß Léon ihre Liebe ahnte, und sie dachte sich Begebenheiten, Unglücksfälle aus, die dies erleichtert hätten. Was sie zurückhielt, war sicherlich Trägheit oder Angst, und auch Scham. Sie glaubte, daß sie ihn zu weit von sich gewiesen habe, daß der Zeitpunkt versäumt, alles verloren sei. Dann wieder trösteten sie der Stolz, die Freude sich zu sagen: »Ich bin tugendhaft« und sich im Spiegel zu betrachten und dabei eine entsagungsvolle Pose einzunehmen, ein wenig über das Opfer, das sie zu bringen glaubte.

ist in Leon verliebt will jedoch Traumbild von ihm erhalten außerdem denkt sie sie hat ihn zu lang auf Distanz gehalten sodass es jetzt eh zu spät ist

Die körperlichen Begierden, die Geldgelüste und die Schwermut der Leidenschaft, alles verschmolz nun zu einem einzigen Schmerz. Und statt die Gedanken davon abzulenken, verlor sie sich immer mehr an dieses Leid, stachelte sich dazu auf und suchte allenthalben nach Gelegenheiten dazu. Eine mangelhaft angerichtete Speise regte sie auf oder eine halboffene Tür, sie jammerte über den Samt, den sie nicht besaß, über das ihr fehlende Glück, über ihre zu hoch fliegenden Pläne, ihr zu enges Haus.

Was sie erbitterte, war, daß Charles von ihren Qualen nichts zu ahnen schien. Seine Überzeugung, daß er sie glücklich mache, empfand sie als dumme Beleidigung, seine diesbezügliche Selbstsicherheit als Undank. Wem zuliebe war sie denn sittsam? War nicht er das Hindernis jeglichen Glücks, die Ursache allen Elends und gewissermaßen der spitze Dorn am strammen Riemen, der sie an allen Seiten festhielt?

Auf ihn versammelte sie die vielen, ihrem Überdruß entspringenden Haßgefühle, und jede Bemühung, sie zu dämpfen, diente nur dazu, sie zu vermehren; denn diese nutzlose Anstrengung fügte den Gründen ihrer Verzweiflung einen weiteren hinzu und trug zu ihrer Entfremdung bei. Selbst die Sanftmut, mit der er ihr begegnete, empörte sie. Die Bescheidenheit des Haushalts trieb sie zu kostspieligen Einfällen, die eheliche Zärtlichkeit zu ehebrecherischen Sehnsüchten. Sie hätte gewünscht, daß Charles sie schlage, dann hätte sie ihn mit mehr Recht verabscheuen, sich an ihm rächen können. Manchmal wunderte sie sich über die entsetzlichen Vermutungen, die ihr in den Sinn kamen, und mußte dabei doch weiterhin lächeln, sich selbst sagen hören, daß sie glücklich sei, so tun, als sei sie es, die Leute in dem Glauben lassen.

Emma ist weg. ihrer Situation verzweifelt
muss so tun als sei sie glücklich

Mitunter aber widerte die Heuchelei sie an. Die Versuchung überkam sie, mit Léon zu fliehen, irgendwohin, weit fort, um ein neues Leben zu versuchen; aber sogleich tat sich in ihrer Seele ein Abgrund voller Dunkel auf.

Zudem liebt er mich nicht mehr, dachte sie; was soll aus mir werden? Auf welche Hilfe kann ich hoffen, welchen Trost, welche Erleichterung?

Sie war wie zerschlagen, keuchte, saß regungslos da, sie schluchzte leise, und ihre Tränen flossen.

»Warum sagen Sie dem Herrn nichts davon?« fragte das Dienstmädchen, wenn es während einer dieser Krisen ins Zimmer trat.

»Es sind die Nerven«, antwortete Emma, »sprich ihm nicht davon, es würde ihm Kummer machen.«

»Ach ja«, fuhr Félicité fort, »mit Ihnen ist es genauso wie mit der Guérine, der Tochter vom alten Guérin, dem Fischer aus Pollet, die ich in Dieppe kennengelernt hatte, bevor ich zu Ihnen kam. Sie war so trübsinnig, so trübsinnig, wenn man sie in der Haustür stehen sah, mußte man an ein vor der Tür aufgehängtes Leichentuch denken. Ihr Leiden war, scheint es, eine Art Nebel in ihrem Kopf, und die Ärzte konnten nichts dagegen tun, der Pfarrer auch nicht. Wenn es sie zu arg packte, lief sie ganz allein zum Meeresufer, so daß der Offizier am Zollamt, wenn er seine Runde machte, sie oft antraf. Sie lag im Geröll flach auf dem Bauch und weinte. Nach der Heirat dann, sagte man, ist ihr das vergangen.«

»Bei mir aber«, entgegnete Emma, »ist es nach der Heirat gekommen.«

## VI

Eines Abends, als sie am offenen Fenster saß, wo sie noch eben Lestiboudois, dem Küster, beim Beschneiden des Buchsbaums zugeschaut hatte, hörte sie plötzlich das *Angelus*läuten.

Es war Anfang April, die Schlüsselblumen blühten; ein lauer Wind strich über die umgegrabenen Beete, und die Gärten schienen sich wie Frauen für die Feste des Sommers zu schmücken. Zwischen den Latten der Laube und allenthalben dahinter sah man den Fluß, der im Gras der Wiesen unregelmäßige Windungen zog. Der Abenddunst wehte um die blattlosen Pappeln und verwischte ihre Umrisse mit einem Violett, das blasser und durchscheinender war als ein zarter über ihr Geäst gelegter Schleier. In der Ferne wanderte Vieh vorbei; man hörte weder seine Tritte noch sein Muhen; und die Glocke läutete immerzu und sandte ihre friedvolle Klage weiterhin in die Lüfte.

Bei diesem fortgesetzten Geläut verloren sich die Gedanken der jungen Frau in alte Erinnerungen aus der Jugend und dem Pensionat. Sie entsann sich der großen Kerzenleuchter auf dem Altar, die über die Vasen voller Blumen und den mit Säulchen geschmückten Tabernakel hinausragten. Sie hätte gern wie einst zu der langen Reihe weißer Schleier gehört, die da und dort von den steifen schwarzen Pelerinen der über ihre Betpulte gebeugten Schwestern unterbrochen wurden. Wenn sie sonntags in der Messe den Kopf hob, gewahrte sie zwischen den bläulichen Wirbeln des aufsteigenden Weihrauchs das sanfte Antlitz der Heiligen Jungfrau. Eine Rührung ergriff sie: sie fühlte sich schwach und ganz preisgegeben, wie eine Vogelfeder, die im

Sturm kreist, und ohne recht zu wissen, was sie tat, begab sie sich auf den Weg zur Kirche, zu jeder Andachtsübung bereit, sofern sie ihre Seele darin niederbeugen konnte und das ganze Leben darin verschwand.

Auf dem Platz begegnete sie Lestiboudois, der von der Kirche zurückkehrte; denn um seinen Tagelohn nicht zu schmälern, unterbrach er lieber seine Arbeit und nahm sie dann wieder auf, so daß er den *Angelus* läutete, wann es ihm paßte. Außerdem mahnte das verfrühte Geläut die Buben, daß es Zeit für die Katechismusstunde war.

Einige, die schon dahergekommen waren, spielten auf den Steinplatten des Friedhofs mit ihren Murmeln. Andere, die rittlings auf der Mauer saßen, baumelten mit den Beinen und mähten mit ihren Holzschuhen die hohen Brennesseln um, die zwischen der kleinen Einfriedigung und den letzten Gräbern wuchsen. Dies war der einzige grüne Fleck, überall sonst waren nur Steine, die trotz des Besens der Sakristei stets ein feiner Staub bedeckte.

In Strümpfen liefen die Kinder wie über ein eigens für sie gelegtes Parkett darauf herum, und man vernahm ihre Ausrufe durch das Dröhnen der Glocke hindurch. Gleichzeitig mit den Schwingungen des dicken Seils, das von der Höhe des Glockenturms herabhing und dessen Ende am Boden schleifte, wurde es schwächer. Schwalben schossen unter kurzem Geschrill vorbei, durchschnitten mit ihrem Flug die Luft und kehrten rasch in ihre gelben Nester unter den Ziegeln der Traufleiste zurück. Hinten in der Kirche brannte eine Lampe, das heißt der Docht eines Nachtlichts, in einem hängenden Glasbehälter. Von weitem sah die Flamme wie ein über dem Öl zitternder weißer Fleck aus. Ein langer Sonnenstrahl durchquerte das ganze Schiff und ließ die Seitenschiffe und die Winkel noch dunkler erscheinen.

Mme Bovary, Pfarrer

»Wo ist der Pfarrer?« fragte Madame Bovary einen Jungen, der sich damit vergnügte, am Drehkreuz in seiner zu lockeren Halterung zu rütteln.

»Er kommt gleich«, antwortete er.

Und wirklich knarrte die Tür des Pfarrhauses, Pfarrer Bournisien erschien, und in wildem Durcheinander flüchteten die Kinder in die Kirche.

»Diese Racker!« brummte der Geistliche, »immer die gleichen!«

Er hob einen zerfetzten Katechismus auf, an den er mit dem Fuß gestoßen war: »Haben vor nichts Respekt!«

Doch dann bemerkte er Madame Bovary.

»Entschuldigen Sie«, sagte er, »ich hatte Sie nicht erkannt.«

Er steckte den Katechismus in die Tasche und blieb stehen, dabei ließ er den schweren Schlüssel zur Sakristei zwischen zwei Fingern schwingen.

Der Schein der untergehenden Sonne traf voll auf sein Gesicht und bleichte den Lasting seiner an den Ellenbogen glänzenden, unten ausgefransten Soutane. Fettspritzer und Tabakspuren folgten auf seinem breiten Brustkorb der Reihe der kleinen Knöpfe und wurden zahlreicher mit wachsender Entfernung vom Kragen, auf dem die dicken Falten seiner roten Haut ruhten; sie war von gelben Flecken übersät, die in den groben Stoppeln seines grau werdenden Barts verschwanden.

»Wie geht es Ihnen?« fügte er hinzu.

»Schlecht«, antwortete Emma, »ich leide.«

»Je nun, ich auch«, sagte der Geistliche. »Diese ersten warmen Tage schwächen einen erstaunlich, nicht wahr? Doch, was wollen Sie, wir sind zum Leiden geboren, wie der heilige Paulus sagte. Aber was meint denn Monsieur Bovary dazu?«

»Der!« sagte sie und vollführte eine verachtungsvolle Geste.

»Was!« sagte der gute Mann ganz verwundert, »er verordnet Ihnen nichts?«

»Ach«, sagte Emma, »die irdischen Heilmittel sind nicht das, was ich bräuchte.«

Doch der Pfarrer blickte dann und wann in die Kirche, wo die jetzt alle knienden Kinder sich gegenseitig mit den Schultern stießen und dann wie geknifffte aufgestellte Karten umfielen.

»Ich möchte wissen ...«, fuhr sie fort.

»Warte nur, Riboudet«, rief der Geistliche zornig, »ich zieh dir gleich die Ohren lang, du Bengel!«

Dann wandte er sich wieder Emma zu:

»Er ist der Sohn vom Schreiner Boudet; seine Eltern sind wohlhabend und lassen ihm alles durchgehen. Dabei würde er, wenn er wollte, leicht lernen, denn er hat einen hellen Verstand. Und ich nenne ihn eben zum Spaß manchmal Riboudet (wie die Anhöhe, über die man geht, um nach Maromme zu kommen), und ich sage sogar: *mon* Riboudet. Ha! ha! *Mont* Riboudet! Letzthin habe ich dieses Wortspiel dem hochwürdigsten Herrn Bischof erzählt, der darüber gelacht ... er hat darüber zu lachen geruht. – Und wie geht es Monsieur Bovary?«

Sie schien nicht zuzuhören. Er fuhr fort:

»Wohl immer stark beschäftigt? Denn wir, er und ich, sind gewiß die beiden Personen in der Pfarrgemeinde, die am meisten zu tun haben. Er aber ist der Arzt der Leiber«, fügte er mit behäbigem Lachen hinzu, »und ich, ich bin der Seelenarzt.«

Sie heftete einen flehenden Blick auf den Priester:

»Ja«, sagte sie, »Sie lindern alle Nöte.«

Wollte Pfarrer ihre Prob schildern
doch dieser war zuerst ständig
von Kindern abgelenkt worden
und als er dann Zeit hatte
hat er nicht verstanden was Emma sagen

»Oh, reden Sie mir nicht davon, Madame Bovary. Heute morgen erst mußte ich nach Bas-Diauville wegen einer Kuh, die *Blähsucht* hatte; sie glaubten, sie sei verhext. Alle ihre Kühe haben, ich weiß nicht, wieso ... Doch Verzeihung! Longuemarre und Boudet! Potz Element! Wollt ihr wohl aufhören!«

Und mit einem Satz war er in der Kirche.

Denn die Buben drängten sich um das große Meßpult, kletterten auf den Schemel des Kantors, schlugen das Meßbuch auf und schlichen sich kühn schon in den Beichtstuhl. Doch unversehens teilte der Pfarrer einen Hagel von Ohrfeigen aus. Er packte sie am Jackenkragen, hob sie in die Höhe und setzte sie so kräftig auf beide Knie auf die Fliesen des Chors ab, als wollte er sie in den Boden treiben.

»Ja«, sagte er, als er zu Emma zurückgekehrt war, sich einen Zipfel seines großen Kattunschnupftuchs zwischen die Zähne steckte und es entfaltete, »die Landwirte sind wahrhaftig zu beklagen.«

»Andere auch«, entgegnete sie.

»Gewiß! die Arbeiter in den Städten, zum Beispiel.«

»Nicht sie meine ich ...«

»Verzeihen Sie, aber ich habe da arme Familienmütter kennengelernt, tugendhafte Frauen, versichere ich Ihnen, wahre Heilige, denen sogar das Brot fehlte.«

»Aber die«, versuchte Emma von neuem (und ihre Mundwinkel verzerrten sich, während sie sprach), »die Frauen, Herr Pfarrer, die Brot haben und kein ...«

»Brennholz im Winter«, ergänzte der Pfarrer.

»Ach, was bedeutet das schon?«

»Wie, was das bedeutet? Mir scheint jedenfalls, daß, wenn man gut warm hat, genug zu essen hat ... denn, schließlich ...«

»Mein Gott! mein Gott!« seufzte sie.

»Ist Ihnen nicht wohl?« fragte er und trat besorgt näher; »es liegt wohl an der Verdauung. Sie sollten nach Hause gehen, Madame Bovary, einen Schluck Tee trinken, das wird Sie stärken, oder ein Glas frisches Wasser mit Rohzucker.«

»Warum?«

Sie sah aus, als erwachte sie aus einem Traum.

»Sie waren sich mit der Hand über die Stirn gefahren. Ich glaubte, Ihnen sei schwindlig geworden.«

Dann besann er sich:

»Aber Sie wollten mich etwas fragen? Was war es doch? Ich weiß es nicht mehr.«

»Ich? Nichts ..., nichts ...«, wiederholte Emma.

Und ihr Blick, der umhergeschweift war, senkte sich langsam auf den alten Mann in der Soutane. Sie sahen einander Auge in Auge an, ohne zu sprechen.

»Alsdann, Madame Bovary«, sagte er schließlich, »wollen Sie mich entschuldigen, aber die Pflicht geht vor, wissen Sie; ich muß mich um meine Schlingel kümmern. Die Erstkommunionfeier steht vor der Tür. Ich fürchte, sie wird uns auch diesmal überraschen. Von Himmelfahrt an behalte ich sie denn auch *recta* jeden Mittwoch eine Stunde länger hier. Die armen Kinder! nicht früh genug kann man ihnen den Weg des Herrn weisen, wie er es ja auch selbst durch den Mund seines göttlichen Sohns geboten hat ... Gute Besserung, Madame; meine Empfehlungen an den Herrn Gemahl.«

Damit trat er in die Kirche, nachdem er in der Tür das Knie gebeugt hatte.

Emma sah ihn zwischen den beiden Bankreihen verschwinden, schweren Schrittes, den Kopf ein wenig zur Schulter geneigt, die offenen Handflächen nach außen gekehrt.

Mit einem Ruck wie eine Statue auf einem Drehzapfen drehte sie sich darauf auf dem Absatz um und schlug den Weg nach Hause ein. Aber die tiefe Stimme des Pfarrers und die hellen Stimmen der Knaben tönten hinter ihr her und erreichten ihr Ohr:

»Bist du ein Christ?«

»Ja, ich bin ein Christ.«

»Wer ist ein Christ?«

»Wer getauft ist … getauft … getauft.«

Als sie die Stufen der Treppe hinaufstieg, hielt sie sich am Geländer fest, und als sie in ihrem Zimmer war, ließ sie sich in einen Sessel fallen.

Das weißliche Tageslicht in den Fenstern wurde in langsamen Wellen schwächer. Die Möbel schienen noch unbeweglicher auf ihren Plätzen zu stehen und sich im Schatten wie in einem finsteren Ozean zu verlieren. Das Kaminfeuer war erloschen, die Uhr tickte immerfort, und Emma empfand ein Staunen über die Ruhe der Dinge, da in ihrem Innern ein solcher Aufruhr herrschte. Aber zwischen dem Fenster und dem Nähtisch war die kleine Berthe; sie schwankte auf ihren gestrickten Schuhchen und versuchte, sich ihrer Mutter zu nähern und die Zipfel ihrer Schürzenbänder zu packen.

»Laß das!« sagte Emma und schob sie mit der Hand weg.

Doch das kleine Mädchen kam gleich darauf noch näher heran, stützte sich mit den Armen auf Emmas Knie und blickte mit seinen großen blauen Augen zu ihr auf, während ein klarer Speichelfaden von seiner Lippe auf die Seide der Schürze rann.

»Laß das!« wiederholte die junge Frau ganz gereizt.

Ihre Miene erschreckte das Kind, und es fing an zu weinen.

»Ach laß mich endlich in Ruhe!« sagte sie und stieß die Kleine mit dem Ellenbogen zurück.

Berthe fiel am Fuß der Kommode hin und ritzte sich an der Kupferrosette die Wange, so daß es blutete. Madame Bovary stürzte hinzu, um sie aufzuheben, riß die Klingelschnur ab, rief aus Leibeskräften nach dem Dienstmädchen und begann sich Vorwürfe zu machen, als Charles erschien. Es war Abendessenszeit, er kam nach Hause.

»Schau, lieber Freund«, sagte Emma mit beherrschter Stimme, »die Kleine hat sich eben beim Spielen verletzt.«

Charles beruhigte sie, es sei nicht schlimm, und er ging ein Diachylonpflaster holen.

Madame Bovary begab sich nicht ins Eßzimmer hinunter. Sie wollte allein bei ihrem Kind bleiben. Als sie es dann aber schlafen sah, verschwand die verbliebene Besorgnis allmählich, und sie kam sich selber recht dumm und gutmütig vor, weil sie sich vorhin wegen einer solchen Kleinigkeit derart aufgeregt hatte. Berthe schluchzte nicht mehr. Ihre Atemzüge hoben nun unmerklich die baumwollene Decke. Zwei große Tränen standen noch in den Winkeln ihrer halbgeschlossenen Augenlider, die zwischen den Wimpern zwei blasse, tiefliegende Pupillen sehen ließen; das auf die Wange geklebte Heftpflaster verzog die Haut.

Sonderbar, dachte Emma, wie häßlich dieses Kind ist!

Als Charles um elf Uhr abends aus der Apotheke heimkehrte (wohin er nach dem Essen den Rest des Heftpflasters zurückgebracht hatte), fand er seine Frau an der Wiege stehen.

»Wenn ich dir doch sage, daß es keine Folgen haben wird«, sagte er und küßte sie auf die Stirn, »mach dir keine Sorgen, armer Liebling, sonst wirst du noch krank!«

Er war lange beim Apotheker geblieben. Obwohl er sich

dort nicht sehr erregt gezeigt hatte, war Monsieur Homais doch bemüht gewesen, ihn wieder aufzurichten, ihm Mut zu machen. Sodann hatte man von den verschiedenen, die Kindheit bedrohenden Gefahren und der Unbesonnenheit der Hausangestellten gesprochen. Madame Homais wußte davon ein Liedchen zu singen, trug sie auf ihrer Brust doch noch die Narben von einer Schaufel voll Kohlenglut, die eine Köchin einst auf ihren Kittel hatte fallen lassen. Diese guten Eltern trafen denn auch zahlreiche Vorsichtsmaßnahmen. Die Messer wurden nie geschliffen, die Zimmerböden nie eingewachst. Vor den Fenstern waren Eisengitter und an der Kaminverkleidung starke Stangen angebracht. Trotz ihrer Ungebundenheit konnten die kleinen Homais nichts unternehmen, ohne einen Aufseher im Rücken zu haben; beim geringsten Schnupfen stopfte ihr Vater sie mit Brustmitteln voll, und bis über das vierte Jahr hinaus mußten sie ohne Erbarmen wattierte Mützen tragen. Das war allerdings eine Manie von Madame Homais; ihr Gatte war darüber insgeheim bekümmert, da er die möglichen Auswirkungen eines solchen Drucks auf die Verstandesorgane fürchtete, und er vergaß sich soweit, ihr zu sagen:

»Willst du denn Kaziben oder Botokuden aus ihnen machen?«

Charles hatte allerdings mehrmals versucht, das Gespräch zu unterbrechen.

»Ich muß mit Ihnen über etwas sprechen«, hatte er dem vor ihm die Treppe hinabgehenden Kanzlisten ins Ohr geflüstert.

Ob er etwas ahnt? fragte sich Léon. Er hatte Herzklopfen und erging sich in Vermutungen.

Schließlich, nachdem Charles die Haustür geschlossen hatte, bat er Léon, persönlich in Rouen zu erkunden, wie hoch die Preise für eine schöne Daguerrotypie sein könnten; sie solle eine sentimentale Überraschung für seine Frau werden, eine zarte Aufmerksamkeit, sein Porträt im Frack. Doch zunächst wolle er wissen, *womit er zu rechnen habe*; dies würde Monsieur Léon wohl nicht zu viele Umstände machen, da er ohnehin beinahe jede Woche nach Rouen fahre.

Und das wozu? Homais vermutete eine *Junggesellenangelegenheit* dahinter, eine Liebschaft. Aber er täuschte sich, Léon war nicht auf Liebesabenteuer aus: Er war trauriger denn je, und Madame Lefrançois merkte es deutlich an den Quantitäten, die er jetzt auf seinem Teller liegen ließ. Um Genaueres zu erfahren, befragte sie den Steuereinnehmer; Binet antwortete unwirsch, er werde nicht von der Polizei bezahlt.

Sein Tischgenosse kam ihm jedoch sehr sonderbar vor; denn oft warf sich Léon mit ausgebreiteten Armen im Stuhl zurück und erging sich in unbestimmten Klagen über das Dasein.

»Sie verschaffen sich eben nicht genug Zerstreuungen«, sagte der Steuereinnehmer.

»Welche denn?«

»Ich an Ihrer Stelle hätte eine Drehbank.«

»Aber ich kann doch gar nicht drechseln«, antwortete der Kanzlist.

»Ach, stimmt ja«, sagte der andere und strich sich mit einer halb verachtungsvollen, halb selbstzufriedenen Miene über das Kinn.

Léon war es müde, erfolglos zu lieben. Überdies empfand er immer mehr das Bedrückende des sich gleichbleibenden Lebens, das von keinem Interesse gelenkt und von keiner Hoffnung getragen wird. Yonville und seine Einwohner verdrossen ihn so sehr, daß ihn der Anblick mancher Leute und Häuser unerträglich aufbrachte, und daß der Apotheker, trotz seiner Gutmütigkeit, ihm völlig unausstehlich dünkte. Die Aussicht auf eine neue Stelle erfüllte ihn gleichermaßen mit Furcht, wie sie ihn lockte.

Diese Besorgnis verwandelte sich bald in Ungeduld, und in der Ferne lockte Paris mit seiner Fanfare der Maskenbälle und dem Lachen seiner Grisetten. Da er dort sein Rechtsstudium abschließen mußte, warum nicht gleich hinfahren? Wer hielt ihn davon ab? Und er fing an, sich innerlich darauf vorzubereiten, im voraus seine Zeit einzuteilen. In Gedanken richtete er eine Wohnung ein. Er würde dort das Leben eines Künstlers führen! Er würde Gitarrenunterricht nehmen! Er trüge einen Schlafrock, eine Baskenmütze, blaue Samtpantoffeln. Er bewunderte sogar schon auf seinem Kamin zwei kreuzweise angebrachte Florette mit einem Totenschädel und der darüber hängenden Gitarre.

Die Schwierigkeit war, die Zustimmung seiner Mutter zu erhalten; dabei schien sein Vorhaben denkbar vernünftig. Der Notar selbst riet ihm, in eine andere Kanzlei einzutreten, wo er sich besser entfalten könnte. Léon entschied sich für einen Mittelweg und suchte eine Stelle als zweiter Kanzlist in Rouen, fand aber keine, und schrieb schließlich einen langen Brief an seine Mutter und setzte ihr im einzelnen auseinander, warum er sofort in Paris wohnen wolle. Sie erteilte ihre Zustimmung.

Er beeilte sich keineswegs. Einen Monat lang transportierte Hivert für ihn täglich Kisten, Koffer, Pakete von Yonville nach Rouen und von Rouen nach Yonville, und nachdem er seine Garderobe erneuert, seine drei Sessel zum Aufpolstern gegeben, einen Vorrat an Halstüchern gekauft, kurz mehr Vorbereitungen als für eine Reise um die Welt

Leons Zukunft? Umzug nach Rouen Abschied
Gespräch über Leons Zukunft in Paris zwischen Apotheker und Herr Bovary Frau hört zu

getroffen hatte, verschob er den Abschied von Woche zu Woche, bis er einen zweiten Brief seiner Mutter erhielt, in dem sie zur Abreise drängte, da er vor den Ferien sein Examen abzulegen wünsche.

Als der Augenblick des Scheidens gekommen war, weinte Madame Homais; Justin schluchzte; als starker Mann verbarg Homais seine Rührung und bestand darauf, persönlich den Überzieher seines Freundes bis zum Gittertor des Notars zu tragen, der Léon in seinem Wagen mit nach Rouen nahm. Léon blieb gerade noch Zeit, sich von Monsieur Bovary zu verabschieden.

Oben auf der Treppe angekommen, blieb er stehen, so sehr fühlte er sich außer Atem. Als er eintrat, erhob sich Madame Bovary lebhaft.

»Da bin ich noch einmal!« sagte Léon.

»Ich war dessen sicher!«

Sie biß sich auf die Lippen, und das Blut schoß ihr ins Gesicht, so daß es sich vom Haaransatz bis zum Rand ihres Kragens rosig färbte. Sie blieb stehen und lehnte sich mit der Schulter an die Holztäfelung.

»Herr Bovary ist wohl nicht zu Hause?« fuhr er fort.

»Er ist fort«, sagte sie und wiederholte noch einmal: »Er ist fort.«

Ein Schweigen entstand. Sie sahen einander an, und ihre von der gleichen Bangigkeit erfüllten Gedanken umschlangen sich wie bei einer bebenden Umarmung.

»Ich würde Berthe gern einen Kuß geben«, sagte Léon.

Emma ging ein paar Stufen hinunter und rief Félicité.

Er sah sich rasch um mit einem Blick, der sich auf den Wänden, den Regalen, dem Kamin niederließ, wie um in alles einzudringen und alles mitzunehmen.

Doch sie trat wieder ein, und das Mädchen brachte Berthe, die eine auf dem Kopf stehende Windmühle an einer Schnur hinter sich herzog.

Léon küßte sie ein paarmal auf den Hals.

»Lebe wohl, liebes Kind! lebe wohl, liebe Kleine, leb wohl!«

Und er gab sie ihrer Mutter zurück.

»Bring sie weg«, sagte diese.

Sie waren allein.

Madame Bovary drehte ihm den Rücken zu und preßte ihr Gesicht an die Fensterscheibe; Léon hielt seine Mütze in der Hand und schlug sich mit ihr leicht gegen die Schenkel.

»Es wird regnen«, sagte Emma.

»Ich habe einen Mantel«, antwortete er.

»Aha!«

Sie drehte sich um, senkte das Kinn, neigte die Stirn vor. Das Licht glitt wie über Marmor darüber hin bis zu den Bögen der Brauen, ohne daß man hätte erkennen können, was Emma am Horizont anschaute oder was sie insgeheim dachte.

»So leben Sie denn wohl«, sagte er seufzend.

Sie hob brüsk den Kopf.

»Ja, leben Sie wohl ... gehen Sie!«

Sie traten aufeinander zu: Er streckte die Hand aus, sie zögerte.

»Auf die englische Art denn«, sagte sie, überließ ihm die ihre und versuchte zu lachen.

Léon spürte ihre Hand zwischen seinen Fingern, und ihm war, als ströme die ganze Substanz seines Wesens in diese feuchte Handfläche.

Dann öffnete er seine Hand; ihre Augen begegneten sich noch einmal, und er war gegangen.

Unter der Markthalle blieb er stehen und verbarg sich hinter einem Pfeiler, um ein letztes Mal das weiße Haus mit seinen vier grünen Läden zu betrachten. Er glaubte, einen Schatten hinter dem Fenster des Schlafzimmers zu sehen, aber der Vorhang löste sich vom Halter, als hätte ihn keine Hand berührt, bewegte langsam seine schrägen langen Falten, die sich alle mit einem Ruck ausbreiteten und blieb gerade und starrer als eine Gipswand hängen.

Von weitem gewahrte er auf der Landstraße das Kabriolett seines Brotgebers und daneben einen Mann in einer Ladenschürze, der das Pferd hielt. Homais und Monsieur Guillaumin plauderten miteinander. Man wartete auf ihn.

»Umarmen Sie mich«, sagte der Apotheker mit Tränen in den Augen. »Hier, Ihr Mantel, lieber Freund; hüten Sie sich vor der Kälte! Achten Sie auf Ihre Gesundheit, schonen Sie sich!«

»Auf, Léon, steigen Sie ein!« sagte der Notar.

Homais beugte sich über das Spritzleder, und mit tränenerstickter Stimme brachte er nur noch diese beiden wehmütigen Worte zustande:

»Gute Reise!«

»Guten Abend«, antwortete Monsieur Guillaumin. »Los!«

Sie fuhren ab, und Homais ging wieder heim.

Madame Bovary hatte ihr Fenster, das zum Garten blickte, geöffnet und betrachtete die Wolken.

Im Westen, in Richtung Rouen, ballten sie sich zusammen und wälzten sich rasch in schwarzen Spiralen, hinter denen gleich goldenen Pfeilen einer aufgehängten Trophäe die langen Strahlen der Sonne herausragten, während der übrige Himmel leer war und weiß wie Porzellan. Aber ein Windstoß beugte die Pappeln, und plötzlich fiel Regen und prasselte auf das grüne Blattwerk. Dann kam die Sonne wieder hervor, die Hühner gackerten, Spatzen in den feuchten Büschen schlugen mit den Flügeln, und die Pfützen im Sand verliefen sich und trugen die rosaroten Blüten einer Akazie mit sich fort.

»Ach! wie weit muß er jetzt schon sein!« dachte sie.

Monsieur Homais kam wie gewöhnlich um halb sieben Uhr, als sie zu Abend aßen.

»Nun!« sagte er und setzte sich, »unseren jungen Mann haben wir ja nun glücklich an Bord gebracht.«

»Es scheint so!« antwortete der Arzt.

Dann drehte er sich auf seinem Stuhl um:

»Und was gibt es Neues bei Ihnen?«

»Nicht viel. Meine Frau war nur heute nachmittag ein wenig mitgenommen. Sie wissen ja, ein Nichts bringt die Frauen aus der Fassung! die meinige besonders! Und es wäre unrecht, darüber aufgebracht zu sein, da ihr Nervensystem weit anfälliger ist als das unsere.«

»Der arme Léon!« sagte Charles, »wie wird es ihm in Paris ergehen! ... Wird er sich eingewöhnen?«

Madame Bovary seufzte.

»Aber wie denn nicht!« sagte der Apotheker und schnalzte mit der Zunge, »Vergnügungsfahrten zum Speisewirt! Maskenbälle! Champagner! all das wird ihn beschäftigen, versichere ich Ihnen.«

»Ich glaube nicht, daß er liederlich wird«, warf Bovary ein.

»Ich auch nicht!« erwiderte Monsieur Homais lebhaft, »obwohl er mitmachen muß, um nicht als Duckmäuser zu gelten. Und man macht sich ja keine Ahnung, was für ein Leben diese Schäker mit den Schauspielerinnen im Quartier Latin führen! Übrigens sind die Studenten in Paris sehr wohlgelitten. Wenn sie nur einiges gesellschaftliche Talent haben, nimmt man sie in den besten Kreisen auf, und es gibt sogar Damen des Faubourg Saint-Germain, die sich in sie verlieben, wodurch sie später Aussichten haben, sehr gute Partien zu machen.«

»Aber«, sagte der Arzt, »mir ist angst um ihn, daß ... er dort ...«

»Sie haben recht«, unterbrach ihn der Apotheker, »das ist die Kehrseite der Medaille! dort muß man ständig die Hand auf der Hosentasche halten. Angenommen zum Beispiel, Sie sind in einem öffentlichen Park; ein Jemand stellt sich ein, elegant gekleidet, Ordensträger sogar, man würde ihn für einen Diplomaten halten; er spricht Sie an, Sie plaudern zusammen; er schmeichelt sich ein, bietet Ihnen eine Prise an oder hebt Ihren Hut auf. Man schließt sich näher an; er nimmt Sie mit ins Café, lädt Sie in sein Landhaus ein, macht Sie zwischen zwei Gläsern Wein mit allen möglichen Leuten bekannt, und in drei Vierteln aller Fälle nur, um Ihren Geldbeutel zu plündern oder um Sie zu gefährlichen Unternehmungen zu verleiten.«

»Das ist wahr«, antwortete Charles, »aber ich habe hauptsächlich an Krankheiten gedacht, den Typhus beispielsweise, für den die Studenten aus der Provinz anfällig sind.«

Emma erschauerte.

»Aufgrund der veränderten Ernährungsweise«, fuhr der Apotheker fort, »und der daraus resultierenden Störung im gesamten Körperhaushalt. Und dann, das Pariser Wasser, verstehen Sie? Die Gerichte in den Restaurants, all diese gewürzten Speisen erhitzen schlußendlich das Blut und sind, man mag sagen, was man will, mit einem guten Suppenfleisch nicht zu vergleichen. Ich für mein Teil habe die bürgerliche Küche immer vorgezogen: sie ist bekömmlicher. Als ich in Rouen Pharmazie studierte, habe ich mich denn auch in einer Pension einquartiert und dort mit den Professoren gegessen.«

Und so fuhr er fort, seine allgemeinen Ansichten und persönlichen Vorlieben darzulegen, bis Justin ihn holte, weil eine Eiermilch zubereitet werden mußte.

»Keinen Augenblick Ruhe!« rief er, »immer an der Kette! Nicht für eine Minute kann ich fortgehen! Wie ein Ackergaul muß ich Blut und Wasser schwitzen! Immer ins Joch gespannt!«

Dann, als er in der Tür stand:

»Übrigens, wissen Sie schon das Neueste?«

»Was denn?«

»Daß mit ziemlicher Wahrscheinlichkeit«, fuhr Homais fort, er hob die Augenbrauen und verlieh seinem Gesicht äußersten Ernst, »die landwirtschaftliche Versammlung des Département Seine-Inférieure dieses Jahr in Yonville-L'Abbaye stattfinden wird. Wenigstens geht die Rede davon. Heute morgen standen Andeutungen in der Zeitung. Es wäre dies für unser Arrondissement von höchster Bedeutung! Aber wir sprechen später noch darüber. Ich kann genug sehen, vielen Dank; Justin hat die Laterne.«

## VII

Der nächste Tag war für Emma ein Tag der Trauer. Alles schien ihr von einer schwarzen Lufthülle umgeben, die wie ein Nebel um die Dinge schwebte, und der Kummer verfing sich mit leisem Heulen in ihrer Seele wie der Winterwind in verlassenen Schlössern. Es war jene Traumbefangenheit, die wir haben, wenn etwas unwiederbringlich vorbei ist, die Müdigkeit, die uns nach jeder vollendeten Tatsache befällt, kurz der Schmerz über den Abbruch jeder gewohnten Bewegung, das brüske Ende einer langandauernden Schwingung.

Wie nach der Rückkehr von La Vaubyessard, als die Quadrillen noch in ihrem Kopf wirbelten, fühlte sie eine trübe Schwermut, eine dumpfe Verzweiflung. Léon trat ihr wieder vor Augen: größer, schöner, sanfter, unbestimmter; obwohl fern von ihr, hatte er sie nicht verlassen, er war da, und die Mauern des Hauses schienen seinen Schatten zu bewahren. Sie konnte den Blick nicht vom Teppich wenden, über den er geschritten war, von den leeren Sesseln, auf die er sich gesetzt hatte. Immerfort trieb der Fluß langsam seine kleinen Wellen an der glatten Böschung entlang. Viele Male waren sie dort spazierengegangen beim gleichen Murmeln der Wellen über die moosbewachsenen Steine. Welch schöne Sonnentage hatten sie erlebt! Welche schönen Nachmittage, allein, hinten im schattigen Garten! Er saß barhäuptig auf einem Schemel aus dürren Latten und las mit lauter Stimme vor; im von den Wiesen herüberwehenden kühlen Wind zitterten die Seiten des Buchs und die Kapuzinerkresse in der Laube. Ach! er war fort, die einzige Freude in ihrem Leben, die einzige Hoffnung auf ein mögliches Glück! Warum hatte sie dieses Glück, als es sich darbot, nicht ergriffen! Warum es nicht mit beiden Händen, auf beiden Knien festgehalten, als es entfliehen wollte. Sie verwünschte sich selbst, weil sie Léon nicht erhört hatte, sie dürstete nach seinen Lippen. Der Drang erfaßte sie, ihm nachzueilen, sich in seine Arme zu werfen, ihm zu sagen: »Hier bin ich, ich bin dein!« Doch Emma scheute im voraus vor den Schwierigkeiten der Unternehmung zurück, und ihr um ein Bedauern vermehrter Drang wurde dadurch nur um so heftiger.

Emma depressiv denkt an Léon bereut ihm nichts von ihren Gefühlen erzählt zu haben

Von nun an war diese Erinnerung an Léon gleichsam Mittelpunkt ihres Überdrusses; sie funkelte darin stärker als ein von Reisenden im Schnee der russischen Steppe zurückgelassenes Feuer. Sie stürzte hinzu, kauerte sich neben es hin, schürte behutsam die Glut, die am Erlöschen war, sie suchte ringsumher nach allem, was es noch mehr entfachen konnte; und die fernsten Erinnerungen wie die jüngsten Ereignisse, was sie empfand mit dem, was sie sich ausdachte, ihre Begierden, die sich versprengten, ihre Vorstellungen von einem Glück, die wie vertrocknetes Gezweig im Wind barsten, ihre fruchtlose Tugend, ihre verlorenen Hoffnungen, alles hob sie auf, alles raffte sie zusammen, alles verwendete sie dazu, ihre Traurigkeit zu schüren.

Die Flammen verglommen jedoch, sei es, weil der Vorrat sich von selbst erschöpfte, sei es, weil zuviel davon angehäuft worden war. Die Abwesenheit bewirkte, daß die Liebe allmählich erlosch, die Gewohnheit erstickte den Kummer; und der Feuerschein, der ihren blassen Himmel purpurn gefärbt hatte, überzog sich immer mehr mit Schatten und verglühte nach und nach. In ihrem ermatteten Bewußtsein hielt sie sogar Widerwillen gegen den Ehemann für Sehnsucht nach dem Geliebten und Brandwunden des Hasses für neuentflammte Zärtlichkeit; aber da der Sturm ohne Unterlaß wütete und die Leidenschaft sich bis zur Asche verzehrte, da keine Hilfe kam, keine Sonne erschien, wurde es tiefe Nacht um sie her, und sie blieb in einer Kälte verirrt, die sie gänzlich durchdrang.

Und nun begannen die schlimmen Tage von Tostes aufs neue. Sie glaubte jetzt aber viel unglücklicher zu sein, weil sie Leid erfahren hatte zusammen mit der Gewißheit, daß es nie enden werde!

Eine Frau, die sich so große Opfer auferlegt hatte, durfte

sich einige Launen erfüllen. Sie kaufte sich einen gotischen Betstuhl und gab in einem Monat vierzehn Francs für Zitronen aus, um sich die Nägel zu reinigen; sie schrieb nach Rouen, um ein blaues Kaschmirkleid zu bestellen; sie suchte sich bei Lheureux die schönste seiner Schärpen aus; sie band sie sich über ihren Morgenmantel um die Taille und streckte sich bei geschlossenen Fensterläden, ein Buch in der Hand, in diesem Aufzug auf dem Kanapee aus.

Oft veränderte sie ihre Frisur: trug ihr Haar nach chinesischer Art, in weichen Locken, in geflochtenen Zöpfen; sie zog sich einen Seitenscheitel und rollte ihr Haar darunter auf wie ein Mann.

Sie wollte Italienisch lernen; sie kaufte Wörterbücher, eine Grammatik, einen Vorrat an weißem Papier. Sie versuchte es mit ernsten Lektüren, Geschichte und Philosophie. Nachts fuhr Charles manchmal aus dem Schlaf im Glauben, man habe ihn zu einem Kranken gerufen:

»Ich komme«, stammelte er.

Und es war nur das Geräusch eines Streichholzes, das Emma anrieb, um ihre Lampe wieder anzuzünden. Aber mit ihren Lektüren war es wie mit ihren Stickereien, die, alle angefangen, ihren Schrank überfüllten; sie nahm sie zur Hand, ließ sie liegen, nahm andere in Angriff.

Sie hatte Stimmungen, in denen man sie leicht zu Extravaganzen hätte verleiten können. Eines Tages behauptete sie ihrem Mann gegenüber, sie sei ohne weiteres imstande, ein halbvolles Glas Branntwein zu trinken, und da Charles so töricht war, auf die Wette einzugehen, trank sie es in einem Zuge aus.

Trotz ihres leichtfertigen Gehabens (so lautete das Urteil der Bürgersfrauen von Yonville) schien Emma nicht heiter zu sein, und gewöhnlich zeigten ihre Mundwinkel jene starre Verkniffenheit, die man auf den Gesichtern der alten Jungfern und der gescheiterten Streber sieht. Sie war am ganzen Körper blaß, weiß wie ein Leintuch; die Haut der Nase spannte sich zu den Nasenflügeln hin; die Augen blickten das Gegenüber ausdrucksleer an. Weil sie über den Schläfen drei graue Haare entdeckt hatte, sprach sie viel von ihrem Alter.

Oft hatte sie Schwächeanfälle.

Eines Tages spuckte sie sogar Blut, und als Charles sich um sie bemühte und dabei seine Besorgnis erkennen ließ, entgegnete sie:

»Ach was! Was ist schon dabei?«

Charles flüchtete in sein Sprechzimmer, und beide Ellenbogen auf den Tisch gestützt, saß er auf seinem Schreibtischstuhl unter dem phrenologischen Kopf und weinte.

Er schrieb an seine Mutter, bat sie zu kommen, und sie führten miteinander lange Unterredungen über Emma.

Wozu sich entschließen? Was tun, da sie sich jeder Behandlung widersetzte?

»Weißt du, was deine Frau bräuchte?« hielt ihm Mutter Bovary vor. »Notwendige Beschäftigungen, körperliche Arbeiten! Wenn sie wie so manche andere gezwungen wäre, ihr Brot zu verdienen, hätte sie diese Zustände nicht. Die rühren nur von all den Ideen her, die sie sich in den Kopf setzt, und der Untätigkeit, in der sie lebt.«

»Aber sie beschäftigt sich doch«, sagte Charles.

»So, sie beschäftigt sich! Und womit? Mit dem Lesen von Romanen, schlechten Büchern, Schriften gegen die Religion, in denen über die Priester gespottet wird mit Reden, die Voltaire entnommen sind. Doch all das hat seine Auswirkungen, mein armer Junge, und wer keine Religion hat, der nimmt stets ein schlechtes Ende.«

Es wurde deshalb beschlossen, Emma am Romanlesen zu hindern. Kein leichtes Vorhaben, aber die gute Dame erklärte sich bereit, seine Ausführung zu übernehmen: sie würde, wenn sie durch Rouen kam, persönlich zum Inhaber der Leihbibliothek gehen und ihm melden, daß Emma ihre Abonnements kündige. Hätte man nicht das Recht, die Polizei zu verständigen, falls der Buchhändler sein Gewerbe als Giftmischer fortsetzte?

Der Abschied von Schwiegermutter und Schwiegertochter war kühl. Während der drei Wochen ihres Beisammenseins hatten sie außer den üblichen Mitteilungen und Höflichkeitsfloskeln, wenn sie sich bei Tisch sahen und abends, bevor sie zu Bett gingen, keine vier Sätze gewechselt.

Die alte Madame Bovary reiste an einem Mittwoch, dem Markttag von Yonville, ab.

Der Platz war seit dem frühen Morgen von einer Reihe von Wagen verstellt, die alle nach hinten gekippt und mit aufragenden Deichselstangen von der Kirche bis zum Gasthaus an den Häusern entlang standen. Auf der anderen Seite waren Zeltbuden aufgeschlagen, in denen Baumwollwaren, Decken und Wollstrümpfe sowie Pferdehalfter und Bündel blauer Bänder verkauft wurden, deren Enden im Winde wehten. Zwischen Eierpyramiden und Körben voller Käsen, aus denen klebriges Stroh hervorsah, lag derbes Haushaltsgerät am Boden ausgebreitet; neben den Erntemaschinen gackerten Hühner in ihren flachen Käfigen und streckten ihren Hals durch die Latten. Die Menge, die sich am selben Orte staute und nicht weitergehen wollte, drohte manchmal, das Ladenfenster der Apotheke einzudrücken. An den Mittwochen wurde sie nie leer, und die Leute drängten und stießen sich, weniger um Arzneien zu kaufen als um sich Rat zu holen, so bedeutend war der Ruf des Herrn Homais in

zu Charles kommt ein wohlhabender Mann (Boulanger) der von ihm behandelt werden möchte, dabei fallen Justin und ein Bauer in Ohnmacht den umliegenden Dörfern. Seine unerschütterliche Selbstsicherheit hatte die Bauern fasziniert. Sie hielten ihn für einen besseren Arzt als alle anderen Ärzte.

Emma stützte die Arme aufs Fensterbrett und sah hinaus (das tat sie oft: in der Provinz ersetzt das Fenster die Theater und die Promenade), und sie unterhielt sich damit, das Gewimmel der Bauernklötze zu beobachten, als sie einen Herrn in einem Gehrock aus grünem Samt erblickte. Er trug gelbe Handschuhe trotz seiner derben Gamaschen und ging auf das Haus des Arztes zu, gefolgt von einem Bauern, der den Kopf hängen ließ und nachdenklich dreinschaute.

»Kann ich den Herrn Doktor sprechen?« fragte er Justin, der mit Félicité an der Tür plauderte.

Und, da er ihn für den Hausknecht hielt:

»Sagen Sie ihm, daß Monsieur Rodolphe Boulanger von La Huchette da ist.«

Nicht als eitler Grundbesitzer hatte der Neuankömmling seinem Namen den seiner Besitzung hinzugefügt, sondern um sich genauer bekanntzumachen. La Huchette war nämlich ein Landgut in der Nähe von Yonville, und er hatte das Schloß mitsamt zwei Höfen gekauft, die er selbst bewirtschaftete, ohne sich dabei allzuviel Zwang aufzuerlegen. Er lebte als Junggeselle, und es hieß von ihm, er habe *ein Einkommen von mindestens fünfzehntausend Livres*!

Charles trat in das Wohnzimmer. Monsieur Boulanger stellte ihm seinen Mann vor, der zur Ader gelassen werden wollte, weil es *ihm am ganzen Körper kribbelte*.

»Das macht mein Blut rein«, entgegnete er auf alle Einwände.

Bovary holte also zunächst eine Binde und ein Becken und bat Justin, es zu halten. Dann wandte er sich zum Bauern, der schon blaß geworden war:

Der Mann ahnt dass Emma sich unwohl fühlt und findet sie hübsch will sie als Geliebte

»Keine Angst, mein Guter.«

»Nein, nein«, antwortete der. »Nur immer zu!«

Und mit prahlerischer Miene hielt er seinen dicken Arm hin. Beim Einstich der Lanzette sprang das Blut hervor und spritzte an den Spiegel.

»Komm mit der Schüssel näher!« rief Charles.

»*Guckerda*!« sagte der Bauer, »man könnt meinen, da läuft ein Springbrünnchen! Was ich für ein rotes Blut habe! Das muß ein gutes Zeichen sein, wie?«

»Manchmal«, erwiderte der Wundarzt, »spürt man zu Anfang nichts, doch dann kommt es zur Ohnmacht und ganz besonders bei den Leuten von so starker Konstitution wie diesem da.«

Bei diesen Worten ließ der Bauer das Futteral, das er zwischen den Fingern drehte, fallen. Mit einem Ruck stieß seine Schulter gegen die Stuhllehne, daß sie krachte. Sein Hut fiel zu Boden.

»Das habe ich kommen sehen«, sagte Bovary und drückte seinen Finger auf die Vene.

Das Becken in Justins Händen begann zu zittern; seine Knie wankten, er wurde bleich.

»Meine Frau! meine Frau soll kommen!« rief Charles.

Sie lief sofort die Treppe herab.

»Essig!« schrie er. »Mein Gott, gleich zwei auf einmal.«

Und in seiner Aufregung hatte er Mühe, die Kompresse aufzulegen.

»Halb so schlimm«, sagte ganz gelassen Monsieur Boulanger und fing Justin in seinen Armen auf.

Und er setzte ihn auf den Tisch und lehnte ihn mit dem Rücken an die Wand.

Madame Bovary löste ihm das Halstuch. In seinen Hemdschnüren war ein Knoten; ihre zarten Finger machten sich eine Weile am Hals des jungen Burschen zu schaffen; dann goß sie Essig auf ihr Batisttaschentuch, betupfte damit seine Schläfen und blies sanft darauf.

Der Fuhrmann kam wieder zu sich; die Ohnmacht Justins dagegen dauerte an, und seine Pupillen verschwanden im fahlen Augapfel wie blaue Blumen in Milch.

»Man muß das vor seinem Blick verbergen«, sagte Charles.

Madame Bovary nahm das Becken und stellte es unter den Tisch; als sie sich bückte, breitete sich ihr Kleid (ein Sommerkleid, gelb, mit langer Taille, weitem Rock, vier Volants) rings um sie her auf den Fliesen aus; – und da Emma vornübergebeugt die Arme ausstreckte und ein wenig schwankte, zergingen die Wellen des Stoffs von Stelle zu Stelle je nach der Biegung ihres Oberkörpers. Darauf holte sie eine Karaffe Wasser und löste Zuckerstücke auf, als der Apotheker eintrat. Das Dienstmädchen hatte ihn während des Vorfalls herbeigeholt; als er seinen Lehrling mit offenen Augen dasitzen sah, atmete er erleichtert auf. Dann ging er um ihn herum und betrachtete ihn von oben bis unten.

»Dummkopf!« sagte er, »ein rechter kleiner Dummkopf, wie er im Buche steht! Was ist schon an einem Aderlaß! und ein Kerl, der sonst vor nichts Angst hat! der, wie Sie ihn da sehen, Ihnen wie ein Eichhörnchen in schwindelnde Höhen klettert, um Nüsse zu klauben. Ah ja, sprich nur, sei stolz auf dich! das sind mir schöne Anlagen für einen, der später eine Apotheke führen will; denn du kannst in ernsten Situationen vor Gericht geladen werden, um als Sachverständiger die Richter zu belehren; und dann muß man trotzdem ruhig Blut bewahren, argumentieren, sich als Mann zeigen, sonst gilt man als Schwachkopf!«

Justin antwortete nicht. Der Apotheker fuhr fort:

»Wer hat dich gebeten zu kommen? Ständig belästigst du Monsieur und Madame! Außerdem ist mir mittwochs deine Anwesenheit unentbehrlich. Jetzt habe ich zwanzig Personen bei mir im Hause. Ich habe alles stehen und liegen lassen dir zuliebe. Los, geh schon, lauf! Warte auf mich und gib auf die Gläser acht!«

Als Justin sich wieder angezogen hatte und fortgegangen war, redete man noch ein wenig über Ohnmachtsanfälle, Madame Bovary hatte nie einen gehabt.

»Das ist etwas Außergewöhnliches bei einer Dame!« sagte Monsieur Boulanger. »Es gibt indessen sehr zartbesaitete Leute. So habe ich gesehen, wie bei einem Duell ein Sekundant schon ihn Ohnmacht fiel, als er hörte, daß die Pistolen geladen wurden.«

»Mir macht es nicht das geringste aus, das Blut der anderen zu sehen«, sagte der Apotheker, »aber allein die Vorstellung, daß meines fließt, würde, wenn ich zu lange darüber nachdächte, genügen, um mir Schwindel zu verursachen.«

Unterdessen schickte Monsieur Boulanger seinen Angestellten fort und ermahnte ihn, sich zu beruhigen, da seiner Laune ja nun stattgegeben worden sei.

»Sie hat mir den Vorteil verschafft, Ihre Bekanntschaft zu machen«, fügte er hinzu.

Und während er dies sagte, blickte er Emma an.

Dann legte er drei Francs auf den Rand des Tischs, grüßte lässig und ging.

Bald darauf befand er sich auf der anderen Seite des Flusses (auf dem Weg, den er einschlagen mußte, um nach La Huchette zurückzukehren), und Emma sah, wie er im Wiesengelände unter den Pappeln dahinschritt und mitunter langsamer wurde wie einer, der über etwas nachsinnt.

»Sie ist recht artig!« sagte er sich, »sie ist recht artig, diese

Arztfrau! Schöne Zähne, schwarze Augen, niedlicher Fuß und eine Haltung wie eine Pariserin. Wo zum Teufel stammt sie her? Wo hat er sie bloß aufgegabelt, der dicke Tölpel?«

Monsieur Rodolphe Boulanger war vierunddreißig Jahre alt, von rücksichtslosem Wesen und durchdringendem Verstand, zudem hatte er zahlreichen Umgang mit Frauen gehabt und verstand sich darauf. Diese da hatte er hübsch gefunden: darum beschäftigte er sich in Gedanken mit ihr und mit ihrem Mann. »Er ist, glaube ich, sehr dumm. Sie hat ihn wahrscheinlich satt. Er hat schmutzige Nägel und einen drei Tage alten Bart. Wenn er zu seinen Kunden trapst, stopft sie zu Hause Strümpfe. Und langweilt sich und würde gern in der Stadt wohnen und jeden Abend Polka tanzen! Arme kleine Frau! So was schnappt nach Liebe wie ein Karpfen auf dem Küchentisch nach Wasser. Nach drei galanten Worten würde sie einen anbeten, da bin ich sicher, wäre zärtlich, reizend! ... Ja, aber wie wird man sie nachher wieder los?«

Die Nachteile des in Aussicht stehenden Genusses ließen ihn im Gegensatz dazu an seine Mätresse denken, eine Schauspielerin in Rouen, die er aushielt. Als er bei ihrem Bild verweilte, das ihm, wenn er es sich nur ins Gedächtnis rief, Überdruß bereitete, dachte er: Ah, Madame Bovary ist viel hübscher als sie und vor allem frischer. Virginie wird entschieden allmählich zu dick. Sie ist so langweilig in ihrer Lust. Und dann ihre ewige Vorliebe für Seekrebse!

Die Felder waren menschenleer, und Rodolphe hörte rings um sich her nichts als das regelmäßige Rascheln des Grases, das er mit seinen Schuhen streifte, und das ferne Zirpen der Grillen im Hafer; er sah Emma wieder vor sich im Zimmer, gekleidet, wie er sie gesehen hatte, und er entkleidete sie.

»Oh! ich bekomme sie!« rief er und zerschlug mit einem Stockhieb eine Erdscholle, die vor ihm lag.

Und sogleich überlegte er den politischen Teil des Unternehmens. Er fragte sich:

»Wo treffen wir uns? Wie stellen wir es an? Man hätte ständig das Balg auf dem Hals und das Dienstmädchen, die Nachbarn, den Mann, alle möglichen erheblichen Schereien. Ach was!« sagte er, »man verliert zuviel Zeit dabei!«

Dann begann er von neuem:

»Sie hat Augen, die sich einem ins Herz bohren! Und dieser blasse Teint! ... Und ich schwärme doch für blasse Frauen!«

Auf der Anhöhe von Argueil war sein Entschluß gefaßt.

»Ich muß nur noch die passende Gelegenheit finden. Also, ich gehe ein paarmal dort vorbei, schicke ihnen Wild und Geflügel; ich lasse mich zur Ader, wenn es sein muß; wir freunden uns an, ich lade beide zu mir ein ... Herrgott!« fügte er hinzu, »demnächst findet ja die landwirtschaftliche Versammlung statt; sie wird hingehen, ich werde sie sehen. Dann fangen wir an, und zwar ohne Umschweife, das ist das Sicherste.«

## VIII

Endlich war es soweit, die berühmte Jahresversammlung der Landwirte fand statt! Am Festtag standen schon am frühen Morgen alle Einwohner in ihren Haustüren und redeten über die getroffenen Vorbereitungen; der Giebel des Rathauses war mit Efeugirlanden geschmückt, auf einer Wiese war ein Zelt für das Festmahl aufgeschlagen, und mitten auf dem Platz vor der Kirche war eine Art Bombarde postiert worden, die die Ankunft des Herrn Präfekten anzeigen und die Namen der Preisgekrönten mit Böllerschüssen begleiten sollte. Die Nationalgarde von Buchy (in Yonville gab es keine) war angerückt und hatte sich der Feuerwehr, deren Hauptmann Binet war, angeschlossen. Er trug an diesem Tag einen noch höheren Kragen als sonst, und sein Uniformrock zwängte ihn so stark ein, daß sein Oberkörper steif und unbeweglich war und alles Leben seines Leibes in die Beine hinabgerutscht schien, die sich wie aus eigenem Antrieb strammen Schrittes im Takt bewegten. Da zwischen dem Steuereinnehmer und dem Oberst eine Rivalität bestand, ließen der eine wie der andere, um ihre Fähigkeiten zu beweisen, ihre Leute getrennt exerzieren. Immer wieder sah man abwechselnd die roten Schulterstücke und die schwarzen Brustharnische aufmarschieren. Das nahm kein Ende und fing ständig wieder von neuem an! Niemals zuvor hatte es eine derartige Prachtentfaltung gegeben! Mehrere Einwohner hatten am Vorabend ihre Häuser abwaschen lassen; in den halboffenen Fenstern hing die Trikolore; alle Kneipen waren voll besetzt, und bei dem schönen Wetter schienen die gestärkten Hauben weißer als Schnee zu sein, schimmerten die goldenen Kreuze in der klaren Sonne und hoben sich die farbigen Halstücher als buntscheckige Einsprengsel von der dunklen Eintönigkeit der Umhänge und der blauen Arbeitskittel ab. Die Bäuerinnen aus der Umgebung zogen, wenn sie vom Pferd stiegen, die dicke Nadel aus dem aus Furcht vor Flecken hochgeschürzten Rock; ihre Männer hatten, um ihre Hüte zu schonen, Taschentücher darüber gebunden und hielten einen Zipfel zwischen den Zähnen fest.

Von beiden Enden des Dorfs ergoß sich die Menge auf die Hauptstraße. Aus Gäßchen, Alleen, Häusern strömte sie hervor, und man hörte mitunter die Türklopfer anschlagen hinter Bürgerinnen in Zwirnhandschuhen, die ausgingen, um sich das Fest anzusehen. Größte Bewunderung erregten zwei mit Lampions behangene Taxusbäume, die zu beiden Seiten einer für die Ehrengäste errichteten Estrade standen. Außerdem lehnten an den vier Säulen des Rathauses vier Stangen, die jede einen grünlichen Stoffwimpel mit einer Inschrift in Goldlettern trug. Auf dem einen war zu lesen: »Dem Handel«, auf dem zweiten: »Dem Ackerbau«, auf dem dritten: »Dem Handwerk« und auf dem vierten: »Den schönen Künsten«.

Doch der alle Gesichter erhellende Jubel schien Madame Lefrançois, die Wirtin, zu verstimmen. Sie stand auf der Küchentreppe und murmelte:

»So ein Blödsinn! Die mit ihrer blöden Zeltbude! Glauben die denn, daß es dem Präfekten gefallen wird, da unten wie ein Seiltänzer in einem Zelt zu speisen? Solchen Unfug nennen sie zum Wohl des Landes handeln! Dafür war es nicht der Mühe wert, einen Restaurateur aus Neufchâtel kommen zu lassen. Für wen denn? für Kuhhirten! Habenichtse ...«

Der Apotheker ging vorüber. Er trug einen schwarzen Frack, Nankinghosen, Biberfellschuhe und, ausnahmsweise, einen Hut – einen flachen Hut.

»Ihr Diener!« sagte er, »Entschuldigen Sie, ich bin in Eile.«

Und da die dicke Wirtin ihn frug, wohin er gehe:

»Das erscheint Ihnen komisch, nicht wahr? ich, der ich sonst beständiger in meinem Laboratorium stecke als die Maus in ihrem Käse.«

»Welchem Käse?« fragte die Wirtin.

»Oh, nichts, das hat nichts zu bedeuten!« sagte der Apotheker. »Ich wollte Ihnen damit nur ausdrücken, Madame Lefrançois, daß ich für gewöhnlich völlig zurückgezogen in meinen vier Wänden lebe. Heute jedoch, in Anbetracht der Umstände, muß ich ...«

»Ach, Sie gehen auch dorthin?« fragte sie in geringschätzigem Ton.

»Allerdings«, antwortete der Apotheker erstaunt, »ich gehöre ja zum beratenden Ausschuß.«

Die Mutter Lefrançois musterte ihn eine Weile und erwiderte schließlich lächelnd:

»Das ist etwas anderes! Aber was geht Sie die Landwirtschaft an? Verstehen Sie denn etwas davon?«

»Selbstverständlich verstehe ich etwas davon, da ich Pharmazeut, mithin Chemiker bin! Und da die Chemie, Madame Lefrançois, die Erforschung der Wechselwirkungen und der molekularen Aktivität aller Körper der Natur zum Gegenstand hat, folgt daraus, daß die Landwirtschaft in ihren Bereich gehört! Und in der Tat, Zusammensetzung der Düngemittel, Gärung der Flüssigkeiten, Analyse der Gase und Einfluß der Miasmen, sagen Sie mir, was ist dies, wenn nicht schlicht und einfach Chemie?«

Die Wirtin antwortete nicht.

Homais fuhr fort:

»Glauben Sie, um Agronom zu sein, müsse man selbst den Boden bearbeitet oder Geflügel gemästet haben? Man muß vielmehr die Zusammensetzung der Stoffe, um die es sich handelt, kennen, die geologischen Schichten, die atmosphärischen Wirkungen, die Beschaffenheit der Böden, der Mineralien, des Wassers, die Dichte der verschiedenen Körper und ihre Kapillarität und was sonst noch alles. Und eine erschöpfende Beherrschung sämtlicher Grundsätze der Hygiene ist erforderlich, um die Errichtung von Gebäuden, die

Tierfütterung, die Ernährung des Gesindes bestimmen und beurteilen zu können. Und außerdem, Madame Lefrançois, muß man in der Botanik Bescheid wissen, Pflanzen unterscheiden können. Verstehen Sie? Welche gesund und welche schädlich sind, welche Unkräuter und welche Nutzpflanzen sind, ob es ratsam ist, sie hier auszureißen und dort wieder anzusäen, die einen vermehrt anzubauen, die anderen zu vertilgen; kurz man muß sich durch Broschüren und Publikationen in der Wissenschaft auf dem laufenden halten, immer darauf bedacht sein, auf Verbesserungen hinzuweisen ...«

Die Wirtin ließ die Tür des *Café Français* nicht aus den Augen, und der Apotheker fuhr fort:

»Wollte Gott, unsere Landwirte wären Chemiker oder sie hörten wenigstens besser auf die Ratschläge der Wissenschaft! Apropos habe ich da kürzlich ein recht umfangreiches Werkchen verfaßt, eine Denkschrift von mehr als zweiundsiebzig Seiten mit dem Titel: *Der Apfelwein, seine Herstellung und seine Wirkung, sowie einige neue Überlegungen hierzu*. Ich habe sie der Agronomischen Gesellschaft von Rouen eingesandt und sogar die Ehre erhalten, als Mitglied in ihre Abteilung Landwirtschaft, Gruppe Obstbau aufgenommen zu werden. Ja, und wenn meine Arbeit an die Öffentlichkeit gelangt wäre ...«

Doch der Apotheker hielt inne, so deutlich schien etwas anderes Madame Lefrançois' Gedanken zu beschäftigen.

»Hören Sie sich die an!« sagte sie, »es ist nicht zu begreifen! Eine solche Spelunke!«

Sie zuckte so kräftig die Achseln, daß sich die Maschen ihrer Strickweste über der Brust verzogen, und wies mit beiden Händen auf das Lokal ihres Rivalen, aus dem nun Lieder erschollen.

»Aber er macht es nun ja nicht mehr lange«, fügte sie hinzu, »in weniger als acht Tagen ist alles zu Ende.«

Verblüfft trat Homais einen Schritt zurück. Sie stieg ihre drei Stufen hinunter und flüsterte ihm ins Ohr:

»Wie? wissen Sie es denn nicht? Noch diese Woche wird er gepfändet. Lheureux läßt den Betrieb verkaufen. Mit Schuldscheinen hat er ihn zur Strecke gebracht.«

»Welch entsetzliche Katastrophe!« rief der Apotheker aus, der für jedwede denkbare Gelegenheit die passenden Ausdrücke parat hatte.

Die Wirtin erzählte ihm daraufhin die Geschichte, die sie von Théodore, dem Dienstboten Monsieur Guillaumins, erfahren hatte, und obwohl sie Tellier verabscheute, tadelte sie Lheureux. Er sei ein Schwindler, ein Schleicher.

»Ah, sehen Sie«, sagte sie, »da steht er in der Markthalle, er grüßt Madame Bovary, die einen grünen Hut aufhat. Sie geht sogar Arm in Arm mit Monsieur Boulanger.«

»Madame Bovary!« sagte Homais, »ich muß ihr sofort meine Aufwartung machen. Vielleicht ist es ihr angenehm, einen Platz auf dem eingezäunten Raum unter dem Vorbau einzunehmen.«

Und ohne auf die Mutter Lefrançois zu hören, die ihm nachrief, weil sie ihm noch mehr erzählen wollte, entfernte sich der Apotheker mit gestrafften Kniekehlen schnellen Schrittes. Ein Lächeln auf den Lippen, teilte er nach links und rechts zahlreiche Grüße aus und nahm mit seinen langen schwarzen Frackschößen, die im Wind hinter ihm herflatterten, viel Raum ein.

Rodolphe hatte ihn von weitem bemerkt und seinen Gang beschleunigt; aber Madame Bovary geriet außer Atem; er wurde darum wieder langsamer und sagte lächelnd, in grobem Ton, zu ihr:

»Ich wollte diesem Dickwanst entkommen: wissen Sie, dem Apotheker.«

Sie stieß ihn mit dem Ellenbogen an.

Was hat das zu bedeuten? fragte er sich.

Und im Weitergehen sah er sie von der Seite an.

Ihr Profil war so ruhig, daß es nichts erraten ließ. Unter dem Oval ihres Kapotthutes, der an Schilfblätter erinnernde blasse Bänder hatte, zeichnete es sich im klaren Licht deutlich ab. Ihre Augen mit den langen gebogenen Wimpern blickten geradeaus, und obwohl sie weit geöffnet waren, schienen sie ein wenig durch die Wangen beengt wegen des Bluts, das leicht unter ihrer zarten Haut pulsierte. Ein rosa Schimmer drang durch die Scheidewand ihrer Nase. Sie neigte den Kopf auf die Schulter, und zwischen ihren Lippen war das Perlmutt ihrer weißen Zähne zu sehen.

Macht sie sich über mich lustig? überlegte Rodolphe.

Emmas Geste war jedoch nur eine Warnung gewesen; denn Monsieur Lheureux ging ihnen zur Seite und redete sie mitunter an, wie um mit ihnen ins Gespräch zu kommen.

»Ein prächtiger Tag fürwahr! alle Welt ist im Freien! wir haben Ostwind.«

Und obgleich Madame Bovary wie Rodolphe ihm kaum antworteten, näherte er sich ihnen doch bei der geringsten Bewegung, die sie machten, legte die Hand an den Hut und sagte: »Wie beliebt?«

Als sie vor dem Haus des Hufschmieds ankamen, schlug Rodolphe, statt der Straße bis zum Gitter zu folgen, unvermittelt einen Fußpfad ein, zog Madame Bovary mit sich und rief:

»Guten Abend, Monsieur Lheureux! Bis zum nächsten Mal!«

»Wie Sie ihn abgehängt haben!« sagte sie lachend.

»Warum auch sollte man sich von den anderen belästigen lassen«, erklärte er, »und da ich heute das Glück habe, mit Ihnen zusammen zu sein ...«

Emma errötete. Er sprach seinen Satz nicht zu Ende, sondern ließ sich über das schöne Wetter aus und das Vergnügen, auf dem Gras zu gehen. Einige Gänseblümchen waren wieder nachgewachsen.

»Da stehen hübsche Maßliebchen«, sagte er, »genug, um allen verliebten Frauen der Gegend als Orakel zu dienen.«

Und er fügte hinzu:

»Soll ich welche pflücken? Was meinen Sie?«

»Sind Sie denn verliebt?« fragte sie und hustete ein wenig.

»Nun! wer weiß?« antwortete Rodolphe.

Die Wiese begann sich zu füllen, und die Bäuerinnen streiften einen mit ihren großen Schirmen, ihren Körben und ihren Kindern. Oft mußte man einer langen Reihe Landmädchen ausweichen, Mägden in blauen Strümpfen, flachen Schuhen, die silberne Ringe trugen, und, wenn man in ihre Nähe kam, nach Milch rochen. Sie hielten sich bei der Hand gefaßt und zogen so über die ganze Wiese von der Reihe der Espen bis zum Festzelt. Aber die Viehschau begann, und die Züchter traten einer nach dem anderen auf eine Art Hippodrom, das von einem langen an Stäben befestigten Seil gebildet wurde.

Dort standen die Tiere, die Nasen dem Seil zugekehrt, mit ihren verschieden hohen Kruppen wahllos nebeneinander. Schweine lagen da und wühlten mit dem Rüssel im Boden; Kälber muhten; Schafe blökten; die Kühe zogen ein Bein ein und streckten den Bauch ins Gras; langsam wiederkäuend zuckten sie mit ihren schweren Lidern, um die Mücken abzuwehren, die um sie herumsummten. Fuhrknechte mit bloßen Armen hielten sich aufbäumende Hengste am Halfter zurück, die mit geblähten Nüstern zu den Stuten hinüberwieherten. Die blieben friedlich, streckten nur den Kopf mit der hängenden Mähne vor, während ihre Füllen in ihrem Schatten ruhten oder hin und wieder an ihnen saugten. Und über dem langen Gewoge all dieser zusammengepferchten Leiber sah man im Wind eine weiße Mähne wie eine Gischt aufspritzen oder spitze Hörner aufragen und die Köpfe umherrennender Männer. Abseits, außerhalb der Schranken, hundert Schritte entfernt, stand ein großer Stier, der einen Maulkorb und einen eisernen Nasenring trug und sich nicht mehr bewegte als ein Bronzestandbild. Ein zerlumptes Kind hielt ihn mit einem Strick.

Indessen gingen einige Herren schweren Schrittes zwischen den beiden Reihen hindurch, prüften jedes Tier und besprachen sich dann mit leiser Stimme. Einer von ihnen, offenbar ein höhergestellter, machte sich im Weitergehen Notizen in ein Buch. Es war der Vorsitzende der Preisrichter, Monsieur Derozerays aus La Panville. Als er Rodolphe erkannte, trat er lebhaft auf ihn zu und sagte mit liebenswürdigem Lächeln:

»Wie, Monsieur Boulanger, Sie lassen uns im Stich?«

Rodolphe versicherte, er werde kommen. Doch als der Vorsitzende verschwunden war, sagte er:

»Vielmehr, das werde ich nicht; Ihre Gesellschaft ist mir lieber als seine.«

Und obwohl er über die Versammlung spottete, zeigte Rodolphe dem Gendarmen seinen blauen Ausweis vor, um ungehindert umhergehen zu können und blieb sogar manchmal vor einem schönen *Stück* stehen, an dem Madame Bovary kaum etwas zu bewundern fand. Er bemerkte dies und fing darauf an, über die Toiletten der Damen von Yonville

Witze zu reißen; dann entschuldigte er sich wegen der Nachlässigkeit seines eigenen Anzugs. Der zeigte die unpassende Zusammenstellung von Gewöhnlichem und Gesuchtem, worin der Durchschnittsmensch zumeist eine exzentrische Existenz, ein ungeordnetes Gefühlsleben, die Willkür des Künstlers und stets eine gewisse Verachtung der gesellschaftlichen Konventionen zu erkennen glaubt, was verführerisch oder abstoßend auf ihn wirkt. Sein Batisthemd mit den gefältelten Manschetten blähte sich bei jedem Windstoß im Ausschnitt seiner grauen Zwillichweste, und seine breitgestreifte Hose ließ an den Knöcheln seine Nankinghalbstiefel sehen, deren Schaft aus Lackleder bestand. Sie waren so blank geputzt, daß das Gras sich in ihnen spiegelte. Eine Hand in der Jackentasche, den Strohhut schief auf dem Kopf, trat er mit ihnen in den Pferdemist.

»Überdies«, fügte er hinzu, »wenn man auf dem Land lebt ...«

»Ist alle Mühe vergebens«, sagte Emma.

»Das ist wahr!« erwiderte Rodolphe. »Wenn man bedenkt, daß nicht ein einziger dieser guten Leute imstande ist, auch nur den Schnitt eines Anzugs zu beurteilen.«

Dann sprachen sie von der Minderwertigkeit der Provinz, den Existenzen, die sie erstickte, den Illusionen, die in ihr verlorengingen.

»So versinke ich denn auch in einer Traurigkeit ...«, sagte Rodolphe.

»Sie?« fragte Emma erstaunt. »Ich hielt Sie für sehr heiter.«

»Ach ja, dem Scheine nach, denn inmitten von Menschen vermag ich meinem Gesicht die Maske des Spötters aufzusetzen, und doch, wie oft habe ich mich beim Anblick eines im Mondschein liegenden Friedhofs gefragt, ob ich nicht besser daran täte, mich jenen Schläfern anzuschließen ...«

»Oh! Und Ihre Freunde?« sagte sie. »An die denken Sie nicht?«

»Meine Freunde? Welche denn? Habe ich Freunde? Wer kümmert sich schon um mich?«

Und diese letzten Worte begleitete er mit einer Art Pfeifen zwischen zusammengepreßten Lippen.

Doch sie mußten auseinandertreten, wegen eines Mannes, der einen großen Haufen Stühle hinter ihnen hertrug. Er war so beladen, daß man nur die Spitzen seiner Holzschuhe und das Ende seiner beiden vorgestreckten Arme sah. Es war Lestiboudois, der Totengräber, der die Kirchenstühle durch die Menschenmenge herbeischleppte. Einfallsreich wie immer, wenn es sich um seinen Vorteil handelte, hatte er dieses Mittel entdeckt, aus der Versammlung Nutzen zu ziehen, und sein Plan war von Erfolg gekrönt, denn er wußte nicht mehr, wen zuerst bedienen. Die Bauern, denen es heiß war, stritten sich um die Sitze, deren Strohgeflecht nach Weihrauch roch, und sie lehnten sich mit einer gewissen Ehrfurcht an die mit Kerzenwachs betropften derben Stuhlrücken.

Madame Bovary nahm wieder den Arm Rodolphes; er fuhr wie im Selbstgespräch fort:

»Ja! so vieles habe ich entbehrt! Immer allein! Ach, wenn ich ein Ziel vor Augen gesehen hätte, wenn ich einer Zuneigung begegnet wäre, jemanden gefunden hätte ... Oh! wie hätte ich alle Tatkraft, deren ich fähig bin, daran gewendet, ich hätte alles überwunden, alles gestürmt!«

»Es will mir jedoch scheinen«, sagte Emma, »daß Sie kaum zu beklagen sind.«

»Ach, meinen Sie?« sagte Rodolphe.

»Denn immerhin«, fuhr sie fort, »sind Sie frei.«

Sie zögerte:

»Reich.«

»Spotten Sie nicht über mich«, antwortete er.

Und sie schwor, daß sie nicht spotte, als ein Kanonenschuß dröhnte und alle sofort bunt durcheinander zum Dorf drängten.

Es war falscher Alarm gewesen. Der Herr Präfekt traf nicht ein; und die Mitglieder des Preisgerichts waren in großer Verlegenheit, da sie nicht wußten, ob sie mit der Sitzung anfangen oder noch warten sollten.

Endlich erschien im Hintergrund des Marktplatzes ein großer Mietwagen, ein Landauer, gezogen von zwei mageren Pferden, auf die ein Kutscher in weißem Hut aus Leibeskräften mit der Peitsche einschlug. Binet hatte gerade noch Zeit, »An die Gewehre!« zu brüllen, und der Oberst, es ihm nachzumachen. Alle liefen zu den Gewehrpyramiden, stürzten sich darüber. Einige vergaßen sogar, ihren Kragen zu schließen. Aber das Präfektengefährt schien die Verwirrung zu ahnen, und die beiden Klepper langten, an ihrer Deichselkette hin und her schaukelnd, just in dem Augenblick in kurzem Trab vor der Säulenhalle des Rathauses an, als die Nationalgarde und die Feuerwehr unter Trommelwirbeln aufmarschiert waren und auf der Stelle traten.

»Ausrichten!« schrie Binet.

»Stillgestanden!« schrie der Oberst. »Die Augen links!«

Und nach einem Präsentieren des Gewehrs, bei dem das Klappern der Gewehrriemen klang, wie wenn ein Kupferkessel über Treppenstufen hinabfällt, stießen alle Gewehrschäfte am Boden auf.

Darauf sah man einen Herrn in kurzem, silberbesticktem Frack aus der Kutsche steigen, der eine kahle Stirn hatte, auf dem Hinterkopf ein Toupet trug, von fahler Gesichtsfarbe war und ungewöhnlich milde aussah. Seine zwischen dicken

Lidern liegenden glotzenden Augen schlossen sich halb, als er die Menge musterte, gleichzeitig hob er die spitze Nase und setzte seinem eingefallenen Mund ein Lächeln auf. Er erkannte den Bürgermeister an dessen Schärpe und legte ihm dar, daß der Präfekt nicht habe kommen können; er selbst sei ein Präfekturrat. Sodann fügte er einige Entschuldigungen hinzu. Tuvache antwortete mit Höflichkeiten, der andere erklärte, er sei beschämt; und so blieben sie Auge in Auge stehen, ihre Stirnen berührten sich fast, und die Mitglieder des Preisgerichts, der Gemeinderat, die Notabeln, die Nationalgarde und die Menge umringten sie. Der Herr Präfekturrat drückte seinen kleinen schwarzen Dreispitz an die Brust und wiederholte seine Begrüßung, während Tuvache, gekrümmt wie ein Bogen, gleichfalls lächelte, stammelte, nach Worten suchte, seine Königstreue beteuerte und versicherte, daß Yonville eine große Ehre zuteil werde.

Hyppolite, der Hausknecht der Gastwirtschaft, nahm die Kutschpferde beim Zügel und führte sie, auf seinem Klumpfuß hinkend, unter das Vordach des *Lion d'Or*, wo viele Bauern zusammenliefen, um sich den Wagen anzusehen. Der Trommler schlug einen Wirbel, der Böller krachte, und die Herren stiegen einer nach dem anderen auf die Estrade, um dort in den roten Utrechtsesseln Platz zu nehmen, die Madame Tuvache zur Verfügung gestellt hatte.

Alle diese Männer sahen einander ähnlich. Ihre weichen, hellen, von der Sonne ein wenig gebräunten Gesichter hatten die Farbe süßen Apfelweins, und ihre buschigen Favoris traten aus steifen hohen Kragen hervor, die von weißen Halsbinden mit breit ausladenden Doppelschleifen zusammengehalten wurden. Alle Westen waren aus Samt und hatten einen Schalkragen; alle Taschenuhren trugen am Ende eines langen Bandes ein ovales Petschaft aus Karneol. Alle stemmten sie die Hände auf ihre Oberschenkel und spreizten sorgsam die Hosenbeine, deren nicht dekatiertes Tuch stärker glänzte als das Leder ihrer derben Stiefel.

Die Damen der Gesellschaft hielten sich hinter ihnen unter dem Vestibül zwischen den Säulen auf, während das einfache Volk der Estrade gegenüber stand oder auf Stühlen saß. Denn inzwischen hatte Lestiboudois alle von der Wiese herbeigetragen und lief sogar alle Augenblicke in die Kirche, um neue zu holen. Mit seinem Handel richtete er eine solche Verkehrsstockung an, daß man Mühe hatte, zu der auf die Estrade führenden kleinen Treppe zu gelangen.

»Ich finde«, sagte Monsieur Lheureux zum Apotheker, der vorbeiging, um seinen Platz aufzusuchen, »man hätte dort zwei venezianische Masten aufrichten sollen mit einer strengen, reichen Drapierung als einer Novität. Es wäre ein sehr hübscher Blickfang gewesen.«

»Allerdings«, antwortete Homais. »Aber was wollen Sie! Der Bürgermeister hat alles auf seine Kappe genommen. Er hat nicht viel Geschmack, der gute Tuvache, und der sogenannten Kunstsinnigkeit ist er sogar gänzlich bar.«

Inzwischen war Rodolphe mit Madame Bovary in den ersten Stock des Rathauses, in den *Ratssaal* hinaufgestiegen, und da dieser leer war, hatte er erklärt, man könne von hier aus das Schauspiel bequemer genießen. Er nahm drei unter der Büste des Monarchen um den ovalen Tisch stehende Schemel, rückte sie an eines der Fenster, und sie setzten sich nebeneinander.

Auf der Estrade gab es eine Bewegung, längeres Flüstern, Verhandlungen. Endlich erhob sich der Herr Präfekturrat. Man hatte mittlerweile erfahren, daß er Lieuvain hieß und sagte seinen Namen in der Menge weiter. Nachdem er einige Blätter geordnet und, um besser zu sehen, dicht vor die Augen gehoben hatte, begann er:

»Meine Herren,

es sei mir zunächst gestattet (ehe ich über den Zweck der heutigen Zusammenkunft zu Ihnen spreche, und ich bin gewiß, daß Sie alle meine Gefühle teilen werden), es sei mir gestattet, sage ich, der Verdienste der obersten Verwaltung, der Regierung, des Monarchen zu gedenken, unseres Herrschers, meine Herren, dieses vielgeliebten Königs, dem kein Zweig der öffentlichen oder privaten Wohlfahrt gleichgültig ist, der mit so fester und zugleich so weiser Hand das Staatsschiff durch die unablässigen Gefahren eines stürmischen Meeres lenkt und dem Frieden wie dem Krieg, dem Handwerk, dem Handel, dem Ackerbau und den schönen Künsten Ansehen zu verschaffen weiß.«

»Ich sollte mich«, sagte Rodolphe, »etwas weiter nach hinten setzen.«

»Warum?« sagte Emma.

In diesem Augenblick aber erhob sich die Stimme des Präfekturrats zu außerordentlicher Stärke. Er deklamierte:

»Die Zeiten sind vorüber, meine Herren, da die bürgerliche Zwietracht unsere öffentlichen Plätze mit blutigen Wirren überzog, da der Grundbesitzer, der Kaufmann, selbst der Arbeiter, wenn sie sich des Abends zur Ruhe begaben, bangen mußten, jäh von den Sturmglocken des Aufruhrs geweckt zu werden, da die staatsgefährdenden Maximen frech die Grundfesten unterhöhlten ...«

»Weil man mich von unten sehen könnte«, fuhr Rodolphe fort, »dann hätte ich vierzehn Tage lang damit zu tun, Ausreden vorzubringen, und bei meinem schlechten Ruf ...«

»Oh, welche Selbstverleumdung«, sagte Emma.

»Nein, nein, ich schwöre Ihnen, er ist schandbar.«

»Doch, meine Herren«, fuhr der Präfekturrat fort, »wenn ich diese düsteren Bilder aus meiner Erinnerung verbanne und meine Augen auf die heutigen Verhältnisse unseres schönen Vaterlandes richte, was sehe ich da? Überall blühen Handel und Künste; überall stellen neue Verkehrswege, gleich ebenso vielen neuen Adern im Staatskörper, neue Verbindungen her; unsere großen Fabrikzentren haben ihre Aktivität wieder aufgenommen; die Religion sagt, gestärkt, wieder allen Herzen zu; unsere Häfen sind voll belegt, das Vertrauen kehrt zurück, und endlich kann Frankreich aufatmen! ...«

»Übrigens«, fügte Rodolphe hinzu, »haben die Leute von ihrem Standpunkt aus vielleicht recht!«

»Inwiefern?« fragte sie.

»Ja was«, sagte er, »wissen Sie denn nicht, daß es Seelen gibt, die in ständiger Ruhelosigkeit leben? Abwechselnd verlangt es sie nach Traum und Tat, nach den reinsten Leidenschaften, den wildesten Genüssen, und darum stürzen sie sich in Launen und Torheiten aller Art.«

Daraufhin sah sie ihn an wie einen Reisenden, der durch die wunderbarsten Länder gekommen ist, und sagte:

»Wir haben nicht einmal diese Zerstreuung, wir armen Frauen!«

»Eine jämmerliche Zerstreuung, denn man findet sein Glück nicht darin.«

»Aber findet man es denn jemals?« fragte sie.

»Ja, eines Tages begegnet man ihm«, antwortete er.

»Und eben dies haben Sie begriffen«, sagte der Präfekturrat, »Sie, Landwirte und Landarbeiter! Sie, friedliche Pioniere eines allein der Zivilisation dienenden Werkes! Männer des Fortschritts und der Moral! Sie haben begriffen, daß die politischen Unwetter wahrhaft fürchterlicher sind als die Unbilden der Atmosphäre ...«

»Eines Tages begegnet man ihm«, wiederholte Rodolphe,

»eines Tages ganz plötzlich, gerade dann, wenn man daran verzweifelt. Dann tun sich Horizonte auf, und es ist, als riefe eine Stimme: ›Da ist es!‹. Sie fühlen das Bedürfnis, jenem Menschen ihr Leben anzuvertrauen, ihm alles zu geben, alles zu opfern! Man erklärt sich einander nicht, man errät einander. Man hat einander schon im Traum erblickt.« (Und er sah sie an.) »Endlich ist er da, der Schatz, den man so lange gesucht hatte, da, vor uns; er glänzt, er funkelt. Doch noch zweifelt man, wagt noch nicht an ihn zu glauben; man ist von ihm geblendet, als träte man aus dem Dunkel ans Licht.«

Und seinen letzten Worten fügte Rodolphe die Pantomime hinzu. Er bedeckte das Gesicht mit der Hand wie einer, dem es schwindelt und ließ sie dann auf Emmas Hand sinken. Sie zog ihre Hand zurück. Der Präfekturrat aber las noch immer:

»Und wen, meine Herren, nähme dies Wunder? Allein einen solchen, der blind genug wäre, verbohrt genug (ich scheue mich nicht, dies auszusprechen), verbohrt genug in die Vorurteile einer anderen Zeit, daß er die Gesinnung der Landbevölkerung noch immer verkennt. In der Tat, wo findet sich größere Vaterlandsliebe als auf dem Land, mehr Einsatzbereitschaft für das Gemeinwohl, mehr Intelligenz, mit einem Wort? Und darunter verstehe ich nicht, meine Herren, jene oberflächliche Intelligenz, die eitle Zier müßiger Geister, sondern vielmehr die tiefe und maßvolle Intelligenz, die vor allem darauf bedacht ist, nützliche Ziele zu verfolgen und so zum Wohl des einzelnen, zum Gedeihen der Allgemeinheit und zur Erhaltung der Staaten beiträgt, weil sie aus der Achtung vor den Gesetzen und der Pflichterfüllung hervorgeht ...«

»Ach, schon wieder«, sagte Rodolphe. »Immer die Pflichten, diese Reden gehen mir auf die Nerven. Es sind lauter alte Esel in Flanellwesten und Betschwestern mit Fußwärmer und Rosenkranz, die uns ständig in den Ohren liegen mit ›Die Pflicht! die Pflicht!‹. Zum Teufel, unsere Pflicht ist es zu fühlen, was groß ist, zu lieben, was schön ist und nicht alle Konventionen der Gesellschaft hinzunehmen mitsamt den Schändlichkeiten, zu denen sie uns zwingt.«

»Immerhin … immerhin …«, wandte Madame Bovary ein.

»O nein! warum gegen die Leidenschaften wettern! Sind sie nicht das einzig Schöne, was es auf Erden gibt, die Quelle der Heldenhaftigkeit, der Begeisterung, der Poesie, der Musik, der Künste, von einfach allem!«

»Aber ein wenig«, sagte Emma, »muß man sich doch nach der Meinung der Leute richten und ihrer Moral folgen.«

»Ach, es gibt eben zweierlei Moral«, entgegnete er. »Die kleinliche, herkömmliche, die der Menschen, die ständig wechselt und laut schreit, sich in den Niederungen des Alltags tummelt, wie die Ansammlung von Dummköpfen, die Sie da sehen. Die andere aber, die ewige, ist allenthalben um uns und über uns, wie die Landschaft, die uns umgibt, und der blaue Himmel, der uns Licht spendet.«

Monsieur Lieuvain hatte sich den Mund mit dem Taschentuch abgewischt. Er fuhr fort:

»Muß ich Ihnen, meine Herren, hier denn den Nutzen des Ackerbaus darlegen? Wer sorgt für unser Bedürfnisse? Wer beschafft uns unsere Verpflegung? Ist es nicht der Landmann? Der Landmann, meine Herren, der mit arbeitsamer Hand die Saat in die fruchtbaren Furchen des Landes sät und das Korn gedeihen läßt, das, gebrochen und mittels sinnreicher Maschinen zu Staub gemahlen, aus ihnen unter dem Namen Mehl hervorgeht und von dort in die Städte gebracht und alsbald dem Bäcker übergeben wird, der daraus ein Nahrungsmittel für arm und reich herstellt. Ist es nicht gleichfalls der Landmann, der auf den Weiden seine zahllosen Herden mästet, damit wir Kleider haben. Denn wie könnten wir uns kleiden, wie uns ernähren ohne die Landwirtschaft? Zudem, meine Herren, ist es nötig, so weit zu schweifen, um Beispiele zu finden? Wer hat nicht schon oft über die ganze Bedeutsamkeit des bescheidenen Tiers nachgedacht, der Zierde unserer Geflügelhöfe, das sowohl ein weiches Kopfkissen für unser Lager als auch sein saftiges Fleisch für unsere Tafel und seine Eier liefert? Doch ich würde kein Ende finden, wollte ich eines nach dem anderen die Erzeugnisse aufzählen, welche die wohlbebaute Erde gleich einer großzügigen Mutter ihren Kindern in überreichem Maße schenkt. Hier ist es die Rebe, andernorts ist es der Baum, der den Apfelwein spendet, dort der Raps, ein wenig weiter der Käse; und der Flachs, meine Herren, vergessen wir nicht den Flachs, der in den letzten Jahren einen beträchtlichen Aufschwung genommen hat und für den ich besonders um Ihre Beachtung bitte.«

Er hatte es nicht nötig, um Beachtung zu bitten: denn in der Menge standen alle Münder offen, als wollten sie seine Worte trinken. Tuvache, der neben ihm saß, riß beim Zuhören die Augen auf; Monsieur Derozerays schloß hin und wieder halb die Lider, und etwas weiter weg wölbte der Apotheker, der seinen Sohn zwischen den Knien hielt, die Hand über das Ohr, um sich keine einzige Silbe entgehen zu lassen. Die übrigen Mitglieder des Preisgerichts wiegten langsam das Kinn über den Westen zum Zeichen ihrer Zustimmung. Die Feuerwehrleute am Fuß der Estrade stützten sich auf ihre Bajonette, und Binet stand regungslos da, die

Ellbogen nach außen gekehrt, die Säbelspitze in der Luft. Vielleicht hörte er etwas, doch sehen konnte er wohl nichts, weil ihm das Visier seines Helms bis auf die Nase reichte. Sein Leutnant, der jüngste Sohn des Monsieur Tuvache, hatte einen noch übertriebeneren auf, einen ungeheuerlichen Helm, der auf seinem Kopf wackelte und unter dem ein Zipfel seines Kattuntuchs hervorsah. Darunter her lächelte er mit ganz kindlicher Sanftmut, und sein kleines bleiches Gesicht, über das Schweißtropfen rannen, zeigte einen Ausdruck von Wonne, Erschöpfung und Schläfrigkeit.

Bis an die Häuser war der Marktplatz mit Menschen gefüllt. In allen Fenstern lehnten sie, in allen Türen standen andere, und Justin vor der Auslage der Apotheke schien völlig in die Betrachtung dessen, was er sah, versunken zu sein. Trotz der Stille verlor sich Monsieur Lieuvains Stimme in der Luft. Sie drang nur in Satzfetzen herüber, die da und dort vom Geräusch der Stühle in der Menge übertönt wurden; dann wieder vernahm man plötzlich hinter sich das langgedehnte Brüllen eines Ochsen oder das Blöken der Lämmer, die sich an den Straßenecken Antwort gaben. Die Kuhhirten und die Schäfer hatten ihre Tiere nämlich bis dorthin getrieben, und nun muhten sie von Zeit zu Zeit und rupften gleichzeitig mit der Zunge ein paar Blätter ab, die ihnen vor der Nase hingen.

Rodolphe hatte sich Emma genähert und sprach mit leiser Stimme rasch auf sie ein:

»Empört diese Verschwörung der Gesellschaft Sie denn nicht? Ist da auch nur ein Gefühl, das sie nicht verurteilt? Die edelsten Triebe, die reinsten Neigungen werden verfolgt, verketzert, und wenn zwei arme Seelen endlich einander begegnen, wird alles daran gesetzt, daß sie einander nicht gehören können. Sie werden es jedoch trotzdem versuchen, mit den Flügeln schlagen, einander rufen. Oh! Gleichviel ob früher oder später, ob in sechs Monaten, in zehn Jahren, sie werden zueinander finden, einander lieben, weil das Schicksal es so will und weil sie füreinander bestimmt sind.«

Er hielt die Arme auf den Knien verschränkt, hob sein Gesicht zu Emma auf und blickte sie von nahem starr an. Sie bemerkte in seinen Augen kleine goldene Strahlen, die von seinen schwarzen Pupillen nach allen Seiten ausgingen, und nahm sogar den Duft der Pomade wahr, von der sein Haar glänzte. Eine Schlaffheit übermannte sie; sie entsann sich des Vicomte, der in La Vaubyessard mit ihr Walzer getanzt hatte und dessen Bart wie dies Haar hier den gleichen Geruch nach Vanille und Zitrone ausgeströmt hatte, und unwillkürlich schloß sie halb die Lider, um ihn besser einatmen zu können. Aber als sie sich so auf ihrem Stuhl aufsetzte, gewahrte sie in der Ferne, ganz hinten am Horizont, die *Schwalbe*, die alte Postkutsche, die langsam über die Anhöhe von Les Leux herabkam und eine lange Staubfahne hinter sich herzog. In diesem gelben Gefährt war Léon so oft zu ihr zurückgekehrt und über diese Straße war er für immer davongefahren! Sie glaubte ihn gegenüber an seinem Fenster zu sehen, dann verschwamm alles, Wolken zogen darüber hin; ihr war, als drehte sie sich wieder unter dem Glanz der Lüster, am Arm des Vicomte im Walzertakt, als wäre Léon nicht fern, als käme er bald ... und dabei fühlte sie die ganze Zeit Rodolphes Kopf neben sich. Die Süße dieser Empfindung durchdrang so ihre einstigen Sehnsüchte, und wie Sandkörner im Wind wirbelten sie im zarten Schwall des Duftes, der sich über ihre Seele ausbreitete. Sie blähte mehrmals heftig die Nasenflügel, um die Frische des Efeus einzuatmen, der sich um die Kapitelle rankte. Sie zog die Handschuhe aus, trocknete sich die Hände, dann fächelte sie sich mit dem Taschentuch das Gesicht, während sie trotz ihrer hämmernden Schläfen das Geräusch der Menge vernahm und die Stimme des Präfekturrats, der seine Phrasen herunterleierte.

Er sagte:

»Fahren Sie fort! beweisen Sie Ausdauer! hören Sie weder auf die Einflüsterungen der Routine noch auf die oberflächlichen Ratschläge einer dreisten Quacksalberei! Richten Sie Ihr Augenmerk vorzüglich auf die Verbesserung des Bodens, auf gute Düngemittel, auf die Veredelung der Pferde-, Rinder-, Schaf- und Schweinerassen! Möge diese Versammlung für Sie eine Arena des Friedens sein, in der der Sieger im Abtreten dem Besiegten die Hand reicht und sich mit ihm in der Hoffnung auf einen besseren Erfolg verbrüdert! Und ihr, würdige Diener, bescheidene Knechte und Mägde, deren mühselige Arbeit bis zum heutigen Tag keine Regierung jemals beachtete, kommt und empfangt den Lohn für eure stillen Tugenden und seid überzeugt, daß der Staat künftig die Augen auf euch ruhen läßt, daß er euch ermutigen und schützen, daß er euren berechtigten Klagen stattgeben und, soweit es in seiner Macht steht, das Joch eures mühsamen Opferlebens erleichtern wird!«

Darauf setzte sich Monsieur Lieuvain; Monsieur Derozerays erhob sich und fing eine weitere Rede an. Die seine war vielleicht nicht so blumig wie die des Präfekturrats, empfahl sich aber durch einen sachlicheren Stil, das heißt durch mehr Fachkenntnisse und sittliche Betrachtungen. Das Lob der Regierung nahm in ihr wenig Raum ein, die Religion und der Ackerbau dagegen einen größeren. Vor Augen geführt wurden die wechselseitigen Beziehungen der beiden und wie sie stets gemeinsam zivilisatorisch gewirkt hatten. Rodolphe plauderte unterdessen mit Madame Bovary über

Träume, Vorahnungen, Magnetismus. Der Redner kehrte zu den Anfängen der menschlichen Gesellschaft zurück und schilderte uns die wilden Zeiten, da die Menschen im Dikkicht der Wälder lebten und sich von Eicheln nährten. Dann hätten sie die Tierfelle abgelegt, sich in Tuch gekleidet, Furchen gezogen, Reben gepflanzt. Gereichte ihnen dieses zum Heil, oder brachte die neue Entdeckung mehr Nachteil als Nutzen? Diese Frage stellte sich Monsieur Derozerays. Vom Magnetismus war Rodolphe zu den Wesensverwandtschaften übergegangen, und während der Vorsitzende der Preisrichter Cincinnatus und seine Pflugschar, den seinen Kohl pflanzenden Diokletian und die chinesischen Kaiser anführte, die das neue Jahr einweihen, indem sie eigenhändig säen, erklärte der junge Mann der jungen Frau, daß die Ursache unwiderstehlicher gegenseitiger Anziehung in einem früheren Dasein liege.

»Warum beispielsweise«, sagte er, »haben wir einander kennengelernt? welcher Zufall hat es so gefügt? Gewiß haben unsere besonderen Neigungen uns zueinander gedrängt, gleich zwei Flüssen, die, aus weiter Entfernung kommend, schließlich zusammenströmen.«

Und er ergriff ihre Hand; sie zog sie nicht zurück.

»Preis für allgemeine gute Bewirtschaftung!« rief der Vorsitzende.

»Damals, als ich zu Ihnen gekommen bin …«

»Für Monsieur Binet aus Quincampoix.«

»Wußte ich da, daß ich Sie begleiten würde?«

»Siebzig Francs!«

»Hundertmal habe ich sogar weggehen wollen, und bin Ihnen doch gefolgt, bin dageblieben.«

»Stalldüngung.«

»So wie ich heute abend, morgen, die folgenden Tage, mein ganzes Leben bei Ihnen bleiben werde.«

»Für Monsieur Caron, aus Argueil, eine Goldmedaille!«

»Denn noch nie hat mich die Gesellschaft eines Menschen so gänzlich bezaubert.«

»Für Monsieur Bain, aus Givry-Saint-Martin!«

»Auch wird die Erinnerung an Sie mich stets begleiten.«

»Für einen Merino-Schafbock ...«

»Sie aber werden mich vergessen, wie ein Schatten werde ich vorübergeglitten sein.«

»Für Monsieur Belot, aus Notre-Dame ...«

»Oder nein, nicht wahr, ich werde in Ihrem Denken, Ihrem Leben doch etwas bedeuten?«

»Preis für Schweinezucht, *ex aequo*: für Messieurs Lehérissé und Cullembourg; sechzig Francs!«

Rodolphe drückte ihre Hand und spürte, daß sie ganz warm war und zitternd wie eine gefangene Turteltaube, die fortfliegen möchte. Doch sei es, weil sie sie zu befreien versuchte oder weil sie auf seinen Druck antwortete, sie bewegte die Finger, und er rief aus:

»O danke! Sie stoßen mich nicht zurück! Wie gütig Sie sind! Sie verstehen, daß ich Ihnen gehöre! Lassen Sie mich Sie ansehen, Sie betrachten!«

Ein Windstoß, der durch die Fenster hereinfuhr, wellte die Tischdecke, und auf dem Platz unten flatterten all die großen Hauben der Bäuerinnen wie weiße Schmetterlinge.

»Für die Verwendung des Preßrückstands ölhaltiger Samen«, fuhr der Vorsitzende fort.

Er beeilte sich nun:

»Flämische Mast – Flachsanbau – Dränung – langfristige Pachtverträge – treue Dienste.«

Rodolphe sprach nicht mehr: Sie sahen sich an. Ihre trokkenen Lippen bebten in höchstem Verlangen, und weich, ganz von selbst verschlangen sich ihre Finger.

»Catherine-Nicaise-Élisabeth Leroux aus Sassetot-la-Guerrière, für vierundfünfzig Jahre Dienst auf demselben Hof eine Silbermedaille – im Wert von fünfundzwanzig Francs!«

»Wo ist sie, die Catherine Leroux?« fragte der Präfekturrat.

Sie zeigte sich nicht, und man vernahm raunende Stimmen:

»Geh schon!«

»Nein.«

»Nach links.«

»Brauchst keine Angst zu haben.«

»Ach, ist die dumm!«

»Ist sie überhaupt anwesend?« rief Tuvache.

»Ja! ... hier ist sie!«

»Sie möge vortreten!«

Nun sah man eine kleine alte Frau in furchtsamer Haltung auf die Estrade steigen, die in ihren ärmlichen Kleidern geradezu zusammenzuschrumpfen schien. An den Füßen hatte sie plumpe Holzpantoffeln, und über die Hüften fiel ihr eine lange blaue Schürze. Ihr von einer Haube ohne Besatz eingerahmtes mageres Gesicht war runzeliger als eine vertrocknete Renette, und aus den Ärmeln ihrer roten Jacke sahen zwei lange Hände mit knotigen Fingergelenken hervor. Vom Staub der Scheunen, von der Waschlauge und vom Wollfett waren sie so hornig, rauh, hart geworden, daß sie, obwohl in reinem Wasser geschrubbt, schmutzig schienen. Sie hatten so viel gearbeitet, daß sie immer halb offen waren, so als wollten sie selbst demütiges Zeugnis für all die erlittene Mühsal ablegen. Etwas wie klösterliche Strenge hob den Ausdruck ihrer Züge. Nichts Trauriges oder Rührseliges milderte ihren bleichen Blick. Im Umgang mit den Tieren hatte sie deren Schweigsamkeit und Friedsamkeit angenommen. Es war das erste Mal, daß sie sich in einer so zahlreichen Gesellschaft befand, und innerlich verschreckt durch die Fahnen, die Trommeln, durch die Herren im schwarzen Frack und das Kreuz der Ehrenlegion des Präfekturrats, blieb sie regungslos stehen und wußte weder, ob sie nähergehen oder davonlaufen solle, noch warum die Menge sie nach vorn stieß und warum die Preisrichter ihr zulächelten. So stand vor diesen behäbigen Bürgern dieses halbe Jahrhundert der Dienstbarkeit.

»Treten Sie näher, verehrungswürdige Catherine-Nicaise-Élisabeth Leroux!« sagte der Herr Präfekturrat, der aus den Händen des Vorsitzenden die Preisträgerliste entgegengenommen hatte.

Und abwechselnd das Blatt Papier und die alte Frau prüfend ansehend, wiederholte er in väterlichem Ton:

»Näher, näher!«

»Sind Sie taub?« sagte Tuvache und sprang von seinem Sessel auf.

Und er schrie ihr ins Ohr:

»Vierundfünfzig Dienstjahre! Eine Silbermedaille! Fünfundzwanzig Francs! Für Sie.«

Als sie ihre Medaille erhalten hatte, schaute sie sie lange an. Ein seliges Lächeln breitete sich über ihr Gesicht aus, und man hörte sie im Weggehen murmeln:

»Ich werde sie dem Pfarrer bei uns geben, damit er Messen für mich liest.«

»So eine Glaubenswut!« rief der Apotheker aus und neigte sich zum Notar hinüber.

Die Sitzung war zu Ende; die Menge zerstreute sich, und nun, da die Reden verlesen waren, nahm jeder wieder seinen Rang ein und kam alles wieder ins gewohnte Geleise; die

Herren schnauzten die Knechte an, und diese prügelten die Tiere, apathische Triumphatoren, die, einen grünen Kranz zwischen den Hörnern, in den Stall zurückkehrten.

Die Nationalgardisten waren unterdessen in den ersten Stock des Rathauses hinaufgestiegen; sie hatten Brioches auf ihre Bajonette gespießt, und der Trommler des Bataillons trug einen Korb voll Flaschen. Madame Bovary nahm den Arm Rodolphes; er begleitete sie nach Hause; vor ihrer Tür trennten sie sich; sodann spazierte er allein über die Festwiese und wartete auf den Beginn des Banketts.

Das Festmahl zog sich lange hin, es war lärmend, die Bedienung war schlecht. Man saß so eng zusammengepfercht, daß man kaum die Ellbogen bewegen konnte, und die schmalen Bretter, die als Bänke dienten, drohten unter dem Gewicht der Tafelnden zu brechen. Gegessen wurde reichlich. Jeder sah zu, daß er für seinen Kostenanteil genug erhielt. Der Schweiß rann allen von der Stirn, und ein weißlicher Dunst schwebte wie ein Flußnebel an einem Herbstmorgen zwischen den Hängelampen über dem Tisch. Rodolphe lehnte sich mit dem Rücken an die Zeltwand und dachte so heftig an Emma, daß sein Ohr nichts mehr wahrnahm. Hinter ihm auf dem Gras stellten Dienstboten die schmutzigen Teller aufeinander; seine Tischnachbarn redeten, er antwortete ihnen nicht; man füllte ihm das Glas, und trotz des zunehmenden Gelärmes ringsumher kehrte in seinem Denken Stille ein.

Er sann über das nach, was sie gesagt hatte und über die Form ihrer Lippen; aus den Schilden der Tschakos strahlte ihr Antlitz ihm wie aus einem Zauberspiegel entgegen; die Falten ihres Kleides fielen über die Wände hinab und vor dem Blick in die Zukunft spielten sich unendliche Tage der Liebe ab.

Abends während des Feuerwerks sah er sie wieder, aber sie war in Begleitung ihres Mannes, Madame Homais' und des Apothekers, der sich wegen der Gefährlichkeit verirrter Raketen große Sorgen machte und die Gesellschaft alle Augenblicke verließ, um Binet mit Ermahnungen zu überhäufen.

Die Monsieur Tuvache geschickten Feuerwerkskörper waren aus übertriebener Vorsicht in seinem Keller eingeschlossen worden; das feuchtgewordene Pulver entzündete sich denn auch kaum, und das Prunkstück, ein sich in den Schwanz beißender Drache, ging überhaupt nicht los. Hie und da fuhr eine armselige bunte Rakete in die Höhe; dann stieß die staunende Menge einen Schrei aus, in den sich das Kreischen der Frauen mischte, die im Schutz der Dunkelheit an der Taille gekitzelt wurden. Emma schwieg und schmiegte sich leicht an Charles' Schulter; sie hob das Kinn und verfolgte die leuchtende Spur der Raketen in den schwarzen Himmel hinauf. Rodolphe betrachtete sie im Schein der Lampions.

Sie erloschen nach und nach. Die Sterne flammten auf. Einige Regentropfen fielen. Emma band sich ihr Halstuch um den bloßen Kopf.

Im selben Augenblick fuhr die Kutsche des Präfekturrats aus dem Gasthof. Der Kutscher war betrunken und nickte plötzlich ein, und man sah noch von weitem die Masse seines Körpers über dem Verdeck zwischen den beiden Wagenlaternen, je nach den Bewegungen der Hängeriemen hin und her schaukeln.

»Wahrhaftig«, sagte der Apotheker, »man müßte in aller Strenge gegen die Trunksucht angehen! Ich wünschte, man würde allwöchentlich an der Rathaustür auf einer Tafel *ad hoc* die Namen jener aushängen, die sich im Lauf der Woche mit alkoholischen Getränken vergiftet haben. Zudem hätte man statistisch gesehen dadurch so etwas wie ein jedermann zugängliches Jahrbuch, das man nötigenfalls ... Doch entschuldigen Sie mich.«

Und er lief wieder zum Feuerwehrhauptmann.

Binet war auf dem Weg nach Hause. Er sehnte sich danach, seine Drehbank wiederzusehen.

»Vielleicht täten Sie nicht schlecht daran«, sagte Homais zu ihm, »einen Ihrer Männer zu schicken oder selbst ...«

»Lassen Sie mich doch in Ruhe«, entgegnete der Steuereinnehmer, »es ist doch nichts vorgefallen.«

»Seien Sie unbesorgt«, sagte der Apotheker, als er wieder bei seinen Freunden war, »Binet hat mir versichert, daß die erforderlichen Maßnahmen getroffen wurden. Es hat kein Funkenflug stattgefunden. Die Pumpen sind gefüllt. Gehen wir schlafen.«

»Meiner Treu, ich habe es nötig«, sagte Madame Homais, die mächtig gähnte, »aber gleichviel, wir haben für unser Fest doch einen sehr schönen Tag gehabt.«

Rodolphe wiederholte mit leiser Stimme und zärtlichem Blick:

»O ja, einen sehr schönen!«

Und nachdem man sich voneinander verabschiedet hatte, ging man auseinander.

Zwei Tage später stand im *Fanal de Rouen* ein langer Artikel über die Versammlung. Homais hatte ihn gleich am Morgen danach schwungvoll abgefaßt:

»Warum die Gewinde, Blumen, Girlanden? Wohin stürzte die Menge gleich den Wogen eines tobenden Meeres unter den Sturzbächen einer tropischen Sonne, die ihre Hitze über unsere Felder ausgoß?«

Darauf ließ er sich über die Lage der Landbevölkerung

aus. Gewiß tue die Regierung viel, doch nicht genug! »Nur Mut!« rief er ihr zu, »tausend Reformen sind unerläßlich. Führen wir sie durch.« Dann, als er auf die Ankunft des Präfekturrats zu sprechen kam, vergaß er nicht, »das kriegerische Auftreten unserer Bürgerwehr«, noch »unsere lebenssprühenden Dorfbewohnerinnen«, noch »die Greise mit kahlem Haupt« zu erwähnen, »Patriarchen gewissermaßen, die anwesend waren, und unter denen einige, Überlebende unserer unsterblichen Phalanx, beim mannhaften Klang der Trommeln ihre Herzen höher schlagen fühlten.« Er nannte seinen Namen als einen der ersten der Mitglieder des Preisgerichts und erinnerte sogar in einer Anmerkung daran, daß der Apotheker Monsieur Homais eine Abhandlung über den Apfelwein an die landwirtschaftliche Gesellschaft geschickt hatte. Als er bei der Preisverteilung angelangt war, schilderte er die Freude der Ausgezeichneten in dithyrambischen Wendungen. »Der Vater umarmte seinen Sohn, der Bruder den Bruder, der Gatte die Gattin. Mehr als einer zeigte stolz seine bescheidene Medaille herum, und wieder daheim bei seinem braven Weibe hat er sie gewiß feuchten Auges an die verschwiegene Wand seiner Hütte gehängt.

Gegen sechs Uhr vereinte auf dem Weideplatz von Monsieur Liégard ein Bankett die namhaftesten Festteilnehmer. Auch dort herrschte herzlichstes Einvernehmen. Verschiedene Toasts wurden ausgebracht: Monsieur Lieuvain trank auf den Monarchen! Monsieur Tuvache auf den Präfekten! Monsieur Derozerays auf die Landwirtschaft! Monsieur Homais auf das Handwerk und die schönen Künste, diese beiden Schwestern! Monsieur Leplichey auf die Bodenverbesserung! Am Abend erleuchtete ein glänzendes Feuerwerk plötzlich die Lüfte. Ein Kaleidoskop in der Tat, eine wahre Operndekoration, und einen Augenblick lang konnte sich unsere kleine Ortschaft mitten in einem Traum von *Tausend und eine Nacht* versetzt glauben.

Erwähnen wir noch, daß kein einziger Mißton diese Familienzusammenkunft gestört hat.«

Und er fügte hinzu:

»Aufgefallen ist lediglich das Fernbleiben der Geistlichkeit. Zweifellos versteht man in den Sakristeien unter Fortschritt etwas anderes. Ganz wie ihr wollt, ihr Jünger Loyolas!«

## IX

Sechs Wochen verstrichen. Rodolphe kam nicht. Eines Abends endlich erschien er.

Am Tag nach der Versammlung hatte er sich gesagt: »Wir wollen uns nicht so bald wieder zeigen, es wäre ein Fehler.«

Und am Ende der Woche war er auf die Jagd gegangen. Nach der Jagd hatte er gedacht, daß es nun zu spät sei; dann hatte er folgende Überlegung angestellt:

»Aber wenn sie mich vom ersten Tag an geliebt hat, wird sie mich, aus Ungeduld mich wiederzusehen, noch mehr lieben. Machen wir also so weiter!«

Und er begriff, daß seine Rechnung aufgegangen war, als er ins Wohnzimmer trat und sah, wie Emma erbleichte.

Sie war allein. Es dämmerte. Die kleinen Musselinvorhänge an den Fenstern verdichteten das Halbdunkel, und die von einem Sonnenstrahl getroffene Vergoldung des Barometers sprühte zwischen den Zacken des Korallenbaums feurige Lichter in den Spiegel.

Rodolphe blieb stehen; und Emma antwortete kaum auf seine ersten höflichen Redensarten.

»Ich hatte geschäftlich zu tun«, sagte er. »Und ich war krank.«

»Ernstlich?« rief sie aus.

»Nun«, sagte Rodolphe und setzte sich neben sie auf einen Hocker, »das nicht! ... Es ist nur so, ich wollte nicht wiederkommen.«

»Warum?«

»Erraten Sie es nicht?«

Er blickte sie abermals an, doch so heftig, daß sie errötend den Kopf senkte. Er fuhr fort:

»Emma ...«

»Monsieur!« sagte sie und rückte ein wenig von ihm ab.

»Ah, da sehen Sie«, entgegnete er in schwermütigem Ton, »wie recht ich hatte, nicht wiederkommen zu wollen; denn diesen Namen, diesen Namen, der meine Seele erfüllt und mir über die Lippen kam, den verbieten Sie mir! Madame Bovary! ... Ach, alle Welt nennt Sie so! ... Und es ist nicht einmal Ihr Name; es ist der Name eines anderen!«

»Eines anderen!« wiederholte er und verbarg sein Gesicht in den Händen.

»Ja, ich denke beständig an Sie! ... Die Erinnerung an Sie bringt mich zur Verzweiflung! Oh, Verzeihung! ... Ich gehe schon ... Adieu ... Ich werde weit fortgehen ... so weit, daß Sie nie mehr von mir reden hören werden! ... Und dennoch ..., heute ..., ich weiß nicht, welche Macht mich wieder zu Ihnen getrieben hat! Denn gegen den Himmel vermag man nicht anzukämpfen, dem Lächeln der Engel nicht zu widerstehen! Man läßt sich hinreißen vom Schönen, Liebreizenden, Anbetungswürdigen!«

Zum ersten Mal hörte Emma solche ihr geltende Dinge, und wie jemand, der sich im Bad entspannt, dehnte sich ihr Stolz lässig in der Wärme dieser Worte.

»Doch, wenn ich auch nicht gekommen bin«, fuhr er fort, »und Sie nicht habe sehen können, ach, so habe ich doch wenigstens, was Sie umgibt, immer wieder betrachtet. Des Nachts, Nacht für Nacht, machte ich mich auf und ging bis hierhin, ich schaute Ihr Haus an, das Dach, das im Mondschein glänzte, die Bäume des Gartens, die sich vor Ihrem Fenster wiegten und eine kleine Lampe, einen Lichtschein, der durch die Scheiben ins Dunkel fiel. Ach! Sie wußten wohl kaum, daß dort, so nah und so fern, ein armer Elender ...«

Mit einem Schluchzen wandte sie sich zu ihm:

»Oh! Sie sind zu gütig!« sagte sie.

»Nein, ich liebe Sie, das ist alles! Sie wissen es doch! Sagen Sie es mir: ein Wort! ein einziges Wort!«

Und Rodolphe ließ sich sacht vom Hocker zu Boden gleiten; aber von der Küche her war ein Geräusch von Holzschuhen zu hören, und die Tür zum Wohnzimmer war, wie er bemerkte, nicht geschlossen.

»Es wäre barmherzig von Ihnen«, fuhr er fort und stand wieder auf, »wenn Sie mir einen Wunsch erfüllen wollten!«

Er wollte ihr Haus sehen dürfen; er wünschte es kennenzulernen; und da Madame Bovary nichts dagegen einzuwenden fand, standen beide auf, als Charles eintrat.

»Guten Tag, Doktor«, begrüßte ihn Rodolphe.

Durch den unerwarteten Titel geschmeichelt, erging sich der Arzt in servilen Höflichkeiten, und der andere nutzte dies, um sich wieder zu fassen.

»Madame sprach mir von ihrem Befinden ...«, sagte er.

Charles fiel ihm ins Wort: er sei in der Tat tief beunruhigt; die Beklemmungen seiner Frau setzten wieder ein. Darauf fragte Rodolphe, ob Reiten gut für sie wäre.

»Gewiß! ausgezeichnet, bestens! ... Das ist ein guter Rat. Du solltest ihn befolgen.«

Und als sie einwandte, daß sie kein Pferd habe, bot Monsieur Rodolphe ihr eines an; sie lehnte sein Angebot ab; er drang nicht weiter in sie. Dann, um seinen Besuch zu begründen, erzählte er, daß sein Fuhrknecht, der Mann mit dem Aderlaß, noch immer Schwindelanfälle habe.

»Ich werde vorbeikommen«, sagte Bovary.

»Nein, nein, ich schicke ihn zu Ihnen; wir kommen zu Ihnen, das ist bequemer für Sie.«

»Ah! sehr gut. Ich danke Ihnen.«

Und als sie wieder allein waren:

»Warum nimmst du die so freundlichen Vorschläge von Monsieur Boulanger nicht an?«

Sie setzte eine Schmollmiene auf, suchte nach Ausflüchten und erklärte schließlich, *das würde vielleicht sonderbar wirken*.

»Bah, ich pfeife darauf!« sagte Charles und drehte sich auf dem Absatz herum. »Die Gesundheit geht vor. Du machst einen Fehler.«

»Aber wie soll ich denn reiten, wo ich doch kein Reitkleid habe?«

»Du mußt dir eben eins bestellen!« antwortete er.

Das Reitkleid gab den Ausschlag.

Als es fertig war, schrieb Charles Monsieur Boulanger, seine Frau sei nun bereit, und er zähle auf seine Gefälligkeit.

Tags darauf traf Rodolphe um die Mittagszeit mit zwei Reitpferden vor Charles' Haustür ein. Das eine trug rosa Troddeln an den Ohren und einen Damensattel aus Wildleder.

Rodolphe hatte hohe weiche Stiefel angezogen, weil er

sich sagte, daß sie solche wahrscheinlich nie zuvor gesehen habe; und wirklich war Emma, als er in seiner weiten Samtjacke und seinen weißwollenen Reithosen vor dem Hause erschien, über sein Aussehen entzückt. Sie war bereit, hatte auf ihn gewartet.

Justin stahl sich aus der Apotheke, um sie zu sehen, und auch der Apotheker bemühte sich herbei. Er erteilte Monsieur Boulanger gute Ratschläge:

»Ein Unglück ist schnell geschehen! Nehmen Sie sich in acht! Ihre Pferde sind vielleicht zu feurig!«

Emma hörte über sich ein Geräusch: Félicité trommelte an die Fensterscheiben, um die kleine Berthe zu belustigen. Das Kind schickte von weitem eine Kußhand zu; seine Mutter winkte mit dem Knauf der Reitpeitsche zurück.

»Guten Ausritt!« rief Monsieur Homais. »Und Vorsicht, vor allem Vorsicht!«

Und er wedelte mit der Zeitung, während er ihnen nachblickte.

Sobald es Erdreich unter sich spürte, fiel Emmas Pferd in Galopp. Rodolphe galoppierte an ihrer Seite. Dann und wann wechselten sie ein Wort. Das Gesicht leicht gesenkt, die Hand erhoben und den rechten Arm ausgestreckt, überließ sie sich dem Rhythmus der Bewegung, die sie im Sattel wiegte.

Am Fuß der Anhöhe ließ Rodolphe die Zügel schießen; und mit einem Satz sprengten beide davon; dann, oben angelangt, blieben die Pferde plötzlich stehen, und Emmas großer blauer Schleier sank wieder herab.

Es war einer der ersten Oktobertage. Nebel lag über dem Land. Am Horizont zogen vor dem Umriß der Hügel Dunstschwaden vorüber, andere zerrissen, stiegen auf, verloren sich. Manchmal erblickte man durch eine Wolkenlücke in der Ferne die besonnten Dächer von Yonville mit den Gärten am Flußufer, den Höfen, den Mauern und dem Kirchturm. Emma kniff die Augen zusammen, um ihr Haus zu erkennen, und noch nie war ihr das armselige Dorf, wo sie lebte, so klein vorgekommen. Von der Höhe, auf der sie waren, schien das ganze Tal ein breiter, blasser, in die Luft verdunstender See zu sein. Die Baumgruppen traten da und dort wie schwarze Felsen daraus hervor, und die hohen Pappelreihen, die über den Nebel hinausragten, stellten windbewegte Gestade dar.

Auf der Wiese neben ihnen zog zwischen den Tannen ein braunes Licht durch die laue Luft. Der wie Tabakstaub rötliche Boden dämpfte das Geräusch der Tritte, und die Pferde stießen im Gehen mit ihren Hufeisen abgefallene Tannenzapfen vor sich her.

Rodolphe und Emma ritten am Waldrand entlang. Von Zeit zu Zeit wandte sie sich ab, um seinem Blick auszuweichen; dann sah sie nur die Stämme der Tannen in ununterbrochener Reihe aufeinanderfolgen, und ihr wurde ein wenig schwindlig. Die Pferde schnaubten. Das Leder der Sättel krachte.

Im Augenblick, da sie in den Wald kamen, trat die Sonne hervor.

»Gott ist auf unserer Seite!« sagte Rodolphe.

»Glauben Sie wirklich?« fragte sie.

»Vorwärts! vorwärts!« sagte er.

Er schnalzte mit der Zunge. Die beiden Tiere stürmten dahin.

Hohe Farnkräuter am Wegrand verfingen sich in Emmas Steigbügel. Rodolphe bückte sich im Weiterreiten und entfernte sie jedesmal. Oder er ritt an ihre Seite, um Zweige zurückzubiegen, und Emma spürte, wie sein Knie ihr Bein streifte. Der Himmel hatte sich blau gefärbt. Die Blätter bewegten sich nicht. Weite Flächen waren mit blühendem Heidekraut bestanden, und zwischen dem Wirrwarr der Bäume, die je nach ihrem Laubwerk grau, fahlgelb oder golden erschienen, breiteten sich Teppiche von Veilchen aus. Oft war unter dem Gesträuch ein leises Flügelschlagen zu hören oder der rauhe, sanfte Schrei der Raben, die zu den Eichen aufflogen.

Sie stiegen ab. Rodolphe band die Pferde an. Sie schritt voraus auf dem Moos zwischen Wagenspuren.

Aber ihr zu langes Kleid behinderte sie, obwohl sie es an der Schleppe hochraffte, und Rodolphe, der hinter ihr ging, betrachtete zwischen dem schwarzen Tuch und dem schwarzen Halbstiefel die Feinheit ihres weißen Strumpfs, der ihm wie ein Teil ihrer Nacktheit erschien.

Sie blieb stehen.

»Ich bin müde«, sagte sie.

»Los, noch ein kleiner Versuch!« entgegnete er. »Nur Mut!«

Hundert Schritte weiter blieb sie aufs neue stehen, und wegen des Schleiers, der von ihrem Männerhut schräg auf ihre Hüften hinabhing, sah man ihr Gesicht hinter einem durchsichtigen Blau, so als treibe sie in azurnen Fluten.

»Wohin gehen wir denn?«

Er antwortete nicht. Sie atmete stoßweise. Rodolphe blickte sich um und biß sich auf den Schnurrbart.

Sie kamen zu einer Lichtung, wo junge Bäume gefällt worden waren. Sie setzten sich auf einen der umgelegten Stämme, und Rodolphe fing an, von seiner Liebe zu sprechen.

Zunächst erschreckte er sie nicht durch Komplimente. Er blieb ruhig, ernst, melancholisch.

Emma hörte ihm mit gesenktem Kopf zu und fuhr dabei mit der Schuhspitze in die am Boden umherliegenden Holzspäne.

Doch bei dem Satz:

»Sind nicht unsere Geschicke von jetzt an vereint?« entgegnete sie: »O nein. Und das wissen Sie sehr wohl. Es ist unmöglich.«

Sie stand auf und wollte gehen. Er faßte sie am Handgelenk. Sie blieb stehen. Ein paar Augenblicke sah sie ihn mit feuchten Augen liebevoll an, dann sagte sie lebhaft:

»Ach, reden wir nicht mehr davon ... Wo sind die Pferde? Kehren wir um.«

Er machte eine zornige, verdrossene Bewegung. Sie wiederholte: »Wo sind die Pferde? Wo sind die Pferde?«

Darauf näherte er sich ihr mit einem sonderbaren Lächeln, starrem Blick, mit zusammengebissenen Zähnen und streckte die Arme nach ihr aus. Sie wich zitternd zurück. Sie stammelte:

»Oh, Sie machen mir angst! Sie tun mir weh! Gehen wir!«

»Wenn es denn sein muß«, antwortete er und setzte eine andere Miene auf.

Und sogleich wurde er wieder respektvoll, liebenswürdig, schüchtern. Sie gab ihm den Arm. Sie kehrten um. Er sagte:

»Was hatten Sie nur? Weswegen? Ich habe es mir nicht erklären können. Gewiß haben Sie mich mißverstanden. Sie thronen in meinem Herzen wie eine Madonna, auf einem Piedestal, in großer Höhe, fest und makellos rein. Aber ich kann ohne Sie nicht leben, nicht ohne Ihre Augen, Ihre Stimme, Ihre Gedanken. Seien Sie meine Freundin, meine Schwester, mein Engel!«

Und er schlang seinen Arm um ihre Taille. Sie versuchte, sich sanft loszumachen. Aber er hielt sie fest, während sie weitergingen.

Dann jedoch hörten sie die beiden Pferde, die das Laub abrupften.

»Oh, schon!« sagte Rodolphe. »Kehren wir noch nicht zurück. Bleiben Sie noch!«

Er zog sie weiter zu einem kleinen Teich, auf dem Wasserlinsen einen grünen Teppich bildeten. Verwelkte Wasserrosen lagen bewegungslos zwischen den Binsen. Beim Geräusch ihrer Schritte im Gras hüpften Frösche davon und versteckten sich.

»Es ist unrecht von mir, es ist unrecht«, sagte sie. »Es ist Wahnsinn, Sie anzuhören.«

»Warum? ... Emma! Emma!«

»Ach, Rodolphe! ...« sagte langsam die junge Frau und lehnte sich an seine Schulter.

Der Stoff ihres Kleides blieb am Samt seiner Jacke hängen. Sie bog ihren weißen Hals zurück, den ein Seufzer schwellte, und kraftlos, tränenüberströmt, das Gesicht in den Händen bergend, in einem langen Erschauern gab sie sich hin.

Die Abendschatten sanken herab; die tief am Horizont stehende Sonne schien durch das Geäst und blendete sie. Um sie her zitterten da und dort in den Blättern und am Boden leuchtende Flecken, als hätten Kolibris im Vorbeifliegen ihre Federn verstreut. Überall war es still; etwas Sanftes schien von den Bäumen auszugehen; sie spürte ihr Herz wieder schlagen und ihr Blut wie einen Milchfluß durch ihren Körper strömen. Dann hörte sie in der Ferne, hinter dem Wald auf den anderen Hügeln einen unbestimmbaren langgezogenen Schrei, eine nicht enden wollende Stimme, und schweigend lauschte sie ihr, die sich wie eine Musik mit den letzten

Schwingungen ihrer erregten Nerven mischte. Rodolphe hatte eine Zigarre zwischen den Zähnen und flickte mit seinem Taschenmesser den einen der beiden Zügel, der gerissen war.

Sie kehrten auf demselben Weg nach Yonville zurück. Sie sahen im weichen Boden die Spuren ihrer Pferde dicht beieinander, sahen dieselben Sträucher, dieselben Steine im Gras. Nichts um sie her war verändert, und doch hatte sich für Emma etwas ereignet, das bedeutsamer war, als wenn die Berge gewandert wären. Rodolphe beugte sich dann und wann zur Seite, nahm ihre Hand und küßte sie.

Sie saß reizend zu Pferd. Ihre schlanke Gestalt war gerade aufgerichtet, ihr Knie war über der Mähne ihres Tieres angewinkelt, und in der Röte des Abends schien ihr Gesicht durch die kühle Luft ein wenig Farbe bekommen zu haben.

Als sie in Yonville einritten, ließ sie ihr Pferd auf dem Pflaster tänzeln. Aus den Fenstern sah man ihr zu.

Beim Abendessen fand ihr Mann, daß sie wohl aussah; doch als er sich nach ihrem Spazierritt erkundigte, schien sie ihn nicht zu hören; sie stützte den Ellbogen neben ihrem Teller auf und blieb so zwischen den beiden brennenden Kerzen sitzen.

»Emma!« sagte er.

»Was denn?«

»Also, ich bin heute nachmittag bei Monsieur Alexandre vorbeigegangen; er hat ein altes Stutenfüllen, das noch recht hübsch, nur in den Knien ein wenig kahl ist und das man sicherlich für hundert Taler bekommen könnte ...«

Er fügte hinzu: »Da ich dachte, es würde dir lieb sein, habe ich das Pferd zurückstellen lassen ... ich habe es gekauft ... Hab ich gut daran getan? Sag doch!«

Sie bewegte den Kopf zum Zeichen der Zustimmung; dann, eine Viertelstunde später, fragte sie:

»Gehst du heute abend fort?«

»Ja. Warum?«

»Oh! nichts, nichts, mein Freund.«

Und sobald sie Charles losgeworden war, ging sie nach oben und schloß sich in ihr Zimmer ein.

Zuerst war es wie ein Taumel; sie sah die Bäume, die Wege, die Gräben, Rodolphe vor sich und fühlte immer noch seine Umarmung, während die Blätter bebten und der Wind in den Binsen pfiff.

Als sie sich dann aber im Spiegel ansah, staunte sie über ihr Gesicht. Nie waren ihre Augen so groß gewesen, so schwarz und von solcher Tiefe. Etwas Zartes lag über ihrer Gestalt und verklärte sie.

Sie sagte sich immer wieder: »Ich habe einen Geliebten! einen Geliebten!« und genoß diese Vorstellung, so als sei sie zum zweiten Mal Frau geworden. Sie würde endlich also die Freuden der Liebe, diesen Glücksrausch erfahren, auf den sie nicht mehr gehofft hatte. Sie würde in ein wunderbares Land eintreten, wo alles Leidenschaft, Verzückung, Delirium wäre; eine blaue Unendlichkeit umgab sie, die Gipfel des Gefühls funkelten in ihren Gedanken, und das gewöhnliche Dasein war nur noch fern, tief unten im Schatten zwischen den Höhen zu sehen.

Die Heldinnen der Bücher, die sie gelesen hatte, fielen ihr ein, und in ihrer Erinnerung begann die empfindsame Schar dieser Ehebrecherinnen mit schwesterlichen Stimmen zu singen, die sie entzückten. Sie wurde selbst gleichsam eine wirkliche unter diesen Phantasiegestalten und erfüllte sich den langjährigen Traum ihrer Jugend, indem sie sich nun zu diesem Typus der Liebenden zählte, den sie so sehr beneidet hatte. Zudem fühlte Emma ein Rachegelüst befriedigt. Hatte sie nicht genug gelitten! Jetzt aber triumphierte sie, und die so lange niedergehaltene Liebe brach mit freudigem Ungestüm hervor. Sie genoß sie ohne Gewissensbisse, ohne Angst, ohne Verwirrung.

Der nächste Tag verging in neuem süßem Glück. Sie leisteten einander Schwüre. Sie erzählte ihm von ihren Leiden. Rodolphe unterbrach sie mit seinen Küssen, und sie betrachtete ihn aus halbgeschlossenen Augen und bat ihn, sie immer wieder beim Namen zu nennen und zu sagen, daß er sie liebe. Sie waren im Wald, wie am Tag zuvor, in der Hütte eines Holzschuhmachers. Die Wände waren aus Stroh, und das Dach reichte so tief herab, daß man nicht aufrecht stehen konnte. Sie saßen aneinandergeschmiegt auf einem Lager von trockenem Laub.

Von diesem Tag an schrieben sie sich regelmäßig jeden Abend. Emma trug ihren Brief ans Ende des Gartens und steckte ihn in einen Spalt der Ufermauer. Dort holte Rodolphe ihn ab und tat den seinen hinein, dem sie jedesmal vorwarf, er sei zu kurz.

Eines Morgens, als Charles noch vor Tagesanbruch gegangen war, überkam sie die Lust, Rodolphe sofort zu sehen. Sie könnte in Kürze in La Huchette sein, dort eine Stunde bleiben und wieder in Yonville eintreffen, während dort alle Welt noch schlief. Der Einfall ließ sie vor Verlangen keuchen, und bald war sie mitten auf der Wiese und schritt rasch aus, ohne sich umzudrehen.

Es wurde langsam hell. Emma erkannte schon von weitem das Haus ihres Geliebten, dessen beide schwalbenschwanzförmigen Wetterfahnen sich schwarz vor dem fahlen Dämmerlicht abhoben.

Hinter dem Hof stand das Hauptgebäude. Dies mußte

das Schloß sein. Emma trat ein, als hätten sich die Mauern bei ihrem Näherkommen von selbst aufgetan. Eine große gerade Treppe führte zu einem Gang hinauf. Emma drehte am Knopf einer Tür, und plötzlich sah sie im Hintergrund des Zimmers einen Mann, der schlief. Es war Rodolphe. Sie stieß einen Schrei aus.

»Du hier! du hier!« sagte er immer wieder. »Wie hast du es nur fertiggebracht zu kommen? ... Ach, dein Kleid ist feucht!«

»Ich liebe dich!« antwortete sie und schlang ihre Arme um seinen Hals.

Da dieses erste Wagnis ihr gelungen war, kleidete Emma sich nun jedesmal, wenn Charles früh fortging, schnell an und schlich die zum Wasserrand führende Treppe hinab.

Doch wenn der Steg für die Kühe weggenommen worden war, mußte sie an den Ufermauern entlanggehen; die Böschung war glitschig; um nicht zu fallen, hielt sie sich mit der Hand an welken Hederichbüscheln fest. Dann ging sie quer über die gepflügten Felder, wo sie einsank, stolperte und mit ihren dünnen Stiefelchen steckenblieb. Ihr Kopftuch flatterte im Wind, auf der Weide fürchtete sie sich vor den Ochsen und fing an zu laufen; atemlos, mit geröteten Wangen kam sie an, und ihre ganze Person strömte einen kühlen Duft nach saftigem Grün und frischer Luft aus. Rodolphe schlief noch um die Stunde, wenn sie wie ein Frühlingsmorgen in sein Zimmer trat.

Durch die gelben Fenstervorhänge drang weich und schwer ein blondes Licht. Emma tastete sich blinzelnd voran, und die in ihrem glatten Haar hängenden Tautropfen umgaben ihr Gesicht wie eine Aureole von Topasen. Rodolphe zog sie lachend an sich und drückte sie an sein Herz.

Nachher sah sie sich im Zimmer um, öffnete die Schubladen der Möbel, kämmte sich mit seinem Kamm und betrachtete sich in seinem Rasierspiegel. Oft nahm sie sogar den dicken Stiel einer Pfeife in den Mund, die auf dem Nachttisch zwischen Zitronen und Zuckerstücken neben einer Wasserkaraffe lag.

Um Abschied zu nehmen, benötigten sie eine gute Viertelstunde, Emma weinte; sie hätte Rodolphe niemals verlassen wollen. Etwas, was stärker war als sie, trieb sie zu ihm, so daß er eines Tages, als sie unerwartet erschien, die Stirn runzelte wie einer, der verdrossen ist.

»Was hast du denn?« sagte sie. »Hast du Schmerzen? Sag doch!«

Schließlich erklärte er ihr mit ernster Miene, ihre Besuche begännen unvorsichtig zu werden. Sie kompromittiere sich.

## X

Nach und nach wurde auch sie von Rodolphes Besorgnissen erfaßt. Anfänglich hatte die Liebe sie so berauscht, daß sie nicht weiterdachte. Jetzt aber war sie ihr zum Leben unentbehrlich geworden, und sie fürchtete, daß ihr etwas davon verlorengehen oder daß sie sogar getrübt werden könnte. Wenn sie von Rodolphe zurückkehrte, warf sie unruhige Blicke umher, beobachtete jede Gestalt, die am Horizont auftauchte, und jedes Dachfenster des Dorfs, von dem aus man sie gewahren konnte. Sie lauschte auf die Schritte, die Rufe, die Geräusche der Pflüge und blieb dann stehen, bleicher und zitternder als die Blätter der Pappeln, die sich über ihr wiegten.

Eines Morgens, als sie so zurückkehrte, glaubte sie plötzlich das lange Rohr einer Flinte auf sich gerichtet zu sehen.

Es ragte schräg über den Rand eines kleinen Fasses, das, halb im Gras verborgen, neben einem Graben stand. Obwohl vor Schrecken einer Ohnmacht nahe, ging sie weiter, und wie ein Springteufel aus der Schachtel fuhr auf einmal ein Mann aus dem Faß. Er trug bis an die Knie reichende Wickelgamaschen und hatte die Mütze bis zu den Augen herabgezogen. Seine Lippen bebten, und seine Nase war rot. Es war der Feuerwehrhauptmann Binet, der auf dem Anstand lag, um Wildenten zu schießen.

»Sie hätten sich von weitem bemerkbar machen müssen!« rief er. »Immer, wenn man eine Flinte sieht, muß man warnen.«

Damit versuchte der Steuereinnehmer die Angst zu vertuschen, die er ausgestanden hatte. Denn da eine Verordnung der Präfektur die Entenjagd nur vom Boot aus erlaubte, machte sich Monsieur Binet trotz seiner Achtung vor dem Gesetz einer Übertretung schuldig. Auch wähnte er alle Augenblicke, den Feldhüter kommen zu sehen. Doch die Angst erhöhte den Reiz seines Vergnügens, und ganz allein in seinem Faß gratulierte er sich zu seinem Glück und zu seiner Schläue.

Über den Anblick Emmas schien er sichtlich erleichtert, und er begann sogleich ein Gespräch mit ihr:

»Nicht warm heute, es *beißt* ordentlich!«

Emma gab keine Antwort. Er fuhr fort:

»Und so früh gehen Sie schon aus?«

»Ja«, stammelte sie, »ich komme von der Amme, bei der mein Kind in Pflege ist.«

»Ah! sehr gut! sehr gut! Was mich betrifft, so bin ich, wie Sie mich da sehen, seit Tagesanbruch hier, aber das Wetter ist so diesig, daß man, wenn man die Vögel nicht direkt vor dem Lauf hat ...«

»Guten Abend, Monsieur Binet«, unterbrach sie ihn und drehte sich auf dem Absatz um.

»Ihr Diener, Madame«, sagte er trocken.

Und er stieg wieder in sein Faß.

Emma bereute es, den Steuereinnehmer so brüsk abgefertigt zu haben. Zweifellos stellte er nun abträgliche Vermutungen an. Das Märchen von der Amme war die denkbar schlechteste Ausrede; jeder in Yonville wußte, daß die kleine Bovary seit einem Jahr wieder bei ihren Eltern lebte. Zudem wohnte niemand hier in der Gegend; der Weg führte nur nach La Huchette. Binet hatte also erraten, woher sie kam, und er würde nicht schweigen, er würde schwatzen, das war sicher! Bis zum Abend zermarterte sie sich den Kopf, um Lügen zu ersinnen, und der Dummkopf mit seiner Jagdtasche stand ihr ständig vor Augen.

Da Charles sah, daß etwas sie bedrückte, wollte er sie nach dem Essen zum Apotheker mitnehmen; und der erste Mensch, den sie dort erblickte, war wiederum er, der Steuereinnehmer! Im Schein der roten Glaskugel stand er vor dem Ladentisch und sagte:

»Geben Sie mir bitte schön eine halbe Unze Vitriol.«

»Justin«, rief der Apotheker, »bring uns die Schwefelsäure.«

Dann wandte er sich an Emma, die zu Madame Homais in die Wohnung hinaufgehen wollte:

»Nein, bleiben Sie, es lohnt nicht die Mühe, sie wird gleich herunterkommen. Wärmen Sie sich unterdessen am Ofen … Entschuldigen Sie … Guten Tag, Doktor« (denn dem Apotheker gefiel es ausnehmend, das Wort *Doktor* auszusprechen, so als strahle, wenn er einen anderen damit anredete, etwas von dem Prunk, den es für ihn hatte, auf ihn selbst zurück) »… Aber gib acht, daß du die Mörser nicht umwirfst!

hol lieber Stühle aus dem kleinen Wohnzimmer; du weißt doch, daß die Salonsessel nicht verrückt werden sollen.«

Und um seinen Sessel wieder an den gewohnten Platz zu stellen, stürzte Homais hinter dem Ladentisch hervor, als Binet eine halbe Unze Zuckersäure verlangte.

»Zuckersäure?« sagte der Apotheker geringschätzig. »Kenne ich nicht, weiß nicht, was das sein soll! Vielleicht wollen Sie Oxalsäure haben? Oxalsäure meinen Sie, nicht wahr?«

Binet erklärte, daß er ein Ätzmittel benötige, um selbst eine Kupferlösung herzustellen, mit der er verschiedene Jagdgeräte entrosten wolle. Emma schrak zusammen. Der Apotheker pflichtete ihm bei:

»Das Wetter ist in der Tat nicht günstig wegen seiner Feuchtigkeit.«

»Trotzdem«, antwortete der Steuereinnehmer mit pfiffiger Miene, »gibt es Leute, die sich nichts daraus machen.«

Ihr stockte der Atem.

»Geben Sie mir außerdem ...«

Er geht überhaupt nicht mehr weg! dachte sie.

»Eine halbe Unze Kolophonium und Terpentin, vier Unzen gelbes Wachs und drei halbe Unzen Knochenkohle zum Reinigen des Lackleders an meiner Ausrüstung.«

Der Apotheker fing an, das Wachs zu schneiden, als Madame Homais erschien. Sie trug Irma auf dem Arm, Napoléon ging ihr zur Seiten, und Athalie kam hinterdrein. Madame Homais setzte sich ans Fenster auf die mit Samt bezogene Bank, und der Kleine hockte sich auf einen Schemel, während seine ältere Schwester um die Büchse mit den Brustbonbons herumstrich und bei ihrem lieben Papa blieb. Dieser füllte Trichter, verkorkte Fläschchen, er klebte Etiketten auf und machte Pakete. Alle um ihn her schwiegen, man hörte nur bisweilen die Gewichte auf den Waagschalen klirren und einige leise Worte des Apothekers, der seinem Lehrling Anweisungen gab.

»Was macht Ihr kleines Mädchen?« fragte Madame Homais plötzlich.

»Ruhe!« rief ihr Mann, der auf dem Sudelblock Zahlen addierte.

»Warum haben Sie es nicht mitgebracht?« fuhr sie mit halber Stimme fort.

»Pst! pst!« machte Emma und deutete mit dem Finger auf den Apotheker.

Doch Binet, der in die Lektüre der Rechnung vertieft war, hatte anscheinend nichts gehört. Er ging endlich. In ihrer Erleichterung stieß Emma einen tiefen Seufzer aus.

»Wie schwer Sie atmen!« sagte Madame Homais.

»Nun ja, es ist eben heiß«, erwiderte sie.

Am folgenden Tag beschlossen sie darum, ihre Zusammenkünfte künftig besser vorzubereiten; Emma wollte ihr Mädchen mit einem Geschenk bestechen; ratsamer aber war es, in Yonville ein diskretes Haus ausfindig zu machen. Rodolphe versprach, nach einem zu suchen.

Den ganzen Winter hindurch kam er, wenn es dunkel war, drei- bis viermal in der Woche in den Garten. Emma hatte den Schlüssel zur Gartenpforte, von dem Charles glaubte, er sei verloren, eigens zu diesem Zweck weggenommen.

Um sein Kommen zu melden, warf Rodolphe eine Handvoll Sand gegen die Fensterläden. Dann sprang sie hastig auf; manchmal aber mußte sie noch warten, denn Charles hatte die Manie, am Kamin zu schwatzen und konnte kein Ende finden. Sie verzehrte sich vor Ungeduld; hätten ihre Blicke es vermocht, sie hätten sie zum Fenster hinausspringen lassen. Schließlich begann sie sich für die Nacht zurechtzumachen, dann nahm sie ein Buch und las ganz einfach weiter, als ob die Lektüre sie fesselte. Aber Charles lag schon im Bett und rief, sie solle nun auch schlafen gehen.

»Komm, Emma«, sagte er, »es ist spät.«

»Ja, ich komme gleich!« antwortete sie.

Doch das Kerzenlicht blendete ihn, er drehte sich zur Wand und schlief ein. Mit angehaltenem Atem machte sie sich davon, lächelnd, zitternd, im Nachtgewand.

Rodolphe hatte einen weiten Mantel; er hüllte sie ganz darin ein und zog sie wortlos mit sich ans Ende des Gartens in die Laube.

Auf derselben Bank mit den morschen Brettern hatte Léon sie einst an den Sommerabenden so verliebt angeschaut. Nun dachte sie kaum mehr an ihn.

Die Sterne funkelten durch das kahle Jasmingezweig. Hinter sich hörten sie den Fluß rauschen und hin und wieder an der Böschung das Krachen des trockenen Schilfs. Schattenmassen wölbten sich in der Finsternis, und manchmal bebten alle in einer einzigen Bewegung, richteten sich auf und senkten sich wie riesige schwarze Wogen, die sich näherten und sie beide zudecken wollten. Die Kälte der Nacht machte, daß sie sich noch inniger umschlangen, die Seufzer ihrer Lippen schienen ihnen drängender, ihre Augen, die sie kaum sehen konnten, kamen ihnen größer vor, und die in der Stille gesprochenen, ganz leisen Worte fielen mit kristallenem Klang auf ihre Seelen und schwangen dort lange nach.

Wenn die Nacht regnerisch war, suchten sie im zwischen Wagenschuppen und Pferdestall gelegenen Sprechzimmer Zuflucht. Emma zündete einen der Küchenleuchter an, den sie hinter den Büchern versteckt hatte. Rodolphe machte es sich bequem, als wäre er zu Hause. Der Anblick der Bibliothek, des Schreibtischs, überhaupt des ganzen Zimmers erregte seine Heiterkeit; er konnte sich nicht enthalten, über Charles eine Menge Witze zu reißen, die Emma peinlich berührten. Sie hätte ihn ernster, gegebenenfalls sogar dramatischer sehen wollen, wie einmal, als sie geglaubt hatte, auf dem Weg Schritte zu hören, die näher kamen.

»Es kommt jemand!« sagte sie.

Er blies das Licht aus.

»Hast du deine Pistolen?«

»Wozu?«

»Aber … um dich zu verteidigen«, sagte Emma.

»Meinst du, gegen deinen Mann? Ach, der arme Kerl!«

Und Rodolphe beendete seinen Satz mit einer Gebärde, die besagte: »Den erledige ich doch mit einem Nasenstüber.«

Seine Kühnheit überwältigte sie, obwohl sie darin etwas wie Taktlosigkeit und naive Grobheit spürte und verletzt war.

Rodolphe dachte viel über die Geschichte mit den Pistolen nach. Falls Emma im Ernst gesprochen hatte, war dies recht lächerlich und sogar widerwärtig, dachte er, denn er hatte keinerlei Grund, den guten Charles zu hassen, zumal er nicht, wie man so sagt, von Eifersucht verzehrt war – und diesbezüglich hatte Emma ihm einen feierlichen Eid geschworen, den er auch nicht besonders geschmackvoll fand.

Überdies wurde sie nachgerade ziemlich sentimental. Er hatte mit ihr Miniaturbildnisse tauschen, sich ein Büschel Haar abschneiden müssen, und nun wünschte sie einen Ring, einen richtigen Ehering zum Zeichen ewiger Verbundenheit von ihm zu erhalten. Oft redete sie von den Abendglocken oder den *Stimmen der Natur*; dann wieder sprach sie ihm von ihrer und von seiner Mutter. Rodolphe hatte sie schon vor zwanzig Jahren verloren. Trotzdem tröstete Emma ihn mit abgeschmackten Wendungen, wie man sie einem verlassenen Kind gegenüber gebraucht hätte und sagte ihm manchmal, zum Mond emporschauend: »Ich bin sicher, daß die beiden dort oben unsere Liebe billigen.«

Aber sie war so hübsch! er hatte kaum je welche von solcher Unverdorbenheit besessen! Diese Liebe ohne Ausschweifungen war für ihn etwas Neues und schmeichelte, weil sie von dem Gewohnten abwich, gleichzeitig seinem Stolz und seiner Sinnlichkeit. Emmas Schwärmerei, die sein bürgerlicher gesunder Menschenverstand verachtete, erschien ihm insgeheim doch reizend, weil sie seiner Person galt. In der Sicherheit, geliebt zu werden, tat er sich nun keinen Zwang mehr an, und langsam änderte sich sein Verhalten.

Er hatte nicht mehr, wie früher, für sie die süßen Worte, die sie zum Weinen brachten, und auch die stürmischen Liebkosungen, die sie verrückt machten, nicht mehr; so daß ihr war, als ob ihrer beider große Liebe, in der sie badete, unter ihr abnehme wie das Wasser eines Flusses, der in seinem Bett versickert, und als ob sie den Schlamm sehe. Sie wollte es nicht glauben, sie verdoppelte ihre Zärtlichkeit; und Rodolphe verbarg seine Gefühllosigkeit immer weniger.

Sie wußte nicht, bereute sie es, sich ihm hingegeben zu haben oder wünschte sie im Gegenteil, ihn noch mehr zu lieben. Das demütigende Gefühl, schwach zu sein, schlug um in einen Groll, den die Wollust immer wieder dämpfte. Es war keine Verbundenheit, es war eine stets neue Verführung. Er unterjochte sie. Sie hatte fast Angst vor ihm.

Dem Anschein nach war ihr Verhältnis jedoch ruhiger

denn je, da es Rodolphe gelungen war, den Ehebruch ganz nach Belieben zu gestalten. Und nach sechs Monaten, als der Frühling kam, waren sie zueinander wie zwei Eheleute, die ruhig die häusliche Flamme hegen.

Es war um die Zeit, da der Vater Rouault zur Erinnerung an sein geheiltes Bein *seine* Truthenne schickte. Das Geschenk wurde jedesmal von einem Brief begleitet. Emma schnitt die Schnur entzwei, mit der er am Korb befestigt war, und las die folgenden Zeilen.

»Meine lieben Kinder,

ich hoffe, daß dieses Schreiben euch bei guter Gesundheit antrifft und daß diese da mindestens ebenso viel taugt wie die früheren, denn sie kommt mir, wenn ich das sagen darf, etwas mürber und fleischiger vor. Aber das nächste Mal werde ich zur Abwechslung einen Hahn schicken, es sei denn, ihr mögt lieber Hennen haben, und schickt mir bitte den Korb zurück, zusammen mit den zwei früheren. Ich habe Unglück gehabt mit meinem Wagenschuppen, das Dach ist eines Nachts, als es stark windete, in die Bäume geflogen. Auch die Ernte war nicht besonders. Kurz, ich weiß noch nicht, wann ich euch besuchen komme. Es ist so schwer jetzt für mich, das Haus zu verlassen, seitdem ich allein bin, meine liebe Emma.«

Hier war ein Abstand zwischen den Zeilen, als ob der gute Mann die Feder hingelegt und eine Weile geträumt hätte.

»Was mich betrifft, so bin ich wohlauf, abgesehen von einem Schnupfen, den ich mir neulich beim Markt in Yvetot geholt habe, wo ich hingefahren war, um einen Schäfer einzustellen, weil ich meinen hinausgeworfen hatte, wegen seiner zu großen Mäkelei beim Essen. Man hat schon seine Last mit dem Gesindel. Außerdem war er noch unehrlich.

Ich habe von einem Hausierer, der diesen Winter in eurer Gegend war und sich einen Zahn ziehen lassen hat, erfahren, daß Bovary immer schwer zu tun hat. Das wundert mich nicht, und er hat mir seinen Zahn gezeigt, wir haben zusammen einen Kaffee getrunken. Ich habe ihn gefragt, ob er Dich gesehen habe, er sagte nein, aber er habe zwei Tiere im Stall gesehen, woraus ich schließe, daß das Geschäft läuft. Um so besser, meine lieben Kinder, und möge der liebe Gott euch alles nur erdenkliche Glück schenken!

Es tut mir leid, daß ich meine liebe Enkelin Berthe Bovary noch nicht kenne. Ich habe im Garten für sie unter Deinem Fenster einen Haferpflaumenbaum gepflanzt, und ich will nicht, daß man ihn anrührt, außer um später für sie Marmelade einzukochen, die ich im Schrank aufbewahren werde, bis sie kommt.

Lebt wohl, meine lieben Kinder. Ich küsse Dich, meine Tochter und auch euch, mein Schwiegersohn und die Kleine auf beide Wangen.

Ich verbleibe mit vielen Grüßen
euer euch liebender Vater
*Théodore Rouault*

Minutenlang hielt sie das grobe Papier in den Händen. Die Rechtschreibfehler folgten einer dem anderen, und Emma hing den liebevollen Gedanken nach, die wie das Gackern einer im Dorngestrüpp halb versteckten Henne in allem zu vernehmen waren. Die Schrift war mit Herdasche getrocknet worden, denn ein wenig grauer Staub fiel aus dem Brief auf ihr Kleid, und sie glaubte fast zu sehen, wie ihr Vater sich bückte und die Feuerzange nahm. Wie lange war es her, daß sie nicht mehr neben ihm auf dem Schemel vor dem Kamin gesessen und das Ende eines Steckens in der hohen Flamme des knisternden Steckginsters angesengt hatte! ... Sie dachte zurück an die durchsonnten Sommerabende. Die Fohlen wieherten, wenn man vorüberging, und galoppierten, galoppierten ... Unter ihrem Fenster war ein Bienenstock, und manchmal klopften die im Licht umherschwirrenden Bienen gleich abprallenden goldenen Kugeln an ihre Scheiben. Wie glücklich war sie in jener Zeit gewesen, wie frei, wie hoffnungsvoll, wie überreich an Illusionen! Nun blieben ihr keine mehr. Sie hatte sie verausgabt in allen Abenteuern der Seele, in allen Lebensabschnitten, in der Mädchenzeit, in der Ehe und in der Liebe – im Lauf ihres Lebens ständig welche verloren, so wie ein Reisender, der in allen Gasthäusern am Wege etwas von seinem Reichtum zurückläßt.

Doch was machte sie so unglücklich? Wo war die ungeheure Katastrophe, die sie verwandelt hatte? Und sie hob den Kopf und blickte umher, wie um die Ursache ihres Leids zu suchen.

Ein Strahl der Aprilsonne schillerte auf dem Porzellan des Wandbretts; das Kaminfeuer brannte; unter ihren Hausschuhen spürte sie die Weichheit des Teppichs; der Tag war hell, die Luft war lau, und sie hörte das Lachen ihres Kindes.

Die Kleine wälzte sich auf der Wiese mitten im Heu, das gewendet wurde. Sie lag bäuchlings auf einem Heuhaufen. Das Dienstmädchen hielt sie am Rock fest. Daneben harkte Lestiboudois das Gras zusammen, und jedes Mal, wenn er in ihre Nähe kam, beugte sie sich vor und ruderte mit den Armen durch die Luft.

»Bring sie mir her!« sagte ihre Mutter und stürzte ihr entgegen, um sie zu küssen. »Wie lieb ich dich habe, mein armes Kind! wie lieb ich dich habe!«

Als sie dann bemerkte, daß ihre Ohrläppchen ein wenig

schmutzig waren, klingelte sie sofort nach warmem Wasser und reinigte sie ihr, zog Berthe saubere Wäsche, Strümpfe, Schuhe an, stellte tausend Fragen, wie es mit ihrer Gesundheit stehe, so als käme sie von einer Reise zurück; schließlich, nachdem sie sie abermals geküßt und ein wenig geweint hatte, überließ sie sie wieder den Händen des Dienstmädchens, das über diesen zärtlichen Überschwang ganz verblüfft war.

Rodolphe fand sie am Abend ernster als sonst.

»Das geht vorüber«, urteilte er, »es ist eine Laune.«

Und er blieb den drei folgenden vereinbarten Zusammenkünften fern. Als er wiederkam, behandelte sie ihn kühl und fast geringschätzig.

»Ah, du verschwendest deine Zeit, meine Kleine ...«

Und er tat so, als bemerke er weder ihre melancholischen Seufzer noch das Taschentuch, das sie hervorzog.

Und nun empfand Emma Reue!

Sie fragte sich sogar, warum sie Charles verabscheute, und ob es nicht besser gewesen wäre, wenn sie ihn hätte lieben können. Doch er gab nicht viel Anlaß zu einer Gefühlswendung, so daß sie mit ihrer Opferbereitschaft recht in Verlegenheit geraten war, als der Apotheker eine passende Gelegenheit herbeiführte.

## XI

Er hatte kürzlich einen lobenden Bericht über eine neue Methode zur Heilung von Klumpfüßen gelesen, und da er sich als Befürworter des Fortschritts sah, faßte er den patriotischen Gedanken, auch Yonville müsse, *um sich dem Niveau anzupassen*, seine Strephopodie-Operationen haben.

»Denn«, sagte er zu Emma, »welches Risiko geht man schon dabei ein? Überlegen Sie selbst« (und er zählte die Vorteile des Versuchs an seinen Fingern ab): »nahezu sicherer Erfolg, Erleichterung und Verschönerung des Kranken, schneller Ruhm für den Chirurgen. Warum sollte Ihr Gatte nicht beispielsweise diesem armen Hippolyte vom *Lion d'Or* helfen wollen? Bedenken Sie, daß er unfehlbar allen Reisenden von seiner Heilung erzählen würde, und außerdem« (Homais senkte die Stimme und blickte sich um), »wer könnte mich hindern, eine kleine Notiz hierüber an die Zeitung zu schicken? Und mein Gott, ein Artikel wird überall gelesen ... man spricht davon ... die Nachricht verbreitet sich wie ein Lauffeuer! Und wer weiß? wer weiß?«

In der Tat konnte Bovary Erfolg haben; nichts veranlaßte Emma zu der Annahme, daß er dazu nicht geschickt genug sei, und welche Befriedigung für sie, ihn zu einer Unternehmung bewogen zu haben, durch die sein Ruf und sein Vermögen wachsen würden. Sie wünschte nichts mehr, als sich auf etwas Solideres als die Liebe stützen zu können.

Vom Apotheker und von ihr gedrängt, ließ Charles sich überzeugen. Er bestellte in Rouen das Buch des Doktors Duval, und jeden Abend vertiefte er sich, den Kopf zwischen den Händen, in seine Lektüre.

Während er pes equinus, varus und valgus, Spitzfuß, Klumpfuß und Knickfuß studierte, das heißt die Strephokatopodie, die Strephendopodie und die Strephexopodie (oder, besser gesagt, die verschiedenen Stellungsabweichungen des Fußes nach unten, nach innen oder nach außen) mitsamt der Strephypopodie und der Strephanopodie (mit anderen Worten: Torsion nach unten und Verzerrung nach oben), redete Monsieur Homais dem Hausknecht unter Anführung aller möglichen Gründe gut zu, sich operieren zu lassen.

»Du wirst allerhöchstens vielleicht einen leichten Schmerz verspüren; es ist ein einfacher Stich wie bei einem kleinen Aderlaß, weniger schlimm, als wenn man sich Hühneraugen schneiden läßt.«

Hippolyte dachte nach und rollte seine stumpfsinnigen Augen.

»Im übrigen«, fuhr der Apotheker fort, »geht es mich ja nichts an! Ich sage es nur deinetwegen! Aus purer Menschenliebe! Ich möchte dich, mein Freund, von deinem häßlichen Hinken befreit sehen, von diesem Schaukeln in der Lendengegend, das dir, was du auch behaupten magst, bei der Ausübung deines Berufs beträchtlich hinderlich sein muß.«

Sodann stellte Homais ihm vor, wieviel munterer und beweglicher er sich fühlen würde und gab ihm sogar zu verstehen, daß er bessere Aussichten hätte, den Frauen zu gefallen, woraufhin der Stallknecht plump grinste. Dann packte er ihn bei der Eitelkeit:

»Bist du denn nicht ein Mann? Was wäre, wenn du hättest dienen, unter den Fahnen kämpfen müssen? ... Ach, Hippolyte!«

Und Homais ging davon und erklärte, er begreife diese Dickschädeligkeit nicht, diese Verblendung, sich den Wohltaten der Wissenschaft zu verweigern.

Der Unglückliche gab nach, denn es war wie eine Verschwörung. Binet, der sich sonst nie in die Angelegenheiten anderer mischte, Madame Lefrançois, Artémise, die Nachbarn und selbst der Bürgermeister, Monsieur Tuvache, ermahnten ihn, predigten ihm, schalten ihn; doch was ihn schließlich dazu bewog, war, *daß es ihn nichts kosten würde*. Bovary übernahm es sogar, die für die Operation notwendige Vorrichtung zu liefern. Emma hatte diese großmütige Idee gehabt, Charles war einverstanden gewesen und hatte sich im stillen gesagt, daß seine Frau ein Engel sei.

Vom Apotheker beraten und nach dreimaligem Versuch ließ er also vom Schreiner unter Beihilfe des Schlossers eine Art Kasten herstellen, der etwa acht Pfund wog und bei dem an Eisen, Holz, Blech, Leder, Schrauben und Muttern nicht gespart war.

Um jedoch zu wissen, welche Sehne Hippolytes durchtrennt werden sollte, mußte zuvor festgestellt werden, um welche Art Mißbildung es sich handelte.

Sein Fuß bildete mit dem Bein eine fast gerade Linie, was nicht hinderte, daß er nach innen gedreht und also entweder ein Spitzfuß mit einem leichten Klumpfuß oder ein leichter Klumpfuß mit ausgeprägtem Spitzfuß war. Doch mit diesem Fuß, der tatsächlich breit wie ein Pferdefuß war, eine rauhe Haut, trockene Sehnen, plumpe Zehen hatte, deren schwarze Nägel an Hufeisenstifte gemahnten, sprang der Strephopode von morgens bis abends wie ein Hirsch umher. Man sah ihn unablässig auf dem Platz um die Wagen hüpfen, wobei er die ungleiche Stütze nach vorn schwang. Es hatte sogar den Anschein, als sei er auf diesem Bein kräftiger als auf dem anderen. Durch ständigen Dienst hatte es gewissermaßen moralische Eigenschaften erworben, Geduld und Energie, und wenn Hippolyte eine schwere Arbeit zu tun bekam, stützte er sich lieber auf ihm ab.

Da es sich um einen Spitzfuß handelte, mußte die Achillessehne durchschnitten werden, wenn auch später noch der vordere Schienbeinmuskel in Angriff genommen wurde, um den Varus zu beseitigen: denn der Arzt wollte nicht zwei Eingriffe auf einmal riskieren und zitterte jetzt schon vor Angst, einen wichtigen Teil, den er nicht kannte, zu verletzen.

Sicherlich hatten weder Ambroise Paré, der, nach einer Pause von fünfzehn Jahrhunderten, als erster nach Celsus, wieder die direkte Unterbindung einer Arterie vornahm, noch Dupuytren, der unter einer dichten Schicht Hirnsubstanz einen Abszeß öffnete, noch Gensoul bei seiner ersten Kieferknochenablation solches Herzklopfen, solch zitternde Hand, solche Geistesanspannung wie Monsieur Bovary, als er, sein *Tenotom* in der Hand, sich Hippolyte näherte. Und wie in den Krankenhäusern waren daneben auf einem Tisch ein Haufen Scharpie, gewachste Fäden und viele Binden zu sehen, eine Pyramide von Binden, alles, was an Binden beim Apotheker vorrätig gewesen war. Monsieur Homais hatte am Morgen alle Vorbereitungen getroffen, ebensosehr, um die Leute zu beeindrucken wie um sich selbst etwas vorzumachen. Charles stach in die Haut, man hörte ein trockenes Knirschen. Die Sehne war durchtrennt, die Operation war beendet. Hippolyte konnte sich vor Überraschung nicht fassen; er beugte sich über Bovarys Hände und bedeckte sie mit Küssen.

»Nu, nu, beruhige dich«, sagte der Apotheker, »du kannst später deinem Wohltäter deine Dankbarkeit beweisen.«

Und er ging hinunter und teilte das Ergebnis fünf oder sechs Neugierigen mit, die im Hof standen und sich einbildeten, daß Hippolyte sogleich aufrecht gehend erscheinen werde. Nachdem er seinen Kranken in die mechanische Vorrichtung geschnallt hatte, kehrte Charles nach Hause zurück, wo Emma in der Tür besorgt auf ihn wartete. Sie fiel ihm um den Hals, sie setzten sich zu Tisch, er aß viel und wollte sogar zum Nachtisch eine Tasse Kaffee trinken, ein Luxus, den er sich sonst nur sonntags, wenn Gäste da waren, leistete. Es wurde ein reizender Abend, sie plauderten und schmiedeten gemeinsame Pläne. Sie sprachen von ihrem künftigen Vermögen, von Verbesserungen, die sie in ihrem Hause anbringen wollten; er sah sein Ansehen wachsen, seinen Wohlstand sich mehren, seine Frau, die ihn immerfort liebte; und sie war glücklich, aus einem neuen, gesünderen, besseren Gefühl frische Kraft zu schöpfen, kurz, ein wenig Zuneigung zu empfinden zu diesem armen Kerl, der sie liebte. Der Gedanke an Rodolphe ging ihr kurz durch den Kopf; doch ihre Augen kehrten zu Charles zurück; sie bemerkte sogar überrascht, daß er durchaus keine häßlichen Zähne hatte.

Sie lagen schon im Bett, als Monsieur Homais trotz des Protests der Köchin plötzlich ins Zimmer trat, ein frisch beschriebenes Blatt Papier in der Hand. Es war die für das *Fanal de Rouen* bestimmte Reklame. Er brachte seinen Artikel, damit sie ihn lesen sollten.

»Lesen Sie selber vor«, sagte Bovary.

Er las:

»Trotz der Vorurteile, die gleich einem Netz noch immer einen Teil des Antlitzes Europas überziehen, beginnt Licht in unsere ländlichen Gegenden zu dringen. So ist unser Städtchen Yonville am Dienstag Schauplatz eines chirurgischen Experiments geworden, das gleichzeitig eine Tat hoher Menschenliebe darstellt. Monsieur Bovary, einer unserer hervorragendsten praktischen Ärzte ...«

»Oh! das ist zuviel! das ist zuviel!« sagte Charles, den die Rührung fast erstickte.

»Aber nein, keineswegs! wieso denn! ... Hat den Klumpfuß ... Ich habe nicht die wissenschaftliche Bezeichnung gebracht, weil, wissen Sie, in einer Zeitung ... vielleicht würde nicht jeder verstehen. Die Masse muß ...«

»Allerdings«, sagte Charles. »Lesen Sie weiter.«

»Ich wiederhole«, sagte der Apotheker. »Monsieur Bovary, einer unserer hervorragendsten praktischen Ärzte hat den Klumpfuß eines gewissen Hippolyte Tautain operiert, der seit fünfundzwanzig Jahren Stallknecht im am Marktplatz gelegenen, von Madame Lefrançois geführten Hotel zum *Lion d'Or* ist. Die Neuartigkeit des Versuchs und die dem Patienten entgegengebrachte Anteilnahme hatten einen solchen Zustrom der Bevölkerung hervorgerufen, daß es vor dem Gebäude zu einem wahrhaften Menschenauflauf kam. Die Operation ging übrigens wie mit einem Zauberschlag vonstatten, kaum daß einige Blutstropfen auf der Haut erschienen, wie um zu sagen, daß die störrische Sehne der ärztlichen Kunst endlich nachgegeben hatte. Seltsamerweise äußerte der Kranke (wie wir *de visu* versichern) keinerlei Schmerzempfindung. Sein Zustand läßt bisher nichts zu wünschen übrig. Alles deutet darauf hin, daß die Heilung rasch vonstatten gehen wird, und wer weiß, ob wir beim nächsten Dorffest nicht sogar unseren wackeren Hippolyte inmitten einer Schar fideler Gesellen an bacchischen Tänzen teilnehmen und durch seinen Schwung und seine Luftsprünge vor aller Augen seine völlige Gesundung dartun sehen werden? Ehre also den großmütigen Gelehrten! Ehre den unermüdlichen Geistern, die ihre schlaflosen Nächte dem Wohlergehen oder der Leidenslinderung ihrer Spezies weihen! Ehre ihnen! Dreimal Ehre! Haben wir nicht Anlaß auszurufen: Die Blinden werden sehen, die Tauben werden hören und die Lahmen werden gehen? Doch was einst der Fanatismus seinen Auserwählten verhieß, vollbringt nun die Wissenschaft für alle Menschen! Wir werden unsere Leser über den weiteren Verlauf dieser bemerkenswerten Heilung auf dem laufenden halten.«

Was nicht verhinderte, daß die Mutter Lefrançois fünf Tage darauf ganz verstört angelaufen kam und schrie:

»Hilfe! er stirbt! ... ich weiß nicht mehr, wo mir der Kopf steht!«

Charles rannte zum *Lion d'Or*, und der Apotheker, der ihn ohne Hut über den Platz kommen sah, ließ die Apotheke im Stich. Keuchend, erhitzt, beunruhigt fand er sich ebenfalls ein und fragte alle, die die Treppe hinaufstiegen:

»Was fehlt denn unserem interessanten Strephopoden?«

Er krümmte sich, der Strephopode, in fürchterlichen Krämpfen, so daß der Apparat, in den sein Bein eingezwängt war, wie um sie einzuschlagen gegen die Wand fuhr.

Mit großer Vorsicht, um die Stellung der Gliedmaße nicht zu verändern, nahm man also den Kasten fort, und es bot sich ein grauenvoller Anblick. Die Umrisse des Fußes verschwanden in einer Schwellung, die so ungeheuerlich war, daß die Haut platzen zu wollen schien, zudem war sie mit Blutergüssen übersät, die von der famosen Maschine herrührten. Hippolyte hatte schon vorher geklagt, daß sie ihn schmerze; man hatte dem keine Beachtung geschenkt; nun mußte man zugeben, daß er nicht ganz unrecht gehabt hatte und ließ ihn für einige Stunden ohne den Apparat. Doch kaum war das Ödem ein wenig abgeklungen, da hielten es die beiden Gelehrten für angezeigt, das Glied wieder in den Apparat einzuspannen und es noch enger einzuzwängen, um den Heilungsvorgang zu beschleunigen. Drei Tage danach schließlich, als Hippolyte es nicht mehr aushielt, entfernten sie die Maschine abermals und wunderten sich sehr über das sich ihnen darbietende Ergebnis. Das ganze Bein hinauf zog eine aschgraue Anschwellung und zeigte an manchen Stellen Blasen, aus denen eine schwarze Flüssigkeit sickerte. Die Sache nahm eine ernste Wendung. Hippolyte begann sich zu langweilen, und Madame Lefrançois brachte ihn in der kleinen Wirtsstube neben der Küche unter, damit er wenigstens eine Ablenkung hatte.

Der Steuereinnehmer, der dort jeden Tag zu Abend aß, beschwerte sich jedoch bitter über eine solche Nachbarschaft. Daraufhin wurde Hippolyte in das Billardzimmer gebracht.

Da lag er nun wimmernd unter seinen dicken Bettdecken, bleich, unrasiert, mit eingesunkenen Augen, und bewegte mitunter den schweißnassen Kopf auf dem schmutzigen Kissen, auf dem sich die Fliegen tummelten. Madame Bovary besuchte ihn. Sie brachte ihm Tücher für seine Umschläge, tröstete ihn, sprach ihm Mut zu. Überhaupt fehlte es ihm nicht an Gesellschaft, besonders nicht an Markttagen, wenn die Bauern rings um ihn her Billard spielten, mit den Queues fuchtelten, rauchten, tranken, sangen, grölten.

»Wie geht es dir?« sagten sie und schlugen ihm auf die Schulter. »Na, obenauf bist du nicht, wie es scheint! Bist aber selber schuld. Du müßtest dies tun, jenes tun.«

Und sie erzählten ihm Geschichten über Leute, die alle durch ganz andere Heilmittel als die bei ihm angewandten wiederhergestellt worden waren und fügten sodann aufmunternd hinzu:

»Du verweichlichst dich zu sehr! Steh auf! du verhätschelst dich ja wie ein König! Ach, und trotzdem, alter Schäker! riechen tust du nicht gut.«

Die Gangrän stieg in der Tat immer höher hinauf. Bovary war selber ganz krank davon. Er kam alle Augenblicke, zu jeder Tageszeit. Hippolyte sah ihn mit angsterfüllten Augen an und stammelte schluchzend:

»Wann werde ich wieder gesund? ... Ach, retten Sie mich! ... Ich bin so unglücklich! ich bin so unglücklich!«

Und beim Weggehen schärfte Bovary ihm jedesmal strenge Diät ein.

»Hör nicht auf ihn, mein Junge«, widersprach die Mutter Lefrançois, »Sie haben dich genug gemartert. Du wirst mir ja immer schwächer. Da, iß.«

Und sie setzte ihm eine gute Fleischbrühe vor, ein Stück Hammelkeule oder Speck und mitunter ein Gläschen Branntwein, das er nicht an die Lippen zu führen wagte.

Als Pfarrer Bournisien erfuhr, daß es ihm schlechter ging, ließ er fragen, ob er ihn besuchen könne. Zunächst äußerte er sein Bedauern über Hippolytes Leiden, erklärte dabei aber gleichzeitig, daß man, da es gottgewollt sei, darüber froh sein und flugs die Gelegenheit nutzen müsse, sich mit dem Himmel zu versöhnen.

»Denn«, sprach der Geistliche in väterlichem Ton, »du hast deine Pflichten ein wenig vernachlässigt; man sah dich nur selten im Gottesdienst; seit wieviel Jahren bist du nicht mehr an den Tisch des Herrn getreten? Ich begreife ja, daß deine Arbeit, daß der Trubel der Welt dich davon abhalten konnten, auf das Heil deiner Seele bedacht zu sein. Doch nun ist es an der Zeit, daran zu denken. Indes, verzweifle nicht; ich habe große Sünder gekannt, die kurz bevor sie vor den Thron Gottes traten (du bist noch keineswegs soweit, das weiß ich wohl), um sein Erbarmen gefleht haben und die gewiß aufs beste vorbereitet gestorben sind. Hoffen wir, daß du gleich ihnen uns ein gutes Beispiel geben wirst! Was hindert dich etwa daran, vorsichtshalber morgens und abends ein ›Gegrüßet seist du, Maria‹ und ein ›Vater unser‹ zu beten! Ja, tue es, für mich, mir zuliebe. Was kostet es dich schon ... Wirst du es mir versprechen?«

Der arme Teufel versprach es. An den folgenden Tagen kam der Pfarrer wieder. Er plauderte mit der Wirtin, erzählte sogar Geschichten und flocht Scherze und Kalauer ein, die Hippolyte nicht verstand. Dann, sobald die Gelegenheit sich ergab, kam er wieder auf religiöse Dinge zu sprechen und setzte eine passende Miene auf.

Sein Eifer schien Früchte zu tragen; denn schon bald äußerte der Strephopode den Wunsch, wenn er gesund würde, nach Bon-Secours zu pilgern: woraufhin Monsieur Bournisien antwortete, er habe nichts dagegen; zwei Vorsichtsmaßnahmen seien besser als eine. *Man riskiere nichts dabei.* Der Apotheker war entrüstet über das, was er die *Schliche des Priesters* nannte; sie schadeten dem Genesungsprozeß, behauptete er und sagte Madame Lefrançois wiederholt:

»Lassen Sie ihn in Ruhe! lassen Sie ihn in Ruhe! Ihr beeinträchtigt seine psychische Verfassung mit eurem Mystizismus!«

Aber die gute Frau wollte nicht mehr auf ihn hören. Er war *an allem schuld.* Aus Widerspruchsgeist hängte sie sogar am Bett des Kranken einen vollen Weihwasserkessel mit einem Buchsbaumzweig an die Wand.

Jedoch die Religion schien ihm ebensowenig wie die Chirurgie zu helfen, und die unbesiegbare Fäulnis im Bein stieg immer weiter zum Bauch hinauf. So unterschiedliche Arzneien man auch verabreichte und so oft man auch die Umschläge wechselte, das Muskelgewebe löste sich täglich mehr und mehr ab, und schließlich nickte Charles zustimmend, als Madame Lefrançois ihn fragte, ob sie nicht, als letztes verzweifeltes Mittel, Monsieur Canivet, eine Berühmtheit aus Neufchâtel, kommen lassen solle.

Doktor der Medizin, fünfzig Jahre alt, in guten Verhältnissen und selbstbewußt, genierte sich dieser Kollege nicht, geringschätzig zu lachen, als er das bis zum Knie brandige Bein aufdeckte. Dann, nachdem er ohne Umschweife erklärt hatte, daß man es abnehmen müsse, ging er zum Apotheker hinüber und zog über den Esel her, der einen Unglücklichen in einen solchen Zustand gebracht hatte. Er packte Monsieur Homais am Knopf seines Gehrocks, schüttelte ihn und wetterte in der Apotheke.

»Das sind diese Erfindungen aus Paris! Die Ideen dieser Herren aus der Hauptstadt, wie die Schieloperationen, das Chloroform und das Zertrümmern von Blasensteinen, lauter Monstruositäten, welche die Regierung verbieten müßte. Aber nein, man will große Töne spucken und stopft die Leute mit Arzneien voll, ohne sich um die Konsequenzen zu kümmern. Wir anderen, wir sind nicht so großartig; wir sind keine Gelehrten, keine Charmeure, keine Lackaffen; wir sind Praktiker, einfache Quacksalber, und es würde uns nicht im Traum einfallen, jemanden zu operieren, der kerngesund ist. Klumpfüße geraderichten! kann man Klumpfüße geraderichten? das ist so, als wollte man zum Beispiel einen Buckligen gerade machen!«

Homais litt, als er diese Rede vernahm, und er verbarg sein Unbehagen hinter seiner Hofschranzenmiene, denn er mußte Monsieur Canivet, dessen Rezepte manchmal bis zu ihm nach Yonville gelangten, rücksichtsvoll behandeln; er verteidigte Bovary denn auch nicht, unterließ jede Bemerkung, verleugnete seine Grundsätze und opferte seine Würde den wichtigeren Interessen des Geschäfts.

Die Unterschenkel-Amputation durch Doktor Canivet war für das Dorf ein großes Ereignis! Alle Einwohner waren an diesem Tag früher aufgestanden, und die Hauptstraße hatte, obwohl sie voller Menschen war, etwas Unheilverkündendes, als fände dort eine Hinrichtung statt. Beim Krämer wurde über Hippolytes Krankheit geredet; verkauft wurde in den Läden nichts, und Madame Tuvache, die Frau des Bürgermeisters, rührte sich nicht vom Fenster, weil sie die Ankunft des Chirurgen nicht versäumen wollte.

Er kam in seinem offenen Wagen, den er selbst kutschierte. Da die Feder unter dem Gewicht seiner Korpulenz auf der rechten Seite etwas schlaff geworden war, neigte sich der Wagen im Fahren etwas, und man gewahrte neben ihm auf dem anderen Kissen einen großen, mit rotem Schafsleder bezogenen Kasten, dessen drei Kupferschlösser mächtig glänzten.

Als er wie ein Wirbelwind unter das Vordach des *Lion d'Or* gefahren war, befahl der Arzt mit lauter Stimme, sein Pferd auszuspannen, und ging dann in den Stall, um zu sehen, ob es auch seinen Hafer fraß. Denn wenn er zu seinen Patienten kam, sorgte er sich zuerst um seine Stute und um seinen Wagen. Man sagte deshalb von ihm: »Ah, Monsieur Canivet ist ein Original!« Und man schätzte ihn wegen seiner unerschütterlichen Selbstsicherheit nur noch mehr. Die Menschheit hätte bis zum letzten Individuum umkommen können, er hätte trotzdem nicht auf die geringste seiner Gewohnheiten verzichtet.

Homais stellte sich ein.

»Ich zähle auf Sie«, sagte der Arzt. »Sind wir soweit? Vorwärts also!«

Doch der Apotheker gestand errötend, daß er zu empfindsam sei, um einer solchen Operation beizuwohnen.

»Wenn man bloßer Zuschauer ist«, sagte er, »gerät die Einbildungskraft außer Rand und Band. Zudem ist mein Nervensystem derart ...«

»Ach was!« unterbrach ihn Canivet, »Sie scheinen mir im Gegenteil zum Schlaganfall zu neigen. Übrigens wundert mich das nicht, denn Ihr Herren Apotheker steckt ständig in eurer Küche, und das muß auf die Dauer die körperliche Veranlagung verändern. Schauen Sie mich dagegen an: ich stehe jeden Morgen um vier Uhr auf, ich rasiere mich mit kaltem Wasser (ich friere nie), und ich trage keine Flanellwäsche, ich fange nie einen Schnupfen, ich habe einen soliden Magen! Ich nehme das Leben, wie es kommt, und esse, was auf den Tisch kommt. Deshalb bin ich auch nicht wie Sie zimperlich, und es ist mir ganz gleich, ob ich einen Christenmenschen oder das erste beste Geflügel aufschneide. Jetzt werden Sie sagen: Gewohnheit ... das macht die Gewohnheit! ...«

Und ohne sich um Hippolyte zu kümmern, der zwischen seinen Laken vor Angst schwitzte, eröffneten die Herren eine Unterhaltung, in deren Verlauf der Apotheker die Kaltblütigkeit des Chirurgen mit der eines Generals verglich: und diese Nebeneinanderstellung war Canivet so angenehm, daß er sich wortreich über die Erfordernisse seiner Kunst ausließ. Er betrachtete sie als ein Priesteramt, obwohl die Wundärzte sie entehrten. Endlich erinnerte er sich wieder des Kranken, prüfte das von Homais angebrachte Verbandszeug, dasselbe, was schon bei der Klumpfußoperation vorgeführt worden war, und verlangte nach jemandem, der ihm das Bein halten sollte. Man holte Lestiboudois, und Monsieur Canivet streifte die Ärmel hoch und ging in das Billardzimmer, während der Apotheker bei Artémise und der Gastwirtin blieb, die beide weißer waren als ihre Schürzen und an der Tür horchten.

Währenddessen wagte Bovary sich nicht aus dem Haus. Er hielt sich unten im Wohnzimmer auf, saß am kalten Kamin, das Kinn auf der Brust, die Hände gefaltet, und starrte vor sich hin. Welch ein Mißgeschick! dachte er, was für eine Enttäuschung! Dabei hatte er doch alle erdenklichen Vorsichtsmaßnahmen getroffen. Das Schicksal hatte es anders gewollt. Vielleicht aber war ihm dennoch ein Irrtum unterlaufen? Er überlegte, fand keinen. Doch auch die berühmtesten Chirurgen irrten sich. Aber das würde ihm niemand glauben! Lachen würde man über ihn vielmehr, über ihn herziehen! Und das würde sich bis nach Forges verbreiten! bis nach Neufchâtel! bis nach Rouen! überallhin! Wer weiß, ob nicht einige Kollegen gegen ihn schreiben würden? Eine Polemik wäre die Folge, er müßte in den Zeitungen Stellung nehmen. Er sah sich entehrt, ruiniert, verloren! Und seine von zahllosen Vermutungen bestürmte Einbildung schwankte zwischen ihnen wie eine vom Meer mitgerissene leere, auf den Wogen schaukelnde Tonne.

Emma saß ihm gegenüber und betrachtete ihn; sie empfand keine Teilnahme für seine Demütigung, sie litt an einer anderen, der Demütigung, sich eingeredet zu haben, daß ein solcher Mensch zu etwas taugen könne, als ob sie nicht schon zwanzigmal seine Mittelmäßigkeit zur Genüge bemerkt hätte.

Charles ging in seinem Zimmer hin und her. Seine Stiefel knarrten auf dem Parkett.

»Setz dich«, sagte sie, »du machst mich nervös!«

Er setzte sich wieder.

Wie war es nur möglich gewesen, daß sie (sie, die so gescheit war!) sich noch einmal getäuscht hatte. Und welch jämmerliche Marotte hatte sie überhaupt dazu getrieben, sich ihr Leben durch ständige Opfer zu verderben? Sie rief sich alle Sehnsüchte nach Luxus ins Gedächtnis zurück, alle seelischen Entbehrungen, die Niedrigkeiten der Ehe, Armseligkeiten der Haushaltung, ihre Träume, die wie verwundete Schwalben in den Schmutz gefallen waren, alles, was sie sich gewünscht, alles, was sie sich versagt hatte, alles, was sie hätte haben können! Und warum? warum?

Durch die Stille im Dorf gellte ein markerschütternder Schrei. Bovary erbleichte so sehr, als ob er ohnmächtig werde. Sie runzelte nervös die Brauen, dann hing sie weiter ihren Gedanken nach. Für ihn gleichwohl hatte sie es getan, für dieses Wesen, diesen Mann, der nichts begriff, nichts fühlte! Denn er saß ganz ruhig vor ihr da und ahnte nicht einmal, daß die seinem Namen nunmehr anhaftende Lächerlichkeit sie genauso wie ihn in den Schmutz ziehen würde. Sie hatte sich Mühe gegeben, ihn zu lieben und hatte unter Tränen bereut, sich einem anderen hingegeben zu haben.

»Vielleicht war es aber ein Valgus?« rief der nachdenkende Charles plötzlich aus.

Bei diesem unerwarteten Satz, der wie eine Bleikugel auf eine Silberplatte in ihre Gedanken fiel, schrak Emma zusammen und hob den Kopf, um zu erraten, was er sagen wollte; und sie blickten einander stumm an, staunten fast, einander zu sehen, so weit waren sie in ihrem Bewußtsein einer vom anderen entfernt. Charles schaute sie mit dem glasigen Blick eines Betrunkenen an, während er regungslos auf die letzten Schreie des Amputierten lauschte, die in langgezogenen, von stoßweisem Geschrill unterbrochenen Tönen aufeinanderfolgten, wie das ferne Gebrüll eines Tieres, dem die Kehle durchgeschnitten wird. Emma biß sich auf die blutleeren Lippen, drehte ein abgebrochenes Ästchen des Korallenbaums zwischen den Fingern und heftete auf Charles den glühenden Blick ihrer Augen, zwei Brandpfeile, die zum Schuß bereit waren. Alles an ihm irritierte sie jetzt, sein Gesicht, seine Kleidung, daß er nichts sagte, seine ganze Erscheinung, kurz sein Vorhandensein. Gleich einem Verbrechen bereute sie ihre vergangene Tugend, und was davon noch übrig war, brach unter den wütenden Peitschenhieben ihres Stolzes zusammen. Sie schwelgte im bösartigen Spott des triumphierenden Ehebruchs. Die Erinnerung an ihren

Geliebten überkam sie mit schwindelerregender Verlokkung; von neuer Leidenschaft zu diesem Bild mitgerissen, ergab sie sich ihr mit ganzer Seele, und Charles erschien ihr so losgelöst von ihrem Leben, so für immer fern, so ausgeschlossen und zunichte geworden, als läge er im Sterben und vor ihren Augen in den letzten Zügen.

Von der Straße her war das Geräusch von Schritten zu hören. Charles trat ans Fenster und gewahrte durch die herabgelassene Jalousie am Rand der Markthalle im vollen Sonnenlicht Doktor Canivet, der sich mit seinem Halstuch die Stirn trocknete. Homais, der hinter ihm ging, trug einen großen roten Kasten in der Hand, und beide schritten auf die Apotheke zu.

Da wandte sich Charles in jäher Anwandlung von Zärtlichkeit und Mutlosigkeit zu seiner Frau und sagte:

»Gib mir doch einen Kuß, meine Liebe!«

»Laß mich!« entgegnete sie, vor Zorn hochrot.

»Was hast du? was hast du denn?« fragte er verdutzt. »Beruhige dich, so fasse dich doch! Du weißt doch, daß ich dich liebhabe! ... komm!«

»Genug!« schrie sie mit furchterregender Miene.

Und sie stürzte aus dem Zimmer und schloß die Tür so heftig, daß das Barometer von der Wand hüpfte und am Boden zerbrach.

Charles sank in seinem Lehnstuhl zusammen und fragte sich bestürzt, was ihr fehlen mochte, er dachte an eine Nervenkrankheit, weinte und spürte sich undeutlich von etwas Unheilvollem, Unverständlichem umzingelt.

Als Rodolphe am Abend in den Garten kam, fand er seine Geliebte auf der untersten Stufe der Freitreppe auf ihn wartend. Sie umarmten sich, und all ihr Groll schmolz unter der Glut dieses Kusses wie Schnee dahin.

## XII

Sie liebten sich von neuem. Oft schrieb Emma ihm sogar plötzlich mitten am Tag, machte hinter der Fensterscheibe Justin ein Zeichen, der schnell seinen Schurz losband und nach La Huchette rannte. Rodolphe kam; sie hatte ihm nur sagen wollen, daß sie sich langweile, daß ihr Mann widerwärtig und das Dasein entsetzlich sei.

»Kann ich was daran ändern?« rief er eines Tages ungeduldig.

»Ah! wenn du nur wolltest! ...«

Sie saß auf dem Boden zwischen seinen Knien, mit gelöstem Haar, verlorenem Blick.

»Was denn?« fragte Rodolphe.

Sie seufzte:

»Wir könnten anderswo leben ..., irgendwo ...«

»Wirklich, du bist verrückt«, sagte er lachend. »Wie sollte das möglich sein?«

Sie kam wieder darauf zurück; er tat so, als verstünde er sie nicht und wechselte das Gesprächsthema. Was er in der Tat nicht verstand, war all diese Aufregung bei einer so einfachen Sache wie der Liebe. Sie hatte ein Motiv, einen Grund, und etwas wie eine Stütze für ihre Zuneigung.

Wirklich wuchs ihre Liebe von Tag zu Tag, zusammen mit der Abneigung gegen ihren Mann. Je rückhaltloser sie sich dem einen auslieferte, desto mehr verabscheute sie den anderen; nie schien ihr Charles so abstoßend, schienen ihr seine Finger so plump, sein Geist so schwerfällig, sein Benehmen so gewöhnlich zu sein, als wenn sie nach ihrem Rendezvous mit Rodolphe wieder zusammen waren. Während sie dann die tugendhafte Ehefrau spielte, erglühte sie beim Gedanken an den Kopf, dessen schwarzes Haar sich über der gebräunten Stirn lockte, an die so kräftige und doch so elegante Gestalt, an den Mann, der so große Erfahrenheit des Verstandes, so viel Heftigkeit des Begehrens besaß! Für ihn feilte sie sich die Nägel mit der Sorgfalt eines Ziselierers, konnte sie nie genug *cold-cream* in die Haut einmassieren, nie genug Patschuli auf ihre Taschentücher träufeln. Sie behängte sich mit Armbändern, Ringen, Halsketten. Wenn seine Ankunft bevorstand, füllte sie ihre beiden großen blauen Glasvasen mit Rosen und bereitete ihre Wohnung und sich selbst wie eine Kurtisane vor, die einen Fürsten erwartet. Das Dienstmädchen mußte ständig ihre Wäsche waschen, und den ganzen Tag stand Félicité in der Küche, wo der kleine Justin ihr oft Gesellschaft leistete und bei der Arbeit zusah.

Den Ellenbogen auf das lange Bügelbrett gestützt, betrachtete er gierig all die Frauensachen, die um ihn her ausgebreitet lagen, die Unterröcke aus geköpertem Barchent, die Busentücher, die Halskrausen und die Beinkleider mit Schnürbund, die über den Hüften weit waren und nach unten zu enger wurden.

»Wozu dient das?« fragte der Junge und fuhr mit der Hand über die Krinoline oder die Agraffen.

»Du hast also noch nie so was gesehen?« antwortete Félicité lachend. »Als ob deine Meisterin, Madame Homais, nicht die gleichen Sachen trüge.«

»Ach ja, schon! Madame Homais!«

Und in nachdenklichem Ton fügte er hinzu:

»Ist sie denn eine Dame wie Madame?«

Aber Félicité wurde ungeduldig, wenn er so um sie herumstrich. Sie war sechs Jahre älter, und Théodore, Monsieur Guillaumins Hausbursche, machte ihr neuerdings den Hof.

»Laß mich in Ruhe!« sagte sie und stellte ihren Topf mit Stärke beiseite. »Geh lieber Mandeln zerstoßen; immer treibst du dich bei den Frauen herum, Knirps, verdorbener, warte damit, bis dir der Bart am Kinn sproßt.«

»Ach, seien Sie nicht böse, ich werde für Sie *ihre Stiefel putzen.*«

Und sogleich holte er sich vom Fensterbrett Emmas Schuhe herunter. Sie waren ganz schmutzverklebt – verklebt mit dem Schmutz der Rendezvous, der sich unter seinen Fingern als Staub ablöste und den er im Sonnenlicht sacht aufsteigen sah.

»Hast du aber Angst, sie zu beschädigen!« sagte die Köchin, die nicht so viele Umstände machte, wenn sie selbst die Schuhe reinigte, weil Madame sie ihr überließ, sobald das Leder nicht mehr frisch war.

Emma hatte eine Menge Schuhe im Schrank und ging verschwenderisch mit ihnen um, ohne daß Charles sich je eine Bemerkung erlaubt hätte.

So gab er auch dreihundert Francs für ein Holzbein aus, das Hippolyte zum Geschenk zu machen sie für angebracht hielt.

Dessen Ansatzstelle war mit Kork überzogen, und es hatte Federgelenke, einen komplizierten Mechanismus, den eine schwarze Hose bedeckte und der in einem Lackstiefel endete. Hippolyte, der ein so schönes Bein nicht täglich zu gebrauchen wagte, bat Madame Bovary inständig, ihm ein anderes, bequemeres zu besorgen. Selbstverständlich mußte der Arzt die Kosten auch dieser Anschaffung tragen.

Nach und nach nahm der Stallbursche seine Arbeit also wieder auf. Man sah ihn wie früher durch das Dorf gehen, und wenn Charles von weitem auf dem Pflaster das Geräusch seines Stelzbeins vernahm, schlug er schnell einen anderen Weg ein.

Monsieur Lheureux, der Händler, hatte die Bestellung übernommen. Sie gab ihm Gelegenheit, Emma des öfteren zu besuchen. Er plauderte mit ihr über die neuen Pariser Warenauslagen, tausend weibliche Kinkerlitzchen, zeigte sich sehr entgegenkommend und verlangte nie Geld. Emma nutzte weidlich diese Möglichkeit, sich alle ihre Launen zu erfüllen. So wünschte sie eine sehr schöne Reitpeitsche zu haben, die in Rouen in einem Schirmgeschäft zu finden war, um sie Rodolphe zu schenken. Eine Woche später legte Monsieur Lheureux sie ihr auf den Tisch.

Tags darauf aber stellte er sich bei ihr mit einer Rechnung ein, die sich auf zweihundertsiebzig Francs und einige Centimes belief. Emma geriet in große Verlegenheit: alle Schubladen des Schreibtischs waren leer; Lestiboudois hatte noch für mehr als zwei Wochen, das Mädchen noch für ein halbes Jahr den Lohn zu bekommen, dazu kamen noch mehrere andere Schulden, und Bovary wartete mit Ungeduld auf die Sendung von Monsieur Derozerays, der alljährlich um den Sankt Peterstag zu zahlen pflegte.

Es gelang ihr zunächst, Lheureux hinauszukomplimentieren, schließlich aber verlor er die Geduld: Er werde belangt, verfüge über kein flüssiges Geld und sei gezwungen, wenn er nicht einige Auslagen zurückerstattet bekomme, ihr alle Waren, die sie erhalten hatte, wieder abzunehmen.

»Nun gut, nehmen Sie sie!« sagte Emma.

»Ach, das war doch nur Scherz!« entgegnete er. »Nur um die Reitpeitsche ist es mir leid. Weiß Gott, die werde ich von Monsieur zurückverlangen.«

»Nein! nein!« sagte sie.

Ha! jetzt habe ich dich, dachte Lheureux.

Und seiner Entdeckung sicher, ging er hinaus und wiederholte halblaut und wie gewöhnlich leise pfeifend:

»Schön! wir werden sehen! wir werden sehen!«

Sie grübelte, wie sie sich aus dieser Zwangslage befreien könnte, als die Köchin eintrat und auf den Kamin eine kleine blaue Papierrolle legte, *im Auftrag von Monsieur Derozerays*. Emma sprang hin, riß sie auf. Es waren fünfzehn Napoléons. Soviel betrug der geschuldete Betrag. Sie hörte Charles auf der Treppe, warf die Goldstücke hinten in die Schublade und zog den Schlüssel ab.

Drei Tage danach erschien Lheureux wieder.

»Ich mache Ihnen einen Vorschlag«, sagte er, »wenn Sie bereit wären, statt der vereinbarten Summe …«

»Hier ist sie!« sagte Emma und zählte ihm die vierzehn Napoléons in die Hand.

Der Händler war verblüfft. Um seine Enttäuschung zu verbergen, erging er sich in Entschuldigungen und Dienstangeboten, die Emma allesamt ablehnte. Danach blieb sie einige Minuten still stehen und betastete in ihrer Schürzentasche die zwei Hundertsousstücke, die er ihr herausgegeben hatte. Sie nahm sich vor zu sparen, um die Summe später wieder zu ersetzen …

»Ach was!« sagte sie sich, »er wird nicht mehr daran denken.«

Außer der Reitpeitsche mit dem Knauf aus vergoldetem Silber hatte Rodolphe ein Petschaft mit der Devise: *Amor nel Cor* erhalten; überdies eine Schärpe, die er als Halstuch gebrauchen konnte und schließlich eine Zigarrentasche, ganz ähnlich wie die des Vicomte, die Charles damals auf der Straße aufgelesen hatte und die Emma aufbewahrte. Diese Geschenke demütigten ihn jedoch. Er wies mehrere zurück: sie bestand darauf, daß er sie annahm, und Rodolphe gehorchte zu guter Letzt, fand aber, daß sie tyrannisch und zu aufdringlich sei.

Auch hatte sie sonderbare Einfälle:

»Wenn es Mitternacht schlägt«, sagte sie, »sollst du an mich denken.«

Und wenn er gestand, daß er es vergessen hatte, regnete es Vorwürfe, die jedesmal mit der gleichen Frage endeten:

»Liebst du mich?«

»Aber ja, ich liebe dich!« antwortete er.

»Sehr?«

»Gewiß.«

»Und du hast keine anderen geliebt, wie?«

»Glaubst du, du hast mich als Jungfrau bekommen?« rief er lachend.

Emma weinte, und er bemühte sich, sie zu trösten, wobei er seine Beteuerungen mit Kalauern schmückte.

»Ach, ich liebe dich eben!« sagte sie, »ich liebe dich so sehr, daß ich nicht ohne dich sein kann, weißt du? Ich habe manchmal eine solche Sehnsucht, dich zu sehen, daß dieses Liebestoben mich zerreißt. Ich frage mich: ›Wo ist er? Vielleicht spricht er mit anderen Frauen? Sie lächeln ihm zu, er nähert sich ihnen ...‹ O nein, nicht wahr, keine gefällt dir? Es gibt schönere als mich; aber ich, ich kann besser lieben! Ich bin deine Magd und deine Konkubine! du bist mein König, mein Abgott! du bist gut! du bist schön! du bist klug! du bist stark!«

Er hatte solche Dinge so oft zu hören bekommen, daß sie für ihn nichts Besonderes mehr waren. Emma glich allen Geliebten, und der Reiz der Neuheit fiel nach und nach von ihr ab wie ein Kleid und entblößte die ewige Eintönigkeit der Leidenschaft, die immer die gleichen Formen und die gleiche Sprache hat. Der Mann mit so reicher Erfahrung vermochte unter den gleichen Ausdrucksformen nicht die Verschiedenheit der Gefühle zu erkennen. Weil liederliche oder käufliche

Lippen ihm ähnliche Sätze zugeflüstert hatten, glaubte er nur wenig an die Aufrichtigkeit der ihren; man müsse Abzüge machen, dachte er, die überschwenglichen Reden verschleierten nur die Mittelmäßigkeit der Gefühle: als ob die Überfülle der Seele nicht manchmal in den inhaltslosesten Bildern überflösse, da niemand seinen Bedürfnissen, seinen Anschauungen, seinen Leiden jemals angemessenen Ausdruck verleihen kann, und die menschliche Sprache wie ein gesprungener Kessel ist, auf dem wir Melodien trommeln, die Bären zum Tanzen brächten, während wir doch die Sterne rühren möchten.

Doch mit der kritischen Überlegenheit, die dem zu eigen ist, der sich bei jeder eingegangenen Verpflichtung zurückhält, entdeckte Rodolphe in dieser Liebe andere Genüsse, die er ausbeuten konnte. Er hielt jedes Schamgefühl für lästig. Er behandelte Emma ohne Rücksicht. Er machte aus ihr etwas Schmiegsames und Verdorbenes. Es war eine Art blöder Anhänglichkeit, voll Bewunderung für ihn, voll Wollust für sie, eine sie betäubende Seligkeit, und ihre Seele tauchte ein in diese Trunkenheit und ertrank darin, zusammengeschrumpft, wie der Herzog von Clarence in seinem Faß Malvasier.

Allein diese Liebesgewohnheiten bewirkten, daß Madame Bovarys Benehmen sich änderte. Ihre Blicke wurden kühner, ihre Reden freier; sie beging sogar die Ungehörigkeit, eine Zigarette im Mund, mit Monsieur Rodolphe zu promenieren, als wolle sie *die Leute herausfordern.* Diejenigen, die bisher noch gezweifelt hatten, zweifelten endlich auch nicht mehr, als man sie eines Tages aus der *Schwalbe* steigen sah, die Taille, wie ein Mann, in eine Weste gezwängt, und die alte Madame Bovary, die nach einem fürchterlichen Streit mit ihrem Mann bei ihrem Sohn Zuflucht gesucht hatte, nahm nicht weniger Anstoß daran als die Einwohnerinnen. Manches andere noch mißfiel ihr: zunächst, daß Charles nicht auf ihren Rat gehört und die Romane verboten hatte; und dann mißfiel ihr *der Ton im Hause*; sie erlaubte sich diesbezügliche Bemerkungen, und es gab Ärger, besonders einmal wegen Félicité.

Die alte Madame Bovary hatte am Abend zuvor, als sie durch den Flur ging, das Dienstmädchen in Gesellschaft eines Mannes überrascht, eines Mannes von etwa vierzig Jahren mit braunem Bart, der beim Geräusch ihrer Schritte schnell aus der Küche verschwunden war. Emma fing an zu lachen; die gute Dame aber ereiferte sich und erklärte, wenn man sich nicht ganz und gar über die guten Sitten hinwegsetzte, müsse man über die der Dienstboten wachen.

»In welcher Welt leben Sie eigentlich?« sagte die Schwiegertochter und gab ihr einen so impertinenten Blick, daß die alte Madame Bovary sie fragte, ob sie vielleicht ihre eigene Sache verteidige.

»Hinaus!« sagte die junge Frau und sprang auf.

»Emma! ... Maman! ...« rief Charles, um sie zu beschwichtigen.

Aber in ihrer Erregung waren beide aus dem Zimmer gelaufen. Emma stampfte mit dem Fuß auf und sagte immer wieder:

»Ah! das sind mir Manieren! diese Bäuerin!«

Er lief zu seiner Mutter; sie war außer sich und stammelte:

»Sie ist eine freche Person! eine leichtfertige Person! wenn nicht noch Schlimmeres!«

Und sie wollte sofort abreisen, wenn die andere sich nicht bei ihr entschuldigte. Charles ging wieder zu seiner Frau und beschwor sie nachzugeben: er fiel vor ihr auf die Knie, und sie antwortete schließlich:

»Meinetwegen! ich gehe zu ihr.«

In der Tat streckte sie ihrer Schwiegermutter mit der Würde einer Marquise die Hand entgegen und sagte:

»Entschuldigen Sie, Madame.«

Dann stieg sie nach oben, warf sich bäuchlings auf ihr Bett und weinte wie ein Kind, den Kopf im Kissen vergraben.

Sie und Rodolphe hatten vereinbart, daß sie im Fall eines außergewöhnlichen Ereignisses einen Fetzen weißen Papiers am Fensterladen anbringen würde, damit er, wenn er zufällig in Yonville war, in die Gasse hinter dem Haus kommen solle. Emma gab das vereinbarte Zeichen und wartete seit einer Dreiviertelstunde, als sie plötzlich Rodolphe an der Ecke der Markthalle sah. Sie wollte schon das Fenster öffnen und ihn rufen, doch da war er verschwunden. Sie sank verzweifelt zurück aufs Bett.

Bald darauf jedoch glaubte sie Schritte auf dem Pflaster zu hören. Gewiß war er das; sie lief die Treppe hinab, über den Hof. Er war da, stand draußen. Sie warf sich in seine Arme.

»Sei doch vorsichtig«, sagte er.

»Ach, wenn du wüßtest«, entgegnete sie.

Und sie begann ihm alles zu erzählen, hastig, ohne Zusammenhang, übertrieb die Vorfälle, dichtete mehrere hinzu und schob so viele Nebenbemerkungen ein, daß er nichts mehr verstand.

»Komm, komm, mein Engel, fasse Mut, tröste dich, hab Geduld.«

»Aber nun schon vier Jahre gedulde ich mich und leide! ... Eine Liebe wie die unsere müßte sich vor aller Welt bekennen! Sie quälen mich ständig. Ich halte es nicht mehr aus. Rette mich!«

Sie drängte sich an ihn. Ihre Augen voller Tränen glänzten

wie Feuer unter Wasser, ihre Brust keuchte ungestüm; nie zuvor hatte er sie so sehr geliebt; er verlor den Kopf und sagte zu ihr:

»Was soll ich tun? Was willst du?«

»Nimm mich mit!« rief sie. »Entführe mich! … Oh, ich flehe dich an!«

Und sie stürzte sich auf seinen Mund, als wolle sie in einem Kuß das unerwartete Zugeständnis einfangen.

»Aber …«, sagte Rodolphe.

»Was denn?«

»Und deine Tochter?«

Sie überlegte kurz, antwortete dann:

»Die nehmen wir halt mit!«

Was für eine Frau! dachte er, als sie sich entfernte und er ihr nachschaute.

Denn sie war in den Garten verschwunden. Man rief nach ihr.

In den Tagen darauf war die Mutter Bovary über die Wandlung ihrer Schwiegertochter sehr erstaunt. Wirklich zeigte sich Emma gefügiger und trieb den Respekt so weit, daß sie um ein Rezept zum Einlegen von Gurken bat.

Tat sie es, um den einen wie die andere besser zu täuschen? oder wollte sie mit einer Art wollüstigem Gleichmut die Bitternis der Verhältnisse, die sie verlassen würde, noch tiefer empfinden? Aber sie achtete gar nicht auf sie, im Gegenteil, sie lebte wie verloren im Vorgeschmack ihres künftigen Glücks. Es war der ewige Gegenstand ihrer Gespräche mit Rodolphe. Sie lehnte sich an seine Schulter und flüsterte:

»Sag, wenn wir erst in der Postkutsche sitzen werden! … Stellst du es dir vor? Ist es denn möglich? Mir scheint, in dem Augenblick, da ich spüre, daß der Wagen losfährt, wird mir so sein, als stiegen wir in einem Ballon auf, als flögen wir zu den Wolken. Weißt du, daß ich die Tage zähle? … Und du?«

Nie war Madame Bovary so schön gewesen wie in dieser Zeit; sie besaß die unbegreifliche Schönheit, die aus der Freude, der Begeisterung, dem Erfolg entspringt und nichts weiter ist als der Einklang des Wesens mit seinen Lebensumständen. Ihre Begierden, ihre Kümmernisse, die Erfahrung der Lust und ihre immer neuen Illusionen hatten sie, wie Dünger, Regen, Wind und Sonne die Blumen, allmählich erblühen lassen, und sie entfaltete endlich die Fülle ihrer Natur. Ihre Lider schienen eigens für ihre langen verliebten Blicke geformt, bei denen sich die Pupillen verschleierten, während starkes Atemholen ihre schmalen Nasenflügel weitete und ihre vollen Mundwinkel sich hoben, auf denen im Licht der Schatten eines leichten schwarzen Flaums sichtbar wurde. Man hätte meinen können, ein in Verführungskünsten geschickter Künstler habe die Flechten ihres Haares im Nacken angeordnet; es war nachlässig zu einem schweren Knoten geschlungen, wie es sich zufällig ergab nach den ehebrecherischen Begegnungen, die es täglich lösten. Ihre Stimme nahm einen weicheren Klang an, auch ihre Gestalt wurde weicher; selbst von dem Fall ihres Kleids und von der Wölbung ihres Fußes ging etwas Zartes aus, das berührte. Charles fand sie entzückend und unwiderstehlich wie in der ersten Zeit ihrer Ehe.

Wenn er mitten in der Nacht nach Hause kam, wagte er es nicht, sie zu wecken. Das Nachtlicht in der Porzellanschale warf einen zitternden runden Schein an die Decke, und die zugezogenen Vorhänge der kleinen Wiege glichen einem weißen Zelt, das sich in der Dunkelheit neben dem Bett wölbte. Charles betrachtete die beiden. Er glaubte die leichten Atemzüge seines Kindes zu hören. Sie würde nun schnell heranwachsen; jede Jahreszeit brächte einen neuen Fortschritt; er sah sie schon abends aus der Schule kommen, ganz vergnügt in ihrem tintenbekleckten Leibchen, und die Schultasche am Arm; später müßte man sie ins Internat geben, das würde viel kosten; wie war das zu schaffen? Er überlegte sodann. Vielleicht konnte er eine kleine Liegenschaft in der Umgegend pachten, um die er sich jeden Morgen, bevor er zu seinen Patienten ging, selbst kümmern würde. Den Ertrag würde er sparen und auf die Sparkasse bringen, später dann irgendwo irgendwelche Aktien kaufen; auch würde seine Klientel zunehmen; darauf baute er, denn er wollte, daß Berthe eine gute Erziehung erhielt, daß sie Begabungen zeigte, daß sie Klavierspielen lernte. Ah, wie hübsch würde sie später als Fünfzehnjährige sein, wenn sie dann ihrer Mutter glich und wie sie im Sommer breite Strohhüte trug! Von weitem würde man sie für zwei Schwestern halten. Er stellte sich vor, wie sie abends im Schein der Lampe bei ihnen saß und arbeitete; sie würde ihm Pantoffeln sticken, sich im Haushalt beschäftigen; sie würde das ganze Haus mit ihrer Herzlichkeit und ihrem Frohsinn erfüllen. Schließlich würden sie an ihre Versorgung denken müssen: ihr einen ordentlichen Burschen in solider Stellung finden; er würde sie glücklich machen, das bliebe so für immer.

Emma schlief nicht; sie stellte sich schlafend; und während er neben ihr einschlummerte, standen ganz andere Träume wieder in ihr auf.

Der Galopp von vier Pferden trug sie seit acht Tagen einem neuen Land entgegen, aus dem sie beide nie wieder zurückkehren würden. Sie fuhren und fuhren, hielten sich umschlungen, sprachen kein Wort. Oft sahen sie von der

Höhe eines Berges plötzlich eine glänzende Stadt mit Kuppeln, Brücken, Schiffen, Zitronenhainen und Kathedralen aus weißem Marmor, auf deren spitzen Türmen Störche nisteten. Sie fuhren im Schritt wegen der großen Steinfliesen, und am Boden lagen Blumensträuße, die Frauen in rotem Mieder ihnen anboten. Sie hörten Glocken läuten, Maulesel schreien, dazu das Säuseln der Gitarren und das Rauschen der Springbrunnen, deren zerstiebender Sprühregen zu Füßen bleicher, unter dem Wasserstrahl lächelnder Statuen pyramidenförmig aufgeschichtete Früchte kühlte. Und dann eines Abends kamen sie in ein Fischerdorf, wo an den Hütten und an der Felsküste braune Netze im Wind trockneten. Dort würden sie haltmachen und künftig leben: in einem niedrigen Haus mit flachem Dach, im Schatten einer Palme, am Ende einer Bucht, am Ufer des Meeres. In Gondeln würden sie fahren, sich in Hängematten schaukeln; ihr Dasein wäre leicht und weit wie ihre seidenen Gewänder, warm und sternenübersät wie die lauen Nächte, in die sie hinausschauen würden. In der Unermeßlichkeit dieser Zukunft, die sie vor sich erstehen ließ, tauchte jedoch nichts Besonderes auf: die Tage, alle herrlich, glichen einander wie Wellen, und das wiegte sich am unendlichen, ungetrübten, blauen, sonnigen Horizont. Aber das Kind in seiner Wiege begann zu husten oder Bovary schnarchte lauter, und Emma schlief erst gegen Morgen ein, wenn die Dämmerung die Scheiben bleichte und auf dem Platz der kleine Justin bereits die Läden der Apotheke öffnete.

Sie hatte Monsieur Lheureux kommen lassen und ihm gesagt:

»Ich brauche einen Mantel, einen weiten Mantel, mit breitem Kragen, gefüttert.«

»Wollen Sie verreisen?« fragte er.

»Nein, aber ... gleichviel, ich kann auf Sie zählen, nicht wahr, und zwar bald!«

Er verbeugte sich.

»Außerdem«, sagte sie, »brauche ich einen Schrankkoffer ... nicht allzu schwer ... bequem.«

»Ja, ja, ich verstehe, von etwa zweiundneunzig auf fünfzig Zentimeter, wie man sie heute macht.«

»Mit einer Handtasche für das Nachtzeug.«

Offenbar, dachte Lheureux, hat es da Krach gegeben.

»Und hier, nehmen Sie«, sagte Madame Bovary und zog ihre Uhr aus dem Gürtel, »machen Sie sich damit bezahlt.«

Aber der Händler rief, das sei doch nicht nötig; sie kennten einander doch; traue er ihr denn etwa nicht? So eine Kinderei! Sie bestand jedoch darauf, daß er wenigstens die Kette nehmen solle, und Lheureux hatte sie bereits in die Tasche gesteckt und war im Gehen, als sie ihn zurückrief.

»Lassen Sie alles in Ihrer Wohnung. Den Mantel« – sie tat, als überlegte sie – »bringen Sie mir auch nicht hierher. Geben Sie mir die Adresse des Schneiders und sagen Sie ihm, er soll ihn für mich bereithalten.«

Im nächsten Monat wollten sie fliehen. Emma würde von Yonville wegfahren, wie um in Rouen Besorgungen zu erledigen. Rodolphe hätte inzwischen die Plätze reserviert, die Pässe beschafft und sogar nach Paris geschrieben, um das ganze Gepäck nach Marseille befördern zu lassen, wo sie eine Kalesche kaufen und sodann ohne Aufenthalt nach Genua weiterfahren würden. Sie hätte ihre Koffer zu Lheureux geschickt, von wo sie direkt zur *Schwalbe* gebracht würden, so daß niemand Verdacht schöpfen könnte. Und bei all dem war nie von ihrem Kind die Rede. Rodolphe vermied es, davon zu sprechen; vielleicht dachte sie nicht daran.

Er wollte noch zwei Wochen Zeit haben, um einige letzte

Verfügungen zu treffen; dann, nach acht Tagen, verlangte er weitere vierzehn Tage, danach gab er sich als erkrankt aus; hierauf verreiste er, der Monat August ging vorüber, und nach all diesen Verzögerungen beschlossen sie, daß es unwiderruflich der vierte September, ein Montag, sein solle.

Endlich kam der Samstag heran, der vorletzte Tag vor ihrer Abreise.

Am Abend erschien Rodolphe früher als sonst.

»Ist alles bereit?« fragte sie ihn.

»Ja.«

Sie schritten um ein Beet herum und setzten sich unweit der Terrasse auf den Rand der Mauer.

»Du bist traurig«, sagte Emma.

»Nein, warum?«

Und dabei schaute er sie auf eine sonderbar zärtliche Weise an.

»Ist es, weil du fortgehst?« fuhr sie fort, »die dir lieben Dinge, das gewohnte Leben aufgibst? Das verstehe ich ... Aber ich, ich habe nichts auf der Welt! du bist alles für mich. Und ich will alles für dich sein, will dir Familie und Vaterland sein; ich will für dich sorgen, dich lieben.«

»Wie reizend du bist!« sagte er und nahm sie in seine Arme.

»Wirklich?« fragte sie mit einem wollüstigen Lachen. »Liebst du mich? So schwöre es mir!«

»Ob ich dich liebe! ob ich dich liebe! aber ich bete dich an, mein Schatz.«

Kreisrund und purpurrot erschien hinten auf der Weide nah über der Erde der Mond. Zwischen den Ästen der Pappeln, die ihn wie ein schwarzer löcheriger Vorhang mitunter verhüllten, stieg er rasch auf. Dann erschien er weißglänzend am leeren Himmel und erhellte ihn. Und nun, langsamer geworden, ließ er auf den Fluß einen großen Lichtfleck fallen, der in unzählige Sterne zersprang, und dieser Silberschein schien sich bis hinab zum Grund zu winden, wie eine mit schillernden Schuppen bedeckte Schlange ohne Kopf. Es ähnelte auch einem ungeheuren Kandelaber, von dem schmelzende Diamanten hinabtropften. Die milde Nacht breitete sich rings um sie aus; im Laub hingen Schatten wie Tücher. Emma seufzte tief auf und atmete mit halbgeschlossenen Augen den kühlen Wind ein. Sie sprachen nicht miteinander, zu sehr waren sie verloren an die sie bestürmenden Träume. Die Liebe der ersten Tage kehrte in ihre Herzen zurück, unerschöpflich und still wie der dahinströmende Fluß, weich wie der Duft des wilden Jasmins, und warf auf ihre Erinnerung Schatten, riesiger und schwermütiger als die der regungslosen Reihe der in der Wiese stehenden Weiden. Oft raschelte ein Nachttier im Laub, das auf Beute ausging, ein Igel oder ein Wiesel, und bisweilen hörte man einen einzelnen reifen Pfirsich vom Spalier fallen.

»Ah, die schöne Nacht!« sagte Rodolphe.

»Wir werden andere erleben!« entgegnete Emma.

Und wie im Selbstgespräch fuhr sie fort:

»Ja, es wird schön sein zu reisen ... Warum ist mir das Herz dennoch schwer? Ist es die Angst vor dem Unbekannten ... der Abschied vom Gewohnten ... oder nicht vielmehr ...? Nein, es ist das Übermaß an Glück! Wie schwach bin ich doch, nicht wahr? Vergib mir!«

»Noch ist es Zeit!« rief er. »Überlege es dir gut, vielleicht wirst du es bereuen.«

»Niemals!« sagte sie heftig.

Und sich an ihn schmiegend:

»Was könnte mir Schlimmes geschehen? Es gibt keine Wüste, keinen Abgrund, keinen Ozean, durch die ich dir nicht folgen würde. Unser Zusammenleben wird eine täglich innigere, völligere Umarmung sein! Nichts wird uns stören, keine Sorge, kein Hindernis! Wir werden allein sein, ganz für uns, auf ewig ... Sprich doch, antworte mir.«

Er antwortete in gleichmäßigen Abständen: »Ja ... ja ...« Sie fuhr mit den Händen durch sein Haar und sagte tränenüberströmt in kindlichem Ton immer wieder:

»Rodolphe! Rodolphe! ... Ach Rodolphe, lieber kleiner Rodolphe!«

Es schlug Mitternacht.

»Mitternacht!« sagte sie. »Morgen also! noch ein Tag!«

Er stand auf, um zu gehen, und als ob diese seine Bewegung das Signal für ihre Flucht gewesen sei, fragte Emma plötzlich fröhlich:

»Hast du unsere Pässe?«

»Ja.«

»Nichts vergessen?«

»Nein.«

»Bist du sicher?«

»Ganz sicher.«

»Und im *Hotel de Provence* erwartest du mich also, nicht wahr? ... um die Mittagszeit?«

Er nickte.

»Auf morgen denn!« sagte Emma in einer letzten Liebkosung.

Und sie sah ihm nach, als er davonging.

Er wandte sich nicht um. Sie lief hinter ihm her, beugte sich zwischen den Sträuchern am Wasserrand vor und rief:

»Auf morgen!«

Er war schon auf der anderen Seite des Flusses und schritt rasch durch die Wiesen.

Nach einigen Minuten blieb Rodolphe stehen, und als er

sah, wie sie in ihrem weißen Kleid langsam wie ein Geist im Schatten verschwand, bekam er ein solches Herzklopfen, daß er sich an einen Baum lehnte, um nicht umzusinken.

»Was bin ich für ein Blödkopf!« sagte er und fluchte fürchterlich. »Trotz alledem, sie war eine hübsche Geliebte!«

Und sogleich traten ihm Emmas Schönheit und alle Freuden dieser Liebe wieder vor die Augen. Das stimmte ihn zuerst sanft, doch dann lehnte er sich gegen sie auf.

»Denn schließlich«, rief er und fuchtelte mit den Armen, »kann ich doch mein Land nicht verlassen und die Verantwortung für ein Kind übernehmen!«

Dies sagte er sich, um sich in seinem Entschluß zu bestärken.

»Und außerdem, die Scherereien, die Kosten ... Ah nein, nein, tausendmal nein! das wäre denn doch zu dumm gewesen!«

## XIII

Zu Hause angelangt, setzte Rodolphe sich sofort an seinen Schreibtisch unter das Hirschgeweih, das als Jagdtrophäe an der Wand hing. Doch als er die Feder zur Hand nahm, wollte ihm nichts einfallen, so daß er beide Ellbogen aufstützte und zu grübeln begann. Als ob der von ihm gefaßte Entschluß zwischen ihnen plötzlich einen weiten Abstand geschaffen hätte, schien Emma ihm in eine ferne Vergangenheit entrückt.

Um wieder etwas von ihr gegenwärtig zu haben, holte er aus dem Schrank neben seinem Bett eine alte Keksschachtel hervor, in die er seine von Frauen erhaltenen Briefe zu legen pflegte. Ein Geruch nach feuchtem Staub und verwelkten Rosen entströmte ihr.

Als erstes erblickte er ein mit blassen Flecken bedecktes Taschentuch. Es war ein ihr gehörendes Taschentuch, auf einem ihrer Spaziergänge hatte sie Nasenbluten bekommen, wann, wußte er nicht mehr. Darunter lag, an allen vier Ecken anstoßend, das Miniaturbild, das sie ihm geschenkt hatte; ihre Aufmachung erschien ihm gesucht und ihr *schmachtender* Blick von höchst jämmerlicher Wirkung; und je länger er das Bild betrachtete und die Erinnerung an das Modell heraufbeschwor, desto mehr verschwammen Emmas Züge in seinem Gedächtnis, als ob die lebende und die gemalte Gestalt sich aneinander rieben und dadurch gegenseitig auslöschten. Schließlich las er einige ihrer Briefe; sie waren voller Bemerkungen, die sich auf ihre Reise bezogen, kurz, sachlich und in Eile geschrieben wie Geschäftsbriefe. Er wollte die langen, die von früher wieder durchgehen; um sie am Boden der Schachtel zu finden, brachte er alle anderen durcheinander. Er begann mechanisch in dem Haufen von Papier und Gegenständen zu wühlen, stieß auf Sträußchen, ein Strumpfband, eine schwarze Larve, Nadeln und Haare – Haare! braune, blonde; einige waren sogar im Metallbeschlag der Schachtel hängengeblieben und beim Öffnen zerrissen.

Während er so durch seine Erinnerungen flanierte, prüfte er Schriften und Stil der Briefe, die ebenso verschieden waren wie die Rechtschreibung. Sie waren zärtlich oder munter, scherzhaft, melancholisch, manche bettelten um Liebe, andere um Geld. Eine Wendung rief ihm ein Gesicht, bestimmte Gesten, den Ton einer Stimme in Erinnerung; manchmal erinnerte er sich an nichts mehr.

Wirklich standen diese Frauen, die ihm alle gleichzeitig in den Sinn kamen, sich gegenseitig im Wege und wurden dort auf ein sie gleichmachendes Niveau der Liebe hinabgedrückt. Er nahm eine Handvoll der durcheinandergeratenen Briefe und amüsierte sich eine Weile damit, sie von seiner Rechten in seine Linke fallen zu lassen. Gelangweilt endlich und erschöpft, stellte Rodolphe die Schachtel wieder in den Schrank und sagte:

»Was für ein Haufen Unsinn!«

Womit er seine Ansicht zusammenfaßte; denn die Genüsse hatten sein Herz wie Schüler den Schulhof so zertrampelt, daß dort nichts mehr grünte, und was darin vorbeizog, ließ, unbesonnener als die Kinder, nicht einmal wie sie seinen Namen an der Mauer zurück.

»Los«, sagte er sich, »fangen wir an!«

Er schrieb:

»Mut, Emma, Mut! Ich will Sie nicht ins Unglück stürzen ...«

Alles in allem ist das sogar wahr, überlegte Rodolphe, ich handele in ihrem Interesse, ich bin ein Ehrenmann.

»Haben Sie Ihren Entschluß reiflich erwogen? Wissen Sie, in welchen Abgrund ich Sie mitriß, armer Engel? Nein, nicht wahr? Sie machten sich auf, vertrauensvoll, tollkühn, Sie glaubten an das Glück, an die Zukunft ... Ah! Unselige, die wir sind! Wahnsinnige!«

Rodolphe hielt inne, um nach einer guten Entschuldigung zu suchen.

Wenn ich ihr sagte, ich hätte mein ganzes Vermögen verloren? ... Ach nein, und übrigens würde das nichts verhindern. Dann würde später nur alles wieder von neuem beginnen. Kann man solche Frauen überhaupt zur Vernunft bringen?

Er dachte nach und fuhr dann fort:

»Glauben Sie mir, ich werde Sie nie vergessen und immer

für Sie eine tiefe Zuneigung bewahren, doch eines Tages, früher oder später, hätte diese Glut (das ist das Los der menschlichen Dinge) gewiß nachgelassen, Überdruß hätte uns angekommen, und wer weiß, ob ich nicht sogar zu meinem furchtbaren Schmerz Zeuge Ihrer Reue geworden wäre und sie geteilt hätte, wäre ich doch ihre Ursache gewesen. Der bloße Gedanke an den Kummer, der Ihnen widerfährt, foltert mich, Emma! Vergessen Sie mich! Warum aber auch mußte ich Ihnen begegnen? Warum sind Sie so schön? Kann ich etwas dafür? O mein Gott! nein, nein, geben Sie allein dem Schicksal die Schuld!«

Das ist ein Wort, das stets Eindruck macht, sagte er sich.

»Ach, wären Sie eine jener leichtsinnigen Frauen gewesen, wie man sie findet, gewiß, so hätte ich aus Eigensucht ein solches für sie dann gefahrloses Unternehmen wagen können. Aber die entzückende Schwärmerei, die sowohl Ihre Anmut wie Ihre Qual ausmacht, hat Sie, die anbetungswürdige Frau, daran gehindert zu begreifen, in welch schiefe Lage wir uns gebracht hätten. Auch ich hatte dies zuerst nicht überlegt und ruhte mich im Schatten dieses idealen Glücks wie in dem des Manzanillabaumes aus, ohne an die Folgen zu denken.«

Sie wird vielleicht glauben, daß ich aus Geiz davon Abstand nehme … Ach, und selbst wenn, macht nichts, ich muß ein Ende machen!

»Die Welt ist grausam, Emma. Wohin wir auch gegangen wären, man hätte uns verfolgt. Sie hätten indiskrete Fragen, Verleumdung, Verachtung ertragen müssen, Schmähung vielleicht. Schmähung Sie! Oh … Und ich, der ich Sie auf einen Thron setzen wollte! Ich, der ich den Gedanken an Sie wie einen Talisman mit mir nehme! Denn für alles Unrecht, das ich Ihnen antat, strafe ich mich mit Verbannung. Ich reise fort. Wohin? Ich weiß es nicht, ich bin von Sinnen. Leben Sie wohl! Bleiben Sie immer gut. Bewahren Sie dem Unglücklichen, der Sie verlor, ein Andenken. Lehren Sie Ihr Kind meinen Namen, auf daß es ihn in sein Gebet einschließen möge.«

Die Dochte der beiden Kerzen zitterten. Rodolphe stand auf und schloß das Fenster. Als er sich wieder hingesetzt hatte, dachte er:

Das wäre alles, scheint mir. Ah! noch dies, damit sie nicht kommt und mir wieder *zusetzt:*

»Wenn Sie diese traurigen Zeilen lesen werden, werde ich in der Ferne sein, denn ich will so bald wie möglich fliehen, um der Versuchung, Sie wiederzusehen, zu entgehen. Keine Schwäche! Ich werde zurückkehren, und vielleicht werden wir einst ganz kühl miteinander über unsere ehemalige Liebe plaudern können. Adieu!«

Und dann folgte noch ein letztes Adieu, in zwei Wörtern geschrieben: *A Dieu!* Er hielt dies für höchst geschmackvoll.

Wie soll ich nun unterzeichnen? fragte er sich. Ihr ganz ergebener ... Nein. Ihr Freund? ... Ja, das ist's.

*IHR FREUND*

Er las seinen Brief noch einmal durch. Er fand ihn gut.

Arme kleine Frau! dachte er gerührt. Sie wird mich für gefühlloser als einen Felsblock halten; es hätten ein paar Tränen darauf fallen sollen; aber ich kann nun einmal nicht weinen, dafür kann ich nichts. Darum goß er Wasser in ein Glas, tunkte den Finger hinein und ließ von oben einen dicken Tropfen herabfallen, der die Tintenschrift mit einem blaßblauen Flecken versah; dann, als er den Brief versiegeln wollte, kam ihm das Petschaft *Amor nel Cor* in die Hand.

Das paßt ja wohl kaum unter diesen Umständen ... Ach was, ist nun egal!

Danach rauchte er drei Pfeifen und ging zu Bett.

Als er am nächsten Tag aufgestanden war (gegen zwei Uhr, er hatte lange geschlafen), ließ Rodolphe einen Korb Aprikosen pflücken. Er legte seinen Brief auf den Boden des Korbs unter Weinblätter und befahl Girard, seinem Ackerknecht, dies Madame Bovary unverzüglich zu bringen. Er bediente sich dieses Mittels, um mit ihr Briefe zu wechseln, und schickte ihr, je nach Jahreszeit, Früchte oder Wildbret.

»Wenn sie dich nach mir fragt«, sagte er, »so antwortest du ihr, ich sei verreist. Der Korb muß ihr selbst, in ihre eigenen Hände übergeben werden ... Geh, und sei vorsichtig!«

Girard zog seinen neuen Kittel über, band sein Tuch über die Aprikosen und machte sich in seinen plumpen Nagelschuhen mit schweren langen Schritten geruhsam auf den Weg nach Yonville.

Als er eintraf, war Madame Bovary damit beschäftigt, mit Félicité ein Bündel Wäsche auf dem Küchentisch zu falten.

»Das da schickt Ihnen unser Herr!« sagte der Knecht.

Eine Vorahnung überkam sie, und während sie in ihrer Tasche nach einem Geldstück suchte, betrachtete sie den Bauern mit angstvollem Blick, und auch er sah sie verdutzt an, da er nicht verstand, wie ein solches Geschenk jemanden so sehr aufregen konnte. Endlich ging er wieder. Félicité blieb in der Küche. Madame Bovary hielt es dort nicht mehr aus; sie lief ins Eßzimmer, als wolle sie die Aprikosen hintragen, leerte den Korb, riß das Weinlaub heraus, fand den Brief, öffnete ihn, und als tobte hinter ihr eine schreckliche Feuersbrunst, floh sie in Angst in ihr Zimmer.

Charles war oben; sie bemerkte ihn; er redete sie an, sie hörte es nicht und eilte weiter die Stufen hinauf, keuchend, außer sich, taumelnd und immer das entsetzliche Blatt Papier in der Hand, das zwischen ihren Fingern wie ein Stück Blech knatterte. Im zweiten Stock blieb sie vor der geschlossenen Bodentür stehen.

Sie versuchte ruhig zu werden, sie besann sich auf den Brief: sie mußte ihn zu Ende lesen, wagte es aber nicht. Zudem, wo? wie? Man würde sie bemerken.

Ach nein, hier bin ich ungestört, dachte sie.

Emma stieß die Tür auf und trat ein.

Von den Schieferplatten sank lotrecht eine bleierne Hitze herab, die ihr auf die Schläfen drückte und den Atem benahm; sie schleppte sich zum geschlossenen Dachfenster, schob den Riegel zurück, und sofort flutete blendendes Licht herein.

Vor ihr, jenseits der Dächer, erstreckte sich flaches Land, soweit das Auge reichte. Der Marktplatz unter ihr war menschenleer; die Steine des Gehsteigs flimmerten, die Wetterfahnen standen unbewegt auf den Häusern; an der Straßenecke drang aus einem tieferen Stockwerk eine Art mit kreischenden Tönen untermischtes Brummen. Es war Binet an seiner Drehbank.

Sie hatte sich in die Nische des Bodenfensters gelehnt und las den Brief unter zornigem Lachen von neuem. Doch je angestrengter sie ihm ihre Aufmerksamkeit zuwandte, desto mehr verwirrten sich ihre Gedanken. Sie sah ihn vor sich, sie hörte ihn wieder, sie umschlang ihn mit beiden Armen, und ihr Herz hämmerte wie ein Sturmbock in immer schnelleren unregelmäßigen Schlägen gegen ihre Brust. Ihre Augen irrten umher, sie wünschte, die Erde würde einstürzen. Warum nicht ein Ende machen? Wer hielt sie denn zurück? Sie war frei. Und sie beugte sich vor, sah aufs Pflaster und sagte:

Nur zu!

Das von unten aufsteigende Licht zog das Gewicht ihres Körpers in die Tiefe. Ihr war, als hebe sich der Boden des schwankenden Platzes entlang den Mauern und als neige sich das Ende des Fußbodens wie ein stampfendes Schiff. Sie beugte sich weit über den Rand des Fensters, hing fast in der Luft, umgeben von einem weiten Raum. Das Blau des Himmels durchdrang sie, die Luft kreiste in ihrem leeren Kopf, sie brauchte nur loszulassen, sich aufnehmen zu lassen; und die Drehbank schnarrte beständig weiter wie eine wütende Stimme, die nach ihr rief.

»Meine Frau! wo ist meine Frau?« rief Charles.

Sie hielt inne.

»Wo bist du denn? Komm!«

Der Gedanke, daß sie gerade dem Tod entronnen war, brachte sie vor Entsetzen einer Ohnmacht nahe; sie schloß die Augen und zuckte dann zusammen unter der Berührung einer Hand auf ihrem Ärmel: es war Félicité.

»Monsieur wartet auf Sie, Madame; die Suppe ist aufgetragen.«

Und sie mußte hinabgehen! mußte sich zu Tisch setzen!

Sie versuchte zu essen. Die Bissen erstickten sie fast. Darum faltete sie ihre Serviette auseinander, wie um die Stopfen zu begutachten und wollte sich auch wirklich damit befassen, die Fäden des Tuchs zu zählen. Plötzlich fiel ihr der Brief wieder ein. Hatte sie ihn etwa verloren? Wo ihn wiederfinden? Aber sie verspürte eine solche Geistesermüdung, daß sie sich keinen Vorwand ausdenken konnte, um vom Tisch aufzustehen. Auch war sie feige geworden; sie hatte Angst vor Charles; er wußte alles, das war sicher! Wirklich äußerte er in eigentümlichem Ton die Worte:

»Wir werden, wie es scheint, Monsieur Rodolphe so bald nicht wiedersehen.«

»Wer hat dir das gesagt?« fragte sie zusammenzuckend.

»Wer mir das gesagt hat?« antwortete er, ein wenig überrascht von ihrem schroffen Ton. »Girard, als ich ihm vorhin an der Tür zum *Café Français* begegnet bin. Er ist verreist oder verreist demnächst.«

Sie schluchzte auf.

»Was ist daran verwunderlich? Von Zeit zu Zeit verreist er eben so, um sich zu zerstreuen, und, meiner Treu, meine Zustimmung hat er. Wenn man Vermögen besitzt und Junggeselle ist ... Übrigens amüsiert unser Freund sich gehörig! er ist ein Schwerenöter. Monsieur Langlois hat mir erzählt ...«

Er verstummte aus Schicklichkeit, weil das Dienstmädchen eintrat.

Félicité legte die auf die Etagere geschütteten Aprikosen in den Korb zurück; Charles bemerkte nicht, daß seine Frau errötet war, er ließ sich die Früchte bringen, nahm eine und biß sofort hinein.

»Oh, ausgezeichnet!« sagte er. »Da, koste mal.«

Und er hielt ihr den Korb hin, den sie sacht zurückstieß.

»Riech doch nur mal: wie die duften!« sagte er und schob ihr den Korb mehrmals unter die Nase.

»Ich ersticke!« rief sie und stand jäh auf.

Doch kraft ihrer Willensanstrengung verging der Krampf.

»Es ist nichts«, sagte sie, »es hat nichts zu bedeuten! es sind die Nerven! Setz dich, iß!«

Denn sie fürchtete, daß man ihr Fragen stellen, sich um sie sorgen, sie nicht mehr allein lassen würde.

Um ihr zu willfahren, hatte Charles sich wieder hingesetzt; er spuckte die Aprikosensteine in die Hand und legte sie dann auf den Teller.

Plötzlich fuhr in scharfem Trab ein blauer Tilbury über

den Platz. Emma stieß einen Schrei aus und fiel rückwärts starr auf den Boden.

In der Tat hatte Rodolphe nach langem Überlegen sich doch dazu entschlossen, nach Rouen zu fahren. Da es von La Huchette nach Buchy aber keinen anderen als den über Yonville führenden Weg gibt, hatte er durch das Dorf fahren müssen, und im Schein der Wagenlaternen, die den Abenddämmer wie ein Blitz durchschnitten, hatte Emma ihn erkannt.

Beim Getöse, das im Haus entstand, eilte der Apotheker herbei. Der Tisch mitsamt allen Tellern war umgestürzt; Soße, Fleisch, die Messer, das Salzfaß, der Ständer für Essig und Öl lagen im Zimmer verstreut. Charles rief um Hilfe; die erschrockene Berthe schrie; und Félicité schnürte mit bebenden Händen Madame, deren ganzer Körper konvulsivisch zuckte, das Kleid auf.

»Ich laufe rasch in mein Laboratorium und hole ein wenig aromatischen Essig«, sagte der Apotheker.

Dann, als sie den Essig einatmete und die Augen aufschlug, meinte er: »Ich war mir der Sache sicher; das würde einen Toten aufwecken.«

»Sprich zu uns!« sagte Charles, »sprich zu uns! Komm wieder zu dir! Ich bin's, dein Charles, der dich liebhat! Erkennst du mich? Schau, da ist dein Töchterchen: gib ihm einen Kuß.«

Das Kind streckte die Arme nach der Mutter aus und wollte sie um den Hals fassen. Doch Emma wandte den Kopf zur Seite und sagte mit stockender Stimme:

»Nein, nein ... niemand!«

Sie wurde wieder ohnmächtig. Man trug sie auf ihr Bett.

Mit offenem Mund, geschlossenen Lidern, die Hände flach hingelegt, lag sie ausgestreckt da, regungslos und weiß wie eine Wachsfigur. Aus ihren Augen rannen zwei Tränenbäche, die langsam aufs Kopfkissen flossen.

Charles stand hinten im Alkoven, und neben ihm bewahrte der Apotheker das nachdenkliche Schweigen, das in ernsten Lebenslagen angebracht ist.

»Beruhigen Sie sich«, sagte er und stieß Charles mit den Ellbogen an, »ich glaube, die Krise ist überwunden.«

»Ja, jetzt erholt sie sich ein wenig davon«, antwortete Charles, der die Schlafende betrachtete. »Arme Frau! ... arme Frau! ... sie hat einen Rückfall!«

Homais fragte nun, wie es zu dem Anfall gekommen sei. Charles antwortete, daß es sie ganz plötzlich, während sie Aprikosen aß, gepackt habe.

»Eigenartig! ...« sagte der Apotheker. »Aber es könnte sein, daß die Aprikosen die Ohnmacht hervorgerufen haben. Es gibt solche durch die Begegnung mit bestimmten Gerüchen höchst reizbare Naturen! und es wäre interessant, diese Frage sowohl in pathologischer als auch in physiologischer Hinsicht zu studieren. Die Priester kennen ihre Bedeutsamkeit, sie, die Zeremonien stets mit aromatischen Substanzen begleiten. Dies um den Verstand zu betäuben und ekstatische Zustände zu provozieren, was sich übrigens leichter bei Personen weiblichen Geschlechts erreichen läßt, weil sie anfälliger sind als wir. Man führt Beispiele an von Frauen, die ohnmächtig werden beim Geruch von verbranntem Horn, frischem Brot ...«

»Geben Sie acht, daß Sie sie nicht aufwecken«, sagte Bovary leise.

»Und nicht allein die Menschen«, fuhr der Apotheker fort, »sind solchen Anomalien unterworfen, sondern auch die Tiere. So ist Ihnen ja bekannt, welch sonderbar aphrodisische Wirkung *nepeta cataria*, allgemein Katzenminze genannt, auf das Katzenvolk ausübt, und andererseits, um ein Beispiel anzuführen, für dessen Glaubwürdigkeit ich einstehe, besitzt Bridoux (einer meiner einstigen Kameraden, zur Zeit in der rue Malpalu wohnhaft) einen Hund, der, sobald man ihm eine Tabakdose zeigt, in Krämpfe fällt. Oft führt er sogar den Versuch in seinem Gartenhäuschen im Bois Guillaume seinen Freunden vor. Möchte man glauben, daß ein simples Niesmittel im Organismus eines Vierfüßlers derartige Verheerungen anrichten kann? Das ist höchst merkwürdig, nicht wahr?«

»Ja«, sagte Charles, der nicht zuhörte.

»Das ist der Beweis«, fuhr der andere mit einer Miene milder Selbstgefälligkeit lächelnd fort, »für die zahllosen Störungen in unserem Nervensystem. Was Madame anbetrifft, so gestehe ich, daß sie mir stets den Eindruck einer echten Überempfindlichen gemacht hat. Ich rate Ihnen denn auch nicht, mein lieber Freund, zu irgendeinem dieser sogenannten Heilmittel, die vorgeben, die Symptome zu bekämpfen, tatsächlich aber das Gemüt angreifen. Nein, keine überflüssige Medikation! Diät, das ist alles! Beruhigendes, Aufweichendes, Linderndes. Und, meinen Sie nicht, daß man vielleicht die Vorstellungskraft anregen sollte?«

»Wodurch? Wie?« sagte Bovary.

»Ah, das ist die Frage. Das in der Tat ist die Frage: *That is the question!* wie ich vor kurzem in der Zeitung las.«

Aber Emma erwachte und schrie:

»Und der Brief? Und der Brief?«

Man glaubte, sie deliriere: und von Mitternacht an lag sie wirklich im Delirium: ein Gehirnfieber war ausgebrochen.

Dreiundvierzig Tage lang wich Charles nicht von ihrer Seite. Er ließ alle seine Patienten im Stich; er ging nicht mehr zu Bett, er fühlte ihr alle Augenblicke den Puls, legte ihr

Senfpflaster und kalte Kompressen auf. Er schickte Justin bis nach Neufchâtel Eis holen; das Eis schmolz unterwegs; er schickte ihn abermals hin. Er rief Monsieur Canivet zu einer Konsultation, ließ Doktor Larivière, seinen einstigen Lehrer, aus Rouen kommen; er war verzweifelt. Was ihn am meisten erschreckte, war Emmas Erschöpfung; denn sie sprach nicht, hörte nichts und schien nicht einmal zu leiden – als ob Körper und Seele gemeinsam sich von allen Erschütterungen ausruhten.

Gegen Mitte Oktober konnte sie, von Kopfkissen im Rücken gestützt, im Bett aufsitzen. Charles weinte, als er sie wieder ein erstes Butterbrot mit Marmelade essen sah. Ihre Kräfte kehrten zurück; sie stand nachmittags für ein paar Stunden auf, und eines Tages, als sie sich wohler fühlte, versuchte er sie zu einem Spaziergang durch den Garten zu bewegen. Der Sand der Wege verschwand unter dürrem Laub; sie ging Schritt für Schritt, schleifte ihre Pantoffeln über den Boden, lehnte sich mit der Schulter an Charles und lächelte in einem fort.

So spazierten sie bis ans Ende des Gartens, zur Terrasse. Sie richtete sich langsam auf und beschattete die Augen mit der Hand, um zu schauen: sie schaute in die Ferne, in die fernste Ferne; doch am Horizont waren nur große Laubfeuer zu sehen, die auf den Hügeln rauchten.

»Du überanstrengst dich, Liebste«, sagte Bovary.

Er drängte sie sanft weiter, zur Laube hin.

»Setz dich auf diese Bank: das wird dir guttun.«

»O nein! nicht dort, nicht dort!« entgegnete sie mit versagender Stimme.

Sie erlitt einen Schwindelanfall, und am Abend erlitt sie einen Rückfall, allerdings mit ungewisserem Verlauf und komplexeren Symptomen. Bald hatte sie Herzbeschwerden, dann Schmerzen in der Brust, im Gehirn, an den Gliedern; sie hatte Anfälle von Erbrechen, in denen Charles die ersten Anzeichen eines Krebsleidens zu erkennen glaubte.

Und zudem hatte der arme Kerl Geldsorgen!

## XIV

Zunächst einmal wußte er nicht, wie er Monsieur Homais für alle von ihm bezogenen Arzneien entschädigen sollte, und obwohl er sie als Arzt nicht hätte bezahlen müssen, war ihm diese Verbindlichkeit doch etwas peinlich. Sodann wurden jetzt, da die Köchin Hausfrau war, die Ausgaben für den Haushalt beängstigend; es regnete Rechnungen ins Haus; die Lieferanten murrten, besonders Monsieur Lheureux bedrängte ihn. Der hatte nämlich, als Emmas Krankheit auf dem Höhepunkt angelangt war, die Lage dazu genutzt, seine Rechnung unangemessen zu erhöhen und flugs den Mantel, die Tasche für das Nachtzeug, zwei Koffer statt des einen und noch mehrere andere Dinge herbeigebracht. Charles mochte noch so lange sagen, daß er sie nicht benötige, der Händler antwortete ihm hochfahrend, daß man alle diese Waren bei ihm bestellt habe und daß er sie nicht zurücknehmen werde; zudem würde dies Madame während ihrer Genesung verstimmen; Monsieur werde sich das wohl überlegen; kurz, er sei entschlossen, ihn eher gerichtlich zu verfolgen, als auf seine Rechte zu verzichten und seine Waren wieder mitzunehmen. Charles befahl daraufhin Félicité, sie an sein Geschäft zurückzuschicken; Félicité vergaß es zu tun; er selbst hatte andere Sorgen; sie dachten nicht mehr daran. Monsieur Lheureux ließ nicht locker, und ging, abwechselnd drohend und jammernd, so zu Werke, daß Bovary schließlich einen Wechsel, fällig in sechs Monaten, unterzeichnete. Doch kaum hatte er unterschrieben, als er auf einen kühnen Gedanken kam: von Monsieur Lheureux tausend Francs zu leihen. Er fragte ihn deshalb mit verlegener Miene, ob es möglich wäre, sie von ihm zu erhalten und fügte hinzu, daß es für ein Jahr und zu dem ihm genehmen Zinssatz sein würde. Lheureux rannte in seinen Laden, kehrte mit den Talern zurück und diktierte einen weiteren Wechsel, womit Bovary erklärte, am nächsten ersten September ihm die Summe von eintausendundsiebzig Francs zu zahlen, was mit den einhundertachtzig bereits vereinbarten genau zwölfhundertfünfzig Francs machte. Zu sechs Prozent Zinsen plus ein Viertel Prozent Provision und die Lieferung, die ihm mindestens ein gutes Drittel des Warenwerts einbrachte, mußte das in zwölf Monaten einhundertdreißig Francs Gewinn abwerfen, und er hoffte, daß die Sache damit nicht ihr Bewenden haben würde, daß man die Wechsel nicht einlösen könne, daß man sie erneuern müsse, und daß sein armes Geld, nachdem es sich beim Arzt wie in einem Sanatorium gemästet hätte, eines Tages zu ihm zurückkehren würde, beträchtlich aufgerundet und dick, daß der Beutel krachte.

Übrigens war er in allem erfolgreich. Für eine Apfelweinlieferung an das Krankenhaus von Neufchâtel hatte er den Auftrag erhalten; Monsieur Guillaumin hatte ihm Aktien der Torfstechereien bei Grumesnil versprochen, und er träumte davon, einen neuen Postwagendienst zwischen Argueil und Rouen einzurichten, der den alten Klapperkasten des *Lion d'Or* zweifellos in Kürze ruinieren würde und der, da er schneller wäre, weniger kosten würde und mehr Gepäck mitnehmen könnte, somit den ganzen Handel Yonvilles in seine Hand gäbe.

Charles fragte sich mehrmals, wie er im nächsten Jahr so viel Geld zurückzahlen solle; er überlegte und dachte an Notlösungen wie seinen Vater zu bitten oder etwas zu verkaufen. Doch sein Vater würde sich taub stellen, und er selbst hatte nichts zu verkaufen. Da fühlte er so große Bedrängnisse auf sich zukommen, daß er ein derart unangenehmes Thema der Betrachtung schnell aus dem Bewußtsein verbannte. Er warf sich vor, Emma darüber zu vergessen, so als ob er, dessen ganzes Denken dieser Frau gehörte, ihr etwas entwendete, wenn er nicht unablässig an sie dachte.

Der Winter war hart. Madame Bovary erholte sich nur langsam. Wenn schönes Wetter war, schob man sie in ihrem Lehnstuhl an das Fenster, das auf den Marktplatz blickte, denn sie hatte nun eine Abneigung gegen den Garten gefaßt, und die Jalousie blieb auf dieser Seite immer geschlossen. Sie wünschte, daß das Pferd verkauft werden sollte; was sie früher geliebt hatte, mißfiel ihr nun. Alle ihre Gedanken schienen sich auf die Sorge um die eigene Person zu beschränken. Kleine Zwischenmahlzeiten nahm sie im Bett ein, sie läutete dem Dienstmädchen, um nach ihren Kräutertees zu fragen oder um mit ihm zu plaudern. Der Schnee auf dem Dach der Markthalle warf einen weißen unbewegten Widerschein ins Zimmer, später dann fiel Regen. Und Emma wartete täglich mit etwas wie Angst auf die unfehlbare Wiederkehr geringfügiger Ereignisse, die für sie jedoch kaum von Bedeutung waren. Das Wichtigste war abends die Ankunft der *Schwalbe*. Dann rief die Wirtin, und andere Stimmen gaben Antwort, während die Handlaterne Hippolytes, der Gepäckstücke vom Verdeck holte, in der Dunkelheit wie ein Stern aussah. Um die Mittagszeit kam Charles nach Hause, ging danach wieder fort, sodann nahm sie eine Fleischbrühe zu sich, und gegen fünf Uhr, wenn es dämmerte, schlurften die aus dem Unterricht zurückkehrenden Kinder in ihren Holzpantinen über den Gehsteig und schlugen alle, eines nach dem anderen, mit ihren Linealen an die Sperrhaken der Fensterläden.

Um diese Stunde gewöhnlich machte Monsieur Bournisien ihr seinen Besuch. Er erkundigte sich nach ihrem Befinden, berichtete ihr die Neuigkeiten und ermahnte sie in einem einschmeichelnden Plauderton, der nicht ungefällig war, zu ihren religiösen Pflichten. Allein schon der Anblick seiner Soutane tröstete sie.

Eines Tages, als ihre Krankheit auf dem Höhepunkt gewesen war und sie sich sterbend glaubte, hatte sie nach der Kommunion verlangt, und während man in ihrem Zimmer die Vorbereitungen für die heilige Handlung traf, die mit Arzneisäften vollgestellte Kommode als Altar herrichtete, und Félicité Dahlienblüten auf den Fußboden streute, spürte Emma etwas Mächtiges über sich hinwegstreichen, das sie von ihren Schmerzen, von jeder Wahrnehmung, jedem Gefühl befreite. Ihr Körper wurde leicht, beschwerte sie nicht mehr, ein anderes Leben begann; es war ihr, als ob ihr zu Gott sich erhebendes Sein in dieser Liebe vergehen werde wie Weihrauchkörner, die brennend sich in Dunst auflösten. Man besprengte die Bettücher mit Weihwasser; der Priester nahm aus dem heiligen Speisekelch die weiße Hostie, und kraftlos vor himmlischer Freude öffnete sie die Lippen, um den sich ihr darbietenden Leib des Herrn aufzunehmen. Die Vorhänge ihres Bettes bauschten sich weich wie Gewölk, und die Strahlen der beiden auf der Kommode brennenden Kerzen kamen ihr wie blendende Glorienscheine vor. Sie ließ ihren Kopf zurücksinken, denn sie glaubte im unendlichen Raum den Klang seraphischer Harfen zu vernehmen und in einem arzurnen Himmel auf einem goldenen

Thron, inmitten von Heiligen, die grüne Palmzweige hielten, Gott Vater in seiner strahlenden Majestät zu gewahren, der Engel mit Flammenflügeln durch einen Wink zur Erde hinabsandte, damit sie sie in ihren Armen emportrugen.

Diese herrliche Vision blieb ihr in Erinnerung als das Schönste, was man träumen konnte, so daß sie nun bemüht war, sich der damaligen Empfindung wieder zu bemächtigen, die zwar noch andauerte, noch ebenso tief wonnevoll, jedoch weniger alleinherrschend geworden war. Ihre vom Stolz gepeinigte Seele fand endlich in christlicher Demut zur Ruhe, und während Emma die Lust, schwach zu sein, genoß, beobachtete sie in sich die Zerstörung ihres Willens, die der eindringenden Gnade einen breiten Zugang öffnen mußte. Es gab also anstelle des Glücks größere Seligkeiten, eine Liebe, erhabener als alle anderen Lieben, Liebe ohne Unterlaß und Ende, Liebe, die ständig wuchs! Als eines unter den Trugbildern ihrer Hoffnung gewahrte sie einen über der Erde schwebenden Zustand der Reinheit, der mit dem Himmel verwob; ihn strebte sie zu erreichen. Sie wollte eine Heilige werden. Sie kaufte Rosenkränze, trug Medaillen; sie wünschte sich für ihr Zimmer neben ihrem Lager einen mit Smaragden besetzten Reliquienschrein, den sie jeden Abend küssen wollte.

Der Pfarrer war über diese Neigungen entzückt, obwohl er meinte, daß Emmas Frömmigkeit durch ihre Inbrunst am Ende an Häresie und sogar Verstiegenheit grenzen könne. Doch da er in solchen Dingen, sobald sie ein gewisses Maß überschritten, nicht sehr bewandert war, schrieb er an Monsieur Boulard, den Buchhändler des Bischofs, und bat ihn, *etwas Vortreffliches für eine geistvolle weibliche Person* an ihn zu schicken. Mit einer Gleichgültigkeit, als ob er

Krimskrams an Neger zu expedieren hätte, packte der Buchhändler bunt durcheinander alles ein, was damals an frommen Büchern in Mode war: kleine, aus Fragen und Antworten bestehende Leitfäden, Streitschriften in überheblichem Ton wie dem von Monsieur Joseph de Maistre, und von schmachtenden Seminaristen oder reuigen Blaustrümpfen verfertigte, süßliche Romane in rosa Pappband. Da gab es etwa: *Bedenke wohl*; *Der Weltmann zu Füßen Mariens von Monsieur de ***, Träger mehrerer Orden*; *Über die Irrlehren Voltaires, zum Gebrauch für die Jugend*, und so weiter.

Madame Bovarys Verstand war noch nicht wieder klar genug, um sich ernsthaft mit irgend etwas befassen zu können; zudem nahm sie die Lektüre zu überstürzt in Angriff. Sie ärgerte sich über die rituellen Vorschriften; der Hochmut der Streitschriften mißfiel ihr und die Verbissenheit, mit der sie Personen verfolgten, die ihr unbekannt waren, und die mit Frömmigkeit gewürzten profanen Erzählungen schienen ihr in einer solchen Unkenntnis der Welt geschrieben zu sein, daß sie sie unmerklich den Wahrheiten entfernten, deren Bestätigung sie erhofft hatte. Dennoch las sie weiter, und wenn das Buch ihren Händen entglitt, glaubte sie sich von der zartesten katholischen Schwermut erfaßt, die eine ätherische Seele zu empfinden vermag.

Das Andenken an Rodolphe hatte sie in die Tiefe ihres Herzens versenkt, und dort blieb es, feierlicher und regungsloser als eine Königsmumie in ihrem Grabgewölbe. Dieser großen einbalsamierten Liebe entströmte ein Duft, der alles durchdrang und die Atmosphäre unbefleckter Reinheit, in der sie leben wollte, mit Zärtlichkeit erfüllte. Wenn sie auf ihrem gotischen Betstuhl niederkniete, richtete sie an Gott die gleichen sanften Worte, die sie einst, in den Ergüssen des

Ehebruchs, ihrem Geliebten zugeflüstert hatte. Dies tat sie, um den Glauben herbeizulocken, doch keine Erquickung kam aus den Himmeln herab, und sie erhob sich mit müden Gliedern und dem unbestimmten Gefühl eines unendlichen Betrugs. Dieses Suchen, dachte sie, sei nur ein weiteres Verdienst, und im Hochmut ihrer Frömmigkeit verglich Emma sich mit den großen Damen von einst, von deren Ruhm sie vor einem Bild der La Vallière geträumt hatte, die mit solcher Majestät die buntbestickten Schleppen ihrer langen Kleider nachschleiften und sich in die Einsamkeit zurückzogen, um dort zu Füßen Christi alle Tränen eines vom Dasein verwundeten Herzens zu vergießen.

Sie gab sich nun übertriebener Wohltätigkeit hin. Sie nähte Kleidungsstücke für die Armen; schickte Frauen, die im Kindbett lagen, Brennholz, und eines Tages fand Charles, als er nach Hause kam, in der Küche drei Taugenichtse vor, die Suppe aßen. Sie ließ ihre kleine Tochter zurückholen, die ihr Mann während ihrer Krankheit wieder der Amme in Pflege gegeben hatte. Sie wollte ihr Lesen beibringen, Berthe mochte noch so viel weinen, sie regte sich nicht mehr auf. Es war ein Entschluß zur Bescheidung, eine allumfassende Nachsicht. Über alles sprach sie in gewählten Ausdrücken. Sie sagte zu ihrem Kind:

»Sind deine Leibschmerzen vergangen, mein Engel?«

Die alte Madame Bovary fand nichts an ihr auszusetzen, außer vielleicht Emmas Sucht, Jacken für Waisenkinder zu stricken, statt Küchentücher auszubessern. Aber von ehelichen Streitereien zermürbt, fühlte sich die gute Frau in diesem ruhigen Hause wohl und blieb sogar bis nach Ostern dort, um den sarkastischen Bemerkungen des alten Bovary zu entgehen, der es nie versäumte, sich zu jedem Karfreitag eine Schweinswurst zu bestellen.

Außer der Gesellschaft ihrer Schwiegermutter, die durch geradliniges Urteil und ernstes Benehmen sie ein wenig festigte, hatte Emma fast täglich noch weitere Besucherinnen. Es waren dies Madame Langlois, Madame Caron, Madame Dubreil, Madame Tuvache und regelmäßig von zwei bis fünf Uhr die wackere Madame Homais, die niemals einem über ihre Nachbarin verbreiteten Gerüchte hatte Glauben schenken wollen. Die kleinen Homais stellten sich gleichfalls ein; Justin begleitete sie. Er ging mit ihnen hinauf ins Schlafzimmer und blieb stumm neben der Tür stehen. Oft begann Madame Bovary sogar, ohne auf ihn zu achten, mit ihrer Toilette. Sie zog den Kamm aus dem Haar und schüttelte mit einer heftigen Bewegung den Kopf, und als er zum erstenmal diese Haarflut sah, die in schwarzen Locken bis zu den Kniekehlen hinabreichte, war dies für ihn, den armen Jungen, als täte sich ihm jäh etwas Außergewöhnliches, Neues auf, dessen Pracht ihn erschreckte.

Sicherlich bemerkte Emma weder seine schweigende Begeisterung noch seine Schüchternheit. Sie ahnte nicht, daß die aus ihrem Leben entschwundene Liebe hier in ihrer Nähe unter diesem Hemd aus grobem Tuch, in diesem für die Wirkungen ihrer Schönheit offenen jungen Herzen bebte. Zudem begegnete sie nun allem mit solcher Teilnahmslosigkeit, waren ihre Worte so liebevoll, und ihre Blicke so hochmütig, ihr Benehmen so wechselhaft, daß sich Selbstsucht nicht mehr von Nächstenliebe, Verderbtheit nicht mehr von Tugend unterscheiden ließ. Eines Abends zum Beispiel brauste sie gegen ihr Dienstmädchen auf, das sie um Ausgangserlaubnis bat und stotternd nach einem Vorwand suchte, und sagte dann unvermittelt:

»Du liebst ihn also?«

Und ohne die Antwort der errötenden Félicité abzuwarten, fügte sie mit trauriger Stimme hinzu:

»Geh, lauf schon! amüsiere dich!«

Zu Anfang des Frühjahrs ließ sie den Garten von einem Ende zum anderen neu anlegen, ungeachtet Bovarys Einspruch; er war indes froh, daß sie überhaupt wieder einen Willen äußerte. Mit fortschreitender Genesung bezeugte sie mehr davon. Als erstes gelang es ihr, die Mutter Rollet, die Amme, hinauszuwerfen, die es sich während Emmas Genesung zur Gewohnheit gemacht hatte, mit ihren zwei Brustkindern und ihrem Kostkind von mehr als kannibalischer Gefräßigkeit allzuoft in die Küche zu kommen. Dann befreite sie sich von der Familie Homais, komplimentierte nach und nach alle anderen Besucherinnen hinaus und ging sogar weniger häufig zur Kirche, zur großen Zufriedenheit des Apothekers, der ihr daraufhin freundschaftlich erklärte:

»Sie waren der Klerisei ein wenig verfallen!«

Monsieur Bournisien erschien wie zuvor täglich nach dem Katechismusunterricht. Er zog es vor, draußen zu bleiben und *mitten im Gehölz*, wie er die Laube nannte, Luft zu schöpfen. Zu dieser Stunde kam Charles gewöhnlich nach Hause. Sie waren erhitzt, man trug süßen Apfelwein auf, und sie tranken zusammen auf Madames völlige Wiederherstellung.

Binet befand sich auch dort, das heißt ein wenig tiefer an der Terrassenmauer und fischte Krebse. Bovary lud ihn zu einer Erfrischung ein, und Binet verstand sich vortrefflich darauf, die Krüge zu entkorken.

»Man muß«, sagte er und warf einen selbstzufriedenen Blick in die Runde und bis an die Enden der Landschaft, »die Flasche senkrecht auf den Tisch stellen und, wenn die Schnüre durchgeschnitten sind, den Korken in kleinen Rukken, sachte, sachte herausziehen, wie man es übrigens in den Restaurants auch mit dem Seltzer Mineralwasser macht.«

Aber oft spritzte ihnen der Apfelwein während seiner Vorführung ins Gesicht, und dann unterließ es der Geistliche nie, unter tiefem Lachen, stets denselben Witz zu machen:

»Seine Güte springt in die Augen!«

Er war wirklich ein braver Mann und nahm nicht einmal Anstoß, als der Apotheker Charles eines Tages vorschlug, er solle mit Madame, um ihr eine Zerstreuung zu verschaffen, in Rouen in die Oper gehen und den berühmten Tenor Lagardy hören. Über dieses Schweigen verwundert, wollte Homais seine Meinung wissen, und der Priester erklärte, er halte die Musik für weniger sittengefährdend als die Literatur.

Aber der Apotheker warf sich zum Verteidiger der Literatur auf. Das Theater, behauptete er, diene dazu, die Vorurteile zu bekämpfen und lehre unter der Maske der Unterhaltung die Tugend.

»*Castigat ridendo mores*, Monsieur Bournisien. Nehmen Sie zum Beispiel die Mehrzahl der Voltaireschen Tragödien; sie sind geschickt mit philosophischen Betrachtungen durchsetzt, die sie für das Volk wahrhaft zu einer Schule der Moral und der Diplomatie machen.«

»Ich habe früher einmal ein Stück gesehen«, sagte Binet, »das *Der Pariser Gassenjunge* hieß. In dem tritt die Figur eines alten Generals auf, der wirklich bekloppt ist. Er staucht einen Sohn aus reichem Haus zusammen, der eine Arbeiterin verführt hat, die am Ende ...«

»Gewiß«, fuhr Homais fort, »es gibt schlechte Literatur, wie es schlechte Arznei gibt; aber die bedeutendste der schönen Künste in Bausch und Bogen zu verurteilen, erscheint mir tölpelhaft, eine rückständige Ansicht, würdig jener finsteren Zeiten, in denen man Galilei einsperrte.«

»Ich weiß sehr wohl«, entgegnete der Pfarrer, »daß es gute Werke und gute Autoren gibt. Doch allein schon, daß Personen verschiedenen Geschlechts in einem bezaubernden, mit weltlicher Pracht geschmückten Raum versammelt sind, und dann diese heidnischen Verkleidungen, diese Schminke, diese Leuchter, die verweichlichten Stimmen, all das muß eine gewisse geistige Liederlichkeit erzeugen und unsittliche Gedanken und unkeusche Vorstellungen eingeben. Das jedenfalls ist die Ansicht aller Kirchenväter. Zudem«, fügte er in plötzlich geheimnisvollem Ton hinzu und rollte eine Prise Tabak auf dem Daumen, »wenn die Kirche die Schauspiele verboten hat, so hatte sie ihre Gründe; wir müssen uns ihren Vorschriften fügen.«

»Warum«, fragte der Apotheker, »exkommuniziert sie die Schauspieler? Denn in früheren Zeiten wirkten sie in den gottesdienstlichen Feiern ganz öffentlich mit. Ja, man führte mitten im Chor Mysterienspiele genannte Possen auf, in denen die Regeln des Anstands oft verletzt wurden.«

Der Geistliche beschränkte sich darauf zu seufzen, und der Apotheker fuhr fort:

»Es ist wie mit der Bibel; da gibt es ..., wissen Sie ..., so manche pikante Einzelheit, Dinge ... wirklich ..., schlüpfriger Art.«

Und auf eine gereizte Bewegung von Monsieur Bournisien hin:

»Ah! Sie werden zugeben, daß die Bibel kein Buch ist, das man einem jungen Geschöpf in die Hand geben sollte, und ich wäre entsetzt, wenn Athalie ...«

»Aber es sind doch die Protestanten und nicht wir«, rief der andere ungeduldig, »die das Lesen der Bibel empfehlen!«

»Dem sei, wie es will!« sagte Homais, »ich bin erstaunt,

daß man in unseren Tagen, in einem aufgeklärten Zeitalter sich darauf versteift, eine geistige Erholung zu verbieten, die harmlos, moralisch und manchmal sogar gesundheitsfördernd ist, nicht wahr, Doktor?«

»Zweifellos«, antwortete der Arzt nachlässig, sei es, weil er der gleichen Meinung war und niemanden kränken wollte, sei es, weil er sich hierüber keine Meinung gebildet hatte.

Die Unterhaltung schien beendet, da hielt es der Apotheker für angezeigt, einen letzten Hieb auszuteilen.

»Ich habe Priester gekannt, die Zivilkleidung anzogen, um zuzusehen, wie Tänzerinnen die Beine warfen.«

»Nicht möglich!« sagte der Pfarrer.

»Ah doch, ich habe solche gekannt!«

Und Silbe für Silbe seines Satzes betonend, wiederholte Homais:

»Ich ha-be sol-che ge-kannt.«

»Nun, es war nicht recht von ihnen«, sagte Bournisien, darauf gefaßt, alles zu hören zu bekommen.

»Bei Gott, die leisten sich noch ganz anderes!« rief der Apotheker.

»Monsieur!« sagte der Geistliche mit einem so wilden Blick, daß der Apotheker eingeschüchtert wurde.

»Ich will nur sagen«, sprach er sodann in weniger grobem Ton, »daß Duldsamkeit das sicherste Mittel ist, um die Seelen für die Religion zu gewinnen.«

»Das ist wahr! das ist wahr!« räumte der gute Mann ein und setzte sich wieder auf seinen Stuhl.

Aber er blieb nur noch zwei Minuten. Als er fortgegangen war, sagte Monsieur Homais zum Arzt:

»Das nenne ich mir eine Auseinandersetzung! Den habe ich bloßgestellt, daß es eine Art hatte, Sie haben es ja gehört! ... Kurzum, glauben Sie mir, führen Sie Madame ruhig ins Theater, und wäre es auch nur, um einmal in Ihrem Leben einen dieser Raben zu ärgern, sapperlott! Wenn jemand mich vertreten könnte, käme ich selber mit. Beeilen Sie sich aber! Lagardy gibt nur ein einziges Gastspiel; er ist für eine beträchtliche Summe nach England engagiert worden. Er soll übrigens ein gewiefter Bursche sein! Er schwimmt im Geld! er hat drei Mätressen und seinen eigenen Koch dabei! Alle diese großen Künstler sind Verschwender; sie brauchen ein zügelloses Leben, das die Phantasie ein wenig anreizt. Aber sie sterben im Armenhaus, weil sie nicht den Verstand haben, in jungen Jahren Ersparnisse zu machen. Also denn, guten Appetit; auf morgen!«

Der Vorschlag, das Theater zu besuchen, fiel bei Bovary auf fruchtbaren Boden, denn er teilte ihn seiner Frau umgehend mit. Sie lehnte zuerst ab, führte Müdigkeit, Ungelegenheiten, Kosten ins Feld, doch ausnahmsweise gab Charles nicht nach, so sehr heilsam hielt er diese Zerstreuung für sie. Er sah keinen Hinderungsgrund; seine Mutter hatte ihnen dreihundert Francs geschickt, mit denen er nicht mehr gerechnet hatte, die laufenden Schulden waren nicht riesig und die dem Herrn Lheureux zu zahlende Summe war noch so lange nicht fällig, daß man daran nicht zu denken brauchte. Da er sich zudem einbildete, sie weigere sich aus Rücksichtnahme, bestand Charles nur noch mehr darauf, so daß sie seinem Drängen endlich nachgab. Und am nächsten Morgen um acht Uhr stiegen sie in die *Schwalbe*.

Der Apotheker, den nichts in Yonville zurückhielt, der aber glaubte, sich nicht vom Platz rühren zu dürfen, seufzte, als er sie abfahren sah.

»Gute Reise denn!« sagte er ihnen, »ihr glücklichen Sterblichen!«

Und zu Emma gewandt, die ein blaues Seidenkleid mit vier Volants trug:

»Sie sehen herzallerliebst aus. Sie werden in Rouen Eroberungen machen.«

Die Kutsche hielt vor dem *Hôtel de la Croix Rouge* auf der Place Beauvoisine. Es war einer jener Gasthöfe, wie sie in allen Provinzstädten zu finden sind, mit großen Ställen und kleinen Schlafzimmern, wo man mitten auf dem Hof unter den kotbespritzten Pferdewagen der Geschäftsreisenden Hühner Haferkörner aufpicken sieht – gute alte Herbergen mit wurmstichigen Holzbalkons, die in den Winternächten im Wind knarren, ständig voller Menschen, Lärm und Fraß. Ihre schwarzen Tische sind von den *Glorias* klebrig, ihre dicken Fensterscheiben vor Fliegenschmutz gelb, ihre feuchten Mundtücher vom billigen Rotwein fleckig. Wie dem städtisch gekleideten Stallknecht merkt man ihnen das Dorf an; sie haben zur Straßenseite hin ein Café und zu den Feldern hin einen Gemüsegarten. Charles machte sich sofort auf den Weg. Er verwechselte Proszenium und Ränge, Parkett und Logen, bat um Auskunft, verstand diese nicht, wurde vom Kartenverkäufer an den Direktor verwiesen, kehrte in den Gasthof zurück, ging wieder zur Kasse und durchmaß so mehrmals die Stadt in ihrer ganzen Länge vom Theater bis zum Boulevard.

Madame kaufte sich einen Hut, Handschuhe, ein Bukett. Monsieur fürchtete sehr, den Anfang zu versäumen; und ohne Zeit gehabt zu haben, die Bouillon zu trinken, fanden sie sich vor den Türen des Theaters ein, die noch geschlossen waren.

## XV

Die Menge wartete, zwischen Geländern eingeschlossen, vor der Gebäudemauer. An den nächsten Straßenecken stand auf riesigen Plakaten in verschnörkelten Buchstaben: Lucia di Lammermoor … Lagardy … Oper … und so weiter. Es war schönes Wetter, aber heiß; der Schweiß rann in die Lockenfrisuren, alle hervorgezogenen Taschentücher trockneten gerötete Stirnen ab, und manchmal bewegte ein vom Fluß hereinwehender lauer Wind sacht den Rand der über den Kneipentüren aufgehängten Leinwandmarkisen. Etwas weiter unten jedoch wurde man von einem eisigen Luftzug erfrischt, der nach Talg, Leder und Öl roch. Das war die Ausdünstung der rue des Charrettes mit ihren vielen schwarzen Lagerhäusern, in die Weinfässer gerollt werden.

Aus Sorge, lächerlich zu wirken, wollte Emma, bevor sie eintraten, noch einen kleinen Spaziergang am Hafen machen, und Bovary bewahrte vorsichtshalber die Karten griffbereit in der Hosentasche, und preßte sie sich an den Leib.

In der Vorhalle bekam Emma Herzklopfen. Sie lächelte unwillkürlich vor Eitelkeit, als sie die Menge sah, die rechts durch den anderen Gang hereindrängte, während sie selbst die Treppe zum ersten Rang emporstieg. Es bereitete ihr ein kindliches Vergnügen, die breiten Polstertüren mit dem Finger aufzustoßen; sie atmete in vollen Zügen den Staubgeruch der Gänge ein, und als sie sich in ihrer Loge hingesetzt hatte, straffte sie den Körper mit der Ungeniertheit einer Herzogin.

Der Saal begann sich zu füllen, die Operngläser wurden aus den Etuis genommen, und die Abonnenten, die sich von weitem entdeckten, winkten einander zu. Sie kamen, um sich bei den Künsten von den Sorgen um den Verkauf zu erholen; doch *die Geschäfte* keineswegs außer acht lassend, redeten sie auch hier über Baumwolle, Branntwein und Indigo. Man sah die ausdruckslosen, friedlichen Gesichter von alten Männern, die mit ihrem weißen Haar und weißem Teint an von Bleidämpfen trübe Silbermünzen gemahnten. Die jungen Stutzer stolzierten im Parkett umher, stellten im Westenausschnitt ihre rosaroten oder apfelgrünen Krawatten zur Schau, und Madame Bovary beobachtete von oben bewundernd, wie sie die Handfläche im gelben Handschuh auf Spazierstöcke mit goldenem Knauf stützten.

Unterdessen waren im Orchester die Kerzen angezündet worden, der Kronleuchter wurde von der Decke herabgelassen und goß mit dem Funkeln seiner Faszetten eine plötzliche Heiterkeit über dem Saal aus. Dann kamen die Musiker einer nach dem anderen herein, und es erhob sich zunächst eine Katzenmusik von schnarrenden Baßgeigen, quietschenden Violinen, tutenden Pistons, piependen Flöten und Flageoletts. Doch dann vernahm man auf der Bühne ein dreimaliges Klopfzeichen; ein Paukenwirbel setzte ein, die Blechinstrumente bliesen Akkorde, und der Vorhang ging über einer Landschaft auf.

Sie stellte einen Scheideweg in einem Walde dar, zur Linken war eine Quelle im Schatten einer Eiche zu sehen. Bauern und Gutsherren, den Plaid über die Schulter geworfen, sangen im Chor ein Jagdlied; dann trat ein Hauptmann auf, der mit zum Himmel gereckten Armen den Engel des Bösen anrief; ein weiterer erschien; dann gingen beide ab, und die Jäger sangen von neuem.

Emma fand sich in ihre Jugendlektüren, mitten in die Welt Walter Scotts zurückversetzt. Ihr war, als hörte sie den

Klang der schottischen Dudelsäcke, die einander im nebligen Heideland Antwort gaben. Die Erinnerung an den Roman erleichterte zudem das Verständnis des Textbuchs, sie folgte der Handlung Satz für Satz, während ungreifbare Gedanken in ihr wach wurden und unter dem Ansturm der Musik sich sofort wieder auflösten. Sie überließ sich dem Wiegen der Melodien, und als strichen die Bögen der Violinen über ihre Nerven, fühlte sie ihr ganzes Wesen mitschwingen. Sie hatte nicht Augen genug, um die Kostüme, die Dekorationen, die Personen zu betrachten, die gemalten Bäume, die zitterten, wenn einer vorbeiging, die Samtbarette, die Mäntel, die Degen, all diese Traumgebilde, die sich wie in der Luft einer anderen Welt harmonisch bewegten. Doch da trat eine junge Frau nach vorne und warf einem grüngekleideten Knappen eine Börse zu. Sie blieb allein auf der Bühne zurück, und nun vernahm man eine Flöte, die wie Quellmurmeln oder Vogelgezwitscher klang. Lucia begann mit ernstem Ausdruck ihre Kavatine in G-Dur; sie erging sich in Liebesklagen, sie wünschte sich Flügel. Und gleich ihr hätte Emma aus dem Leben fliehen, in eine Umarmung fliegen wollen. Plötzlich erschien Lagardy als Edgar.

Er war von jener schimmernden Blässe, die den feurigen Südländern etwas von der Majestät der Marmorstatuen verleiht. Seine kraftvolle Gestalt steckte in einem Wams von brauner Farbe; ein kurzer ziselierter Dolch schlug ihm an den linken Oberschenkel; er rollte die Augen schmachtend und zeigte seine weißen Zähne. Es hieß, eine polnische Prinzessin hätte ihn am Strand von Biarritz, wo er Schaluppen ausbesserte, singen hören und sich in ihn verliebt. Sie hätte sich seinetwegen zugrunde gerichtet. Er hätte sie anderer Frauen wegen verlassen, und dieser sentimentale Ruhm hätte seinem künstlerischen Ruf nur genützt. Der gerissene Komödiant achte sogar darauf, in die Voranzeigen immer eine poetische Floskel über die Faszination seiner Person und die Empfindsamkeit seiner Seele einfließen zu lassen. Ein schönes Organ, eine unerschütterliche Dreistigkeit, mehr Temperament als Intelligenz und mehr Pathos als Gefühl vollendeten die Wirkung dieser bewundernswerten Scharlatannatur, die etwas vom Friseur und vom Stierkämpfer hatte.

Von seiner ersten Szene an begeisterte er. Er schloß Lucia in seine Arme, er verließ sie, kehrte zurück, schien verzweifelt; er hatte Wutausbrüche, dann wieder klagendes Seufzen von unendlicher Süße; aus seiner bloßen Kehle stiegen Töne voller Schluchzen und Küsse. Emma beugte sich vor, um ihn besser zu sehen und bohrte ihre Nägel in den Samt ihrer Loge. Sie füllte ihr Herz mit den melodischen Klagen, die, von den Baßgeigen begleitet, wie die Schreie Schiffbrüchiger im Getöse eines Sturms dahinzogen. In ihnen erkannte sie alle Trunkenheiten und alle Ängste wieder, an denen sie fast gestorben war. Die Stimme der Sängerin schien ihr nichts anderes zu sein als das Echo ihres eigenen Bewußtseins und das Bühnengeschehen, das sie bezauberte, Teil ihres eigenen Lebens. Doch niemand auf der Welt hatte sie mit solcher Liebe geliebt. Er hatte nicht wie Edgar geweint am letzten Abend, als sie im Mondschein einander: ›Auf morgen, auf morgen! ...‹ sagten. Der Saal krachte unter dem Beifall; die ganze Stretta wurde wiederholt, die Liebenden sangen von den Blumen auf ihren Gräbern, von Schwüren, Verbannung, Schicksal, Hoffnungen, und als sie einander das letzte Lebewohl zuriefen, stieß Emma einen Schrei aus, der sich mit den Schwingungen der letzten Akkorde vermischte.

»Warum«, fragte Bovary, »verfolgt dieser Edelmann sie ständig?«

»Aber nein«, entgegnete Emma, »er ist doch ihr Geliebter.«

»Er schwört aber doch, daß er sich an ihrer Familie rächen wird, wohingegen der andere, der vorher dazugekommen war, gesagt hat: ›Ich liebe Lucia und glaube mich von ihr geliebt.‹ Außerdem ist er mit ihrem Vater Arm in Arm abgegangen. Denn das war doch ihr Vater, nicht wahr, der kleine Häßliche mit der Hahnenfeder am Hut?«

Trotz Emmas Erklärungen glaubte Charles, nachdem Gilbert im Rezitativ-Duett seinem Gebieter Lord Ashton seine abscheulichen Ränke enthüllt hatte, beim Anblick des falschen Verlobungsrings, der Lucia täuschen soll, dies sei ein von Edgar gesandtes Liebespfand. Er gab übrigens zu, die Handlung nicht zu verstehen – wegen der Musik, die den Worten sehr schade.

»Was macht das schon!« sagte Emma, »sei still!«

»Ich möchte eben, wie du weißt, immer gern im Bilde sein«, meinte er und beugte sich über ihre Schulter.

»Sei still! sei still!« sagte sie ungeduldig.

Lucia trat auf, von ihren Frauen halb gestützt, einen Orangenblütenkranz im Haar und bleicher als die weiße Seide ihres Kleides. Emma dachte an ihren Hochzeitstag und sah sich wieder von Kornfeldern umgeben auf dem schmalen Pfad, als man zur Kirche schritt. Warum hatte sie sich nicht widersetzt, nicht gefleht wie diese hier? Sie war vielmehr heiter gewesen, hatte den Abgrund nicht gewahrt, in den sie sich stürzte ... Ach, wenn sie noch unbefleckt von der Ehe, vom Ehebruch noch unenttäuscht, in der Frische ihrer Schönheit ihr Leben auf ein zuverlässiges großes Herz hätte bauen können, wenn Tugend, Zärtlichkeit, Sinnenlust und Pflicht ineinander übergegangen wären, sie wäre nie von der Höhe solcher Glückseligkeit hinabgeglitten. Doch jenes Glück war zweifellos eine Lüge, ausgedacht zur Verzweiflung jeglicher Sehnsucht. Sie kannte nun die Beschränktheit der von der Kunst aufgebauschten Leidenschaften. Deshalb bemühte sie sich, ihre Gedanken davon abzulenken und wollte in dieser Darstellung ihrer eigenen Leiden nichts als ein plastisches Phantasiegebilde sehen, gerade gut genug, um die Augen zu täuschen, und sie lächelte sogar innerlich vor geringschätzigem Mitleid, als im Hintergrund der Bühne unter der Samtportiere ein Mann in schwarzem Mantel erschien.

Sein großer spanischer Hut fiel ihm bei einer Bewegung vom Kopf, und alsbald stimmten Instrumente und Sänger das Sextett an. Zornfunkelnd dominierte Edgar alle anderen mit seiner helleren Stimme; Ashton warf ihm in tiefen Tönen mörderische Herausforderungen entgegen; Lucia stieß ihre schrille Klage aus; Arthur modulierte abseits stehend in der mittleren Tonlage, und der Baßbariton des Geistlichen brummte wie eine Orgel, während die seine Worte aufnehmenden Frauenstimmen sie im Chor lieblich wiederholten. Sie standen alle in einer Reihe da und gestikulierten, und Zorn, Rachlust, Eifersucht, Schrecken, Erbarmen und Staunen entströmten gleichzeitig ihren offenen Mündern. Der gekränkte Liebhaber schwang sein blankes Schwert: den Bewegungen seiner Brust folgend, hob sich sein Spitzenkragen ruckartig; er ging mit großen Schritten hin und her und ließ auf den Bühnenbrettern die rotgoldenen Sporen seiner sich über den Knöcheln verbreiternden weichen Stiefel klirren. Er muß eine unversiegbare Liebesfähigkeit haben, dachte Emma, da er sie in solchen Strömen über die Menge ergießen kann. Alle ihre kritischen Anwandlungen verflogen unter der Poesie seiner Rolle, die sie eroberte. Durch die dargestellte Figur vom Mann auf der

Bühne angezogen, versuchte sie sich sein Leben vorzustellen, dieses geräuschvolle, außergewöhnliche, glänzende Leben, das sie hätte führen können, hätte der Zufall es gewollt. Sie hätten sich kennengelernt, hätten sich geliebt! Mit ihm wäre sie durch alle Königreiche Europas von Hauptstadt zu Hauptstadt gereist, hätte Strapazen und Stolz mit ihm geteilt, die Blumen aufgehoben, die man ihm zuwarf, seine Kostüme selbst bestickt, und Abend für Abend hätte sie in den Tiefen einer Loge hinter vergoldetem Gitter glückselig die Mitteilungen dieser Seele empfangen, die nur für sie allein sang; von der Bühne aus hätte er sie singend angeblickt. Aber ein Rausch erfaßte sie: er sah sie ja an, ganz gewiß! Sie wünschte sich in seine Arme zu stürzen, sich in seiner Kraft wie in der Verkörperung der Liebe selbst zu bergen und ihm zu sagen, ihm zuzuschreien: »Nimm mich mit, nimm mich mit, laß uns fliehen! Dir, dir gehört alle meine Glut, dir gehören alle meine Träume!«

Der Vorhang fiel.

Der Geruch des Gases vermischte sich mit dem Atem der Menschen; und das Fächeln der Fächer machte die Luft noch erstickender. Emma wollte hinausgehen; doch die Menge versperrte die Korridore, und sie sank in den Sessel zurück mit einem Herzklopfen, das ihr den Atem benahm. Charles fürchtete, sie werde in Ohnmacht fallen und lief zum Ausschank, um ihr ein Glas Mandelmilch zu holen.

Er hatte große Mühe, wieder zu seinem Platz zu gelangen; denn bei jedem Schritt wurde er von jemandem an den Ellbogen gestoßen wegen des Glases, das er in beiden Händen trug. Und er verschüttete zudem drei Viertel davon über die Schultern einer Dame aus Rouen in kurzärmeligem Kleid, die, als sie die kalte Flüssigkeit ihren Rücken hinabrinnen spürte, ein Pfauengeschrei anstimmte, so als ob sie ermordet

Im Theater trafen sie Leon



würde. Ihr Mann, ein Spinnereibesitzer, ereiferte sich gegen den Ungeschickten, und während sie mit ihrem Taschentuch die Flecken von ihrem schönen kirschroten Taftkleid wischte, murmelte er in grimmigem Ton die Worte Schadensersatz, Kosten, Rückzahlung. Endlich war Charles wieder bei seiner Frau und sagte ihr, noch ganz außer Atem:

»Ich habe wahrhaftig geglaubt, ich würde steckenbleiben. Eine Menschenmenge ist das! ... eine Menschenmenge! ...«

Und er fügte hinzu:

»Rate mal, wem ich oben begegnet bin! Monsieur Léon!«

»Léon?«

»Höchstpersönlich! er wird gleich kommen und dir seine Aufwartung machen.«

Und noch während er redete, trat der einstige Kanzlist von Yonville in die Loge.

Mit der Ungezwungenheit eines Weltmanns streckte er die Hand aus, und Madame Bovary reichte ihm unwillkürlich die ihre, wahrscheinlich der Anziehungskraft eines stärkeren Willens folgend. Sie hatte eine solche seit jenem Frühlingsabend, als der Regen auf das grüne Laub fiel und sie am Fenster stehend einander Lebewohl sagten, nicht mehr gespürt. Doch rasch besann sie sich wieder auf das in dieser Situation Gebotene, schüttelte unter Anstrengung die betäubenden Erinnerungen ab und stammelte flugs ein paar Redensarten:

»Ah! Guten Abend ... Wie? Sie auch hier?«

»Ruhe!« rief eine Stimme aus dem Parterre, denn der dritte Akt begann.

»Sie leben also in Rouen?«

»Ja.«

»Und seit wann?«

»Hinaus! hinaus!«

Man drehte sich nach ihnen um. Sie verstummten.

Von diesem Augenblick an aber hörte sie nicht mehr zu, und der Chor der Hochzeitsgäste, die Szene mit Ashton und seinem Diener, ein großes Duett in D-Dur, alles schien ihr in der Ferne stattzufinden, so als ob die Instrumente weniger klangvoll geworden und die Personen in den Hintergrund gerückt worden wären: sie erinnerte sich an die Kartenpartien beim Apotheker und an den Spaziergang zur Amme, an die Lektüren in der Laube, an die Gespräche zu zweit am Kamin, an diese ganze arme Liebe, die so ruhig und beständig, so verschwiegen, so zartfühlend gewesen war und die sie gleichwohl vergessen hatte. Warum kehrte er zurück? Welche Verflechtung von Ereignissen stellte ihn wieder in ihr Leben? Er stand hinter ihr, lehnte sich mit der Schulter an die Zwischenwand, und von Zeit zu Zeit fühlte sie erschauernd, wie sein lauer Atem durch ihr Haar strich.

»Finden Sie das unterhaltsam?« sagte er und beugte sich so nahe zu ihr herab, daß die Spitze seines Schnurrbarts ihre Wange berührte.

Sie antwortete leichthin:

»Ach mein Gott, nein! nicht sonderlich.«

Daraufhin machte er den Vorschlag, das Theater zu verlassen und irgendwo ein Eis zu sich zu nehmen.

»Oh! noch nicht! bleiben wir noch!« sagte Bovary. »Sie hat ihr Haar gelöst: das verspricht tragisch zu werden.«

Aber die Wahnsinnsszene interessierte Emma nicht, und das Spiel der Sängerin erschien ihr übertrieben.

»Sie schreit zu sehr«, sagte sie zu Charles gewandt, der zuhörte.

»Ja ... vielleicht ... ein wenig«, erwiderte er, zwischen der

Aufrichtigkeit seines Vergnügens und dem Respekt, den er den Ansichten seiner Frau entgegenbrachte, schwankend.

Nun seufzte Léon und sagte:

»Eine Hitze ist das hier …«

»Ja. Unerträglich.«

»Stört sie dich?« fragte Bovary.

»Ja, ich ersticke: gehen wir.«

Monsieur Léon legte ihr achtsam den langen Spitzenschal um die Schultern, und zu dritt gingen sie zum Hafen und setzten sich ins Freie vor die Glaswand eines Cafés. Zuerst wurde über Emmas Krankheit geredet, obwohl sie Charles immer wieder unterbrach, weil sie, wie sie sagte, fürchtete, daß dies Monsieur Léon langweilen müsse, dann berichtete er ihnen, er werde zwei Jahre in Rouen in einer großen Anwaltskanzlei arbeiten, um sich mit der Rechtspraxis vertraut zu machen, die in der Normandie anders sei als in Paris. Danach erkundigte er sich nach Berthe, nach der Familie Homais, der Mutter Lefrançois, und da sie in Anwesenheit des Ehemannes einander nichts weiter zu sagen hatten, schlief die Unterhaltung bald ein.

Leute, die aus der Oper kamen, gingen vorüber und trällerten oder grölten aus vollem Hals: »Sieh, ich folge, reine Seele!«

Dies nahm Léon zum Anlaß, sich als Kunstliebhaber aufzuspielen und begann über Musik zu sprechen. Er habe Tamburini, Rubini, Persiani, Grisi gehört, und verglichen mit ihnen sei Lagardy trotz seines großen Rufs ein Nichts.

»Es heißt aber doch«, wandte Charles ein, der sein Sorbet mit Rum in kleinen Bissen aß, »er solle im letzten Akt ganz wunderbar sein. Ich bedaure, daß wir vor dem Schluß gegangen sind, denn es fing gerade an, mir zu gefallen.«

»Übrigens«, sagte der Kanzlist, »gibt er nächstens noch eine Vorstellung.«

Charles erwiderte jedoch, daß sie am morgigen Tag abreisen müßten.

»Es sei denn«, fügte er zu seiner Frau gewandt hinzu, »du magst allein hierbleiben, mein Kätzchen?«

Und angesichts dieser unerwarteten hoffnungsvollen Aussicht änderte der junge Mann seine Taktik und stimmte ein Loblied auf Lagardys letzte Arie an. Es sei das etwas Herrliches, etwas Erhabenes. Nun bestand Charles darauf, daß sie blieb:

»Du fährst dann am Sonntag zurück. Komm, entschließ dich. Wenn du nur im geringsten das Gefühl hast, es tue dir gut, darfst du nicht ablehnen.«

Indessen wurden die Tische im Umkreis abgeräumt; ein Kellner postierte sich diskret in ihre Nähe; Charles begriff und zog seine Börse; der Kanzlist hielt ihn am Ärmel zurück und vergaß auch nicht, obendrein zwei Silbermünzen dazulassen, die er auf dem Marmor klingen ließ.

»Es ist mir wahrhaftig nicht recht«, murmelte Bovary, »daß Sie Geld ...«

Der andere machte eine herabsetzende Bewegung voller Herzlichkeit, griff nach seinem Hut und sagte:

»Also abgemacht, nicht wahr, morgen um sechs Uhr?«

Charles protestierte nochmals, daß er nicht länger bleiben könne; doch nichts hindere Emma ...

»Das heißt ...«, stammelte sie mit sonderbarem Lächeln, »ich weiß nicht so recht ...«

»Nun, überleg es dir, wir werden sehen, über Nacht kommt Rat ...«

Und zu Léon, der sie begleitete, sagte er:

»Jetzt, da Sie wieder in unserer Gegend sind, werden Sie hoffentlich dann und wann bei uns zu Abend essen.«

Der Kanzlist versicherte, daß er dies bestimmt tun werde,

daß er sich in einer Angelegenheit seiner Kanzlei ohnehin nach Yonville begeben müsse. Und als sie sich vor der Passage Saint-Herbland trennten, schlug die Uhr der Kathedrale halb zwölf.

# Dritter Teil

# I

Monsieur Léon hatte, als er seinem Rechtsstudium nachging, ziemlich regelmäßig die *Chaumière* besucht und dort sogar recht hübsche Erfolge eingeheimst bei den Grisetten, die fanden, er sehe *vornehm* aus. Er war ein denkbar musterhafter Student gewesen: trug sein Haar weder zu lang noch zu kurz, brachte nicht schon am Monatsersten sein ganzes Trimestergeld durch und stellte sich gut mit seinen Professoren. Von Ausschweifungen hatte er sich stets ferngehalten, aus Zaghaftigkeit ebensosehr wie aus Empfindsamkeit.

Oft, wenn er im Zimmer blieb und las oder wenn er abends unter den Linden im Jardin du Luxembourg saß, ließ er das Gesetzbuch aus den Händen gleiten und gedachte Emmas. Doch nach und nach wurde dieses Gefühl schwächer, andere Begierden überlagerten es, obwohl es trotzdem weiterlebte. Denn Léon verlor nicht alle Hoffnung; eine Art vage Verheißung wiegte sich für ihn in der Zukunft wie eine in phantastischem Laubwerk hängende goldene Frucht.

Als er sie jetzt nach dreijähriger Abwesenheit wiedersah, erwachte seine Leidenschaft von neuem. Er müsse sich endlich dazu ermannen, sie zu besitzen, sagte er sich. Zudem hatte er durch den Umgang mit leichtlebiger Gesellschaft seine Schüchternheit abgelegt, und als er in die Provinz zurückkehrte, verachtete er alles, was nicht in Lackschuhen über den Asphalt der Boulevards ging. Angesichts einer Pariserin in Spitzen, im Salon eines berühmten Arztes, einer Persönlichkeit mit Orden und Kutsche hätte der arme Kanzlist zweifellos wie ein Kind gezittert; hier aber in Rouen, am Hafen, vor der Frau dieses kleinen Landarztes, fühlte er sich unbefangen und war von vorneherein gewiß zu betören. Das selbstsichere Auftreten hängt von der Umgebung ab: am Souterrain redet man anders als im vierten Stock, und eine reiche Frau scheint alle ihre Banknoten wie eine Rüstung als Tugendwächter im Futter ihres Korsetts zu tragen.

Nachdem Léon sich am vergangenen Abend von Monsieur und Madame Bovary verabschiedet hatte, war er ihnen von weitem durch die Straßen gefolgt; als er sie dann vor der *Croix Rouge* stehenbleiben sah, hatte er sich auf dem Absatz umgedreht und die ganze Nacht damit zugebracht, einen Plan auszudenken.

Tags darauf trat er also gegen fünf Uhr in die Küche des Gasthofs, beklommen, bleich und mit jener Entschlossenheit der Hasenfüße, die sich durch nichts mehr aufhalten läßt.

»Monsieur ist nicht da«, sagte ein Dienstbote.

Dies schien ihm ein gutes Vorzeichen zu sein. Er ging nach oben. Sein Kommen verwirrte sie nicht; sie entschuldigte sich vielmehr bei ihm dafür, daß sie vergessen hatte, ihm zu sagen, wo sie abgestiegen waren.

»Oh! ich habe es erraten«, sagte Léon.

»Wie das?«

Er gab an, aufs Geratewohl losgezogen und durch einen Instinkt zu ihr geführt worden zu sein. Sie lächelte darüber, und um seine Dummheit wiedergutzumachen, behauptete Léon rasch, er habe den ganzen Vormittag damit zugebracht, in allen Hotels der Stadt nach ihr zu fragen.

»Sie haben sich also entschieden zu bleiben?« fügte er hinzu.

»Ja«, sagte sie, »und das war falsch. Man soll sich nicht an undurchführbare Vergnügen gewöhnen, wenn tausend Pflichten harren ...«

»Oh! das kann ich mir denken ...«

»Ah nein, denn Sie sind ja keine Frau.«

Aber Männer hätten ebenfalls ihre Kümmernisse. Und so eröffneten einige philosophische Überlegungen die Unterhaltung. Emma verbreitete sich über die Erbärmlichkeit der irdischen Zuneigungen und ewige Einsamkeit, in der das Herz verschüttet liege.

Um sich zur Geltung zu bringen oder in naiver Nachahmung dieser Melancholie, die ihn ansteckte, behauptete der junge Mann, er habe sich während seiner ganzen Studienzeit furchtbar gelangweilt. Das Rechtswesen enerviere ihn, er fühle sich zu anderem berufen, und seine Mutter lasse nicht davon ab, ihn in jedem ihrer Briefe zu quälen. Denn mehr und mehr gaben sie die Gründe ihres Kummers an, und diese wachsende Vertrauensseligkeit versetzte sie ein wenig in Schwärmerei. Doch manchmal hielten sie vor der völligen Preisgabe eines Gedankens inne und suchten nach Worten, die ihn gleichwohl übermitteln konnten. Sie gestand ihm ihre Leidenschaft für einen anderen durchaus nicht ein; er sagte ihr nicht, daß er sie vergessen hatte.

Vielleicht fielen ihm die Soupers nach den Maskenbällen wirklich nicht mehr ein, und sie besann sich wahrscheinlich nicht auf die einstigen Treffen, als sie morgens früh durch die Felder zum Schloß ihres Geliebten gelaufen war. Die Geräusche der Stadt drangen kaum bis zu ihnen herauf, und das Zimmer schien klein, wie um ihrer beider Alleinsein noch deutlicher zu machen. Emma, die ein Morgenkleid aus geköpertem Barchent trug, preßte ihren Haarknoten an das Rückenpolster des alten Lehnsessels; die gelbe Wandtapete hinter ihr wirkte wie ein Goldgrund, und ihr bloßer Kopf mit dem hellen Mittelscheitel und den unter dem glatten Haar hervorschauenden Ohrläppchen wurde vom Spiegel wiederholt.

»Doch verzeihen Sie«, sagte sie, »wie kann ich nur! Ich langweile Sie mit meinen ewigen Klagen!«

»Nein, niemals! niemals!«

»Wenn Sie wüßten«, fuhr sie fort und blickte mit ihren schönen Augen, in denen eine Träne glänzte, zur Decke, »was ich mir alles erträumt hatte!«

»Und ich erst! Oh, ich habe viel gelitten! Oft ging ich hinaus, ging einfach davon, schleppte mich die Kais entlang, ließ mich vom Lärm der Menge betäuben, ohne die quälenden Gedanken vertreiben zu können. Bei einem Kunsthändler auf dem Boulevard findet sich ein italienischer Stich, der eine Muse darstellt. Sie ist in eine Tunika gehüllt, trägt einen Kranz von Vergißmeinnicht im gelösten Haar und blickt auf zum Mond. Etwas drängte mich unablässig zu ihr hin; stundenlang habe ich dort gestanden.«

Dann mit bebender Stimme:

»Sie glich Ihnen ein wenig.«

Madame Bovary wandte sich ab, damit er das Lächeln nicht sah, das sie aufsteigen fühlte und nicht unterdrücken konnte.

»Oft habe ich Ihnen Briefe geschrieben, die ich sodann wieder zerriß«, redete er weiter.

Sie antwortete nicht. Er fuhr fort:

»Manchmal stellte ich mir vor, ein Zufall würde Sie herführen. Ich glaubte Sie an Straßenecken zu erkennen und lief hinter allen Droschken her, aus deren Wagenfenstern ein Schal flatterte, ein Schal, der Ihrem glich ...«

Sie schien entschlossen, ihn ununterbrochen weiterreden zu lassen. Sie kreuzte die Arme, betrachtete vornübergeneigt die Rosetten ihrer Pantoffel und verursachte in deren Seide mit ihren Zehen bisweilen eine leichte Bewegung.

Dann aber seufzte sie:

»Das Traurigste, nicht wahr, was es gibt, ist wie ich sein Dasein nutzlos hinzubringen. Wenn unsere Leiden jemandem zu nützen vermöchten, würde uns der Gedanke, ein Opfer zu bringen, aufrichten!«

Er begann Tugend, Pflichterfüllung und stille Aufopferung zu preisen, er habe selbst ein unglaubliches Hingabebedürfnis, das er nicht stillen könne.

»Ich würde so gern Krankenschwester sein in einem Spital«, sagte sie.

»Ach!« sagte er, »Männer haben keine dieser heiligen Aufgaben, und ich sehe nirgends einen Beruf … außer vielleicht den des Arztes …«

Mit einem leichten Achselzucken unterbrach Emma ihn, um über ihre Krankheit zu klagen, an der sie beinahe gestorben wäre; wie schade! sie müßte nun nicht mehr leiden. Léon sehnte sich prompt nach der *Ruhe des Grabes* und hatte sogar sein Testament gemacht und darin gebeten, man möge ihn in der schönen Decke mit Samtbordüre bestatten, die er von ihr bekommen hatte. Denn so wären sie beide gern gewesen, und sie schufen sich der eine wie die andere ein Ideal, dem sie ihr vergangenes Leben jetzt anpaßten. Ist doch die Rede ein Walzwerk, das die Gefühle streckt.

Doch bei diesem Schwindel mit der Decke fragte sie:

»Warum denn?«

»Warum?«

Er zögerte.

»Weil ich Sie sehr geliebt habe!«

Und während er sich beglückwünschte, diese Hürde genommen zu haben, beobachtete er von der Seite ihr Gesicht.

Es war wie der Himmel, wenn ein Windstoß die Wolken verjagt. Die angesammelten traurigen Gedanken, die sie verdüstert hatten, schienen sich aus ihren blauen Augen zurückzuziehen; ihr ganzes Gesicht strahlte.

Er wartete. Endlich erwiderte sie:

»Ich habe es immer geahnt ...«

Dann erzählten sie einander die kleinen Begebenheiten aus dieser fernen Zeit, deren Freuden und Kümmernisse sie in einem einzigen Wort zusammengefaßt hatten. Er entsann sich der mit Klematis bewachsenen Laube, der Kleider, die sie getragen hatte, der Möbel in ihrem Zimmer, ihres ganzen Hauses.

»Und unsere lieben Kakteen, wo sind sie?«

»Sie sind im Winter erfroren.«

»Ach! So oft habe ich an die gedacht, wissen Sie? So oft sie vor mir gesehen wie damals, wenn an den Sommermorgenden die Sonne auf die Jalousien schien ... und ich sah, wie Ihre bloßen Arme sich zwischen den Blumen bewegten.«

»Armer Freund!« sagte sie und streckte ihm die Hand entgegen.

Léon drückte sie rasch an die Lippen. Dann, nachdem er tief Atem geholt hatte:

»Sie waren zu jener Zeit für mich ich weiß nicht welche unbegreifliche Macht, die mein Leben gefangenhielt. Einmal zum Beispiel bin ich zu Ihnen gegangen, aber Sie werden sich gewiß nicht daran erinnern.«

»Doch«, sagte sie. »Fahren Sie fort.«

»Sie waren unten im Vorzimmer, im Begriff auszugehen, standen auf der letzten Treppenstufe; – Sie trugen sogar einen Hut mit kleinen blauen Blumen; und ohne daß Sie mich dazu aufgefordert hätten, gegen meinen Willen habe ich Sie begleitet. Mit jeder Minute wurde mir mein dummes Benehmen stärker bewußt, doch ich ging neben Ihnen weiter, wagte nicht, Ihnen wirklich zu folgen, wollte Sie aber auch nicht verlassen. Wenn Sie in einen Laden traten, wartete ich auf der Straße und beobachtete durch das Fenster, wie Sie die Handschuhe auszogen und das Geld auf den Ladentisch zählten. Darauf haben Sie bei Madame Tuvache geläutet; man hat Ihnen geöffnet und ich habe wie ein Idiot vor der großen schweren Tür gestanden, die hinter Ihnen zugefallen war.«

Während sie ihm zuhörte, empfand Madame Bovary mit Staunen, wie alt sie doch schon war; all diese wieder auftauchenden Dinge schienen ihr Leben auszudehnen, eine Unermeßlichkeit der Gefühle zu bilden, in die sie sich zurückversetzte, und von Zeit zu Zeit sagte sie mit halbgeschlossenen Augen leise:

»Ja, das ist wahr ... das ist wahr ... das ist wahr.«

Sie hörten, wie es auf den verschiedenen Uhren des Beauvoisine-Stadtteils mit seinen vielen Pensionaten, Kirchen und leerstehenden Stadtvillen acht Uhr schlug. Sie sprachen nicht mehr, aber wenn sie einander anblickten, spürten sie ein Rauschen in ihren Köpfen, wie wenn von ihren starren Pupillen wechselseitiges Klingen ausgehe. Ihre Hände hatten sich verschlungen, und Vergangenheit, Zukunft, Erinnerungen und Träume, alles verschmolz in der Süße dieser Schwärmerei. Die Dunkelheit verdichtete sich auf den Wänden, auf denen noch, im Schatten halb verloren, die grellen Farben der vier Bilder glänzten, die vier Szenen aus der *Tour de Nesle* darstellten, mit Legenden in spanischer und französischer Sprache. Durch das Schiebefenster sah man zwischen spitzen Türmen ein Stück schwarzen Himmel.

Sie stand auf, um zwei Kerzen auf der Kommode anzuzünden, und setzte sich dann wieder.

»Und nun ...« fragte Léon.

»Und nun?« antwortete sie.

Er suchte nach Worten, um das unterbrochene Zwiegespräch wieder aufzunehmen, als sie sagte:

»Wie kommt es, daß nie zuvor jemand mir gegenüber solche Gefühle geäußert hat?«

Der Kanzlist beteuerte, die idealen Naturen seien eben schwer zu verstehen. Er habe sie vom ersten Augenblick an geliebt, und der Gedanke, welches Glück sie hätten finden können, wenn sie durch einen günstigen Zufall einander früher begegnet wären und sich auf unauflösliche Weise miteinander verbunden hätten, bringe ihn zur Verzweiflung.

»Daran habe ich manchmal gedacht«, sagte sie.

»Welch ein Traum!« murmelte Léon.

Und während er zart über die blaue Litze ihres langen weißen Gürtels strich, fügte er hinzu:

»Was hindert uns also, von vorn anzufangen?«

»Nein, mein Freund«, antwortete sie. »Ich bin zu alt ... Sie sind zu jung ... vergessen Sie mich! Andere werden Sie lieben ... Sie werden sie wiederlieben.«

»Nicht so wie Sie!« rief er aus.

»Was für ein Kind Sie doch sind! Seien wir vernünftig! Ich will es so!«

Sie hielt ihm die Unmöglichkeit ihrer Liebe vor und daß sie es wie ehedem bei einer einfachen geschwisterlichen Freundschaft bewenden lassen müßten.

War es ihr ernst mit dem, was sie sagte? Wahrscheinlich wußte Emma, vom Reiz der Verführung und der Notwendigkeit, sich dagegen zu wehren, völlig in Anspruch genommen, dies selber nicht. Und den jungen Mann mit gerührtem Blick betrachtend, wehrte sie sanft die schüchternen Liebkosungen ab, die seine zitternden Hände versuchten.

»Ach, Vergebung«, sagte er zurückweichend.

Und eine unbestimmte Furcht ergriff Emma angesichts

dieser Schüchternheit, die ihr gefährlicher war als Rodolphes Unverfrorenheit, wenn er mit offenen Armen auf sie zukam. Nie war ein Mann ihr so schön erschienen. Aus seiner Haltung sprach eine köstliche Arglosigkeit. Er senkte die langen, gebogenen feinen Augenwimpern. Die zarte Haut seiner Wangen rötete sich – so glaubte sie – vor Verlangen nach ihr, und Emma empfand eine ununterdrückbare Lust, sie mit den Lippen zu berühren. Sie beugte sich zur Stutzuhr, wie um nach der Zeit zu sehen:

»Wie spät es ist, mein Gott!« sagte sie, »wie lange wir schon plaudern!«

Er verstand den Wink und nahm seinen Hut.

»Ich habe darüber sogar die Oper vergessen! Der arme Bovary hat mich eigens dafür hierbleiben lassen! Monsieur Lormeaux aus der rue Grand-Pont und seine Frau sollten mich hinführen.«

Und die Gelegenheit sei verpaßt, denn am morgigen Tag reise sie ab.

»Wirklich?« sagte Léon.

»Ja.«

»Aber ich muß Sie noch einmal sehen«, fuhr er fort, »ich habe Ihnen etwas zu sagen …«

»Was denn?«

»Eine … wichtige, ernste Sache. Und außerdem, ach nein, Sie werden nicht abreisen, das ist unmöglich! Wenn Sie wüßten … Hören Sie … Haben Sie mich denn nicht verstanden? Haben Sie nicht erraten? …«

»Dabei sind Sie doch recht beredt«, sagte Emma.

»Ach, Sie scherzen! Genug, genug! Haben Sie Erbarmen. Lassen Sie mich Sie wiedersehen … noch ein Mal … ein einziges Mal.«

»Also gut! …«

Sie brach ab, dann, als besänne sie sich anders:

»Oh! nicht hier!«

»Wo Sie wollen.«

»Wollen Sie …«

Sie schien nachzudenken, sagte dann kurz:

»Morgen um elf Uhr in der Kathedrale.«

»Ich werde dort sein!« rief er und ergriff ihre Hände, die sie ihm entzog.

Und da sie beide standen, er hinter ihr und Emma mit gesenktem Kopf, beugte er sich zu ihrem Hals und küßte sie lange auf den Nacken.

»Aber Sie sind ja wahnsinnig, oh, Sie sind wahnsinnig!« sagte sie unter leisem kehligem Lachen, während die Küsse sich mehrten.

Er streckte den Kopf vor über ihre Schulter und schien nach Zustimmung in ihren Augen zu suchen. Sie blickten ihn voll eisiger Majestät an.

Léon trat drei Schritte zurück, um hinauszugehen. Auf der Türschwelle blieb er stehen und flüsterte mit bebender Stimme:

»Auf morgen.«

Sie antwortete mit einem Kopfnicken und verschwand wie ein Vogel im Nebenzimmer.

Am Abend schrieb Emma dem Kanzlisten einen endlosen Brief, in dem sie das Rendezvous absagte; es sei nun alles zu Ende, und um ihrer beider Glück willen dürften sie einander nicht wiedersehen. Doch als sie den Umschlag geschlossen hatte, war sie, da sie Léons Adresse nicht kannte, in arger Verlegenheit.

»Ich werde ihm den Brief selbst geben«, sagte sie sich, »er kommt ja.«

Am nächsten Tag stand Léon trällernd am offenen Balkonfenster und wichste eigenhändig seine Tanzschuhe mehrmals hintereinander. Er zog eine weiße Hose an, feine Sokken, einen grünen Rock und schüttete auf sein Taschentuch alles, was er an Duftwässern besaß, dann, nachdem er sich das Haar hatte kräuseln lassen, brachte er es wieder in Unordnung, um seiner Frisur mehr natürliche Eleganz zu verleihen.

Es ist noch zu früh! dachte er nach einem Blick auf die Kuckucksuhr des Perückenmachers, die neun Uhr anzeigte.

Er las ein altes Modejournal, trat hinaus, rauchte eine Zigarre, ging drei Straßen entlang, und als er dachte, daß es nun an der Zeit sei, steuerte er langsam dem Platz Notre Dame zu.

Es war ein schöner Sommermorgen. Silberne Geräte schimmerten in den Läden der Goldschmiede, und das auf die Kathedrale einfallende Licht brachte die Bruchflächen der grauen Steine zum Blitzen; eine Vogelgesellschaft kreiste im blauen Himmel um die Türmchen mit den Dreipaßfenstern; der von Geschrei widerhallende Platz duftete nach den Blumen, Rosen, Jasmin, Nelken, Narzissen und Tuberosen, deren in ungleichen Abständen von saftigem Gras, Katzenminze und Vogelmiere unterbrochene Beete ihn umrandeten; und zwischen Pyramiden von Wassermelonen wickelten unter breiten Schirmen barhäuptige Marktfrauen Veilchensträuße in Papier.

Der junge Mann kaufte ein Bukett. Es war das erste Mal, daß er für eine Frau Blumen kaufte, und als er an ihnen roch, schwoll seine Brust vor Stolz, so als ob die Huldigung, die er einer anderen darbringen wollte, auf ihn zurückfiele.

Er fürchtete jedoch, gesehen zu werden, und trat entschlossen in die Kirche.

Mitten auf der Schwelle des linken Portals, unter der *tanzenden Marianne*, stand der Schweizer, Federhut auf dem Kopf, Degen an der Seite, Stab in der Faust, majestätischer als ein Kardinal und glänzender als ein Hostienkelch.

Er näherte sich Léon und sagte mit jenem Lächeln honigsüßer Harmlosigkeit, das die Geistlichen aufsetzen, wenn sie Kindern Fragen stellen:

»Monsieur ist wohl nicht von hier? Wünscht Monsieur die Sehenswürdigkeiten der Kirche zu besichtigen?«

»Nein«, sagte der andere.

Und er machte zuerst einen Rundgang durch die Seitenschiffe. Dann schaute er über den Platz. Emma kam nicht. Er ging wieder bis zum Chor.

Mit dem unteren Teil der Spitzbogen und einigen Fensterabschnitten spiegelte sich das Schiff in den vollen Weihwasserbecken. Der Widerschein der Glasmalereien aber brach sich am Rand des Marmors und setzte sich auf den Steinfliesen wie ein bunter Teppich fort. In drei gewaltigen Strahlen drang das helle Tageslicht durch die drei offenen Portale in die Kirche. Dann und wann ging hinten ein Küster vorbei und machte vor dem Altar die seitliche Kniebeuge der Frommen, die in Eile sind. Die Kristallüster hingen unbewegt herab. Im Chor brannte eine silberne Lampe; und aus den Seitenkapellen, den dunklen Teilen der Kirche, drang manchmal etwas wie Seufzen, zusammen mit dem Geräusch eines zufallenden Gitters, dessen Echo in den hohen Gewölben widerhallte.

Gemächlichen Schrittes ging Léon an den Mauern entlang. Nie war ihm das Leben so schön erschienen. Gleich würde sie kommen, bezaubernd, lebhaft, der Blicke gewiß, die ihr folgten – in ihrem mit Volants besetzten Kleid, mit ihrem goldenen Lorgnon, in ihren dünnen Stiefelchen, ausgestattet mit vielerlei Köstlichkeiten, die er nie gekostet hatte, und der unsäglichen Verführungskraft der erliegenden Tugend. Gleich einem gigantischen Boudoir würde sich die Kirche um sie herum ordnen, die Gewölbe würden sich senken, um im Dunkel die Beichte ihrer Liebe zu empfangen, die Fenster glänzen, um ihr Gesicht zu beleuchten, und die Weihrauchfässer würden brennen, auf daß sie wie ein Engel in einer Wolke von Wohlgerüchen erschiene.

Doch sie kam nicht. Er setzte sich auf einen Stuhl, und seine Augen begegneten einer blauen Glasscheibe, auf der Körbe tragende Schiffer zu sehen sind. Er betrachtete sie lange aufmerksam und zählte die Schuppen der Fische und die Knopflöcher der Wämser, während seine Gedanken auf der Suche nach Emma umherirrten.

Der abseits stehende Schweizer ärgerte sich im stillen über dieses Subjekt, das es sich herausnahm, die Kathedrale allein zu bewundern. Er fand sein Benehmen ungeheuerlich, fand, daß es ihn gewissermaßen bestahl und nahezu ein Sakrileg beging.

Doch da, ein seidiges Rascheln auf den Fliesen, der Rand eines Huts, ein schwarzer Umhang … Sie war es! Léon stand auf und eilte ihr entgegen.

Emma war blaß und kam rasch auf ihn zu.

»Lesen Sie!« sagte sie und reichte ihm ein Papier … »O nein!«

Und sie zog brüsk ihre Hand zurück und trat in die Marienkapelle, wo sie sich auf einen Betschemel kniete und zu beten begann.

Den jungen Mann ärgerte die bigotte Laune, dann empfand er es als doch reizvoll, sie mitten in einem Rendezvous in Anbetung versunken zu sehen wie eine andalusische Marquise, schließlich aber langweilte er sich, denn sie fand kein Ende.

Emma betete, vielmehr bemühte sie sich zu beten, in der Hoffnung, der Himmel werde ihr einen plötzlichen Entschluß eingeben, und um den göttlichen Beistand herbeizulocken, füllte sie sich die Augen mit dem Glanz des Tabernakels, atmete den Duft der in großen Vasen stehenden voll erblühten weißen Nachtviolen ein und lauschte der Stille der Kirche, die den Aufruhr ihres Herzens nur steigerte.

Sie erhob sich wieder, und beide waren im Begriff zu gehen, als der Schweizer rasch herankam und sagte:

»Madame ist wohl nicht von hier? Wünscht Madame die Sehenswürdigkeiten der Kirche zu besichtigen?«

»Aber nein!« rief der Kanzlist aus.

»Warum nicht?« entgegnete sie.

Denn ihre schwankende Tugend klammerte sich an die heilige Jungfrau, an die Skulpturen, die Grabsteine, an alles, was sich bot.

Um *der Reihe nach* vorzugehen, führte der Schweizer die beiden daraufhin zum Eingang zurück, an eine Stelle in der Nähe des Platzes, und wies mit seinem Stab auf ein großes Rund von schwarzen Fliesen, das weder Inschrift noch Verzierungen zeigte.

»Dies hier«, sprach er majestätisch, »ist der Umfang der schönen Glocke von Amboise. Sie wog vierzigtausend Pfund und hatte in ganz Europa nicht ihresgleichen. Der Handwerker, der sie gegossen hat, ist vor Freude darüber gestorben ...«

»Gehen wir weiter«, sagte Léon.

Der gute Mann setzte sich wieder in Bewegung; dann, erneut bei der Marienkapelle angekommen, streckte er mit umfassender, demonstrativer Gebärde die Arme aus und sagte, stolzer als ein Gutsbesitzer, der seine Spaliere zeigt:

»Diese einfache Steinplatte bedeckt Pierre de Brézé,

Grundherr von Varenne und Brissac, Großmarschall von Poitou und Statthalter der Normandie, gefallen in der Schlacht von Montlhéry, am 16. Juli 1465.«

Léon biß sich auf die Lippen und trat von einem Fuß auf den anderen.

»Und rechts dieser Ritter im Harnisch auf dem sich bäumenden Pferd ist sein Enkel Louis de Brézé, Grundherr von Breval und Montchauvet, Graf de Maulevrier, Baron de Mauny, Kammerherr des Königs, Ordensritter und ebenfalls Statthalter der Normandie, gestorben am 23. Juli 1531, einem Sonntag, wie die Inschrift besagt, und der Mann darunter, der sich anschickt, ins Grab zu steigen, stellt Ihnen gleichfalls den nämlichen dar. Ist es nicht schlechterdings unmöglich, eine vollkommenere Darstellung des Nichts zu finden?«

Madame Bovary nahm ihr Lorgnon. Léon sah sie regungslos an, und er versuchte nicht einmal mehr, auch nur ein einziges Wort zu sagen, eine einzige Bewegung zu machen, so sehr fühlte er sich von dieser doppelten Unvermeidbarkeit von Geschwätz und Gleichgültigkeit entmutigt.

Der unermüdliche Führer fuhr fort:

»Die kniende Frau ihm zur Seiten, die weint, ist seine Gemahlin Diane de Poitiers, Gräfin de Brézé, Herzogin de Valentinois, geboren 1499, gestorben 1566, und die links davon, die ein Kind auf dem Arm hat, ist die heilige Jungfrau. Nun wenden Sie sich bitte hierhin: das sind die Gräber derer von Amboise. Beide sind Kardinäle und Erzbischöfe gewesen. Dieser da war ein Minister König Louis XII. Er hat der Kathedrale viel Gutes getan. In seinem Testament hat er den Armen dreißigtausend Goldtaler vermacht.«

Und ohne abzusetzen, drängte er sie weiterschwatzend in eine Kapelle, die mit Geländern vollgestellt war, schob einige beiseite und machte so eine Art Block frei, der eine schlecht ausgeführte Statue gewesen sein mochte.

»Sie zierte einst«, sagte er mit einem langen Seufzer, »das Grab des Richard Löwenherz, des Königs von England und Herzogs der Normannen. Es waren die Kalvinisten, Monsieur, die sie so zugerichtet haben. Aus purer Bosheit hatten sie sie unter dem Bischofssitz des hochwürdigsten Herrn vergraben. Da sehen Sie, das ist die Tür, durch welche der hochwürdigste Herr sich in seine Gemächer zu begeben pflegt. Gehen wir nun zu den Kirchenfenstern von Gargouille.«

Doch Léon zog flugs ein Silberstück aus der Tasche und faßte Emma beim Arm. Der Schweizer war ganz verblüfft, er begriff die Großzügigkeit nicht: sie war ungerechtfertigt, da es für den Fremden doch noch so viel zu besichtigen gab. Er rief ihm denn auch nach:

»Oh, aber Monsieur! Der Turm! der Vierungsturm! ...«

»Danke«, sagte Léon.

»Monsieur sollte ihn sich nicht entgehen lassen! Er ist einhundertundvierzig Fuß hoch, neun weniger als die große Pyramide von Ägypten. Er ist ganz aus Gußeisen, er ...«

Léon lief davon, denn ihm war, als ob seine Liebe, die seit der bald zwei Stunden in der Kirche bewegungslos geworden war wie die Steinquadern, sich nun wie ein Rauch verflüchtigen werde durch diese Art stumpfe Röhre, länglichen Käfig, durchbrochenen Kamin, der sich als groteskes Wagestück auf der Kathedrale ausnahm, wie der verstiegene Einfall eines eigenwilligen Kesselschmieds.

»Wohin gehen wir denn nun?« fragte sie.

Er schritt rasch weiter, ohne zu antworten, und Madame Bovary tauchte schon den Finger ins Weihwasser, als sie hinter sich ein regelmäßig vom Aufsetzen eines Stabs unterbrochenes schweres Keuchen vernahmen. Léon drehte sich um.

»Monsieur!«

»Was ist?«

Und er erkannte den Schweizer, der etwa zwanzig dicke broschierte Bücher mit dem Arm an den Leib gepreßt hielt. Es waren die Werke, die *von der Kathedrale handelten*.

»Dummkopf!« brummte Léon und stürzte aus der Kirche.

Ein Junge trieb sich auf dem Vorplatz herum.

»Geh, hol mir eine Droschke!«

Das Kind schoß wie eine Kugel durch die rue des Quatre-Vents davon; sie blieben deshalb einige Minuten allein, Auge in Auge und ein wenig verlegen.

»Oh! Léon! … Wirklich … ich weiß nicht … ob ich …«

Sie zierte sich. Dann sagte sie mit ernster Miene:

»Das ist sehr unschicklich, wissen Sie.«

»Inwiefern?« entgegnete der Kanzlist. »In Paris ist das üblich.«

Und dieses Wort gab für sie gleich einem unumstößlichen Argument den Ausschlag.

Die Droschke kam jedoch nicht. Léon fürchtete, daß Emma wieder in die Kirche gehen würde. Endlich erschien die Droschke.

»Treten Sie wenigstens durch das Nordportal hinaus!« rief der Schweizer, der beim Eingang stehengeblieben war, ihnen zu, »damit Sie die *Auferstehung* sehen, das *Jüngste Gericht*, das *Paradies*, den *König David* und die *Verdammten* in den Flammen der Hölle.«

»Wohin wünscht Monsieur zu fahren?« fragte der Kutscher.

»Wohin Sie wollen!« sagte Léon und schob Emma in den Wagen.

Und das schwerfällige Gefährt setzte sich in Bewegung.

Es fuhr durch die rue Grand-Pont, überquerte die Place des Arts, den Quai Napoléon, den Pont Neuf und blieb mit einem Ruck vor der Statue Pierre Corneilles stehen.

»Weiterfahren!« befahl eine Stimme aus dem Inneren. Der Wagen fuhr wieder an, geriet an der Kreuzung La Fayette durch das Gefälle in schnellere Fahrt und bog im Galopp in den Bahnhof ein. »Nein, geradeaus!« rief dieselbe Stimme.

Die Droschke verließ die Gitterabsperrung und fuhr, auf dem Ring angelangt, alsbald in gemächlichem Trab unter großen Ulmen dahin. Der Kutscher trocknete sich die Stirn, klemmte sich seinen Lederhut zwischen die Beine und lenkte den Wagen aus den Seitenalleen hinaus zu den Wiesen am Rand des Wassers.

Er fuhr über den trockenen Kies des Treidelwegs am Fluß entlang und bis über die Inseln hinaus nach Oyssel zu.

Doch plötzlich stürmte er los, in einem Anlauf durch Quatremares, Sotteville, die Grande-Chaussée und die rue d'Elbœuf und hielt vor dem Jardin des Plantes zum dritten Mal.

»Fahren Sie doch!« rief die Stimme nun wütender.

Und sofort setzte er sich wieder in Bewegung und fuhr durch Saint-Sever, über den Quai des Curandiers, den Quai aux Meules, abermals über die Brücke, die Place du Champ-de-Mars und hinter den Gärten des Spitals vorbei, wo alte Männer in schwarzen Jacken auf einer efeubewachsenen Terrasse in der Sonne spazierengingen. Er fuhr über den Boulevard Bouvreuil, den Boulevard Chauchoise, dann den ganzen Mont Riboudet entlang bis zur Anhöhe von Deville.

Er kehrte wieder um, und fuhr jetzt ohne Plan und Ziel aufs Geratewohl drauflos. Man sah ihn in Saint-Pol, in Lescure, am Mont Gargan, an der Rouge-Mare und auf der Place du Gaillardbois, in der rue Maladrerie, der rue Dinanderie, vor Saint-Romain, Saint-Vivien, Saint-Maclou, Saint-Nicaise – vor dem Zollamt –, bei der Basse-Vieille-Tour, den Trois-Pipes und am Cimetière Monumental. Von Zeit zu Zeit warf der Kutscher von seinem Bock aus den Kneipen verzweifelte Blicke zu. Er verstand nicht, welche Fortbewegungswut diese Individuen dazu trieb, nicht mehr anhalten zu wollen. Er versuchte es einige Male und hörte dann sofort hinter sich zornige Ausrufe losgehen. Dann schlug er noch ärger auf seine schweißbedeckten Gäule ein, aber achtete nicht mehr auf die Unebenheiten des Wegs, kümmerte sich nicht mehr darum, wenn er da und dort anstieß, mutlos und fast weinend vor Durst, Ermüdung und Traurigkeit.

Und am Hafen zwischen Wagen und Karren, und auf den Straßen in den Winkeln der Toreinfahrten sperrten die Bürger vor Staunen die Augen auf beim Anblick dieses in der Provinz so ungewöhnlichen Dings, eines Wagens mit zugezogenen Vorhängen, der so immer wieder erschien, verschlossener als ein Grab und schwankend wie ein Schiff.

Einmal, um die Mittagszeit, mitten auf dem Feld, als die Sonne am heißesten auf die alten versilberten Wagenlaternen brannte, streckte sich unter den kleinen gelben Leinwandgardinen eine bloße Hand hervor und warf Papierschnitzel hinaus, die im Wind davonflatterten und sich ein wenig weiter gleich weißen Schmetterlingen auf einem rotblühenden Kleefeld niederließen.

Dann, gegen sechs Uhr, hielt der Wagen in einer Gasse des Beauvoisine-Viertels, und eine Frau stieg aus. Sie hatte den Schleier über das Gesicht gezogen und ging, ohne sich umzusehen, davon.

## II

Als Madame Bovary zum Gasthof kam, wunderte sie sich, die Postkutsche nicht zu sehen. Nachdem Hivert dreiundfünfzig Minuten gewartet hatte, war er schließlich losgefahren.

Zwar zwang sie nichts zur Abreise, aber sie hatte ihr Wort gegeben, noch am selbigen Abend zurückzukehren. Zudem wurde sie von Charles erwartet, und schon spürte sie im Herzen die feige Fügsamkeit, die für viele Frauen so etwas wie Strafe und zugleich Lösegeld für den Ehebruch ist.

Schnell packte sie ihren Koffer, bezahlte die Rechnung, nahm einen der Wagen im Hof, und indem sie den Kutscher anspornte, zur Eile drängte, ihn jede Minute nach der Uhrzeit und den zurückgelegten Kilometern fragte, gelang es ihr, bei den ersten Häusern von Quincampoix die *Schwalbe* einzuholen.

Kaum saß sie in ihrer Ecke, da fielen ihr die Augen zu, und sie öffnete sie erst wieder am Fuß der Anhöhe, als sie von weitem Félicité erkannte, die vor dem Haus des Hufschmieds nach ihr Ausschau hielt. Hivert brachte seine Pferde zum Stehen, und die Köchin reckte sich zum Wagenfenster und sagte geheimnisvoll:

»Madame, Sie müssen sofort zu Monsieur Homais gehen. Es ist wegen etwas sehr Dringendem.«

Im Dorf war es still wie gewöhnlich. An den Straßenecken lagen kleine rosarote Häufchen, die in der Luft dampften; denn es war Einmachzeit, und jedermann in Yonville kochte seinen Vorrat am selben Tag ein. Vor dem Laden des Apothekers aber war ein viel größerer Haufen zu bewundern, von der Überlegenheit, die eine Offizin über den bürgerlichen Herd und ein allgemeines Bedürfnis über die einzelne Laune haben muß.

Sie trat ein. Der große Lehnstuhl war umgeworfen, und sogar das *Fanal de Rouen* lag am Boden zwischen zwei Mörserkeulen.

Sie stieß die Tür zum Gang auf und erblickte in der Küche inmitten brauner Töpfe voll entstielter Johannisbeeren, zerstoßenem Zucker, Zuckerstücken, auf dem Tisch stehender Waagen, auf den Feuerstellen stehender Kessel alle Homais, groß und klein, in Schürzen, die ihnen bis ans Kinn reichten, Gabeln in der Hand. Justin stand mit gesenktem Kopf da, und der Apotheker schrie:

»Wer hat dich geheißen, ihn aus der Rumpelkammer zu holen?«

»Was gibt's? Was ist denn geschehen?«

»Was geschehen ist?« antwortete der Apotheker. »Wir machen Konfitüren: sie kochen, aber wegen der starken Flamme drohen sie überzukochen, und ich verlange einen weiteren Kessel. Da ist er aus Bequemlichkeit, aus Trägheit in mein Laboratorium gegangen und hat den an seinem Nagel hängenden Schlüssel zur Rumpelkammer genommen!«

Der Apotheker nannte so ein Gelaß unter dem Dach, in dem er für seinen Beruf benötigte Geräte und Waren aufbewahrte. Oft brachte er dort lange Stunden allein zu, um zu etikettieren, um zu füllen, neu zu verschnüren; und er betrachtete es nicht als ein simples Magazin, sondern als ein wahres Heiligtum, aus dem in der Folgezeit von seinen Händen verfertigt, alle Arten von Pillen, Tabletten, Kräutertees, Säften und Wässerchen hervorgingen und seinen Ruhm in der Gegend verbreiteten. Kein anderer Mensch setzte seinen Fuß in das Gelaß, und Homais hielt es so hoch in Ehren, daß er es selber ausfegte. Kurz, wenn die jedem offenstehende

Apotheke der Ort war, wo er seinen Stolz entfaltete, so war die Rumpelkammer die Zufluchtsstätte, wo Homais in sich selbst vertieft seinen Lieblingsbeschäftigungen frönen konnte; Justins Leichtsinn dünkte ihn denn auch eine ungeheuerliche Respektlosigkeit, und röter als seine Johannisbeeren wiederholte er:

»Ja, zur Rumpelkammer! den Schlüssel zu den Säuren und ätzenden Laugen! Hat einen Reservekessel geholt! einen Kessel mit Deckel! den ich vielleicht nie in Gebrauch nehmen werde! Bei den heiklen Prozeduren unserer Kunst hat alles seine Wichtigkeit! Aber zum Teufel, man muß unterscheiden können und nicht für Verrichtungen im Haushalt das in Gebrauch nehmen, was für pharmazeutische Zwecke bestimmt ist! Das ist, wie wenn man Geflügel mit einem Skalpell tranchieren wollte, wie wenn ein hoher Beamter ...«

»Beruhige dich doch!« sagte Madame Homais.

Und Athalie zog ihn am Rock: »Papa! Papa!«

»Nein, laßt mich!« begann der Apotheker von neuem, »laßt mich! Zum Donnerwetter! Dann macht man besser gleich einen Kramladen auf, Ehrenwort! Also denn! Nur keine Rücksicht! Schlag kaputt! Brech entzwei! Laß die Blutegel raus! Verbrenne den Eibisch! Lege die Gurken in Arzneigläsern ein, zerreiß die Bandagen!«

»Sie hatten doch ...«, sagte Emma.

»Einen Augenblick! – Weißt du, was dir hätte passieren können? ... Hast du nichts gesehen in der Ecke, links, auf dem dritten Wandbrett? Rede, gib Antwort, sag etwas!«

»Ich ... weiß nicht«, stammelte der junge Bursche.

»Ah! du weißt es nicht! Also, ich weiß es, ich! Du hast eine Flasche gesehen, eine mit gelbem Wachs versiegelte blaue Flasche, die ein weißes Pulver enthält und auf die ich sogar

*Vorsicht, Gefahr* geschrieben hatte. Und weißt du, was darin ist? Arsenik! Und so etwas rührst du an! nimmst einen Kessel, der daneben steht.«

»Daneben!« rief Madame Homais und faltete die Hände. »Arsenik? Du hättest uns alle vergiften können!«

Und die Kinder stimmten ein Geschrei an, als spürten sie bereits grauenvolle Schmerzen in den Eingeweiden.

»Uns oder einen Kranken!« fuhr der Apotheker fort. »Du wolltest mich wohl auf die Anklagebank vor das Schwurgericht bringen, sehen, wie man mich zum Schafott schleppt? Weißt du nicht, welche Vorsicht ich bei allen Handhabungen walten lasse trotz meiner außerordentlichen Vertrautheit mit den Dingen? Oft habe ich vor mir selber Angst, wenn ich an meine Verantwortung denke! Denn die Regierung verfolgt uns, und die unsinnigen Rechtsvorschriften, die uns regieren, hängen als ein wahres Damoklesschwert über unserem Haupt!«

Emma versuchte nicht mehr, danach zu fragen, was man von ihr wolle, und der Apotheker fuhr in atemlosen Sätzen fort:

»Das also ist dein Dank für die Güte, die man dir erweist! So lohnst du mir die geradezu väterliche Sorge, die ich dir angedeihen lasse! Denn wo wärst du ohne mich? Was würdest du anfangen? Wer gibt dir Nahrung, Erziehung, Kleidung und alles, was du brauchst, um eines Tages in Ehren in den Reihen der Gesellschaft zu bestehen? Aber dazu muß einer sich gehörig in die Riemen legen, und, wie man so sagt, Schwielen an den Händen bekommen. *Fabricando fit faber, age quod agis.*«

Er war so außer sich, daß er ins Lateinische verfiel. Er wäre ins Chinesische oder Grönländische verfallen, wenn er diese beiden Sprachen gekannt hätte; denn er befand sich in einer der Krisen, in denen die Seele unterschiedslos alles zeigt, was sie birgt, wie der Ozean, der sich in den Stürmen vom Tang seiner Küste bis zum Sand seiner Tiefen auftut.

Und er begann von neuem:

»Ich fange an, bitter zu bereuen, daß ich mich deiner angenommen habe! Ich hätte sicherlich besser daran getan, dich damals in diesem Elend und im Schmutz, in dem du geboren bist, verkommen zu lassen! Du hast keinerlei Talent für die Wissenschaft! Du wirst nie zu etwas anderem taugen als zum Kühehüten! Du kannst kaum ein Etikett aufkleben! Und du lebst hier bei mir wie ein Domherr, wie die Made im Speck und läßt dir's wohl sein.«

Doch nun wandte sich Emma an Madame Homais:

»Man hatte mich kommen lassen ...«

»Oh, mein Gott!« unterbrach die gute Dame sie mit bekümmerter Miene, »wie soll ich es Ihnen nur sagen? ... So ein Unglück!«

Sie sprach nicht zu Ende. Der Apotheker donnerte:

»Leer ihn aus! säubere ihn! trag ihn zurück! beeil dich schon!« Er packte Justin am Kragen seines Arbeitskittels und schüttelte ihn, und dabei fiel dem Jungen ein Buch aus der Tasche.

Der Junge bückte sich. Homais war schneller, hob den Band auf und betrachtete ihn mit weit aufgerissenen Augen und offenem Mund.

»*Eheliches ... Liebesleben*!« sagte er langsam und machte zwischen den beiden Worten eine Pause. »Ah! sehr gut! sehr gut! sehr schön! Und Abbildungen! ... Ah! das ist denn doch zu stark!«

Madame Homais trat herzu.

»Nein, rühr das nicht an!«

Die Kinder wollten die Bilder sehen.

»Geht hinaus!« sagte er in herrischem Ton.

Und sie gingen hinaus.

Zuerst schritt er wuchtig hin und her, das offene Buch in der Hand, die Augen rollend, keuchend, das Gesicht verschwollen, als werde ihn gleich der Schlag treffen. Dann ging er stracks auf seinen Lehrling zu und pflanzte sich mit verschränkten Armen vor ihm auf:

»Bist du denn mit allen Lastern behaftet, du Unglücksbengel? … Nimm dich nur in acht, du gerätst auf die schiefe Bahn! … Hast du denn nicht bedacht, daß dieses schändliche Buch meinen Kindern in die Hände fallen, den Keim des Lasters in ihren Geist senken, Athalies Reinheit trüben, Napoléon verderben könnte? Er entwickelt sich schon zum Mann. Bist du wenigstens sicher, daß sie es nicht gelesen haben? Kannst du mir das bezeugen? …«

»Aber Monsieur«, sagte Emma, »was wollen Sie mir denn nun mitteilen?«

»Richtig, Madame … Ihr Schwiegervater ist gestorben!«

In der Tat war Monsieur Bovary senior zwei Tage zuvor nach dem Essen plötzlich an einem Schlaganfall verschieden; und aus übertriebener Rücksicht auf Emmas Empfindlichkeit hatte Charles Monsieur Homais gebeten, ihr die schreckliche Nachricht schonend beizubringen.

Homais hatte sich seine Rede überlegt, er hatte ihr eine ausgewogene Form gegeben, sie geglättet, sie rhythmisch gegliedert; sie war ein Meisterwerk an behutsamen Überleitungen, feinen, taktvollen Wendungen; aber der Zorn hatte die Rhetorik besiegt.

Emma verzichtete darauf, Einzelheiten zu erfahren und verließ die Apotheke, denn Monsieur Homais hatte seine Strafpredigt wiederaufgenommen. Er beruhigte sich jedoch, und brummelte, während er sich mit seiner Jakobinermütze Luft zufächelte, in gönnerhaftem Ton:

»Nicht, daß ich diese Schrift gänzlich mißbillige. Der Verfasser war Arzt. Es stehen darin einige wissenschaftliche Tatsachen, die zu kennen für einen Mann keine Schande ist und die, wage ich zu sagen, ein Mann kennen sollte. Doch später, später! Warte wenigstens, bis du selbst ein Mann und mit deiner Entwicklung fertig bist.«

Als Emma an die Haustür klopfte, kam Charles, der auf sie gewartet hatte, ihr mit offenen Armen entgegen und sagte mit tränenerstickter Stimme:

»Ach, liebe Freundin ...«

Und er beugte sich sanft zu ihr hinab, um sie zu küssen. Aber bei der Berührung seiner Lippen überfiel sie die Erinnerung an den anderen, und sie fuhr sich erschauernd mit der Hand über das Gesicht.

Sie antwortete jedoch:

»Ja, ich weiß ..., ich weiß ...«

Er zeigte ihr den Brief, in dem ihm seine Mutter ohne jede sentimentale Heuchelei von dem Vorfall berichtete. Sie bedauerte nur, daß ihr Mann die Tröstungen der Religion nicht erhalten hatte, da er in Doudeville, auf der Straße, in der Tür eines Gasthauses nach einem patriotischen Treffen ehemaliger Offiziere gestorben war.

Emma gab ihm den Brief zurück; bei Tisch dann tat sie anstandshalber so, als könne sie nichts essen. Doch als Charles sie mehrmals nötigte, langte sie entschlossen zu, während er ihr regungslos, in niedergedrückter Haltung gegenübersaß.

Von Zeit zu Zeit hob er den Kopf und sandte ihr einen langen kummervollen Blick zu. Einmal seufzte er:

»Ich hätte ihn gern noch einmal gesehen!«

Sie schwieg. Endlich, da sie begriff, daß sie etwas sagen mußte, fragte sie:

»Wie alt war dein Vater?«

»Achtundfünfzig Jahre.«

»Ach!«

Und das war alles.

Eine Viertelstunde später fügte er hinzu:

»Meine arme Mutter! … wie wird es nun für sie werden?«

Sie bedeutete mit einer Bewegung, sie wisse es nicht.

Da er sie so schweigsam sah, glaubte Charles, sie sei betrübt, und er zwang sich, nicht zu sprechen, um ihren Kummer, der ihn rührte, nicht neu aufzurühren. Doch den seinen schüttelte er ab und fragte:

»Hast du dich gestern gut unterhalten?«

»Ja.«

Als abgedeckt wurde, stand Bovary nicht auf. Auch Emma blieb sitzen, und je länger sie ihn betrachtete, desto mehr schwand bei der Monotonie des Anblicks jedes Mitleid aus ihrem Herzen. Charles erschien ihr kümmerlich, schwach, nichtssagend, kurz ein in jeder Hinsicht armseliger Mann. Wie ihn loswerden? Welch endloser Abend! Etwas Betäubendes wie Opiumrauch machte sie schläfrig.

Sie vernahmen das harte Geräusch eines Stocks auf der Flurdiele. Es war Hippolyte, der Madames Gepäck brachte. Um es abzustellen, beschrieb er mit seinem Holzbein mühsam eine Vierteldrehung.

Er denkt nicht einmal mehr daran, sagte sie sich, als sie dem armen Teufel zusah, von dessen dichtem rotem Haar der Schweiß tropfte.

Bovary tastete in seiner Börse nach einer kleinen Münze, und ohne daß er zu begreifen schien, wie demütigend für ihn die bloße Anwesenheit dieses Menschen war, der als personifizierter Vorwurf einer heillosen Unfähigkeit vor ihm stand, sagte er, als er auf dem Kamin Léons Veilchen bemerkte:

»Oh, da hast du aber einen hübschen Strauß!«

»Ja«, antwortete sie nebenhin, »ich habe ihn vorhin ... einer Bettlerin abgekauft.«

Charles griff nach den Veilchen, kühlte seine tränengeröteten Augen an ihnen und sog behutsam ihren Duft ein. Sie nahm sie ihm rasch aus der Hand und stellte sie in ein Glas Wasser.

Am folgenden Tag traf die Mutter Bovary ein. Sie und ihr Sohn weinten lange zusammen. Emma verschwand unter dem Vorwand, sie habe Anweisungen zu geben.

Tags darauf mußten sie gemeinsam die Trauerkleidung bereitmachen. Sie setzten sich mit ihren Nähkasten in die Laube am Rand des Wassers.

Charles dachte an seinen Vater und war erstaunt, eine so tiefe Zuneigung für den Mann zu empfinden, den er bisher nur mäßig zu lieben geglaubt hatte. Die alte Madame Bovary dachte an ihren Gatten. Die schlimmsten Tage von einst erschienen ihr nun begehrenswert. Die unwillkürliche Sehnsucht nach einer so langen lieben Gewohnheit verwischte alles, und beim Nähen rann ihr dann und wann eine dicke Träne die Nase hinab und blieb einen Augenblick daran hängen.

Emma dachte daran, daß sie vor kaum achtundvierzig Stunden zusammengewesen waren, weltentrückt, ganz berauscht, und sich aneinander nicht hatten sattsehen können. Sie versuchte der kleinsten Einzelheiten jenes Tages wieder habhaft zu werden. Doch die Anwesenheit der Schwiegermutter und des Ehemanns hemmte sie. Sie hätte gewünscht, nichts zu hören und nichts zu sehen, damit nichts ihre Liebesandacht störte, die, was sie auch dagegen tun mochte, unter den äußeren Eindrücken dahinschwand.

Sie trennte das Futter eines Kleids auf, die Fetzen lagen verstreut um sie herum; die Mutter Bovary knirschte ohne aufzublicken mit der Schere, und Charles saß in seinen bestickten Pantoffeln und in seinem alten braunen Umhang, der ihm als Schlafrock diente, da, die Hände in den Taschen, und sprach ebenfalls kein Wort. Neben ihnen kratzte Berthe, die ein weißes Schürzchen trug, mit ihrer Schaufel den Sand der Wege zusammen.

Plötzlich sahen sie Monsieur Lheureux, den Modewarenhändler, durch die Gartentür eintreten.

Er bot *in Anbetracht der traurigen Umstände* seine Dienste an. Emma entgegnete, daß sie glaube, darauf verzichten zu können. Der Händler gab sich nicht geschlagen.

»Entschuldigen Sie tausendmal«, sagte er, »aber ich möchte um eine private Unterredung bitten.«

Dann, mit leiser Stimme:

»Bezüglich jener Angelegenheit …, Sie wissen doch?«

Charles wurde hochrot bis an die Ohren:

»Ah! ja … in der Tat.«

Und in seiner Verwirrung wandte er sich an seine Frau:

»Könntest du nicht …, meine Liebste …?«

Sie schien ihn zu verstehen, denn sie stand auf, und Charles sagte zu seiner Mutter:

»Es ist nichts von Bedeutung! Zweifellos eine Lappalie, die den Haushalt betrifft.«

Er wollte keinesfalls, daß sie von der Geschichte mit dem Wechsel erfuhr, denn er fürchtete ihren Tadel.

Sobald sie allein waren, begann Monsieur Lheureux in recht unverblümten Ausdrücken Emma zur Erbschaft zu gratulieren und sodann über gleichgültige Dinge zu reden, die Spaliere, die Ernte und seine Gesundheit, um die es immer *soso lala, weder gut noch schlecht* stehe. Er rackere sich aber auch höllisch ab, obwohl er, entgegen allem Gerede der Leute, dabei nicht einmal die Butter aufs Brot verdiene.

Emma ließ ihn schwatzen. Sie langweilte sich so ungeheuerlich seit zwei Tagen.

»Und Sie sind völlig wiederhergestellt?« fuhr er fort. »Wahrhaftig, ich habe Ihren armen Mann in einer schönen Verfassung gesehen. Er ist ein anständiger Kerl, wenn wir auch Schwierigkeiten miteinander gehabt haben.«

Sie fragte, welcher Art die gewesen seien, denn Charles hatte ihr den Streit wegen der Warenlieferungen verheimlicht.

»Aber das wissen Sie doch genau!« sagte Lheureux. »Es handelte sich um Ihre Launen, diese Reisekoffer.«

Er hatte den Hut in die Stirne gezogen, und, die Hände hinter dem Rücken, lächelnd und vor sich hin pfeifend, blickte er ihr auf eine unerträgliche Weise ins Gesicht. Hegte er einen Verdacht? Sie verlor sich in allerlei Befürchtungen. Endlich fuhr er fort:

»Wir haben uns dann geeinigt, und ich bin heute gekommen, um ihm einen weiteren Vorschlag zu machen.«

Nämlich, den von Bovary unterzeichneten Wechsel zu erneuern. Monsieur könne übrigens ganz nach Belieben handeln, er brauche sich keine Sorgen zu machen, schon gar nicht jetzt, da eine Menge Ungelegenheiten auf ihn zukämen.

»Und er täte sogar gut daran, die Sache jemand anderem zu übertragen, Ihnen beispielsweise. Mittels einer Vollmacht, das wäre bequem, und wir würden zusammen so manches kleine Geschäft ...«

Sie begriff nicht. Er schwieg. Dann kam er auf sein Geschäft zu sprechen und erklärte, Madame könne nicht umhin, ihm etwas abzunehmen. Er werde ihr einen schwarzen Barege schicken, zwölf Meter, ausreichend für ein Kleid.

»Das, was Sie anhaben, ist gut genug fürs Haus. Sie müssen ein zweites haben, für Besuche. Das habe ich, als ich hereinkam, sofort gesehen. Ich habe Augen wie ein Luchs.«

Er schickte den Stoff nicht, er brachte ihn. Dann kam er, um Maß zu nehmen; er kam unter anderen Vorwänden immer wieder, bemüht jedesmal, sich liebenswürdig und dienstbeflissen zu erzeigen, sich zum Gefolgsmann zu machen, wie Homais gesagt hätte, und jedesmal steckte er Emma einige Ratschläge in bezug auf die Vollmacht zu. Vom Wechsel sprach er nie mehr, und sie dachte nicht daran. Charles hatte zu Beginn ihrer Genesung zwar etwas darüber verlauten lassen; seither aber war ihr so viel Aufregendes durch den Kopf gegangen, daß sie sich nicht mehr daran erinnerte. Im übrigen hütete sie sich davor, irgendwelche Geldfragen zur Sprache zu bringen. Dies überraschte die alte Madame Bovary, und sie schrieb Emmas Sinneswandel den religiösen Neigungen zu, die während der Krankheit in ihr entstanden waren.

Als sie abgereist war, zögerte Emma jedoch nicht, Bovary durch ihren praktischen Verstand in Erstaunen zu setzen. Man müsse Erkundigungen einziehen, die Hypotheken überprüfen, feststellen, ob Anlaß zu einer Versteigerung oder Liquidation gegeben sei.

Auf gut Glück warf sie mit Fachausdrücken um sich, sie führte große Worte im Mund, von Ordnung, Zukunft, Vorsorge und übertrieb ständig die mit der Erbschaft verbundenen Schwierigkeiten: so lange, bis sie ihm eines Tages den Entwurf zu einer Generalvollmacht vorlegte, die ihr erlaubte, »seine Geschäfte zu führen und zu verwalten, Darlehen aufzunehmen, alle Wechsel zu unterzeichnen und zu indossieren, alle Zahlungen zu leisten« etc. Sie hatte sich Lheureux' Belehrungen zunutze gemacht.

Charles fragte sie arglos, wo sie das Schriftstück herhabe.

»Von Monsieur Guillaumin.«

Und mit der größten Kaltblütigkeit fügte sie hinzu:

»Ich traue ihm nicht so recht. Die Notare haben einen so schlechten Ruf! Man sollte vielleicht den Rat … Wir kennen nur … Oh! niemanden.«

»Es sei denn, daß Léon …«, entgegnete Charles nachdenklich.

Aber es sei schwierig, sich brieflich zu verständigen. Daraufhin erbot sie sich, die Reise zu machen. Er dankte ihr. Sie beharrte darauf. Es entspann sich ein Wettstreit in Zuvorkommenheit. Schließlich rief sie mit gespielter Empörung:

»Nein, bitte, ich will fahren.«

»Wie gut du bist!« sagte er und küßte sie auf die Stirn.

Bereits am nächsten Tag stieg sie in die *Schwalbe*, um sich in Rouen von Monsieur Léon beraten zu lassen: und sie blieb drei Tage dort.

## III

Es wurden drei erfüllte, köstliche, herrliche Tage, der wahre Honigmond.

Sie wohnten im Hôtel de Boulogne am Hafen und lebten dort hinter geschlossenen Läden und verriegelten Türen, auf dem Boden lagen Blumen und standen eisgekühlte Obstsäfte, die man ihnen frühmorgens brachte.

Gegen Abend mieteten sie einen Kahn mit Verdeck und aßen auf einer Insel zu Abend.

Es war um die Stunde, da man von den Werften her die Kalfaterhämmer gegen die Schiffswände schlagen hört. Zwischen den Bäumen entwich der Rauch des Teers, und auf dem Fluß sah man ungleich breite Ölflecken, die im Purpurlicht der Sonne wie schwimmende Platten aus Florentiner Bronze schaukelten.

Sie fuhren flußabwärts zwischen ankernden Booten hindurch, deren lange schräge Ankertaue leicht das Verdeck der Barke streiften.

Die Geräusche der Stadt, das Rollen der Karren, das Getöse der Stimmen, das Bellen der Hunde auf den Schiffsbrücken wurde unmerklich leiser. Sie löste ihr Hutband, und sie legten bei ihrer Insel an.

Sie nahmen in der niedrigen Wirtsstube einer Schenke Platz, vor deren Tür schwarze Netze hingen. Sie aßen gebackenen Stint, Crème und Kirschen. Sie legten sich ins Gras; sie umarmten sich abseits unter den Pappeln und hätten gewünscht, gleich zwei Robinsons ewig an diesem Fleck zu leben, der ihnen in ihrer Seligkeit als der prächtigste der Welt erschien. Es war nicht das erste Mal, daß sie Bäume sahen, blauen Himmel, Wiesen, daß sie das Wasser und im Laubwerk den Wind rauschen hörten; gewiß aber hatten sie all das nie bewundert, so als wäre die Natur vorher nicht dagewesen oder als hätte sie erst, nachdem ihr Verlangen gestillt war, begonnen, schön zu sein.

In der Dunkelheit kehrten sie zurück. Der Kahn fuhr am Rand der Inseln entlang. Sie saßen hinten im Boot, im Schatten verborgen beide, und sprachen kein Wort. Die breiten Ruder knarrten in den eisernen Dollen, und dies klang in der Stille wie der Schlag eines Metronoms, während das vom

Heck herunterhängende Ankertau unaufhörlich leise im Wasser plätscherte.

Einmal trat der Mond hervor, woraufhin sie es nicht versäumten, Phrasen zu machen, das Gestirn melancholisch und poetisch zu finden. Sie fing sogar an zu singen:

Im Boot, wir beide nächtens, weißt du noch …

Ihre schwache, wohlklingende Stimme verlor sich über dem Wasser, der Wind entführte die Töne, die Léon wie ein Flügelschlagen an sich vorbeiziehen hörte.

Sie saß ihm gegenüber, an die Wand der Schaluppe gelehnt, in die der Mond durch eine der offenen Scheiben schien. Ihr schwarzes Kleid, dessen Faltenwurf sich wie ein Fächer ausbreitete, ließ sie schmaler und größer erscheinen. Sie hatte den Kopf gehoben, faltete die Hände und blickte zum Himmel empor. Manchmal verbarg der Schatten der Weiden sie, dann tauchte sie plötzlich wie eine Vision im Licht des Mondes wieder auf.

Léon, der neben ihr am Boden saß, traf mit der Hand auf ein mohnrotes Seidenband.

Der Bootsmann sah es sich genau an und meinte schließlich:

»Das ist vielleicht noch von einer Gesellschaft, die ich neulich gefahren habe. Ein Haufen lustiger Vögel, Herren und Damen, mit Kuchen, Champagner, Pistons und allem Drum und Dran. Besonders einer, ein großer schöner Mann mit einem Schnurrbärtchen, der war vielleicht amüsant, und sie sagten immer zu ihm: ›Los, erzähl schon was …, Adolphe …‹, oder Dodolphe … glaube ich.«

Sie fuhr zusammen.

»Ist dir nicht wohl?« fragte Léon und rückte näher zu ihr.

»Ach, es hat nichts zu sagen. Wahrscheinlich die Nachtkälte.«

»Und obendrein fehlt es dem bestimmt nicht an Frauen«, fügte der alte Matrose leise hinzu und glaubte, damit dem Fremden etwas Angenehmes zu sagen.

Dann spuckte er in die Hände und griff wieder zu den Rudern.

Schließlich aber mußten sie auseinandergehen! Der Abschied war traurig. Er solle seine Briefe an die Mutter Rollet schicken; Emma gab ihm wegen des doppelten Umschlags so genau Anweisungen, daß er ihre Schläue in Liebesdingen höchlich bewunderte.

»Und du behauptest also, daß so alles seine Ordnung hat?« fragte sie beim letzten Kuß.

»Ja, gewiß!« – Aber warum nur, überlegte er, als er allein durch die Straßen zurückkehrte, liegt ihr so viel an dieser Vollmacht?

## IV

Léon begann gegenüber seinen Kameraden ein überlegenes Gehaben anzunehmen, mied ihre Gesellschaft und vernachlässigte das Aktenstudium völlig.

Er wartete nur immer auf ihre Briefe, las sie wieder und wieder. Er schrieb ihr. Er beschwor mit der ganzen Kraft seines Verlangens und seiner Erinnerung ihr Bild. Statt durch die Trennung abzunehmen, wuchs der Wunsch sie wiederzusehen so, daß er an einem Samstagmorgen aus der Kanzlei davonlief.

Als er von der Anhöhe aus im Tal den Kirchturm mit seiner blechernen Wetterfahne erblickte, die sich im Winde drehte, empfand er das aus triumphierender Eitelkeit und egoistischer Rührung gemischte Gefühl, das Millionäre wohl haben, wenn sie ihre einstige Dorfheimat wieder besuchen.

Er strich um das Haus. In der Küche brannte Licht. Er spähte nach ihrem Schatten hinter den Vorhängen. Nichts zeigte sich.

Die Mutter Lefrançois brach in laute Freudenrufe aus, als sie ihn sah und fand ihn »größer und dünner« geworden, wohingegen Artémise ihn »kräftiger und brauner« fand.

Er aß, wie ehedem, in der kleinen Wirtsstube, doch allein, ohne den Steuereinnehmer, denn Binet war es *leid*, auf die *Schwalbe* zu warten, hatte seine Mahlzeit ein für allemal um eine Stunde vorverlegt und aß nun um Punkt fünf Uhr. Obendrein behauptete er oft, *der alte Rumpelkasten habe Verspätung*.

Endlich faßte Léon sich ein Herz und klopfte an die Tür des Arztes. Madame war auf ihrem Zimmer und kam erst nach einer Viertelstunde herunter. Monsieur schien entzückt, ihn wiederzusehen, aber rührte sich den Abend und den ganzen folgenden Tag nicht von der Stelle.

Erst spät abends sah Léon sie allein, hinter dem Garten auf dem Gäßchen – auf dem Gäßchen, wie mit dem anderen! Ein Gewitter ging nieder, und sie plauderten unter einem Regenschirm im Schein der Blitze.

Die Trennung wurde ihnen unerträglich.

»Lieber sterben!« sagte Emma.

Sie drehte und wand sich in seinen Armen und weinte.

»Adieu ... adieu ...! Wann werde ich dich wiedersehen?«

Sie kehrten noch einmal um und küßten sich aufs neue, und dabei gab sie ihm das Versprechen, bald irgendein Mittel zu finden, das es ihnen erlaubte, sich künftig mindestens einmal in der Woche ungestört zu sehen. Emma zweifelte nicht daran, daß dies möglich sei. Sie war überdies voll Hoffnung. Sie sollte bald Geld bekommen.

Darum auch kaufte sie für ihr Schlafzimmer breitgestreifte gelbe Vorhänge, die Monsieur Lheureux als sehr wohlfeil empfohlen hatte; sie träumte von einem Teppich, und Lheureux versicherte, *das koste nicht die Welt* und erbot sich höflich, ihr einen zu liefern. Sie konnte auf seine Dienste nicht mehr verzichten. Zwanzigmal am Tag schickte sie nach ihm, und er ließ, ohne zu murren, sofort seine Geschäfte im Stich. Ebensowenig verstand man, warum die Mutter Rollet nun täglich bei ihr zu Mittag aß und ihr sogar private Besuche machte.

Um diese Zeit, das heißt zu Beginn des Winters, schien sie von großem musikalischem Eifer gepackt zu werden.

Eines Abends, als Charles ihr zuhörte, fing sie dasselbe Stück viermal hintereinander wieder von vorne an, und zeigte sich jedesmal unzufrieden, während er keinen Unterschied bemerkte und ihr zurief:

»Bravo! ... sehr gut! ... Was denn! Spiel doch weiter!«

»Ach nein! es ist abscheulich! Meine Finger sind eingerostet.«

Anderntags bat er sie, *ihm wieder etwas vorzuspielen.*

»Nun gut, um dir einen Gefallen zu tun.«

Und Charles gab zu, daß sie ein wenig nachgelassen habe. Sie griff daneben, patzte, hielt dann brüsk inne und sagte:

»Ach! es ist vorbei damit! Ich müßte Stunden nehmen, aber ...«

Sie biß sich auf die Lippen und fügte hinzu:

»Zwanzig Francs die Stunde, das ist zu teuer!«

»Ja, allerdings ..., schon ein bißchen ...«, sagte Charles einfältig lächelnd. »Mir scheint jedoch, daß es vielleicht auch für weniger zu haben wäre. Denn es gibt Künstler ohne großen Ruf, die oft besser sind als die Berühmtheiten.«

»Such sie mir«, sagte Emma.

Als er tags darauf nach Hause kam, sah er sie mit pfiffiger Miene an und konnte sich schließlich nicht verkneifen zu sagen:

»Wie sehr du dich doch manchmal auf etwas versteifst! Ich bin heute in Barfeuchères gewesen. Also, Madame Liégeard hat mir versichert, daß ihre drei jungen Fräuleins, die in der Miséricorde sind, Klavierunterricht zu fünfzig Sous die Stunde nehmen und das bei einer bekannten Lehrerin.«

Sie zuckte die Achseln und öffnete ihr Instrument nicht mehr. Aber wenn sie (in Bovarys Anwesenheit) daran vorbeiging, seufzte sie:

»Ach, mein armes Klavier!«

Und wenn Besucher kamen, versäumte sie nie zu erwähnen, daß sie die Musik aufgegeben habe und aus zwingenden Gründen nicht wieder damit anfangen könne. Dann bedauerte man sie. Wie schade! Sie habe doch so viel Talent! Man sprach sogar Bovary darauf an; man machte ihm Vorwürfe, der Apotheker vor allem hielt ihm vor:

»Sie tun unrecht! Man darf natürliche Fähigkeiten nie brachliegen lassen. Bedenken Sie zudem, mein lieber Freund, daß Sie später an der musikalischen Erziehung Ihrer Tochter sparen werden, wenn Sie Ihre Frau zum Klavierspiel anhalten! Ich finde, die Mütter sollten selbst ihre Kinder unterrichten. Das ist ein Gedanke Rousseaus, der vielleicht noch ein wenig ungewohnt klingt, sich aber, davon bin ich überzeugt, am Ende durchsetzen wird, wie das Stillen und die Impfung.«

Charles kam deshalb noch einmal auf die Sache mit dem Klavier zurück. Emma entgegnete scharf, es wäre besser, das

Klavier zu verkaufen. Das arme Klavier, das ihm so viel eitle Befriedigung verschafft hatte, wegzugeben, wäre für Bovary wie der unbegreifliche Selbstmord eines Teils ihrer selbst gewesen.

»Wenn du …«, sagte er, »von Zeit zu Zeit eine Stunde nehmen wolltest, wäre das im Grunde nicht übermäßig kostspielig.«

»Aber Stunden«, entgegnete sie, »nützen nur etwas, wenn man sie regelmäßig nimmt.«

So erreichte sie von ihrem Mann die Erlaubnis, einmal in der Woche in die Stadt zu fahren und ihren Liebhaber zu besuchen. Nach einem Monat fand man sogar, sie habe bedeutende Fortschritte gemacht.

## V

Es war Donnerstag. Sie stand auf und kleidete sich leise an, um Charles nicht zu wecken, der ihr sonst vorgeworfen hätte, sie mache sich zu früh fertig. Dann ging sie auf und ab, stellte sich ans Fenster und betrachtete den Platz. Das erste Tageslicht kreiste um die Pfeiler der Markthalle, und am Apothekerhaus, dessen Läden geschlossen waren, hoben sich im blassen Morgenrot die Lettern des Firmenschilds ab.

Wenn die Wanduhr Viertel nach sieben anzeigte, ging sie zum *Lion d'Or*, wo Artémise ihr gähnend die Tür öffnete und für sie die unter der Asche liegenden Kohlen ausgrub. Emma blieb allein in der Küche. Von Zeit zu Zeit ging sie hinaus.

Hivert spannte ohne Eile an und hörte dabei Madame Lefrançois zu, die ihren mit der Nachtmütze bekleideten

Kopf zu einem Schiebefenster hinausstreckte, ihn mit Aufträgen überhäufte und ihm dazu Erklärungen abgab, die jeden anderen Menschen verwirrt hätten. Emmas Stiefelsohlen klapperten über das Pflaster des Hofs.

Endlich, nachdem er seine Suppe gegessen, seinen Mantel angezogen, seine Pfeife angezündet und seine Peitsche in die Faust genommen hatte, richtete er sich gemächlich auf dem Kutschbock ein.

Die *Schwalbe* fuhr im leichten Trab ab, und hielt die ersten drei Viertelmeilen immer wieder, um Reisende aufzunehmen, die vor den Hofgattern am Wegrand standen und auf sie warteten. Diejenigen, welche sich tags zuvor angemeldet hatten, ließen auf sich warten; manche lagen sogar noch im Bett. Hivert rief, schrie, fluchte, stieg dann vom Bock und schlug laut an die Türen. Der Wind pfiff durch die zersprungenen Wagenfenster.

Allmählich füllten sich die vier Bänke, der Wagen rollte dahin, die Apfelbäume zogen in einer Reihe vorüber, und zwischen ihren beiden langen, mit gelbem Wasser gefüllten Gräben verengte sich die Landstraße bis zum Horizont immer mehr.

Emma kannte den Weg vom einen Ende zum anderen; sie wußte, daß nach einer Weide ein Pfosten kam, dann eine Ulme, eine Scheune oder Straßenwärterhütte; manchmal schloß sie sogar die Augen, um sich selbst zu überraschen. Doch sie verlor nie das deutliche Gefühl für die noch zurückzulegende Strecke.

Endlich kamen die Backsteinhäuser näher, klang der Boden unter den Rädern, die *Schwalbe* fuhr zwischen Gärten dahin, in denen man hinter Staketenzäunen Statuen, eine Volute, beschnittene Taxussträucher und eine Schaukel sah. Dann, mit einem Mal, tauchte die Stadt auf.

Wie ein Amphitheater absteigend und in Nebel getaucht, breitete sich sodann jenseits der Brücken ein Häusergewirr aus. Dahinter stieg das offene Land gleichförmig an, bis es in der Ferne an den Saum des bleichen Himmels stieß. So von oben gesehen, wirkte die ganze Landschaft unbeweglich wie ein Gemälde; die ankernden Schiffe drängten sich in einem Winkel zusammen; der Fluß wand sich im Bogen um die grünen Hügel, und die länglichen Inseln glichen auf dem Wasser liegenden großen schwarzen Fischen. Die Fabrikschlote stießen riesige braune Rauchfahnen aus, die nach oben zerflatterten. Man hörte das Dröhnen der Gießereien und das helle Geläut der sich aus dem Dunst hebenden Kirchen. Die kahlen Bäume der Boulevards bildeten ein violettes Dickicht zwischen den Häusern, und die regennassen Dächer glänzten je nach der Höhe der Stadtviertel verschieden. Mitunter nahm ein Windstoß die Wolken wie Luftwogen mit zur Anhöhe Sainte-Catherine, wo sie sich lautlos an einem Kliff brachen.

Für Emma ging etwas Schwindelerregendes von dieser Ansammlung menschlichen Daseins aus, und ihr schwoll die Brust, als ob die einhundertzwanzigtausend Herzen, die dort zuckten, ihr alle zugleich den Dampf der Leidenschaften zugesandt hätten, die sie ihnen zuschrieb. Ihre Liebe wuchs angesichts dieses weiten Raumes, und der heraufsteigende verworrene Lärm erfüllte sie mit Toben. Sie ergoß sie nach außen, über die Plätze, die Promenaden, die Straßen, und die alte Normannenstadt breitete sich vor ihren Augen wie eine unendlich große Kapitale aus, wie ein Babylon, in das sie einzog. Sie hielt sich mit beiden Händen fest, beugte sich zum Wagenfenster hinaus und atmete den Wind ein. Die drei Pferde galoppierten. Die Steine knirschten im Schlamm, die Kutsche schwankte, und Hivert rief von weitem die auf der Straße fahrenden Wagen an, während die Bürger, die im Bois-Guillaume die Nacht verbracht hatten, in ihren Familiengefährten ruhig die Anhöhe hinabfuhren.

Am Schlagbaum wurde Halt gemacht; Emma streifte ihre Galoschen ab, zog andere Handschuhe an, zupfte ihren Schal zurecht und verließ die *Schwalbe* zwanzig Schritt weiter.

Nun erwachte die Stadt. Bemützte Lehrjungen putzten die Schaufenster der Läden, und Frauen, die ihre Körbe auf die Hüfte stützten, riefen an den Straßenecken ihre Waren aus. Emma senkte den Blick zu Boden, ging dicht an den Hausmauern entlang und lächelte vor Vergnügen unter ihrem schwarzen Schleier.

Aus Furcht, gesehen zu werden, schlug sie gewöhnlich nicht den kürzesten Weg ein. Sie stahl sich durch die dunklen Gassen und gelangte ganz erhitzt zum Brunnen am Ende der Rue Nationale. Es ist dies das Viertel des Theaters, der Kneipen und der Dirnen. Oft fuhr ein Karren an ihr vorbei, der eine wackelnde Bühnendekoration transportierte. Kellner in Schürzen streuten Sand auf die Steinfliesen zwischen grünen Bäumchen. Es roch nach Absinth, Zigarren und Austern.

Sie bog in eine Straße ein; sie erkannte ihn an seinem lokkigen Haar, das unter seinem Hut hervorsah.

Léon ging auf dem Trottoir weiter. Sie folgte ihm bis zum Hotel; er ging hinauf, er öffnete die Tür, er trat ein ... Welche Umarmung!

Dann, nach den Küssen, überstürzten sich die Worte. Sie erzählten einander die Kümmernisse der Woche, die Befürchtungen, die Besorgnisse wegen der Briefe; doch nun wurde all dies vergessen, und sie blickten einander unter lustvollem Lachen und zärtlichen Anreden an.

Das Bett war ein breites Mahagonibett und hatte die Form eines Nachens. Die Vorhänge aus roter Seidenserge, die von der Zimmerdecke herabhingen, bauschten sich zu tief neben dem ausladenden Kopfende – und nichts auf der Welt war so schön wie ihr braunes Haar und ihre weiße Haut, die sich von dieser Purpurfarbe abhoben, wenn sie mit schamhafter Gebärde ihre beiden bloßen Arme zusammenlegte und das Gesicht in die Hände barg.

Das warme Zimmer mit seinem weichen Teppich, seinen fröhlichen Zieraten und seinem ruhigen Licht schien für die Intimitäten der Leidenschaft wie geschaffen. Die in Pfeilspitzen endenden Stäbe, die messingnen Gardinenhaken und die dicken Kugeln der Feuerböcke glänzten auf, wenn die Sonne plötzlich hereinschien. Auf dem Kamin standen zwischen den Leuchtern zwei jener großen rosaroten Muscheln, in denen man, wenn man das Ohr daran hält, das Brausen des Meeres hört.

Wie sehr liebten sie dieses freundliche Zimmer, das trotz seines ein wenig verderblichen Prunks so voller Heiterkeit war! Sie fanden die Möbel stets wieder am selben Platz und manchmal unter dem Sockel der Standuhr Haarnadeln, die Emma am Donnerstag zuvor hatte liegen lassen. Sie aßen an einem mit Palisanderholz intarsierten kleinen Tisch vor dem Kamin zu Mittag. Emma schnitt ihm vor und legte ihm die Stücke unter allerlei Koseworten auf den Teller; und sie lachte laut und ausgelassen, wenn der Champagner im leichten Glas überschäumte und auf die Ringe an ihren Fingern spritzte. Sie waren so gänzlich ineinander verloren, daß sie sich in ihrem eigenen Haus wähnten und glaubten, dort bis zu ihrem Tod leben zu dürfen, wie zwei ewig Jungvermählte. Sie sagten unser Zimmer, unser Teppich, unsere Lehnstühle, sie sagte auch meine Pantoffeln, ein Geschenk Léons, ein

Einfall, den sie gehabt hatte. Es waren mit Schwanenpelz eingefaßte Pantoffeln aus rosa Seide. Wenn sie sich ihm auf den Schoß setzte, berührte ihr Fuß den Boden nicht, und der zierliche Schuh, der keine Kappe hatte, hing nur noch an ihren bloßen Zehen.

Zum ersten Mal genoß er die unaussprechliche Feinheit weiblicher Anmut. Nie zuvor waren ihm diese Grazie der Sprache, diese Zurückhaltung der Kleidung, diese Posen einer schläfrigen Taube begegnet. Er bewunderte den Überschwang ihrer Seele und die Spitzen ihres Unterkleides. Zudem: war sie nicht *eine Dame von Welt*, eine verheiratete Frau! kurz eine richtige Mätresse?

Durch die Verschiedenheit ihrer Stimmungen, die bald mystisch, bald heiter, plauderselig, schweigsam, stürmisch, gelassen waren, weckte sie tausend Wünsche in ihm, beschwor sie Gefühle oder Erinnerungen. Sie war die Liebende aller Romane, die Heldin aller Dramen, die unbestimmte *Sie* aller Gedichtbände. Er entdeckte an ihren Schultern die Ambrafarbe der *Odaliske im Bade*; sie hatte die lange Taille der Burgherrinnen der Feudalzeit; sie glich auch der *bleichen Frau* aus Barcelona; vor allem aber war sie *Engel*!

Oft, wenn er sie ansah, war ihm, als löse sich seine Seele von ihm, ergieße sich wie eine Welle über ihr Haupt und werde niedergezogen in die Weiße ihrer Brust.

Er setzte sich auf den Boden vor sie hin, stützte beide Ellbogen auf die Knie und betrachtete sie lächelnd und mit erhobener Stirn.

Sie beugte sich zu ihm hinab und murmelte wie erstickt vor Berauschung:

»Oh, bewege dich nicht! sprich nicht! schau mich an! Von deinen Augen geht etwas so Sanftes aus, was mir so wohltut!«

Sie nannte ihn Kind:

»Kind, liebst du mich?«

Und sie vernahm kaum seine Antwort, so stürmisch hoben sich seine Lippen zu ihrem Mund.

Auf der Stutzuhr rundete ein kleiner Cupido aus Bronze die Arme geziert unter einer vergoldeten Girlande. Sie lachten oft über ihn; aber wenn sie sich trennen mußten, erschien ihnen alles ernst.

Regungslos standen sie einander gegenüber und sagten immer wieder:

»Auf Donnerstag! ... Auf Donnerstag!«

Plötzlich dann nahm sie seinen Kopf zwischen ihre Hände, küßte ihn rasch auf die Stirn, rief: »Adieu!« und lief zur Treppe.

Sie ging in die rue de la Comédie zu einem Friseur, um sich ihr Haar ordnen zu lassen. Es dunkelte; im Laden zündete man das Gaslicht an.

Sie hörte das Klingelzeichen des Theaters, das die Schauspieler zur Vorstellung rief, und sie sah auf der anderen Straßenseite Männer mit bleichen Gesichtern und Frauen in verschossenen Kleidern vorbeigehen, die durch den Bühneneingang eintraten.

Es war warm in dem kleinen, zu niedrigen Raum, in dem inmitten von Perücken und Pomaden der Ofen summte. Der Geruch der Brennscheren und die fetten Hände, die ihren Kopf bearbeiteten, machten sie benommen, und sie schlummerte ein wenig unter ihrem Frisiermantel. Oft bot ihr der Geselle, wenn er sie frisierte, Karten für den Maskenball an.

Dann ging sie wirklich fort. Sie kehrte durch dieselben Straßen zurück, sie kam zur *Croix Rouge*, sie nahm die Galoschen, die sie morgens unter einem Bänkchen versteckt hatte und zwängte sich zwischen die ungeduldig gewordenen Reisenden auf ihren Platz. Einige stiegen am Fuß der Anhöhe aus.

Sie blieb allein im Wagen.

Bei jeder Wegbiegung sah man mehr und mehr von den Lichtern der Stadt, die sich als breiter schimmernder Dunst über das Gewirr der Häuser legten. Emma kniete sich auf das Polster und irrte mit dem Blick in diesem Glanz umher. Sie schluchzte, rief nach Léon, schickte ihm zärtliche Worte und Küsse, die sich im Wind verloren.

Auf der Anhöhe trieb sich mitten unter den Postkutschen ein armer Teufel mit seinem Stock herum. Ein Haufen Lumpen bedeckte seine Schultern, und ein alter zerbeulter Biberhut, der rund war wie ein Napf, verbarg sein Gesicht; doch wenn er ihn abnahm, enthüllte er anstelle der Augenlider zwei blutige klaffende Höhlen. Das Fleisch löste sich in roten Fetzen ab, aus denen bis zur Nase mit den krampfhaft schniefenden schwarzen Nasenflügeln hinab eine Flüssigkeit sickerte und zu grünem Schorf gerann. Um mit jemandem zu sprechen, warf er unter idiotischem Lachen den Kopf zurück; dann rollten seine bläulichen Augäpfel ständig hin und her und stießen in Höhe der Schläfen an die Ränder der offenen Wunden. Er lief hinter den Wagen her und sang dabei ein Liedchen:

Nanette an einem Sommertag
Wohl von der Liebe träumen mag

Und im folgenden war nur von Vögeln, Sonne und grünem Laub die Rede.

Manchmal tauchte er barhäuptig unversehens hinter Emma auf. Dann fuhr sie mit einem Schrei zurück. Hivert trieb seinen Spott mit ihm. Er riet ihm, am Saint-Romain-

Jahrmarkt einen Stand zu mieten oder fragte ihn, wie es seiner Liebsten gehe.

Oft schob sich, wenn sie fuhren, sein Hut jäh durch das Fenster in die Kutsche, während er zwischen den Rädern, die ihn mit Schmutz bespritzten, auf dem Trittbrett stand und sich mit dem anderen Arm anklammerte. Seine erst schwache, quäkende Stimme wurde durchdringend. Sie zog durch die Nacht wie die verworrene Klage einer unbestimmbaren Not und drang durch das Klingeln der Pferdeschellen, das Raunen der Bäume und das Knarren des Wagenkastens wie etwas Fernes, das Emma erschütterte. Wie ein Wirbelsturm in einen Abgrund stieß es tief hinab in ihre Seele und entführte sie in die Räume einer grenzenlosen Schwermut. Aber Hivert, der eines Gegengewichts am Wagen gewahr wurde, hieb mit der Peitsche auf den Blinden ein. Die Schmicke traf seine Wunden; er fiel in den Schmutz und stieß ein Geheul aus.

Dann schliefen die Fahrgäste der *Schwalbe* allmählich ein. Die einen schliefen mit offenem Mund, die anderen mit hängendem Kopf, an die Schulter des Nachbarn gelehnt, oder den Arm im Haltegurt und beim Wackeln des Wagens regelmäßig hin und her schwankend, und der Schimmer der Laterne, der draußen auf den Kruppen der Kutschpferde tanzte, drang durch die schokoladebraunen Kattunvorhänge ins Innere und legte blutrote Schatten auf all die bewegungslosen Personen. Trunken von Traurigkeit, zu Tode betrübt fror Emma unter ihren Kleidern und spürte, wie ihre Füße immer kälter wurden.

Zu Hause wartete Charles auf sie; donnerstags hatte die *Schwalbe* immer Verspätung. Endlich traf Madame ein. Kaum, daß sie der Kleinen einen Kuß gab. Das Abendessen war noch nicht fertig, aber was machte das schon! Sie nahm die Köchin in Schutz. Dem Mädchen schien nun alles erlaubt zu sein.

Oft fragte ihr Mann, weil er ihre Blässe bemerkte, ob sie sich krank fühle.

»Nein«, sagte Emma.

»Aber du bist so sonderbar heute abend«, entgegnete er.

»Ach, es ist nichts! gar nichts!«

Es gab sogar Tage, an denen sie, kaum zurück, in ihr Zimmer hinaufging; und Justin, der anwesend war, ging geräuschlos umher und bediente sie erfinderischer als eine treffliche Kammerzofe. Er trug die Streichhölzer, den Leuchter, ein Buch herbei, breitete ihre Nachtjacke aus, deckte das Bett auf.

»Laß gut sein«, sagte sie, »geh jetzt!«

Denn er blieb mit hängenden Armen und weit offenen Augen stehen wie umwunden von den zahllosen Fäden einer plötzlichen Träumerei.

Der nächste Tag war entsetzlich und die darauffolgenden waren noch unerträglicher durch Emmas Ungeduld, ihr Glück aufs neue in Besitz zu nehmen – von bekannten Bildern entflammte heiße Gier, die am siebten Tag unter Léons Liebkosungen ungehemmt losbrach. Seine eigene Glut verbarg sich unter Ausbrüchen der Bewunderung und der Dankbarkeit. Emma genoß diese Liebe schweigend und aufmerksam, nährte sie mit allen Künsten ihrer Zärtlichkeit und bangte ein wenig, sie werde sich später verlieren.

Oft sagte sie ihm im Ton sanfter Schwermut:

»Ach, du wirst mich verlassen! ... du wirst heiraten! ... du wirst genau wie die anderen sein.«

Er fragte:

»Welche anderen?«

»Die Männer eben«, antwortete sie. Dann stieß sie ihn mit schmachtender Gebärde zurück und fügte hinzu:

»Ihr seid alle niederträchtig.«

Eines Tages, als sie über die Enttäuschungen des Erdenlebens philosophierten, gestand sie ihm (um seine Eifersucht zu prüfen oder, vielleicht, weil sie einem übermächtigen Mitteilungsbedürfnis nachgab), daß sie einst, vor ihm, jemanden geliebt habe, »nicht so wie dich!« ergänzte sie schnell und schwor beim Kopf ihrer Tochter, *es sei aber zu nichts gekommen*.

Der junge Mann glaubte ihr, fragte sie jedoch, was *jener* von Beruf gewesen sei.

»Er war Schiffskapitän, mein Freund.«

Bedeutete dies nicht, allen Nachforschungen zuvorzukommen und gleichzeitig den eigenen Wert zu erhöhen durch die angebliche, auf einen vielumworbenen Mann von kriegerischem Wesen ausgeübte Faszination?

Dem Kanzlist kam daraufhin die Niedrigkeit seiner Stellung zu Bewußtsein; er sehnte sich nach Epauletten, Orden, Titeln. All solches mußte ihr gefallen, dies verrieten ihm ihre kostspieligen Gewohnheiten.

Dabei verschwieg Emma ihm eine Menge überspannter Wünsche, wie daß sie für ihre Fahrten nach Rouen gern einen von einem englischen Pferd gezogenen und von einem Groom in Stulpenstiefeln gelenkten blauen Tilbury gehabt hätte. Justin hatte ihr diese Laune eingegeben, als er sie anflehte, ihn als Kammerdiener zu sich zu nehmen, und wenn diese Entbehrung auch nicht die Lust der Hinfahrt zu jedem Rendezvous minderte, vermehrte sie doch gewiß die Bitterkeit der Rückfahrt.

Oft, wenn sie miteinander über Paris sprachen, sagte sie zum Schluß leise:

»Ach, wie schön wäre es für uns, dort zu leben!«

»Sind wir denn nicht glücklich?« hielt ihr der junge Mann sanft vor und strich ihr mit der Hand über das Haar.

»Ja, das ist wahr«, sagte sie, »ich bin verrückt. Küß mich!«

Ihrem Mann gegenüber zeigte sie sich liebenswürdiger denn je, machte ihm Pistaziencreme und spielte nach dem Abendessen Walzer für ihn. Er hielt sich infolgedessen für den glücklichsten der Sterblichen, und auch Emma war sorglos, bis er eines Abends plötzlich fragte:

»Es ist doch Mademoiselle Lempereur, die dir Stunden gibt?«

»Ja.«

»Also, ich habe sie kürzlich bei Madame Liégeard gesehen. Ich habe ihr von dir erzählt: sie kennt dich gar nicht.«

Es war wie ein Blitz aus heiterem Himmel. Trotzdem antwortete sie mit unbefangener Miene:

»Ach! Wahrscheinlich hat sie meinen Namen vergessen!«

»Oder aber es gibt in Rouen vielleicht mehrere Demoiselles Lempereur, die Klavierlehrerinnen sind?« sagte der Arzt.

»Schon möglich!«

Dann setzte sie lebhaft hinzu:

»Aber ich habe doch ihre Quittungen, schau nur!«

Und sie ging zum Schreibtisch, stöberte in den Schubladen, warf die Papiere durcheinander und verlor schließlich so sehr den Kopf, daß Charles sie dringend aufforderte, sich wegen der elenden Quittungen keine solche Mühe zu machen.

»Oh! ich werde sie noch finden«, sagte sie.

Und tatsächlich spürte Charles am Freitag darauf, als er in der finsteren Kammer, wo seine Kleider aufbewahrt wurden, einen Stiefel anzog, zwischen Leder und Strumpf ein Stück Papier. Er nahm es und las:

»Erhalten für drei Monate Unterricht und verschiedene Musikalien die Summe von fünfundsechzig Francs. *Félicie Lempereur*, Klavierlehrerin.«

»Wie zum Teufel gerät das in meinen Stiefel«?

»Es ist gewiß aus dem alten Kasten mit Rechnungen gefallen, der auf dem äußeren Rand des Wandbretts steht.«

Von diesem Augenblick an war ihr Leben nur noch eine Ansammlung von Lügen, in die sie ihre Liebe, um sie zu verbergen, wie in Schleier hüllte.

Das Lügen wurde ihr so sehr zum Bedürfnis, zur Sucht, zum Vergnügen, daß man, wenn sie sagte, sie sei gestern auf der rechten Straßenseite gegangen, annehmen mußte, daß sie auf der linken gegangen war.

Eines Morgens, als sie wie gewöhnlich recht leicht gekleidet abgefahren war, fiel plötzlich Schnee, und als Charles am Fenster nach dem Wetter sah, gewahrte er Pfarrer Bournisien im Wagen von Monsieur Tuvache, der ihn nach Rouen fuhr. Er ging hinunter und vertraute dem Geistlichen einen dicken Schal an, den er, sobald er im *Croix Rouge* eintreffe, Madame geben möge. Im Gasthof fragte Bournisien gleich nach der Frau des Arztes von Yonville. Die Wirtin antwortete, daß Madame Bovary ihre Herberge nur sehr selten aufsuche. Als er abends Madame Bovary in der *Schwalbe* sitzen sah, berichtete ihr der Pfarrer von seinem Mißgeschick, schien ihm aber keine Bedeutung beizumessen, denn er stimmte das Lob eines Predigers an, der zur Zeit in der Kathedrale wahre Wunder vollbringe und dem alle Damen zuliefen, um ihn zu hören.

Gleichwohl, wenn er auch keine Erklärung verlangt hatte, konnten sich andere künftig weniger taktvoll zeigen. So hielt sie es denn für nützlich, jedesmal im *Croix Rouge* abzusteigen, damit die guten Leute aus ihrem Dorf, die sie auf der

Treppe sahen, nichts ahnten. Eines Tages jedoch, als sie an Léons Arm aus dem *Hôtel de Bourgogne* trat, begegnete ihr Monsieur Lheureux, und sie fürchtete, daß er schwatzen werde. Doch so dumm war er nicht.

Drei Tage danach aber trat er in ihr Zimmer, schloß die Tür und sagte:

»Ich brauche Geld.«

Sie erklärte, sie könne ihm keines geben. Lheureux brach in ein Gejammer aus und erinnerte sie an alle Gefälligkeiten, die er ihr erwiesen hatte.

In der Tat hatte Emma von den zwei von Charles unterschriebenen Wechseln bisher nur einen bezahlt. Den zweiten hatte der Händler auf ihre Bitte hin durch zwei andere ersetzt und sie sogar bis zu einem späten Termin prolongiert. Sodann zog er aus der Tasche eine Liste der noch unbezahlten Lieferungen, nämlich: die Vorhänge, der Teppich, der Stoff für die Lehnstühle, mehrere Kleider und verschiedene Toilettenartikel, deren Wert sich auf die Summe von annähernd zweitausend Francs belief.

Sie senkte den Kopf; er begann von neuem:

»Aber wenn Sie auch kein Bargeld haben, so haben Sie doch *Grundbesitz.*«

Und er wies sie auf ein in Barneville, in der Nähe von Aumale gelegenes heruntergekommenes Haus hin, das nicht viel einbrachte. Es habe früher zu einem kleinen Pachtgut gehört, das der alte Bovary verkauft habe. Denn Lheureux wußte über alles Bescheid bis hin zu der Anzahl der Hektare und zu den Namen der Nachbarn.

»Ich an Ihrer Stelle«, sagte er, »würde es abstoßen und bekäme sogar noch Geld heraus.«

Sie wandte ein, daß es schwer sein würde, einen Käufer zu finden; er gab ihr Hoffnung, einen verschaffen zu können; aber sie fragte, was sie tun müsse, um verkaufen zu dürfen.

»Sie haben doch die Vollmacht«, antwortete er.

Dies Wort traf sie wie ein frischer Lufthauch.

»Lassen Sie mir die Rechnung da«, sagte Emma.

»Oh, das ist nicht nötig!« entgegnete Lheureux.

In der nächsten Woche kam er wieder und rühmte sich, nach vielen unternommenen Schritten einen gewissen Langlois entdeckt zu haben, der schon lange mit dem Haus liebäugele, ohne seinen Preis nennen zu wollen.

»Gleichviel welcher Preis!« rief sie.

Im Gegenteil, man müsse zuwarten, dem Burschen auf den Puls fühlen. Die Sache sei eine Reise wert, und da sie diese Reise nicht machen könne, biete er ihr an, sich an Ort und Stelle zu begeben und mit Langlois Kontakt aufzunehmen. Zurückgekehrt, meldete er, der Käufer biete viertausend Francs an.

Emma strahlte bei dieser Nachricht.

»Offengestanden«, fügte er hinzu, »das ist ein guter Preis.«

Sie erhielt die Hälfte der Summe sofort. Und als sie seine Rechnung bezahlen wollte, sagte der Kaufmann:

»Ehrenwort, es tut mir weh, daß Sie eine so *bedeutende* Summe sofort wieder aus der Hand geben wollen.«

Darauf betrachtete sie die Banknoten, dachte an die zahllosen Rendezvous, die diese zweitausend Francs darstellten und stammelte:

»Wie meinen Sie das?«

»Ach«, sagte er gutmütig lachend, »auf die Rechnungen wird doch alles Beliebige gesetzt. Als ob ich nicht wüßte, wie es in den Haushalten zugeht.«

Und er blickte sie starr an und ließ zwei Papierstreifen, die er in der Hand hielt, zwischen den Nägeln durchgleiten. Schließlich öffnete er seine Brieftasche und breitete vier Eigenwechsel zu je tausend Francs auf den Tisch.

»Unterschreiben Sie das«, sagte er, »und behalten Sie alles.«

Sie erhob entrüstet Einspruch.

»Aber wenn ich Ihnen den Überschuß gebe«, antwortete Monsieur Lheureux unverfroren, »tue ich Ihnen damit etwa keinen Gefallen?«

Und er nahm die Feder und schrieb unter die Rechnung: »Von Madame Bovary erhalten viertausend Francs.«

»Was machen Sie sich Sorgen, da Sie in sechs Monaten den noch ausstehenden Betrag für Ihre Bruchbude erhalten und ich den letzten Wechsel erst nach der Zahlung fällig werden lasse?«

Emma verwirrten seine Kalkulationen ein wenig, und die Ohren klangen ihr so, als wären Goldstücke aus ihren Säcken geplatzt und rund um sie her klirrend auf den Boden gefallen. Schließlich erklärte Lheureux, er habe einen Freund namens Vinçard, Bankier in Rouen, der diese vier Wechsel diskontieren werde, sodann werde er selbst Madame den Überschuß von der tatsächlichen Schuld ausbezahlen.

Doch statt zweitausend Francs brachte er nur eintausendachthundert, denn sein Freund habe (zu *Recht*) zweihundert davon für Kommissions- und Diskontgebühren abgezogen.

Und dann verlangte er beiläufig eine Quittung.

»Verstehen Sie ..., in der Geschäftswelt ..., manchmal ... Und mit dem Datum, bitte schön, mit dem Datum.«

Ein Himmel erfüllbarer Wünsche tat sich nun vor Emma auf. Sie war umsichtig genug, tausend Taler auf die Seite zu legen, mit denen, als sie fällig wurden, die ersten drei Wechsel eingelöst wurden; der vierte aber kam zufällig an einem Donnerstag ins Haus geweht, und der bestürzte Charles wartete geduldig auf die Rückkehr seiner Frau, um eine Erklärung dafür zu erhalten.

Wenn sie ihm von diesem Wechsel nichts gesagt habe, so nur, um ihn mit häuslichen Sorgen zu verschonen; sie setzte sich ihm auf die Knie, streichelte ihn, gurrte, und zählte ihm in langer Reihe alle auf Kredit gekauften unentbehrlichen Dinge auf.

»Du wirst zugeben, daß das nicht zuviel ist für so viele Sachen.«

Charles war mit seinem Latein am Ende und nahm alsbald Zuflucht beim unvermeidlichen Lheureux. Der schwor, die Dinge in Ordnung zu bringen, sofern Monsieur zwei Wechsel unterschreibe, davon einen auf siebenhundert Francs, zahlbar in drei Monaten. Um dieser Verpflichtung nachkommen zu können, schrieb er seiner Mutter einen pathetischen Brief. Statt einer Antwort traf sie selber ein, und als Emma wissen wollte, ob er bei ihr etwas erreicht habe, sagte er:

»Ja. Aber sie will die Rechnung sehen.«

Am nächsten Tag lief Emma in aller Frühe zu Monsieur Lheureux und bat ihn, eine andere Rechnung auszufertigen, die eintausend Francs nicht überstieg; denn hätte sie die auf viertausend Francs lautende gezeigt, so hätte sie sagen müssen, daß sie sie zu zwei Dritteln bezahlt hatte und folglich auch den Verkauf der Immobilie eingestehen müssen, welches Geschäft vom Händler geschickt betrieben worden war und tatsächlich erst später bekannt wurde.

Trotz des sehr niedrigen Preises der einzelnen Artikel unterließ es die alte Madame Bovary keineswegs, die Ausgabe übertrieben zu finden.

»War der Teppich denn nicht verzichtbar? Warum mußten die Lehnstühle neu bezogen werden? Zu meiner Zeit hatte man in den Häusern nur einen Sessel – für die betagten Leute –, wenigstens war es so bei meiner Mutter, die eine ehrbare Frau war, das kann ich euch versichern. – Nicht jeder auf der Welt kann reich sein! Der Verschwendung hält kein Vermögen stand! Ich würde mich schämen, wenn ich mich so verhätschelte, und dabei bin ich alt und hätte Pflege nötig ... Und das hier! und das! Änderungen, Großtuereien! Wie! Futterseide zu zwei Francs! ... Obwohl man Jakonett zu zehn Sous bekommt, und sogar zu acht Sous, und der tut es ebensogut!«

Emma, die auf der Causeuse lag, erwiderte so ruhig wie möglich:

»He, Madame, genug, genug!«

Doch die andere fuhr fort, ihr die Leviten zu lesen und prophezeite, daß sie alle im Armenhaus enden würden. Im übrigen liege die Schuld bei Charles. Ein Glück, daß er ihr versprochen habe, die Vollmacht zu vernichten.

»Wie?«

»Ah, er hat es mir geschworen«, wiederholte die gute Frau.

Emma öffnete das Fenster, rief Charles herbei, und der arme Kerl war gezwungen zuzugeben, daß seine Mutter ihm das Versprechen abgerungen hatte.

Emma verschwand, kehrte aber rasch mit einem dicken Blatt Papier zurück und reichte es ihr hoheitsvoll.

»Ich danke Ihnen«, sagte die alte Frau.

Und sie warf die Vollmacht ins Feuer.

Emma brach in ein schrilles, gellendes, nicht enden wollendes Gelächter aus: sie hatte einen Nervenanfall.

»O mein Gott!« rief Charles. »Höre, das war aber auch nicht recht von dir. Du kommst und machst ihr Szenen! ...«

Seine Mutter zuckte die Achseln und meinte, *das sei alles nur Getue.*

Doch Charles lehnte sich zum ersten Mal auf und nahm seine Frau so entschieden in Schutz, daß die alte Madame Bovary sogleich abreisen wollte. Sie ging am nächsten Tag, und als er sie noch auf der Türschwelle zurückzuhalten versuchte, entgegnete sie:

»Nein, nein! Du liebst sie mehr als mich, und hast recht, das ist nun einmal der Lauf der Dinge. Um so schlimmer im übrigen, du wirst schon sehen! ... Ich wünsche dir gute Gesundheit ... denn ich bin nicht bereit wiederzukommen und, wie du sagst, ihr Szenen zu machen.«

Trotzdem fühlte Charles sich Emma gegenüber sehr kleinlaut, da sie ihm nicht verbarg, daß sie ihm wegen seines Mangels an Vertrauen grollte. Er mußte sie lange bitten, ehe sie einwilligte, eine neue Vollmacht anzunehmen, und er begleitete sie sogar zu Monsieur Guillaumin, um eine zweite, völlig gleichlautende für sie ausfertigen zu lassen.

»Ich verstehe das«, sagte der Notar, »ein Mann der Wissenschaft kann sich nicht mit den praktischen Dingen des Lebens abgeben.«

Und Charles fühlte sich erleichtert durch die katzenfreundliche Bemerkung, die seiner Schwäche den schmeichelhaften Anschein einer höheren Berufung verlieh.

Welcher Überschwang am nächsten Donnerstag in ihrem Hotelzimmer mit Léon! Sie lachte, weinte, sang, tanzte, ließ Sorbets heraufbringen, wollte Zigaretten rauchen, sie kam ihm überspannt vor, aber anbetungswürdig, wunderbar.

Er wußte nicht, was sie mehr als zuvor dazu trieb, sich in die Freuden des Lebens zu stürzen. Sie wurde reizbar, eßgierig und wollüstig und ging erhobenen Hauptes mit ihm durch die Straßen spazieren, ohne Angst, sich zu kompromittieren, behauptete sie. Manchmal allerdings erzitterte Emma beim jähen Gedanken, Rodolphe zu begegnen; denn obwohl zwischen ihnen alles aus war, hatte sie doch das Gefühl, sich seinem Einfluß noch nicht völlig entzogen zu haben.

Eines Abends kehrte sie nicht nach Yonville zurück. Charles verlor den Kopf, und die kleine Berthe, die nicht ohne ihre Mama zu Bett gehen wollte, schluchzte, als sollte es ihr die Brust zersprengen. Justin hatte sich auf gut Glück auf den Weg gemacht. Monsieur Homais hatte sogar deswegen seine Apotheke verlassen.

Um elf Uhr schließlich hielt Charles es nicht mehr länger aus, spannte seinen Wagen an, stieg ein, peitschte seinen Gaul und langte gegen zwei Uhr morgens vor dem *Croix Rouge* an. Niemand. Er dachte, der Kanzlist könne sie vielleicht gesehen haben. Doch wo wohnte der? Glücklicherweise fiel ihm die Adresse von dessen Brotgeber ein. Er ging eilends dorthin.

Es begann zu tagen. Über einer Tür entdeckte er Berufsschilder; er klopfte. Jemand schrie ihm, ohne zu öffnen, die erbetene Auskunft zu und fügte ihr etliche Schimpfworte an über solche, die die Leute während nachtschlafender Zeit stören.

Das Haus, in dem der Kanzlist wohnte, hatte weder Türglocke noch Türklopfer, noch einen Pförtner. Charles schlug mit der Faust auf die Fensterläden. Ein Schutzmann ging vorbei; Charles bekam es mit der Angst zu tun und entfernte sich.

Ich bin ja verrückt, sagte er sich, wahrscheinlich hat man sie bei Monsieur Lormeaux zum Abendessen dabehalten.

Die Familie Lormeaux wohnte nicht mehr in Rouen.

Sie ist hiergeblieben, um Madame Dubreuil zu pflegen. Ach nein! Madame Dubreuil ist vor zehn Monaten gestorben! ... Wo kann sie nur sein?

Ihm kam ein Gedanke. Er ließ sich in einem Café das Adreßbuch geben und suchte geschwind den Namen von Mademoiselle Lempereur. Sie wohnte in der rue de la Renelle-des-Maroquiniers, Nummer 74.

Als er in diese Straße einbog, tauchte Emma selbst an deren anderem Ende auf; er stürzte sich mehr auf sie, als daß er sie umarmte und rief:

»Was hat dich gestern zurückgehalten?«

»Ich bin nicht wohl gewesen.«

»Was hat dir gefehlt? ... Wo? ... Wie ...«

Sie fuhr sich mit der Hand über die Stirn und antwortete:

»Bei Mademoiselle Lempereur.«

»Habe ich es mir doch gedacht! Ich war auf dem Weg zu ihr.«

»Oh, die Mühe kannst du dir sparen«, sagte Emma. »Sie ist soeben ausgegangen; doch in Zukunft mache dir bitte keine Sorgen. Ich fühle mich nicht frei, verstehst du, wenn ich weiß, daß die geringste Verspätung dich derart aufregt.«

Damit erteilte sie sich gewissermaßen die Erlaubnis, sich bei ihren Eskapaden keinen Zwang mehr aufzuerlegen. Sie nutzte diese Erlaubnis denn auch ganz nach Belieben und ausgiebig aus. Wenn sie die Lust ankam, Léon zu sehen, fuhr sie unter irgendeinem Vorwand hin, und da er sie an solchen Tagen nicht erwartete, suchte sie ihn in der Kanzlei auf.

Die ersten Male war er überglücklich; bald darauf aber verheimlichte er ihr die Wahrheit nicht länger, nämlich: daß sein Brotgeber sich über diese Störungen heftig beklage.

»Ach was, komm schon!« sagte sie.

Und er stahl sich davon.

Sie wollte, daß er sich ganz in Schwarz kleide und sich einen Spitzbart wachsen lasse, um den Porträts Ludwigs XIII. zu gleichen. Sie wünschte seine Wohnung zu sehen, fand sie mäßig; er errötete, sie achtete nicht darauf, riet ihm, die gleichen Vorhänge zu kaufen, die sie hatte, und als er die Kosten zu bedenken gab, sagte sie lachend:

»So! so! du hängst an deinen Talerchen!«

Léon mußte ihr über alles, was er seit dem letzten Rendezvous getan hatte, jedesmal Bericht erstatten. Sie verlangte Verse von ihm, an sie gerichtete Verse, ein Liebesgedicht ihr zu Ehren. Nie gelang es ihm, den Reim auf den ersten Vers zu finden, und er schrieb schließlich ein Sonett aus einem Album ab.

Dies tat er weniger aus Eitelkeit, als vielmehr um ihr gefällig zu sein. Er widersprach ihren Ansichten nie, war mit allen ihren Launen einverstanden; er wurde mehr zu ihrer Geliebten, als sie die seine war. Sie hatte zärtliche Worte für ihn und Küsse, die ihm die Seele aus dem Leib rissen. Wo hatte sie diese Verderbtheit her, eine so tiefe, verborgene, daß sie fast unkörperlich war?

## VI

Auf den Fahrten, die er, um sie zu sehen, unternahm, hatte Léon oft beim Apotheker zu Abend gegessen und sich aus Gründen der Höflichkeit verpflichtet geglaubt, ihn seinerseits einzuladen.

»Gern!« hatte Monsieur Homais geantwortet, »ich muß ohnehin einmal ein wenig neue Kraft schöpfen, denn hier roste ich ein. Wir werden ins Theater gehen, ins Restaurant, wir hauen ordentlich auf die Pauke!«

»Ach, mein Lieber!« murmelte Madame Homais in zärtlicher Angst vor den unbestimmten Gefahren, denen er sich aussetzen wollte.

»Was denn? findest du nicht, daß ich mir bei diesem Leben inmitten der ständigen Ausdünstungen der Apotheke die Gesundheit zur Genüge ruiniere! Aber so sind die Frauen: erst sind sie eifersüchtig auf die Wissenschaft, dann wollen sie nicht, daß man sich die harmlosesten Zerstreuungen verschafft. Doch egal; zählen Sie auf mich; einen dieser Tage tauche in Rouen auf, und wir lassen zusammen die *Monacos* springen.«

Früher hätte der Apotheker sich gehütet, einen solchen Ausdruck in den Mund zu nehmen, doch nun gab er sich ein launiges, pariserisches Gehabe, das er sehr geschmackvoll fand, und wie seine Nachbarin, Madame Bovary, fragte er den Kanzlisten neugierig über die Sitten der Hauptstadt aus, redete sogar Argot, um die Philister zu beeindrucken, sagte *Bude*, *Bazar*, *flott*, *famos*, *Breda-Street* und *ich haue ab* statt ich gehe fort.

An einem Donnerstag stieß Emma deshalb in der Küche des *Lion d'Or* zu ihrer Überraschung auf Monsieur Homais im Reisekostüm, will sagen, gehüllt in einen alten Mantel, den man nie an ihm gesehen hatte, in der einen Hand einen Koffer, in der anderen den Fußwärmer aus seinem Laden. Er hatte niemandem sein Vorhaben anvertraut, aus Sorge, die Öffentlichkeit durch seine Abwesenheit zu beunruhigen.

Offenbar beglückte ihn der Gedanke, die Stätten seiner Jugend wiederzusehen, denn er hörte auf dem ganzen Weg nicht auf zu schwadronieren; dann, kaum angekommen, sprang er aus dem Wagen, um sich auf die Suche nach Léon zu machen; und so sehr der Kanzlist sich auch sträubte, Monsieur Homais schleppte ihn zum großen *Café de Nor-*

*mandie*, wo er majestätisch eintrat, ohne den Hut abzunehmen, da er es für ausgemacht provinzlerisch hielt, solches an einem öffentlichen Ort zu tun.

Emma wartete drei Viertelstunden auf Léon und lief schließlich zu seiner Kanzlei. Danach brachte sie, die Stirn an die Fensterscheibe gepreßt, den Nachmittag hin, verlor sich in Vermutungen aller Arten, bezichtigte ihn der Gleichgültigkeit und warf sich selbst ihre Schwäche vor.

Um zwei Uhr saßen die beiden noch immer einander gegenüber bei Tisch. Der große Speisesaal leerte sich; das Ofenrohr, das sich palmenförmig verzweigte, breitete an der weißen Zimmerdecke seine vergoldete Baumkrone aus; und hinter der Glaswand neben ihnen plätscherte im Sonnenschein ein kleiner Springbrunnen in ein Marmorbecken, in dem zwischen Kresse und Spargeln drei Hummer träge neben einem Haufen Wachteln lagen.

Homais genoß in vollen Zügen. Obwohl Luxus ihn noch mehr berauschte als gutes Essen, regte der Pommard seine geistigen Kräfte doch gehörig an, und als das Omelette mit Rum erschien, legte er unmoralische Ansichten über die Frauen dar. Was ihn mehr als alles andere verlocke, sei der *Schick*. Er schwärme für eine elegante Toilette in einem gut möblierten Raum, und was die körperlichen Eigenschaften anbetreffe, verachte er nicht den *kräftigen Happen*.

Léon blickte verzweifelt auf die Wanduhr. Der Apotheker trank, aß, schwatzte.

»Sie müssen in Rouen wohl vieles entbehren«, sagte er plötzlich. »Aber Ihre Geliebte wohnt ja nicht weit.«

Und da der andere errötete:

»Ach, gehen Sie. Geben Sie's zu! Wollen Sie leugnen, daß Sie in Yonville ...?«

Der junge Mann fing an zu stottern.

»Machen Sie im Haus von Madame Bovary nicht jemandem den Hof?«

»Wem denn?«

»Dem Dienstmädchen!«

Er sprach nicht im Scherz. Aber Léons Eitelkeit siegte über die Vorsicht, und unwillkürlich protestierte er lauthals dagegen. Er liebe im übrigen nur braunhaarige Frauen.

»Ich muß Ihnen recht geben«, sagte der Apotheker, »die Braunhaarigen haben mehr Temperament.«

Und sich zum Ohr seines Freundes beugend, nannte er ihm die Symptome, an denen sich das Temperament einer Frau erkennen lasse. Er stürzte sich sogar in einen ethnographischen Exkurs: die Deutsche sei hysterisch, die Französin locker, die Italienerin leidenschaftlich.

»Und die Negerinnen?« fragte der Kanzlist.

»Das ist etwas für Feinschmecker«, sagte Homais. – »Kellner! Zwei Mokkas!«

»Gehen wir«, fragte Léon schließlich ungeduldig.

»*Yes.*«

Aber bevor er ging, wollte er noch den Besitzer des Etablissements sehen, um ihm etwas Freundliches zu sagen.

Um allein zu sein, schützte der junge Mann eine geschäftliche Verabredung vor.

»Ah, ich gebe Ihnen mein Geleit!« sagte Homais.

Und während er mit ihm durch die Straßen schritt, redete er über seine Frau, seine Kinder und seine Apotheke, erzählte, in welchem desolaten Zustand sie sich befunden und auf welche Höhe der Vollkommenheit er sie gebracht habe.

Vor dem *Hôtel de Boulogne* angekommen, ließ Léon ihn einfach im Stich, stieg die Treppe hinauf und fand seine Mätresse in großer Aufregung.

Beim Namen des Apothekers geriet sie in Zorn. Léon konnte jedoch gute Gründe anführen; es sei nicht seine Schuld, sie kenne doch Monsieur Homais, könne sie denn wirklich glauben, daß er dessen Gesellschaft vorziehe? Aber sie wandte sich ab; er hielt sie zurück, sank auf die Knie und umfing ihre Taille mit beiden Armen in einer schmachtenden Pose des Begehrens und des Bittens.

Sie stand aufrecht da; ihre großen geröteten Augen sahen ihn ernst und fast furchterregend an. Dann wurden sie von Tränen verdunkelt, ihre rosigen Lider senkten sich, sie überließ ihm ihre Hände, und Léon führte sie an seine Lippen, als ein Hausdiener erschien und meldete, daß nach Monsieur gefragt werde.

»Du kommst doch wieder zurück?« sagte sie.

»Ja.«

»Aber wann?«

»Sofort.«

»Das war ein *Trick*«, sagte der Apotheker, als er Léon erblickte. »Ich wollte diesem Besuch, der Sie zu verdrießen schien, ein Ende bereiten. Gehen wir zu Bridoux, ein Glas Bitter nehmen.«

Léon schwor, daß er in die Kanzlei zurückkehren müsse. Daraufhin riß der Apotheker Witze über Aktenkram und Rechtshändel.

»Lassen Sie doch zum Teufel Cujacius und Bartolus einmal links liegen! Wer hindert Sie daran? Nur Mut gefaßt! Gehen wir zu Bridoux; Sie werden seinen Hund sehen. Das ist sehr interessant.«

Und da der Kanzlist sich beharrlich weigerte:

»Ich gehe mit Ihnen. Ich werde, bis Sie fertig sind, eine Zeitung lesen oder in einem Gesetzbuch blättern.«

Vom Zorn Emmas, Monsieur Homais' Geschwätz und

vielleicht der Schwere des Mittagessens betäubt, war Léon unentschlossen und wie im Bann des Apothekers, der immer von neuem sagte:

»Gehen wir zu Bridoux! Das ist zwei Schritt von hier, in der rue Malapu.«

Aus Feigheit, Dummheit, aus jenem unbestimmbaren Gefühl heraus, das uns zu den widerwärtigsten Handlungen veranlaßt, ließ er sich zu Bridoux führen. Sie trafen ihn in seinem kleinen Hof, wo er drei Burschen beaufsichtigte, die unter Keuchen das große Rad einer zur Herstellung des Selter Wassers dienenden Maschine drehten. Homais erteilte ihnen Ratschläge; er umarmte Bridoux, man nahm den Bittern. Zwanzigmal wollte Léon gehen; doch der andere hielt ihn am Arm fest und sagte:

»Ich komme ja gleich. Wir gehen zum *Fanal de Rouen*, die Herren dort besuchen. Ich werde Sie Thomassin vorstellen.«

Er vermochte ihn jedoch loszuwerden und rannte ohne Unterbrechung bis zum Hotel. Emma war nicht mehr dort.

Erbittert war sie kurz zuvor fortgegangen. Sie verabscheute ihn nun. Das nicht eingehaltene Versprechen empfand sie als Kränkung, und sie suchte nach weiteren Gründen, um sich von ihm loszusagen: er war unfähig zur Heldenhaftigkeit, schwach, banal, weichlicher als eine Frau, außerdem geizig und zaghaft.

Als sie dann wieder ruhiger wurde, sah sie schließlich ein, daß sie ihn wahrscheinlich zu Unrecht beschuldigt hatte. Aber unsere an jenen, die wir lieben, geübte kleinliche Kritik entfremdet sie uns stets ein wenig. Wir sollten nicht an Idole rühren: die Vergoldung bleibt uns an den Händen kleben.

Es kam dazu, daß sie häufiger über Dinge sprachen, die

mit ihrer Liebe nichts zu tun hatten; und in den Briefen, die Emma ihm schickte, war die Rede von Blumen, Gedichten, von Mond und Sternen, naiven Reserven einer geschwächten Leidenschaft, die sich mit allerlei äußeren Hilfsmitteln wiederzubeleben suchte. Jedesmal versprach sie sich für ihre nächste Fahrt höchste Glückseligkeit; und gestand sich dann ein, nichts Außergewöhnliches zu empfinden. Die Enttäuschung wurde alsbald von einer neuen Hoffnung ausgelöscht, und Emma kehrte noch glühender, gieriger zu ihm zurück. Sie zog sich ohne Umschweife aus, riß am dünnen Bendel ihres Schnürmieders, das um ihre Hüften zischte wie eine gleitende Natter. Auf bloßen Zehenspitzen ging sie zur Tür, um noch einmal nachzusehen, ob die Tür abgeschlossen war, dann ließ sie mit einer einzigen Bewegung alle Kleidungsstücke fallen – und bleich, schweigend, ernst stürzte sie sich mit einem langen Erschauern an seine Brust.

Auf dieser mit kalten Schweißtropfen bedeckten Stirn, auf den stammelnden Lippen, in den verstörten Pupillen aber war etwas Extremes, Unfaßbares, Unheimliches, und Léon hatte das Gefühl, daß es sich leise zwischen sie schob, wie um sie zu trennen.

Er wagte nicht, ihr Fragen zu stellen, aber da er merkte, wie erfahren sie war, sagte er sich, daß sie alle Prüfungen des Schmerzes und der Lust erlebt haben mußte. Was ihn früher entzückt hatte, ängstigte ihn nun ein wenig. Zudem wehrte er sich gegen die täglich stärkere Vereinnahmung seiner Persönlichkeit. Er verübelte Emma ihren Dauersieg. Er gab sich sogar Mühe, sie nicht mehr zärtlich zu lieben; wenn er dann aber ihre Stiefelchen knarren hörte, fühlte er sich schwach werden, wie der Trinker beim Anblick starker Getränke.

Sie erwies ihm allerdings vielerlei Aufmerksamkeiten, von

den ausgesuchten Leckereien angefangen bis hin zu den Koketterien der Kleidung und dem Schmachten der Blicke. Sie brachte, im Busen versteckt, aus Yonville Rosen mit, die sie ihm ins Gesicht warf, zeigte sich um seine Gesundheit besorgt, gab ihm Ratschläge, wie er sich verhalten solle, und band ihm, um ihn stärker an sich zu fesseln und in der Hoffnung, daß vielleicht auch der Himmel sich ihrer annähme, eine Muttergottes-Medaille um den Hals. Wie eine tugendhafte Mutter erkundigte sie sich nach seinen Kameraden. Sie sagte zu ihm:

»Verkehre nicht mit ihnen, geh nicht aus, denke nur an uns, liebe mich.«

Sie hätte gewünscht, sein Leben überwachen zu können und kam auf den Gedanken, ihn beobachten zu lassen. In der Nähe des Hotels trieb sich immer ein Landstreicher herum, der die Reisenden ansprach und nicht nein sagen würde ... Aber ihr Stolz empörte sich dagegen.

»Ach, was soll's! mag er mich betrügen, was kümmert mich das! Ist mir das denn wichtig?«

Als sie sich eines Tages früh getrennt hatten und sie allein über den Boulevard zurückkehrte, sichtete sie die Mauern ihrer Klosterschule. Sie setzte sich auf eine Bank im Schatten der Ulmen. Wie ruhig war sie in jener Zeit gewesen; wie sehnte sie sich nach den unsagbaren Liebesempfindungen, die sie sich damals aufgrund der Bücher vorzustellen versucht hatte.

Die ersten Monate ihrer Ehe, ihre Spazierritte im Wald, der walzertanzende Vicomte, Lagardys Gesang, alles zog vor ihren Augen vorüber ... Und Léon schien plötzlich ebenso ferngerückt wie die anderen.

»Ich liebe ihn aber doch!« sagte sie sich.

Und trotzdem war sie nicht glücklich, war es nie gewesen. Woher kam nur dieses Ungenügen des Lebens, die sofortige Fäulnis der Dinge, auf die sie baute! ... Doch wenn irgendwo ein starker, schöner Mann lebte, eine tapfere Natur, erfüllt von Begeisterung sowohl wie auch von Feingefühl, ein Dichterherz in der Gestalt eines Engels, eine Leier mit ehernen Saiten, die klagende Hochzeitslieder zum Himmel emporsandte, warum sollte sie ihn nicht zufällig finden? Ach, eine Unmöglichkeit! Auch lohnte nichts die Mühe einer Suche; alles war Lüge. Jedes Lächeln verbarg ein Gähnen der Langeweile, jede Freude einen Fluch, jede Lust ihren Ekel, und die heißesten Küsse hinterließen auf den Lippen nur das unerfüllbare Verlangen nach einer höheren Wollust.

Ein metallisches Rasseln zog durch die Luft, und die Klosterglocke schlug viermal. Vier Uhr! und ihr war, als habe sie schon eine Ewigkeit auf dieser Bank gesessen. Doch wie eine Menschenmenge einen nur kleinen Raum, kann eine Unendlichkeit von leidenschaftlichen Gefühlen nur eine Minute beanspruchen.

Emma lebte von den ihren völlig beherrscht und kümmerte sich um Geldangelegenheiten ebensowenig wie eine Erzherzogin.

Einmal jedoch kam ein schäbig aussehender, rotgesichtiger Mann mit Glatze ins Haus und erklärte, von Monsieur Vinçart in Rouen geschickt worden zu sein. Er entfernte die Sicherheitsnadeln, mit denen die Seitentasche seines langen grünen Gehrocks zugesteckt gewesen war, spießte sie auf seinen Ärmel und überreichte höflich ein Blatt Papier.

Es war ein von ihr unterschriebener Wechsel auf siebenhundert Francs, den Lheureux entgegen seinen Zusicherungen weitergegeben hatte.

Sie schickte das Mädchen zu ihm. Er war nicht abkömmlich.

Der Unbekannte war stehengeblieben und hatte unter seinen dichten blonden Augenbrauen hervor neugierige Blicke nach links und rechts geworfen. Nun fragte er mit harmloser Miene:

»Welche Antwort soll ich Monsieur Vinçart überbringen?«

»Ja, sagen Sie ihm ...«, erwiderte Emma, »daß ich keine erteilen kann ... Nächste Woche dann ... Er möge warten ... Ja, bis zur nächsten Woche.«

Und der Mann ging wortlos wieder fort.

Am nächsten Tag um die Mittagszeit aber erhielt sie einen Wechselprotest, und der Anblick des Stempelpapiers, auf dem sich mehrfach und in großen Buchstaben die Unterschrift: »Maître Hareng, Gerichtsvollzieher in Buchy« breitmachte, erschreckte sie so sehr, daß sie zum Stoffhändler hastete.

Sie fand ihn in seinem Laden, wo er ein Paket verschnürte.

»Ihr Diener!« sagte er, »ich stehe zu Ihrer Verfügung.«

Er fuhr jedoch mit seiner Arbeit fort, wobei ihm ein etwa dreizehnjähriges, ein wenig buckliges Mädchen half, das ihm sowohl im Laden als auch in der Küche diente.

Dann ließ er seine Holzschuhe über die Fliesen des Ladens klappern, stieg vor Madame in den ersten Stock hinauf und führte sie in eine enge Kammer, wo auf einem breiten Schreibtisch aus Tannenholz einige Rechnungsbücher standen. Sie wurden von einer mit einem Vorhängeschloß gesicherten querlaufenden Eisenstange geschützt. An der Wand war unter Baumwollballen ein Geldschrank zu sehen von solchem Umfang, daß er nicht nur Banknoten und Geld enthalten mußte. Monsieur Lheureux betrieb in der Tat ein Pfandleihgeschäft, und in den Geldschrank hatte er Madame

Bovarys goldene Uhrkette gelegt, sowie die Ohrringe des armen Vater Tellier, der schließlich, gezwungen sein Café zu verkaufen, in Quincampoix einen kleinen Kramladen erworben hatte, in dem er inmitten seiner Wachslichter, und gelber als sie, an seinem Katarrh dahinsiechte.

Lheureux setzte sich in seinen großen Korbsessel und sagte:

»Was gibt's Neues?«

»Hier.«

Und sie zeigte ihm das Papier.

»Na und? Was kann ich dafür?«

Da erboste sie sich und erinnerte ihn an sein Versprechen, die Wechsel nicht in Umlauf zu bringen; er gab es zu.

»Aber ich war selbst in einer Zwangslage, man hatte mir das Messer an die Kehle gesetzt.«

»Und was wird jetzt geschehen?« fragte sie.

»Oh, ganz einfach: ein Gerichtsurteil und dann die Pfändung … *wupps*!«

Emma mußte an sich halten, um ihn nicht zu schlagen. Sie fragte ihn leise, ob es nicht möglich sei, Monsieur Vinçart zu beschwichtigen.

»Ah ja? Vinçart beschwichtigen? Da kennen Sie ihn aber schlecht: der ist blutrünstiger als ein Araber.«

Dennoch müsse Monsieur Lheureux sich für sie verwenden.

»Hören Sie mal! Mir scheint, daß ich bisher schon so einiges für Sie getan habe.«

Er schlug eines seiner Rechnungsbücher auf:

»Sehen Sie!«

Dann fuhr er mit dem Finger die Seite hinauf:

»Da … und da … Am 3. August, zweihundert Francs … Am 17. Juni, einhundertfünfzig … 23. März, sechsundvierzig … Im April …«

Er hielt inne, als fürchtete er, eine Dummheit zu begehen.

»Und dabei berücksichtige ich nicht einmal die Wechsel, die Monsieur unterschrieben hat, einen auf siebenhundert Francs, den anderen auf dreihundert Francs. Was Ihre kleinen Abschlagszahlungen, was die Zinsen anbelangt, so nimmt das kein Ende, man findet sich nicht mehr zurecht. Ich will damit nichts mehr zu tun haben.«

Sie weinte, sie nannte ihn sogar »ihren guten Monsieur Lheureux«. Doch er schob alles auf diesen »Gauner Vinçart«. Zudem besitze er selbst keinen Centime, kein Mensch zahle zur Zeit, man ziehe ihm das Fell über die Ohren, ein armer Krämer wie er könne kein Geld vorstrecken.

Emma sagte nichts, und Monsieur Lheureux, der am Ast einer Feder kaute, war über ihr Schweigen offenbar beunruhigt, denn er fuhr fort:

»Wenn ich an einem dieser Tage wenigstens einige Eingänge hätte ... könnte ich ...«

»Übrigens«, sagte sie, »sobald der ausstehende Betrag für Barneville ...«

»Wie?«

Und als er erfuhr, daß Langlois noch nicht bezahlt hatte, schien er sehr überrascht zu sein. Dann fragte er mit honigsüßer Stimme:

»Und was vereinbaren wir, sagen Sie ...?«

»Oh! was Sie wollen!«

Daraufhin schloß er, um nachzudenken, die Augen, notierte ein paar Zahlen, erklärte, es werde ihm große Mühe bereiten, die Sache sei heikel, er zapfe sich selber das Blut dabei ab, und diktierte vier Wechsel auf je zweihundertfünfzig Francs, die in monatlichen Abständen fällig wurden.

»Vorausgesetzt, daß Vinçart auf mich hören will! Ansonsten ist das nun unter uns abgemacht, ich fackele nicht lange, ich bin schnell von Entschluß.«

Darauf zeigte er ihr beiläufig einige neue Waren, deren keine jedoch, seiner Meinung nach, für Madame gut genug sei.

»Wenn ich denke, daß das ein Stoff für sieben Sous der Meter ist, der angeblich farbecht sein soll! Die Leute schlukken das aber! Wie Sie sich denken können, sagt man ihnen nicht, wie es sich wirklich verhält« – durch dieses Eingeständnis der Betrügerei gegenüber den anderen, wollte er sie von seiner Redlichkeit vollends überzeugen.

Dann rief er sie nochmals zurück und zeigte ihr drei Ellen Gipurespitze, die er unlängst »auf einer Versteigerung« entdeckt habe.

»Ist das nicht schön!« sagte Lheureux, »man nimmt das jetzt viel als Sesselbehang, das ist groß in Mode.«

Und flinker als ein Taschenspieler wickelte er die Spitze in blaues Papier und legte sie in Emmas Hände.

»Ich müßte aber wenigstens wissen ...«

»Ach, das hat Zeit«, erwiderte er und drehte ihr den Rükken.

Am Abend drängte sie Bovary, an seine Mutter zu schreiben, damit sie ihnen alsbald den ganzen noch ausstehenden Betrag der Erbschaft schicke. Die Schwiegermutter antwortete, daß sie nichts mehr habe: die Liquidation sei abgeschlossen, und außer Barneville blieben ihnen noch sechshundert Livres jährliche Rente, die sie ihnen pünktlich auszahlen werde.

Daraufhin schickte Madame Bovary zwei oder drei Patienten die Rechnung und bediente sich dieses Mittels fortan großzügig und mit Erfolg. Sie versäumte nie, als Postscriptum hinzuzufügen: »Sagen Sie meinem Mann nichts davon, Sie wissen, wie stolz er ist ... Entschuldigen Sie ... Ihre ergebene ...« Es kamen einige Reklamationen; sie unterschlug sie.

Um sich Geld zu beschaffen, fing sie an, ihre alten Handschuhe, ihre alten Hüte, alten Trödel zu verkaufen; und sie feilschte mit Raffgier – ihr Bauernblut machte sie gewinnsüchtig. Auf ihren Fahrten in die Stadt wollte sie hübsche Kleinigkeiten einhandeln, die Monsieur Lheureux in Ermangelung von anderem sicherlich annehmen würde. Sie kaufte sich Straußenfedern, chinesisches Porzellan und Truhen. Sie borgte sich Geld bei Félicité, bei Madame Lefrançois, bei der Besitzerin des *Croix Rouge*, bei jedermann, ganz gleich, wo. Mit dem Geld, das sie endlich vom Barneville-Verkauf erhielt, bezahlte sie zwei Wechsel, die übrigen fünfzehnhundert Francs waren bald ausgegeben. Sie ging neue Verbindlichkeiten ein, und immer so weiter!

Manchmal allerdings versuchte sie nachzurechnen, aber sie entdeckte dabei so haarsträubende Dinge, daß sie nicht daran glauben konnte. Dann fing sie wieder von vorne an, geriet durcheinander, ließ alles liegen, wie es war, und dachte nicht mehr daran.

Um das Haus war es nun traurig bestellt! Man sah Lieferanten mit wütender Miene herauskommen. Auf den Öfen lagen Taschentücher herum, und die kleine Berthe trug zur großen Entrüstung von Madame Homais zerrissene Strümpfe. Wenn Charles eine schüchterne Bemerkung wagte, antwortete sie schroff, es sei nicht ihre Schuld.

Warum hatte sie diese Zornesausbrüche? Er schrieb alles ihrem früheren Nervenleiden zu, warf sich vor, ihre körperlichen Schwächen für Fehler gehalten zu haben, schalt sich einen Egoisten und wäre gern zu ihr gelaufen, um sie in die Arme zu schließen.

»Ach nein«, sagte er sich, »ich würde ihr lästig fallen.«

Und er ließ es bleiben.

Nach dem Essen ging er allein in den Garten; er zog die

kleine Berthe auf sein Knie, schlug seine medizinische Zeitschrift auf und versuchte, ihr das Lesen beizubringen. Das Kind, das sich nie ernsthaft mit etwas befaßte, machte bald große traurige Augen und fing an zu weinen. Dann tröstete er es, holte in der Gießkanne Wasser, um im Sand Bäche zu machen, oder brach Ligusterzweige ab, um in den Beeten Bäumchen zu pflanzen, was den Garten kaum verunstaltete, er war von hohem Unkraut überwuchert: man schuldete Lestiboudois den Lohn so vieler Tage! Dann wurde dem Kind kalt, und es wollte zu seiner Mutter.

»Rufe dein Kindermädchen«, sagte Charles. »Du weißt doch, meine Kleine, daß deine Maman nicht gestört werden will.«

Es wurde Herbst, und schon fielen die Blätter – wie vor zwei Jahren, als sie krank geworden war! – Wann würde all dies einmal ein Ende haben! ... Und, die Hände auf dem Rücken, ging er weiter.

Madame war auf ihrem Zimmer. Niemand durfte zu ihr hinauf. Sie blieb dort den ganzen Tag über, schläfrig, kaum bekleidet, und zündete dann und wann Räucherpastillen an, die sie in Rouen im Laden eines Algeriers gekauft hatte. Um nachts den schlafenden Mann nicht neben sich liegen zu haben, brachte sie es mit vielen Ausflüchten so weit, ihn in den zweiten Stock zu verbannen, und sie las bis zum frühen Morgen überspannte Bücher, in denen es orgiastische Schilderungen und blutrünstige Geschehnisse gab. Oft packte sie die Angst, und sie schrie auf. Charles lief herbei.

»Ach, geh weg!« sagte sie.

Zu anderen Zeiten wiederum, wenn die vom Ehebruch immer neu belebte heimliche Flamme heißer brannte, öffnete sie ihr Fenster, atmete keuchend, erregt, gierig die kalte

Luft ein, ließ ihr zu schweres Haar vom Wind zerzausen, betrachtete die Sterne und wünschte sich fürstliche Liebesnächte. Sie dachte an ihn, an Léon. Sie hätte dann alles für eines dieser Rendezvous, die ihr Verlangen stillten, hingegeben.

Es waren ihre Festtage. Sie wünschte sie glänzend zu haben und steuerte freigebig das Fehlende bei, wenn er nicht allein für die Kosten aufkommen konnte, was beinahe jedesmal geschah. Er versuchte ihr begreiflich zu machen, daß sie anderswo, in einem bescheideneren Hotel, ebensogut untergebracht wären, aber sie erhob Einspruch.

Eines Tages nahm sie sechs vergoldete Kaffeelöffel (Vater Rouaults Hochzeitsgeschenk) aus ihrer Handtasche und bat ihn, sie unverzüglich ins Leihhaus zu bringen, und Léon gehorchte, obwohl ihm dieses Vorgehen peinlich war. Er fürchtete, sich zu kompromittieren.

Als er dann weiter darüber nachdachte, fand er, daß seine Mätresse sonderbare Allüren zeigte und daß man vielleicht nicht unrecht hatte, ihn von ihr trennen zu wollen.

In der Tat hatte jemand seiner Mutter einen langen anonymen Brief geschickt und ihr mitgeteilt, daß er sich *mit einer verheirateten Frau zugrunde richte*; und die gute Dame hatte, das ewige Schreckgespenst der Familien, das heißt die nebelhafte Verderberin, die Sirene, das in den phantastischen Tiefen der Liebe hausende Ungeheuer vermutend, sogleich an Notar Dubocage, seinen Brotgeber, geschrieben, der sich in der Angelegenheit tadellos benahm. Er hielt Léon drei Viertelstunden zurück, versuchte ihm die Augen zu öffnen und warnte ihn vor dem Abgrund. Eine solche Affäre werde sich für sein späteres Fortkommen ungünstig auswirken. Er beschwor ihn, die Beziehung aufzugeben, und wenn er dieses Opfer nicht in seinem eigenen Interesse bringen wolle, so möge er es doch wenigstens ihm, Dubocage, zuliebe tun.

Léon hatte schließlich geschworen, daß er Emma nicht mehr wiedersehen werde, und wenn er bedachte, welche Unannehmlichkeiten und Vorhaltungen diese Frau ihm noch einbringen konnte, von den Hänseleien seiner Kameraden, wenn sie sich morgens um den Ofen versammelten, ganz zu schweigen, machte er es sich zum Vorwurf, sein Wort nicht gehalten zu haben. Zudem sollte er zum ersten Kanzlisten avancieren; es war an der Zeit, seriös zu werden. Er verzichtete denn auch auf Flötenspiel, schwärmerische Gefühle, Phantasie: – denn jeder Spießer hat in der Hitze der Jugend, und wenn auch nur einen Tag, eine Minute lang geglaubt, unermeßlicher Leidenschaften, erhabener Taten fähig zu sein. Der mittelmäßigste Lebemann hat von Sultaninnen geträumt; jeder Notar trägt in sich die Überreste eines Dichters.

Es ging ihm nun auf die Nerven, wenn Emma plötzlich an seiner Brust schluchzte, und gleich den Menschen, die nur ein bestimmtes Quantum Musik ertragen, wurde sein Herz fühllos vor Gleichgültigkeit bei den überschwenglichen Äußerungen einer Liebe, deren Feinheiten er nicht mehr wahrnahm.

Sie kannten einander zu gut, um über den Besitz des anderen das Staunen zu empfinden, das die Freude darüber verhundertfacht. Sie war seiner ebenso überdrüssig, wie er ihrer müde. Emma fand im Ehebruch alle Schalheiten der Ehe wieder.

Doch wie sich davon befreien? Denn mochte sie sich auch noch so sehr gedemütigt fühlen durch die Niedrigkeit einer solchen Liebe, aus Gewohnheit oder Verderbtheit hielt sie eben doch daran fest, klammerte sich täglich mehr daran und brachte, weil sie es zu groß haben wollte, jedes Glücksempfinden zum Versiegen. Sie machte Léon ihre enttäuschten Hoffnungen zum Vorwurf, so als ob er sie verraten hätte, und da sie nicht den Mut besaß, sich dazu zu entschließen, wünschte sie sogar eine Katastrophe herbei, die ihre Trennung vollziehen würde.

Dennoch schrieb sie ihm weiterhin Liebesbriefe aufgrund ihrer Meinung, eine Frau müsse stets an ihren Liebhaber schreiben.

Doch während des Schreibens sah sie einen anderen Mann vor sich, ein Phantom, gebildet aus ihren glühendsten Erinnerungen, ihren schönsten Lesegenüssen, ihren stärksten Begierden; und es wurde zuletzt so wirklich, so greifbar, daß sie hingerissen erbebte, obwohl sie ihn sich nicht deutlich vorstellen konnte, so sehr verlor er sich, gleich einem Gott, in der Überfülle seiner Attribute. Er wohnte in blauender Ferne, wo im Blumenduft und Mondenschein seidene Strickleitern an Balkonen schaukelten. Sie spürte ihn in ihrer Nähe, er würde kommen und sie in einer Umarmung gänzlich für sich gewinnen. Danach war sie zerschlagen, gebrochen; denn diese unbestimmten Liebeswallungen erschöpften sie mehr als wilde Ausschweifungen.

Sie fühlte nun eine ständige allgemeine Mattigkeit. Oft erhielt sie Zustellungen auf Stempelpapier, die sie kaum ansah. Sie hätte gewünscht, nicht mehr am Leben zu sein oder in einem fort zu schlafen.

An Mittfasten kehrte sie nicht nach Yonville zurück und ging abends auf den Maskenball. Sie zog eine lange Samthose und rote Strümpfe an, dazu eine Zopfperücke und setzte sich einen Dreispitz aufs Ohr. Die ganze Nacht hindurch tanzte sie zu den wilden Klängen der Posaunen; man scharte sich um sie, und am nächsten Morgen fand sie sich in der Säulenhalle des Theaters, zusammen mit fünf oder sechs Masken, Arbeiterinnen und Matrosen, Kameraden von Léon, die davon sprachen, soupieren zu wollen.

Die Cafés in der Nähe waren überfüllt. Am Hafen machten sie ein schäbiges Restaurant ausfindig, dessen Besitzer ihnen im vierten Stock ein kleines Zimmer öffnete.

Die Männer flüsterten in einer Ecke, gewiß um miteinander die Kosten zu beraten: ein Kanzlist, zwei Medizinstudenten und ein Handlungsgehilfe: was für eine Gesellschaft für sie! Die Frauen mußten, wie Emma an ihren Stimmen erkannte, aus den untersten Schichten stammen. Sie begann sich zu fürchten, rückte mit ihrem Stuhl beiseite und blickte zu Boden.

Die anderen fingen an zu essen. Sie aß nicht, ihre Stirn glühte, in ihren Augenlidern war ein feines Stechen, und ihre Haut war eiskalt. In ihrem Kopf spürte sie noch das Vibrieren des Fußbodens unter dem rhythmischen Stampfen der tausend tanzenden Füße. Dann machten der Geruch des Punschs und der Zigarrenrauch sie benommen. Sie wurde ohnmächtig; man trug sie ans Fenster.

Es begann zu tagen, und gegen Sainte-Catherine hin breitete sich am bleichen Himmel ein großer purpurner Fleck aus. Der aschgraue Fluß erschauerte im Wind; die Brücken waren menschenleer; die Straßenlaternen erloschen.

Sie kam allmählich wieder zu sich und mußte an Berthe denken, die dort unten im Zimmer ihres Dienstmädchens schlief. Doch ein mit langen Eisenbändern beladener Karren fuhr vorüber und warf ein ohrenbetäubendes metallisches Dröhnen an die Häuserwände.

Sie machte sich plötzlich davon, entledigte sich ihres Kostüms, sagte Léon, sie müsse nach Hause zurück und blieb endlich allein im *Hôtel de Bourgogne*. Alles war ihr unerträglich, sie ertrug sich selbst nicht mehr. Sie hätte wie ein Vogel davonfliegen und sich irgendwo in weiter Ferne, in unberührten Höhen verjüngen wollen.

Sie verließ das Hotel, ging über den Boulevard, die Place Cauchoise und durch die Vorstadt bis zu einer über den Gärten gelegenen offenen Straße. Sie schritt rasch aus, die frische Luft beruhigte sie, und die Gestalten der Menge, die Masken, die Quadrillen, die Kronleuchter, das Souper, jene Frauen, alles löste sich nach und nach wie verwehende Nebelschwaden auf. Wieder im *Croix Rouge* angelangt, warf sie sich auf ihr Bett in dem kleinen Zimmer im zweiten Stock, wo Bilder aus der *Tour de Nesle* hingen. Um vier Uhr abends wurde sie von Hivert geweckt.

Zu Hause zeigte Félicité ihr ein graues Blatt Papier, das hinter der Pendeluhr steckte. Sie las: »Kraft dieser beglaubigten Abschrift in Form einer Urteilsvollstreckung ...«

Welchen Urteils? Tags zuvor hatte man in der Tat ein anderes Schriftstück gebracht, das sie nicht kannte; so war sie denn auch bestürzt über die Worte:

»Aufforderung im Namen des Königs, laut Gesetz und Recht an Madame Bovary ...«

Sie übersprang mehrere Zeilen und las:

»Binnen einer Frist von vierundzwanzig Stunden.« – Was denn? – »Die Gesamtsumme von achttausend Francs zu zahlen.« Und weiter unten hieß es sogar: »Sie wird mit allen Rechtsmitteln dazu gezwungen werden, insbesondere durch Zwangsvollstreckung in ihre Möbel und sonstige Habe.«

Was tun? ... In vierundzwanzig Stunden, morgen! Lheureux wollte ihr gewiß wieder einen Schrecken einjagen, dachte sie, denn sie ahnte mit einem Mal alle seine Machenschaften, den Zweck seiner Gefälligkeiten. Und gerade diese überhöhte Angabe der Schuldsumme war, was sie in ihrer Annahme bestärkte.

Dadurch, daß sie fortwährend kaufte und nicht bezahlte, Darlehen aufnahm, Wechsel unterschrieb, sodann die Wechsel prolongierte, die bei jedem neuen Verfall anschwollen, hatte sie diesem Herrn ein Kapital zubereitet, das er für seine Spekulationen nun ungeduldig erwartete.

In ungezwungener Haltung sprach sie bei ihm vor.

»Wissen Sie, was mir zugegangen ist? Ein Scherz zweifellos.«

»Nein.«

»Wie das?«

Er wandte sich langsam zu ihr um, verschränkte die Arme und sagte:

»Haben Sie geglaubt, mein Dämchen, ich würde bis zum Ende aller Zeiten um Gotteslohn Ihr Lieferant und Bankier bleiben? Ich muß meine Auslagen endlich einmal zurückerstattet bekommen, seien wir gerecht!«

Sie erhob Einspruch gegen die Schuldsumme.

»Ah! da ist nichts zu machen! Das Gericht hat sie anerkannt. Das Urteil liegt vor! Es ist Ihnen zugestellt worden! Im übrigen war ich das nicht, sondern Vinçart.«

»Könnten Sie nicht ...«

»Nicht das geringste ...«

»Aber ... trotzdem ... lassen Sie uns überlegen.«

Und sie versuchte sich herauszureden; sie habe nichts davon gewußt ... sei überrascht worden ...

»Wer ist schuld daran?« sagte Lheureux und verneigte sich ironisch. »Während ich mich wie ein Neger abschinde, lassen Sie es sich gutgehen.«

»Ach, keine Moralpredigt!«

»Das kann nie schaden«, entgegnete er.

Sie wurde kleinlaut, sie flehte ihn an und legte sogar ihre hübsche, weiße, schmale Hand dem Händler auf die Knie.

»Lassen Sie das! Man könnte ja meinen, Sie wollten mich verführen!«

»Sie sind ein Schuft!« schrie sie.

»Oh! oh! wie Sie gleich loslegen!« sagte er lachend.

»Ich werde öffentlich bekanntmachen, wie Sie sind. Ich werde meinem Mann sagen …«

»So? Und ich, ich werd ihm etwas zeigen, Ihrem Mann!«

Und Lheureux zog aus seinem Kassenschrank die Empfangsbestätigung über eintausendachthundert Francs, die sie anläßlich des Geschäfts mit Vinçart ausgestellt hatte.

»Glauben Sie«, fügte er hinzu, »er wird Ihren kleinen Diebstahl nicht durchschauen, der arme gute Mann?«

Wie durch einen Keulenschlag getroffen, brach sie zusammen. Er ging zwischen Fenster und Schreibtisch hin und her und wiederholte:

»Oh, ich werde ihm zeigen … ich werde ihm schon zeigen …«

Dann trat er zu ihr und sagte mit sanfter Stimme:

»Ich weiß, es ist kein Vergnügen; aber schließlich ist noch niemand daran gestorben, und da es die letzte Ihnen verbleibende Möglichkeit ist, mir mein Geld zurückzugeben …«

»Aber wo soll ich denn welches auftreiben?« sagte Emma und rang die Hände.

»Ach was! wenn man Freunde hat wie Sie!«

Und er blickte sie so durchdringend und furchterregend an, daß sie bis ins Innerste erbebte.

»Ich verspreche Ihnen«, sagte sie, »ich unterschreibe …«

»Ich habe genug von Ihren Unterschriften!«

»Ich verkaufe noch ...«

»Was denn?« sagte er achselzuckend, »Sie haben ja nichts mehr.«

Und er rief durch das Guckfenster in den Laden:

»Annette! vergiß nicht die drei Coupons von Nummer vierzehn.«

Das Mädchen erschien; Emma verstand und fragte, wieviel Geld nötig sei, um das Gerichtsverfahren aufzuhalten.

»Dazu ist es zu spät.«

»Aber wenn ich Ihnen mehrere tausend Francs brächte, ein Viertel der Summe, ein Drittel, nahezu alles?«

»Nein, es ist zwecklos!«

Er drängte sie sacht zur Treppe.

»Ich beschwöre Sie, Monsieur Lheureux, nur noch ein paar Tage!«

Sie schluchzte.

»Auch noch Tränen!«

»Sie treiben mich zur Verzweiflung!«

»Ist mir doch egal!« sagte er und schloß die Tür.

## VII

Sie bewahrte Gleichmut, als sich am Tage darauf Maître Hareng, der Gerichtsvollzieher, mit zwei Zeugen bei ihr einstellte, um das Pfändungsprotokoll aufzunehmen.

Sie fingen mit Bovarys Sprechzimmer an und schrieben den phrenologischen Kopf nicht auf, den sie zum *Berufsinventarium* erklärten, aber sie zählten in der Küche alle Schüsseln, Pfannen, Stühle, Leuchter und in ihrem Schlafzimmer alle auf dem Kamin stehenden Nippsachen. Sie sahen ihre Kleider, ihre Wäsche durch, besichtigten das Ankleidezimmer, und ihr Dasein wurde bis in seine geheimsten Winkel vor den Blicken dieser drei Männer bloßgelegt wie eine Leiche bei der Autopsie.

Maître Hareng, der in einem dünnen, bis oben zugeknöpften schwarzen Anzug steckte, eine weiße Halsbinde und sehr straffe Stege trug, sagte von Zeit zu Zeit:

»Sie erlauben, Madame? Sie erlauben?«

Oft verstand er sich zu Ausrufen:

»Reizend! ... überaus hübsch!«

Dann machte er sich wieder ans Aufschreiben und tauchte seine Feder in das Tintenfaß aus Horn, das er in der linken Hand hielt.

Als sie mit den Wohnräumen fertig waren, stiegen sie zum Speicher hinauf.

Sie hatte dort einen Schreibtisch stehen, in dem Rodolphes Briefe eingeschlossen waren. Er mußte geöffnet werden.

»Ah, Briefe!« sagte Maître Hareng mit taktvollem Lächeln. »Doch gestatten Sie! denn ich muß feststellen, ob die Schachtel noch anderes enthält.«

Und er hielt das Briefbündel leicht schräg, wie um Goldstücke herausfallen zu lassen. Empörung packte sie, als sie sah, wie die plumpe Hand mit den roten, schneckenhaft weichen Fingern sich auf die Blätter legte, über denen ihr Herz einst höher geschlagen hatte.

Endlich gingen sie wieder! Félicité kam zurück. Emma hatte sie hinausgeschickt, damit sie nach Bovary Ausschau halten und ihn ablenken sollte, und rasch brachten sie den Aufsichtsbeamten der Pfändung unter dem Dach unter, der schwor, daß er dort bleiben werde.

Charles schien ihr den ganzen Abend über sorgenvoll zu sein. Emma belauerte ihn mit angstvollem Blick; sie glaubte in den Furchen seines Gesichts Vorwürfe zu lesen. Dann, als sich ihre Augen wieder dem Kamin mit den chinesischen Schirmen, den breiten Vorhängen, den Lehnstühlen, all den Dingen zuwandten, die die Bitternis ihres Lebens gemildert hatten, erfaßte sie Reue oder eigentlich unermeßliches Bedauern, das, weit davon entfernt, ihre Leidenschaft zu ersticken, sie vielmehr erregte.

Charles stocherte ruhig im Feuer und hatte die Füße auf die Böcke gelegt.

Einmal verursachte der Aufseher, der sich in seinem Versteck gewiß langweilte, ein wenig Lärm.

»Geht da oben jemand?« sagte Charles.

»Nein«, entgegnete sie, »das ist ein offengebliebenes Dachfenster, an dem der Wind rüttelt.«

Am folgenden Tag, einem Sonntag, fuhr sie nach Rouen, um alle ihr dem Namen nach bekannten Bankiers aufzusuchen. Sie waren auf dem Lande oder verreist. Sie ließ sich davon nicht entmutigen, sondern bat diejenigen, die sie antraf, um Geld, beteuerte, daß sie es dringend benötige und es zurückzahlen werde. Einige lachten ihr ins Gesicht; alle wiesen sie ab.

Um zwei Uhr lief sie zu Léon und klopfte an seine Tür. Niemand öffnete. Endlich erschien er.

»Was führt dich her?«

»Störe ich dich?«

»Nein … aber …«

Und er gestand, der Hausbesitzer schätze es durchaus nicht, daß man »Frauen« empfing.

»Ich muß mit dir sprechen«, erwiderte sie.

Daraufhin griff er zum Schlüssel. Sie hielt ihn zurück.

»O nein! nicht hier, bei uns.«

Und sie gingen in ihr Zimmer im *Hôtel de Boulogne*.

Nachdem sie angekommen waren, trank sie ein großes Glas Wasser. Sie war sehr bleich. Sie sagte zu ihm:

»Léon, du wirst mir einen Gefallen tun.«

Und indem sie seine Hände packte und schüttelte, fügte sie hinzu:

»Höre, ich brauche achttausend Francs!«

»Aber du bist ja verrückt!«

»Noch nicht!«

Und sogleich erzählte sie ihm die Geschichte der Pfändung und legte ihm ihre Notlage dar, denn Charles wisse von nichts, ihre Schwiegermutter hasse sie, Vater Rouault sei außerstande zu helfen; doch er, Léon, werde sich aufmachen, um ihr diese unbedingt benötigte Summe zu beschaffen …

»Wie soll ich das dann anstellen?«

»Was für ein Feigling du bist!« schrie sie.

Daraufhin sagte er einfach:

»Du übertreibst die Sache. Vielleicht wird sich dein Biedermann mit tausend Talern beruhigen lassen.«

Ein Grund mehr, um einen Versuch anzustellen; dreitausend Francs müßten sich wohl auftreiben lassen können. Übrigens könnte Léon ja für sie bürgen.

»Geh! versuch es! es muß sein. Beeile dich! … Oh! gib dir Mühe! gib dir Mühe! Ich will dich dafür auch so liebhaben!«

Er ging, kam nach einer Stunde zurück und sagte mit feierlicher Miene:

»Ich bin bei drei Personen gewesen … vergeblich!«

Darauf blieben sie zu beiden Seiten des Kamins einander gegenüber sitzen, ohne sich zu bewegen, ohne zu sprechen. Emma stampfte mit den Füßen auf den Boden und zuckte die Achseln. Er hörte sie murmeln:

»Wäre ich an deiner Stelle, so wüßte ich, wo es finden.«

»Wo denn?«

»In deiner Kanzlei!«

Und sie blickte ihn an.

Eine höllische Verwegenheit schoß aus ihren flammenden Augen, und ihre Lider senkten sich lasziv und auffordernd – so daß der junge Mann sich unter dem stummen Willen dieser Frau, die ihm zu einem Verbrechen riet, schwach werden fühlte. Angst befiel ihn, und um jede weitere Aufklärung zu umgehen, schlug er sich an die Stirn und rief:

»Morel muß diese Nacht noch zurückkommen! Er wird es mir nicht abschlagen, hoffe ich« (Morel war einer seiner Freunde, Sohn eines sehr reichen Kaufmanns), »und dann bringe ich dir das Geld morgen«, fügte er hinzu.

Emma schien diese Hoffnung nicht so freudig aufzunehmen, wie er erwartet hatte. Ahnte sie, daß er log? Errötend fuhr er fort:

»Wenn du mich allerdings um drei Uhr nicht siehst, dann erwarte mich nicht mehr, Liebste. Und nun entschuldige mich, ich muß gehen. Adieu!«

Er drückte ihre Hand, aber spürte sie ganz leblos in seiner. Emma hatte zu keinem Gefühl mehr Kraft.

Es schlug vier Uhr, und dem Trieb der Gewohnheit gehorchend, stand sie automatisch auf, um nach Yonville zurückzukehren.

Es war schönes Wetter, einer jener hellen rauhen Märztage, an denen die Sonne an einem ganz weißen Himmel leuchtet. Bürger im Sonntagsstaat gingen zufrieden spazieren. Sie kam zum Platz vor der Kathedrale. Die Vesper war zu Ende; die Menge strömte durch die drei Portale wie ein Fluß durch die drei Bögen einer Brücke, und in ihrer Mitte stand regungslos wie ein Fels der Schweizer.

Sie erinnerte sich des Tags, an dem sie beklommen und erwartungsvoll dieses große Kirchenschiff betreten hatte, das sich weniger tief als ihre Liebe vor ihr erstreckte, und unter ihrem Schleier weinend ging sie weiter, benommen, schwankend, einer Ohnmacht nahe.

»Vorsicht!« schrie eine Stimme aus einer Toreinfahrt, die sich gerade öffnete.

Sie blieb stehen, um einen Rappen vorbeizulassen, der in den Deichseln eines von einem Gentleman im Zobelpelz gelenkten Tilbury auf der Stelle trat. Wer war das nur? Sie kannte ihn doch ... Der Wagen fuhr davon und verschwand.

Aber das war ja er gewesen, der Vicomte! Sie wandte sich ab; die Straße war leer. Und sie war so niedergedrückt, so traurig, daß sie sich an eine Mauer lehnte, um nicht umzufallen.

Dann dachte sie, daß sie sich getäuscht habe. Übrigens war sie sich auch dessen nicht gewiß. Alles in ihr und außerhalb von ihr ließ sie im Stich. Sie fühlte sich verloren, hilflos namenlosen Abgründen zutreiben und war fast froh, als sie zum *Croix Rouge* kam und dort den guten Homais gewahrte, der zusah, wie eine große Kiste voll pharmazeutischer Waren auf die *Schwalbe* geladen wurde; in der Hand hielt er in einem Halstuch sechs *Cheminots* für seine Frau.

Madame Homais schätzte diese turbanförmigen schweren Brötchen sehr, die in der Fastenzeit mit gesalzener Butter gegessen werden: letztes Überbleibsel gotischer Speisen, das vielleicht bis ins Jahrhundert der Kreuzzüge zurückreicht und mit dem sich die stämmigen Normannen einst den Bauch vollschlugen, wobei sie im Schein der gelben Fackeln auf dem Tisch zwischen Metkrügen und riesigen Fleischstücken zu verschlingende Sarazenenköpfe zu sehen glaubten. Die Frau des Apothekers knabberte sie heldenhaft wie sie, trotz ihrer miserablen Zähne. Wenn Monsieur Homais in die Stadt fuhr, vergaß er dann auch nie, ihr welche mitzubringen und kaufte sie stets beim besten Bäcker, in der rue Massacre.

»Entzückt, Sie zu sehen!« sagte er und bot Emma die Hand, um ihr beim Einsteigen in die Schwalbe behilflich zu sein. Dann hängte er die *Cheminots* an die Riemen des Gepäcknetzes und verharrte barhäuptig und mit verschränkten Armen in einer gedankenvollen napoleonischen Pose.

Doch als der Blinde wie gewöhnlich am Fuß der Anhöhe erschien, rief er:

»Ich verstehe nicht, wieso die Obrigkeit weiterhin ein solch unerlaubtes Gewerbe duldet! Man müßte diese Unglücklichen einsperren und zu irgendeiner Arbeit anhalten! Den Fortschritt gibt es nur im Schneckentempo, bei meiner Ehre! Wir waten noch in tiefer Barbarei!«

Der Blinde streckte seinen Hut herein, der am Rand des Wagenschlags baumelte wie ein losgerissenes Stück Wandbehang.

»Hier haben wir einen Fall von Skrofulose!« sagte der Apotheker. Und obwohl er den armen Teufel kannte, tat er so, als sähe er ihn zum ersten Mal; er murmelte die Worte *Hornhaut*, *Hornhautgeschwür*, *Sklerose*, *Facies* und fragte ihn sodann in gönnerhaftem Ton:

»Hast du schon lange diese fürchterliche Krankheit, mein Freund? Statt in der Kneipe dich zu betrinken, würdest du besser auf deine Gesundheit achten.«

Er riet ihm, guten Wein, gutes Bier, guten Braten zu sich zu nehmen. Der Blinde fuhr in seinem Singsang fort; er schien überhaupt fast schwachsinnig zu sein. Endlich öffnete Monsieur Homais seine Börse.

»Da hast du einen Sou, gib mir zwei Liards heraus: und vergiß nicht, was ich dir zu deinem Wohle geraten habe.«

Hivert erlaubte sich, einigen Zweifel an der Wirksamkeit dieser Ratschläge laut zu äußern. Aber der Apotheker versicherte, daß er selbst ihn mit einer entzündungshemmenden Salbe eigener Zusammenstellung heilen werde, und nannte ihm seine Adresse:

»Monsieur Homais, am Markt, hinlänglich bekannt.«

»Also schön! und zum Dank für unsere Mühe führst du uns jetzt dein Affentheater auf«, sagte Hivert.

Der Blinde sank auf die Knie, warf den Kopf zurück, rollte seine grünlichen Augen, streckte die Zunge heraus und rieb sich mit beiden Händen den Leib, dabei stieß er ein dumpfes Geheul aus wie ein hungriger Hund. Emma ekelte sich, sie warf ihm über die Schulter ein Fünffrancsstück zu. Es war alles, was sie noch besaß. Es so wegzuwerfen, schien ihr schön.

Der Wagen fuhr bereits wieder, als Monsieur Homais sich plötzlich zum Fenster hinausbeugte und schrie:

»Weder Mehlspeisen noch Milchprodukte. Wollsachen direkt auf der Haut tragen, und die kranken Stellen Wacholderbeerdämpfen aussetzen!«

Der Anblick der bekannten Dinge, die an ihr vorüberzogen, lenkten Emma allmählich von ihrem Schmerz ab. Eine unbezwingliche Müdigkeit lastete auf ihr, und stumpf, mutlos, fast schlafend kam sie zu Hause an.

»Komme, was da wolle!« sagte sie sich.

Und dann, wer weiß? Warum sollte nicht von einem Augenblick zum anderen ein außergewöhnliches Ereignis eintreten? Lheureux konnte sogar sterben.

Um neun Uhr morgens wurde sie von einem Stimmengewirr auf dem Platz geweckt. An der Markthalle strömten die Menschen zusammen, um einen großen, an einen der Pfosten geklebten Anschlag zu lesen, und sie sah, wie Justin auf einen Prellstein stieg und den Anschlag zerriß. Doch im selben Augenblick packte ihn der Flurhüter am Kragen. Monsieur Homais trat aus der Apotheke, und die Mutter Lefrançois stand mitten in der Menge und schien zu schwadronieren.

»Madame, Madame!« rief Félicité, die ins Zimmer trat, »es ist schandbar!«

Und das arme Mädchen hielt ihr erregt ein gelbes Papier hin, das sie von der Türe abgerissen hatte. Emma las mit einem Hinsehen, daß ihr ganzes Mobiliar zum Verkauf stehen sollte.

Sie sahen einander wortlos an. Sie hatten, Dienstmagd und Herrin, kein Geheimnis voreinander. Schließlich seufzte Félicité:

»Wenn ich in Ihren Umständen wäre, Madame, würde ich zu Monsieur Guillaumin gehen.«

»Meinst du?«

Und diese Frage bedeutete:

»Du kennst das Haus durch den Dienstboten; hat der Notar vielleicht schon manchmal von mir gesprochen?«

»Ja, gehen Sie hin, das wird das Beste sein.«

Sie zog ihr schwarzes Kleid an, setzte ihr Kapotthütchen mit den Jettperlen auf und schlug, damit sie nicht gesehen wurde (auf dem Platz standen immer noch viele Leute) den um das Dorf herum am Flußufer entlangführenden Weg ein.

Ganz außer Atem langte sie vor dem Gitterzaun des Notars an; der Himmel war trüb, und es schneite ein wenig.

Beim Klang der Türglocke erschien auf der Freitreppe Théodore in roter Weste; er öffnete ihr fast so ungezwungen wie einer Bekannten und führte sie ins Eßzimmer.

Unter einem Kaktus, der die Wandnische ausfüllte, bullerte ein breiter Porzellanofen, und an der eichenbraunen Tapete hingen in schwarzen Holzrahmen die *Esmeralda* von Steuben und die Frau des *Potiphar* von Schopin. Der gedeckte Tisch, zwei silberne Wärmeplatten, die kristallenen Türknäufe, das Parkett und die Möbel, alles glänzte vor peinlicher englischer Sauberkeit; die Fenster hatten in allen Ecken farbiges Glas.

Der Notar trat ein. Er drückte seinen mit einem Palmenmuster verzierten Schlafrock mit dem linken Arm an den Körper, lüftete mit der rechten Hand seine kastanienbraune Samtmütze, setzte sie rasch wieder auf und selbstgefällig schräg auf die rechte Seite, wo drei blonde Haarsträhnen herabhingen, die vom Hinterkopf aus um seinen kahlen Schädel gelegt waren.

Nachdem er ihr einen Sessel angeboten hatte, setzte er sich zum Frühstück, nicht ohne sich für diese Unhöflichkeit wortreich zu entschuldigen.

»Monsieur«, sagte sie, »ich möchte Sie bitten …«

»Worum, Madame? Ich höre.«

Sie begann ihre Lage zu schildern.

Maître Guillaumin kannte sie bereits, da er in geheimer Verbindung mit dem Stoffhändler stand, der ihm immer wieder Gelder für die Hypothekarkredite fand, um die man den Notar anging.

Er kannte also (und besser als sie) die lange Geschichte dieser Wechsel auf zunächst geringe Beträge, die Namen verschiedener Indossanten getragen hatten, auf lange Sicht ausgestellt und immer wieder prolongiert worden waren bis zu dem Tag, an dem der Händler alle Proteste gesammelt und seinen Freund Vinçart beauftragt hatte, in seinem eigenen Namen die gerichtlichen Schritte zu unternehmen, da er unter seinen Mitbürgern nicht als Halsabschneider gelten wollte.

Sie vermengte ihren Bericht mit Beschwerden über Lheureux, Beschwerden, auf die der Notar von Zeit zu Zeit mit einer nichtssagenden Bemerkung antwortete. Während er sein Kotelett aß und seinen Tee trank, senkte er das Kinn auf seine himmelblaue Halsbinde, in der zwei mit einem Goldkettchen verbundene Diamantnadeln staken, und lächelte sonderbar, auf eine süßliche vieldeutige Art. Doch als er bemerkte, daß sie feuchte Schuhe hatte, sagte er:

»Setzen Sie sich doch näher an den Ofen ... legen Sie die Füße höher ... ans Porzellan.«

Sie fürchtete, es zu beschmutzen. Der Notar entgegnete galant:

»Schöne Dinge verderben nichts.«

Daraufhin versuchte sie ihn zu rühren, wurde darüber selbst gerührt und begann ihm von der Enge ihrer häuslichen Verhältnisse, ihren Reibereien, ihren Bedürfnissen zu erzählen. Er begreife dies sehr wohl: eine elegante Frau! Und ohne mit essen aufzuhören, hatte er sich ihr ganz zugewandt, so daß er mit dem Knie ihren Halbstiefel streifte, dessen Sohle sich dampfend am Ofen wellte.

Doch als sie ihn um tausend Taler bat, kniff er die Lippen zusammen und erklärte sodann, es tief zu bedauern, seinerzeit nicht mit der Verwaltung ihres Vermögens betraut worden zu sein, denn es gebe hundertlei bequeme Möglichkeiten, selbst für eine Dame, sein Geld gewinnbringend anzulegen. Man hätte, sei es in den Torfstechereien von Grumesnil, sei es in Grundstücken in Le Havre nahezu mit Sicherheit hervorragende Spekulationen wagen können, und er ließ sie sich vor Wut verzehren beim Gedanken an die phantastischen Summen, die sie gewiß erzielt hätte.

»Warum sind Sie denn nicht zu mir gekommen?« wiederholte er.

»Ich weiß nicht so recht«, sagte sie.

»Warum wohl? … Sie hatten wohl Angst vor mir? Dabei bin ich derjenige, der sich beklagen müßte! Wir kennen uns kaum. Und doch bin ich Ihnen sehr ergeben; daran zweifeln Sie nun hoffentlich nicht mehr?«

Er streckte seine Hand aus, ergriff die ihre, drückte einen gierigen Kuß darauf und legte sie dann auf sein Knie; er spielte zart mit ihren Fingern und sagte ihr tausend süße Worte.

Seine fade Stimme floß murmelnd dahin wie ein Bach; durch seine spiegelnden Brillengläser traf sie ein Strahl seiner Augen, und seine Hände fuhren in Emmas Ärmel und betasteten ihren Arm. Auf ihrer Wange spürte sie den Hauch eines keuchenden Atems. Dieser Mensch wurde ihr entsetzlich lästig.

Sie sprang auf und sagte:

»Monsieur, ich warte!«

»Worauf denn?« fragte der Notar, der plötzlich ganz bleich wurde.

»Das Geld.«

»Aber …«

Dann einem übermächtigen Ausbruch seiner Begierde nachgebend:

»Nun gut, ja! …«

Er rutschte auf den Knien zu ihr hin, ohne auf seinen Schlafrock zu achten.

»Bitte, bleiben Sie! ich liebe Sie.«

Er umfaßte ihre Taille.

Ein Schwall purpurner Röte schoß in Madame Bovarys Wangen. Mit wutverzerrtem Gesicht wich sie zurück und rief:

»Sie nützen meine Notlage schamlos aus, Monsieur. Ich bin zu beklagen, aber nicht zu kaufen.«

Der Notar blieb sehr verblüfft zurück und starrte auf seine schönen gestickten Pantoffel. Sie waren ein Geschenk der Liebe. Ihr Anblick tröstete ihn schließlich. Zudem überlegte er sich, daß ein solches Abenteuer doch zu weit geführt hätte.

So ein Elender! so ein Rüpel! ... So eine Gemeinheit! sagte sie zu sich selber, als sie unter den Espen der Landstraße mit hastigen Schritten davoneilte. Die Enttäuschung über den Mißerfolg verstärkte noch die Entrüstung ihres gekränkten Schamgefühls; es schien ihr, als legte die Vorsehung es darauf an, sie zu verfolgen, dies steigerte ihren Stolz, und nie hatte sie so viel Hochachtung für sich selbst und so viel Verachtung für die anderen empfunden. Eine Streitsucht erfaßte sie. Sie hätte die Männer schlagen, ihnen ins Gesicht spucken, sie alle zermalmen mögen, und rasch ging sie geradeaus weiter, bleich, zitternd, wutbesessen, suchte mit tränenden Augen den leeren Horizont ab und genoß fast den Haß, an dem sie erstickte.

Als sie ihr Haus vor sich sah, erstarrte sie. Sie vermochte nicht mehr weiterzugehen; doch es mußte sein; wohin denn auch fliehen?

Félicité wartete unter der Tür auf sie.

»Und?«

»Nein.«

Und eine Viertelstunde gingen beide die verschiedenen Leute in Yonville durch, die vielleicht bereit wären, ihr zu helfen. Doch jedesmal, wenn Félicité einen Namen nannte, sagte Emma:

»Ist es möglich! Die werden nicht wollen!«

»Und Monsieur wird gleich heimkommen.«

»Das weiß ich nur zu gut ... Laß mich allein.«

Sie hatte alles versucht. Nun war nichts mehr zu machen; und wenn Charles käme, würde sie ihm sagen müssen:

»Mach dich davon. Der Teppich, auf den du trittst, gehört uns nicht mehr. In deinem Haus besitzest du kein Möbelstück, keine Stecknadel, keinen Strohhalm mehr, und ich habe dich zugrunde gerichtet, armer Mann.«

Er würde aufschluchzen, danach ausgiebig weinen und zuletzt, wenn die Überraschung überstanden wäre, würde er ihr verzeihen.

»Ja«, murmelte sie zähneknirschend, »er wird mir verzeihen, er, dem ich, auch wenn er mir eine Million böte, nicht verzeihen würde, daß er mich kennengelernt hat ... Niemals! niemals!«

Die Vorstellung, daß Bovary ihr überlegen wäre, brachte sie außer sich. Und, ob sie nun gestand oder nicht, sofort oder bald oder erst morgen, er erfuhr doch von der Katastrophe; sie mußte diese schreckliche Szene über sich ergehen lassen und die Last seiner Großmut ertragen. Es drängte sie, abermals zu Lheureux zu gehen: doch wozu?, ihrem Vater zu schreiben; dazu war es zu spät; und vielleicht bereute sie jetzt, dem anderen nicht zu Willen gewesen zu sein, als sie den Hufschlag seines Pferdes in der Allee hörte. Er war es, er öffnete das Gatter, sein Gesicht war weißer als die Kalkwand.

Sie sprang die Treppe hinab und rannte über den Marktplatz, und die Frau des Bürgermeisters, die vor der Kirche mit Lestiboudois plauderte, sah, wie sie beim Steuereinnehmer eintrat.

Sie lief zu Madame Caron und sagte es ihr. Die beiden Damen stiegen auf den Speicher, und von zwischen Stangen aufgehängten Wäschestücken verborgen, richteten sie sich bequem ein, um in Binets Wohnung hinüberzuschauen.

Er war allein in seiner Mansarde und damit beschäftigt, in Holz eine jener unbeschreiblichen Elfenbeinschnitzereien nachzuahmen, die sich aus Halbmonden, ineinander greifenden Ringen zusammensetzen, als Ganzes gerade wie ein Obelisk, und zu nichts nütze sind, und er nahm sich eben das letzte Stück vor, hatte das Ziel fast erreicht! Im Halbdunkel der Werkstatt stob wie eine Funkengarbe unter den Hufeisen eines galoppierenden Pferdes von seinem Gerät der helle Staub auf; die beiden Räder drehten sich schnurrend; Binet lächelte, das Kinn gesenkt, die Nasenflügel geweitet, kurz, er schien in einer dieser vollkommenen Seligkeiten versunken, die zweifellos nur anspruchslosen Tätigkeiten eignen, Tätigkeiten, die den Verstand durch leicht zu lösende Schwierigkeiten unterhalten und durch keine Wünsche offenlassende Erfüllung befriedigen.

»Ah, da ist sie!« sagte Madame Tuvache.

Aber wegen der Drehbank war, was Emma sagte, kaum zu hören.

Endlich glaubten die Damen das Wort *Francs* zu verstehen, und Mutter Tuvache hauchte ganz leise:

»Sie bittet ihn um Aufschub der Steuerzahlung.«

»Allem Anschein nach!« bestätigte die andere.

Sie sahen, wie sie umherging, die Serviettenringe, die Kerzenständer, die Geländerknäufe an den Wänden betrachtete, während Binet sich selbstzufrieden über den Bart strich.

»Sollte sie etwas bei ihm bestellen?« fragte Madame Tuvache.

»Aber er verkauft doch nichts!« entgegnete ihre Nachbarin.

Der Steuereinnehmer schien ihr zuzuhören, er sperrte die Augen auf, als ob er nicht verstünde. Sie redete weiter, sanft, flehend. Sie näherte sich ihm; ihre Brust hob und senkte sich; sie sprachen nicht mehr.

»Macht sie ihm Avancen?« sagte Madame Tuvache.

Binet war bis an die Ohren rot geworden. Emma ergriff seine Hände.

»Ah, das ist denn doch zu stark!«

Und gewiß trug sie ihm etwas Schändliches an; denn der Steuereinnehmer – der doch mutig war, er hatte bei Bautzen und Lützen gekämpft, den französischen Feldzug mitgemacht und war sogar für das *Verdienstkreuz* vorgeschlagen worden – wich jäh, wie beim Anblick einer Schlange, weit zurück und rief: »Madame! Wo denken Sie hin! ...«

»Solche Frauen sollte man auspeitschen«, sagte Madame Tuvache.

»Wo ist sie denn geblieben?« sagte Madame Caron.

Denn während dieser Worte war sie verschwunden. Dann sahen sie, wie sie in die Hauptstraße einbog und sich nach rechts wandte, wie um zum Friedhof zu gehen, und sie versenkten sich in Mutmaßungen.

»Mutter Rollet«, sagte sie, als sie zur Amme kam, »ich ersticke! Schnüren Sie mich auf.«

Sie fiel aufs Bett, sie schluchzte. Die Mutter Rollet deckte sie mit einem Unterrock zu und blieb neben ihr stehen. Als Emma jedoch keine Antwort gab, entfernte sich die gute Frau, nahm ihr Spinnrad und begann Flachs zu spinnen.

»Ach, hören Sie auf damit!« murmelte Emma, weil sie Binets Drehbank zu hören glaubte.

Was hat sie wohl? überlegte die Amme. Warum kommt sie hierher?

Gejagt von der Angst, die sie aus ihrem Haus getrieben hatte, war Emma zur Amme gelaufen.

Sie lag regungslos auf dem Rücken, ihre starr blickenden Augen nahmen die Dinge nur undeutlich wahr, obwohl sie mit stumpfsinniger Beharrlichkeit ihre Aufmerksamkeit auf sie richtete. Sie betrachtete die Farbrisse in der Wand, zwei Scheite, die nebeneinander brannten, und eine langbeinige Spinne, die über ihrem Kopf in der Spalte des Balkens kroch. Endlich sammelte sie ihre Gedanken. Sie erinnerte sich ... Eines Tages war sie mit Léon ... Ach, wie weit lag das zurück ... Die Sonne glänzte auf dem Fluß, und die Waldreben dufteten ... Von den Erinnerungen wie von einem kochenden Wildbach mitgerissen, besann sie sich bald wieder auf den gestrigen Tag.

»Wieviel Uhr ist es?« fragte sie.

Die Mutter Rollet ging ins Freie, hob zur hellsten Stelle des Himmels die Finger der rechten Hand auf, kam langsam wieder herein und sagte:

»Bald drei Uhr.«

»Ah! danke! danke!«

Denn nun käme er gleich. Das war sicher. Er hatte Geld aufgetrieben. Doch vielleicht ginge er zu ihr nach Haus, er ahnte ja nicht, daß sie hier war. Und sie befahl der Amme, zu ihr nach Hause zu laufen und ihn herzubringen.

»Beeilen Sie sich!«

»Aber ich gehe ja schon, meine liebe Dame, ich gehe ja schon.«

Sie wunderte sich jetzt, daß sie nicht sofort an ihn gedacht hatte; gestern hatte er doch sein Wort gegeben, das würde er nicht brechen; und sie sah sich schon bei Lheureux die drei Banknoten auf den Schreibtisch legen. Danach müßte sie sich eine Geschichte ausdenken, um Bovary die Dinge zu erklären. Was für eine Geschichte?

Die Amme blieb jedoch lange aus. Da keine Uhr in der

Hütte war, fürchtete Emma indessen, die Länge der verstrichenen Zeit vielleicht zu überschätzen. Sie begann, langsam durch den Garten zu spazieren; sie ging über den an der Hecke vorbeiführenden Pfad und kehrte schnell wieder um in der Hoffnung, die gute Frau sei über einen anderen Weg zurückgekommen. Endlich, des Wartens müde, von bösen Ahnungen bestürmt, die sie zurückdrängte, wußte sie nicht mehr, ob sie seit einem Jahrhundert oder einer Minute hier war; sie setzte sich in einen Winkel, schloß die Augen und hielt sich die Ohren zu. Die Tür knarrte: Emma sprang auf; bevor sie sprechen konnte, hatte Mutter Rollet ihr schon gesagt:

»Es war niemand dort!«

»Wie?«

»Niemand! Und Monsieur weint. Er ruft nach Ihnen. Man sucht Sie.«

Emma antwortete nicht. Sie keuchte, blickte wild umher, und die Bäuerin wich, durch ihren Gesichtsausdruck erschreckt, unwillkürlich zurück, weil sie sie für wahnsinnig hielt. Plötzlich schlug Emma sich an die Stirn und stieß einen Schrei aus, denn ihr war wie ein Blitzstrahl in dunkler Nacht die Erinnerung an Rodolphe gekommen. Er war so gütig, so zartfühlend, so großzügig. Und selbst wenn er zögern sollte, ihr diesen Dienst zu erweisen, würde sie schon wissen, wie sie ihn zwang, indem sie mit einem einzigen Blick die verlorene Liebe wieder wachrief. Sie machte sich also nach La Huchette auf, ohne zu begreifen, daß sie sich das zu tun anschickte, was sie noch vorhin so sehr entrüstet hatte, und ohne auch nur im entferntesten zu denken, daß sie sich prostituierte.

## VIII

Auf dem Weg fragte sie sich: Was sage ich ihm? Womit soll ich anfangen? Und im Weitergehen erkannte sie die Sträucher und Bäume wieder, den Stechginster auf dem Hügel und dort das Schloß. Ihre einstigen zärtlichen Gefühle standen in ihr auf, und ihr armes bedrücktes Herz öffnete sich ihnen begierig. Ein lauer Wind wehte ihr ins Gesicht, der Schnee schmolz und fiel Tropfen um Tropfen von den Knospen ins Gras.

Sie trat wie damals durch die kleine Gartentür ein und gelangte in den Schloßhof, den eine doppelte Reihe breiter Linden einfaßte. Sie wiegten säuselnd ihre langen Zweige. Die Hunde im Zwinger schlugen alle an, und ihr Gebell schallte weithin, ohne daß jemand erschien.

Sie stieg die breite gerade Treppe mit dem hölzernen Geländer hinauf, die zu dem Gang mit den staubigen Fliesen führte. Auf ihn mündete wie in den Klöstern oder den Gasthöfen eine Reihe von Zimmern. Das seine lag links, ganz am Ende. Als sie die Finger auf die Türklinke legte, verließen sie plötzlich die Kräfte. Sie fürchtete, er könne nicht da sein, wünschte es beinahe, und dabei war es doch ihre einzige Hoffnung, ihre letzte Aussicht auf Rettung. Sie sammelte sich eine Weile, faßte im Bewußtsein der gegenwärtigen Notlage neuen Mut und trat ein.

Er saß am Feuer, hatte beide Füße auf die Kaminverkleidung gelegt und rauchte eine Pfeife.

»Was! Sie hier!« sagte er und stand jäh auf.

»Ja, ich bin's! ... Ich möchte Sie um einen Rat bitten, Rodolphe.«

Und wie sehr sie sich auch mühte, sie vermochte nicht weiterzusprechen.

»Sie haben sich nicht verändert, Sie sind noch immer reizend!«

»Ach!« sagte sie bitter, »das sind traurige Reize, mein Freund, da Sie sie verschmäht haben.«

Daraufhin versuchte er sein Verhalten zu erklären, brachte vage Entschuldigungen vor, weil ihm nichts Besseres einfiel.

Sie ließ sich von seinen Worten einnehmen, mehr noch von seiner Stimme und dem Anblick seiner Person, und tat schließlich so, als glaubte sie an den Scheingrund für seinen Bruch mit ihr, oder vielleicht glaubte sie wirklich daran; es war ein Geheimnis, von dem die Ehre und sogar das Leben einer dritten Person abhingen.

»Gleichviel«, sagte sie und sah ihn traurig an, »ich habe sehr gelitten.«

Er antwortete im Ton eines Philosophen:

»So ist das Leben!«

»Hat es wenigstens mit Ihnen es gut gemeint nach unserer Trennung?« fuhr Emma fort.

»Oh! weder gut … noch schlecht.«

»Vielleicht wäre es besser gewesen, wir hätten uns nicht getrennt.«

»Ja …, vielleicht!«

»Glaubst du?« sagte sie und trat näher.

Und sie seufzte:

»Ach, Rodolphe! wenn du wüßtest! … ich habe dich so sehr geliebt!«

Darauf ergriff sie seine Hand, und eine Zeitlang blieben ihre Finger verschlungen – wie am ersten Tag, auf der Jahresversammlung der Landwirte! Mit einer Gebärde des Stolzes verwahrte er sich gegen seine Rührung. Aber sie schmiegte sich an seine Brust und sagte:

»Wie sollte ich denn ohne dich leben? Man kann sich des Glücks nicht entwöhnen! Ich war verzweifelt! Ich glaubte zu sterben! Ich werde dir alles erzählen, dann wirst du es ja einsehen. Und du, du hast mich geflohen! ...«

Denn seit drei Jahren war er ihr geflissentlich aus dem Weg gegangen infolge jener natürlichen Feigheit, die für das starke Geschlecht kennzeichnend ist; und Emma redete weiter unter reizenden Kopfbewegungen, schmeichlerischer als eine verliebte Katze.

»Du liebst andere, gib es nur zu. Oh! ich verstehe sie, ja was, ich entschuldige sie; du wirst sie verführt haben, wie du mich verführt hattest. Du bist ein Mann, du, du hast alles, was du brauchst, um in dich verliebt zu machen. Aber wir wollen neu beginnen, nicht wahr? Wir wollen einander wieder lieben! Schau, ich lache, ich bin glücklich! ... sag doch etwas!«

Und sie war entzückend anzusehen mit ihren Augen, in denen eine Träne zitterte wie ein Wassertropfen nach einem Gewitter in einem blauen Blütenkelch.

Er zog sie auf seine Knie und strich mit dem Handrücken über ihr glattes Haar, auf dem im Dämmerlicht gleich einem goldenen Pfeil ein letzter Sonnenstrahl schillerte. Sie neigte die Stirn, und er küßte sie schließlich ganz leicht und behutsam auf die Augenlider.

»Aber du hast ja geweint!« sagte er. »Warum?«

Sie brach in Schluchzen aus. Rodolphe hielt dies für einen Ausbruch ihrer Liebe; da sie nicht antwortete, sah er in diesem Schweigen eine letzte Schamhaftigkeit, und er rief aus:

»Oh! verzeih mir! du bist die einzige, die mir gefällt. Ich war dumm und erbärmlich! Ich liebe dich und werde dich immer lieben! Was hast du? So sag es mir doch!«

Er kniete vor ihr nieder.

»Nun denn! ... ich bin zugrunde gerichtet, Rodolphe! Du mußt mir dreitausend Francs leihen!«

»Aber ... aber ...«, sagte er, langsam wieder aufstehend, und sein Gesicht nahm einen ernsten Ausdruck an.

»Du mußt wissen«, fuhr sie rasch fort, »daß mein Mann sein ganzes Vermögen einem Notar anvertraut hatte; der ist auf und davon gegangen. Wir haben Geld aufgenommen; die Patienten zahlen nicht. Zudem ist die Liquidation noch nicht abgeschlossen; wir werden später noch etwas bekommen. Aber heute will man uns pfänden wegen fehlender dreitausend Francs, und zwar jetzt gleich, in diesem Augenblick; und weil ich auf deine Freundschaft zähle, bin ich hierher gekommen.«

Ah! dachte Rodolphe und wurde plötzlich sehr blaß, deswegen also ist sie gekommen!

Schließlich sagte er in ruhigem Ton:

»Ich habe sie nicht, meine verehrte Dame.«

Er log nicht. Hätte er sie gehabt, so hätte er sie ihr wahrscheinlich gegeben, obwohl solch edle Taten zu vollbringen im allgemeinen unangenehm ist; von allen Wirbelstürmen, die über die Liebe herfahren, ist eine Bitte um Geld der eisigste, und er droht sie zu entwurzeln.

Zuerst sah sie ihn minutenlang an.

»Du hast sie nicht!«

Sie wiederholte mehrmals:

»Du hast sie nicht! ... Ich hätte mir diese letzte Schande ersparen sollen. Du hast mich nie geliebt! Du bist nicht mehr wert als die anderen!«

Sie verriet sich, sie brachte sich um jede Aussicht auf Erfolg.

Rodolphe fiel ihr ins Wort und versicherte, daß er selber *in Verlegenheit* sei.

»Oh, ich bedauere dich!« sagte Emma. »Ja, außerordentlich! ...«

Ihr Blick heftete sich auf einen damaszierten Karabiner, der in der Waffensammlung glänzte.

»Aber wenn man so arm ist, gibt man sein Geld nicht für Gewehrkolben aus! Man kauft sich keine Stutzuhr mit Schildpatt-Inkrustationen«, fuhr sie fort und wies auf die Boulle-Uhr, »und auch keine Pfeifen aus feuervergoldetem Silber für seine Reitpeitschen« – sie berührte sie – »und keine Berlocken für seine Uhrkette. Oh! ihm fehlt nichts! Nicht einmal ein Likörständer in seinem Zimmer; denn du liebst dich, du lebst gut, du hast ein Schloß, Pachthöfe, Wälder; du veranstaltest Hetzjagden, du reist nach Paris ... He, wenn es nur das wäre«, rief sie und nahm seine Manschettenknöpfe vom Kamin, »nur das geringste von all den Kinkerlitzchen! das kann man zu Geld machen! ... Oh, ich will sie nicht haben! behalte sie!«

Und sie schleuderte die Manschettenknöpfe weit von sich an die Wand, so daß deren Goldkettchen zerbrachen.

»Ich aber, ich hätte dir alles gegeben, ich hätte alles verkauft, ich hätte mit meinen Händen gearbeitet, in den Straßen gebettelt für ein Lächeln, einen Blick, ein ›Danke‹ von dir! Und du bleibst ruhig in deinem Lehnstuhl sitzen, als hättest du mir noch nicht genug Leid zugefügt. Denn ohne dich, daß du es nur weißt, hätte ich glücklich und zufrieden leben können! Was hat dich dazu gezwungen? War es eine Wette? Du liebtest mich aber doch, hast es wenigstens gesagt ... Und jetzt eben noch ... Ah! du hättest mich besser davongejagt! Meine Hände sind noch heiß von deinen Küssen, und das ist die Stelle auf dem Teppich, wo du mir ewige Liebe schworst. Du hast mich so weit gebracht, daß ich dir glaubte: zwei Jahre lang hast du mich mit dem herrlichsten, süßesten Traum hingehalten! ... Unsere Reisepläne, nicht wahr, erinnerst du dich? Oh! dein Brief, dein Brief! Er hat mir das Herz zerrissen! Und nun, da ich zu ihm zurückkehre, zu ihm, der reich ist, glücklich, unabhängig! um ihn um eine Hilfe zu bitten, die der erste beste gewähren würde, da ich flehe und ihm meine ganze Liebe wiederbringe, stößt er mich zurück, weil es ihn dreitausend Francs kosten würde!«

»Ich habe sie nicht!« antwortete Rodolphe mit der völligen Ruhe, hinter der sich, wie hinter einem Schild, ohnmächtiger Zorn verbirgt.

Sie ging. Die Wände schwankten, die Decke fiel auf sie herab, und als sie wieder den Weg durch die lange Allee nahm, stolperte sie über Haufen dürren Laubs, die der Wind zerstreute. Endlich gelangte sie zum Graben vor dem Gatter; sie brach sich die Nägel am Schloß ab, so hastig öffnete sie es. Dann, hundert Schritt weiter, atemlos, dem Umfallen nahe, blieb sie stehen. Sie drehte sich um und sah noch einmal das Schloß ungerührt daliegen mit dem Park, den Gärten, den drei Höfen und allen Fenstern seiner Fassade.

Sie war vor Bestürzung hilflos und sich ihrer selbst nur noch durch das Klopfen ihrer Arterien bewußt, das ihr wie eine ohrenbetäubende Musik die ganze Landschaft zu erfüllen schien. Der Boden unter ihren Füßen war weicher als eine Welle, und die Ackerfurchen kamen ihr wie riesige anbrandende braune Wogen vor. Alles, was sie in ihrem Kopf an Erinnerungen und Gedanken hatte, sprühte auf einmal hervor wie tausend Feuerwerkskörper. Sie sah ihren Vater, Lheureux' Büro, das Zimmer in Rouen, eine andere Landschaft. Wahnsinn kam sie an; sie wurde von Angst erfaßt, und es gelang ihr, sich zu sammeln, wenn auch nur auf verwirrte Art; denn sie besann sich nicht mehr auf die Ursache ihres entsetzlichen Zustands, das heißt auf die Geldfrage. Sie litt nur an ihrer Liebe, und wie die im Sterben liegenden Verwundeten ihr Leben durch ihre blutende Wunde verströmen fühlen, fühlte sie, wie ihre Seele sie durch diese Erinnerung verließ.

Die Nacht brach herein; Krähen flogen vorüber.

Plötzlich war ihr, als zerplatzten in der Luft feuerrote Kugeln wie explodierende Geschosse beim Aufprallen und als drehten und drehten sie sich, bis sie zwischen den Zweigen der Bäume im Schnee zergingen. Jede trug in der Mitte Rodolphes Gesicht. Es wurden ihrer immer mehr, und sie kamen immer näher, durchdrangen sie; dann war alles verschwunden. Sie erkannte die Lichter der Häuser, die von fern durch den Nebel drangen.

Wie ein Abgrund trat ihre Lage ihr wieder vor die Augen. Sie keuchte, daß es ihr die Brust zersprengte. Dann, in einer Aufwallung von Heldenmut, der sie fast freudig stimmte, rannte sie den Hang hinab, über den Kuhsteg, den Fußpfad, durch die Allee, an der Markthalle vorbei und blieb vor der Apotheke stehen.

Es war niemand im Laden. Sie wollte schon eintreten; aber beim Klang der Türglocke konnte jemand kommen; und sie schlich sich durch das Gatter, tastete sich mit angehaltenem Atem an der Mauer entlang bis zur Küche, wo auf dem Herd eine Kerze brannte. Justin, in Hemdsärmeln, trug eine Schüssel hinaus.

Ah! Sie sind beim Abendessen. Warten wir also.

Er kehrte wieder zurück. Sie klopfte ans Fenster. Er kam heraus.

»Den Schlüssel! den für oben, wo die …«

»Wie?«

Er blickte sie an, ganz befremdet von der Blässe ihres Gesichts, das sich vom dunklen Hintergrund der Nacht weiß abhob. Sie erschien ihm außerordentlich schön und majestätisch wie eine Geisterscheinung; ohne zu begreifen, was sie wollte, ahnte er etwas Schreckliches.

Sie begann wieder, rasch und leise, mit sanfter, schmelzender Stimme:

»Ich will ihn haben! gib ihn mir.«

Da die Wand zum Eßzimmer dünn war, hörte man das Klappern der Gabeln auf den Tellern.

Sie behauptete, sie brauche etwas, um die Ratten zu töten, weil sie sie nicht schlafen ließen.

»Da müßte ich erst Herrn Homais Bescheid sagen.«

»Nein! bleib!«

Dann, in gleichgültigem Ton:

»Das ist nicht nötig; ich sag es ihm nachher selbst. Komm, leuchte mir!«

Sie trat auf den Gang, von dem aus man in das Laboratorium gelangte. An der Wand hing ein Schlüssel mit dem Schildchen *Rumpelkammer*.

»Justin!« rief der Apotheker ungeduldig.

»Gehen wir nach oben!«

Und Justin folgte ihr.

Der Schlüssel drehte sich im Schloß, und sie schritt geradewegs zum dritten Regal, so sicher leitete sie ihr Gedächtnis, nahm die blaue Flasche, riß den Pfropfen heraus, fuhr mit der Hand hinein, zog sie mit einem weißen Pulver gefüllt wieder heraus und begann es sofort zu essen.

»Halten Sie ein!« schrie Justin und stürzte sich auf sie.

»Schweig! Sonst kommt noch jemand ...«

Er geriet in Verzweiflung, wollte um Hilfe rufen.

»Sag nichts davon; oder alles fällt auf deinen Herrn zurück!« Dann ging sie, plötzlich beruhigt und fast in der Heiterkeit, eine Pflicht erfüllt zu haben.

Als Charles, erschüttert über die Nachricht von der Pfändung, heimgekehrt war, hatte Emma das Haus eben verlassen. Er schrie, weinte, wurde ohnmächtig, aber sie kehrte nicht zurück. Wo konnte sie sein? Er schickte Félicité zu Homais, zu Monsieur Tuvache, zu Lheureux, in den *Lion d'Or*, überall hin; und wenn seine Angst einmal nachließ, sah er seinen guten Ruf vernichtet, ihr gemeinsames Vermögen verloren, Berthes Zukunft zerstört! Und wodurch? ... Er hatte nicht die leiseste Ahnung! Er wartete bis sechs Uhr abends. Endlich hielt er es nicht mehr aus, und da er dachte, sie sei nach Rouen gefahren, ging er ihr auf der Landstraße eine halbe Meile entgegen, begegnete niemandem, wartete aufs neue und kehrte zurück.

Sie war zu Hause.

»Was ist geschehen? ... Warum? ... Erklär mir das! ...«

Sie setzte sich an ihren Schreibtisch und schrieb einen Brief, versiegelte ihn langsam und fügte das Datum von Tag und Stunde hinzu. Dann sagte sie in feierlichem Ton:

»Du wirst ihn morgen lesen; bis dahin richte bitte keine einzige Frage an mich! ... Nein, nicht eine einzige!«

»Aber ...«

»Oh, laß mich in Frieden!«

Und sie streckte sich auf ihrem Bett aus.

Ein bitterer Geschmack in ihrem Mund weckte sie. Sie blickte Charles kurz an und schloß wieder die Augen.

Sie belauerte sich gespannt, um zu erkennen, ob sie Schmerzen verspürte. Doch nein, noch nichts! Sie hörte das Ticken der Uhr, das Knistern des Feuers und das Atmen Charles', der neben ihrem Bett stand.

Ach, Sterben ist wahrhaftig nicht der Rede wert! überlegte sie: ich werde einschlafen, und alles ist vorüber.

Sie trank einen Schluck Wasser und drehte sich zur Wand. Der abscheuliche Tintengeschmack war immer noch da.

»Ich habe Durst! ... oh, ich hab solchen Durst!« stöhnte sie.

»Was fehlt dir denn?« sagte Charles und reichte ihr ein Glas.

»Nichts! ... Mach das Fenster auf ... ich ersticke!«

Und eine Übelkeit befiel sie so plötzlich, daß sie kaum Zeit hatte, ihr Taschentuch unter dem Kopfkissen hervorzuholen.

»Nimm es fort!« sagte sie heftig, »wirf es weg!«

Er stellte ihr Fragen; sie antwortete nicht. Aus Angst, sich bei der geringsten Bewegung erbrechen zu müssen, hielt sie sich ganz still. Und nun spürte sie, wie eine Eiseskälte ihr von den Füßen zum Herz aufstieg.

»Ah! jetzt fängt es an!« murmelte sie.

»Was sagst du da?«

Sie wälzte den Kopf hin und her, vorsichtig, ängstlich und öffnete dabei immer wieder den Mund, als läge etwas sehr Schweres auf ihrer Zunge. Um acht Uhr fing das Würgen wieder an.

Charles bemerkte, daß sich am Boden der Schüssel etwas wie weißer Sand an der Innenwand des Porzellans festgesetzt hatte.

»Das ist außergewöhnlich! das ist sonderbar!« sagte er mehrmals.

Doch sie entgegnete in entschiedenem Ton:

»Nein, du irrst dich!«

Er strich ihr zart und fast liebkosend mit der Hand über den Leib. Sie stieß einen schrillen Schrei aus. Ganz erschrokken wich er zurück.

Nun fing sie an zu wimmern, leise zuerst. Ein Schauder schüttelte ihre Schultern, und sie wurde bleicher als das Leintuch, in das sich ihre Finger krampften. Ihr unregelmäßiger Puls war fast nicht mehr zu spüren.

Schweißtropfen traten auf ihr bläuliches Gesicht, das wie unter einem metallischen Hauch erstarrt schien. Sie klapperte mit den Zähnen, ihre geweiteten Augen wanderten umher, und auf alle Fragen antwortete sie nur mit Kopfschütteln; zwei oder drei Mal lächelte sie sogar. Allmählich wurde ihr Wimmern stärker. Ein dumpfes Heulen entrang sich ihr; sie behauptete, es gehe ihr besser, und sie werde gleich aufstehen. Aber da befielen sie Krämpfe; sie schrie:

»Ah, es ist grauenhaft, o mein Gott!«

Er warf sich an ihrem Bett auf die Knie.

»Sprich! was hast du gegessen? Antworte, um Himmels willen!«

Und er schaute sie an mit einem Blick so voller Liebe, wie sie noch nie einen gesehen hatte.

»Ja dann ... dort ..., dort!« stammelte sie mit versagender Stimme.

Er stürzte zum Schreibtisch, erbrach das Siegel und las laut: *»Man beschuldige niemanden ...«* Er hielt inne, fuhr sich mit der Hand über die Augen und las ein zweites Mal.

»Was! Hilfe! Zu Hilfe!«

Und er konnte nur immer das eine Wort sagen: »Vergiftet! Vergiftet!« Félicité rannte zu Homais, der es über den Platz schrie; Madame Lefrançois vernahm es im *Lion d'Or*; einige standen auf, um es ihren Nachbarn mitzuteilen, und das Dorf blieb die ganze Nacht hindurch wach.

Stammelnd, taumelnd lief Charles wie von Sinnen im Zimmer umher. Er stieß an die Möbel, riß sich die Haare aus, und nie hätte der Apotheker geglaubt, daß es ein so fürchterliches Schauspiel geben könne.

Er kehrte nach Hause zurück, um an Monsieur Canivet und an Doktor Larivière zu schreiben. Er verlor den Kopf, machte mehr als fünfzehn Briefentwürfe. Hippolyte brach nach Neufchâtel auf, und Justin hetzte Bovarys Pferd so sehr, daß er es zuschanden geritten und halb verendet auf der Anhöhe des Bois-Guillaume zurücklassen mußte.

Charles wollte in seinem medizinischen Wörterbuch nachschlagen; aber er sah nichts, die Zeilen tanzten ihm vor den Augen.

»Beruhigen Sie sich!« sagte der Apotheker. »Wir müssen nur ein starkes Gegenmittel verabreichen. Um welches Gift handelt es sich?«

Charles zeigte ihm den Brief. Es war Arsenik.

»Also, dann müßte man jetzt die Analyse machen«, fuhr Homais fort.

Denn er wußte, daß man bei allen Vergiftungen eine Analyse anstellen muß. Und der andere, der dies nicht verstand, antwortete:

»O ja, tun Sie das! tun Sie das! retten Sie sie ...«

Dann kehrte er zu ihr zurück, ließ sich auf den Boden fallen, lehnte den Kopf an den Rand ihres Lagers und schluchzte.

»Weine nicht!« sagte sie zu ihm. »Bald werde ich dich nicht mehr quälen!«

»Warum? was hat dich dazu getrieben?«

»Es mußte sein, mein Freund.«

»Warst du nicht glücklich? Ist es meine Schuld? Ich hab doch alles getan, was ich konnte!«

»Ja ..., das ist wahr ..., du bist gut, du!«

Und sie strich ihm langsam mit der Hand durch das Haar. Die Sanftheit dieser Empfindung steigerte seinen Schmerz ins Unerträgliche; er fühlte sich vor Verzweiflung zusammenbrechen beim Gedanken, daß er sie verlieren müßte, jetzt, da sie ihm mehr Liebe zeigte als jemals zuvor; und ihm fiel nichts ein; er wußte nicht, was tun, wagte nichts zu tun;

die Notwendigkeit eines sofortigen Entschlusses lähmte ihn vollends.

Nun war es zu Ende, dachte sie, mit allem Verrat, allen Gemeinheiten, den zahllosen Begierden, die sie gequält hatten. Nun haßte sie niemanden mehr; eine Art Dämmerlicht legte sich auf ihr Denken, und von allen irdischen Geräuschen vernahm sie nurmehr die immer wieder neu einsetzende Klage dieses armen Herzens, leise und undeutlich wie die letzten Töne einer entschwindenden Symphonie.

»Man soll mir die Kleine bringen«, sagte sie und stützte sich auf den Ellbogen.

»Es geht dir nicht schlechter, nicht wahr?« fragte Charles.

»Nein! nein!«

Vom Dienstmädchen wurde das Kind in seinem langen Nachthemd, unter dem die bloßen Füße hervorsahen, hereingetragen; es war ernst und noch halb am Schlafen. Es blickte erstaunt auf die Unordnung im Zimmer und blinzelte, von den Leuchtern auf den Möbeln geblendet. Wahrscheinlich erinnerten sie es an die Neujahrs- und Mittfastenmorgen, an denen es auch vorzeitig und bei Kerzenlicht geweckt wurde und zu seiner Mutter ins Bett kam, um seine Geschenke zu erhalten, denn es sagte:

»Wo ist es denn, Maman?«

Und da alle schwiegen:

»Aber ich sehe meine Schuhchen nicht!«

Félicité hielt Berthe über das Bett, aber das Kind blickte immer noch zum Kamin.

»Vielleicht hat die Amme es genommen«, sagte es.

Bei diesem Wort, das die Erinnerung an ihren Ehebruch und ihre Drangsale wieder wachrief, wandte Madame Bovary den Kopf ab wie vor Ekel vor einem weiteren stärkeren

Gift, das ihr in den Mund gestiegen war. Berthe saß jedoch nun auf dem Bett neben ihr.

»Oh, was für große Augen du hast, Maman, wie bleich du bist, wie du schwitzt! ...« Ihre Mutter blickte sie an.

»Ich fürchte mich!« sagte die Kleine und wich zurück.

Emma nahm ihre Hand und wollte sie küssen; die Kleine sträubte sich.

»Genug! man soll sie wegbringen!« rief Charles, der im Alkoven schluchzte.

Dann setzten die Symptome eine Weile aus; sie schien weniger erregt, und bei jedem kleinsten Wort, jedem ein wenig ruhigeren Atemzug faßte er wieder Hoffnung. Als Canivet endlich ins Zimmer trat, warf er sich ihm weinend in die Arme.

»Ah! Sie sind es! Danke! Wie gütig von Ihnen! Aber es geht ihr besser. Da, sehen Sie ...«

Der Kollege war keineswegs dieser Ansicht, und da er, wie er selber sagte, *nicht lange zu fackeln* pflegte, verordnete er ein Brechmittel, um den Magen gründlich zu entleeren.

Sie erbrach auch gleich darauf Blut. Ihre Lippen preßten sich fester zusammen. Ihre Glieder verkrampften sich, ihr Körper bedeckte sich mit braunen Flecken, und ihr Puls glitt unter den Fingern dahin wie ein gespannter Faden, wie eine Harfensaite, die nah am Reißen ist.

Dann begann sie entsetzlich zu schreien. Sie verfluchte das Gift, beschimpfte es, flehte es an, sich zu eilen und stieß mit ihren steif gewordenen Armen alles zurück, was Charles, der ärgere Todesqualen litt als sie, ihr einzuflößen versuchte. Er stand da, preßte sein Taschentuch an die Lippen, ächzte, weinte, erstickte vor Schluchzen, das ihn bis zu den Füßen hinab schüttelte; Félicité rannte im Zimmer hin und her; Homais rührte sich nicht und stieß tiefe Seufzer aus, und Monsieur Canivet, der weiterhin Haltung wahrte, fing nichtsdestominder an, sich unsicher zu fühlen.

»Teufel auch! ... Sie ist aber doch purgiert worden, und sobald die Ursache behoben ist ...«

»Muß auch die Wirkung aufhören«, sagte Homais, »das ist schlüssig.«

»Aber so retten Sie sie doch!« rief Bovary.

Ohne auf den Apotheker zu hören, der noch die Hypothese »vielleicht ist dies eine heilsame Krise« wagte, wollte Canivet denn auch einen Theriak verabreichen, als man ein Peitschenknallen vernahm, alle Fenster klirrten und eine von drei bis zu den Ohren bespritzten Pferden gezogene Postkutsche an der Ecke der Markthalle auftauchte. Es war Doktor Larivière.

Die Erscheinung eines Gottes hätte keine größere Erregung bewirken können. Bovary hob die Arme empor, Canivet hielt sofort inne, und Homais nahm die Mütze ab, lange bevor der Doktor eingetreten war.

Er gehörte der großen, auf Bichats Arbeiten gründenden Chirurgenschule an, jener heute ausgestorbenen Generation philosophischer Praktiker, die ihrer Kunst mit fanatischer Liebe zugetan waren und sie mit Begeisterung und Scharfsinn ausübten. In seinem Krankenhaus zitterte alles, wenn er zornig wurde, und seine Schüler verehrten ihn so sehr, daß sie, kaum etabliert, ihn so weit wie möglich nachzuahmen suchten. Infolgedessen begegnete man in den Städten der Umgebung seinem langen wattierten Merinomantel und seinem weiten schwarzen Anzug, dessen aufgeknöpfte Aufschläge etwas über seine fleischigen Hände reichten, sehr schöne Hände, die nie Handschuhe trugen, wie um sich schneller mit den Nöten befassen zu können. Da er Orden, Titel und Akademien verachtete, gastfreundlich, tolerant, im Umgang mit den Armen väterlich war und, ohne an die Tugend zu glauben, tugendhaft lebte, hätte er fast für einen Heiligen gelten können, wenn man ihn wegen der Schärfe seines Geistes nicht gefürchtet hätte wie einen Teufel. Sein Blick war schneidender als seine Skalpelle, drang direkt ins Herz und exartikulierte durch Ausflüchte und Verschämtheiten hindurch jegliche Lüge. Und er schritt einher in der gutmütigen Würde, die das Bewußtsein eines großen Talents, des Erfolgs und vierzig Jahre eines arbeitsreichen und tadellosen Lebens verleihen.

Schon in der Tür runzelte er die Brauen, als er das leichenblasse Gesicht Emmas sah, die mit offenem Mund auf dem Rücken lag. Dann, als er Canivet zuzuhören schien, legte er den Zeigefinger unter die Nase und sagte wiederholt:

»Recht so, recht so.«

Doch er zuckte langsam die Schultern. Bovary beobachtete ihn: sie schauten einander an, und dieser Mann, der an den Anblick von Leid doch gewöhnt war, konnte die Träne nicht zurückhalten, die auf sein Jabot fiel.

Er wollte mit Canivet ins Nebenzimmer gehen. Charles folgte ihm.

»Es steht sehr schlecht um sie, nicht wahr? Wenn man Senfpflaster auflegte? Oder ich weiß nicht, was. Finden Sie doch etwas, Sie haben so viele gerettet!«

Charles umfaßte ihn mit beiden Armen und betrachtete ihn verstört, flehend, halb ohnmächtig an seiner Brust.

»Mut, mein armer Junge! Es ist nichts mehr zu machen.«

Und Doktor Larivière wandte sich ab.

»Sie gehen?«

»Ich komme wieder.«

Er ging hinaus, wie um dem Postillion eine Anweisung zu geben. Und mit ihm ging Monsieur Canivet, dem auch nicht daran gelegen war, Emma unter seinen Händen sterben zu sehen.

Der Apotheker holte sie auf dem Platz ein. Er konnte sich von berühmten Leuten nicht trennen, das lag nun einmal in seiner Natur. So beschwor er denn auch Monsieur Larivière, er möge ihm die besondere Ehre erweisen, zum Essen sein Gast zu sein.

Schnell wurde zum *Lion d'Or* nach Täubchen geschickt, nach allem, was die Metzgerei an Koteletten hatte, zu Tuvache nach Sahne, zu Lestiboudois nach Eiern, und der Apotheker half selbst bei den Vorbereitungen, während Madame Homais an den Bendeln ihrer Nachtjacke zupfte und sagte:

»Sie werden entschuldigen, Herr Doktor, aber wenn man in unserer Unglücksgegend nicht am Tag zuvor benachrichtigt wird ...«

»Die Stielgläser!!!« hauchte Homais.

»Wenn wir in der Stadt lebten, könnten wir wenigstens gefüllte Kalbsfüße bekommen.«

»Sei still! ... Zu Tisch, Doktor!«

Er hielt es für angebracht, nach den ersten Bissen einige Einzelheiten des Unglücks zu liefern:

»Wir hatten zunächst ein Gefühl der Trockenheit im Pharynx, sodann unerträgliche Schmerzen im Epigastrum, Superpurgation, Koma.«

»Wie hat sie sich denn vergiften können?«

»Ich weiß es nicht, Herr Doktor, ich kann mir nicht einmal denken, wo sie sich das Arsenik beschafft hat.«

Justin, der einen Stoß Teller hereintrug, wurde von einem Schauder erfaßt.

»Was hast du denn?« sagte der Apotheker.

Auf diese Frage hin ließ der junge Mann alles mit großem Getöse zu Boden fallen.

»Dummkopf!« schrie Homais. »Tolpatsch! Tölpel! verdammter Esel!« Dann aber plötzlich wieder beherrscht:

»Ich habe eine Analyse vornehmen wollen, Herr Doktor«, sagte er, »und deshalb *primo* vorsichtig in ein Reagenzglas ...«

»In den Hals hätten Sie ihr besser Ihre Finger gesteckt«, sagte der Chirurg.

Sein Kollege schwieg, da er vorhin unter vier Augen einen scharfen Verweis wegen seines Brechmittels erhalten hatte, so daß der gute Canivet, der anläßlich des Klumpfußes so hochtrabend und wortgewaltig gewesen war, sich heute sehr bescheiden zeigte; er lächelte in einem fort zustimmend.

Homais blühte auf in seinem Amphitryon-Stolz, und der betrübliche Gedanke an Bovary trug durch einen egoistischen Vergleich mit sich selbst noch zu seinem Wohlgefühl bei. Sodann riß die Anwesenheit des Doktors ihn dazu hin, seine Gelehrsamkeit auszubreiten. Er redete bunt durcheinander über spanische Fliegen, Upas, den Manzonillobaum, Giftschlangen ...

»Und ich habe sogar gelesen, daß verschiedene Personen vergiftet und geradezu hingemäht worden sind durch den Genuß von Blutwürsten, die zu stark geräuchert worden waren! Jedenfalls stand dies in einem sehr guten, von einer unserer pharmazeutischen Kapazitäten, einem unserer Meister, dem berühmten Cadet de Gassicourt verfaßten Bericht!«

Madame Homais erschien wieder mit einer jener wackeligen Maschinen, die man mit Spiritus heizt; denn Homais bestand darauf, seinen Kaffee am Tisch zuzubereiten; er hatte ihn übrigens selbst geröstet, selbst gemahlen und selbst gemischt.

»*Saccharum*, Doktor«, sagte er, Zucker anbietend.

Darauf ließ er alle seine Kinder herunterkommen, da er begierig war, des Chirurgen Urteil über ihre Konstitution zu erfahren.

Monsieur Larivière wollte endlich aufbrechen, als Madame Homais ihn um eine Konsultation für ihren Mann bat. Er schlafe jeden Abend gleich nach dem Essen ein, und das verdicke doch das Blut.

»Oh! es ist also nicht der Sinn, der ihn quält!«*

Und über das von ihr nicht verstandene Wortspiel ein wenig lächelnd, öffnete er die Tür. Aber die Apotheke war voller Leute, und er hatte Mühe, Monsieur Tuvache loszuwerden, der für seine Ehefrau eine Lungenentzündung befürchtete, weil sie die Angewohnheit hatte, in die Asche zu spucken; dann Monsieur Binet, der mitunter Heißhunger verspürte, und Madame Caron, die es kribbelte; Lheureux, der Schwindel, Lestiboudois, der Rheumatismus, Madame Lefrançois, die saures Aufstoßen hatten. Endlich zogen die drei Pferde an, und man fand allgemein, daß er wenig Entgegenkommen gezeigt habe.

Dann wurde die Aufmerksamkeit durch das Erscheinen Monsieur Bournisiens abgelenkt, der mit dem Sterbeöl an der Markthalle vorüberging.

Homais verglich, wie er es seinen Grundsätzen schuldig war, die Priester mit Raben, die der Geruch der Toten anziehe; der Anblick eines Geistlichen war ihm persönlich unangenehm, weil die Soutane ihn ans Leichentuch denken ließ, und so verabscheute er die eine ein wenig aus Furcht vor dem anderen.

Dennoch scheute er vor dem, was er *seine Aufgabe*

* unübersetzbares Wortspiel: sang – sens: Blut – Sinne (= Sexualität)

nannte, nicht zurück und begab sich wieder zu Bovary, zusammen mit Canivet, den Larivière vor der Abfahrt streng zu diesem Schritt aufgefordert hatte; und ohne die Vorhaltungen seiner Frau hätte er seine beiden Söhne mitgenommen, um sie an die harten Lebenssituationen zu gewöhnen und auf daß dies eine Lehre, ein Beispiel, ein feierliches Bild wäre, das ihnen im Gedächtnis bleiben würde.

Als sie eintraten, war das ganze Zimmer von düsterer Feierlichkeit erfüllt. Auf dem mit einer weißen Serviette bedeckten Nähtisch stand zwischen zwei brennenden Leuchtern neben einem großen Kruzifix eine silberne Schale mit fünf oder sechs Wattekugeln. Emmas Kinn war auf ihre Brust gesunken, ihre Augen waren weit aufgerissen, und ihre armen Hände tasteten über die Bettücher hin mit der scheußlichen, sanften Gebärde der Sterbenden, die aussieht, als wollten sie sich schon mit dem Leichentuch zudecken. Bleich wie eine Bildsäule und mit Augen so rot wie glühende Kohlen stand Charles ihr gegenüber am Fußende des Betts, während der Priester sich auf ein Knie niedergelassen hatte und leise Gebete murmelte.

Sie wandte langsam den Kopf und schien beim unverhofften Anblick der violetten Stola große Freude zu empfinden, wahrscheinlich, weil sie mitten in einer tiefen Beruhigung die einstige Wonne ihres ersten mystischen Aufschwungs wiederfand und weil Visionen einer beginnenden ewigen Seligkeit diese begleiteten.

Der Priester erhob sich und ergriff das Kruzifix; sie streckte den Hals wie einer, der dürstet, preßte die Lippen auf den Leib des Gottmenschen und drückte ihm mit ihrer ganzen ersterbenden Kraft den innigsten Liebeskuß auf, den sie je gegeben hatte. Dann sprach der Priester das *Misereatur* und das *Indulgentiam*, tauchte den rechten Daumen in das Öl und begann mit den Salbungen: zuerst salbte er die Augen, die so sehr die irdischen Güter begehrt hatten, dann die Nasenflügel, die es nach lauen Lüften und Liebesdüften gelüstet hatte, dann den Mund, der sich der Lüge geöffnet, vor Hoffart gestöhnt und in Wollust geschrien hatte, darauf die Hände, die sich an weichen Berührungen ergötzt hatten und zuletzt die Sohlen der Füße, die einst so flink gewesen waren, wenn sie zur Stillung ihrer Begierden lief, und die nun nie mehr gehen würden.

Der Pfarrer wischte sich die Hände ab, warf die ölgetränkten Wattebäusche ins Feuer, kam zurück, setzte sich neben die Sterbende und sagte ihr, sie möge nun ihre Leiden mit denen Jesu Christi vereinen und sich der göttlichen Barmherzigkeit anheimgeben.

Und zum Schlusse seiner Ermahnungen versuchte er, ihr eine geweihte Kerze in die Hand zu geben als Symbol der himmlischen Herrlichkeit, von der sie nun bald umgeben sein werde. Emma war zu schwach, um die Finger um sie zu schließen, und ohne Monsieur Bournisien wäre die Kerze zu Boden gefallen.

Sie war jedoch nicht mehr so bleich, und ihr Gesicht zeigte einen Ausdruck von Heiterkeit, als ob das Sakrament sie geheilt hätte.

Der Priester versäumte nicht, darauf hinzuweisen, und er erklärte Bovary sogar, daß der Herr mitunter das Leben von Menschen verlängere, wenn er dies für ihr Seelenheil für angebracht erachte; und Charles dachte an den Tag zurück, an dem sie, auch damals dem Tode nahe, die Kommunion empfangen hatte.

Vielleicht hätte ich nicht zu verzweifeln brauchen, sagte er sich.

Wirklich blickte sie langsam um sich, wie jemand, der aus

einem Traum erwacht, dann verlangte sie mit deutlicher Stimme ihren Handspiegel und betrachtete sich einige Zeit darin, bis ihr große Tränen aus den Augen rannen. Da wandte sie mit einem Seufzer den Kopf zur Seite und fiel auf das Kissen zurück.

Ihre Brust begann sogleich heftig zu keuchen. Die Zunge trat ihr weit aus dem Mund, ihre Augen rollten hin und her und verblaßten wie zwei Lampenglocken, in denen das Licht erlischt. Man hätte sie schon für tot halten können, wäre da nicht die entsetzliche, immer schneller werdende Bewegung ihrer Rippen gewesen, die ein wütendes Atemholen erschütterte, als ob die Seele gegen sie anspringe, um sich loszumachen. Félicité kniete vor das Kruzifix hin, und selbst der Apotheker beugte ein wenig die Knie, während Monsieur Canivet zerstreut auf den Platz blickte. Bournisien betete wieder, das Gesicht über den Rand des Lagers geneigt, seine lange Soutane schleifte hinter ihm auf dem Boden. Charles kniete auf der anderen Seite des Bettes und streckte die Arme nach Emma aus. Er hatte ihre Hände genommen und drückte sie, er zuckte bei jedem Schlag ihres Herzens zusammen wie beim Aufprall eines einstürzenden Gemäuers. Je stärker das Röcheln wurde, desto hastiger sprach der Geistliche seine Gebete: sie vermischten sich mit Bovarys ersticktem Schluchzen, und manchmal war es, als ginge alles im dumpfen Gemurmel der lateinischen Worte unter, die wie eine Totenglocke klangen.

Plötzlich war auf dem Gehsteig das Geräusch plumper Holzschuhe und das Tasten eines Steckens zu vernehmen; und eine Stimme erhob sich, eine rauhe Stimme, und sang:

Nanette an einem Sommertag
Wohl von der Liebe träumen mag

Emma richtete sich auf, wie ein Leichnam, der galvanisiert wird, mit gelöstem Haar, starrem Blick, weit offenem Mund.

Sie liest die Ähren fleißig auf,
Der junge Schnitter geht vorauf.
Und als sie sich zur Furche bückt,
Da ist geschehn, was sich nicht schickt.

»Der Blinde!« schrie sie.

Und sie brach in ein Lachen aus, ein grauenvolles, rasendes, verzweifeltes Lachen, denn sie glaubte das scheußliche Gesicht des Elenden zu sehen, das sich wie ein Schreckbild in der ewigen Finsternis vor ihr erhob.

Denn bei dem ersten Windstoß schon,
Der kurze Rock, er flog davon.

Ein Krampf warf sie auf das Bett zurück. Alle traten hinzu. Sie lebte nicht mehr.

## IX

Nach dem Tod eines Menschen breitet sich stets etwas wie sprachloses Staunen aus, so schwer ist es, den plötzlichen Einbruch des Nichts zu begreifen und sich dazu zu verstehen, es hinzunehmen. Aber als Charles sah, daß Emma sich nicht mehr bewegte, warf er sich über sie und rief:

»Leb wohl! Leb wohl!«

Homais und Canivet zogen ihn aus dem Zimmer.

»Mäßigen Sie sich!«

»Ja«, sagte er und machte sich los, »ich will vernünftig

sein, ich werde nichts Schlechtes tun. Aber lassen Sie mich! ich will sie sehen! sie ist meine Frau!«

Und er weinte.

»Weinen Sie nur«, sagte der Apotheker, »lassen Sie der Natur freien Lauf, das wird Sie erleichtern.«

Charles war nun schwächer als ein Kind geworden; er ließ sich nach unten in das Wohnzimmer führen, und bald darauf kehrte Monsieur Homais nach Hause zurück.

Auf dem Platz wurde er von dem Blinden angesprochen, der sich in der Hoffnung auf die entzündungshemmende Pomade bis nach Yonville geschleppt hatte und jeden Vorübergehenden nach der Wohnung des Apothekers fragte.

»Zum Kuckuck, als ob ich nichts anderes zu tun hätte! Ach was, komm später wieder!«

Und er trat schleunigst in die Apotheke.

Er mußte zwei Briefe schreiben, einen Beruhigungstrank für Bovary herstellen, eine Lüge ausdenken, um den Selbstmord geheimzuhalten und daraus einen Artikel für das *Fanal* zu machen, obendrein warteten mehrere Personen auf ihn, um Näheres zu erfahren. Und als die Bewohner von Yonville alle seine Geschichte gehört hatten, vom Arsenik, das sie, als sie eine Vanillecreme zubereitete, für Zucker gehalten hatte, kehrte Homais abermals zu Bovary zurück.

Er fand ihn allein (Monsieur Canivet war eben gegangen) in einem Lehnstuhl am Fenster sitzen und mit stumpfsinnigem Blick die Fliesen betrachten.

»Sie sollten nun wohl selbst den Zeitpunkt für die Feierlichkeit festsetzen«, sagte der Apotheker.

»Wieso? Was für eine Feierlichkeit?«

Dann, mit stammelnder, entsetzter Stimme:

»O nein, nicht wahr? Nein, ich will sie behalten.«

Um Haltung zu bewahren, nahm Homais eine Karaffe vom Blumengestell und begoß die Geranien.

»Ah, danke«, sagte Charles, »wie freundlich von Ihnen!«

Er sprach nicht weiter; die Geste des Apothekers rief eine Überfülle von Erinnerungen in ihm wach, die ihn fast erstickten.

Um ihn abzulenken, hielt Homais es für angebracht, ein wenig über Gartenbau zu plaudern: die Pflanzen benötigten Feuchtigkeit. Charles senkte den Kopf zum Zeichen der Zustimmung.

»Zudem kommen bald wieder die warmen Tage.«

»Aha!« sagte Bovary.

Der Apotheker, dem nichts mehr einfiel, begann sacht an den Scheibengardinchen zu ziehen.

»Ach, da geht ja Monsieur Tuvache vorbei.«

Charles wiederholte wie eine Maschine:

»Geht ja Monsieur Tuvache vorbei.«

Homais wagte nicht, ihn nochmals auf die Begräbnisvorbereitungen anzusprechen; es war der Geistliche, dem es gelang, ihn dazu zu bewegen.

Er schloß sich in seinem Sprechzimmer ein, nahm eine Feder, und nachdem er eine Zeitlang geschluchzt hatte, schrieb er:

*Ich will, daß man sie in ihrem Hochzeitskleid beerdigt, mit weißen Schuhen, einem Kranz. Man soll ihr das Haar um die Schultern breiten; drei Särge, einen aus Eichenholz, einen aus Mahagoni, einen aus Blei. Man soll mir nicht sagen, was ich tun soll, ich werde stark sein. Über das Ganze soll man ein großes Tuch aus grünem Samt breiten. Ich will es. Tut es.*

Die beiden Herren waren über Bovarys romantische Idee sehr verwundert, und der Apotheker sagte ihm sofort:

»Dieser Samt scheint mir eine unnötige Sache zu sein. Dazu, die Kosten …«

»Geht Sie das etwas an?« schrie Charles. »Lassen Sie mich in Ruhe! Sie haben sie nicht geliebt! Gehen Sie!«

Der Geistliche faßte ihn unter den Arm und führte ihn durch den Garten. Er redete über die Eitelkeit aller irdischen Dinge. Gott sei groß und gut; man müsse sich seinen Ratschlüssen beugen, ihm sogar dafür danksagen.

Charles brach in Lästerungen aus.

»Ich verabscheue ihn, Ihren Gott!«

»Der Geist der Auflehnung ist noch in Ihnen«, seufzte der Geistliche.

Bovary hatte sich schon fortgemacht. Mit großen Schritten ging er an der Mauer entlang, vorbei am Spalier, er knirschte mit den Zähnen und sah mit schmähenden Blicken der Verwünschung zum Himmel; aber nicht einmal ein Blatt wurde davon bewegt.

Ein leichter Regen fiel. Charles, der mit bloßer Brust herumlief, fing schließlich an zu schlottern; er ging hinein und setzte sich in die Küche.

Um sechs Uhr war auf dem Platz ein Rattern zu vernehmen: die *Schwalbe* traf ein; er preßte die Stirn ans Fenster und sah zu, wie die Reisenden einer nach dem anderen ausstiegen. Félicité legte ihm eine Matratze ins Wohnzimmer; er warf sich darauf nieder und schlief ein.

Obwohl Freidenker, achtete Monsieur Homais die Toten. Deshalb trug er dem armen Charles nichts nach, sondern kam abends wieder, um Totenwache zu halten, und brachte drei Bände und eine Schreibmappe mit, um sich Notizen zu machen. Monsieur Bournisien befand sich schon dort, und zwei große Kerzen brannten am Fußende des Betts, das man aus dem Alkoven gezogen hatte.

Der Apotheker, den die Stille bedrückte, äußerte alsbald einige bedauernde Worte über die »unglückliche junge Frau«, und der Priester erwiderte, jetzt könne man nur noch für sie beten.

»Es gibt aber doch nur zwei Möglichkeiten«, sagte Homais dagegen, »entweder ist sie im Zustand der Gnade (wie die Kirche es ausdrückt) gestorben, und dann hat sie unsere Gebete nicht nötig, oder aber sie ist unbußfertig (so lautet, glaube ich, der theologische Ausdruck) verschieden, und dann ...«

Bournisien unterbrach ihn und entgegnete in mürrischem Ton, man müsse trotzdem beten.

»Wenn Gott doch aber alle unsere Bedürfnisse kennt, wozu soll dann das Gebet dienen?«

»Wie!« rief der Geistliche, »das Gebet! Ja, sind Sie denn kein Christ?«

»Mit Verlaub!« sagte Homais. »Ich bewundere das Christentum. Es hat zuerst die Sklaven befreit, es hat der Welt eine Moral gegeben ...«

»Darum geht es jetzt nicht! Alle Texte ...«

»Oh, oh! was die Texte anbelangt, lesen Sie doch nur in der Geschichte nach; man weiß doch, daß sie von den Jesuiten gefälscht worden sind.«

Charles trat ins Zimmer, ging zum Bett und zog langsam die Vorhänge zurück.

Emmas Kopf war auf die rechte Schulter gesunken. Ihr Mundwinkel stand offen und wirkte wie ein schwarzes Loch in der unteren Gesichtshälfte, die beiden Daumen waren in die Handflächen gebogen; eine Art weißer Staub lag auf ihren Wimpern, und ihre Augen begannen in einem blassen Schleim zu verschwinden, der wie ein dünnes Gewebe war, als hätten Spinnen ihre Netze darüber gesponnen. Von ihren Brüsten ab senkte sich das Leintuch bis zu den Knien und hob sich über den Zehenspitzen wieder, und Charles hatte den Eindruck, als lasteten unendliche Massen, ein ungeheures Gewicht auf ihr.

Vom Kirchturm schlug es zwei Uhr. Man hörte das starke Rauschen des Flusses, der im Finstern am Fuß der Terrasse vorbeiströmte. Von Zeit zu Zeit schneuzte Monsieur Bournisien sich geräuschvoll, und Homais ließ seine Feder über das Papier kratzen.

»Bitte, lieber Freund, gehen Sie doch wieder«, sagte er, »dieser Anblick zerreißt Ihnen das Herz!«

Sobald Charles fort war, nahmen der Apotheker und der Pfarrer ihren Disput wieder auf.

»Lesen Sie Voltaire!« sagte der eine; »lesen Sie Holbach, lesen Sie die *Encyclopédie*!«

»Lesen Sie die *Lettres de quelques juifs portugais*!« sagte der andere; »lesen Sie die *Raison du Christianisme* von Nicolas, einem ehemaligen Richter!«

Sie ereiferten sich, sie liefen rot an, sie redeten gleichzeitig, ohne einander zuzuhören; Bournisien war entrüstet über eine derartige Vermessenheit, Homais erstaunt über eine derartige Dummheit, und sie waren nahe daran, sich gegenseitig zu beschimpfen, als Charles plötzlich wieder eintrat. Wie von einem Zauber angezogen, stieg er immer wieder die Treppe hinauf. Er stellte sich ihr gegenüber, um sie besser sehen zu können und verlor sich in dieser Betrachtung, die so tief war, daß sie nicht mehr schmerzte.

Er erinnerte sich an Geschichten über Katalepsie, über Wunder des Magnetismus, und sagte sich, daß es ihm durch äußerste Willensanstrengung vielleicht gelingen würde, sie wiederzubeleben. Einmal beugte er sich sogar zu ihr und rief ganz leise: »Emma! Emma!« Unter seinem heftig ausgestoßenen Atem zuckten die Kerzenflammen zur Wand.

Im Morgengrauen traf die alte Madame Bovary ein; als Charles sie umarmte, brach er von neuem in Tränen aus. Sie versuchte, wie vorher der Apotheker, wegen der Kosten des Begräbnisses einige Bemerkungen zu machen. Dies erregte ihn so sehr, daß sie verstummte; er beauftragte sie sogar, unverzüglich in die Stadt zu fahren und die nötigen Einkäufe zu machen.

Den ganzen Nachmittag blieb Charles allein; man hatte Berthe zu Madame Homais gebracht; Félicité hielt sich oben im Zimmer auf, zusammen mit der Mutter Lefrançois.

Am Abend empfing er Besucher. Er stand auf, reichte jedem Eintretenden die Hand, ohne sprechen zu können, und der setzte sich dann zu den anderen, die vor dem Kamin einen großen Halbkreis bildeten. Sie hatten die Köpfe gesenkt und die Beine übereinandergeschlagen, bewegten sie hin und her, stießen von Zeit zu Zeit einen tiefen Seufzer aus; und alle langweilten sich über die Maßen, doch keiner wollte als erster gehen.

Als Homais um neun Uhr zurückkehrte (seit zwei Tagen sah man nur ihn ständig auf dem Platz), brachte er einen Vorrat an Kampfer, Benzoeharz und aromatischen Kräutern mit. Auch ein Gefäß voll Chlor trug er herbei, um die giftigen Ausdünstungen zu tilgen. Das Dienstmädchen, Madame Lefrançois und die Mutter Bovary waren gerade mit Emma beschäftigt und dabei, sie fertig anzukleiden; sie zogen den langen steifen Schleier über sie, der sie bis hinab zu ihren seidenen Schuhen bedeckte.

Félicité schluchzte:

»Ach, meine arme Herrin! meine arme Herrin!«

»Schauen Sie doch«, sagte die Gastwirtin seufzend, »wie niedlich sie immer noch aussieht! Man möchte schwören, daß sie gleich wieder aufsteht.«

Dann bückten sie sich, um ihr den Kranz aufzusetzen.

Sie mußten ihren Kopf ein wenig hochheben, und da quoll ein Schwall schwärzlicher Flüssigkeit wie Erbrochenes aus ihrem Mund.

»O mein Gott! das Kleid! geben Sie acht!« rief Madame Lefrançois. »Helfen Sie uns doch!« sagte sie zum Apotheker. »Oder haben Sie vielleicht Angst?«

»Ich Angst?« gab er achselzuckend zurück. »Ja was! Da habe ich noch ganz anderes gesehen im Krankenhaus, als ich Pharmazeutik studierte! Im Seziersaal haben wir Punsch gebraut! Das Nichts schreckt den Philosophen nicht, und ich hege sogar, wie ich oft gesagt habe, die Absicht, meinen Körper den Spitälern zu vermachen, um dereinst noch der Wissenschaft zu dienen.«

Der Pfarrer kam, erkundigte sich nach Bovary und meinte auf die Antwort des Apothekers hin:

»Der Verlust ist noch zu frisch, verstehen Sie.«

Homais beglückwünschte ihn, weil er nicht Gefahr laufe, eine geliebte Lebensgefährtin zu verlieren, woraufhin sich eine Diskussion über die Ehelosigkeit der Priester entspann.

»Denn«, sagte der Apotheker, »es ist wider die Natur, daß ein Mann sich der Frauen enthält! Man hat Verbrechen gesehen …«

»Aber, Potzschwerenot!« rief der Geistliche, »wie wollen Sie, daß ein in Ehebanden Lebender zum Beispiel das Beichtgeheimnis wahrt?«

Homais griff die Beichte an. Bournisien verteidigte sie; er

verbreitete sich über die sittliche Umkehr, die sie bewirke. Er erzählte verschiedene Geschichten von Dieben, die mit einem Mal ehrlich geworden waren. Soldaten, die zum Beichtstuhl geschritten waren, hätten gespürt, wie es ihnen wie Schuppen von den Augen fiel. In Fribourg lebe ein Minister …

Sein Gesprächspartner schlief. Da ihm die dumpfe Luft im Zimmer ein wenig den Atem nahm, öffnete er das Fenster, wodurch der Apotheker wieder aufwachte.

»Eine Prise gefällig!« sagte er. »Nehmen Sie, das macht munter.«

Irgendwo in der Ferne ertönte anhaltendes Hundegebell.

»Hören Sie, wie da ein Hund heult?« fragte der Apotheker.

»Man behauptet, sie wittern die Toten«, antwortete der Geistliche. »Es ist wie mit den Bienen; wenn jemand stirbt, verlassen sie den Stock.«

Homais ging auf diesen Aberglauben nicht ein, denn er war wieder eingeschlafen.

Monsieur Bournisien, der widerstandsfähiger war, bewegte noch eine Zeitlang ganz leise die Lippen; dann ließ er allmählich das Kinn sinken, sein dickes schwarzes Buch fiel ihm aus der Hand, und er fing an zu schnarchen.

Sie lehnten einander gegenüber mit vorgestrecktem Bauch, verquollenem Gesicht, mürrischer Miene, trafen sich nach so viel Uneinigkeit endlich in der gleichen menschlichen Schwäche; und sie rührten sich ebensowenig wie der Leichnam neben ihnen, der zu schlafen schien.

Als Charles eintrat, weckte er sie nicht. Es war das letzte Mal. Er kam, um Abschied von ihr zu nehmen.

Die aromatischen Kräuter brannten noch, und bläuliche Rauchwirbel vermischten sich am Fensterkreuz mit dem eindringenden Nebel. Einige Sterne waren zu sehen, und die Nacht war mild.

Das Wachs der Kerzen fiel in großen Tropfen auf die Bettlaken. Charles sah zu, wie sie brannten und ermüdete seine Augen am Schein ihrer gelben Flammen.

Reflexe zitterten auf dem Seidenkleid, das so weiß war wie Mondschein. Emma verschwand darunter, und es schien ihm, als trete sie aus sich heraus und verflüchtige sich in den Dingen ringsumher, in der Stille, in der Nacht, im vorüberstreichenden Wind, in den feuchten Gerüchen, die draußen aufstiegen.

Dann, plötzlich, sah er sie im Garten von Tostes, auf der Bank, vor der Dornenhecke oder in Rouen, in den Straßen, auf der Schwelle ihres Hauses, im Hof von Les Bertaux. Er hörte wieder das Lachen der ausgelassenen Burschen, die unter den Apfelbäumen tanzten; das Zimmer war vom Duft ihres Haars erfüllt, und ihr Kleid knisterte in seinen Armen, als sprühte es Funken. Es war dasselbe Kleid, dieses da!

Lange rief er sich all sein entschwundenes Glück in Erinnerung, ihre Haltung, ihre Bewegungen, den Klang ihrer Stimme. Auf eine Verzweiflung folgte die nächste, unaufhörlich, unversiegbar wie die Wasser einer Überschwemmung.

Eine schreckliche Neugierde überkam ihn: langsam, bebend, hob er mit den Fingerspitzen ihren Schleier. Aber er schrie vor Entsetzen auf, so daß er die anderen weckte. Sie brachten ihn gewaltsam nach unten in das Wohnzimmer.

Dann kam Félicité mit der Meldung, er wolle Haar von der Toten haben.

»Schneiden Sie ihr welches ab!« erwiderte der Apotheker. Und da sie es sich nicht zu tun traute, trat er, die Schere in der Hand, selber hinzu. Er zitterte so heftig, daß er mehrmals in die Haut der Schläfen stach. Endlich bekämpfte er seine Aufregung und schnitt aufs Geratewohl zwei- oder dreimal zu, wodurch in dem schönen schwarzen Haar weiße Stellen entstanden.

Der Apotheker und der Pfarrer versenkten sich wieder in ihre Beschäftigungen, nicht ohne von Zeit zu Zeit einzuschlafen und sich dessentwegen bei jedem neuen Aufwachen gegenseitig Vorwürfe zu machen. Dann besprengte Monsieur Bournisien das Zimmer mit Weihwasser, und Homais streute ein wenig Chlor auf den Fußboden.

Félicité hatte für die beiden Herren vorsorglich eine Flasche Weinbrand, einen Käse und eine große Brioche auf die Kommode bereitgestellt. Und gegen vier Uhr morgens hielt es der Apotheker denn auch nicht mehr aus und seufzte:

»Meiner Treu, ich würde mich gern ein wenig stärken!«

Der Geistliche ließ sich nicht lange nötigen; er verließ das Haus, las seine Messe und kehrte zurück; sodann aßen sie und tranken einander zu und grinsten mitunter, ohne zu wissen, warum, angeregt durch die unbestimmbare Fröhlichkeit, die uns nach Stunden des Trauerns befällt, und beim letzten Gläschen schlug der Geistliche dem Apotheker auf die Schulter und sagte:

»Wir werden uns schließlich noch miteinander vertragen!«

Unten im Flur stießen sie auf die Arbeiter, die eben ankamen. Zwei Stunden lang mußte Charles die Folter der Hammerschläge ertragen, die auf die Bretter dröhnten. Dann legte man sie in ihren Eichensarg, den man in die beiden anderen versenkte; da aber der äußere Sarg zu breit war, mußten die Zwischenräume mit der Wolle einer Matratze ausgestopft werden. Endlich, nachdem die drei Deckel glattgehobelt, genagelt, verschweißt waren, stellte man den Sarg vor die Tür, öffnete weit das Haus, und die Leute aus Yonville begannen herbeizuströmen.

Der alte Rouault kam. Als er das schwarze Tuch sah, fiel er auf dem Marktplatz in Ohnmacht.

## X

Er hatte den Brief des Apothekers erst sechsunddreißig Stunden nach dem Ereignis erhalten, und um ihn zu schonen, hatte Monsieur Homais das Schreiben so abgefaßt, daß man unmöglich wissen konnte, was geschehen war.

Der gute Mann brach zuerst wie vom Schlag gerührt zusammen. Dann glaubte er zu verstehen, daß sie ja nicht tot war. Aber sie konnte inzwischen gestorben sein ... Schließlich hatte er seinen Kittel angezogen, seinen Hut genommen, einen Sporn an den Schuh geschnallt und war in gestrecktem Galopp losgeritten. Und auf dem ganzen Weg hatte der alte Rouault gekeucht und sich vor Angst verzehrt. Einmal hatte er sogar absteigen müssen. Er sah nichts mehr, er hörte Stimmen ringsumher, er hatte das Gefühl, wahnsinnig zu werden.

Der Tag brach an. Er bemerkte drei schwarze Hühner, die in einem Baum schliefen; entsetzt über dieses böse Vorzeichen fuhr er zusammen. Er versprach daraufhin der heiligen Jungfrau drei Meßgewänder für die Kirche und gelobte, barfüßig vom Friedhof in Les Bertaux bis zur Kapelle von Vassonville zu wallfahrten.

Als er in Maromme eintraf, rief er die Wirtsleute wach, stieß die Tür mit der Schulter auf, stürzte sich auf den Hafersack, goß eine Flasche süßen Apfelwein in die Krippe und nahm sein Pferdchen wieder zwischen die Schenkel, unter dessen Hufen die Funken stoben.

Er sagte sich, daß man sie sicherlich retten würde; die Ärzte fänden gewiß ein Mittel. Er rief sich alle wunderbaren Heilungen in Erinnerung, von denen man ihm erzählt hatte.

Dann wieder erschien sie ihm als Tote. Sie lag vor ihm da, auf dem Rücken, mitten auf der Straße. Er zog die Zügel an, und die Halluzination verschwand.

In Quincampoix trank er, um sich Mut zu machen, nacheinander drei Tassen Kaffee.

Er überlegte, ob der Briefschreiber sich im Namen geirrt haben könnte. Er stöberte nach dem Brief in seiner Tasche, ertastete ihn, aber wagte ihn nicht zu öffnen.

Schließlich meinte er, es sei vielleicht ein Streich, ein Racheakt oder der Einfall eines Betrunkenen; und außerdem, würde man es nicht an irgend etwas merken, wenn sie tot wäre? Aber nein, das Land sah nicht anders aus als sonst: der Himmel war blau, die Bäume wiegten sich, eine Schafherde zog vorbei. Das Dorf kam in Sicht; man sah ihn, tief auf das Pferd gebeugt, herangaloppieren, er schlug mit aller Kraft auf es ein, so daß das Blut vom Sattelgurt tröpfelte.

Als er wieder zu sich gekommen war, warf er sich weinend in Bovarys Arme:

»Meine Tochter! Emma! Mein Kind! So sagen Sie mir doch ...«

Und der andere antwortete schluchzend:

»Ich weiß es nicht, ich weiß es nicht! Es ist ein Verhängnis!«

Der Apotheker trat zwischen sie.

»Diese schrecklichen Einzelheiten sind jetzt nicht angebracht. Ich werde Monsieur alles mitteilen. Die Leute kommen schon. Haltung, verflucht noch mal! Zeigen Sie Gelassenheit!«

Der arme Bursche wollte stark erscheinen und wiederholte etliche Male:

»Ja ..., Mut!«

»Wohlan!« rief der alte Mann. »Mir soll's an Mut nicht fehlen, Himmeldonnerwetter! Ich werde ihr das Geleit geben bis zum Schluß.«

Die Glocke läutete. Alles war bereit. Man mußte sich auf den Weg machen.

Sie saßen nebeneinander in einem Chorstuhl und sahen die drei Vorsänger immer wieder psalmodierend vor ihnen hin und her gehen. Der Serpentist blies, was die Lunge hergab. Monsieur Bournisien in vollem Ornat sang mit schriller Stimme; er verneigte sich vor dem Tabernakel, erhob die Hände, breitete die Arme aus. Lestiboudois ging mit seinem Fischbeinstab in der Kirche umher. Neben dem Chorpult ruhte der Sarg zwischen vier Reihen Kerzen. Charles drängte es aufzustehen und sie zu löschen.

Er versuchte jedoch, sich zur Andacht anzuspornen, sich zur Hoffnung auf ein künftiges Leben aufzuschwingen, in dem er sie wiedersehen würde. Er stellte sich vor, sie sei verreist, weit fort, und schon seit langem. Aber wenn er daran dachte, daß sie dort unter dem Bahrtuch lag und daß alles zu Ende war, daß man sie nun in die Erde trug, erfaßte ihn eine wilde, dunkle, verzweifelte Wut. Manchmal glaubte er, nichts mehr zu fühlen, genoß die Milderung seines Schmerzes und warf sich gleichzeitig vor, ein schändlicher Mensch zu sein.

Auf den Fliesen war ein Geräusch zu hören, das wie das gleichmäßige harte Aufsetzen eines eisenbeschlagenen Stocks klang. Es kam aus dem Hintergrund und hörte auf der Abseite der Kirche plötzlich auf. Ein Mann in einer groben braunen Jacke kniete mühsam nieder. Es war Hippolyte, der Knecht aus dem *Lion d'Or*. Er hatte sein neues Bein angeschnallt.

Einer der Vorsänger machte die Runde durch das Kirchenschiff und sammelte die Kollekte ein, und die Kupfermünzen klirrten eine nach der anderen in die Silberschale.

»Beeilen Sie sich doch! Ich halte das nicht mehr aus!« rief Bovary und warf ihm zornig ein Fünffrancsstück zu. Der Kirchendiener dankte ihm mit einer langen Verbeugung.

Man sang, man kniete nieder, erhob sich wieder, das nahm kein Ende! Ihm fiel ein, daß sie in der ersten Zeit einmal zusammen die Messe besucht und sich auf die andere Seite, rechts, an die Mauer gesetzt hatten. Die Glocke begann wieder zu läuten. Ein großes Stühlerücken entstand. Die Träger schoben ihre drei Stangen unter den Sarg, und man verließ die Kirche.

Im selben Augenblick erschien Justin in der Tür der Apotheke. Bleich und schwankend zog er sich gleich wieder zurück.

Man stand an den Fenstern, um den Trauerzug vorbeikommen zu sehen. Charles ging in straffer Haltung voraus. Er hatte eine tapfere Miene aufgesetzt und grüßte mit einem Nicken die aus den Gassen oder Haustüren Tretenden, die sich in der Menge einreihten. Die sechs Träger, drei auf jeder Seite, machten kurze Schritte und keuchten ein wenig. Die Priester, die Vorsänger und die beiden Meßdiener beteten das *De Profundis*, und ihre Stimmen hallten bald lauter, bald leiser über die Felder. Manchmal verschwanden sie hinter einer Wegbiegung, aber das große silberne Kreuz ragte immer zwischen den Bäumen auf.

Die Frauen folgten in schwarzen Umhängen mit herabgezogenen Kapuzen; sie trugen dicke brennende Kerzen in den Händen, und Charles fühlte, wie ihn bei dieser ununterbrochenen Wiederholung von Gebeten und brennenden Lichtern, inmitten der faden Gerüche des Wachses und der Soutanen, seine Kräfte verließen. Ein kühler Wind wehte, Roggen und Raps grünten, auf den Dornenhecken am Wegrand zitterten Tautropfen. Allerlei fröhliche Laute erfüllten das Land: das Klappern eines Karrens, der in der Ferne in den Radspuren rollte; ein Hahnenschrei, der sich wiederholte oder der Galopp eines Füllens, das man unter den Apfelbäumen davonstieben sah. Der klare Himmel war mit rosa Wolken geflockt; bläuliche Lichter breiteten sich über den mit Schwertlilien überwachsenen Hütten aus; im Vorübergehen erkannte Charles die Höfe wieder. Er erinnerte sich an Morgende wie diesen, an denen er von einem Krankenbesuch hier zu ihr zurückgekehrt war.

Das schwarze, mit weißen Tränen bestickte Sargtuch hob sich bisweilen und ließ den Sarg sehen. Die erschöpften Träger wurden langsamer, und der Sarg bewegte sich nur noch ruckweise vorwärts, wie eine Schaluppe, die bei jeder Welle stampft.

Man war angekommen.

Die Träger gingen weiter bis zu einer Stelle hinten im Rasen, wo das Grab ausgehoben war.

Man stellte sich im Kreis darum auf, und während der Priester sprach, rieselte die an den Seiten aufgeschüttete rote Erde über die Ränder lautlos, ununterbrochen wieder hinab.

Dann wurden die vier Seile zurechtgelegt und der Sarg daraufgeschoben. Charles sah, wie er hinabsank. Er sank tiefer und tiefer.

Endlich hörte man einen Aufprall; die Seile kamen knirschend wieder nach oben. Sodann griff Bournisien zum Grabscheit, das Lestiboudois ihm reichte; während er mit der Rechten Weihwasser sprengte, stieß er mit der Linken wuchtig eine volle Schaufel Erde hinab, und der Schotter traf auf den Sargdeckel mit jenem fürchterlichen Geräusch auf, das uns wie der Widerhall der Ewigkeit erscheint.

Der Geistliche gab den Weihwasserwedel an den ihm zunächst Stehenden weiter. Es war Monsieur Homais. Er schwang ihn gemessen und reichte ihn sodann Charles, der sich bis zu den Knien in die Erde bückte, sie mit beiden Händen hinabwarf und »Leb wohl!« rief. Er sandte ihr Küsse nach; er kroch zur Grube hin, um sich zu ihr hineinzulegen.

Man führte ihn weg, und er beruhigte sich bald; vielleicht empfand er, wie alle anderen, die unbestimmte Erleichterung, es hinter sich gebracht zu haben.

Auf dem Rückweg zündete sich Vater Rouault ruhig seine Pfeife an, was Homais insgeheim für wenig schicklich hielt. Er bemerkte auch, daß Monsieur Binet davon Abstand genommen hatte zu erscheinen, daß Tuvache sich nach der Messe »verdrückt« hatte und daß Théodore, der Diener des Notars, einen blauen Anzug trug, »als ob nicht ein schwarzer aufzutreiben gewesen wäre, da es nun einmal so üblich ist, zum Teufel!« Und um diese Beobachtungen weiterzugeben, ging er von Gruppe zu Gruppe. Der Tod Emmas wurde von allen beklagt, besonders von Lheureux, der es sich nicht hatte nehmen lassen, zum Begräbnis zu kommen.

»Die arme kleine Dame! welch ein Schmerz für ihren Mann!«

Der Apotheker fuhr fort:

»Ohne mich, müssen Sie wissen, hätte er einen verhängnisvollen Anschlag auf sich selbst verübt.«

»Eine so liebenswürdige Person! Wenn ich daran denke, daß ich sie noch am letzten Samstag bei mir im Laden gesehen habe!«

»Ich hatte leider nicht die Muße«, sagte Homais, »um ein paar Worte vorzubereiten, die ich ihr ins Grab nachgesandt hätte.«

Nach der Rückkehr kleidete Charles sich um, und der alte Rouault zog seinen blauen Kittel wieder an. Es war ein neuer Kittel, und da er sich unterwegs mit dem Ärmel oft die Augen abgewischt hatte, hatte er auf sein Gesicht abgefärbt, und die Tränenspuren zogen Rinnen in die Staubschicht, die es beschmutzte.

Die Mutter Bovary war bei ihnen. Alle drei schwiegen. Endlich seufzte der alte Mann:

»Erinnern Sie sich, lieber Freund, daß ich einmal nach Tostes gekommen bin, als Sie gerade Ihre erste Verstorbene verloren hatten? Damals sprach ich Ihnen Trost zu, damals fand ich Worte; jetzt aber ...«

Dann mit einem langen Stöhnen, das seine ganze Brust hob:

»Ja, das ist das Ende für mich, verstehen Sie! Ich habe meine Frau sterben sehen ..., danach meinen Sohn, und heute meine Tochter!«

Er wollte sogleich wieder nach Les Bertaux zurückkehren und sagte, hier in diesem Haus könne er nicht schlafen. Er lehnte es sogar ab, seine Enkelin zu sehen.

»Nein, nein! das würde mich zu traurig machen. Aber geben Sie ihr einen dicken Kuß! Adieu! ... Sie sind ein guter Junge! Und ich werde das nie vergessen«, sagte er und schlug sich auf den Schenkel, »keine Sorge! Ihre Truthenne sollen Sie weiterhin bekommen.«

Doch oben auf der Anhöhe wandte er sich um, wie damals, als er sich nach dem Abschied von ihr auf dem Weg nach Saint-Victor noch einmal umgewandt hatte. Unter den schräg einfallenden Strahlen der hinter den Weiden untergehenden Sonne glühten die Fenster im Dorf wie im Feuer. Er legte die Hand über die Augen und gewahrte am Horizont eine von Mauern eingefaßte Einfriedung, auf der da und dort Bäume wie schwarze Sträuße zwischen weißen Steinen standen; dann setzte er seinen Weg in langsamem Trab fort, denn sein Pferdchen lahmte.

Charles und seine Mutter saßen am Abend trotz ihrer Müdigkeit noch lange auf und plauderten miteinander. Sie sprachen von den vergangenen Zeiten und über die Zukunft. Sie würde nach Yonville ziehen, ihm den Haushalt führen, man würde sich nun nie mehr trennen. Sie war einfühlsam und zärtlich, denn im stillen freute sie sich, eine Zuneigung wiederzugewinnen, die ihr seit so vielen Jahren entging. Es schlug Mitternacht. Im Dorf war es still, wie gewöhnlich, und Charles war wach und dachte unaufhörlich an sie.

Rodolphe, der zu seiner Zerstreuung den ganzen Tag durch den Wald gestreift war, schlief ruhig in seinem Schloß, und auch Léon in Rouen schlief.

Ein anderer schlief nicht zu dieser Stunde.

Auf dem Grab, zwischen den Tannen, kniete ein Kind und weinte. Seine vom Schluchzen erschöpfte Brust keuchte im Dunkel unter der Last einer unermeßlichen Sehnsucht, die sanfter war als das Mondlicht und unergründlicher als die Nacht. Plötzlich knarrte das Gittertor. Es war Lestiboudois; er kam seinen Spaten holen, den er am Nachmittag vergessen hatte. Er erkannte Justin, als dieser über die Mauer kletterte, und wußte nun, wer der Missetäter war, der ihm immer seine Kartoffeln stahl.

## XI

Am nächsten Tag ließ Charles die Kleine zurückkommen. Sie fragte nach ihrer Maman. Man sagte ihr, sie sei verreist und werde ihr Spielsachen mitbringen. Berthe sprach noch mehrmals davon, dann, mit der Zeit, dachte sie nicht mehr daran. Die Fröhlichkeit des Kindes berührte Charles schmerzlich, und dazu mußte er die unerträglichen Trostsprüche des Apothekers über sich ergehen lassen.

Bald fingen auch die Geldsorgen wieder an. Monsieur Lheureux berief sich erneut auf seinen Freund Vinçart, und Charles verpflichtete sich zur Zahlung übertriebener Summen, denn er wollte nicht zugeben, daß auch nur ein Möbelstück verkauft wurde, das *ihr* gehört hatte. Seine Mutter geriet deswegen außer sich. Er wurde noch heftiger als sie. Er hatte sich überhaupt völlig verändert. Sie verließ das Haus.

Nun wollten alle *profitieren*. Mademoiselle Lempereur verlangte das Geld für sechs Monate Unterricht, obwohl Emma nie eine einzige Stunde bei ihr genommen hatte (trotz jener quittierten Rechnung, die sie Bovary vorgewiesen hatte: das war nur ein Übereinkommen zwischen den beiden gewesen); der Besitzer der Leihbücherei mahnte Abonnementszahlungen für drei Jahre an; die Mutter Rollet verlangte das Porto für zwanzig Briefe, und als Charles eine Erklärung haben wollte, war sie taktvoll genug zu antworten:

»Oh, ich weiß von nichts! es betraf ihre Geschäfte.«

Bei jeder Rechnung, die er bezahlte, glaubte Charles, nun alles geregelt zu haben. Doch es kamen ständig neue.

Er forderte die ausstehenden Honorare für Krankenbesuche ein. Man zeigte ihm die Briefe seiner Frau. Daraufhin mußte er sich entschuldigen.

Félicité trug jetzt Madames Kleider, nicht alle, denn er hatte einige zurückbehalten und schloß sich in Emmas Ankleidezimmer ein, um sie zu betrachten. Félicité hatte ungefähr Emmas Größe; und wenn Charles sie von hinten sah, erlag er oft einer Täuschung und bat:

»Oh, bleib doch! bleibe!«

Zu Pfingsten aber verschwand sie mit Théodore, der sie entführte, aus Yonville und ließ alles mitgehen, was von Emmas Garderobe noch übrig gewesen war.

Um diese Zeit gab sich die verwitwete Madame Dupuis die Ehre, ihm »die Vermählung ihres Sohnes, Monsieur Léon Dupuis, Notar in Yvetot, mit Mademoiselle Léocadie Lebœuf aus Bondeville« anzuzeigen. In Charles' Glückwunschschreiben an sie fand sich der Satz:

»Wie sehr hätte meine arme Frau sich darüber gefreut!«

Eines Tages, als er ziellos im Haus umherirrte, stieg er bis zum Speicher hinauf und spürte dort unter seinem Pantoffel ein zusammengeknülltes Stück feines Papier. Er faltete es auseinander und las: »Mut, Emma, Mut! Ich will Sie nicht ins Unglück stürzen.« Es war Rodolphes Brief, der zwischen Kisten auf den Boden gefallen, dort liegengeblieben war, und den der durchs Dachfenster kommende Wind zur Tür geweht hatte. Charles blieb bewegungslos auf demselben Platz stehen, an dem Emma, bleicher noch als er, vor Verzweiflung hatte sterben wollen. Am Ende der zweiten Seite entdeckte er ein kleines R. Was bedeutete es? Er entsann sich Rodolphes häufiger Besuche, seines plötzlichen Verschwindens und seiner betretenen Miene, wenn er ihm später zwei oder drei Mal begegnet war. Aber der respektvolle Ton des Briefs täuschte ihn.

»Sie haben sich vielleicht platonisch geliebt«, sagte er sich.

Zudem gehörte Charles nicht zu denen, die den Dingen auf den Grund gehen; er schreckte vor Beweisen zurück, und seine vage Eifersucht ging in der Unermeßlichkeit seines Kummers unter.

Man hatte sie ja anbeten müssen, dachte er. Alle Männer hatten sie begehrt, das war sicher. Sie erschien ihm dadurch nur noch schöner, und ihn ergriff ein unablässiges Verlangen nach ihr, das seine Verzweiflung schürte und grenzenlos war, da es nun nicht mehr gestillt werden konnte.

So als lebte sie noch, machte er sich ihr zu Gefallen ihre Vorlieben, ihre Ansichten zu eigen. Er kaufte sich Lackstiefel, trug nur noch weiße Krawatten. Er pflegte seinen Schnurrbart mit Pomade, wie sie unterschrieb er Solawechsel. Noch über das Grab hinaus verdarb sie ihn.

Er sah sich gezwungen, das Silberzeug Stück um Stück zu veräußern, dann verkaufte er die Möbel des Salons. Alle Wohnräume leerten sich; das Schlafzimmer aber, ihr Zimmer, blieb so, wie es gewesen war. Nach dem Abendessen ging Charles hinauf. Er schob den runden Tisch vor den Kamin und rückte *ihren* Sessel heran. Er setzte sich gegenüber. In einem der vergoldeten Leuchter brannte eine Kerze. Berthe saß neben ihm und malte Bilder aus.

Es tat dem armen Mann weh, wenn er sie so schlecht gekleidet sah in ihren Schnürstiefeln ohne Schnürsenkel und ihren Kittelschürzen, deren Ärmellöcher bis zu den Hüften eingerissen waren, denn die Aufwartefrau kümmerte sich nur wenig um sie. Aber sie war so sanft, so freundlich, und ihr Köpfchen neigte sich so anmutig und ließ ihr reiches blondes Haar über die rosigen Wangen fallen, daß ihn unendliches Entzücken erfüllte, eine Wonne, vermischt mit

Bitternis, wie schlecht gekelterter Wein, der nach Harz schmeckt. Er besserte ihre Spielsachen aus, machte ihr Hampelmänner aus Pappe und nähte die zerrissenen Bäuche ihrer Puppen wieder zusammen. Wenn dann sein Blick auf den Nähkasten fiel, ein herumliegendes Band, oder auch nur eine Nadel, die in einer Ritze des Tischs steckengeblieben war, begann er zu träumen und sah dabei so traurig aus, daß auch sie traurig wurde wie er.

Niemand besuchte sie mehr, denn Justin war nach Rouen davongelaufen, wo er Gehilfe bei einem Krämer geworden ist, und die Kinder des Apothekers spielten immer seltener mit der Kleinen, da Monsieur Homais in Anbetracht der unterschiedlichen gesellschaftlichen Verhältnisse nicht daran lag, den Verkehr fortzusetzen.

Der Blinde, den er mit seiner Pomade nicht hatte heilen können, war auf die Anhöhe des Bois-Guillaume zurückgekehrt, wo er den Reisenden vom vergeblichen Versuch des Apothekers erzählte, so daß Homais, wenn er in die Stadt fuhr, sich hinter den Vorhängen der *Schwalbe* versteckte, um die Begegnung mit ihm zu vermeiden. Er faßte einen Haß auf ihn, und im Interesse der eigenen Reputation und weil er sich seiner mit aller Gewalt entledigen wollte, veranstaltete er einen hinterhältigen Angriff auf ihn, der seine hohe Intelligenz und seine ruchlose Eitelkeit erkennen ließ. Sechs Monate hintereinander konnte man nämlich im *Fanal de Rouen* kurze Notizen wie diese lesen:

»Alle Personen auf dem Weg in die fruchtbaren Gegenden der Pikardie werden zweifellos auf der Anhöhe des Bois-Guillaume einen elenden Menschen bemerkt haben, der mit einer gräßlichen Gesichtsverletzung behaftet ist. Er belästigt und verfolgt die Reisenden und erhebt geradezu eine Steuer von ihnen. Leben wir denn noch in den abscheulichen Zeiten des Mittelalters, da es den Landstreichern erlaubt war, Aussatz und Skrofeln, die sie vom Kreuzzug mitgebracht hatten, auf unseren öffentlichen Plätzen zur Schau zu stellen?«

Oder:

»Ungeachtet der Gesetze gegen Landstreicherei werden die Ränder unserer Großstädte nach wie vor von Banden und Bettlern heimgesucht. Man sieht auch solche, die allein umherziehen und vielleicht nicht die ungefährlichsten sind. Was denken sich unsere Stadtväter dabei?«

Daneben erfand Homais auch Anekdoten:

»Gestern scheute auf der Anhöhe des Bois-Guillaume ein Pferd ...« Und dann folgte der Bericht über einen durch die Anwesenheit des Blinden verursachten Unfall.

Er trieb es so weit, daß der Blinde inhaftiert wurde. Aber man ließ ihn wieder frei. Er fing wieder an, Homais desgleichen. Es war ein Kampf zwischen beiden. Homais trug den Sieg davon, denn sein Gegner wurde zu lebenslänglichem Zwangsaufenthalt in einer Anstalt verurteilt.

Der Erfolg machte ihn kühner, und von nun an wurde im Unterbezirk kein Hund mehr überfahren, keine Scheune mehr angezündet, keine Frau mehr verprügelt, ohne daß er, geleitet von der Liebe zum Fortschritt und dem Haß auf die Priester, dies dem Publikum sofort mitteilte. Er stellte Vergleiche an zwischen den Volksschulen und denen der Ignorantiner, die zum Nachteil der letzteren ausfielen, erinnerte anläßlich einer Zuweisung von hundert Francs an die Kirche an die Bartholomäusnacht, prangerte Mißstände an, trieb, wie er selber sagte, seine Scherze. Homais wühlte; er wurde gefährlich.

Doch die engen Grenzen des Journalismus erstickten ihn, und schon bald mußte es ein Buch sein, das Werk! Er verfaßte eine *Allgemeine Statistik des Kreises Yonville, gefolgt von klimatologischen Beobachtungen*, und die Statistik führte ihn zur Philosophie. Er beschäftigte sich mit den großen Fragen: dem sozialen Problem, der sittlichen Hebung der armen Schichten, der Fischzucht, dem Kautschuk, den Eisenbahnen und so weiter. Es kam dahin, daß er sich schämte, ein Bürger zu sein. Er nahm das Gehaben eines Künstlers an, er rauchte! Um seinen Salon auszuschmücken, kaufte er sich zwei *piekfeine* Pompadour-Statuetten.

Die Pharmazeutik vernachlässigte er dabei keineswegs; im Gegenteil! Er hielt sich über die Entdeckungen auf dem laufenden. Er verfolgte den großen Aufschwung der Schokolade und war der erste, der im Département Seine-Inférieure *Choca* und *Revalentia* einführte. Er begeisterte sich für die hydroelektrischen Ketten Pulvermachers, er trug selbst eine; und wenn er abends sein Flanellhemd auszog, war Madame Homais von der Goldspirale, unter der er verschwand, ganz geblendet und fühlte, wie ihre Glut für diesen mehr als ein Skythe kettenumwundenen und wie ein Magier glänzenden Mann mächtig loderte.

Für Emmas Grabmal hatte er wunderschöne Ideen. Zuerst schlug er einen Säulenstumpf mit einer Drapierung vor, dann eine Pyramide, dann einen Vestatempel, eine Art Rotunde … oder »ein Ruinenfeld«. Und bei all diesen Vorschlägen ließ Homais sich nicht von der Trauerweide abbringen, die er für das unabdingbare Symbol der Trauer erachtete.

Charles und er fuhren zusammen nach Rouen, um sich bei einem Bestattungsunternehmer Grabsteine anzusehen – in Begleitung eines Kunstmalers, eines gewissen Vaufrylard, der ein Freund Bridoux' war und die ganze Zeit Kalauer erzählte. Endlich, nachdem er an die hundert Zeichnungen angesehen hatte, einen Kostenvoranschlag hatte machen lassen und ein zweites Mal nach Rouen gefahren war, entschied Charles sich für ein Mausoleum, das auf seinen beiden Frontseiten einen »Genius mit erloschener Fackel« tragen sollte.

Was die Inschrift betraf, fand Homais nichts Schöneres als *Sta viator*, und dabei blieb es; er zermarterte sich das Hirn, kam aber immer wieder auf: *Sta viator* … Endlich fiel ihm: *amabilem conjugem calcas* ein, und das wurde angenommen.

Seltsam war, daß Bovary, obwohl er ständig an Emma dachte, sie allmählich vergaß; zu seiner Verzweiflung entschwand ihr Bild allmählich aus seiner Erinnerung, trotz all seiner Bemühungen, es festzuhalten. Jede Nacht jedoch träumte er von ihr; es war immer derselbe Traum: er näherte sich ihr, aber wenn er sie umschlang, fiel sie in seinen Armen in Verwesung.

Eine Woche lang sah man ihn abends in die Kirche gehen. Monsieur Bournisien machte ihm sogar zwei oder drei Besuche, dann gab er es auf. Im übrigen werde der gute Mann zusehends unduldsam, fanatisch, sagte Homais; er wetterte gegen den Zeitgeist und versäumte nicht, alle vierzehn Tage in der Predigt von der Agonie Voltaires zu erzählen, der, wie bekannt, sterbend seine eigenen Exkremente gegessen hatte.

Trotz seiner sparsamen Lebensweise war Bovary weit davon entfernt, seine alten Schulden abtragen zu können. Lheureux weigerte sich, auch nur einen Wechsel zu prolongieren. Die Pfändung stand unmittelbar bevor. Da wandte er sich an seine Mutter, und sie erklärte sich damit einverstanden, daß er eine Hypothek auf ihren Besitz aufnahm, erhob aber starke Anschuldigungen gegen Emma und verlangte als Gegengabe für ihr Opfer einen Schal, der Félicités Raffgier entgangen war. Charles verweigerte ihn ihr. Es kam zum Zerwürfnis.

Sie lenkte als erste wieder ein und schlug vor, die Kleine zu sich zu nehmen, sie könne ihr im Haus an die Hand gehen. Charles willigte ein. Im Augenblick der Trennung aber verließ in jeder Mut. Nun war der Bruch endgültig.

Im selben Maß, wie alles ihm Liebgewohnte dahinschwand, schloß er sich enger an sein Kind an. Aber Berthe bereitete ihm Sorgen; sie hustete manchmal und hatte rote Flecken auf den Wangen.

Ihm gegenüber machte sich blühend und fröhlich die Familie des Apothekers breit, zu dessen Zufriedenheit alles auf der Welt beitrug. Napoléon half ihm im Laboratorium, Athalie stickte ihm ein Käppchen, Irma schnitt runde Papierdeckel für Einmachgläser aus, und Franklin sagte ihm wie am Schnürchen das kleine Einmaleins auf. Er war der glücklichste Vater, ein Günstling des Schicksals.

Irrtum! Ein heimlicher Ehrgeiz nagte an ihm: Homais wünschte, das Kreuz der Ehrenlegion zu erhalten. An Verdiensten fehlte es ihm durchaus nicht: Erstens hatte er während der Choleraepidemie grenzenlose Hilfsbereitschaft bewiesen; zweitens hatte er, und dies auf eigene Kosten, mehrere gemeinnützige Arbeiten veröffentlicht, wie ... (und er erinnerte an seine Denkschrift mit dem Titel: *Der Apfelwein, seine Herstellung und seine Wirkung*; sowie seine Beobachtungen über die Wollaus, die er der Académie eingesandt hatte; sein Statistisches Werk, bis hin zu seiner Examensarbeit): »abgesehen davon, daß ich Mitglied mehrerer wissenschaftlicher Gesellschaften bin« (er war Mitglied einer einzigen).

»Und wenn es auch nur wäre«, rief er scherzend, »weil ich mich bei Feuerausbrüchen hervortue!«

Damals zeigte Homais der Staatsmacht sein Wohlwollen. Er erwies dem Herrn Präfekten bei den Wahlen heimlich große Dienste. Kurz, er verkaufte sich, prostituierte sich. Er schickte sogar eine Petition an den Herrscher, worin er ihn flehentlich bat, *ihm Recht angedeihen zu lassen*, er nannte ihn *unseren guten König* und verglich ihn mit Heinrich IV.

Und jeden Morgen stürzte sich der Apotheker auf die Zeitung, um darin seine Ernennung zu finden: aber sie wollte nicht kommen. Er hielt es zuletzt nicht mehr aus und ließ in seinem Garten einen den Ordensstern darstellenden Rasenfleck anlegen mit zwei von der Spitze ausgehenden, kleinen, das Band nachahmenden gewundenen Blumenstreifen. Mit verschränkten Armen spazierte er darum herum und gab sich Betrachtungen hin über die Unfähigkeit der Regierung und die Undankbarkeit der Menschen.

Aus Ehrfurcht oder aufgrund einer Art Sinnlichkeit, die ihn dazu veranlaßte, seine Nachforschungen in die Länge zu ziehen, hatte Charles das Geheimfach eines Palisanderschreibtischs, den Emma gewöhnlich benutzt hatte, noch nicht geöffnet. Eines Tages setzte er sich endlich davor, drehte den Schlüssel im Schloß und drückte auf die Feder. Sämtliche Briefe Léons fanden sich darin. Diesmal war kein Zweifel mehr möglich! Er verschlang sie bis zum letzten, stöberte in allen Winkeln, allen Möbeln, allen Schubladen, hinter den Wänden, schluchzend, brüllend, außer sich, völlig von Sinnen. Er entdeckte eine Schachtel, drückte mit einem Fußtritt den Deckel ein. Aus dem Durcheinander der Liebesbriefe sprang ihm Rodolphes Bildnis in die Augen.

Man wunderte sich über seine Niedergeschlagenheit. Er ging nicht mehr aus, empfing niemanden, weigerte sich sogar, nach seinen Kranken zu sehen. Nun wurde behauptet, er sei *insgeheim dem Trunk ergeben*.

Manchmal jedoch reckte sich ein Neugieriger über die Gartenhecke und gewahrte verblüfft diesen Mann mit langem Bart und schmutzigen Kleidern, der scheu blickte und laut weinend hin und her ging.

Im Sommer nahm er abends seine kleine Tochter mit hinaus auf den Friedhof. Sie kehrten erst nach Einbruch der Dunkelheit zurück, wenn auf dem Platz außer Binets Dachluke kein Fenster mehr hell war.

Die Wollust seines Schmerzes war jedoch unvollkommen, denn er hatte niemanden um sich, der ihn teilte, und er stattete Madame Lefrançois Besuche ab, um von *ihr* sprechen zu können. Aber die Gastwirtin hörte ihm nur mit halbem Ohr zu. Sie hatte ebenfalls Kummer, denn Monsieur Lheureux hatte nun endlich *eine Postwagenverbindung* eingerichtet, und Hivert, der wegen seiner Zuverlässigkeit bei Aufträgen großes Ansehen genoß, forderte höheren Lohn und drohte damit, sich »von der Konkurrenz« anstellen zu lassen.

Eines Tages, als Charles zum Markt von Argueil gegangen war, um sein Pferd – sein letztes Besitzstück – zu verkaufen, begegnete er Rodolphe.

Sie wurden blaß, als sie einander erblickten. Rodolphe, der nur seine Karte geschickt hatte, stotterte erst ein paar Entschuldigungen, wurde dann kühner und trieb die Unverfrorenheit sogar so weit (es war August und sehr heiß), Charles zu einer Flasche Bier ins Gasthaus einzuladen.

Ihm gegenübersitzend stützte er die Arme auf, kaute an seiner Zigarre und plauderte dabei; und vor diesem Gesicht, das sie geliebt hatte, verlor Charles sich in Gedanken. Es war ihm, als sähe er ein Stück von ihr wieder. Er war wie geblendet. Er hätte dieser Mann sein wollen.

Der andere redete in einem fort über Ackerbau, Viehzucht, Mastfutter, er verstopfte mit banalen Phrasen alle

Lücken im Gespräch, in denen eine Anspielung fallen konnte. Charles hörte ihm nicht zu; Rodolphe bemerkte es, und er verfolgte auf Charles' bewegtem Gesicht die heraufkommenden Erinnerungen. Das Gesicht rötete sich langsam, die Nasenflügel zuckten, die Lippen zitterten; einen Augenblick lang starrte Charles ihn sogar mit so finsterer Wut an, daß Rodolphe fast erschrocken innehielt. Doch bald erschien wieder die traurige Müdigkeit auf seinem Gesicht.

»Ich bin Ihnen nicht böse«, sagte er.

Rodolphe blieb stumm. Und, den Kopf in den Händen, wiederholte Charles mit erloschener Stimme, im ergebenen Ton unendlichen Leids:

»Nein, ich bin Ihnen nicht mehr böse!«

Er fügte sogar noch ein großes Wort hinzu, das einzige, das er jemals sprechen sollte:

»Schuld hat das Schicksal!«

Rodolphe, der dieses Schicksal gelenkt hatte, fand ihn für einen Mann in seiner Lage reichlich gutmütig, komisch sogar und ein bißchen verächtlich.

Am nächsten Tag setzte Charles sich auf die Bank in der Laube. Durch das Gitterwerk drang Licht herein; das Weinlaub zeichnete sein Schattenbild auf den Sand, der Jasmin duftete, der Himmel war blau, um die blühenden Lilien summten Spanische Fliegen, und Charles atmete wie ein Halbwüchsiger schwer unter der vagen Sehnsucht nach Liebe, die sein kummervolles Herz quälte.

Um sieben Uhr kam die kleine Berthe, die ihn den ganzen Nachmittag nicht gesehen hatte, um ihn zum Abendessen zu holen.

Sein Kopf war an die Mauer zurückgesunken, seine Augen waren geschlossen, sein Mund stand offen, in seinen Händen hielt er eine lange Strähne schwarzen Haars.

»Papa, komm doch!« sagte sie.

Und im Glauben, daß er sie zum besten halte, stieß sie ihn leicht an. Er fiel zu Boden. Er war tot.

Sechsunddreißig Stunden später kam auf Veranlassung des Apothekers Monsieur Canivet herbeigeeilt. Er öffnete die Leiche, fand aber nichts.

Als alles veräußert war, blieben zwölf Francs fünfundsiebzig Centimes übrig, womit die Reise Mademoiselle Bovarys zu ihrer Großmutter gezahlt wurde. Die gute Frau starb noch im selben Jahr; da der alte Rouault gelähmt ist, nahm sich eine Tante des Kindes an. Sie ist arm und schickt Berthe, damit sie sich ihren Lebensunterhalt verdient, in eine Baumwollspinnerei.

Seit Bovarys Tod sind in Yonville drei Ärzte aufeinander gefolgt, ohne sich halten zu können, so sehr hat Monsieur Homais sofort alles darangesetzt, ihren Ruf zu schädigen. Er hat einen ungeheuren Zulauf. Die Behörden dulden ihn, und die öffentliche Meinung fördert ihn.

Er hat kürzlich das Kreuz der Ehrenlegion erhalten.

## *Zu dieser Ausgabe*

insel taschenbuch 3011: Gustave Flaubert, Madame Bovary. Der Text folgt dem insel taschenbuch 1864: Gustave Flaubert, Madame Bovary. Roman. Aus dem Französischen von Maria Dessauer. © Insel Verlag Frankfurt am Main und Leipzig 1996. Titel der Originalausgabe: Madame Bovary. Mœurs de province. Geschrieben 19. September 1851 bis 30. April 1856. Erstveröffentlichung: Revue de Paris vom 1. Oktober 1856ff. Erste Buchausgabe: Paris 1857. Umschlagabbildung: Jean-Auguste-Dominique Ingres, Madame Duvancey, 1807. Ausschnitt. Musée Condé, Chantilly.

Frauenbilder
im insel taschenbuch

Jane Austen: Emma. Roman. Aus dem Englischen von [illegible]. it [illegible]

Honoré de Balzac: Die Frau von dreißig Jahren. Roman. Aus dem Französischen von [illegible]. it [illegible]

Charlotte Brontë: Jane Eyre. Roman. Aus dem Englischen von Helmut Kossodo. it [illegible]

Sigrid Damm: Christiane und Goethe. Eine Recherche. it [illegible]

Alexandre Dumas: Die Kameliendame. Roman. Aus dem Französischen von Walter Hoyer. it [illegible]

Gustave Flaubert: Madame Bovary. Roman. Aus dem Französischen von Maria Dessauer. it [illegible]

Theodor Fontane: Effi Briest. Roman. it [illegible]

Émile Zola: Nana. Roman. Aus dem Französischen [illegible] Nachwort [illegible]. it [illegible]

Frauenbilder der Literatur. [illegible]

## »Frauenbilder« im insel taschenbuch

- Verzauberter April. Übersetzt von Adelheid Dormagen. it 1538. 274 Seiten

**Charles Dickens**
- David Copperfield. Mit Illustrationen von Phiz. it 468. 1245 Seiten
- Nikolaus Nickleby. Mit Illustrationen von Phiz. it 1304. 1022 Seiten
- Oliver Twist. Übersetzt von Reinhard Kilbel. Mit einem Nachwort von Rudolf Marx und 24 Illustrationen von George Cruikshank. it 242. 607 Seiten
- Die Pickwickier. Mit Illustrationen von Robert Seymour, Robert William Buss und Phiz. it 896. 1006 Seiten

**Fjodor Michailowitsch Dostojewski**
- Aufzeichnungen aus einem Totenhause. it 966. 415 Seiten
- Der Spieler. Aus den Aufzeichnungen eines jungen Mannes it 968. 198 Seiten
- Der Idiot. Roman. it 970. 951 Seiten
- Die Brüder Karamasow. Dritter und vierter Teil. Zwei Bände. it 974. 1324 Seiten

**Gustave Flaubert**
- Bouvard und Pécuchet. it 1861. 448 Seiten
- Lehrjahre des Gefühls. Geschichte eines jungen Mannes. Übertragen von Maria Dessauer. it 2776. 627 Seiten
- Madame Bovary. Übersetzt von Maria Dessauer. it 2861. 464 Seiten und Leinen. 415 Seiten
- Salammbô. Herausgegeben und mit einem Nachwort versehen von Monika Bosse und André Stoll. Übersetzt von Georg Brustgi. it 342. 448 Seiten

**Nikolai Wassiljewitsch Gogol**
- Aufzeichnungen eines Wahnsinnigen. Erzählungen. it 1513. 183 Seiten

- Der Mantel. Und andere Erzählungen. Übersetzt von Ruth Fritze-Hanschmann. Mit einem Nachwort von Eugen Häusler und Frank Häusler. Mit Illustrationen von András Karakas. it 241. 359 Seiten
- Die Nacht vor Weihnachten. Mit Illustrationen von Monika Wurmdobler. it 584. 93 Seiten
- Die toten Seelen. Übersetzt von Hermann Röhl. it 987. 527 Seiten

**Victor Hugo**
- Der Glöckner von Notre-Dame. Übersetzt von Else von Schorn. Mit zeitgenössischen Illustrationen. it 1781. 554 Seiten

**Edgar Allan Poe**
- Der Bericht des Arthur Gordon Pym. Erzählungen. Übertragen von Ruprecht Willnow. it 1449. 270 Seiten
- Grube und Pendel. Schaurige Erzählungen. Übersetzt von Erica Gröger und Heide Steiner. Großdruck. it 2351. 188 Seiten
- Der Untergang des Hauses Usher. Meistererzählungen. Übertragen von Barbara Cramer-Nauhaus, Erika Gröger und Heide Steiner. it 1373. 182 Seiten
- Sämtliche Erzählungen. Vier Bände in Kassette. Im insel taschenbuch. 1544 Seiten

**Alexander Puschkin**
- Der eherne Reiter. Petersburger Erzählungen. Ausgewählt und mit einem Nachwort versehen von Rolf-Dietrich Keil. Mit Illustrationen. it 2872. 200 Seiten
- Erotische Gedichte. Ausgewählt und übersetzt von Michael Engelhard. it 2526. 120 Seiten

NF 3/3/10.02

- Die Gedichte. Russisch und deutsch. Übersetzt von Michael Engelhard. Herausgegeben, kommentiert und mit einem Nachwort versehen von Rolf-Dietrich Keil. 1100 Seiten. Leinen
- Jewgeni Onegin. Roman in Versen. it 2524. 272 Seiten

**George Sand**

- Indiana. Übersetzt von A. Seubert. Mit einem Essay von Annegret Stopczyk. it 711. 321 Seiten
- Ein Winter auf Mallorca. Übersetzt von Maria Dessauer. it 2102. 220 Seiten
- Lélia. Übersetzt von Anna Wheill. Mit einem Essay von Nike Wagner. it 737. 289 Seiten
- Lucrezia Floriani. Roman.Übersetzt von Anna Wheill. it 858. 198 Seiten

**Stendhal**

- Die Kartause von Parma. Vollständige Ausgabe. Übersetzt von Arthur Schurig. Bearbeitet von Hugo Beyer. Mit einem Nachwort von Uwe Japp. it 1222. 637 Seiten
- Rot und Schwarz. Zeitbild von 1830. Vollständige Ausgabe. Übersetzt von Arthur Schurig. Bearbeitet von Hugo Beyer. Mit einem Nachwort von Uwe Japp. it 1210. 630 Seiten
- Über die Liebe. Vollständige Ausgabe. Übersetzt und mit einer Einleitung von Walter Hoyer. it 124. 430 Seiten

**Leo N. Tolstoj**

- Anna Karenina. Herausgegeben von Gisela Drohla. Mit Illustrationen von Theodor Eberle. it 308. 1205 Seiten
- Die Kreutzersonate. Erzählung. Übersetzt von Arthur Luther. Mit Illustrationen von Hugo Steiner-Prag it 763. 176 Seiten

NF 3/4/10.02

- Krieg und Frieden. Zwei Bände in Kassette. Übersetzt von Hermann Röhl. Übertragung des zweiten Teils des Epilogs von Wolfgang Kasack. Mit Illustrationen von Theodor Eberle. it 2757. 2112 Seiten

**Iwan Turgenjew**

- Ein Adelsnest. Übersetzt von Herbert Wotte. it 1809. 234 Seiten
- Erste Liebe. Und andere Novellen. Übersetzt von Ena von Baer und Ekkehard Jäkel. Mit einem Nachwort von Friedrich Schwarz. it 257. 343 Seiten
- Väter und Söhne. it 64. 299 Seiten

**Oscar Wilde**

- Das Bildnis des Dorian Gray. Deutsch von Hedwig Lachmann und Gustav Landauer. Mit einem Essay, einer Auswahlbibliographie und einer Zeittafel herausgegeben von Norbert Kohl. it 843 und it 2860. 326 Seiten
- Bunbury oder Wie wichtig es ist, ernst zu sein. Ein leichtes Stück für ernsthafte Leute. Übersetzt von Christine Hoeppener. Herausgegeben von Norbert Kohl. Mit Abbildungen. it 2235. 161 Seiten
- Die Erzählungen und Märchen. Mit Illustrationen von Heinrich Vogeler. Übersetzt von Felix Paul Greve und Franz Blei. it 5. 255 Seiten

NF 3/5/10.02